MINGUOWUXIAXIAOSHUO
DIANCANGWENKU

民国武侠小说典藏文库

朱贞木卷

罗刹夫人

罗刹夫人续集

朱贞木 著

中国文史出版社

朱贞木和他的武侠小说(代序)

上世纪三十年代至五十年代初是大陆武侠小说创作的一个黄金时期，名家辈出，佳作潮涌，领军人物就是学术界称为“北派五大家”的还珠楼主、白羽、王度庐、郑证因和朱贞木。朱贞木虽然敬陪末座，但他拥有一个响亮的头衔——“新派武侠小说之祖”！

朱贞木（1895—1955），中国现代武侠小说家、画家、篆刻家。本名朱桢元，字式颛，浙江绍兴人，出身官宦人家。自幼在家读私塾，喜爱诗赋和绘画，更喜爱文学。在绍兴读完中学后，考入浙江大学文学系，毕业后曾在上海求职并从事创作。1928 年经友人介绍，进入天津电话南局（位于今天津市和平区烟台道）做文书工作，后升任文书主任。1934 年将妻女接来天津，并定居于此。

1937 年“卢沟桥事变”爆发，华北沦陷，日本侵略军占领天津，朱贞木因家庭原因继续留在电话局。天津报界名宿吴云心先生曾回忆说，朱贞木因此在抗战胜利后被解职，曾在天津小白楼开过餐馆。此事属于误传。其实，朱贞木为人清高而自尊，不愿在日控电话局中长期做忍气吞声的工作，遂于 1940 年自动离职，在家闲居，以绘画、篆刻自娱，偶尔也写点散文和诗。此时有出版社登门邀请他写武侠小说，于是他将 1934 年起在《天津平报》上连载的处女作《铁板铜琵录》续成长篇，易名《虎啸龙吟》出版，结果销路很好，于是他又陆续写下了《龙冈豹隐记》《蛮窟风云》《罗刹夫人》《飞天神龙》等十余部作品。

1949 年后，朱贞木尝试按照新的文艺观念进行创作，写了一些独幕话剧，而正在创作的武侠小说由于政策原因半途中辍。1955 年冬，朱贞木因哮喘病与心脏病并发，在天津市总医院去世，享年六十岁。

朱贞木在天津电话局供职期间，与还珠楼主李寿民同事。还珠楼主哲嗣李观鼎先生对笔者说，幼时在北京家中见到过来访的朱贞木，身材瘦削，双目有神。他记得父亲和朱贞木一聊就是一整天，说到激动处，互用手指比画，显见两人关系相当好。

朱贞木的武侠小说创作大约始于1934年8月，他在《天津平报》上开始连载处女作《铁板铜琵录》。张赣生先生认为是因见还珠楼主在《天风报》发表《蜀山剑侠传》一举成名，朱氏见猎心喜而作，以两人密切关系而论，确有此种可能。《铁板铜琵录》究竟连载多久、是否连载完毕暂时无法得知，或许有两年之久。大约在1936年9月，《天津平报》上又开始连载朱贞木的另一部武侠小说《马鹞子传》。“卢沟桥事变”爆发后，《天津平报》不肯附逆，自动停刊，该书也就停止连载。

1940年10月天津大昌书局结集出版《铁板铜琵录》第一集，并自第二集起改名《虎啸龙吟》，并一直沿用至今。1942年11月，天津合作出版社出版了《龙冈豹隐记》，该书的前面部分就是只连载年余的《马鹞子传》，可谓是在续写该书。不过《龙冈豹隐记》也并未写完，据作者自叙写到第五集就搁笔了，也没有提到原因，不过笔者所见现存最后一部是第六集。后来在书商和读者的要求下，朱贞木以该书未完结的后半部分加上手头已有资料，写成一部故事完整的《蛮窟风云》并出版。另外，1943年9月的《369画报》中提到他还有一部小说《碧血青林》，却一直未见出版，但是1949年前后出版的《闯王外传》序言中提及本书原名《碧血青磷》，或许就是此书。

抗战胜利后至五十年代初这段时间，武侠小说的出版迎来一个短暂的新高潮，朱贞木的小说出版了不少，如流传极广的《罗刹夫人》、《飞天神龙》《艳魔岛》《炼魂谷》三部曲、《龙冈女侠》、《七杀碑》、《塔儿冈》、《闯王外传》、《郁金香》等，是日据沦陷期间的几倍，其中既有武侠小说，也有社会小说，还有历史小说，仅见之于广告未曾见诸出版的小说尚有数种。

根据手头搜集到的原刊本和相关资料，剔除同书异名者，从1934年至1951年，各种体裁的朱贞木小说一共出版了十九种，仅见广告未见出版者四种，具体内容可参阅本作品集后所附《朱贞木小说年表》。另外有一部《翼王传》乃是上海著名越剧编剧苏雪庵所作，他借朱贞木之名出版，朱贞木为此还写了一篇不短的序言。

朱贞木小说之所以受到读者欢迎，张赣生、叶洪生、徐斯年等专家学者对此早有精彩论述，笔者不打算再抄一遍，只根据个人的阅读体验，谈一谈朱贞木小说的特色。

看小说本身是一件轻松愉快的事，古人雪夜闭门读禁书，乃是读书人特有的一乐，其实用今天的话来说，就是消遣，武侠小说尤其适合做这样的消遣，而好看的故事则是消遣的核心。

朱贞木的小说构思精妙，叙述生动，引人入胜。如《蛮窟风云》，从沐天澜误饮金鳝血意外昏迷不醒开始，引出瞽目阎罗救人收徒、金翅鹏的出场以及被龙土司纳入麾下，而跟着红孩儿的出场，解释了瞽目阎罗的来历以及与飞天狐结怨的经过，又为后文狮王、飞天狐侵入沐王府，瞽目阎罗舍身血战等高潮部分做了铺垫。又如《庶人剑》，陕西山村中，一对拳师夫妇失踪多年突然归来，教徒自娱晚景。他们意外收了一个来历不明的上门徒弟，不久就遇到多年前的仇敌上门寻仇，老拳师怀疑这个徒弟，结果误中圈套，幸亏这个徒弟忠心为师门，救下了老拳师父子，而仇敌五虎旗之来，则源自老拳师夫妇二人当年离家，与师兄弟一起走镖，技震江湖时期。朱贞木以倒叙的笔法娓娓道来，他在平实流畅的叙事中，营造出一种氛围，创造出一种情趣。故事本身环环相扣，紧凑严密，令读者不知不觉陷入其中，欲罢不能。他的名作《七杀碑》，二十多年前笔者真是一口气从头读到尾的。邓友梅先生在《闲居琐记》中，记录了著名作家赵树理先生指着《七杀碑》对他说的话："……写法上有本事，识字的老百姓爱读，不识字的爱听。学学他们笔下的功夫……"由此可见朱贞木讲故事的水平有多高了。

若要把故事讲得"识字的老百姓爱读"，只有凭语言的功力了。朱贞木接受过私塾和学堂两种正式和非正式的长期教育，其学历在武侠小说作者中大概是绝无仅有的。他的青少年时代又是在富庶的浙江绍兴度过的，他肯定接触过当时的鸳鸯蝴蝶派小说、新文学书籍以及翻译的西方小说作品。他的武侠小说处女作《铁板铜琵录》遵守中国章回小说的传统，采用对仗的回目，在描绘风景时更是不自觉地经常使用赋体，轻松自如，毫不佶屈聱牙，可见其古典文学素养深厚。自第二部《龙冈豹隐记》开始，包括之后的所有作品，他却都摒弃传统章回，章节名称全部采用"血战""李紫霄与小虎儿""金翅鹏拆字起风波"等名词、词组或短句，长短不拘，新鲜灵活。这一革新更为二十世纪五十年代以降大部分香港、台湾武侠作家写作的滥觞。他在武侠小说中有时还使用当时流行的新名词如“观念”“计划”“意识”等，然而用得自然爽利，反映出了一些语言跟随时代而来的变化。

严家炎先生在《金庸小说论稿》中说：“在小说语言上，金庸吸取新文学的某些长处，却又力避不少新文学作品语言的‘恶性欧化’之弊。他扎根于本土传统文学中，较多承继了宋元以来传统白话文乃至浅近文言的特点，形成了一个新鲜活泼、干净利索、富有表现力、相当优美而又亲切自然的语言宝库。”这些评价用在朱贞木——金庸的浙江同乡前辈身上，同样十分贴切。

追求自由恋爱是“五四”以来各种文学体裁的共同主题，武侠小说自然没有落后于这股时代潮流。在《蛮窟风云》《罗刹夫人》《飞天神龙》等朱贞木小说中，主要男女人物积极主动地寻找、追求自己的爱情，尤其是女性人物，一反全凭媒妁之言的传统，大胆示爱对方，甚至还有私奔、野合的情节。朱贞木有时还通过小说人物之口，表达他对于“情”字的解读，可以说，所有这一切都间接反映了五四运动之后反封建传统、反道学的社会流行风气。其实，在朱贞木前后期的很多武侠作品中，女性主角的地位已经大大提高，也出现不少以女性为主人公的作品，如顾明道《荒江女侠》、王度庐《卧虎藏龙》等，即使在还珠楼主的《蜀山剑侠传》中，女剑仙、女剑客也扮演了主要角色。只是多数作家虽然突出了女性的自主与独立，突出她们的纵横江湖，但在描写男女爱情上着墨不多、不细致，而在这个方面，朱贞木就显得比较突出。

他把恋爱中男女的哭、笑、逗、闹等言语和肢体动作描写得栩栩如生，淋漓尽致，而对于堕入情网中男女间的对话，更是绘声绘色，就连男女之间的武功切磋，有时也“写得花枝招展，脉脉含情”，表现了有情男女之间那种若隐若现、欲拒还迎的情致与趣味。有时他则用热辣辣的语言展现女性对于爱的向往，比如《罗刹夫人》中的罗刹夫人，《七杀碑》中的三姑娘、毛红萼，《飞天神龙》中的李三姑等等，这一特点被后起的香港、台湾武侠名家如金庸、卧龙生、诸葛青云、司马翎等人继承并发扬光大，同时穷追男主人公的侠女达数人之多，叶洪生先生称之为“数女倒追男”模式。相比之下，以“侠情”特色名传后世的王度庐，笔下恋爱男女的表现反而显得含蓄、收敛和传统。

至于男主人公的表现，除了在房梁上刻下“英雄肝胆，儿女心肠”的杨展，多数没有女性角色那么生动而有活力，《罗刹夫人》中的沐天澜竟然一副小男人的娇样儿，喜欢拜倒在两位罗刹姐姐的石榴裙下，仿佛有些《红楼梦》中贾宝玉的某些味道。

说来有趣，被划入鸳鸯蝴蝶派的顾明道笔下没有这样娘娘腔的男主角，王度庐笔下有些优柔寡断的李慕白也仍是男子汉一个，其他如更早的平江不肖生、赵焕亭和同期的白羽、郑证因等人都不弹此调，因此武侠小说中“娇男型”男主人公大概可以算得上是朱贞木的首创了。

对于爱情的结局，虽然同时期的王度庐偏重悲剧，但朱贞木还是和大多数武侠作家一样，选择了喜剧。大团圆的喜剧结尾对读者的感染力自然不如悲剧来得深刻，但在剧烈变动的时世中，对于经常听说和目睹人间惨事而无能为力的一般读者来说，也多少算得上一点安慰，多少能保留一点对美好事物的向往与期待，多少能暂时得到些许快乐与心情的放松！

小说作者迎合一般读者的需要，本是无可厚非的，而朱贞木这么做，却并不是“为稻粱谋”的需要。1943 年 9 月出版的《369 画报》第 23 卷第 1 期刊登了《天津武侠小说作家朱贞木》一文，作者毅弘在文中写道：“朱贞木先生并不指着卖文吃饭，他不过是闲着没事，作一点解闷而已，在写武侠小说的作家中，朱贞木先生是一位杰出人才，独树一帜，另辟蹊径，所以将来的成功，殊不可限量。”

可见，朱贞木写武侠小说虽是为了解闷和消遣，却也不肯胡乱涂抹，而是要有真正的消遣价值！

他在处女作《铁板铜琵录》的序言中感慨小说的出版有量而乏质，原因则是社会不景气，认真作品没有销路，大家都要有口饭吃，于是就“卑之无甚高论”了。他又写道：“在下这篇东西，本来用语体记述了许多故老传闻、私乘秘记的异闻逸事，借以遣闷罢了。后来因为这许多异闻逸事确系同一时代的掌故，也没有人注意过，而且看见小说界的作品，风起云涌，好像作小说容易到万分，眨眨眼就出了数万言，不觉眼热心痒起来，重新把它整理一下，变成一篇不长不短、不新不旧的小说，究竟有没有违背时代的潮流，同那个小说界的金科玉律，也只好不去管他，俺行俺素了。”

朱贞木显然十分清楚小说的真正要求是什么，客观环境所限，走消遣的路子罢了。即便如此，他也并不是向壁虚构，胡乱编些故事应付读者，而是有所依据的。他这样认真地选择和使用材料，显然是有成绩的，他的第二部作品《龙冈豹隐记》序言中是这样说的："前以旧作《虎啸龙吟》说部，灾及枣梨，颇承读者赞许，实深惭汗，且有致函下走：以前书仅只六集，微嫌短促，希望撰述续集为言。……稗官野史，无关宏旨，酒后茶余，聊资消遣。下走亦以撰述说部为消遣。以下走消遣之笔墨，转供读者之消遣，消遣之途不一，消遣之理相同。然真能达到读者消遣目的与否，则须视内容之故事是否新颖，文字之组织是否通畅为衡。以各种说部风起云涌之今日，而欲求一有消遣真价值之作，亦非易易。"

待到数年后的《罗刹夫人》出版时，他对武侠小说创作题材已经有了比较全面的认识和思考，他在该书附白中指出，武侠小说有两弊，一是过于神奇，流于荒诞不经；一是耽于江湖争斗，一味江湖仇杀。他希望《罗刹夫人》一书可以为读者换换口味。他也的确做到了，该书影响范围之大、时间之长是他根本想不到的。

朱贞木虽然屡屡强调自己写小说只是消遣，但他身处一个战乱频仍的大时代，又从家乡绍兴北迁天津，个人际遇的变化、人生的起伏都会多多少少在作品中有所流露。他的小说题材不少出自明末清初的笔记，为何选择在那样一个动荡的、变乱的时代发生的故事和人物，背后的含义是不言自明的。在《龙冈豹隐记》等书中，轻松和趣味之外，作者自身感受的某种无奈时有体现——身处乱世的人们，无论高人愚氓，何处可以求得安定的生活！

随着1949年1月天津的解放，这种对于时势的困惑与无奈就消失了。朱贞木在这年7月出版的《七杀碑》第二集结尾处写道："烽烟未戢，南北邮阻，渴盼解放，当再振笔。""解放"二字表明了他当时的政治态度，也表明了他对于新时代的期盼。于是，在全国解放后，朱贞木主动学习新的文艺理论，尽力掌握新的文艺观点，并尝试运用在新的武侠小说和历史小说创作中。《铁汉》就是他的一次努力：一个侠士挺身而出，牺牲自己，意欲拯救无辜百姓，免遭官军的蹂躏。在《庶人剑》的序言中，朱贞木已经认识到了个人英雄主义的狭隘与局限，认识到人民的力量的可贵，他写道："'老百姓的剑'是用钢铁一般的意志铸就的，无形的，锋利得无可比喻的，而演出的方式，不是斗鸡式的，是集合大众的意志，运用脑力体力，推动整个社会机构，而与障碍前进的恶势力做斗争的……”

可惜类似这样的努力并没有进一步开花结果，《庶人剑》刚刚写了三集就停刊了，预告的不少新作如《酒侠鲁颠》等似乎都未曾出版。自1951年6月起，所有武侠小说都不准出版。1956年文化部又颁布严肃处理反动、淫秽、荒诞图书的命令，并配发查禁图书目录，朱贞木的所有作品竟都赫然在列。其实，类似朱贞木这样努力学习、尝试运用新文艺观点创作武侠小说的还有还珠楼主、郑证因等武侠作家，他们的所有作品也一样榜上有名，一同被禁。此后三十年间，朱贞木的小说彻底消失，连朱贞木这个人也寂寂无闻至今。

朱贞木的武侠小说基本写成喜剧结局，可是他自己的写作生涯却以近乎悲剧收场，令人唏嘘不已。

上个世纪八十年代改革开放以后，武侠小说又重新出现在图书市场上，而且颇有声势，名家名作纷纷重现江湖，朱贞木的作品也出版了几种。时至今日，如《罗刹夫人》《七杀碑》等几部知名作品也再版过多次，只是因为出版人对于武侠小说仅仅停留在商业层面的认识上，因此版本混乱，存在这样那样的错误，影响了对朱贞木作品的研究。

中国文史出版社不惮花费巨大人力、物力、财力，出版“民国武侠小说典藏文库”系列丛书，为后世留下宝贵的研究资料，还中国武侠小说史上的知名作家一种本来面目，可谓功德无量！笔者作为该文库“朱贞木卷”原刊本提供者、编校者，于武侠小说资料的搜集与整理略有心得，承蒙社方信任，略谈一些关于朱贞木生平及其作品的粗浅看法，谬误不免，聊充序言耳！

顾　臻

2016年10月26日于琴雨箫风斋

2020年11月16日修订

目　　录

罗刹夫人

第一集

第一章　爵邸丧元　荒山逢寇 …… 3

第二章　恐怖的怪脸 …… 12

第三章　蚀骨销魂 …… 21

第四章　黑里俏的英雌 …… 28

第五章　绝技退飞狐 …… 35

第六章　异龙湖畔 …… 44

第七章　五十名勇士失踪之谜 …… 51

第八章　虎口余生 …… 60

第九章　桑苧翁的自白 …… 75

第二集

第一章　仙影崖的秘径 …… 86

第二章　罗刹峪 …… 95

第三章　玉狮子 …… 105

第四章　祸土 …… 115

第五章　猿国之王 …… 126

第六章　三斗坪的血债 …… 135

第七章　用在美人身上的美人计 …… 145

第八章　黄金祟 …… 158

第三集

第一章　铁瓮谷 …… 167
第二章　伏虎驯狮的佳人 …… 178
第三章　玫瑰与海棠 …… 189
第四章　欢喜冤家 …… 200
第五章　活宝 …… 215
第六章　胭脂虎 …… 227

第四集

第一章　肚内的秘密 …… 243
第二章　罗刹神话 …… 257
第三章　山色溪光别有村 …… 272
第四章　九尾天狐 …… 285

第五集

第一章　火狱 …… 294
第二章　一箭了恩仇 …… 316
第三章　幸不辱命 …… 331

罗刹夫人续集

小　引 …… 347
第一章　金驼之劫 …… 348
第二章　失宝 …… 360
第三章　风魔岭 …… 372
第四章　真相大白 …… 383

附录：朱贞木小说年表 …… 397

罗刹夫人

六七年前作者公余之暇，偶然写了几部长篇武侠小说，计有《虎啸龙吟》《龙冈豹隐记》两部。《龙冈豹隐记》全书资料颇富，原拟刊行十二集，因事冗中止，仅出五集，后经发刊人敦促，以读者渴盼续刊为言，作者又编刊《蛮窟风云》二册，完足原书故事之一部，原拟借此塞责，而读者仍有投书督促，未许偷懒。原书中断，自视亦复歉然，乃于奔走衣食之余，陆续撰述《罗刹夫人》四集。数年所积，稿已过半，近适友好组织小说出版社，即索此稿问世。此篇故事虽系独立，而人物线索与《龙冈豹隐记》《蛮窟风云》两书息息相关，读者视为两书之补编，亦无不可。

武侠小说，惊奇过甚，必入于神鬼怪诞；江湖过甚，亦必流入徒先师继、宗派争雄的俗套。免此二弊，亦费神思，姑以此册，试为读者一换口味何如。

作者附白

第一集

第一章　爵邸丧元　荒山逢寇

四百年前，烟岚雾嶂，苗蛮窟宅之区，也充满了血雨腥风、石破天惊的故事。现在被作者忙里偷闲，用三寸秃笔，仿照小说家言，依次编成几部光怪陆离、亦庄亦谐的奇闻逸事，供给爱读武侠小说的人们。

说也惭愧，在这样大时代的汹涌潮流中，居然还有这样闲心，编撰这样文字，也可以说是无聊到极处。话说回来，正唯无聊到极处，才信口开河，写这些可歌可泣、可惊可笑的故事，刺激些麻木脑筋，消遣些无情岁月。

闲言休絮，故事开场。滇南哀牢山脉分支的金驼峰，在石屏州异龙湖畔，山势险峻，出产富厚。在金驼峰五六十里方圆以内，尽是龙姓苗族，无形中这金驼峰五六十里方圆，也变为龙家苗的势力范围，滇人称为龙家金驼寨。金驼寨为首土司，叫作龙在田，威相出仪，武艺过人，曾经跟随镇守云南世袭黔国公沐英后人沐启元，剿抚滇边苗匪有功，于土司外加封世袭宣慰司的头衔，因此雄视其他苗族，气焰赫赫，也算是金驼峰的土皇帝了。

龙在田年龄五十不足四十有余，生得鹰瞵虎步、紫髯青瞳，额上偏长出一个紫瘤，远看便像一只肉角，滇南人们又加上他一个“独角龙王”的诨号。苗族强悍，本来崇尚武事，又加上龙家苗依附沐府，屡次替朝廷出力，征剿苗匪，未免被其他苗族怀恨仇视，尤其是历年被沐公府剿平的几股凶悍苗匪和叛乱未成的六诏秘魔崖九子鬼母余党（事详拙著《龙冈豹隐记》及《蛮窟风云》两部小说内），对于金驼寨视同世仇，屡谋报复，因此龙土司解甲归来以后，便将金驼寨龙家苗族，用兵法部勒。好在苗族聚居村落都是倚山设垒，垒石树栅，男女老幼随身都带腰刀标枪，经龙土司精心布置，把金驼峰出入险要所在，筑起坚固碉寨，由部下心腹头目，率领苗卒分段把守，稽查出入，一时倒没有轻捋虎须的人。

独角龙王龙土司左右，有一个结义弟兄，叫作金翅鹏，却是汉人，是龙土司独一无二的好臂膀。这人是龙土司随沐府出征时，从苗匪俘虏内洗刷出来的一位无名侠士；后来探出这人是黄牛峡大觉寺少林名家无住禅师的俗家徒孙，武功却是无住禅师亲自传授的。龙土司推心置腹，一路提拔，军功由记名都司积到忝游，他却不以为荣，一心辅佐龙土司，图报知己。军事结束，他依然跟着龙土司回到金驼寨。他本来一身以外无家无业，龙土司把他当作手足一样，金驼寨龙家苗族都非常尊重他，忘记他是汉人，因他年纪比龙土司小一点，上上下下都喊他为“鹏叔”。

龙土司唯一心腹鹏叔以外，还有一位贤内助，便是他妻子禄映红，是华宁州婆兮寨土司禄洪的妹子，也是苗族的巾帼英雄，貌仅中姿，心却机警，自幼练得一手好飞镖，百不失一，金驼寨基业日见兴隆，一半还是这位贤内助的功劳。独角龙王对于这位贤内助言听计从，畏比爱多。

这时夫妇膝下有一对朝夕承欢的儿女，长女名叫璇姑，年十七，次生男孩，年只八九岁，上上下下喊这孩子叫作龙飞豹子。这种怪名称的来由，因为龙飞豹子出世时，龙土司正率领近身勇士在金驼峰深山密林内合围行猎，适有一只牯牛般的锦毛花豹，被打猎的人们鼓噪惊起，从一座壁立的高岩上面飞跃下来。龙土司正想举起喂毒飞镖连珠齐发，忽听金驼峰上各碉寨内长鼓齐鸣，梆梆之声，四山响应。

苗寨长鼓，并非汉人用的蒙皮大鼓，却是一段空心镂花的大木，是苗寨传警报讯的利器。当时龙土司听得各碉寨长鼓传递声，从鼓声节奏中，便可听出龙土司府内发生喜庆之事，和平时聚众传警之声大有分别。鼓声一起，土司府内头目已飞马赶到，报称夫人产下一位少土司，奉命请爷快回。

龙土司大喜之下，顾不得再用飞镖猎取花豹，急忙率领勇士们骤马赶回，因此把生出来的孩子取名飞豹。后来龙家苗族连姓带名，加上语助词，叫作“龙飞豹子”，喊顺了口，骤听去活像江湖上的绰号。

这一对娇儿爱女，生得玉雪聪颖，在苗族中实在不易，龙土司夫妻自然宠爱异常。龙家苗族归化又早，事事效法汉人，龙土司更是与沐公府渊源极深，一切起居饮食，极力模仿汉人的阀阅世家。有了这对宝贝儿女，又希望他们克承父志，光大门楣，所以从小便请一位汉儒教授读书识字，一面又请鹏叔教授武功。

鹏叔也喜欢璇姑和龙飞豹子，一点不藏私，恨不得把自己压箱底的本领倾囊倒箧地传授他们。龙飞豹子年纪还幼，璇姑较长几年，却真肯用功。这样过了几年，姊弟都有了几层功夫，金驼寨也太平无事，龙土司夫妻着实享了八九年安闲的清福。

有一年昆明沐公府世袭黔国公的沐启元突然病故，黔国公世爵照例由长公子沐天波承袭。还有一位次公子沐天澜原在哀牢山内，拜列滇南大侠少林外家掌门人葛乾荪门墙，刻苦精研武功绝技。（沐府事迹及次公子天澜投师学武等事详拙著《蛮窟风云》，此处从略。）他父亲死得奇特，由他哥哥立派急足，飞马接他兄弟回来奔丧，一面也派家将飞马到金驼寨报丧。

龙土司和沐府唇齿相依，感恩铭骨，一闻讣音，大惊之下如丧考妣，立时同金翅鹏率领廿名得力头目昼夜趱程，第二天清早便赶到昆明。一进沐府的辕门，只见层门洞开，白衣如雪，官府绅民赴吊的轿马已挤满了东西辕门一条长街。沐府家将和执事人等排班的排班，奔走的奔走，万头簇动，人声如潮。

龙土司一踏进箭楼高峙的第一重大门，已经神色凄惶，泪落如豆，而且步履跄踉，瞪着一对满含泪光的环眼，向甬道上奔去。站班的家将们当然认识他，早已一路传呼：“龙将军到！”

金翅鹏慌紧趋几步，跟在龙土司身后，直抢到大堂口点将台滴水阶前。抬头一看，大堂内素帐重重，灵帷高挂，而且香烟缭绕烛焰腾空。阶上下哀乐分班迭奏，大小官吏正在依次拜奠。龙土司趋上台阶，从大堂内跑出沐公爷生前两员贴身家将，一色素盔素甲，哑声儿急趋至龙土司身前，分左右单膝一点地，倏地起立，便来扶持龙土司。

龙土司一见这两员家将，霍地铁臂一分，拉住两将，岔着嗓音喝问道：“公爷究竟得的什么病？怎的一得病就归天了？事前为什么不向我通个消息？”

两将立时面色如灰，低声答道：“请将军息怒，实在事出非常，便是我家二公子，现在尚未回来。此刻我家少公爷，正在大堂内苫次回礼，一时不便出来迎接将军，特命末弁们先来招待……”话还未完，龙土司、金翅鹏二人已听出沐公爷此次突然病故，中有叵测。

龙土司一发急得双眼如灯，跺脚喝道："怎么？二公子尚未回来，这是什么一回事？快说！真要急死我了。"

两员家将虽已略明内情，哪敢说明？一阵支吾。龙土司猛地双手一分，推开两将，直趋大堂。

两将被龙土司猛力一推，跄跄踉踉地望后倒退，几乎来个倒坐，勉强立定身，慌又赶过来，拦住龙土司，躬身说道："大堂内只是虚设的灵帷，受百官拜奠。真正灵帷，设在府中内堂，所以末弁们奉命邀请将军进府，不必和百官们进入大堂了。"

龙土司和金翅鹏被两员家将一路引导，绕出大堂，进入后面仪门，到了内宅门口，抬头一瞧，便吃了一惊。只见仪门以内五步一岗，十步一哨，虽然一色素盔素甲，可是个个弓上弦，刀出鞘，如临大敌。远望内宅崇楼杰阁上面，也隐隐地布满了匣弩手和刀斧手。这是举行丧礼，不应如此布置的，更令龙土司、金翅鹏诧异万分。

两人疑云满腹，不顾一切，大踏步闯进沐府宅门。步入走廊，已听见大厅内姬妾们的隐隐哭声。龙土司一颗心突突乱跳，几乎不能举步。猛然当的一声点响，立时两阶鼓乐奏哀。龙土司跄踉进厅，果然孝帷帏室中间，赫然一幅沐公爷戎装佩剑的灵挂，宛然如生。龙土司大吼一声，立时俯伏在地，叩头如蒜，大哭大嚷道："在田罪该万死！公爷归天，竟不能见最后一面吗？"哭了又说，说了又哭。

龙土司哭得昏天黑地之际，猛觉后面有人连扯衣襟，止住悲声，回头一看，却是金翅鹏也跪在身后，见他向身侧暗指，这才看到长公子沐天波不知在什么时候，一身麻冠麻衣，匍匐在左侧草荐上连连叩首。

龙土司慌膝行过去，抱住沐天波痛哭起来。两人对哭了一阵，龙土司突然问道："公爷何时大殓？"

天波哀声答道："便在今晚子时。"

龙土司听了这话，一跃而起，大声说道："请后面孝眷们回避一下，在田立时要见一见公爷遗容。"

此语一出，沐天波大惊失色，哭丧棒一拄，挣扎起来，要拦住龙土司。哪知龙土司不顾一切，也不管灵帷后面孝眷们回避净没有，一迈步，举手拉开灵帷，便抢入里面，只见灵床上虽然躺着沐公爷遗体，却被极长极宽满绣金色经文的大红吉羊被幅，从头到脚盖得密不通风。

鲁莽的龙土司满腔悲酸，不顾一切定要见一见遗容，毫不踌躇，一伸手从顶头上拉起吉羊被的一角。哪知不瞧还好，这一瞧，龙土司立时面如馔血，两眼突出像鸡卵一般，额角的汗竟像雨一般掉下来，两只手臂瑟瑟直抖，被他扯起的一角被幅，也从指上落了下去。这样魁伟的身躯，竟支持不住自己身体，腾的一声，一个倒坐，蹾在地上，两眼一翻，竟急晕过去了。

等到龙土司悠悠醒转，两眼睁开，人已卧在一处锦帐委地、珠灯四垂的复室内。龙土司似乎从前到过这间密室，猛然想起当年阿迷巨寇率领“六诏九鬼”大闹沐府，自己同沐二公子教师瞽目阎罗左鉴秋、婆兮寨土司禄洪和公爷，便在这间密室，密商抵御之策。(事详拙著《龙冈豹隐记》) 万不料几年光阴，仁慈的沐公爷依然遭了毒手，竟死得这样奇凶极惨！

他这样一回想，立时泪如雨下，猛又一声大吼，霍地一翻身，跳下锦榻，屹然山立，仰天拱手，大声说道：“在田受公爷天地之恩，不替公爷报此血仇，誓不为人。”语音未毕，锦幔一动，进来两个素衣的垂髻女子，一个托着盥洗之具，一个捧着酒壶锦盒。安排妥帖以后，便默不一声地退去。

待龙土司盥洗以后，金翅鹏也跟着走了进来。龙土司一见金翅鹏，慌一把拉住，先看一看幔外无人，才低声说道：“老弟，愚兄几乎急死痛死。你知道公爷怎样归天的吗?”

金翅鹏满脸如霜咬着牙，点着头，斩钉截铁地说道：“我知道，公爷六阳魁首被仇家拿去了。灵床的假头，是用檀香木临时雕成配上的。”

龙土司满面诧异之色，嘴上噫了一声，指着他说：“我进灵幔时，你定然跟在我后面，也看见吉祥被内的假头了。”

金翅鹏摇头道：“不是！将军晕倒灵帷内，待我赶进去，少公爷已指挥贴身家将把将军送到此间，灵床上吉祥经被已盖得严密如常，什么也瞧不见了。这当口，少公爷把我调到另一间密室，暗地告诉我老公爷出事情形，我才明白的。此刻才巳末午初，前面百官未散，少公爷实在不能在内宅久留；所以命我代为转告，二公子大约今晚五更以前可以回府，那时仇人是谁，或可分晓。”接着金翅鹏便将沐天波告诉他的惨事，秘密地转告了龙土司。

据说老公爷沐启元因这几年苗匪不大猖獗，总算太平无事，和本省官员也懒得交往，时常屏除姬妾，喜欢独室静养。少公爷天波除早夕问安以外，也不敢常常随侍在侧。老公爷晚上憩息所在，在这后院一所高楼内，楼下原有十几名家将护卫。

出事这一晚，谁也听不出有什么动静。第二天清早，少公爷照例率领姬妾们上楼问安。先瞧见老公爷寝门外，两个年幼侍婢死在地上，一个额上、一个心窝，都插着一支喂毒袖箭，寝室半扇门也微微开着。天波吓得一声惊喊，直奔寝室；揭开绣帐一看，血染锦榻，老公爷只有身子没有头了。

天波急痛攻心，立时晕死过去。幸而楼下十几名家将都是心腹，而且也担着重大干系，立时守住这所内院，不准出入，一面救醒天波，四面查勘。才知贼党从屋顶只揭开了几张鸳鸯瓦，弄开一尺见方的小孔，用轻身缩骨法跃入室内，盗了首级，然后启窗逃走。再验勘出入足迹，似乎只有一人，足形瘦小，还似个女子。

当时沐府出了这样大事，沐天波急得手足无措，一时又未便声张，只可暂时严守秘密，假称老公爷有病，谢绝宾客谒见。一面立派贴身干练家将二名，骑了快马，不分昼夜，赶往哀牢山内，迎接二公子沐天澜火速回府，能够请得二公子师父葛大侠同来最好。

二将领命登程。沐天波算计从昆明到哀牢山最少有一二百里路程，最快也得两天才能赶回。时值春末夏初，昆明气候素来温煦，老公爷尸首万难久搁。慌与心腹幕僚密议，只可假称老公爷急病中风，先行报讣发丧，等到二公子到来再行入殓，暂时雕一香木代替老公爷首级。

这一发丧，沐府上下立时哀声动地，乱哄哄热闹起来。到了出事第二天起更时分，迎接二公子的两员家将已经拼命赶回，二公子却未同来。据说二公子得耗痛不欲生，因葛大侠先已出山云游，只好留函代禀，马上随着二将飞马趱程。半路碰见形迹可疑之人，二公子疑心和本府有关，决计跟踪一探虚实，嘱二将先行赶回报信，自己最迟至今晚五更以先，定必赶到。沐天波一听，虽知自己兄弟机智过人，武功尽得乃师真传，半途逗留定有缘故，又怕他年轻冒险，别生枝节，一发心惊肉跳，坐立不安起来。

原来二公子沐天澜年刚十九，长得俊秀不群，文武兼资，而且智谋过人。从小抛却锦绣膏粱的公子生活，深入哀牢山中，拜在滇南大侠葛乾荪门下，刻苦练功，尽得少林秘传绝技。平时足不出山，每年只许春季回家一次。本年因师父云游未归，回家省父比往年稍晚了几天，原拟等候自己师父回山，禀明以后，到省城来省亲问安。万不料突然来个晴天霹雳，得知父亲身上出了这样滔天大祸，怎不惊痛欲绝，恨不立时插翅飞回。所以二将一到，立时一身急装，背起自己师父赐他的一柄斩金截铁的长剑。这柄宝剑绝非凡品，自镡至锷三尺九寸，莹若秋水，叩如龙吟，名曰“辟邪”。据说是秦汉古物，端的是一件稀世宝物。当下归心如箭，率领二将，一同飞马向昆明进发。

沐天澜和两员家将快马加鞭，半途绝不停留。从清早赶到起更时分，已越过老鲁关，来到征江府边境椒山。过了椒山，踏进庙儿山，便是省城地界。这晚，三匹马飞一般驰进椒山，因为山路崎岖冈岭起伏，偏又月黑风高，难以驰骤，只可缓行下来。这样又走了一程，人虽不乏，马已遍体汗淋，力绝气促，再走便要倒毙，在这荒山深谷之中，又难调换坐骑。两员家将一路奔驰，也闹得骨散气促。

沐天澜心急如焚，仗着自己一身功夫，意欲抛下家将，舍却牲口，独自施展夜行飞腾之技，先行赶回府中。一看前面山坳中黑压压一片松林，微透灯光，略闻人语，似有几间草舍。心里一打主意，一骗腿，跳下鞍来。吩咐两名家将带住马匹缓缓赶来，让三匹牲口喘口气儿，自己先到那边问明路境，顺便弄点喂马草料，说罢便向灯光所在一伏身，弩箭一般向前赶去，眨眨眼便没入黑影之中。两员家将好生惭愧，这点事反让公子自己出马。好在这位公子爷与人不同，待人非常和气，年纪轻轻又有这样俊的本领，真是胜爷强祖了。

沐天澜走进山坳，一看此处离开官道有一箭路，松林下面搭着疏落落的几间草屋。最近一间屋外搭着松棚，挑着招子；柱上斜插着一支松燎，火头迎风晃动。似是山村小店，兜揽行路客商借此歇足，卖点酒菜。沐天澜眼光锐利，远远借着松燎火光，看出松棚下面有两个装束诡异、身背包袱兵刃的人一东一西，对坐吃酒。

沐天澜心里一动，立时放轻脚步，悄悄地穿入松林，借松树蔽身，蹑足潜踪，掩到松棚所在，暗地偷看两人形状。只见面朝自己的一个紫绢包头，生得瘦小枯干形若猿猴，貌相非常凶恶，背面坐着的人，看不出面貌，却长得膀阔腰宽。

天澜一看两人举动穿着，便知不是汉人，多半是无恶不作的滇南苗匪。蓦地听得对面瘦猴似的一个，叹了口气道："自从我母亲中了人家诡计，命丧秘魔崖以后，这些年我处处倒霉，事事别扭。最可恨是桑家丫头，吃里爬外，铁桶一般的秘魔崖，一半送在这狠丫头手上，现在和三乡寨何天衢结成夫妇，竟做起土司夫人，恨得我牙痒痒的。我早晚要这对狗男女的性命！"（三乡寨事详《蛮窟风云》）说罢，举起椰瓢做的酒碗，咽的一声喝了一口，接着吁了口气，似乎这人满腹牢骚，借酒浇愁。

却又听得背着身的壮汉一拍桌子，大声哈哈笑道："我看你旧情未断，还吃这多年陈醋干吗？你现在这位夫人，也是你家老太一手调理出来的顶呱呱的人物。除出脸蛋黑一点，哪一点不比桑家丫头强？你也应该知足了。从前你家老太的三位义女，除出桑家丫头和你夫人以外，还有一朵有刺的玫瑰花，叫作女罗刹的。这人貌美心狠，独往独来，倏隐倏现，谁也摸不着她藏身处所，可是一提到她，谁也得伸大拇指，说是普家老太的血海冤仇和留下的弟兄们，只有她担当得起来。"

那瘦汉听了这话，似乎愤火中烧，啪的一声，把酒碗一掷，恨恨地说道："你知道什么！女罗刹才不是东西哩！我母亲死时，她诡计多端，将我母亲历年收罗来的珍宝统统劫走，表面上装得大仁大义，推说秘魔崖火起时无法取走，一齐葬送火窟了。事后我去搜查，房子虽烧了片瓦无存，藏珍宝的洞内却没有火烧痕迹，这且不去说它。她明是汉人的子孙，却故意冒充苗族；我母亲部下偏有许多傻虫，受她牢笼，听她指挥。最近还出了一桩事，我便为这事赶来的。"

那壮汉诧异道："现在又出了什么事？"

瘦汉道："我们猓猓族的宗风，你当然知道的。谁能得到公众大仇人的脑袋，拿回来高供在屋顶上敬神祭祖，便是天字第一号英雄，谁也得服从这人的命令，替他卖命。女罗刹想收服我母亲旧部，便扬言不日单枪匹马独往昆明，去取黔国公沐启元的首级，替大家出口怨气。"

沐天澜一听这话，大吃一惊，慌压住怒火，耐心细听再说些什么。这时听得壮汉接过话去，冷冷笑道："既然她有这口勇气，你是老太的儿子，你为什么不自己下手，在众人前露脸呢？"

瘦汉大声道："你不要忙，话还没有完呢。前几天飞天狐赶到阿迷，通知我们这样消息，我们明知女罗刹并不是替我们报仇，是想乘机取巧。我内人原与女罗刹不和，想起从前暗探过沐公府，路径熟悉，现在沐府又没有能人守护，何必让女罗刹占尽便宜？三人计议之下，便由内人连夜奔赴昆明，想赶在女罗刹前面下手。我同飞天狐分派地段沿路接应，探得已经得手。算计日期，内人定必从这条路上回来，所以我先在这儿息一息脚，回头迎上前去，便可分晓了。”

瘦汉话毕，对面壮汉喊一声：“好！有志气，祝你们马到成功。”

第二章　恐怖的怪脸

天澜偷听多时，眼含痛泪，心如火焚，暗想：照这贼党的话，我父亲已命丧两个女贼手中，偏有这样巧法，被我误打误撞地听出情由，也许我父亲在天之灵暗中默佑，我从这条路上定可找到杀父的女贼。这样机会不可错过，眼前这两贼也不能放过，应先下手剪除贼党羽翼。立时打好主意，正欲拔剑上前，猛听得官道上马匹咴咴长鸣。

他明白这声马嘶是自己两个家将跟踪寻来，偷眼看松棚下两个匪徒已闻声惊愕，霍地站起身来，心里纺车似一转，慌一撤身，悄悄退出松林。一伏身，鹭行鹤伏，施展开夜行术，宛似一道轻烟，驰到官道上，拦住两名家将，悄悄吩咐火速先行回府，报告我哥哥，只说此地有形迹可疑的匪人和老公爷身上有关，必得亲身探个水落石出，好在此地离省城没有多远，最迟明晚我必赶回家中。快去，快去！

两个家将哪敢违拗，只可先回昆明。沐天澜却带住自己这匹骏马，故意加重脚步，露出行藏，向山坳走来，穿入松林夹道的一条小径，看到那两个苗匪已离开松棚，向对面走来。一见沐天澜很安详地牵着马，一步步走近来，两匪立时站住，大约起头听得马叫，以为便是这人的牲口，又疑是赶路错过宿头，望见火光，寻来借宿的。等得沐天澜走到跟前，一看他年纪虽轻，气度非凡，身后背着长剑，顿又不错眼珠地上下打量。

那个膀阔腰粗的匪人，这时才看清他长相，浓眉连心，怪眼如血，满脸凶恶之相。却见他大步上前，两手一拦，高声喝道："喂！小伙子，你走岔路了。这儿不是官道，也不是宿店，趁早回身赶路是正经。"

沐天澜故意露出怯怯的形相，打着滇南乡谈，拱手说道："在下贪赶路程，一路赶来，不意起了风，月亮被云遮没了，这段山路又难走，在下没有走过长道，路境不熟，胆又小，这样黑夜，难保前途不出事，委实不能前进了。两位行好，不论什么地方，让我度过一宿，天一亮水米不沾便赶路，定必重重厚谢。”

其实沐天澜故意没话找话，同匪人磨牙，为的是打量两个匪徒以外，松棚后面几间草屋内，还藏着匪党没有。说了半天，没有其他匪人出来，便知只有他们两人，再偷偷看后面立着的瘦汉子，一声不哼，只把一双贼眼盯着自己，似乎已起了疑。

不意沐天澜一阵哀告，前面的凶汉立时两道浓眉一立，怒喝道：“哪有这些啰唆？太爷们有事，好意放你一条生路，你倒愿意找死。那你就不必走了！”话音未绝，这凶汉一上步，右臂一举，张爪如箕，来抓沐天澜的肩头。他以为这样的怯小子，还不手到擒来。

行家一伸手，便知有没有！沐天澜何等角色，一瞧这匪徒还练过鹰爪力，又顾虑到后面那个瘦汉子动手，或有其他匪党前来相助，便打定速战速决的主意。等得匪徒钢钩似的手指刚一近身，一声冷笑，下面丁字步不离方寸，只一矮身，双肩一错，左臂一圈一捋，便已扣住匪徒向下抓来的寸关尺，同时右腿起处，实坯坯正踹在匪人关元穴上。匪徒连招架工夫都没有，啪嗒一声，横踹出七八尺远，跌进松林，早已晕死了。

在匪徒跌入松林当口，猛听得那边瘦汉一声断喝：“凭你也敢行凶！”右臂一抬，哧的一支飞镖向前胸袭到。沐天澜原式未动，只一塌身，那支飞镖便擦着左肩头射向身后。

沐天澜身形一起，瘦汉子一个箭步已到面前，左掌一晃动，右掌独劈华山当胸砍下。掌带风声，便知功候。瘦汉原是个急劲，先用飞镖暗袭，原想救那匪徒性命，镖一出手，身随镖到，疾如飘风，而且立下煞手，总以为敌人难逃掌下。

哪知沐天澜哀牢山中十年少林内外苦功尽得师传，人家二三十年的造诣，还没有他的精纯。掌风一触，顿时身法步一变，微一吸胸，便望后退去四五步，厉声喝道：“且住！报上你的狗名再斗。”

瘦汉大怒，却也知道遇上劲敌，也是微一退身，立从身后解下包袱掣出一对奇形兵刃，似戟非戟，似钺非钺，通体约有三尺长短，顶上一个鸭嘴形的矛锋，下面托着血挡，血挡下面又有曲尺形的两根钢刺，五寸长，一指粗，一上一下，分列左右。

这种外门兵刃，沐天澜听自己师父讲解过，知是峨眉玄门派的传授，名叫“阴阳三才夺”，又名“指天画地”，利用血挡下一上一下钢刺，善于锁夺人家兵刃，顶上鸭嘴形矛子，两面微凹，见血透风，异常歹毒。沐天澜一见贼人手上兵刃，猛想起从前有人说起过，九子鬼母的儿子便用这种兵刃，贼人的形状也与所说相符。

这时瘦汉凶睛外突，灼灼放光，恨不得一口把沐天澜吞下肚去，右手三才夺一指，咬牙喝道：“小子，叫你死得明白。太爷便是阿迷碧风寨土司普明胜。你家土司爷夺下不死无名之鬼，小子，报上万儿来。”

沐天澜一听，正是九子鬼母的儿子，并不答话，一反腕，掣出背上的辟邪剑，更不亮出门户，左手剑诀一领，哧的一个箭步，烂银似的剑光，宛似一道电闪，直奔敌人。

普明胜泼胆如天，倚仗一身武功，不把沐天澜放在心上，喝一声：“小鬼，愣敢找死！”立时双夺一裹一分，野马分鬃，荡开剑光，接着身形一转，倏变为大鹏展翅，右手阴阳夺由外向内，向沐天澜左胁猛搠，左手夺由内向外，似封似闭，连环进步，虚实互用。

沐天澜识得这种外门兵刃又贼又狠，立即气沉丹田，施展开剑法秘奥，静则渊渟岳峙，动则翔凤游龙，倏而剑光如匹练绕体，倏而剑光如瑞雪舞空。一霎时双方对拆了十几招，似乎未分胜负。

其实沐天澜有事在身，哪肯同他游斗？无非先探一探对方功夫虚实。在普明胜方面，怒吼如雷，还不知这人是谁，心里又惦着沐府人头，恨不得立地把敌人制死。无奈对方年纪虽轻，剑术却变化无方，用尽方法也得不到半点便宜。普明胜意狠心毒，便想施展毒手。

恰好沐天澜双足一点，腾身而起，剑随身走，向普明胜左侧滑过，忽地一转身，玉带围腰，剑光如虹，绕着普明胜身子滴溜溜转起圈来。普明胜的双夺挥动如风，自然而然随着剑光绕起圈子来。贼人却也识货，知道这是少林太极剑的招数，踩八卦，步阴阳，顺逆虚实，变幻莫测，越转越快，一不小心，便晕头转向，看不清敌人剑点，非落败不可。

普明胜猛地一跺脚，一鹤冲天，竟拔起一丈多高，半空里腰里一叠劲，双臂一展，变为野鸟投林，竟向左侧松林落下，意欲施展峨眉独门暗器喂毒连珠镖，取敌人性命。不料沐天澜剑走轻灵，龙形一式，早已如影随形，赶到跟前，人方落地，剑光贴地如流，已向下部卷来，闹得他手忙脚乱，哪容得他施展暗器？

普明胜恨怒交并，迸跃如鬼，有心拼命，适值沐天澜随势变招，使了一招“游蜂戏蕊”，剑花如流星赶月，分上下左右罩向敌人。普明胜汗流气促，把双夺上撩下挂，右挡左封，已是守多攻少。

沐天澜明知自己用的长剑是古代奇珍，究因阅历较少，对方双夺器沉力猛，老防被敌人锁住勒住，这一来敌人却占了一点便宜。恰巧这时普明胜野心勃发，大喝一声：“不是你，便是我！”一矮身，左夺进步撩阴，右夺撒花盖顶，一长身，倏又变为顺水推舟，不管不顾，尽力展开进攻招数。沐天澜知他力绝拼命，故意一错身，使了一招“拦江截舟”，微一拨开双夺，一沾便走。

普明胜一见敌人露了破绽，喝一声：“哪里走！”一耸身，双夺如怪蟒吐芯，一伸一缩，已袭到背后。沐天澜猛地一个犀牛望月，双夺便一齐落空，一转身，一个白虹贯日，剑锋已点到左胁。

普明胜吃了一惊，势子正在向前，万来不及吸胸退步，一甩肩头，猛力收回双夺，向剑身一推一锁，满以为这一招可以缓过势来。谁知敌人原是虚招，待双夺递出，倏变为拨云见日，微一荡开双夺，一抽一吐，一上步，忽又变为玉女投梭，唰的一剑直贯胸窝。普明胜五官一挤，浑如厉鬼，猛地一声惨叫，撒手抛夺，望后便倒。

沐天澜顺势一个滑步，抽出剑来，斜刺里退出五六步去，抬头一看，普明胜胸口的血，箭一般飙出老高。沐天澜却又走近一步，用剑指着地上普明胜喝道：“恶贼，叫你明白，我便是沐二公子，沐天澜。”说罢，地上普明胜突又一声低吼，两腿一伸便已死掉。

沐天澜却泪如雨下，宝剑一举，仰头向天，看见一轮明月，刚从一块黑云堆里吐了出来，又被一块厚厚的乌云吞了进去，风推云涌，好像无数魔手从四面八方挤拢来，要捉拿皎洁光明的一轮月亮。月亮拼命挣扎着、逃避着。山上松涛悲吼，树枝东摆西摇，偶被黑云堆里逃出来的月亮闪电般一照，便似无数巨鬼张牙舞爪，发出厉吼向天上追去一般，景象端的阴森可怖。可是悲愤填膺的沐天澜不顾这些，泪眼望天，低低哭道：“父亲！儿子先杀贼党，再去寻那女贼报仇雪恨。求父亲阴灵默佑，稍减不孝儿的罪孽。”祝罢，插剑还鞘，便欲寻马登程，猛一回顾地上两具贼尸，又一转念，仍然拔出宝剑，走到跌进松林的无名贼尸跟前，一试还未断气，加上一剑才算了账，回身又走向普明胜尸旁，一俯身，宝剑一挥，割下首级来，拾起首级走入松棚，插剑还鞘，顺手拔下松燎，已经烧成了短短一段，一手举着松燎，一手拾着首级，向几间草屋巡视，却是寂然无人，也没有什么惹眼东西。门外搭着松棚的一间，屋内无非一灶一榻，榻上堆着被服之类，灶上烧着沸水，搁着一瓦罐米饭、一荷叶包的熟肉，灶旁埋着一只水缸。后壁角还有一扇竹编的小门，推开一看，门外似乎有座马棚，拴着一匹马，大约是普明胜骑来的。紧靠马棚有一圈短短的篱笆，圈了一亩多点地，大约越过短篱，可以绕到草屋前面。

沐天澜查勘清楚，回进草屋，顺手把松燎插入土墙裂缝，扑通一声，又把普明胜脑袋掷进水缸，转身出屋，在松棚下桌上寻得一只粗碗、一双竹筷，又反身进来，舀了点沸水，吹着喝了几口，又吃了点冷饭冷肉，便算解了饥渴，然后提起水缸里载沉载浮的脑袋，凑近火燎一看，血污业已冲刷尽净，一缸水却变成红水了，又从榻上撕下一幅布被把首级包好，拎在手内，一听门外风声业已停吼，树木也渐渐静了下来。大风一停，天上明月也透出阵云来，屋外布满了月光，向光处好像亮晶晶地罩上了一层霜，四山寂寂，沉静得自己一颗心的跳声好像都听得出来。

沐天澜诸事停当，这儿已无可留恋，向墙上拔起松燎，投入水缸，哧的一声，火便熄灭，提着普明胜脑袋，便欲离开草屋。猛一抬头，倏地一退身，把身子隐在门旁暗处，定睛向门外偷瞧时，只见月光照处，松棚下静静地坐着一个人。

说他是人，实在不像有生气的人，最可怕是一张人类中寻不到的面孔。一副瘦小的面孔，没有眉毛，没有血色，没有表情，分不出五官的明显界线。眼和嘴所在，好像闭得紧紧的，只剩一条线。头上披着长发直垂到肩下，双肩下削，披着一件黑衣，自腰以下被桌子挡着，看不出什么来，可是身材瘦小像个女的，是观察得出来的。

沐天澜偷看了半天，见她始终纹风不动，笔直地坐着，活像一具石雕或泥塑的东西。沐天澜这样的人物也看得毛发直竖，心里直跳，疑惑深山荒林真有鬼怪出现，偏被我遇见，真是怪事！难道我还要和这样鬼怪争斗一阵吗？但是我有要事在身，时机稍纵即逝，不管她是人是鬼，只要没有碍我的事，何必管她？主意一定，提着人头，按一按背后宝剑，悄悄从后户走出，越过竹篱，斜刺里趋入松林，已看见自己马匹好好地拴在树上，回头看那松棚下时，那个怪物已无踪影。

他几乎疑心刚才一阵眼花，或者果是鬼怪出现，惊疑不定地走向拴马所在，解下绳索，把人头系在鞍后，跨上马鞍正要走去，禁不住又在马上转身去瞧松棚下，依然寂无人影。忽地一眼瞥见棚下桌上，搁着一件东西，似乎是一个四方木匣子。记得自己躲在松林偷听匪徒说话时，没有这件东西，瞧见女怪时，一心注在怪物身上，却没有留神桌上，难道这东西是怪物留下的吗？这真是怪事了！心里一动，一纵身跳下马来，随手把马绳往判官头上一搭，又走回来。

沐天澜回身走近松棚，四面一瞧，月光如水，树影在地，静悄悄的毫无动静。

沐天澜疑云陡起，未免怀着戒心，嗖地掣出长剑，迈入松棚，细看桌上搁着的尺许见方的木匣，四面用绳勒着，顶上还有一个挽手。他把长剑向地上一插，一伸手解开匣上绳束，揭起匣盖。

这一揭不要紧，几乎把他吓死，惊死，痛死！

原来他一揭开匣盖，只见匣内周边尽是晶晶的盐粒，中间却埋着一个庞眉长须满面慈祥恺恻的面孔。这面孔是他从小到大深镌心目，而且朝夕思念的面孔，尤其是一对似睁似闭、布满鱼尾纹的双目，活似要朝他说话一般。

这一下，沐天澜神经上受的刺激，可以说是无法形容的，周身血脉似已停止，四肢瑟瑟直抖，已难支持身体，两目痛泪直挂下来，迷糊了四面境物，忘记了自己身在何处。半晌，猛地一声惊喊："天呀！"立时俯伏在地，痛哭起来。

沐天澜哭了一阵，神志渐渐恢复，猛地惊悟，一跃而起，拔剑在手，向草屋内厉声喝道："万恶贼妇，还敢装神装鬼！快替我滚出来，剑下纳命！"

原来他想起刚才两个匪徒对话，一个贼妇得手以后要从这条路来，现在首级在此，贼妇当然也到此地。刚才亲眼目击的怪物，不是她是谁？但是为什么要做出这样诡秘举动？又生成那样的奇特恐怖的面孔？这时又把首级匣子搁在桌上，人却不知去向，这种种举动，实在无法推测。

他所意识到的，根据先时两个匪徒对话，还有一个名叫"女罗刹"的贼妇，也想利用自己父亲首级，取得猓猡一族信任，来的不论是谁，当然不肯把首级随意弃掉。也许贼妇鬼鬼祟祟，故作玄虚，溜入屋内别有诡计，所以他向屋内连声怒喝，哪知屋内屋外都无动静。沐天澜这时疑鬼疑怪的心理已经去掉，认定仇人隐藏近处，宝剑一横，便欲排搜几间草屋。

沐天澜刚一迈步，忽听得远处一阵足音，几声呼叱，其声虽远，其音甚娇。

沐天澜愕然反身，侧耳细听，松林下起了一阵沙沙踏叶的马蹄声。急慌趋出松棚，向林内遥望，月光照处，只见一个袅袅婷婷的身子，身后牵着一匹白马，缓缓向这面走来。他以为来的定是鬼怪似的贼妇了，立时剑眉一挑，蓄势以待。

来人渐渐走近，却见她从容不迫地把那白马拴在一株树上，拴得和自己那匹马很近，一回头，似乎看见了自己，点了点头，行如流水地走了过来，路旁看到两具贼尸，又点点头，轻喊一声："杀得好！"

一忽儿，走近沐天澜跟前，俏生生地立定身躯，一对秋水为神的妙目，把他上上下下打量了好几遍，蓦地发出银铃般的声音问道："喂，你是谁？杀死那两个恶贼的是你么？桌上匣子里的人头是你什么人？刚才为什么哭得这样伤心？"

这一连串问句，问得他瞠目直视，呆若木鸡。他满以为来人不出自己所料，哪知这人渐渐走近，渐渐地看出不对，等得这人迎着月光走到跟前，看清她的面貌，觉得所有世上形容女人美丽的词句，都适合于她的身上。

自己从小生长锦绣，见过的美丽女子不少，同她一比，仿佛她是月亮，其余女子都是小星星。尤其是她这身出色的打扮，头上裹着拢发的青绢，齐眉勒住，后拖燕尾，绢帕中间，缀着一颗烨烨耀光的大珠。全身修短合度，穿着窄窄的密扣对襟青绸夜行衣，纤纤柳腰，束着一条香色绣花汗巾。足下套着一对小剑靴，身后斜背着雌雄合股剑，左腰挎着一具镖囊，一件紫呢风氅却搭在左臂上，轻盈曼立，姿态欲仙。

沐天澜竟看呆了，暗想刚才碰着妖怪般的女人，此刻又突然来了这样一位女子，今天真奇怪，莫非我在做梦么？可是一切一切都在目前，绝非梦幻。他心里一阵颠倒，眼里一阵迷糊，竟把对面几句问话忽略过去，忘记回答了。

那女子玲珑剔透，低头一笑，娇嗔道："你是哑子么，怎的不答人家的话？"

这一来，沐天澜大窘，口里哦哦了几声，偏又问道：“你问的什么？”

女子哧地一笑，笑说道：“瞧你的……原来对牛弹琴，我不同你说了。”说罢，伸出白玉似的手指，向他身后松棚柱上一指。

沐天澜急忙反身走近几步，朝棚柱上看时，只见柱上插着一支透骨子午钉。知道这种子午钉，任凭多大功夫也搪不住，一经中上，子不见午、午不见子，是江湖上一种最厉害的暗器。沐天澜一见这种暗器，顿时冒了一身冷汗，霍地回身，正色问道：“此钉何来？你指我看钉是什么意思？”

女子眼波流动，好像从眼内射出一道奇光，在他面前一扫而过，冷笑道：“刚才我用了两枚子午钉，救了一条不见情的性命，却凭空和那人结了仇，此刻我正在后悔呢！”说完，便扭动柳腰，伸手拔下透骨子午钉放入镖囊，一转身，向沐天澜瞟了一眼，似欲走开。

沐天澜闹得满腹狐疑，不由得低喊道：“请你慢走。”这一张嘴，声音却低得连他自己都听不出来。奇怪，那女子却听出来了，微一停步，回眸一笑。沐天澜慌把手上长剑还入鞘内，向女子拱手道：“女英雄见教的话，事出非常，不易了解。究竟怎样一回事，务乞暂留贵步，赐示详情。”

女子转过身来，哧地笑了一声，说道：“这样年纪轻轻，说话斯文一脉，江湖上真还少见。”这几句话，好像对他说，又像对她自己说。沐天澜却听得起了一种微妙的感觉，见她朝向自己一招手，翩然走进松棚，伸手把桌上首级匣子向远处推了一推，指着对面叫他坐下来，沐天澜真还听话。

两人坐下以后，那女子对他说道：“我从庙儿山骑着马一路行来，走到这儿官道上，远远看到这儿火光晃了一晃便灭，不久又听得有人哭喊。一时好奇，跳下马来，把马拴在隐僻处所，悄悄蹿进这片松林，绕到草屋侧面，纵上一株高大松树，借枝叶隐身，稳住身子向下看时，正瞧见你独个儿蹲在地上，哭得昏天黑地。

“我正想跳下树来，猛见一个披发怪物，在你身后不远处出现，肘后隐着耀光的兵刃，蹑着脚尖，一步步向你走近，你却一点没有察觉。到了贴近松棚时，怪物举起兵刃，便要向你下手。我吃了一惊，距离又远，不忍见死不救，只好用我独门透骨子午钉代你挡她一下。但是我一面替你解危，一面也不愿同人结仇，只要把她惊走也就罢了。我这子午钉分有毒无毒两种，镖袋里分里外层藏着。我用的是无毒的一种，发出去时，故意擦着她面颊钉在柱上。怪物不料螳螂捕蝉，黄雀在后，一见我的暗器，却也识货，马上飞身退走。你却哭昏了心，连耳目都失灵了。我不放心，跟踪追出山坳，那怪物正在飞身上马，向我说了无数狠话，才飞一般逃走了。这样，我才把自己的马顺手牵了进来，向你仔细探询一下。”

第三章　蚀骨销魂

沐天澜默默地听了这番入情入理的话，不由他不感激人家救命之恩，暗暗喊声好险。想起刚才那怪贼妇装神装鬼，把父亲首级留在桌上，是故意试验我和沐家有无关系。定是看得我哭得这样痛心，才想暗地下手。但又想到眼前这位救命恩人，未免来得太巧了，又长得秀丽如仙，一点不带江湖匪野之气，真是一位不可多得的红粉英雄。今晚的事，真像做梦一般。

刚才那贼妇一副死人面孔，已经世上稀有，偏又来了个绝色无双的巾帼英雄，更是奇而又奇。假使今晚没有这位巾帼英雄暗中保护，我刚离师门便遭惨祸，不用说父仇难报，父首难回，连自己怎样死的都无人知晓。这样一想，猛地省悟，自己一个劲儿低着头沉思，把对面这位恩人可冷落了半天，连感激图报的话还没递过一句，未免显得太不合适了。

他一脸惶恐地抬起头来，恰巧对面梨窝微晕，瓠犀微露，一对摄魂勾魄的秋波，正脉脉含情地注视着。和她一对眼光，心头乱跳，急慌立起身来，向她躬身施礼，诚惶诚恐地说道："今晚蒙女英雄暗中救护，得免毒手，真叫我镂骨铭心，一辈子报答不尽……"

沐天澜话还未完，换了口气，刚想趁此问她姓名来历，那女子一面欠身，一面却像开玩笑似的笑说道："是真的吗？怕是信口开河吧！"

沐天澜慌不及辩正道："在救命恩人前，哪敢说谎？"

女子看了他一眼，低语道："未必吧，迟迟疑疑琢磨了半天，为什么呢？其实萍水相逢，偶管闲事，江湖上算不了什么。现在事已过去，本来我还想问你几句话，此刻我也懒得过问了。好，再见！我要先走一步了。"说罢，微微叹了口气，又死命盯了他一眼，倏地亭亭起立，向外便走。

沐天澜吃了一惊，暗想果然人家见怪了，惊慌失措之下，顾不得什么冒昧和嫌疑，一耸身，拦住去路，连连作揖，吃吃求告道：“请您宽恕在下，还求你暂留贵步，容我说明下情。”

那女子一听这话，顿时柳眉一展，妙目凝注，似嗔似喜地笑道：“你这人……真是！……一忽儿疑疑惑惑，一忽儿又急得这样。你有话快说吧！”

沐天澜不假思索，立时把自己身世、家中惨事，从哪儿来，到哪儿去，以及杀死匪徒、巧得父首、悲痛失常各节，一五一十和盘托出。

那女子听得并不十分惊诧，只眉尖深锁，神色凄惶，勉强点头道：“原来有这样的事，这就难怪了。足下非但是滇南大侠的门人，而且是一位贵公子，失敬，失敬。早知如此，我真后悔不该放那怪物逃走了。”说罢，径自柳腰轻折，向上面木匣跪了下去深深万福，嘴皮微动，似乎祝告一般。

沐天澜慌不及一旁赔礼。

那女子行完了礼，迟疑了一阵，转身说道：“沐公子，你的事情我明白了，大约你心里急于想知道我的来历。无奈我现在处境，比你难得多，不到相当时期，实在不敢宣布我的姓名和过去。但是在你面前，我又不愿说谎。天啊！老天爷安排得这么巧，不早不晚，此时此地会碰着了你这样的一个人，偏偏又是你……”

她说到此处截然停住，而且音带凄楚，眼含泪光，就地一跺小剑靴，竟从脸上迸落几颗珠泪来。沐天澜听得莫名其妙，最后几句零零落落的话，弦外之音，似解不解，偷眼看她，又正眉头深锁，愁肠宛转，好像有无穷幽怨一般。

两人目光相对，痴立半晌。闹得初出茅庐的沐天澜心头鹿撞，问又不敢问，走也不愿走。忽听得对面娇唤道：“沐公子，时光不早，你快把尊大人法体带好，我们走吧。”

沐天澜唯唯应是，慌不及回身进棚，向木匣跪下去叩了几个头，站起身来，猛觉身后还跪着一人，一回头，正是那女子。沐天澜也是天生情种，老往好处想，以为她多礼，一时忘其所以，急慌用手相搀，连说：“不敢当，不敢当！”

那女子扶着他手臂盈盈起立，沐天澜觉得她手臂发凉，情不自禁地说道：“此地天气倏热倏凉，此时夜深多露，你把风氅披上吧。”她一听这话，嘴角露喜，流盼送情，立时展开臂上搭着的紫呢风氅披上身去。

沐天澜匆匆把首级匣子照旧用绳束好，背在身上，然后两人并肩走到拴马所在，解下缰绳，一齐登路。那女子一指林内两具贼尸，向他说道："你且候一忽儿。"说完，一跃下马，飞身进林。似乎见她从怀内一掏，在两尸身上不知撒了一点什么东西，立时回身走来。

上马时，沐天澜道："你用的是'化骨丹'吧。听我师父说，这种东西配制甚难，用处却广，想不到你倒有这宝贝。"

那女子笑道："我用的又是一种，叫作'归元散'，将来我教你配制方法，其实你也用它不着。"

两人说着话，已走到官道上。沐天澜满脸惜别之色，几次想张嘴说话，结果却未说出口来。那女子早已察觉，一带缰绳，双马相并，微笑道："现在离天亮还有相当时间，这条路上苗匪隐现无常。你大事在身，武功虽得真传，江湖上阅历一点没有，我真不放心。我也要回庙儿山去休息一下，顺水人情，送你一程吧。"

沐天澜嘴上未免客气几句，心里却暗暗喜道："固所愿也，不敢请耳。"

世上钟灵毓秀的人们，天生有出众的智慧、才具、姿采，往往顾影自怜，具有一种尊傲高贵的感想，把一般普通人看不入眼。偶然机会凑巧，碰着了同气相感的人，立时一见如故，如磁吸针，尤其是异性，一旦见着和平时心理上幻想虚构的对象大致相同的人，自然而然一拍即合，固结难解。然而世上月圆花好的时间最短，月缺花残的故事最多，才使世上平添了无穷的悲剧。沐天澜和那女子，却又是悲剧中的奇剧。

两人一路并马联骑，虽然不多说话，但是你看我一眼，我对你一笑，这一眼一笑中，已经交换了无数心曲，不必再用语言来表示。在这时他们一张嘴好像是多余的，只觉得茫茫天地，只有他们两人，希望这条官道伸展到无限长，一生一世走不完才对心思。女的忘记了过去和未来，男的忘记了背上和鞍后两颗人头。

但是无情的路程，除非老钉在路上不动，既然迈步总须到达。这时两人已经来到庙儿山山脚，再进便是昆明省界。

那女子向前一看，略一沉思，忽地一俯身，越过沐天澜马头，手缰微勒，一催马腹，从山脚下一条小道上跑了过去。沐天澜也迷迷糊糊地跟在身后，走了一程，才省悟怎的不走官道？刚想动问，那女子已甩镫下马，向他一做手势，他只可照样跃下马来。

两人牵着马转入仄径，几个拐弯，来到一座小小的碉寨跟前。她随意捡了一粒石子，一扬手，扑嗒一声，中在寨内一间楼窗上。半晌，楼窗内火光一亮，寨下粗竹编排的两扇栅门，咿呀地开了。

那女子在他耳边悄声说道："此处是我过路落脚之处，你放心跟我进去。你累了一天一宿也乏了，好在此地到省城不过半天路程，我知道你府上有事，但也不争这一些儿工夫。你且进来喝口水，我有许多话和你说呢。"说罢，一伸手拉住沐天澜，带着牲口进了寨门。

进门时似乎有一个精壮苗汉立在暗处，一见女子立时俯下身去行礼，似乎对这女子非常敬畏，却见她全不理睬，只喝一声道："快接过马去，好好儿喂点马料。鞍上东西，不准乱动。"吩咐之间，楼下门内钻出一个壮硕苗妇，手上擎着一支烛火，睡眼惺忪地立着门旁，伺候他们进楼。那女子当先引路，却反手拉着沐天澜登梯上楼。

楼上小小的两间房子，却布置得干干净净。两人一到楼上，那女子一翻身，便替他解开胸前绳纽，很仔细地解下背上首级木匣，恭恭敬敬地搁在外屋桌上。然后一阵风似的，拉着他推开侧面一扇门户，同入另一间屋内。

可笑这时沐天澜好像一切不由自主让她安排，仿佛她一颦一笑都潜蓄着一种支配自己的威力，不由人不乖乖地服从她，连自己也莫名其妙。何况她一举一动都在情理之中，即使自己急于赶路，也不忍违背她的种种好意。

沐天澜跟着她身后，一进这间侧室，眼前一亮。想不到这小小碉寨内，一所简陋的小楼，还布置着这一间华而不俗的精室。室内东西不多，却是锦衾角枕，文几绣墩，色色精巧。四壁糊着淡绿花绫，映着四只蝉翼绛纱、流苏四垂的明烛宫灯，几上燃着一炉篆香，袅如游丝，幽芬袭鼻，闻之心醉。沐天澜暗想，刚才说过这儿是她憩足之所，像她这样天仙化人，应该像自己家中的崇楼杰阁供她起居，这小室虽然差强人意，替她设想，还是委屈万分的。

那女子看他四面打量，若有所思，娇笑道："这间屋子是我来往暂憩之所，你看如何？不至委屈你吧。"

沐天澜诧异道："委屈了我，我看你才委屈呢!"

她急问道："怎样才不委屈呢?"

沐天澜叹口气道："我家中枉有许多华丽处所，却没有像你配住那种屋子的人。"

她听了这话，妙目一张，神光直注，一个身子仿佛摇摇欲跌。她伸手一扶，趁势偎在沐天澜怀内，呢声说道："我明白你意思，只要你有这个心，我死也甘心……"刚说到这儿，楼梯一响，两人霍地一分。一个苗妇进来，献上两杯香茗、一盘细点。那女子一挥手，苗妇便俯身退出，下楼去了。

那女子把沐天澜推坐在绣榻上，榻旁文几摆上茗点，又把他背上宝剑解下捺在榻旁，然后自己撩开榻后软幔，走了进去。一阵窸窣，再走出来，身上风氅、宝剑、镖囊、腰巾已统统解下，仅剩薄薄的一身玄绸夜行衣服，一歪身，贴着沐天澜身旁坐下，一面细谈，一面伸出白玉般手指，钳起盘内细点，不断地喂入他的口内。

沐天澜哧地一笑，她问道："你笑什么?"

他答道："你真把我当作小孩子了。"

她问道："你今年几岁，有太太没有?"

他摇摇头答道："我才十九。"

她秋波一转，笑说道："还不是一个小孩子，我比你略大几岁，你应该叫我声老姊姊……喂！我问你，你这样贵公子居然肯吃苦，到哀牢山去练武功，真是难得。凭我眼光观察，你确已得到少林的上乘功夫，可是人外有人，天外有天！你还得多历多练，还得我老姊姊指点指点。"

这一句话，沐天澜有点不大愿意入耳，微微一笑，右手一伸，握住她的左手，在手心里握了几握，软绵绵的柔若无骨，笑道："这样细腻滑嫩的手，连我握着都不敢用力，居然能打透骨子午钉，已是不易。如要用这嫩手同人挥拳制敌，总觉玄虚。虽说练内家功夫的，能够练到'练精化神，练神还虚'不着皮相的绝顶功候，世上不是没有，可得三四十年纯功，还须得天独厚。像你我这样年纪，你又是娇小玲珑的身体，在我面前还吹大气哩!"

她听得并不作声，眉梢一起，微微一笑，左手仍然让他握着，一侧身，右臂一起，搁在他的肩上，笑吟吟说道："小孩子懂得什么，老姊姊得管教管教。”

一语未毕，沐天澜猛觉握住的手渐渐有异，柔若无骨的嫩手，渐渐变成钢铁一般的坚硬，春笋一般的指头，渐渐变成五支钢条，而且一齐往外伸展，已有点把握不住，自己左肩头搁着一条玉臂，也突变为沉重异常的铁棍，越来越重，换一个人，怕不骨折肩塌。

沐天澜暗地一惊，才知她果然身怀绝技。这样内家潜力，已经贴肉近身，倘然对方是个仇人，立时可以使自己重则致命，轻则残废，慌亦暗运内劲抵御，但是对方适可而止，并不使人难堪，可也没有收回功力，似乎要试一试他怎样破法。沐天澜肚里明白，这位考官出了难题。如果是插拳过掌，还可以闪展腾挪，用招数破解，现在可是并肩促膝，细腻风光，无论如何也不能拳来脚去，大煞风景。

这期间沐天澜果然聪明极顶，大约也看透了对方弱点，突出奇兵，不管她内功如何精纯，只双臂一分，向前一扑，拦腰一抱，业已脸儿相偎，胸儿相贴，只听她嘤的一声惊叫，又娇颤着一声："冤家……你……"双双便已跌入榻内。

次晨，红日射窗，那个健硕苗妇咬着牙，嘻着嘴，捧着盥漱之具和早餐盘盂之类，在室内室外蹀躞了几次，便听到室内喁喁细语之声。作者一支秃笔，急急变成峨眉派的无形剑，钻了进去，只见沐天澜坐在榻旁绣墩上，那女子整个身子偎在他怀里，隐隐啜泣。

沐天澜轻怜蜜爱，百般地抚慰，说了无数在天比翼、在地连理的誓言，又从贴身解下一块雕工极精、血花密布的汉玉佩，替她系在身上。她也从身上掏出一个羊脂白玉的小瓶，上面配一颗祖母绿的瓶盖，有点像现代人玩的鼻烟壶，塞在他手内，说是"瓶内是宝贵的'归元散'，盖下连着一个小勺，只要舀一勺撒在尸身上，顷刻化成一摊黄水，用时可得当心"。这一交换纪念物品，离别的情绪，却格外浓厚了。

女的抹着泪眼，又呜呜咽咽地说道："你大事在身，我当然没法留你，可是你要明白，我现在虽然浪迹江湖，在未遇你以前，还是一个黄花闺女，现在我这身子已属于你，你一走，我这颗心也跟着你走了。你要知道，一个非凡的女子，假使没有得到意中人以前，一颗心、一个身子没有归宿，也许做出万恶滔天的罪孽来，得到意中人怜爱以后，她定然后悔欲死。万一她的滔天罪恶被意中人觉察，变爱为仇，兵刃相见，我相信她绝不怨恨，而且挺着胸脯，甘心死在意中人的剑下。这样的死法，在她认为殉情而死，比伏法而死好得多，我便是这样的人。喂，你信不信?”

她说完这番话，依然偎在沐天澜怀里，满脸凄楚之色，满眼乞怜之光。

沐天澜大吃一惊，紧紧抱住她的身子，问道：“你究竟是谁？难道像你这样的人，从前还做出万恶滔天的罪孽来吗？即使真个陷溺入江湖盗贼一流，人孰无过，过而能改，便是圣贤。你要明白，从今以后，你便是我的妻子，只要我亲手报了父母不共戴天之仇以后，我们二人便是同命鸳鸯。”

语音未绝，怀中的她泪流满面，挣开怀抱，一跃而起，哀声呼道：“天啊……世上恶人多得数不清，也没有见到什么报应，唯独对我一个女子，报应得这样严酷！朝不遇，晚不见，偏在这时碰着了多情的要命冤家。死吧，教我怎样抛得下他；不死吧，教我怎样对得起他?”说罢，面色惨变，小剑靴狠狠一跺，回身便奔绣榻，一伸手，抽出沐天澜的辟邪剑，一面解开对襟密扣，露出凝脂堆玉的胸脯，一手倒提长剑，向沐天澜一递，一手反指自己酥胸，婉转娇啼道：“亲爱的丈夫，可怜的冤家！你狠狠地朝这儿刺吧，因为你妻子后悔做错了事，没有面目踏进你沐家的门，生不如死！死后如果还不解恨，把你妻子剁成肉泥，决不怨你狠心。横竖这身子属于你的。冤家！我再看你一眼，你快下手吧！”

事出非常，沐天澜几乎急疯了心，因为话里话外，已有几分瞧料，但疑窦层层，还不敢十分断定。只急得剑眉直竖，俊目圆睁，厉声喝道：“你是谁？快说！”一声喝罢，接住宝剑一跃而起。哪知在这一跃而起当口，窗口哧哧……两支喂毒袖箭已钉在他座后壁上。如果跃起得晚一步，怕不命丧袖箭之下。

两人正在恩仇生死、难解难分当口，耳目都已失灵，幸而突来两箭，不觉魂灵归窍，精神一振，却听得窗外一个女子口音，大骂道：“好一对恋奸无耻的狗男女，快替我滚出来领死！”

沐天澜大怒，便欲提剑跃出，却被她拉住，低低说道：“快去保护老大人首级要紧，当心暗器。”说了这句，急急扣好胸襟，跃入榻后幔内，一把抓起自己双股剑，束上腰巾，挂上镖囊，一个箭步蹿到外间。一看沐天澜人已不在，首级匣子也不见了。慌一耸身，跃出窗外，再一跃，飞上寨顶，立时看到相近林内空地上，沐天澜和一个蒙面女子性命相搏。

第四章　黑里俏的英雌

原来沐天澜惊急之下，提剑跃出外屋，一看桌上首级匣子尚未抢去，慌慌背在身上。正在背身紧系胸前绊纽当口，哧的一支袖箭，又从窗外袭到背后。巧不过，托的一声，正钉在背后首级匣子的木板上，这木匣子又救了沐天澜的性命。

沐天澜一塌身，“犀牛望月”，猛见窗口一张披发可怕的死人面孔，一晃便隐。虽然一瞥，已看清楚是昨夜月下所见的怪物。此刻在日光下看去，更是难看得出奇。沐天澜一声怒喝：“贼妇还想行凶，立时叫你难逃公道！”身形一起，蹿出窗外一看，敌人好快的身法，霎时不见了踪影。

沐天澜脚一点，已到碉寨上，身刚一落，寨下土坡后面哧地又射上一支喂毒袖箭，向胸口袭到。这次已留了神，箭上有毒不敢手接，趁下落之势，一矮身，举剑一挥。辟邪剑真是利器，咔叮一声，把那支纯钢袖箭拦腰截断，掉下寨去。沐天澜更不停留，飞鸟一般扑向土坡，坡上一踮脚，唰地又纵出七八尺远，落在一丛矮树后面，横剑四面一探。

那怪贼妇在左面林内一片空地上现身，屹立如鬼，煞是怕人。

沐天澜一个箭步蹿入林内，剑锋一指，喝道：“贼妇通名！”

那怪贼妇先不答话，伸手向自己脸上从下往上一抹。真奇怪，一张可怕的死人面孔，立时变了样，连头上披着的几缕长发也不见了。沐天澜倒被她吓了一跳，急定睛看时，原来她起先绷着人皮面具，一露出本来面目，却是个面色微黑的鹅蛋脸，五官秀媚，依然有几分姿采，尤其是闪闪发光的一对长凤眼，颇具煞气。

她去掉面具以后，又解下外面玄色风氅，露出一身玄色紧身短装打扮，挎着一具皮囊，头上包着青绢，脚套软皮小剑靴，身材也颇苗条，而且从容不迫地藏好面具，随手把风氅一卷，搭向树枝上，一转身，从背上拔出银光闪闪的一对鸳鸯钩。这种兵刃是从古代吴钩剑脱化出来，形如长剑，不过剑锋微弯，略似钩形，也是峨眉独门兵刃，江湖上使这种钩的真还少见。

沐天澜明白，能使这种兵刃的，必有厉害招数，又见她挎着皮囊，袖箭以外，定必还有歹毒暗器，自己一袋金钱镖却未带在身边，尚挂在马鞍上，因为自己老师素不主用暗器，功夫一到，任何东西都可借作暗器。自己的金钱镖，还是小时跟着瞽目阎罗学的，虽已练得出神入化，却只备而不用。此刻大敌当前，自己除一剑之外，别无利器，未免吃亏一点，但自问未必便走下风。

忽听得对面黑里俏的贼妇娇喝道："拼命不必忙，有话得先说明。现在我明白你是老沐的宝贝儿子沐天澜，怪不得昨夜哭得那样痛心！明人不做暗事，我便是阿迷碧风寨土司普明胜的夫人，你也应该知道我黑牡丹的厉害。你家中枉养着许多家将，我黑牡丹说来就来，说去就去，不但取你父亲的人头宛如探囊取物，便是杀死全家老小，又有何难？不过冤有头，债有主！我报的是当年我翁姑太狮普辂和九子鬼母的血仇。不料老娘一念仁慈，反弄得惹火烧身，更不料那贱人和你滚在一起……"

这时沐天澜明白对面贼妇黑牡丹便是杀父仇人，立时怒火万丈，目眦欲裂，再也忍耐不住，一跺脚，蹿上前去，一招"长虹贯日"，疾逾电闪，刺到敌人胸前。

却见黑牡丹不慌不忙，喝一声："好小子，愣敢踏中宫！"就在这喝声中，身形一挫，右手鸳鸯钩一领剑脊，左钩当胸一立，一上步，径自欺到身前，却不递招，睁着闪电似的凤目，射出一道奇光，盯住了沐天澜面上，嘴上还没闲着："小子，且慢找死。我得问问你，我丈夫普明胜是你杀的，还是那贱人杀的？你和那贱人是从前结识的，还是昨夜才结识的，你说……"

沐天澜真不防她有这一手，愣敢逼到跟前，面对面说话。一阵阵粉香脂香，往面上直冲，因为欺得太近，手上长剑竟被她封住，有点施展不开，心里气极，瞪眼喝道："贱淫妇，你丈夫是我杀的！我是为父报仇、为民除害杀的恶强盗，你待怎样？"在喝骂当口，足跟一垫劲，人已倒纵出去七八尺远。

黑牡丹鸳鸯钩向他一指，恨着声说道："这还有什么说的？欠债还钱，杀人偿命。小子拿命来！”语音未绝，钩影纵横，带着风声卷将过来。

沐天澜这时看关定势，展开师门心法，把手上辟邪剑使得剑影如山，呼呼带风，和黑牡丹鸳鸯双钩战得难解难分。这一次交战，沐天澜却沾了辟邪剑的光，黑牡丹也是大行家，自己鸳鸯钩虽然力沉势猛，却不敢硬搪硬接，怕损伤了自己珍如性命的双钩，而且也觉得沐天澜名师传授，毕竟不凡，自己帮手，尚未到来，稍一俄延，那贱人赶来，以一敌二便要吃亏。没法子，狠一狠心，先送这小子回姥姥家去，教那贱人白欢喜一场。

她心里一转，手上立时变了招数，猛使一招“螳螂献爪”，待对方撤剑还招，倏变为“白鹤亮翅”，同时向后一纵，一退丈许，双钩一合，腾出右手，正拟施展独门暗器，忽听得一声娇喊：“飞蝗镖何足为奇，你还比得了当年九子鬼母吗？”

音到人到，从林外宛如飞进一只玄鹤，一落地，俏生生地立在沐天澜身旁，手上已分拿着澄如秋水的双股雌雄剑。

沐天澜一看她赶来相助，心上立时觉得一阵轻松。这阵轻松，倒不是惧怕黑牡丹，仗她壮胆，完全是刚才楼上她婉转求死的一幕惨景，自己疑心她是杀父仇人，后悔求死，现在黑牡丹当面认账，疑心尽去，得此娇妻，尚复何求？所以心里感着轻松了。

在他感觉轻松当口，黑牡丹黑脸泛紫，目含凶光，指着沐天澜冷笑道：“看你们恩爱得蜜里调油，你这小子的魔力真不小。浑小子，且慢得意，你们这位女罗刹，只要一沾沐家的姓，一进沐家的门，凡是九子鬼母部下的人，不论是谁，要把她恨如切骨，制她死命，任她通天的本领，也难逃公道！再说，你父亲确是我杀死的，你父亲门外两个丫头，也是我赏她们两支毒箭弄死的。不错，这都是我的事，我黑牡丹敢作敢为，谁也不怕。可是取你父亲项上人头的主意，可是由你们这位心上人敲的开场锣。她本是你们汉人，你们汉人诡计多端，哪肯为我们报仇，无非借此笼络人心，称王道寡罢了。假使我迟到你们家中一步，你们这位女罗刹也下手了。便是昨夜她潜藏松林，无非想夺我手上人头。大约看见了你这活宝，立时猪油蒙了心，失神落魄起来，连对我多年的姊妹们，也忍心下辣手了。人心可怕呀！变也变得太快呀！”

黑牡丹巧舌如簧，滔滔不绝地一顿臭骂。女罗刹不动神色，只两眼盯住黑牡丹一只抚着镖袋的手。可是沐天澜便不然了，只听得心乱如麻，六神无主，恨不得立时赶过去，将黑牡丹刺个透心凉，嘴里刚骂出一声“万恶贼妇”，便听得女罗刹悄悄吩咐道：“快沉住气，这是她的诡计。当心她的手，她的暗器。”

一语未毕，对面黑牡丹哈哈一声怪笑。笑声未绝，骂声又发：“小子，你瞧怎样？你们这位意中人，被我骂得心服口服了吧。喂，浑小子！你这条小命迟早会送在这狐狸精手上，你明白不明白？”便在这一声“喂”的几句话里，黑牡丹右手假装一指，已经发出两支喂毒纯钢袖箭，分向二人心窝袭来。

沐天澜真还料不到话里夹箭，幸亏女罗刹神已专注，只喝一声：“你快退后！”单剑呼地一抡，将前两支袖箭一齐击落。

哪知道黑牡丹先发两箭，原是个虚幌子，跟着便从腰口皮袋里摸出两支飞蝗镖，向前一甩。真奇怪，这种飞镖并不是走直线，走的却是弧形。两支镖分左右两面飞来，银光闪闪，其声呜呜，竟像活的一般。

这面女罗刹低声急喊道：“她一筒袖箭已经发完，急不如快，往前进攻，使她缓不过手来，我自有法治她。”

沐天澜真也听话，大吼一声，施展绝顶轻功，“一鹤冲霄”，斜飞上去一丈五六，半空里腰里一叠劲，两臂一合，劲贯剑锋，展开越女剑最厉害的招数“玉女投梭”，疾如流星，直向黑牡丹当头刺到。

黑牡丹真还看不出他有这样上乘功夫，未免吃了一惊，再想发飞蝗镖已经来不及，只好双钩一分，一个滑步，往后远退。哪知沐天澜誓报父仇，人如疯虎，身方落地，倏地又腾身而起，挟着猛厉无匹之势，剑光如飘花舞雪，又复刺到身前。黑牡丹大怒，双足一点，一个“野鹘投林”拔起六七尺高，竟向沐天澜头上飞越而过，已落在一丈开外。黑牡丹身方落地，唰的一剑从斜刺里截来，一看是女罗刹，气得咬牙大骂。

原来女罗刹对付两枚飞蝗镖，原用不了多大工夫，早已用剑击落，收入镖囊，这时赶来加入战团，却用双剑逼住双钩，喝道：“今天我看在昔日情分，不为已甚。放下屠刀，立地成佛；各有天良，回头是岸。你自己慢慢去想吧！”说罢，撤剑后退。

黑牡丹一声冷笑，一点足蹿到林边，拿起搭在枝上的风氅，指着两人骂道：“早晚叫你们识得老娘厉害！”霎时隐入林中不见。片时又听到蹄声嘚嘚，才知她真个逃走了。

黑牡丹逃入林内当口，沐天澜还想赶去，女罗刹把他拉住，说道："报仇不在一时，刚才你背着老大人和人交手，你知我心里怎样不安？我又想起你家中多少人盼望你回去，我现在也有许多要紧事和你商量。刚才我只想一死，才对得住你，不料被黑牡丹一搅，又加上一顿大骂，我此刻想起你身上许多事来，便是你要杀死我，我也不让你杀死了。"

沐天澜一手提剑，一手挽着女罗刹玉臂，叹口气道："你的心事，现在我都明白了。想起来，我们两人都该死，都该死在我父亲首级面前，但是这样的死，于我父亲有益吗？于你我本身有益吗？无非落得个自己惭愧，仇人窃笑，正人唾骂罢了。我们应该留着这有用之身，想法赎我们该死的罪孽。到了我们自问无愧，应当可死之日，我们再双双携手做同命鸳鸯，你以为我这话对不对？"

女罗刹凄然说道："我刚才也有点觉悟，不过没有像你这样彻透。好，我们准定这样做去，做一步是一步。真要使我走不过去的时候，再死不迟。现在未来的事，且不去说它，眼前便有为难的事，应该立刻解决才好。"

沐天澜道："我也有事和你商量，走，先回楼去再说。"

两人又回进碉寨，却见那个精壮苗汉被人捆绑在地，慌替他解开，幸而人未受伤。那个苗妇也躲在屋角颤抖，再察看马匹，系在鞍后的普明胜人头却不见了，想是黑牡丹进寨时先行偷去的。两人到了楼上，仍把首级匣子供在外屋。

到了内室，女罗刹把插在壁上两支袖箭拔下，向他笑道："这种袖箭一筒只可装六支，这儿两支，你背上木匣中了一支，被你用剑斩断一支，连林内发出两支，一共发出六支，所以刚才我放心叫你上前，便是这个道理。可是黑牡丹死党飞天狐吾必魁能够左右齐发，两袖都装箭筒。万一遇上，可得当心！还有你一身武功，若论师门传授，你确在黑牡丹之上，无奈你初涉江湖，应变不足。即如刚才我因结束身上，迟了一步，待我跃上碉寨，远远瞧见你不知怎样一疏忽，黑牡丹竟欺到你身前。你的宝剑竟被她封出外门，把我吓得要死！幸而那淫妇起了脏心，忘了夫仇，你才得缓开手脚。因为这样，我才格外担心。现在贼党们对你我二人怨仇团结，随处得留神。你说得好，我们是同命鸳鸯！你的命在，才有我的命在，何况你现在有大事在身，杀尽恶徒，也抵不了你一条命，所以我决计一步不能离开你。但是我们名分未定，我这女罗刹的匪号以往混迹贼党的罪名，怎能进你沐家的门？天啊！真要把我急死、愁死了。”说罢，呜呜咽咽地哭了起来。

沐天澜跺着脚道：“你一哭，我心里越乱。不用说你不放心我，我如果一天不见你，我也得愁死、想死。我们都有罪，我一人回去，也得戴罪进门。走！我们一同回家。我哥哥听我的话，我想总有安置你的法子。此后二人要合力报仇赎罪，而且我沐府也得仗你保护内宅。你知道，我现在只有哥嫂，没有父母，其余家将们那就不必管了。”说罢，便催女罗刹一同起身。

她明白两人已成一体，只许合不许分，没有法子走第二条路，再一想：我刚才情愿死在他面前，连死都不怕，还怕什么呢？

两人计议停当，立时心安理得，扫除了满腹的愁云惨雾。一看日影，时已近午，索性在此用了午餐，然后结束行装，备好马匹。沐天澜背着首级木匣在先，女罗刹紧护于后，从庙儿山向昆明进发。

一路纵辔疾驰，到了入夜起更时分，已进省城。女罗刹纵横江湖，艺高胆大，从来不晓得心惊胆寒，也不懂得含羞带愧，不料今晚跟着沐天澜一进城门，立时手足冰冷，心口蹦蹦乱跳，暗想我们一夜之间，成为夫妇，如照世俗礼节讲起来，我们一世也抬不起头，何况他是堂堂贵公子，又是热孝在身，虽然这是我们自己的事，自己心里明白，可是我们这样恩爱情形，谁也看得出来，即使一时半时可以蒙人耳目，终久要露出马脚。再说我们年轻轻的孤男寡女，一路行来并不觉得难为情，只是一忽儿进了沐府，公侯府第排场是大的，人口是多的，我们这样进门，只要每人看我一眼，我就得羞死、臊死！暗地里刺我一刀或者打我一镖，我都有法破它，这许多人的眼光，我实在没法搪。

她越想越怕，好像怕读书的小孩子被父母迫着上学去，脚上好像拖着几十斤的铅，一步懒似一步。

说也奇怪，像女罗刹这样海阔天空、放荡不羁的女子，一落到爱情的“情”字中，便被世俗礼法织成的巨网，逼得透不过气来了。

古人造字，据说字字都有来历，都有讲究，独有这“情”字，似乎欠通。两情相投，一颗心没有不烧得滚热通红，应该心旁加赤才对。讲爱情的人们，铁青了面皮尚且不可，如果铁青了心，那还要得么？

有人说，自有男女便有爱情；有了爱情，便发生了无量数稀奇古怪的悲剧。一生最有用的时间，也就是扮演悲剧的时间，谁也逃不过。便是没有舞台演出，也得串出野台戏。串戏时代，总是青年时代居多，所以心旁加青，明明说是青年的心。

又有人说，大约造字的古人阅历有得，或者尝遍了悲剧的酸甜苦辣，结果只剩下一股酸气，于是恍然大悟，造成了心旁加青的情字。青是酸的象征呀！这是笑话，不提。

第五章　绝技退飞狐

沐天澜载美而归，理应欢天喜地，无奈背上的人头，老在他心里作怪，老是怀着一则以喜、一则以惧的观念。女罗刹忐忑不宁的心情，他也一样意识得到，不过此时他是主体，他明白自己家中的环境。进城门时，在马上打好了应付环境的计划草案，走到沐公府相近处所，马头一转，不进辕门，特地从僻道绕到自己府后花园围墙外面。

两人一纵下马，一听府内正打二更，墙外悄无人影。两人嘁嘁低语了一阵，便把沐天澜的计划草案通过了。先把两匹马拴在相近树上，然后一齐飞身进墙，沐天澜并不惊动家人，带着女罗刹在自己府中展开轻身绝技，一路蹿房越脊，直奔内室。一忽儿到了内宅正院，两人正要纵下房去，猛听得对面廊顶上咔咔几声，一排匣弩向二人射来，慌一伏身，向暗坡一滚，躲过一排匣弩。

沐天澜一挺身喝道："自己人，休得乱放！"

喝声未绝，唰的一条黑影，从下面蹿上檐口，一定身，高声喝道："金翅鹏在此，来人通名受死！"

沐天澜一耸身，到了金翅鹏身前，低喝道："噤声，是我，金参将，我回来了。"

金翅鹏吃了一惊，定睛看时，虽然多年不见，身形挺拔，依稀还认得出来，慌不及控身施礼，口中说道："职弁冒昧，不知二公子驾到，望乞恕罪。公子怎的从屋上进来？"

沐天澜道："说来话长，见过我家兄再行奉告。"

金翅鹏一看公子身后，还立着一个身披紫氅、头包青绢的异样女子，心里想问又不敢问。沐天澜似已察觉，身形一闪，正色道："这位女英雄罗家姑娘，是我救命恩人。我一路赶来，幸亏这位姑娘暗中救护，否则已遭凶徒毒手了。”

金翅鹏唯唯之间，立向女罗刹拱手行礼。女罗刹微一欠身，默不出声。这当口沐天澜做派十足，躬身说道：“姑娘，恕我无礼，先引导了。”说毕，一跃下屋。

女罗刹看了金翅鹏一眼，低声说：“将军请。”

金翅鹏连说不敢。女罗刹一看屋下许多人，把沐天澜捧凤凰似的捧了进去，齐喊“二公子回来了”，顿时心里直跳，把风氅一拎，一飘身，硬着头皮也纵下去了。

金翅鹏在屋上呆了一呆，暗想这女子轻功已到炉火纯青地步，真怪道，哪里跑出这位罗姑娘来？

待金翅鹏跳下屋来，前面沐公爷停灵之所，已是哭声震天。他走上玉石台阶，恰好独角龙王龙土司大步从密室赶出来，大声说道：“听说二公子暗地从屋上进来，其中必定有事。你已见着二公子吗？”

金翅鹏点点头道：“刚才伏弩连响，我以为有匪人，上屋查勘，不意二公子到来，还同来了一位女英雄。据公子说，半途遇险，亏那女子救护出险。匆匆一说，未知其详。据我猜想，九子鬼母余党害了老公爷不算，定然还要斩草除根，二公子英气勃勃，当然要手刃父仇。以后的事正未可料呢！”

龙土司和金翅鹏知道二公子刚回来，自然有一番悲痛，兄弟亲眷们见面，更必另有一番体己话说，此时不便参与，两人便回转憩息之所。待了不少工夫，忽见一个家将进来禀报：“奉公子、二公子命，请龙将军、金参将叙话。”

两人跟着家将穿廊过厦，走入灵堂。沐二公子已经全身披麻戴孝，当先抢过来，喊了一声：“龙叔！”便匍匐稽颡起来。

龙土司慌一把抱起，向沐天澜仔细瞧了瞧，哭道：“可怜我佛爷似的老公爷竟这样归天，龙某死不瞑目。二公子你从小英雄出众，这些年深山练艺，定是不凡，斩仇诛寇的千斤重担，却在你二公子身上了。龙某身受尊府厚恩，金驼寨自龙某以下不论是谁，只要你一句话，立时拔刀向前替你卖命。”说罢，跺脚大哭。

他这一哭闹，别人只可陪他垂泪，等他抹泪止哭，才看清大公子沐天波也在，后面身旁还亭亭玉立了一位全身素的绝色女子。金翅鹏却认出便是那位罗家姑娘，不过她居然一到便换孝服，难道是沐府的近亲么？他哪知道沐天澜手段不凡，一进内院便把女罗刹交与嫂子，引入别室招待，自己拉着哥哥沐天波直奔灵堂，解下人头木匣，供在灵桌上，然后哭倒于地。

他哥哥起初看到他弟弟和一女子从屋上下来，已是诧异，此刻见到灵桌木匣更是惊奇，慌劝住痛哭，同到密室一问，沐天澜删去自己一路细腻风光和碍于出口的事，删繁摘要据实说明经过，便觉词正义严，无懈可击，而且声声口口说是自己屡次受险，没有她非但得不到父亲人头，连性命也难保全，将来保护府第，杀贼戮仇，全仗她同心合力，务恳哥嫂另眼相待。又把她“女罗刹”匪号和从小寄迹匪窟情形，故意从话里略一带露，免得日后分说不清。

沐天波对于这位兄弟从小便爱护异常，自己虽然以长子地位承袭公爵，却有自知之明，将来要光大门楣、克继勋业，非得这位文武兼资的弟弟出力赞助不可。虽然觉察有点突兀，可是父亲首级去而复回，已是万幸，将来报仇杀贼，自己一筹莫展，更非这位兄弟不可，哪还敢寻根究底？

兄弟二人正在秘密细谈，沐天澜的嫂嫂已引着女罗刹姗姗而来，而且外面已罩上一身素服，益显得淡雅欲仙，丰姿绝世。经这位嫂嫂从中引见，居然娇声喊着“大哥”，向沐天波敛衽致敬。

天波慌不及回身还礼，而且深深致谢救护兄弟之德。他妻子看了他一眼说道：“这位罗家妹子说是路上我们兄弟嘱咐过，老大人归天，上上下下都得戴孝。我家兄弟既然有话，我便不好十分拦阻了。”这一句话，已经含骨，她却文章做得过火，又向沐天澜道：“兄弟，你不怕委屈罗家姑娘吗？”

沐天澜感觉有点难以回答，女罗刹含笑道：“嫂子，晚辈理当如此，您不必见外了。”

沐天波看了他兄弟一眼，有点瞧料了，暗想“女罗刹”这诨号，从前似乎听人说过，名头绝对不小，不想进了我家，剪头去尾，变成罗家姑娘了，肚内暗笑，可不敢露在面上。

忽听罗姑娘向沐天澜道：“你怎的还闲着？快和大哥大嫂商量商量，得把老大人首级缝上才好装殓呀！”这一句话便把这位大哥臊得面上一红。

沐天澜不假思索地说道："这事还不能假手外人。大嫂，你成么?"

这位大嫂吓得几乎喊出"妈"来，心想我的好兄弟，我不敢得罪你罗家姑娘呀！心里这样想，嘴上却不敢说出"怕"字来。一阵沉默，女罗刹面色一整，闪电似的眼光向三位一扫，说道："大哥，大嫂！不要紧，我来代劳，可以么?"

这一句话，仿佛救了大嫂一命，但是后面加了"可以么"三个字，却有斤两。这位姑娘初来乍到，表面上还是外人，做哥嫂的怎能答说"可以，可以"？如说"不敢，不敢"，谁能这样自告奋勇呢？

其实，剔透玲珑的女罗刹自告奋勇是利用机会，加上"可以么"是自占身份，何况这种事，在杀人不眨眼的女罗刹看来，真是稀松平常，小事一桩。

沐天澜一看兄嫂一愣一僵，立刻站起身来，拱手道："罗姊，小弟和兄嫂感激不尽。"这一兄一嫂也只可趁坡就下，百般致谢。

女罗刹却溜了沐天澜一眼，娇嗔道："急不如快，你就替我找针线去吧!"

那位嫂子精神一振，连说："我去，我去。"

这时沐天波冷眼偷看女罗刹和自己兄弟的神色语气，一发有些瞧料了，一抖机灵，慌说："我到灵堂去叫他们回避才好。"便借词出去了。

他一出户，沐天澜低声道："今晚五更以后父亲大殓，我和哥嫂们却没法安睡。你太辛苦了，回头事完，你到嫂子房里休息去吧!"

女罗刹摇头道："不，你真糊涂，我怎能一人去睡？你也忒大意，贴身宝剑都解下了。老大人首级虽然被我们请回来，黑牡丹未必死心，而且诡计多端，真得防着她一点。你到灵堂上去吧，我去缝头，你也得帮点忙呀!"

沐天澜唯命是从，拔脚便走。沐天澜刚走，那位大嫂领着两个婢女拿着针线之类，从后户进来。女罗刹和大嫂到了灵堂，果然肃静，只有他们兄弟二人。起先女罗刹从屋上下来时，并未同沐天澜进来，此刻她在灵堂盈盈下拜，暗暗祝告一番，然后由沐天澜捧头进帷，女罗刹便进行她的缝头工作了。真亏了她，而且片时告成，侍婢端来金盆，洗净了手。

大公子沐天波提起龙土司、金翅鹏在此，沐天澜便向女罗刹说明龙土司和沐家渊源同金翅鹏来历，劝她一同相见，将来有事，便当一点，于是召进家将，命人去请龙、金二位，沐天波的妻子却回避入内去了。

孝子在灵帷前原应席地而坐，龙土司、金翅鹏便命人添了草荐，陪他兄弟们席地坐谈，女罗刹也放了个矮墩，坐在一边。家将们送上茶点果品，让大家点饥。沐天澜便对龙、金二人草草说明一路经过，和女罗刹随行救护，得头、缝头情形，龙、金二人这才明白凶手是女匪黑牡丹。

大家正在商量日后擒匪复仇之策，女罗刹坐得稍远，面孔朝外，又因坐得低，可以仰面望到对面厅脊。她这时手上正在细品香茗，偶一抬头，似有所见，倏地起身走入灵帷，低声唤道："匪人在厅上现身，匣弩怎无动静？"

沐天澜已把辟邪剑搁在身旁，金钱镖也暗藏身边，一听有警，提剑起立。

帷内女罗刹急唤道："澜弟莫动，保护灵堂要紧。请金参将从后院上屋，指挥箭手监视匪人。龙将军在屋下指挥家将们围护内宅，都要不动声色，暗暗行事才好。"说罢，灵帷微晃，女罗刹已脱去孝衣，露出全身本来面目，仍然背负双剑，腰挎镖囊，青绢约发，绣巾束腰，疾似飘风，人已蹿到堂口暗处，蔽着身形，从前廊窗棂雕花窟窿内向外察看，前厅屋脊上寂无人影，回头一看，大公子、龙土司、金翅鹏均已不见，想是分头指挥去了。沐天澜果然听话，已伏身帷后，专任保护灵帷。前后院步声隐隐，家将们已听令设卡扼守了。

布置已妥，贼人居然未露形迹。片时，金翅鹏手挽双鞭在屋上一路排搜，从后院到前厅巡查了一遍，唰地纵下屋来，掩入灵堂。沐天澜急问情形，金翅鹏道："果有贼人。我从后院上屋，隐在暗处四面探看，远远便瞧见一个瘦小身形，从花园围墙上一路飞驰，直向内院奔来，似乎道路非常熟溜，而且知道屋上有暗桩防守一般。快近内院时，急向屋下一扑，即时不见。我赶了过去，仔细搜查，直到前厅仍无踪影。"

正说着，猛听得前廊黑暗处一声娇叱道："贼子，还不滚下来受死。"

立时听得前廊雕梁上"啊哟"一声，同时吧嗒一声闷响，一个人影掉下地来。金翅鹏大惊，一个箭步蹿出堂外，便把掉下来的贼人一脚踏住，正想把贼人倒剪二臂，捆了起来，忽又听得暗处有人娇笑道："这人被我子午钉打中穴道，让他逃也走不了的，当心另外贼人暗算。"

一语未毕，蓦地听得廊外哈哈一声怪笑，接着高声骂道："好厉害的贱丫头，吃里爬外，忘本恋奸。我飞天狐早晚取沐二小子项上人头，叫你立守活寡。你们有胆量的，敢到滇南和你家太爷一决雌雄吗？现在太爷失陪了。”

骂声未绝，金翅鹏刚欲起身迎敌，嗖的一道白影，一道黑影，先后从身旁掠过。原来沐天澜、女罗刹都已蹿出灵堂，飞身下阶。金翅鹏一看灵堂无人，这个贼人也应看守，只好不出去了。

沐天澜首先跃下堂阶，身方立定，院中假山背后一株高出屋檐的梧桐上，哧哧两支袖箭同时向身前袭到，慌一塌身，撩起孝服，贴着地皮纵了开去。两支袖箭挟着尖风，已从他头顶上擦过，却被后面跟踪飞出的女罗刹用剑劈落。

两箭方落，梧桐树上暗器连发，嗖嗖嗖接二连三的袖箭，分向两人要害猛袭，箭带风音，疾逾流星。沐天澜施展幼年纯功，握着满把金钱镖，两手并发，用内劲一枚接一枚地从侧面发出，空中铮鏦乱响，竟把飞来袖箭大半击落于地，未被击落的，两人也用轻巧身法避开。贼人竟难得手，倏时箭停音寂。

沐天澜大喝道：“匪徒，伎俩止此，还不下来纳命！”

女罗刹笑道：“飞天狐闹得个虎头蛇尾，早已逃走了。现在我们看护灵堂要紧，不必追赶。迟早我们和这班亡命，总要弄个了断的。”

两人携剑进堂，金翅鹏已把晕死贼人移向明处，呆呆地对着贼人面孔细瞧，面带惊疑之色。

沐天澜走近一看，惊叫了一声：“噫，怎的是他，怎的和贼党在一处?”

女罗刹一瞧贼人，不过十七八岁，身材矮小，一身紧束的夜行衣，腰里却围着缅刀，面貌也长得白面朱唇，剑眉星目，只是满脸透着险狠狡猾之色，面目甚生，暗想黑牡丹、飞天狐身边，没有见过此人呀。一问所以，才知此人是沐天澜小时候的师兄弟，教师瞽目阎罗左鉴秋的儿子，名叫左昆。左鉴秋死后，老沐公爷感念左鉴秋舍命卫府之恩，把他养在府中，练武习文。不料他在沐天澜进山从师以后，渐渐不安分起来，倚仗沐府势力，在外引朋结党，无所不为。有一年，乘醉竟敢奸毙府中侍女，自知不容人口，竟又盗窃许多珍宝逃出府门，一去不回。

沐天澜想起从前左老师恩谊，时时心里难受，万想不到左昆今夜会和飞天狐偷进府中，想起飞天狐与左老师也是固结不解的仇人，怎会走在一起，更令人难过万分了。

金翅鹏原也认识，也看得莫名其妙。这时独角龙王龙土司倒提厚背金环大砍刀，率领几名家将也从前面进来，一问贼人飞天狐已逃，拿住的却是左鉴秋儿子左昆，立时虎眼圆睁，大骂道：“丧尽良心的小子，留他何用？”大步赶过来，举刀就剁。

沐天澜慌上前拦住，叹口气道：“宁可他不义，不可我不仁。”又转身问女罗刹道，“这人还有救么？”

女罗刹道：“我存心擒活口逼问口供，非但没有用喂毒的子午钉，也没有朝要害下手，下手时且留了分寸，他不过中了穴道，晕厥一时罢了。你只起下钉来，敷点金疮药，替他包扎一下，再在左右风门穴上拍他一掌，便活动如常了。”

沐天澜照言施为，果然，左昆醒过来，慢慢地从地上挣扎着立了起来，一看四面立着的人，除那个绝色女子外都认得，尤其他的师兄沐天澜一对俊目直注不瞬，使得他天良偶现，彻耳通红，恨不得钻下地去，伤处一疼，又复面露凶光，傲然说道：“师兄，现在你是大侠的门徒，你就用你的剑把我刺死便了，何必这样羞辱我？”

沐天澜正色道：“胡说！谁羞辱你？谁能刺死你？我只问你一句话，你腰中缅刀，先师在世时怎样得来的？你说！”

左昆诧异道：“你问这些干吗，谁不知道这缅刀从飞天狐手中夺来的？”（事见拙著《蛮窟风云》）

沐天澜冷笑道：“既然你还记得，你为什么和飞天狐一同到此，暗伏房柁，你想把我们怎样？”

一语未毕，左昆叫起撞天屈来，大声叫道：“师兄，你休得含血喷人！我果然无颜见你，也不至投入苗匪和你们作对。我现在万不得已，打听得你刚回来，才从后园偷偷地进来，想和你说几句话。不料伏在雕梁上，见你们都藏了起来，好像发生事，我一时不敢下来，正在心里起疑，便中了你们暗器，心里一阵迷糊，便不知人事了。哪里来的飞天狐？几曾见我和苗匪在一起？这不是没有影儿的事。”

沐天澜察言观色，明白话不虚假。大约他自己有事，巧不过和飞天狐同时从前后掩了进来，便说道：“你既然想和我说话，事无不可对人言，你就对我直说吧！”

左昆看了众人一眼，面孔一红，嗫嚅着说道：“我自己知道一时糊涂，做了对不起你们的事，也没有脸再见你，才不别而行。这些年流落在江湖上吃尽苦楚，却也结交了几个明师益友，得到了一点真实功夫。这几天路经此地，要到长江下游访几位朋友，偶然听到老公爷受害归天，我心里不安，自己知道府上的人看我不起，只好晚上暗进来偷偷地拜一拜，算尽了我的心。一进府内又听得你已回来，才想起从小在一起，或者和你还可说几句话再走，不料真把我当作匪人。这是我自讨苦吃！”

他说完这话，扑翻身向灵帷一跪，叩了几个头，咬着牙立起身来，问道：“刚才哪一位赏我一镖？好功夫！师兄，从前你练的是金钱镖，现在又学会了外门暗器么？”

女罗刹柳眉一起，面现青霜。沐天澜慌说道：“师弟，你不必问了。你早不来，晚不来，偏在飞天狐要我们性命当口，你也来了。你不信，请到院子里看一看被我用金钱镖撞下来的满地袖箭，便明白了。师弟，我家中的祸事你大概有点明白。父仇不共戴天，我不久便到滇南，和飞天狐、黑牡丹等匪徒弄个了断。我也不便留你了，希望你在江湖上成名立业，不要坏了先师名气。”说罢，点手叫过一个家将，从上房端出二百两纹银，用布包好，替左昆缠在腰里，说是“聊表寸心”。

左昆并不十分推辞，只说了一句：“小弟感谢，后会有期。”并不理睬众人，竟昂着头跟着家将走出去了。

飞天狐、左昆先后一阵打扰，时已五更，当下按时入殓，沐公爷一棺附身，万事俱毕，轰轰烈烈一番哀荣过去，那位承袭世爵长公子沐天波，已是一府之主，有二公子沐天澜、女罗刹二人在家保护，也未出事。

独角龙王龙土司和金翅鹏等得丧事告竣，正要预备回家，恰好龙土司妻子映红夫人已派得力头目快马赶来，报称本寨发生怪事，请爷速回。龙土司想细问详情，那来报头目只说丢失了几个人，也说不出所以然来，龙土司、金翅鹏便向沐天波、沐天澜兄弟辞行。

天澜道：“龙叔家中有事不敢久留，小侄和罗家姑娘不久也要一游滇南，届时趋府叩谒吧。”

龙土司明白他们誓报父仇，要寻黑牡丹、飞天狐一决雌雄，心里非常佩服，再三坚约到时先到金驼寨，免得人单势孤，防不胜防，谆谆嘱咐了一阵，才和金翅鹏带着同来头目们回去了。

独角龙王龙土司回到自己金驼寨，向映红夫人打听本寨出事情由，映红夫人说道：“我们龙家苗归化最早，一切风俗与汉人同化，唯独每年春秋两季‘跳月’，依然在金驼寨插枪岩下一片草地上举行。你走后几天内，正是本年春季例行‘跳月’的时期。那一天，晚上虽然是个望日，却因风大云厚，月亮不甚光彩，可是全寨青年们到处燃起火燎，倒也明如白昼。今年青年们又未随你出征，人数比往年格外多，载歌载舞，热闹非常。你不在家，我带着儿女和随身几个头目们也去随喜，顺便参与祭神典礼，又到周围巡视一番。过了三更，便同孩子们回家来，只多派几批头目，领着手下到场弹压，照顾火烛。哪知第二天早上，在场头目来报，说是跳月到五更以后才散，竟发现一对男女没有归家，这时男女的家长招呼四邻分头寻找。在插枪岩前后遍处搜查，直找到次晨红日高升，哪有这对男女的影子，谁也猜不透这对男女突然失踪的原因。苗族‘跳月’原是青年任意择偶的好日子，连臂踏歌，一唱一和，原是双方自愿，毫无禁忌，既不至逃跑，也很少在跳月场中妒忌仇杀的事。便是仇杀，也有尸首可寻，何至踪影全无？我听了这样报告，觉得这是历年所无的事，原已惊奇。不料一波未平，一波又起！又是一批头目们赶来报告，跳月之夜派在插枪岩后异龙湖畔的一名巡夜苗卒也失踪了……”

映红夫人话还未完，龙土司已耸然惊异，跳起身来问道：“这事有点奇怪了。巡夜的一个苗卒，又怎样失踪了？”映红夫人便把经过情形说了出来。

第六章　异龙湖畔

原来金驼寨插枪岩后异龙湖的面积，足有二三里长，一二里宽阔。湖的东面，便是插枪岩的百仞峭壁，壁下有路通到岩前；湖的北面，一片森林，蔚然深秀，西南两面环着一道峻险的高岭，土名叫作象鼻冲。

这儿湖面有一座竹桥可以通行，翻过高岭，尽是深山密箐，陡壑绝涧，有羊肠小道通到阿迷州边境云龙山。这一带多有各种奇异苗蛮伏处山内，猛兽毒虫也常常出现，行旅商贾均视为畏途。

据那失踪苗卒的同伴报称，跳月那晚，他们带着镖枪巡查到异龙湖畔，大家沿湖分开来，他眼看失踪的苗卒向象鼻冲方面走去。这时夜已更深，异龙湖畔跳月的人们，一到更尽，已一队队绕向插枪岩前面去了。等到湖畔人影全无，那名苗卒仍未到来，直到天上发了晓色，异龙湖上蒙上一片晓雾，始终不见同伴的踪影，还以为他偷偷地先自回来。哪料头目点名时，仍未见他踪影，又发现了当夜失掉了一对男女，这才觉得奇怪了。这是映红夫人说出来的经过。

独角龙王听到这儿，浓眉一耸，略一沉思，猛然喝一声："奇怪，这么大的人，愣会丢得无踪无影，而且一丢便是三个。这事奇怪，有点说处，这是我们金驼寨从来没有的事。难道异龙湖内，真像上代传下来的故事，有条孽龙潜伏湖心，现在又出来作怪了么？但是我相信没有这回事的。以后你怎么办呢？隔了这许多日子，定有一点踪迹露出来的。"

映红夫人笑道："苗族本来迷信鬼神，尤其是我们龙家苗族对于异龙湖内那条潜龙，谁也相信关系着我们龙家苗族的兴衰，谁教我们是姓龙呢？自从丢失了三个人，潜龙的故事又活灵活现地纷纷讲说起来。有几个信口开河，愣说看见一条奇怪的神龙出现，每逢风雨凄迷、星月无光的深夜，便从象鼻冲岭上射出两道红光，这是神龙的眼光。有一个插枪岩守夜的头目，还特地来报告我，说是那一夜在岩顶上，亲见一条巨大的神龙从岭顶昂起头来，便有十几丈长，只一弓腰一低头，便到了异龙湖心，身子还在岭上，从岭顶到湖心，光华闪闪，宛似搭了一条金桥。那头目明白神龙在湖心吸水，急慌在岩顶跪下礼拜，伏地默祷，等他抬起头来看时，一忽儿工夫便不见了。他这样活龙活现地一报告，上上下下格外轰动了。有几位父老来对我说，异龙湖神龙出现，非同寻常，恐怕关系着我们土司身上，请我注意等话。经他们这样一说，说到你身上的祸福，我也被他们说得神志不宁起来。有一夜细雨蒙蒙，定更以后，我特地带了两个年老懂事的头目，携了应用兵刃，骑着马悄悄地从插枪岩绕到岩后，寻了一处妥当避雨之所，对着异龙湖和对岸象鼻冲静静地听着、望着，想亲眼探个着落。”

映红夫人说到此处，独角龙王猛孤丁地大喝一声：“好！”还把右臂伸得笔直，跷着大拇指，朝着映红夫人晃了又晃，似乎表示这才是独角龙王的夫人。

映红夫人微微一笑，朝他看了一眼，继续说道：“我这样足足等了两个更次，脚也立麻了，飕飕的寒风把一颗心都吹冰了。只见异龙湖静荡荡的一点没有异样，象鼻冲的长岭上也没有红光和怪物出现，只一阵阵的雨脚，打在湖面上，冽冽的尖风，吹在岩脚的林木上，令人听得深山雨夜的凄清滋味。这种幽寂境界，便没有怪物出现，也有点心头发怵，汗毛直竖了。我没法再逗留下去，才上马跑回家来了。可是这一夜我虽然没有看见神龙出现，却替三个失踪的人探查出一点痕迹来。这点痕迹，我藏在心里已有许多日子，等你回家来，大家再想主意。因为这点痕迹，是我在那夜风雨中偶然想起来的，不愿意随便向人乱说，直到你今天回家才说起来的。”

龙土司静静地听了半天，原以为自己夫人冒着寒风冷雨辛苦了一夜，也是白费了，想不到还有后文，竟从不声不响中探出痕迹来了，这一喜非同小可，连大拇指都来不及跷起，双手脆生生一拍，霍地立起身来，大赞道：“夫人毕竟足智多谋，不愧巾帼英雄，到底探出痕迹来了。”

这位龙土司对于自己夫人素来敬畏得无以复加的，不论什么事，只要夫人一句话，真比军令还要服从。这时一路大赞，倒惹得映红夫人面色一整，含嗔啐道：“事还没有说明，你便信口开河起来。谁要你替我脸上贴金？我替你探出一点头绪来，究竟对不对，还是要你做主的，不然要你们男子干什么呢？”

龙土司一听腔儿不亮，马屁拍在腿上了，肩一耸，默然无声。

却听得映红夫人又说道：“我的意思，全因那晚我在插枪岩后立了许久，黑沉沉的幽夜，一片凄风苦雨，要想用目光探看远近的景象是不可能的。可是那时节，我隐隐听到远处传来的一种虎豹争斗的吼声，似乎在象鼻冲岭后。细听吼声，倏高倏低，好像有许多猛兽在雨林里争逐一般。我明知我们金驼寨四近，因你常常打围，已没有猛兽的踪影，想起那年我们飞豹子生下来这天，你正在离寨极远的深山中，碰到一只上树的锦豹，还觉得稀罕，因此替生下来的孩子取名飞豹，怎的那晚我在插枪岩后，能够听到许多虎豹的吼声呢？再说，如果象鼻冲真有虎豹，我们金驼寨的猎户早已前来报告了，可是我又明明听得逼真，同我去的两个老头目也听到的，因我嘱咐他们不准张扬，免得骚扰得寨民不安。好在自从三人失踪以后，寨民以为神龙作怪，异龙湖畔连白天都绝了人迹。这倒好，如果象鼻冲岭上真有虎豹，寨民也不致受害。因此我想到跳月那晚三人失踪，也许被虎豹衔去了，正唯虎豹不止一二只，所以三人都失踪了。我疑心猛兽出现，恐怕日子延宕下去，猛兽跑过插枪岩来酿成大祸，才急急赶你回来，商量办法。”

龙土司一面听，一面已定了主意，说道：“这事容易，我明天和金兄弟多挑选几个精壮头目，多备一点猎兽利器，从象鼻冲那面一路搜查过去。失踪的三人如果真被虎豹衔去，定有留下的骨骼。不管他成群的虎豹，好歹驱戮净尽，替三个寨民报仇，把打死的虎豹扛回来，也可安一安众心。”

当下夫妻商量妥当，龙土司又到外面和金翅鹏计议一下行猎兼侦察的办法，决计第二天照计行事。

第二天清早，独角龙王和金翅鹏全身劲装，备了骏马、骡驼，带了应用兵刃、暗器，挑选了五十名心腹勇士，携带窝弓、毒弩等一切行猎用具，别了映红夫人，便向后寨进发。一路金驼寨寨民看见龙土司一个个俯身行礼，年老一点的，便在马前诉说异龙湖三人失踪的怪事，龙土司好言抚慰，直说此去行猎多半便为这事，好歹要查个水落石出，一忽儿已绕出插枪岩，沿湖向西南象鼻冲岭下行去。

一行人马翻过了象鼻冲这条岭脊，再走三十多里，便出了金驼寨界外。按照各寨苗族的习惯，到别寨境内去行猎，极容易发生冲突，往往因此引起流血争斗的事，除非行猎的寨主势力雄厚，别人不敢以卵碰石。龙土司这次越界打猎，倒不是完全仗着本寨势盛，一半因为知道这条路上，没有繁盛的苗族，山深箐密，道路崎岖，好几十里没有人烟。要走近阿迷毗连的云龙山，才有半开化猓猡一族的苗寨，所以安心前进，不用理会其他苗寨的干预，而且因搜查三人失踪的去向和猛兽的巢穴，并不按程进行，越是峻险奥秘，人迹不到之处，越要仔细搜寻。这样在重山复岭之间，一路披榛斩莽，越壑渡涧，因为一路仔细搜寻，沿路逗留，走的又是人烟稀少的荒山险境，所以走得非常迂慢。

走了两天，计算路程，距离自己金驼寨大约已有六七十里，看不到一个人影，连寻常的走兽飞鸟也看不到一些，这倒是怪事。这批人马原是行猎的惯家，这种情形，定是四近出了极厉害的怪物，如果仅是虎豹一类，深林的飞鸟不至于害怕得逃避一空的，而且留神一路山林之内，可以看出至少在最近几日内，绝没有虎豹一类的兽迹，可见连猛兽都逃得远远的了。这一来，大家都有了戒心。

独角龙王和金翅鹏原是并马当先，一面谈论何种怪物有这样霸道，一面留神经过的山势，刻刻提防，免得一行人马蹈不测之险。金翅鹏忽然想到一事，向独角龙王道：“将军，夫人不是那夜听到岭后一群虎豹的吼声吗？”

独角龙王道：“是啊，我此刻也正想到这儿。定是她疑心生鬼，根本没有这回事。”

金翅鹏摇头笑道：“将军误会了，我敢断定夫人听到的吼声千真万确，而且确是一大群奔跑过去的。象鼻冲岭后本来没有虎豹出现，那夜风雨交加，突然有这一大群虎豹，且吼且跑，自相残踏，正是从远处被厉害的怪物赶过来的。可见这种怪物连虎豹都害怕飞逃，绝不是寻常东西，也不至常常出现。我想跳月那夜火光烛天，歌声传远，才把那怪物引了出来，不幸的寨卒和一对有情男女，便遭了殃了。怪物从那夜得了甜头，自然注意到象鼻冲。夫人出来的那一夜又是风雨凄凄，大约那怪物在更定人静以后，似乎又要到象鼻冲来寻可口的东西。大约怪物伏处之所，离象鼻冲甚远，一路走来，半途碰着了那群虎豹。那群虎豹倚仗同伴不少，便同怪物狠斗起来，到底敌不过怪物，才向象鼻冲逃过来。那一夜夫人真是逢凶化吉，大约怪物被一大群虎豹缠住了身，或者经过一场狠斗，快到天明，没有真个到象鼻冲来，否则夫人也非常危险的。至于我们一路行来，并不见虎豹的痕迹，这因事情过了这许多日子，留下的痕迹早已被山雨冲没了，因此也可以料定那怪物从那天起，也没有到这条路上经过，因为这条路上鸟兽早已绝迹了。不过究竟什么怪物有这样厉害，实在想不出来。”

独角龙王被金翅鹏详细一解释，宛如目睹一般，连连点头，大笑道：“老弟，你真料事如神，是我们金驼寨的诸葛爷。”

龙土司这句话，是非常尊重金翅鹏的意思，和别个省份拿诸葛亮比聪明人，完全不一样。因为从前孔明征南，七擒七纵，正是云南境界，在苗族里面留下极深刻的影响。苗民偶然掘得诸葛铜鼓，便立时声价十倍，夸耀遐迩。有几个势力雄厚的土司因没有铜鼓，便觉一生缺恨，常有假造铜鼓，假意从地土内当众掘出，大举庆贺，以博全寨的拥戴，而且说到孔明事迹，称为诸葛爷以示尊敬，所以龙土司偶然把金翅鹏比作诸葛爷，简直是个异数，非可泛泛的。

金翅鹏久处苗蛮之乡，自然明白，慌谦逊了几句，却又指着西面山坳说道：“我们不知不觉地已走了两天，将军请看，日色已慢慢往西斜下去了。我们既然知道有这样不知名的怪物，一时又查不出窝藏所在，我们真得当心一二。便是今夜我们一行人马憩宿地方，也得早早寻个稳妥之处才好。”

两人说着话的工夫，在重山复岭之间，左弯右拐，又走了一程，已远离龙家苗境界约有几十里之遥。马前山势渐束，来到一处谷口。两边巉岩陡削，壁立千寻，谷内浓荫匝地，松涛怒吼，尽是参天拔地、大可合抱的松林，阴森森的望不到谷底。谷口又是东向，西沉的日色从马后斜射入谷，反照着铁麟虬鬣的松林上，绚烂斑驳，光景非常，阳光未到之处，又那么阴沉幽闷。有时谷口卷起一阵疾风，树摇枝动，似攫似拿。松涛澎湃之中，还夹杂着山窍悲号，尖锐凄厉，从谷底一阵阵摇曳而出，令人听之毛骨森然。

金翅鹏一拎马缰，越过了龙土司，兜转马头，右臂一举，朗声说道：“将军，谷内不是善地，我们且慢进谷。”

龙土司到了谷口原已犯疑，经金翅鹏一拦，立时在马上发令，停止人马进谷，派了两个精细头目先进谷去，探明谷底有无通行道路。

片时，两头目回报："谷内地形宽阔，初进是一片大松林，穿出林外，微见天光，尽是从地上长出来的石笋，高的足有四五丈，也有石笋攒并，积成奇形怪状的石屏石帷。下面细泉伏流，到处皆是。走了一箭多路，依然望不清谷底。看情形谷内地势这样宽阔，也许是个山峡，可以穿行的。不敢耽延，先出谷来请令定夺。"

龙土司浓眉一皱，向金翅鹏道："我们且进谷去看看再说。"

金翅鹏点头道："好！"一耸身，已先跳下马来。因为一进谷口，便是密层层的松林，飞柯结干，拦路牵衣，无法乘骑的。

龙土司也跳下马来，早有贴身头目过来，代二人牵住了马。金翅鹏拔下背上一对钢胎金裹尉迟鞭，这对鞭是他义父飞天蜈蚣遗留的唯一纪念兵刃，由他师伯祖无住禅师传授的鞭法。这些年闯荡江湖，在这对兵刃上用过不少苦功，此刻拔下双鞭，当先往谷内走进。

他一路行走，处处留神，刚才一到谷外，已疑心谷内蹊跷，恐怕龙土司涉险，奋勇当先。其实龙土司是个豪迈疏阔的角色，冲锋陷阵尚且不怕，何惧凶猛的野兽？早已振臂一呼，率领五十名勇士跟踪入谷。

一进谷内便是松林，上面一层层的枝叶，遮得不漏天光，加上日已沉西，格外显得阴晦异常，林下落叶枯枝，年久日深，越积越高，烂糟糟的宛如泥潭。一脚高一脚低地穿行了一程，大家才穿出了这一片大松林。

林外地势较宽，果然四面高高低低地矗立着无数石笋，千奇百怪，和平常点缀园圃的石笋大不相同。石笋上面大半蒙着一层碧茸茸的绿苔，地势虽宽，被四围壁立千仞的岩嶂挡住了西落的斜阳，谷内还涌起似雾似烟的一种瘴气，浮沉于林立石笋之间。猛一看去，奇形怪状的石笋，好似无数鬼怪从地上涌出一般。石笋脚下，细流淙淙，银蛇一般穿行各处。金翅鹏、龙土司不管这些，指挥一队人马，在石笋缝内乱窜乱闯，急急向谷底走去。

金翅鹏偶然跃过一条较宽的溪涧，落脚所在，有高逾十丈、形似莲蓬的一座攒峰大石笋挡在眼前，通体晶莹雪白，光可鉴人。金翅鹏无意中用手一扶石笋，猛觉沾了一手稠稠的黏涎，而且腥臊刺鼻。金翅鹏咦了一声，一俯身，赶紧在溪水上洗净了手，当时并不说破，急急向前走了一程，石笋渐渐疏朗，百道细泉汇成一股清溪。溪面不过一丈来宽，迤逦曲折，似乎发源谷底。溪上两岸，尽是梓楠一类的原始古木，硕大无朋，半枯半茂，有的树身中空，竟像房屋一般大小。金翅鹏、龙土司领着一队人马，沿着溪岸又走了一程，当前奇峰突起，上薄青冥，似乎已到谷底尽头，溪声却奔腾如雷，轰轰震耳。

金翅鹏、龙土司首先赶到峰脚查看。原来谷内套谷，峰脚下溪源汹涌之处，峰脚岩壁豁然中辟，形似一重铁门，从峰腰以下，绝似人工凿就的门户，又像一个深洞。洞口虽有两三丈开阔，望进去却窅冥秘奥，难以测度，而且洞内阴风惨惨，挟着一股霉湿腥秽之气，令人难当。洞口左右都是突兀的危岩，别无第二条路径可走。

这时日影已沉，谷内格外暗得快，四面景物已模糊难辨起来。龙土司暗想这深洞内这样黑暗，天又晚了，如果贸然进洞，万一碰着成群的猛兽，施展不开手脚，定然白白送命。这里离谷口已远，再退出去也不是办法，沉思了半晌，倒弄得进退两难了。

第七章　五十名勇士失踪之谜

龙土司有点进退两难，想和金翅鹏商量办法，见他在溪涧南岸几株大树下面来回巡视，好像找寻什么似的，龙土司慌赶过溪去。龙土司原立在近洞口的北岸，越溪而过，必须经过洞口，偶然扭头向洞内一望，猛见洞内极深处有几簇星光一闪一闪地闪烁不定，定睛一细看，深处闪烁的星光径自一对对地上下移动，而且逐渐扩大，似乎向洞口移动过来，还隐隐听得鼻息咻咻。

龙土司蓦地一惊，喊声："不好！这是大虫窝。"奋身跃过洞口的溪面，飞一般赶到金翅鹏跟前，大喊道："老弟，我已看见洞内藏着一群大虫，大约被我们惊动就要出来。我们赶快预备毒镖飞弩把洞口堵住，出来一个射死它一个。如果让它们一齐出来，天色这么晚，一个手足失措，便有性命之忧。老弟，你快指挥他们堵洞……"

金翅鹏不等他说下去，拦住话锋，匆匆说道："堵洞似乎不妥，大虫未必怕死，万一成群结队地猛冲出来，一个应付得不利落，想逃避都费事。不如将军快传令，叫他们分成五队，便在这几株大树上暂时藏身。这样又高又粗的千年古树，大虫未必上得去，我们居高临下，再用弓箭毒镖射它们，也安全得多。"

龙土司猛然醒悟，连声应道："对，老弟这主意，果然比我高得多。"说了这句，急忙指挥五十名勇士，分队上树。

这班勇士个个手脚矫捷，身强力壮，立时分成五队，各自拣了近身大树，叠罗汉，叠人梯，纷纷上树，把带来的行帐、干粮、武器等件，也运到树上，把两匹骏马三匹健骡，也分藏在几株枯树的树窟窿内，好在这几株大枯树树心中空，黑沉沉的竟有一间屋子那么大，分藏着骡马绰绰有余。诸事停当，却喜大虫还未出洞。

金翅鹏知道龙土司不大擅长纵跃功夫，这般高大的树要一人空手上去是不易的，打量近身一株一二十丈高下的大枯树，树心中空，两匹马便藏在这株树内，慌赶过去走入树窟窿内，从自己马鞍上摘下一大盘行猎用的套索，立在树下，抬头看准上面一枝横出的粗干，把套索系个活扣，振臂一抡，呼地抛起套索七八丈高，一使手法，恰巧套住了上面横干的杈丫，下面一抽，上面便紧紧扣实了，向龙土司一招手，请他先上。

龙土司自己明白非此不可，老实不客气，赶来挽住套索这一头，扭项说道："老弟，你一身本领，当然无妨，不过天色已晚，万一大虫成群扑来，他们在树上乱发毒弩，若误伤了你，这不是玩的，同愚兄一块上吧。"

金翅鹏微笑道："将军只管先去，我跟着就到。"说罢，翻身接连几纵，跃开六七丈路又到了洞口相近的一片沙地上。

这片沙地较为平坦，有十几丈广阔，并无杂木，只靠洞溪边上孤零零长着一株千旬古树，业已半枯，上面朝东的一面，枝叶兀自茂密，丈余横枝直伸过溪涧那岸去。因为一半已枯，别无邻树并生，上面露出天光，虽然月亮还未出来，天上却露出疏疏的几点闪烁的星光，才知道这一忽儿工夫，确已入夜，差不多已到酉牌时分了。

金翅鹏借着天上一点微茫的星光，想仔细辨察四周情势，只黑沉沉一圈危岩古木的轮廓，实在看不出什么来。暗想这谷内深洞，果真是大虫窝倒也罢了，就怕异龙湖传说的怪物也窝藏在内。刚才沾了一手奇怪的腥涎，绝不是虎豹身上的东西，如果真有比虎豹还凶猛的怪物，今夜我们一大队人马大是可虑，不望杀尽虎豹，只望大家在树上能够安度一宵，便算万幸了。

金翅鹏一个人怔怔地思索，那边龙土司已上了树，高居在离地十丈左右的树杈丫上，不敢大声相唤，哑声儿声声喊着："老弟快来。"金翅鹏向树上望去，影绰绰看见龙土司直向自己招手。

金翅鹏看不出什么迹象，龙土司又一个劲儿直催，便欲迈步赶去，不料一抬腿，被地上一块大石一绊，慌低头一看，不禁喊了一声"咦"。原来天色太黑，周围深林中还飘起一种非烟非雾、白茫茫氤氲散布的瘴气，连跟前的景象，都模糊难辨了。这一绊脚，又立停身低头细看，才看出这片空地上，似乎有人用平滑的岩石，垒着不少可坐可卧的天然石礅，大小不一，却布置得很有秩序。溪边那株半枯半茂的大树下，似乎还搭出一面大桌似的石台，空地上的大小石礅，系围着石台安置，恰恰摆成个半月形，大小石礅不下一二十具。

金翅鹏越看越奇，难道一群大虫以外，山洞内还有未开化的蛮族和这许多大虫同居么?

金翅鹏看得几具石礅出了神，猛不防洞内吼声骤起，宛如千百面破锣一时齐鸣，从洞底传出来，嗡嗡震耳，而且虎吼一起，蓦地从洞内卷出一阵腥味，立时谷内万叶乱飐，随风怒号，连自己立身所在，脚下落叶细沙满地乱滚，声势委实惊人。

金翅鹏虽然艺高胆大，也无法逗留下去，急慌转身，双足点处，人已平纵过来，接连几纵已到龙土司藏身的树下，一个旱地拔葱腾起一二丈高，两臂向前一抱，整个身子像鳔胶似的贴在树腰上了，可是离上面龙土司所在，还有几丈距离。金翅鹏施展狸猫上树的功夫，四肢并用，壁虎似的升了上去，到了分枝布干之处，才翻身上枝，又移枝渡干，一口气直翻上龙土司藏身的处所，才立停身躯，长长地吁了口气。

且喜立身所在，是枝干总结的大杈丫，中心如臼，竟像一个土坑，四面分布的枝干，便有牛腰那么粗，这种原始古木，倒也稀有，也只有黔滇深山之中才有那么稀罕的大木。两人藏身杈丫内，只露出一个头顶，要探看树下四面，还得爬上杈丫，倚着横枝，才能远眺近视哩。

金翅鹏和龙土司哪肯躲在杈丫心内，当然各自半蹲半坐地倚在枝干上，偷瞧大虫出洞的情形。金翅鹏先留神五队勇士藏身之处，明知就在近身的几株大树上，苦于漆黑一片，哪能分辨出来?幸喜这几队勇士鸦雀无声，或者树高天黑，暂时不致出事。

再回头看那洞口时，吓，了不得!远望过去，洞口宛如明灯般的虎目，牯牛般的庞大躯影，已可看出洞外已出来了七八只大虫了。在行猎惯家的龙土司眼光内，只辨别吼声身影，便可断定出洞的确系虎群，并非锦豹。因为当洞一条溪涧，原从洞内流出，群虎出洞，势必踏流而出。

那群猛虎出得洞来，争蹿上岸，把洞口的溪流搅得飞花滚雪，哗哗山响，恰喜出洞群虎一窝蜂奔上北岸，只要躲在树上不出声，或者不至于引到南岸树林来。

群虎一上北岸，中间一层层林木遮隔，已望不见虎影，只听得一阵咆哮，虎爪踏地的奔骤声和噗噜噜抖弄虎毛的怪响。不料藏在枯树窟窿内的二马三骡一听到群虎咆哮声，立时吓得咴咴长鸣，奋蹄惊跃，原没有拴住缰绳，大约牲口也懂得逃命，径自没命地逃出了树窟窿，飞一般分投黑林之中。

这一来，已上北岸的群虎，震天价几声大吼过去，立时翻过身来纵过南岸，一阵奔驰，已看出一只庞大的虎影，从树林下竖着粗长的尾巴飞跃而出，已没入黑林之中，当然去追那逃命的骡马去了。

这当口，树上的勇士们已有点不甘缄默，龙土司也拔下背上喂毒飞镖，大约五十名勇士也都张弓搭箭，想从虎口救护逃命的骡马。可是群虎已从下面箭一般蹿入对面深林，天又这般黑，哪来得及放箭发镖，把龙土司气得几乎高声大喊起来。

金翅鹏慌阻止道："将军休急，倘若这谷内只有这群大虫，不怕它们逃上天去，我们只要挨到天亮，好歹有法子把一窝大虫一网打尽，但是我们已知道这谷内凶险的东西绝不止这一群大虫，我们躲在树上，能够不声不响藏到天明，才有脱险的希望，此刻千万不要为了几匹牲口露了我们踪迹。趁此大虫跑远了，将军赶快叮嘱他们，不要鲁莽，没有将军的命令，不得擅自发箭，要紧！要紧！"

龙土司听得诧异，慌问道："老弟，你看见什么了？"

金翅鹏道："现在我无法细说，也没有法儿决定，我们现在身处险地，将军一身关系至重，还是处处谨慎的好。"

龙土司听他说得郑重，又知道他不是胆小怕事，定是别有所见，便依着他的话，悄悄地设法传递消息，通知树上的五队勇士不得擅自举动，刚吩咐完毕，远远咆哮奔骤之声，从这面传了过来，一忽儿，山风疾卷，万木怒号，一群猛虎已从林缝里飞蹿到那面排列大小石礅的空地上。细看时，三骡二马一个没有逃出虎口，都被这群大虫拖到空地上了。

事情真奇特，七八只大虫把猎获的骡马一齐拖到空地中间，并不张嘴大嚼，也不你争我夺，居然斯斯文文地看着，其中三只水牯牛般大的猛虎，径自扑通扑通跳下溪涧，飞一般蹿入洞内去了。

片时，猛见洞口射出一片火光来，把洞口溪水映得通红，而且听出洞中哗哗水响，好像有许多沉重的脚步踏在水里一般。一霎时，进洞的三只大虫，从洞口火光照映之下，欢跃蹦跳而出，一跃上岸，后面洞口火光越来越炽，连近洞的岩石树影也照得纤屑毕露。

大家睁眼看时，突见洞口出现了两个大怪物，人立而行，异常高大，遍体长毛，金光灿灿。顶上金毛分披两肩，露出拗鼻掀唇，獠牙环眼，两只毛臂又粗又长，身后夹着一条短尾巴，各自举着牛腿般的松油火燎，斗大的火苗，迎风乱晃，还发出毕毕剥剥的爆音。其中一个随手把一支巨燎，在洞口石缝里一插。那一个依然把火燎拿着，一齐举步上岸。

这两怪一上岸，洞内溪水山响，又陆续奔出一群同样的怪物来，肩上都扛着沉重的兵刃，最后一个头上顶着一具大铁锅，少说也有五六百斤分量。手举松燎的怪物当先领路，一齐高视阔步地跨上南岸，直奔那片空地。

那群猛虎大约怕极了这班怪物，活像家养的小猫，在这群怪物腿边摇头摆尾，做出种种乞怜之态。怪物偶然长爪一挥，一声怒吼，立时夹着尾巴避得远远的，却又不敢过于跑远，又从树林内涌了出来七八只牯牛般的猛虎，乖乖地一齐蹲在一排石礅后面，猛虎的威风一点都没有了，活似家养的驯良小猫。

那群怪物先把手上松燎高高地插在溪边独树上，扛来的铁锅等东西便放在树下石台上，然后八个怪物又围着倒在地上的三骡两马，个个阔嘴一咧，厚唇上翻，露出满嘴白巉巉的獠牙，磔磔怪笑起来。

这种怪笑的可怕声音，人类中果然听不到，兽类中也比拟不上来，说它是笑，其实是嚎。八个怪物一齐张嘴大笑，实大声宏，声震林谷。在这月黑山幽、箐深林密之地，无端碰到这群怪物，听到这种怪声，任他一等泼胆的角色，也要心胆俱落的。

独角龙王和金翅鹏也是铁铮铮的汉子，到此地步也闹得满身冷汗，连大气都不敢出，瞪着直勾勾的眼珠，看那一群怪物的举动，只望怪物们不到这边来，因为两人藏身所在，距离怪物立身处所，不过半箭之路。借着洞口和溪边树腰上两支大火把，照着空地上八个怪物的身影，非常清楚。起初把怪物当作茹毛饮血的生蛮，后来一看体伟貌怪，身有短尾，而且力大无穷，连猛虎都吓成小猫一般，绝不是未开化的生蛮，竟看不出是什么怪物，动作又与人类无异，难道深山黑夜真有妖魔鬼怪不成？幸喜别树上的勇士们，也吓得鸦雀无声，一时半时或不致被怪物发现。

这时三骡两马已遭了殃，被一群怪物随手捞起骡马的大腿，一阵乱擘，咔嚓嚓山响，立时满地鲜血淋漓，把骡马四肢生生分裂了，各自捧着一条大腿，在周围石礅上坐下来，一阵大嚼大啃，咽咽有声。

有时随手抓一把心肝五脏掷向礅后，大约是酬劳群虎猎获贡献的一点功劳，可笑牯牛般的一群猛虎，分润了一点余惠，诚惶诚恐地吃得非常斯文。哪消多时，八个怪物早把三骡两马分吃在肚内了，只剩下地上小丘似的一堆白骨了。

怪物咂嘴吮舌地吃完了骡马，挤在一处怪语啾啾，不知议论什么，又抬头向四面岩顶乱望了一阵，看了看天色。

忽然有六个怪物离开空地奔入洞内，一忽儿又跑了出来，各人肩上、顶上又扛着许多笨重的东西来，一齐堆在溪边树下。八个怪物一齐动手，把那口大铁锅掇到空地上，下面用大石支了起来，竟用极粗的松柴生起火来。

有几个怪物手忙脚乱，从树上搬来许多东西放在锅台旁，又在锅内不知倒入了什么东西，锅底下柴火越来越旺，火焰熊熊包裹了整个大铁锅，照得锅旁的一群怪物变了红人。却见它们从锅旁拾起一支支飞叉般铁器，把叉头插进火中，片时锅内冒起青烟，顺风飘过，香气四散，似乎锅内熬着油类的东西。

油香一起，怪物在锅下又插入许多飞叉，另一个怪物举起一袋东西向油锅内一倾，锅内立时哧哧山响，一阵阵油炸铁雀一般的异香充满了山谷。把龙土司、金翅鹏看得直了眼，又惊又诧，想不到这群怪物血淋淋大嚼了三骡两马以后，又细烹细炸吃起精致物儿来。

哪知道怪物把这一袋东西倾入锅内以后，神情大为紧张，一个个跳起身来向谷顶东张西望，有几个怪物向石礅后面那群大虫频频挥手，似乎指挥发令一般。那群大虫真也听话，立时掉尾转身，蹿入深林以内，一个也不见了。

这时铁锅内一股油炸香味弥漫全谷，而且直冲霄汉，下面柴火也越来越炽，火焰四冒。几个怪物蹲在锅边，不时把煨在火内的长铁叉抽出来看一看，尺许长的两个锋尖子，已经烧得通红。怪物依然把它插入通红的柴火内，从四面插满了这种长铁叉，不下七八十支。龙土司、金翅鹏看得出奇，烹炸飞禽还用煨红的长铁叉干什么呢？

哪知就在这当口，谷顶呼呼风起，林巅的树叶子刮得东摇西摆，满谷风声，宛如千军万马杀到一般。大风一起，那边一群怪物寂然无声，只不住地在锅下添入粗柴，有几个抬头望着四面岩顶。可是这一阵狂风，却于树上躲着的人有不少便利，有点响动，被风声混住，绝不致被怪物听到。

金翅鹏因此心头一转，打算趁此一个个溜下树来，逃离险地，不料心里念头刚起，一阵狂风刮过，鼻子里猛闻出一股奇臊极腥、刺鼻难受的气味，连头上都有点发晕。身旁龙土司已忍不住轻轻喊一声："这是什么味儿？这般难闻。"

一语未毕，突见对面岩顶射下两道碧荧荧的奇光，从对面高高的岩顶到藏身的大枯树，中间还隔着一大片黑沉沉的林影子，这样遥远，岩顶上发射的两道光闪，竟会照射到藏身的树上来。最奇的两道光芒闪来闪去，起头直注空地上的油锅，后来竟射向藏人的树上晃动，而且这两道光闪，似乎挟着凄厉的狂风、飞扬的沙石，摇撼得远近树林的叶帽子东摇西摆，飒飒山响，叶落如雨，一阵阵扑鼻的腥臊气味也越来越盛。

金翅鹏到底是有功夫的练家，眼光比别人锐利，已看出对面岩顶上发光所在，现出一个斗大的蟒头，两道碧光便是从一对碗大的蟒眼里发射出来。蟒头上似乎亮晶晶地矗立着一只独角，蟒身却看不出来。不料刚看了一眼，树林上卷起一阵呼呼的腥风，斗大的蟒头已渐渐逼近，似乎移到对面树林顶上，已看到比水桶还粗的蟒身，从岩顶搭到林上，宛似一座长桥，影绰绰还看出蟒身上乌油油泛光的鳞甲。

这时蟒头直伸到对面林上，更看清狰狞可怖的大蟒头，颔下阔嘴一鼓一翕，咕嘟嘟喷出白蒙蒙的毒雾，一条数尺长火苗似的歧舌，闪电一般在雾影来回游走。又见蟒眼射出来的两道碧光闪到左近一株树上，蟒嘴一张，突听那株树上一声惨叫，唰地飞出一团黑影，比箭还疾，凌空飞去，竟投入蟒嘴之中。金翅鹏已看出是个人影被怪蟒吸入肚内，这一惊非同小可，把那面一群似人非人的怪物和大虫都抛在脑后，慌不及掏出淬毒钢镖，用连珠镖法接二连三地发出。

龙土司和别树上的勇士们这时都抱死里逃生的主意，硬弓长箭，飞梭飞镖，一切长短武器，雨点一般向怪蟒乱射。哪知怪蟒满不理会，不断地鼓动着两面腮帮子，从蟒嘴里喷出蓬蓬勃勃的毒雾，遮没了当空一大片地方。许多射过去的镖箭没入白蒙蒙的毒雾内，宛如石投大海，雾影里射出来的两道光芒却越来越近。

金翅鹏已觉得头痛欲裂，心神迷糊起来，一个身子似乎被一种极大吸力吸得飘飘欲起，心里一急，顾不得再发暗器，拼命抓住近身树枝，一手想拉住龙土司，一把没有抓着，只听得身后一声惊喊，龙土司已跌落杈丫的中心深坳内，一时惊惶无措，突见当头一对碗大的蟒眼，碧荧荧的光芒逼射到面上，似乎相隔不到二丈，惊叫一声不好，拼命一挣扎，想翻身躲避，又突觉面上热辣辣一阵剧痛，遍身麻木，同时听得树下怪吼连连，哧哧射上几溜红光。无奈自己心里一阵昏迷，身子软绵绵地向后一倒，便失去知觉了。

等得金翅鹏悠悠醒转，恢复知觉，已经过了两天两夜，人已离开了恐怖的山谷，到了金驼寨后寨了。他开始慢慢恢复知觉当口，满眼漆黑，遍身兀自麻木不仁，还以为尚在荒谷的树上，未离蟒口，未脱险境，心里想睁眼张口，举手伸足，无奈整个身子都不听使唤，好像自己被独角怪蟒吞下腹去，只有一颗心尚是活的，空自挣扎得一身冷汗，哪能动得分毫，只喉头冲出凄惨的惊号之声，在他自己以为大声疾呼，其实别人听去音如游丝，力弱已极。

半晌，他五官知觉才有点恢复过来，虽然眼前依然漆黑，四肢依然难以自主，却已察觉自己睡在软软的榻上，脑袋上紧紧地缠着布，只露出两鼻孔和嘴，所以睁不开眼，这才明白自己已经遇救，脱出了蟒口，同时耳边听出有人连连叹息，不绝地念着阿弥陀佛。这人口音似乎很熟，知觉初复，受险太甚，一时还想不起来，却听这人对人说道："好了好了，药力达到了，这条命是拾来的。"

金翅鹏迷茫之中，蓦地听到了这几句话，急于要明白自己怎样受伤，怎样遇救，龙土司和五十名勇士是否同时脱离险地，此地又是什么地方……心里一连串疑问，急想问个清楚，无奈心里想说话，觉得自己喉咙都不听使唤，自己耳朵竟听不到自己说话的声音。

他以为自己受毒过甚，弄得嗓子都哑了，心里一阵难受，拼命地一挣扎，瘫在床上的身子居然微微地动弹了一下，耳边又听到有人对他说道："你不必焦急，一切的事只可暂时放下，我也不便对你说。因你遍身受蟒毒太厉害了，昏死了两天两宿，万幸我凑巧赶来，随身带着秘制解毒夺命丹和极妙的金疮药，外敷内服，才把你从九死一生中挽救过来。可是你受毒已深，要到百日以后才能复原，此时元气未复，天天要替你换药解毒，你自己也要屏绝杂念，一心静养，一毫大意不得。我无意一路云游，寻觅一个人，想不到赶上你遭此奇祸，说不得多留几天才能动身的了。这儿便是金驼寨后寨，全寨的人都望你赶快复原，又有我在此保护你，你只一心养病，不必分心别事，你现在有话也说不出口，因你受毒实在厉害，我迟到一天蟒毒便要窜入内脏，一发难治了，终算万幸！你只百事不问，安心养病，到了相当时日，我是谁，自然会告诉你的。”

这人在他耳边安慰了一阵，金翅鹏虽然听得出，苦于自己说不了话，这人是谁无从问起，回想荒谷中那夜九死一生的事，宛如做了一场噩梦。

从这天起，金翅鹏天天在病榻上度日，到了五十天以后，四肢才渐渐活动起来，下榻行动兀是不能，头上也依然包扎，舌头也依然麻木不灵。直到将近百日，毒气脱体，能够行动说话，只头上包扎未除，难以睁眼，才察觉寨中情形不对。从璇姑姊弟口中探出了一点痕迹，才明白那夜荒谷遭难，生还者只两个人，除自己以外只逃出一位头目，其余龙土司和四十九名勇士迄今生死未明。金翅鹏一听到这样石破天惊的消息，几乎急疯了心。

第八章　虎口余生

金翅鹏恢复精神以后，宛如做了一场噩梦。自从在那夜荒谷遇蟒，昏倒树上，怎样会逃回寨中，龙土司和五十名勇士是不是安然回来，一点都不知道。这时知觉已经复原，只整个脑袋上还蒙着布、敷着药，把两眼也蒙住了，变成瞎子一般，心里急于要明白脱难情形，几次三番向璇姑及龙飞豹子等人探问，才明白那夜一场大难的经过，而且发生了天大的祸事。

原来那夜荒谷中金翅鹏受毒昏倒，幸喜立身所在，原是深坑般的树杈丫，望后一倒，和龙土司一齐跌入杈丫深窝。同时有一队勇士，藏在最后临溪的一株大树上，其中一个是金驼寨出名精干的一名头目。当那独角怪蟒两道闪电似的蟒眼从岩下密林上扫来扫去，光芒越来越近，毒雾弥漫，弓箭无功，眼面前一株树上的同伴被毒蟒一口吸入腹内，又听得自己土司和金都司惊喊之声，只吓得心胆俱落，不知怎么一来，两腿一软，一脚蹈空，一个身子猛从枝叶缝内漏落下去，七八丈高的树身，这么直泻下来，怕不粉骨碎身!

偏巧这株临溪大树，上面一半枝干盖着溪面，头目藏身所在正是盖溪的横干，这一失足，凑巧跌入溪心。这处溪面又比较宽而且深，“扑通”一声，水花溅起老高，整个身子在溪底翻了个身，才浮上水面。虽然受伤不重，却震得昏迷了半晌。幸而头目精壮结实，识得水性，虽然吃了几口溪水，在溪心定了定神，再悄悄泅上北岸，慌忙一头钻入一丛长草林内，忍不住又抬头向南岸偷瞧。

那头目失足跌下时，树上其他伙伴在这样奇险之境，加上怪风毒雾，早已吓得昏天黑地，灵魂出窍。这样跌下去一个同伴，下面水心一声巨震，大约谁也没有察觉，便是有点觉察，这当口，确也无法顾及别人了。可是跌下溪心，泅上北岸的头目，这一折腾未免耽搁了一些时候，等他蜷伏草心，抬头向北岸偷看时，又几乎吓得半死。

他看到空地上那群似人非人的怪物，手忙脚乱，一个个争先抽出煨在锅下的长铁叉，头上尺许长的叉尖子已烧得通红，举着煨红的铁叉山嚷怪叫，飞一般赶到怪蟒探头的林下，把铁叉当作飞镖般向上面飞掷，力猛劲急。一支支铁叉带着一溜溜红光，飞上林巅，看得逼清。还有那群猛虎也在林下咆哮跳踯声势十足，好像替怪物助威一般。

这当口，满谷狂风怒号，沙石卷空。尤其对岸林巅，毒雾漫天，岩石如雨，这么大的参天古树，树帽子被狂风摇撼得东倒西歪，折干断枝，满天飞舞，加上林下一群怪物和猛虎奔驰嚎吼之声，宛如天崩地裂一般。这才明白洞内出来的这群人形怪物和独角大蟒斗上了。

这时对面林上毒雾漫空，飞石扬沙，已看不清大蟒身影，只见林上两道碧荧荧怪蟒眼光，兀自电闪一般从浓雾中射出来。可见火叉子不绝地射上去，依然克制不下，定是独角大蟒遍身铁甲难以命中。看起来不论谁胜谁败，我们这群人总是凶多吉少，有死无生。

那头目心胆俱裂之下，猛见蟒头洞口火光大盛，又涌出几个高大凶猛的人形怪物来，手执松燎，背负弓矢，出洞后一跃上岸，屹然立停。一忽儿洞中两个怪物飞一般抬出一乘竹轿子，轿内坐着一个身形瘦小，穿着一身红的短襟窄袖的人来。最奇的面上似乎也套上红色面具，只露出嘴鼻眼三个窟窿，距离虽远，因在旺炽的火光之下，却看得逼清。

只见竹轿子一出洞口，轿中红人蓦地一声娇叱，非常清脆，竟是女子口吻，接着一纵身，宛似一只飞鸟，从竹轿上凌空腾起，一落身已到了南岸，再一纵身，黄莺渡柳，已到了架设大铁锅的空地。

跟来的几个怪物，也放下竹轿追踪赶去。眼看那瘦小的红衣人跟着四五个怪物，从空地直奔毒蟒发现之处而来，视线被南岸一带大树遮住，便看不见红衣人的踪影，却听得弓弦响处，从林下飞起几支火箭，箭头上带着蓝闪闪的火焰，哧哧地钻入一片白雾之中。

这几支火箭一起，林下一大群怪物一阵山嚷猛叫，上面毒雾内射出来的两道碧光，突然失踪，下面火箭同煨红的铁叉子一发加紧猛射。满空火星飞爆，好像大年夜放的花爆一般。几株树上的枝干，着了猛射的火箭，业已毕毕剥剥烧了起来。

树上一起火，火光熊熊，照射远近，因此看到对面高岩在火光雾影之中，从岩头挂下十几丈长遍身鳞甲的一条独角大蟒，大约下半身尚在岩巅，一个斗大的独角蟒头，原已探到岩下丛林上面，这时被火箭射瞎了双眼，光闪顿杳，一弓身，已缩退到岩腰一片危坡上。蟒身不住地翻滚，似乎用后半身的尾巴，把岩头沙石雨点般扫将下来，粗柱般断木橛、磨盘般的大岩石，也轰隆隆地夹杂沙土碎石，满空飞坠，加上狂风疾卷，满谷振荡，真像天崩地裂一般。

近岩的一片树林，被几阵石压风摧，大半已齐腰折断，林下一大群怪物和猛虎，已存不住身，一起退向近洞空地上，抽矢扳弓，兀是用火箭攒射。

山摇地动地斗了一阵，岩腰怪蟒似乎已渐渐不济起来，嘴上喷出来的毒雾越来越薄，张着可怕的大嘴，只吁吁地喘着气，嘴上和两个眼眶内都已中了火箭和煨红的铁叉子。蟒头虽乱摆乱摇，甩脱了几支火器，眼眶内兀自深深地插着一支火箭。大约这种火箭的箭镞，非但饱喂猛烈毒药，而且涂了厚厚的硫黄硝药一类的东西，箭一离弦，迎风便燃烧起来，不论多厉害的猛兽，中了这种火箭，火毒双攻，见血立死！这条深山大蟒中了好几支火箭和火叉子，居然能支持不少工夫，足见体巨力长，是个稀罕的积年怪蟒了。

这时蟒体火毒深入，渐渐发作，几阵翻滚，露出肚下鳞甲稀薄之处，嘴上毒雾已喷不出来，被那群怪物逼近岩脚，又是一阵攒射，肚下又狠狠地中了几支火器。这一来，火上加油，一发难支，猛地蟒头高昂，后段一条长尾也在岩上笔直竖起，伸入半空，倏又一落，来回一阵旋扫。从岩上又哗啦啦落下一阵沙石，声势惊人，仿佛全岩解体。接着又是震天价一声巨震，岩上磨盘般大石纷纷下坠，怪响如雷，把下面沙土震起老高，全谷地皮也震得岌岌颤动，林木也倒了一大片。

一阵大震以后，躲在北岸草根中的头目连吓带震，已是神经麻木，状若痴呆，竟忘记了当前恐怖，半晌才知觉恢复，急向对岸偷瞧时，情形一变，岩下一大片林木已失了原形，未被拔倒的大树枝叶全无，光秃的断干枯杈支撑着从岩上滚跌下来的庞大蟒躯，一群人形怪物在死蟒身下奔来奔去，不知闹什么把戏。一群猛虎也在怪物身边欢蹦活跳，猛地想起自己土司和一群伙伴的生死，急慌定睛向分队藏躲的几株大树细看。

忽见前面龙土司藏身的枯树上立着那个瘦小的红衣人，向下面几声娇叱，树下七八个怪物四肢并用，矫捷极伦，分向几株大树猱升上去，眨眼之间，已在各树杈丫中间。自己跌下来的临溪大树也上去了几个怪物，长臂毛爪一探，随爪捞起一个个的人来，捞出来的同伴，个个四肢如棉，似已半死不活。怪物们捞起一个，随手向树下一掷，树下有怪物接着，抛一个接一个，宛似树上摘果一般。前面大枯树上的红衣人，也在杈丫缝内提起二具尸体，哈哈一笑，便向树下一抛。

那头目知道这两具尸体，定是龙土司和金都司，眼看这许多人脱了蟒口又落入怪物手内，哪有生还之望，自己一人虽然因祸得福躲在北岸，只要怪物们过溪一搜，绝无生望！想不到我们上下这许多人今夜逢此大难，心里一阵急痛，几乎失声惊号起来，猛听得红衣人已飞身下树，连连娇叱，霎时对岸便起了一阵奔骤之声。

远望对岸林缝内火燎乱晃，影绰绰一群怪物一个个肩上扛着同伴们的尸体，似乎每一个怪物肩上叠着好几具尸体，嘴上吆喝着，驱着前面一群大虫向洞口奔去。远望着洞口火燎光中，一个个怪物，一只只大虫，趋入洞内，最后红衣人依然让两个怪物抬着竹轿进洞。霎时洞外一片漆黑，人兽失踪，只近洞那片空地上，兀自架着那具大铁锅，炉下尚有余火，从林缝里射出血也似的红光来。

刚才天崩地裂的大闹，霎时谷内沉寂如死，一片昏黑，只听到飒飒风叶之声，疑惑自己在做梦，几乎不信那边有不可思议的巨蟒尸体压在林上，刚才的怪物、猛虎、红衣人，都像是梦里的景象。

那名头目迷迷糊糊地爬伏在深草里边，又过了片时，猛见那面洞口又射出一派火光，霎时又涌出几个凶猛高大的人形怪物，举着松燎跃上南岸。头目心想此番定被怪物搜出，难逃一命了。哪知满不相干，几个怪物奔到空地上，把铁锅和地上几件兵刃等类收拾起来，扛在肩上，一声不响地又跑进洞里去了。头目惊魂未定，又怕洞内怪物们随时出来，哪敢喘口大气，动弹一下。

迷迷糊糊自己不知道经过多少时刻，两条腿蹲了一夜，好像在地上生了根，哪能移动分毫，可是顶上天光已变了灰白色，树上的露水直洒下来，身上衣服掉在溪内时原已湿透，此时被晓风一吹，瑟瑟直抖，谷内远近的东西，却已渐渐看得清楚起来，才明白自己在草林里躲了一夜。

天已发晓了，洞口溪水潺潺，幽寂异常，绝不见怪物出现。心里陡然起了逃命的希望，急慌设法使麻木不灵的双腿恢复原状，摩擦了半晌，才慢慢直起腰来。一抬头，便看见了对岸近岩脚的一片森林枝叶尽落，东倒西歪，斗大的一个大蟒头，张着满口钩牙的阔嘴，挂着一条条的腥涎，兀自搁在一株半倒的大杈丫上，眼眶内兀自插着一支长箭，庞大的长躯却被倒下的林木遮住，再留神近溪几株大树上，哪还有自己同伴的踪影？想起夜里的事，泪如雨下。心想自己土司和一班同伴定已绝命，或者被怪物扛入洞内当了粮食，我应该挣扎着逃回金驼寨去，报告土司夫人才好。心神略定，分开苇秆似的长草，想从北岸逃出谷外，猛一长身，瞥见对岸一株树根底下，露出血淋淋一颗人头，蓦地一惊，心想在这大枯树下，莫非是我们土司的脑袋吗？

苗人迷信甚深，那头目立时跪倒喃喃默祷起来，立起身时，倏地心里一动，勇气勃发，决计把这颗人头带回寨去。可是这段溪面有两丈来宽，一时难以渡过。四面一看，过去三丈开外，溪身便窄，溪心露出礁石，似乎可以垫脚跳越而过，勇气一生，径向窄处跳过南岸，一伏身，暗察洞口并无动静，放胆直奔那株枯树。

到了枯树根下，一看血淋淋的脑袋，下面依然连着整个身子。因为刚才从北岸远望，被榛棘草根遮住，活似脱体的一颗脑袋，此刻细看下面衣服，并不是龙土司，却是金翅鹏，一摸心头，居然还微微跳动，只是脑袋上血肉模糊一片，已分不出五官位置，也不知怎样受的伤。

那头目寻着了半死不活的金翅鹏，一时手足无措，偶然一眼瞥见相近藏过骡马的空心树窟窿内，似乎露出一角行帐似的东西，跑过去一看，树窟窿内果然还藏着一座布帐，还附有绳束，立时得了主意，抽出随身腰刀，割了一大片布帐，带着绳束慌慌赶到金都司身边，把他上半个身子用布帐包扎起来，用绳索捆好，缚在自己背上。

这一折腾，天光大亮，刚才凭一股忠义之气，不顾一切，一心用在救金翅鹏身上，等得背在身上，迈步想走，猛一转身，看到了粗逾水筲、鳞甲泛光、望不到头的蟒身近在咫尺，“啊哟”一声，又吓得灵魂出窍，几乎连背上的人一齐跌倒。这当口真也亏他一咬牙，不管路高路低，拼命向谷外飞奔。在他以为一声惊叫，已惊动了谷内怪物，其实等他一路奔出谷外，谷内依然沉寂如死。

头目背着金翅鹏虽然逃出谷外，哪敢停下步来，拼出全身最后一点力量，只管望金驼寨来路飞奔。可是大队人马从金驼寨出来时，走了两天才走到出事荒谷，相隔何止几十里路，走的又是峻险山道，路绝人烟。那头目连惊带急，受尽艰危，而且身乏肚饥，多少也受点蟒毒，居然还能拼命背着金翅鹏不停步地飞跑，总算不易。

可是人非铁铸，跑到三十里开外，业已精疲力竭，在一座山坡脚下突然双目发黑，嗓眼发甜，哇地冲出一口热血，一个前扑，便倒在坡下起不来了。

这条绝无人烟的荒山鸟道，一个重伤如死，一个力绝昏倒，在这种千岩万壑、不见人影的地方，这一倒下谁来相救？两条半死不活的生命，可以说绝无生机的了。哪知事出非常，偏有意想不到的救星！那名头目和血渍模糊的金翅鹏倒在斜坡脚下，不到一盏茶时，斜坡上远远传来一阵急步奔驰之声，坡上松林下便现出三条人影，霎时驰下坡来。

当先一个，却是一个眉目风骚、妖艳绝伦的妇人，背插长剑，腰悬镖囊，外披风氅，内着劲装。一见坡下倒着两个人，便立停身躯，指着金翅鹏身体，向身后两名彪形大汉笑道："昨夜我见这人已被毒蟒喷死，面目溃烂，极难活命，所以没有擒入洞内。一点擒到人数，独角龙王除外，共四十八名，狒狒们亲眼看见又有一名被大蟒吸入肚内，我以为全数受擒，想不到还漏出这个鬼灵精，居然被他逃到此地，还亏他背走了这么一个半死人。这样看来，他们一共是五十二人，哈哈，到底没有逃出我手去！便是我此刻不去锯解蟒头上的独角，没有发现他们逃去，这两人倒在此处也是尸骨无存，被野兽吃在肚内罢了。本来我想放走一两个被擒的人，让他回去替我办点事的，现在我行点方便，着落在这人身上，倒是一举两得的事。"说时，向倒下的头目一指，便从怀里掏出一小瓶药末，交与身后一个汉子，又叫另一个到不远的山涧取些清水来。身后两名彪形大汉，全是苗寨头目装束，插镖背箭，颇为雄壮，对于这位怪妇人，还真异常恭顺，立时分头照办。一个扶起倒下的头目，一个用随身皮袋取来清水，撬开牙关倒入瓶内药末，用溪水灌了下去。

药还真是灵，片刻工夫，倒下的头目一声闷叫，径自双目睁开，悠悠醒转，抬头看出救治自己的是两个不认识的汉子，不远还立着一个平生未见的女英雄，他看不透这两男一女是什么路数，尤其是在这条路上怎会碰到这种人物？一眼看到女郎外氅内衣都是妖艳夺目的玫瑰红，猛然想起昨夜可怕的一幕，洞内出来坐着竹轿子的红衣人，好像就是这人。

在苗人头脑里，以为这怪妇人同一群可怕的怪物在一起，不是精怪便是神仙，这两个汉子定也是妖精变化出来的。头目怔柯柯看着怪妇，心里不住地胡想，也忘了谢一谢人家救命之恩。

那怪妇人却先说话了，指着头目笑道："你认识我么？"

头目莫名其妙地把头摇了一摇。

怪妇人微微一笑，又说道："昨夜幸亏我们把你们全数救入洞内，否则都被毒蟒吞吃了。想不到漏掉了你，想是你藏在远处，等到天亮时把这人背到此地来了。"说到这儿，向金翅鹏一指道："这人装束不同，是你们寨中什么人？"

这时头目慢慢从地上站了起来，明白对方没有恶意，心里减却几分害怕，吞吞吐吐地答道："这人是我们土司的好友，也是我们金驼寨的有名好汉，请你们好歹救他一救吧。"

怪妇人摇头道："这人几乎被毒蟒一口吸入腹内，亏我们看家的狒狒火叉子发射得快，才从蟒嘴上夺下来，但是他受毒已深，我也无法救他。从这儿到你们金驼寨还远得很，看你已经乏力难行。现在我叫这两人送你们回家去，赶快设法调治。我还有一封信，你替我捎去，你们土司夫人禄映红看到我的信，自然会明白的。"说毕，便命两个彪形大汉，把头目和金翅鹏一人一个背在身上，又把一封信交与头目带在身边，不容头目再说话，玉手一挥，两大汉背起便走。

路上头目在大汉背上，屡次探问怪妇人是谁，你们住在什么地方，两大汉却像哑巴一般，一语不发，一直背过象鼻冲，到了异龙湖畔，远远见到了金驼寨寨民走来，才把二人放下，开口说道："前面已有你们的人来了，我们不必再送，你们自己回家好了。"说完这句话转身便走，眨眼之间已走出老远，翻过岭去了。

头目依然惝恍迷离，不知怎么一回事，一看地上金翅鹏依然死了一般，自己浑身骨节也像拆散似的，叹了口气，等候寨民走近，才把两人抬回金驼寨土司府来。一路经过，早已轰动了全寨苗民。

映红夫人听到这样消息，便知遭了祸事，慌命抬进后寨，一见血肉模糊的金翅鹏，狼狈不堪的那名头目，更是心惊肉跳，手足无措。璇姑和龙飞豹子究竟还年轻，一发吓得哭出声来。一面慌飞请石屏州外科名医，救活金翅鹏，一面一迭声探问祸事经过。等得那头目力竭声嘶说出昨夜荒谷遇险的事和今晨二人遇救的经过，又掏出那封捎来的信，一五一十从头说了出来。

映红夫人耳边听着晴天霹雳般的消息，眼中瞧着平地风波的一封信，立时五内如焚，蛾眉深锁，惊奇、悔恨、忧急种种难受滋味，都集在她一人身上了。原来那封信内写的是：

> 汝夫妇历年席丰履厚，富甲滇南，意犹未足，复与沐氏表里为奸，残杀族类，致六诏鬼母、阿迷狮王父子等，先后毕命于汝等爪牙之手。讵意天网恢恢，汝夫自投荒谷，几膏蟒吻，经余援手，始获更生。而余部下多与鬼母狮王有渊源，立欲分裂汝夫雪恨。因余隐迹多年，与汝等各方素无恩仇，力与阻止，始得苟延残喘。然众怒难犯，亦难轻予释放。兹与汝约，信到十日内，应昭示全寨，沥血为誓，率金驼寨之众，此后悉听余指挥，并先缴纳符信金珠以示诚信。余必保护尔夫及头目等性命，使其安然生还。否则普氏旧部切齿之仇，将先血刃于汝夫等之腹矣。生死异途，唯尔所择，荒谷在迩，伫候足音。书奉金驼寨映红夫人妆阁。
>
> 罗刹夫人拜启

映红夫人接到这封信，几乎急疯了心，这种事也没法守秘密，闹得满城风雨。全寨头目一个个摩拳擦掌，怂恿她擂鼓集众，点起全寨苗兵，直捣荒谷，救回土司。

在这乱嚷嚷当口，还是她这位娇女龙璇姑有主意，看清来信大意，父亲虽落虎口，一时尚不至凶险，倘若马上兴师反而不妙。最奇来信署名“罗刹夫人”，不知什么人。父亲从沐府回来时，谈起沐二公子身边又有一位绰号“女罗刹”的女子，女罗刹从前确是九子鬼母的臂膀，这里又出了一位“罗刹夫人”，这又是怎么一回事呢？

当下和她母亲一说，映红夫人原是一时心急，经她娇女一提醒，顿时醒悟，马上打发亲信头目，骑匹快马连夜赶往昆明，向沐府飞报求救，一方面又飞报自己胞兄婆兮寨土司禄洪，请他到寨商议挽救之策。

婆兮寨土司禄洪和沐府也有深切渊源，不过为人忠厚，武艺也不甚高明，一得急报，第二天早上就带着亲信头目赶到金驼寨了。可是他一看那封要命书信，也麻了脉，闹得一筹莫展。这时金驼寨已闹得沸天翻地，几乎要责问映红夫人为什么不立时兴兵救夫了。

第三天起更时分，前寨头目们忽然一路传报："沐二公子一行人马已到金驼寨前，快到寨门口。"

映红夫人和禄洪精神一振，急忙命令排队迎接，兄妹也急急更衣出迎。

这时寨门外已经火燎烛天，标枪如林，外加弓弩手、滚刀手，在寨门两边雁翅般排出老远。一忽儿，对面尘头起处，二十几匹怒马风驰电掣而来。到了几丈开外，那队人马倏地按辔缓行，先头两匹锦鞍上跳下一对璧人来，一个是丰神俊逸、面如冠玉的沐二公子沐天澜，一个是雪肤花貌的女罗刹。

沐天澜原认得禄洪的，慌紧趋几步，先和禄洪施礼叙话。禄洪一指引，沐天澜和女罗刹急向映红夫人躬身施礼，说道："龙叔母，小侄闻报，马上别了家兄，和这位罗家姊姊昼夜赶程，本可早到，因为路上碰着一位老前辈，耽误了不少时候，请叔母恕罪。"

映红夫人早闻沐二公子之名，今日一见果不虚传，尤其是和女罗刹站在一起，仿佛金童玉女，天生的一对似的，嘴上向两人一恭维，心里却暗想我们璇姑也配得过你，不料我们迟了一步，看情形被这女魔王占了先了，大约孝服一脱，便要名正言顺地实授夫人了。心里只管这样想，嘴上一味向两人恭维，而且拉住女罗刹的手往里让。禄洪也引着沐天澜一齐进到后寨，跟来二十名家将，自有头目们留在前寨款待。

主客坐定以后，映红夫人便命璇姑和龙飞豹子出来相见。璇姑见着生人非常害羞，施礼以后便想退避，却被女罗刹一把捞住。女罗刹看她比自己小得有限，长得秀媚绝伦，苗族中有这样女郎真是难得。苗族女郎差不多一个个鼻子都长得扁扁的，唯独这位姑娘灵秀独钟，偏生得琼鼻樱唇、梨窝杏眼，愈瞧愈爱，拉在自己一旁坐下，不住地问长问短。

这时后寨灯火辉煌，盛筵款客，席间沐天澜细问龙土司出事情形和金翅鹏受伤经过。映红夫人详细告知，且拿出罗刹夫人的信来。

沐天澜看完了信，说道："叔母放心，不久有一位老前辈驾到。这位老前辈非但和罗家姊姊同我有密切关系，和信内这位罗刹夫人亦有渊源。我们只要恭候这位老前辈到来，便可救出龙叔来了。”

他说时，女罗刹朝他看了一眼，似乎嫌他多说多道似的，但是映红夫人和禄洪听得摸不着头脑，当然还得请他说明其中缘由。沐天澜暗中向罗刹打了个招呼，女罗刹先白了他一眼，然后点一点头，沐天澜才敢一五一十说了出来。

原来沐天澜得到金驼寨快马飞报，得知龙土司误落敌手，金翅鹏也被毒蟒所伤险些丧命，最奇龙土司竟被一个自称罗刹夫人的妇人，作为挟制的交换品，连女罗刹听得也非常惊奇，自己被人叫作女罗刹，怎的又出来一位罗刹夫人？而且从来没有听到过有这样一个人物。

沐天澜道：“龙家与我沐府休戚相关，现在出了这样逆事，我们理应赶去臂助，何况我们本来要到滇南寻找仇人，也是一举两得的事。”

女罗刹更比他心急，想会一会自称罗刹夫人的人。当时两人和他哥哥沐天波一商量，挑选了二十名略谙武艺、干练可靠的家将一同前去。照沐天澜、女罗刹两人意思，一个人都不愿带，反嫌累赘。无奈他哥哥坚定要有这样排场，只可带去。救人如救火，得报的第二天便出发了。

沐天澜、女罗刹带着二十名家将，和金驼寨来省飞报的两个头目一行二十四匹骏马，一路电掣风驰，又到了两人定情之处——庙儿山下。女罗刹想顺便瞧一瞧自己从前落脚之所，沐天澜也要回味一下那晚的细腻风光，两人心同意合，便吩咐家将们在官道等候，两人并骑驰入山脚小径，寻到那所小小的碉寨，却只剩下颓垣破壁，连那所小楼也被人烧得精光，伺候自己的苗汉、苗妇也不知何处去了。猜是黑牡丹、飞天狐等恨极了两人，连这所小楼也遭了池鱼之殃了。

两人无法，只好拨转马头，会合家将们向前进发。走了一程，越过椒山来到老鲁关，再进便是嶍峨县，属临安府地界，离石屏州金驼寨还有一天路程，但是过了老鲁关天色已晚，路境又险恶，人马也疲乏了，只好找了个落脚之所，度过一宵再走。

偏偏他们心急赶路，错过了宿店，这段路上因为苗匪出没无常，行旅裹足，家将们找来找去找不到一个相当的寄宿之所，最后找到离开官道几里开外一处山峡里面，寻着一所破庙，庙内还有几间瓦房，权可托足。好在家将们带足干粮及行旅应用之物，点起火燎灯笼，引着沐天澜、女罗刹来到山峡里面。

一看这座庙依山建筑，居然有三层殿宇，一层比一层高，头层已塌，只剩了两堵石墙、一个庙门，庙门的匾额已经无存，仅在石墙上歪歪斜斜写着“真武庙遗址”几个大字。

进了破庙门，第二层大殿已有半殿片瓦无存，天上月光照下来，正照在瓦砾堆中的真武石像，满殿的青草又长得老高，这样怎能息足？幸而从大殿后步上几十级石磴，石磴两旁尽是刺天的翠竹，走完石级却是一大片石板铺的平台，三面筑着石栏，平台上面盖着三上三下的楼房却还完整。

抬头一看楼上，微微地有一点灯光闪动，好像有人住着。沐天澜一看有人住着，大队人马不便往里直闯，派了两个家将先进去探问借宿。家将进屋以后，引着一个老道走了出来。

平台上火燎高矗，看清出来的这个老道清癯雅洁，鹤发童颜，疏疏的几缕长髯飘拂胸际，潇洒绝俗，一身道袍云履也是不染纤尘。最注目的还是老道一对开合有神的善目和背后斜系着双股合鞘的剑匣。

沐天澜吃了一惊，想不到这座破庙里藏着这样的人物，明明是一位风尘异人，江湖前辈，一回头正想知会女罗刹，哪知她一对秋波直注老道，满面露出惊异之容。

她一拉沐天澜衣襟，耳边悄声道：“这位道爷我认识的，当年群侠暗进秘魔崖，大战九子鬼母，便有这位道爷在内，而且制住鬼母飞蝗阵的，也是这位道爷，我还记得他便是武当名宿桑苧翁。”

悄语未毕，桑苧翁已大步走近前来，呵呵笑道：“贫道云游各处，今晚偶然在此托足，想不到二公子带着随从远临荒寺，真是幸会。”

沐天澜已听自己师父说起过桑苧翁名号，慌不及躬身下拜，口里说道：“老前辈休得这样称呼，晚生听家师说过前辈大名，想不到在此不期而遇。晚生随行人众，又因赶路心急，错过了借宿之处，不得已寻到此地，不料惊动了老前辈仙驾，尚望恕罪。”

桑苧翁笑道：“我们没有会过面，你又只听令师说过一次，何以此刻一见面，便认出是老朽呢？”

这一问使得沐天澜有点发窘，女罗刹暗地通知的话能不能说出来，一时真还表决不下。其实老道故意地多此一问，他一出屋，烂若岩电的眼神，早已注在女罗刹身上，女罗刹的举动，逃不过他的眼光。他这一问，不等沐天澜回答，便问道："老朽和这位姑娘，似乎有一面之缘。"说了这句，忽地面露凄惶之色，拂胸的灰白长须，也起了颤动的波纹，猛地两眼一合，把头一仰，微微地叹息一声，低头时眼角上已噙着两粒泪珠。

桑苧翁这一动作，虽然眨眼的工夫，沐天澜看在心里，暗暗奇怪，尤其是女罗刹起头被老道眼神一照，立觉心里起了一种莫名其妙的感应。想起从前在秘魔崖初见这个老道时，似乎也曾有过这种感觉，不过当时双方敌对，并未加注意，现在重逢，重又起了这种感觉，既不是怕，又不是恨，自己也莫名其妙。

她只管低头思索，对于桑苧翁这句话没有入耳，对于桑苧翁含泪叹息的一点动作，也忽略过去了。

桑苧翁并不理会女罗刹，向沐天澜笑道："不瞒你说，老朽也是刚刚到此，只比你们先了一步。这所楼房外表看看尚可，但是楼上楼下真真是家徒四壁，连一个坐处都没有，你们人马一大堆，怎样安插呢？我看这样办吧，把马鞍拿下来当坐具吧。"

沐天澜立时命令家将们把马鞍摘下三具送上楼去，楼下由家将们自己想法。马匹都拴在平台石栏杆上，另派几名家将分向四近搜索点草料喂马，一面捡几块砖石搭起行灶，支起自己带来的轻便军锅，汲点溪水，捡点干柴，便可烧水喝。

桑苧翁领着沐天澜、女罗刹进屋上楼。一看这三间楼房，真正可怜，隔断板壁通通拆尽，成了一统之局。楼板也只剩搁置楼梯所在的一块地方，不到一丈见方的面积。几扇楼窗东倒西歪，空气倒非常流通，因为楼板只剩了这一点点，楼上楼下呼应灵通，楼下家将们的动作可以一览无遗。三副马鞍便从破楼板缝里递了上来，片时，随鞍带来的水壶、茶杯、干粮也都上来了。

桑苧翁笑道："想不到老夫今晚叨你们的光，本来已拼出立一夜、饿一夜、渴一夜了，现在可是有吃、有喝、有坐，来来来，我们坐下来，做一次长夜之谈。"

桑苧翁老气横秋，便在上首面窗而坐，沐天澜、女罗刹背着窗并肩坐在下首，中间放着茶具干粮，可以随意吃喝。

女罗刹上楼以后紧靠着沐天澜，始终默不出声。桑苧翁也奇怪，眼神虽然时时注意她，却不和她说话。沐天澜越看越奇怪，却想不出什么道理。也许为了从前九子鬼母的关系，桑苧翁看不起她，这一想，连自己也有点不安起来，万一自己师父也深恶痛恨她，将来怎么办呢？

三人随意吃喝了一阵解了饥渴，沐天澜无意之中问了一句："老前辈刚才说是云游到此，也是偶然息足，不知老前辈从哪儿驾临，到此有何贵干？"

桑苧翁微微一笑，朝他们看了一眼，伸手一捋长须，一字一吐地说道："你问我哪儿来，到哪儿去，为了什么，这话太长，不瞒你说，老夫自从和你尊师破了秘魔崖以后，便添了一件心事，这桩心事是老夫一生未了之愿。这几年老夫云游四方，便为了这件心愿，现在好了，不久便可了此心愿了。老夫只要这件心愿一了，便可老死深山，不履尘世了。"

沐天澜听他说得恍惚迷离，正想张嘴，不料默不出声的女罗刹突然颤着声音问道："老前辈，您说的那件心愿，晚辈们可以洗耳恭听吗？"

桑苧翁看了她一眼，点点头道："可以。"说了这一句，却又沉默了半晌，似乎思索一桩事，突然问道："姑娘，你现在大约明白你是汉人，但是人家称你为女罗刹，这个诨号什么意思，姑娘你自己明白么？"

女罗刹顿时柳眉深锁，盈盈欲泪，低声说道："谁知道什么意思呢？一个人自己不知道姓什么，也不知父母是谁，像我这种人，真是世上最可怜的人。现在倒好，又出了一个罗刹夫人，如果和我一般，真是无独有偶了。"

她说的声音虽低，桑苧翁却听得逼清，蓦地须眉磔张，双目如电，厉声喝问道："谁是罗刹夫人？怎的又出了一个罗刹夫人？快说，快说！"

女罗刹、沐天澜同时吓了一跳，连楼下家将们都愕然抬起头来。他自己也察觉了，缓缓说道："老朽心中有事，你们只说罗刹夫人是谁，你们和这人见过面没有。"

沐天澜、女罗刹看他听到罗刹夫人突然变了面色，又强自抑制，却又一个劲儿催问，料想这位老前辈和罗刹夫人定有说处，此番到金驼寨去正苦不知罗刹夫人来历，无从下手救人，这位老前辈如果知道倒是巧事。沐天澜便把金驼寨龙土司遇险，罗刹夫人下书要挟，自己赶往救助，故而到此息足，都说了出来。

桑苧翁凝神注意地听完，不住地捋着胸前长须，嘴上连喊着："孽障，孽障！"一双威棱四射的河目，瞧一瞧女罗刹，又瞧一瞧沐天澜，不住点头，嘴边也露出得意的笑容。两人被他看得心里发怵，突见他面色一整，指着女罗刹前胸说道："我问你，你左乳下有连珠般三粒朱砂痣吗？"

女罗刹一听这话，惊得直叫起来，娇躯乱颤，妙目大张，一手紧紧拉住沐天澜，一手指着桑苧翁娇喊着："你……你……"说不出话来。

沐天澜也惊诧得忘其所以，脱口而出地说道："对，有的！老前辈怎的……知道了？"话一出口猛然省悟，该死！该死！我现在怎能说出这种话来？何况在这位老前辈面前！顿时羞得夹耳通红，哑口无言了。

这一来，两个人都闹得惊惶失措，不知如何是好。桑苧翁倒满不在意，反而变为笑容满面了，笑道："贤契，现在我倚老卖老，叫你一声贤契了。"

沐天澜慌应道："这是老前辈看得起晚生，老前辈有何吩咐，晚生恭领教诲。"沐天澜把老前辈叫得震天响，想遮盖刚才的失口。

桑苧翁微微笑道："你们不必猜疑，且听我讲一段亲身经历的奇事，给你们消磨长夜，你们听得也可恍然大悟，对于你们也有许多益处……"

桑苧翁刚说到这儿，突然目注窗口，一跃而起，大喝一声："鼠辈敢尔！"

沐天澜、女罗刹闻声惊觉，分向左右跃起，转身观看。就在这一瞬之间，窗口哧哧连响，一蓬箭雨，分向三人袭来。

地方既窄，又系变起仓促，趋避一个不当，便遭毒手。未待沐天澜、女罗刹施展手脚，只见桑苧翁不离方寸，举起飘飘然的长袖，向外一拂。呼的一声风响，迎面射来的一阵袖箭，竟改了方向，斜刺里飞了过去，一支支都插在壁角上了。

猛听得窗外一声大喝道："好厉害的劈空掌……"喝声未绝，桑苧翁一上步，两掌向窗口一推，喝声："下去！"就在这喝声中，窗口"啊哟"一声惊叫，檐口轰然一震，似乎有个贼人掉了下去。

楼下家将们也自一阵大乱，齐喊："捉贼！"

沐天澜、女罗刹一点足，已蹿出窗外跳下楼去，四面搜查，已无贼影，检点家将和马匹，并无损失。那位桑苧翁已飘飘然立在顶脊上，笑道："两个贼徒已骑马逃向滇南去了，不必管他，还是谈我们的话，请上来，请上来。"两人回到楼上，桑苧翁已安然坐在原处了。

沐天澜道："来贼定又是飞天狐、黑牡丹之类，经老辈施展'隔山打牛'的气功，其中一贼定已受伤。虽然被同伴救去，也够受的了。像老前辈这样纯功，晚辈真是望尘莫及。”

桑苧翁笑道：“名师出高徒，贤契定是此中高手。现在不提这些，我们谈我们的，请坐请坐。”

当下三人照旧坐定，静听桑苧翁讲出一番奇特故事来。

第九章　桑苧翁的自白

他说："三十年前白莲教在湘桂川黔等省出没无常，颇为猖獗，地方官吏纷纷奉报，说白莲教党徒隐谋不轨。那时我也是一位方面大员，奉旨巡按湘黔两省，调辖两省文武军马，相机剿抚，便宜从事，也算是一位显赫的钦差大臣。

"那时节我年纪也只三十几岁，正是血气方刚、趾高气昂的当口，先在湖南驻节，抽调一部分劲旅，剿抚兼施，不到几个月工夫，很容易地告了肃清。这不是我的能耐大，其实湖南省哪有许多白莲教，无非几股悍匪胁裹莠民，流窜劫掠，算不了什么图谋不轨，都被昏冗无能的一班地方官吏，平时养痈遗患，临事又故事张皇，希图卸责，甚至从中取利，借此多报销一点公帑钱粮。如果再因循下去，百姓无路可走，难以安全，真可以变成滔天大祸，所以天下事大半坏在这班人身上。

"湘省既告肃清，我便由湘入黔，先到黔省各处险要所在巡阅，又和地方绅耆及士民人等勤加察访，便明白贵州省地瘠民贫，完全是刀耕火耨之乡，和鱼米丰饶的湖南一比，相去天壤。在这山川闭塞的所在，也不是招军买马、图谋不轨的地方。所虑的，黔省上下游沿边地界，接连着滇粤川湘等省份，地僻山险，鸟道蚕丛，倒是大盗悍匪极妙的隐伏之所，加上穴居野处，冥不畏死的生猓野苗，王化难及，剿抚两穷。因为这样，我不能不在贵州省多逗留几天，多访察几次了。

"我原是簪缨世族，通籍出仕，原是文臣。这次奉旨查办白莲教，以文职兼绾军符，官僚们都不知道我身有武功，而且还是武当派嫡传四明张松溪先生的门人。（张松溪为明代武当派宗师，见黄梨洲《南雷文集》）一路行来，也没有什么大风险，虽然调动人马进剿几股悍匪，也用不着亲自冲锋陷阵，所到之处，自有手下将官亲弁们早夕护卫，进了黔境更是平安无事。这样，我未免略疏防范，诸事托大起来。

“有一天我轻车简从，只带了十几名亲随到了平越州。平越四面皆山，州城随着山形建筑的，地方官员替我在城内西南角高真观内布置好行辕。我进高真观时，天色已晚，照例让地方官员请了圣安，略问一点本州政情民俗以后，便谢客休息。

“高真观内有亭有池，地方虽不十分宏广，却是平越城内唯一的雅致名胜之处。我住在最后一进的楼上，楼下安置带来的随从，观外前后早由州守派兵巡逻守卫。这一晚临睡时分，我屏退侍从，独自在楼上凭窗玩月。正值中秋相近，月色分外光洁，地势又高，立在窗口可以看到城外冈峦起伏，如障如屏，陡壑密林之间，几道曲曲折折的溪流映着月光，宛如闪闪的银蛇蜿蜒而流。有时山风拂面，隐隐地带来苗蛮凄厉的芦管声，偶然也夹杂着几声狼嗥虎啸，一发显得荒城月夜的萧瑟。这时斜对窗口的城楼角上升起一盏红灯，顿时城上更鼓声起，近处梆梆更柝之声，也是响个不绝，已经起更了。

“我在窗口痴立多时，有点倦意，便把窗户掩上，回身就榻。刚想上榻，忽然风声骤起，呼呼怪响，窗外几株高松古柏也是怒啸悲号。蓦地一阵疾风卷来，‘呀’的一声，把虚掩的楼窗向里推开，榻旁书几上一支巨烛被风卷得摇摇欲灭。我慌过去把窗户关严，加上铁闩，窗外兀自风声怒号，风势越来越猛。当窗飞舞的松柏影子，映在窗纸上闪来闪去，摇摆不定，月色也转入凄迷。窗内烛影摇红，倏明倏暗，弄得四壁鬼影森森，幽凄可怖。

“我照例在临睡以前，趁没有人时候做点功夫。我练的是本门八卦游身掌和五行拳，讲究动中寓静，柔以克刚，身法步施展开来，要不带些微声响，不起点尘。可是掌力一吐，不必沾身便能击人于数步之外，还须能发能收，或轻或重随自己心意，方算练到炉火纯青地步。

“那时节我功夫还差，只能在六尺开外吐拳、遥击，将挡户挂帘之类掀起尺许高下，一掌下按，能将池中浮萍吹开，这种功夫要练到一丈开外能掀帘吹萍，才算到家。那晚上我练到最后一手‘拗步转身，童子拜佛’，双掌一合，向着榻畔几上烛台拜下，距离不过五六尺光景，我想试用内劲把烛火催灭，就此上榻打坐调息，再用一回本门运气功夫，便要安睡，哪知就在这时突然发生奇事。

“照平时练这手功夫时原是一拜即灭，万不料这时烛火被我内劲一摧，眼看火头已望那面倒下，倏又挺直起来，并不熄灭。我想得奇怪，疑惑自己功劲退步，忍不住微退半步，目注烛光，把童子拜佛的招式变为双撞掌，劲贯掌心，双掌平推，这时用了十成劲，满以为这一次烛光一推立灭。哪知非但不灭，火苗连晃动一下都没有，好像我这边掌风推去，那边也有掌劲推来，而且不重不轻，两力恰好对消，反而把烛头火苗夹得笔直。

“事出非常，我不禁喊了一声：‘奇怪!’不料声刚出口，忽地一缕疾风，烛火立灭，顿时漆黑。我立时惊悟，霍地向后一退，背贴墙壁，一掌护胸，一掌应敌，厉声喝道：‘本钦差奉旨到此，自问光明磊落，可以质诸天地鬼神、江湖朋友，何得潜入戏耍?’

“我一声喝罢，楼顶梁上忽地一声冷笑，却又悄悄说道：‘贵官不必惊慌，劳驾把烛火点上，容我叩见。’其音娇嫩，竟是个女子，而且故意低声，似乎怕惊动别人一般。我抬头一看梁上，无奈屋中漆黑，窗外又风高月暗，只辨认一点楼顶梁影，却瞧不清她藏身之所。

“我明知来者不善，却也不惧，依然赤手空拳，径自依言取了火种，重又点起几上巨烛。烛光一明，猛见对面远远地站定一人，竟不知她从梁上这样下来，居然声息俱无，这一手轻功我自问便赶不上。我借着烛光向她细看时，却又吓了一跳!

“先入目的是一张血红可怖的面孔，活似刚取下面皮，只剩血肉的样子，分不清五官，只两颗漆黑眼珠却在那里向自已滴溜溜地闪动，全身青绢包头，青色紧身排襟短衫，腰束绣带，亭亭俏立，别无异样，只奇怪她居然赤手空拳，竟未带兵刃暗器。

“我正猜想这女子是何路道，何以有这样可怖的面孔，她已走近几步，左拳平胸，右掌平舒往左拳一合，向我微微一俯腰，我立时脱口‘噫’了一声，因为这是我先师嫡传同门相逢的礼节！先师门人甚多，女子也有几个，却没有这样怪女子，何况在这样远省荒城之中。我一面不得不照样还礼，一面问她究系何人门下，夤夜到此有何见教。

“她一走近，一张怪面孔越发可怖，满脸血筋密布，简直比鬼怪还丑，满脸血筋牵动了几下，居然发出箫管似的声音，说道：‘贵人多忘事，连自己老师的遗言，都忘得干干净净，对于同门当然早已丢在脑后了。’说罢，双臂向脑后一摆，解下一幅包头青绢，伸手向面孔一捋，向前一迈步，一张怪面孔宛如蛇蜕皮、蝉脱壳一般揭了下来，在烛底下，突然换了一副宜嗔宜喜的娇丽面目，唉……这面目……想不到在她死后二十多年，现在又在我面前了。”

沐天澜正听得出神，急于想听下文，对于这句话不大理会。唯独女罗刹心灵上却起了异样感觉，留神桑苧翁说到这儿，满脸凄惶，眼神却注在自己面上，越觉得他讲这样故事，和自己有极大关系似的，尤其说到“想不到在她死后二十多年，现在又在我面前了”，仿佛向自己说的一般，也不知什么缘故，自己鼻子一酸，眼泪在秋波内乱滚，不禁低下头去，却听他长叹一声，又滔滔不断地讲下去了：

“那时她把人皮面具一揭下，露出本来面目，我依稀有点认识，尤其她说出我先师遗言，陡然想起一事，脱口问道：‘你难道是我先师义女罗素素师妹吗?’

“罗素素点头笑道：‘师兄，居然还记得我小时候的乳名。’当时我心里一喜，想不到在这种地方会碰着同门师妹，而且这位师妹冰雪聪明，是先师最钟爱的一位小同门，从小便受师门陶镕，虽然在先师跟前不过十年光景，所得秘传却比别个同门还多。刚才暗中运功相抵，扶住烛光，又从一丈多高的梁上，一掌扇灭烛火，这一手便比我高得多！先师仙游以后，定然练功有得，后来居上了，想不到今晚他乡遇故知。大喜之下，慌请她坐下，细问先师故后情形和她这几年踪迹，怎会知道自己在此赶来相会。

“她说：‘师兄，你还记得那年我义父八十大庆，诸同门齐集四明祝寿，小妹还是十几岁的小孩子，师兄也只二十左右，在男同门中也是年纪最轻的，却已少年得意，一位金马玉堂的贵客了。这时师兄不忘师门，居然亲自登堂拜寿，和我们盘桓了几天。在正寿这一天，我义父在寿筵上讲述武功秘奥和祖师张三丰的仙迹，最后他老人家要想效法祖师爷得道证仙，说出许多奇怪的话来，师兄，你还记得吗?’我说‘当然记得’。

“我记得那时先师这样说的：‘中国武术精华深奥，不亚于文学，一辈子研究不尽。但是研究此道的，虽然到处都有，只是粗人多，文士少，男子多，女子少，这是重文轻武、重男轻女的成见太深。要知古人六艺礼、乐、射、御、书、数，原是人人应有能耐的，武术更包括在射御之内。后世误解武术为好勇斗狠，几代开国之君又用的是霸术愚民之策，最怕小百姓气粗胆壮，揭竿而起，破坏他一人一家的万年有道之基，只好抬出“偃武修文”的招牌来，弄得真有功夫的武术名家，一个个不敢炫露招祸，收几个门徒接传衣钵，也是偷偷摸摸，隐秘深藏起来。眼看武术一道，一代不如一代，非到绝传不可，真是可惜！

“‘要知中国武术，不论哪一派传授，都是万脉同源。普通练一种拳术，只要经过名师指点，恒心练习，功夫高深不去管他，准可以转弱为强，却病延年，这是人人明白，已不用多费口舌。试问全国的人民，人人有个好身体，还不强种强国吗？这种最浅显的道理，却是发明中国武术的最大的本旨，这是武术的普通功用，可以称为“健身术”；像我们师弟衣钵相传，光大门户，而又江湖访友，精益求精，非有二三十年纯功，难以继述祖师爷本门功夫。非但游历江湖可以立己立人，不畏强暴，一旦国家有事，亦可以一敌百，驰驱疆场。这种不是普通功夫，可以称为“卫身术”。

“‘但是中国武术历代相传，除健身、卫身以外，还有最高的境界，凡是研究武术的，不论哪一派，都知道有“练精化气，练神还虚”的说法。艺而志于道，说玄了便是悟道成仙。唐人说部描写的红拂、精精、空空之流，千里飞行，变幻莫测，后人传说的许多剑仙事迹，大约从唐人说部脱化而出。文人造谣，聊以快意。我活了这大，走遍名山大川，访遍拳剑名家，却没有碰着什么剑仙。但是天下事实在难说，积非可以成是，积谣也许成真。个人见闻有限，天下事理无穷，不能说我没有碰着剑仙，世上便没有剑仙了。即如我祖师爷张三丰悟道成仙的事迹，有记载，有传说，仙踪所到，各地志书上都说得活灵活现，这是武当派的门下没有不知道的，照这样看来，也许真有成仙的可能。

“‘现在我已活到八十岁，天下同道都推尊我为武当派掌门人，我已把历年秘研拳剑功夫，绝不藏私，按照你们材质统统分别传授，你们只要悉心研练，不愁不到炉火纯青地步。从明天起，我立志要云游四海，访求仙迹，把未来岁月消磨于悟道证仙的功夫上。要从我本身的武术，印证武术的顶峰是不是有练神化虚、脱俗成仙的一途！不论是虚是实，到时我定要预先布置，使我门弟子中按迹找寻，证明真假。我不管有仙缘仙福没有，我为世上各派武术，印证最高的真理。我祖师爷神明咫尺，定能鉴我愚诚，点化迷途，假使仙道虚无，白费心血，我这八十老人于世无求，为世

上做一榜样，亦是心安理得。'

"'先师这番话我记得很清楚，我还记得和师妹说了不少体己话。同门祝寿以后，我便晋京供职，服官朝廷，身体不能自由，南北远隔，音问辄阻。过了几年，我才打听出先师八秩寿辰的第五天，真个飘然云游，不知所终。人人都说被祖师爷降凡汲引，真个仙去了。一得到先师仙去消息，一发挂念师妹下落，同门又各星散，曾嘱托人随时打探师妹踪迹，总未得着确信。万想不到师妹会在这时光降，真是天大的造化。'

"罗素素笑道：'师兄官阶不小，这张嘴还是从前一样的甜，刚才几乎把我当作谋刺钦命大员的要犯了。'

"我对于这位师妹本来非常爱惜，一听她口角尖利，慌起来谢罪，说是'不知者不罪，请师妹不要见怪'。

"罗素素道：'谁怪你？咱们不必闹此虚文，不瞒你说，我从湖南一直跟你到此，你一路举动都在我眼里。我在湖南原想现身见你，转想多年不见，今昔不同，你为朝廷出力，我也要暗地查察你的官声政绩如何。我才暗地一路跟踪，一半也是存心保护你，一半事有凑巧，我本来要从这条路上走来，倒一举两得了。'

"我笑道：'师妹顾念旧情，这样保护我，我不敢言谢，可是暗地查察得究竟怎样呢？'

"罗素素笑道：'还好，尚算言行相符。'

"我说：'假使不好呢？'

"罗素素蛾眉微挑，正色说道：'那还容说，咱们就不必相见了。'

"我苦笑道：'好险，好容易，屋子里出了太阳了。'

"罗素素道：'你且慢得意，无事不登三宝殿，我是有事来和你商量。我不找别位同门，单独和你商量，不是因你做了大官才来找你，一半机会凑巧，一半想起我们从前……咳……这废话现在不必说它。师兄，你知道我义父脾气，说到哪儿便要做到哪儿。自从八秩寿诞一天，在门人面前讲出一段大道理以后，我便担心，当晚我婉转劝着义父，悟道登仙不必远游四海，再说浙东有的是名山胜境，何必远离故乡。我义父原是一无牵挂的人，家中没有子女，一个女用人还是因为我才雇用的，我明知劝他未必入耳，也不能不尽我一点孝心。哪知过寿诞的第五天，诸同门散去以后，一天清早起来，我屋内梳妆台上搁着他老人家久已不用的那柄古代奇珍"犹龙剑”，还有薄薄一本朱批的《练气秘要》，书下面压着一张字条，大意说是一剑一书赠我作为纪念，五六年后，定有后命。我急慌通知就近几位同门，他老人家何等功夫，存心要离开我们，想找寻他算是万难。我从小父母双亡被义父收养，也是一个孤苦伶仃的人，在义父家中做梦一般过了七八年，自问在这七八年内，二五更的功夫没有白费，自问独闯江湖，寻找义父下落，尚可去得。各省都有同门，多少总有点照应，尤其想到北方帝王之都一游，和你见一面商量寻找义父的办法。主意还未打定，今年春季门口来了一个异乡口音的游方道士，替人捎了封信来，向我女用人问明了人名地址，把信拿出来以后，便走得无踪无影。等得女用人把信拿进，我拆开看时，信内附着一个薄薄的人皮面具。信内写着下面寥寥几句话：

> 贵州省平越州南三里，仙影崖左行十里，越溪穿峡，援藤入壁，红花插鬓，巨猿迎宾，仙师传谕，希速临黔，附赠面具，权为信物，志之勿忘，阅毕火之。
>
> 罗刹夫人密启

“‘我把这封怪信看了半天，信内所称仙师，定是我义父无疑，难道真个成了仙么？署名的罗刹夫人又是谁呢？我本来一心想找寻我义父，难得有此机会，只可惜没有留住捎信来的游方道士问个明白，真是可惜。我依着信里吩咐，把信内几句话记得滚瓜烂熟，然后把原信烧掉，第二天便收拾一点随身行李，带了义父那柄犹龙剑和人皮面具，也不通知近处同门，悄悄上路。到了汉阳看到官报，我暗暗心喜，原来你也奉旨到湘黔来了，我才决定先行入湘，和你一路同行。虽然和你同行，在湖南却不和你见面。我这次出门远行变成了一个江湖女子，一位钦命大员，居然有一个江湖女子的同门，被人知道，牙都要笑掉！所以我跟到这儿才敢见你，师兄，小妹还懂得一点进退吧？’

“她说完了前后经过，我才明白，我深知这位师妹最看得起我，故意这样话带锋芒，我也明白她用意。我说：‘我虽身为命官，但是把师妹和这点官职来比较，我情愿弃掉官职，却不愿抛弃我们感情。不瞒你说，我派人屡次探你下落，没得确讯，我暗地决定，等我钦命事了，我要亲自到四明去了。’

“她听我语意深长，看了我一眼，似乎想说一句什么话，面色一红，却没有说出来，突然转变话头，问我道：‘罗刹夫人是谁，你知道吗？’

“我说：‘耳边好像有人提过，一时却记不起来了。’

“她说：‘我在湖南无意中却听得一点来历。据说三年前云贵边境，有两个神出鬼没的侠盗，却是一对夫妻，江湖上称男的叫作罗刹大王，女的叫作罗刹夫人，酷吏贪官在他夫妻手上送掉命的很多，贫民穷户受他们恩惠的更是口碑载道。他们夫妻从来没有露过真面目，出手时两人总带着可怕的人皮面具，而且独往独来，从不与同道交往。这几年夫妻突然隐去，江湖上听不到罗刹大王、罗刹夫人的名头了。’

“我说：‘来信是罗刹夫人具名，大约信是送与师妹的，所以女的具名，这样可以证明这对侠盗高隐此处，定已拜列我师父门下了。但是我师父如尚在此，何以不用亲笔，却由罗刹夫人代传？前几年我隐约听到师座仙去消息，偶然碰着几位同门口称先师，所以刚才我也这样称呼。现在师妹得到这封怪信，我希望我老师健在，不久同师妹可以拜见。但是信内疑窦甚多，好在所说地点距此不远，今晚来不及，明晨我同师妹前往一探，便知真相了。’

“罗素素道：‘师兄身负钦命，不便擅离行辕吧？’

“我笑说：‘无妨，师妹暗地跟踪，当然知道我时时私行察访。我们坐谈到天色发晓，神不知鬼不觉地一同飞越出城，让他们瞎猜去好了。’

“罗素素笑道：‘师兄，我们自己人无话不说，我一路暗地跟踪，观察你每晚虽然还做功夫，不见有什么进益，身边又没有好帮手，自己又大意，从来不带兵刃。幸而你不贪不污，不作威福，一路应剿应抚也还得宜，没有出什么事。其实据我沿途探听所得，白莲教中很有几个厉害角色，和白莲教互通声气的水陆巨盗，也有不少名家，我真替你担心。老实说，一路行来我时时在你身边，即如今晚，我如不愿现身会你，你便安心入睡，不知梁上有人了。本来身为钦员，公事应酬便忙不过来，哪能像从前一心操练功夫？我劝你从此一心做文官，不要再办这种结怨江湖的事了。’

“我叹了口气道：‘师妹真是我平生知己。我自己知道，虽然生长阀阅之家，论我骨鲠气傲，只宜草野，不宜廊庙。何况现在朝内权阉，朝外党祸，小人道长，正人气索，一不小心便有奇祸。我这次到外省来办事，一

半还是为避权阉的气焰。我恨不得丢官一身轻，像罗刹夫妻一般双双偕隐，逍遥江湖，才对我心思哩。’

“罗素素凝眸思索，半晌，才开口道：‘我一路跟踪，暗地从你亲随们私下谈论中，听出你虽是大族，父母却已早故，还是单传，而且年少登科，身列清要，照说不知有多少侯门贵族争选雀屏，但听你亲随们窃窃私议，说你高低不就，一味推诿，现在中馈犹虚，都猜不出是何主意，但是此刻你自己却说出志在弃官，双双偕隐的话来，好像已有一位夫人似的，这是怎么一回事呢？’

“她这一问，我才觉悟话有语病，被她捉住了，但是转念之间，我立时答道：‘师妹，你问得好，我真有双双偕隐之志，而且心目中在七八年前已存下了一位偕隐之人，海枯石烂，此志不渝。师妹来得正好，这桩大事，没有第二人可以商量，只有求师妹替我决断一下……’偷眼看她时，见她梨窝双晕，羞得抬不起头来，细声娇嗔道：‘我管不着。’

“我面色一整，侃侃说道：‘师妹，我们从小同心，我们不是世俗儿女，我的生死前途，但听师妹一言。师妹既有暗地保护的恩情，难道忍心不理睬我吗？’

“罗素素猛一抬头，泪光莹莹，妙目深注，说道：‘既然如此，这七八年来音信杳沉，撇得我孤苦凄清，到现在我千里寻父，自己踏上门来，才对我说这种话，这是何苦呢？’说罢，一低头，枕在玉臂上，呜咽不止。

“我大惊之下，恨不得自己打自己几下，可是刚才我也谈起曾经托人探询，无奈所托非人，自己一官羁身，南北迢迢，关山远阻，又到不了她的跟前。猛记起刚才还说过愿弃官职，不愿抛弃两人感情，只顾说得痛快，此刻想起来，却似自相矛盾，真应该自己掌嘴，怪不得芳心沉痛，此时虽打叠起千万恩情，也难半语得窍，情急之下，不禁眼泪直挂，竟也抽抽抑抑地哭了起来。情人的眼泪可以解决一切，这话不假，而且一副急泪，不是女的专有利器，男的偶然用得得法，也一样有效。

“果然，罗素素听到我的哭声，雨打梨花般抬起头来，一面从身边抽出一方罗巾揾泪，一面恨声说道：‘你哭什么，我冤屈你么？’说时，却把自己揾泪的罗巾掷了过来。

“我接过擦了一擦，递了过去，趁势隔着书几拉住玉臂，轻轻摇着说：‘师妹，求你暂时从宽饶恕，往后瞧我的心吧。’

“她瞧我愁眉苦脸，一副情急之态，想起当年同门学艺，两心相投，倏啼倏笑，便是这副猴样，想不到做了钦命大员，手掌生杀之权，还做出这副极形极状，忍不住破涕为笑，哧地笑出声来。

“我刚心里一松，她忽地玉臂一掣，面色一整，说道：‘实对你说，我这次千里寻父，本已下了决心，寻得着义父果然是好，万一义父真个成仙，或者身已去世，我不愿清白女儿之身混迹江湖，我便落发为尼，长斋伴佛。想不到冤孽牵缠，得着你到湖南的消息，心里一迷糊，自轻自贱的，竟会和你相见。现在长短不必说，好歹得着义父真实消息，再作决断。’斩钉截铁地说罢，霍地站起身来。

“我急得手足无措，慌飞身拦住，不知说什么才好，哑声喊道：‘师妹，愚兄弟兄姊妹全无，有家等于无家。天可怜今晚我们相会，世界上除师妹外已无同情相怜之人，师妹再不原谅，我真无法活下去了……’心里气苦之下，鼻子一酸，眼泪又掉落下来。

“罗素素叹了口气，低低喊了声：‘冤孽！’扑地又复坐下。

“我一听外面，四更刚刚敲罢，悄悄说：‘师妹，你这几天一路受尽风霜之苦，身子要紧，天亮还有不少时候，快到榻上去闭目歪一忽儿，我坐在这儿陪着，师妹听我的话。’

“她看了我一眼，说道：‘你也明白我受尽风霜，不瞒你说，我是个女孩儿，一路暗地跟踪，哪能随意寻找宿处。这几天闹得我像飞禽走兽一般，岩洞密林便是我息足养神之所，山泉曲涧便是我盥漱梳妆之台，我为的是谁？’

“我听得难过万分，一跺脚，楼板‘扑通’的一声响，立时楼梯响动，跑上两名亲随，在门外问道：‘大人还没有安息，有事吩咐吗？’我慌沉声喝道：‘没有事，下去！’听得两个亲随蹑足下楼以后，慌悄悄说：‘师妹的恩情，使我一辈子报答不尽，现在快请睡一忽儿。当真，师妹出门时，不是带着犹龙剑和随身行李，怎么变了赤手空拳，连风氅都不带一件呢？’

“她并不答话，婷婷起立，一转身，并不矮身作势，嗖地身形拔起一丈多高，左手一扶大梁，右臂一探，倏地蹿下身来，真似四两棉花，点尘不起，左胁下却已夹着一柄连鞘长剑、一具轻便包袱，这才知她早把随身东西藏在大梁顶上了。我慌接过来，搁在另一张桌上，一面仍劝她睡一忽儿，她笑说：‘你坐着，我怎睡得熟？我们谈到天亮吧。’我说：‘你为我委屈了这许多天，我心里难过已极，你快去睡，我伺候你一宿也应该，何况明天要办大事。你每夜辛苦，此时务必要养一养精神。师妹，你再执拗，我心里一发难过了。'

“她被我逼得没法，才羞羞涩涩地向榻上歪下身去，大约一路跟踪而来，没有好好安睡过，这一歪身果然睡着了。我过去轻轻替她盖上一幅薄被，才回到座上，暗地打算未来的事……”

须发苍苍、道貌俨然的桑苧翁，居然在沐天澜、女罗刹一对青年男女面前，娓娓而谈，讲出当年自己的情史。两人听得如醉如痴，偶然一眼看到前面这位老前辈的威仪，两人对看了一眼，心里想笑，面上不敢笑。暗想这位老前辈真奇怪，把自己当年的情场绮史，毫无忌讳地讲得绘声绘色，不厌求详，这是什么用意？最奇在他情史上，又有一个罗刹夫人，更是怪事。

沐天澜、女罗刹心里起疑，面上神色略异，桑苧翁似已觉察，呵呵笑道：“我这样年纪，老着脸谈述我过去的梦痕，如被常人听去定以为我是疯子，但在你们两人面前，使我不能不这样自背脚本，这也是我一生中只有这一次权充疯子。为什么我要在你们面前充疯子，你们等我全篇故事讲完以后，你们大约可以明白的了。再说，天地得情之正者，莫过于男女爱慕、阴阳翕合的一刹那，万物类以化生，人伦造端于是，过此便是机械万端，性灵汩没，不足言情了。所以男女吸引只要得情之正，原是天地间的至理，毫无可奇可耻之处。这是闲话，我现在继续正文，要讲到亲身经历的一段稀奇古怪的事迹了。”

桑苧翁说出怎样奇怪故事来，第二集继续发表。

注：本集1948年5月雕龙小说出版社初版。

第二集

第一章 仙影崖的秘径

上集金驼寨独角龙王龙土司和五十名苗卒荒山遇蟒，九死一生，被自称罗刹夫人的怪妇人生擒挟制，全寨惊惶，各处求救。沐天澜、女罗刹两人得报，从昆明动身，赶来救应，过了老鲁关，错过宿头，在破庙里碰见了武当名宿桑苧翁。三人促膝夜话，桑苧翁别有用心，故意讲出以往经历之事，中间还夹着他一段曲折香艳的绮史，在两个后辈青年男女面前，谈得绘声绘色，无微不至。沐天澜、女罗刹起初只听得奇怪，等他慢慢讲完前因后果，才恍然大悟，才知世上竟有这样奇事。可是上集桑苧翁还只说了一半，沐天澜、女罗刹已听得色异神动，从此凝神倾听一字一句，一发不敢放松了。

只听得桑苧翁继续说道："那晚罗素素被我再三相劝，才在榻上歪了一忽儿，天尚未亮已一跃而起，催我上道。我没法再叫她睡，自己换了身行装，替她背上包袱。她带好犹龙剑，悄悄跃出窗外，依然把窗掩上，然后越墙而出，离开了高真观，直奔城墙。这种山城当然挡不住我们，出了平越城，按照罗刹夫人信里指明的方向走去。

"走了二三里山路，东方才渐渐发现晓色，脚下山路也渐渐陡险起来。走到一条蜿蜒曲折的岩谷，两面层峦叠嶂，上接青冥，半腰里白云拥絮若沉若浮，越走越高，片片白云扑面托足，拥身而驰，几乎难以举步。两人一先一后探着脚望前走了一程，峰随路转，几个拐弯，忽然境界一变，足下溪声如雷，断崖千仞，再一迈步，便要蹈空，坠入深渊。低头一看，十丈多宽的急流，从上流峡影重重之中，奔腾澎湃，直泻而下，湍急流漩，眩目惊心，两岸都是峭壁千仞，屹立如削。

"我们以为走错了路，到了绝地，一回身，方看出来路岩脚下有极仄的蹬道，萦纡盘旋，通到溪岸下流，匆匆跑过没有留神，重又回身走上蹬道，沿着溪岸走了半里多路，偶然抬头看到对岸耸立如屏的峭壁中间，隐隐显出一尊巨大仙像，戴笠策杖，侧身做西行状，不知是何年代石工凿出来的古迹，仔细一看，竟是我们武当派祖师张三丰仙像。

“我们对像遥拜，罗素素蓦地惊呼道：‘祖师爷仙迹在此，此处定是罗刹夫人信里所指的仙影崖了。’

“我说：‘仙影崖既然找到，照来信指示，我们去的方向，在仙影崖左，应该想法过溪，再从那岸往上流走去才对哩。’

“罗素素一耸身，跳上蹬道旁一株横出的歪脖松树干上，用腿绊住粗枝探出身去，才看见下流溪面上影绰绰浮着两条架空巨索，索下吊着窄窄的软桥。

“于是我们走近桥身所在，瞧清两面峭壁上，贯着平行的两条巨铁链，足有碗口粗，铁索下面吊着一段段巨竹串成的悬桥，距离溪面也有七八丈高下，悬空虚荡，随风晃动，宛如摇篮。虽然上面有铁索可以扶手，但是竹桥既窄且滑，也是难行。我们走时天刚发晓，路绝行人，不知山居苗蛮怎样走法。内地汉人如身上没有相当武功，真还寸步难行。

“我们渡过竹桥，细辨路径，只有沿溪往下流走的一条小道，靠左往上流这一面临溪岩壁，上下如削，绝无着足之处。

“罗素素说：‘你瞧，这儿岩壁凹进，上下长着不少奇形古松，倒垂着粗粗细细的长藤，我们费点力翻上岩顶去，也许有路可通。’

“我抬头打量岩顶，少说也有五六十丈，要这样贴壁上升实非易事，一个失足怕不粉骨碎身！我正在犹疑，罗素素双足一点，‘一鹤冲天’，已蹿起一丈六七，攀住一支倒垂紫藤。借着悠荡之势，竟贴壁飞腾，又斜升上三四丈，窥准上面一支横出松干，展开‘游蜂戏蕊’身法，俏生生地停在松干上。一转身，照样又援藤飞升，斜渡到另一株嵌壁古松上了。这样燕子一般几次飞腾，人已在二十丈以上。我在下面又惊又喜，竟看呆了。

“忽听她在上面欢呼道：‘师兄快来，路在这里了。’喊罢，身形一闪，忽然不见。我慌曳起前后衣襟，如法腾身而上。那时我轻身小巧功夫，和她一比，实在差得多，勉力跟踪到了她欢呼之处，一看此处峭壁突然横断，分为两层，外面一层宛如斧劈，屹峙如屏，从下望上却看不出来。横断夹层之内有三尺开阔，借藤萝悠腾之势，便可飞身落入夹层以内，一举步，便可转入屏后一条确荦不平、又窄又陡的斜坡，好像石壁震裂，形成这样的一条夹缝，却又天然变成盘旋曲折，可达岩顶的一条捷径。罗素素等我到了夹缝以内，她又像游鱼一般望前蹿去。两人一先一后，在这壁缝里手足并用，蹿来蹿去，足有一顿饭工夫，居然蹿出岩顶。

“我们两人一到岩顶，不免长长地吁了口气，同时也不禁出声欢呼起来。原来岩顶地势平衍，芳草一碧，梗楠成林，大可十围，浓荫匝地，萝带飘空。林下杂生着不知名的五色草花，如锦如绣，树上许多不知名的文禽翠羽，飞舞交鸣，如奏细乐，而且幽芳扑鼻，爽气宜人。

“这时东方日轮初升，晓露未泮，反景入林，照眼生缬。罗素素欢喜得跳了起来，情不自禁地拉着我手臂笑道：‘这地方多妙，我们能够在这种地方，自由自在地住一辈子，不是神仙，也是神仙了。’我笑说：‘对极了，我也这样想呢，本来神仙的仙字，拆开来便是山人，古人入山唯恐不深，入林唯恐不密，并不是有意绝俗逃名，实在因为山深林密、人迹不到之处，才能领略造化未泄之秘、天地清幽之福。师妹，你回想我们初到仙影崖前，溪声峡影，何尝不雄奇游闷，等得蹑壁上升数十丈，到了这样清丽芳淑之景，便觉下面急湍汹涌，带点肃杀之音，危岩竦峙，似乎险怪之象，哪及此处物我忘机，人天交泰呢。话虽如是，假使孤鬼似的一个人住在此地，即使转眼成仙，我也不干，总得……我们……’语音未绝，罗素素妙目一张，微啐道：‘我们怎样？说着说着又来了，我此刻一心在义父身上，少说闲白儿。’我笑说：‘怎的又冲犯小姐了，我们两字到了愚兄嘴上便犯罪了。’

“她猛地想起刚才自己说过‘我们’字样，不禁潮红泛颊，低下头去，精巧玲珑的小剑靴，只管拨那脚边一丛芳草，半晌，猛一抬头，眼泛奇光，冷笑道：‘堂堂钦命大员，有的是王侯千金，像我这种江湖野丫头，哪有诰命夫人的福分，说得好听，有谁信呢？’

“我叹了口气道：‘弱水三千，只取一瓢。我若这样用情不专，何至于到现在还是孤鬼似的一个人呢。’罗素素听了这话，倏地一转身，却又回眸一笑，悄声说：‘我只恨你这七八年闪得我好苦！’说毕，一矮身，忽地施展轻身绝技，蜻蜓点水，野鹘投林，斜飞起二丈多高，燕子般飞上林巅，移枝渡干，转瞬没入绿荫如幄之中。

“我慌赶入林去，抬头找寻已不见她的身影，半晌忽听得前面一箭开外，碧油油的树影丛中，娇呼着：‘师兄快来，瞧这稀罕物儿。’我飞一般赶去，猛见罗素素飞身下林，俏生生地骑在一匹似马非马的怪兽背上。

“这只怪兽比川马还小一点，全身和马相似，只是满身长着虎斑纹，毛色光滑油亮，马头却纯白如雪，额上长着墨晶般一对矮角，长尾色赤如火，雾鬣风鬃，宛然名骏。最奇罗素素骑在背上，四蹄卓立，异常驯良，活似调养有素一般。

“罗素素笑说：‘师兄你瞧这匹马多好，怎的会生长在无人的高岩上呢？’

“我仔细一看，形虽似马，四蹄却如虎爪。记得《山海经》所载‘鹿蜀宜男’，便是这种形状，性驯善走，力逾猛虎，是一种罕见的异兽。我向罗素素说明这兽名叫鹿蜀，不是马种。

“罗素素笑说：‘管它是马不是，既然性驯善走，我们何妨省点脚力用它代步。岩顶地势，虽然前面岩脊蜿蜒入云，还可驰骤，我们何妨先试一试呢！’我说：‘好，替你弄根缰绳才合适。’一看不远一株参天古木上藤萝密绕，上面枝干上像流苏般倒挂下来，向她借了犹龙剑，飞身上树，拣了一支较细的朱藤割了下来。跳下树来，试了试柔韧异常，把剑还了，便用细藤做个笼套，把鹿蜀头项络住，多余几尺递在她手内当作马缰。

“可爱这匹怪兽任人摆布，一点没有倔强。罗素素笑得一张樱桃小嘴合不拢来，笑唤道：‘喂，你也上来，我们两人身子都不肥重，也许行。’

“我心里一喜，一耸身，跳上兽背，骑在她身后，左臂一圈，轻轻把她柳腰揽住。我心里暗想，假使鹿蜀野心勃发，把我掼下千丈深渊，我也甘心。罗素素看我骑在身后半天不说话，娇嗔道：‘你心里又不知想到哪儿去了，你可得想法叫它走啊！’

“我心里暗笑，你自己也出了半天神，缰绳又在你手上，还问我呢。心里这样想，嘴上可不敢这样说。她一发娇，我慌用手拍着鹿蜀屁股喊道：‘鹿蜀，鹿蜀，我一辈子忘不了你的好处，现在好好儿送我们一程吧！’罗素素也笑着在前面一抖藤缰。

“鹿蜀竟能体会人意，把头一昂，呼咧咧一声长嘶，实大声宏，音震林谷，四蹄动处，已缓缓前行，可是越走越快，到后来穿林越岭，成排树木闪电般望后倒去，耳边上也起了风声。我慌不及加了裆劲，两手抱住罗素素身子。她生长浙东，不善骑术，藤缰在手也无法控纵。

“跑着跑着，猛听得罗素素‘啊哟’一声惊喊，鹿蜀突然身子一挫，一声怪吼，前蹄一起，呼地往前一纵，竟是腾云驾雾般凌空而起，等得四蹄落地，我回头一看才知危崖中分，断崖千尺，五六丈距离的空当，竟被它一跃飞渡，万一跌落兽背，怕不跌入无底深渊，粉身碎骨。罗素素也吓得嘤的一声倒在我怀里，连说：‘好险！好险！’

“鹿蜀也奇怪，飞跃过断崖，立时脚步放慢，走没多远，便屹然停住。我向前一看，原来奇峰插天，石屏如障，已无路可通，而且当面千寻石壁，绿苔如绣，上下一碧，绝无树木藤萝可以攀缘。这一来，我们疑惑费尽心力，依然走入绝境。正在为难，想跳下兽背，向左右两面找寻出路，鹿蜀忽又昂头长嘶，其音悠远。

“嘶声刚止，半空里忽然磔磔一阵怪笑，山谷回响，入耳惊心。我们急抬头向上望去，石壁十几丈以上露出一个怪头脑，金发火睛，掀唇拗鼻。迎风飞立的金发上，还簪着一朵碗大的山茶花，一对凶光熠熠的血睛正注视着我们，厚唇上翻，巉牙豁露，撕着一张阔嘴，怪笑不止。

“骤看去，这个怪物好像从天衣无缝的石壁里钻出来似的，在这无人之境骤遇这种怪物，谁也得吓一跳！我们一齐跳下兽背，罗素素拔出犹龙剑以防不测。不料怪物旁边又同样钻出一个脑袋，也带着一朵红花，两个怪脑袋微一晃动，倏又伸起两条金黄手臂，向我们乱招乱比，身后鹿蜀也向壁上摇头摆尾，奋蹄人立，好似和上面怪物非常厮熟一般。

“我们正在吉凶莫测，不知所措，上面两个怪物已举起四条手臂，呼地抛下一大盘藤索来，下面还结着一具大藤兜。我们猛地想起罗刹夫人信内‘红花插鬓，灵猿迎宾’的话，大约这两个怪物，也许便是迎宾的灵猿了。上面两个巨猿一阵比画便也明白，到了这种境界，也只可不问前途吉凶，坐上藤兜，让它们吊上去再说。

“藤兜颇大，两人盘膝坐入还有余地，上面四只毛臂力大无穷，轮流倒把又快又稳，一忽儿把藤兜提上壁内。原来这处岩壁，从下望上好像直上直下、通体浑成，其实二十丈以上分着层次，一层接一层，每层天然有几尺夹缝。

“我们到了石壁夹缝以内，跳出藤兜，宛似处身在一条窄胡同中，已看不到岩下景象。一只巨猿抢先领着我们向右走了几步，忽见身侧现出一人多高的山洞，洞内风声如雷，黑沉沉望不到底。领路那只巨猿躬着身走进洞内，回身举爪乱招，罗素素当先横剑跟入，我也紧随身后。哑声儿向洞内行去，越走越黑，什么也瞧不见，只觉脚底下步步向上，似乎洞内地形是个斜坡。

“走了一程，猛听得身后起了兽蹄奔腾之声，其疾如风，霎时擦身而过，只觉手上触着毛茸茸的兽毛，也不知是何兽类。一忽儿后面巨猿怪啸之声又起，啸声贯洞，嗡嗡震耳，到了身后，越过我们跑向前去了。这样摸黑前进，幸喜脚下是平滑的沙土，没有碍足的东西，不过地形越走越陡，几乎要手足并用。

“罗素素这时已把犹龙剑归鞘背在背上，因为地势越走越宽，我和她连臂并肩而行。有时碰壁拐弯，浑同瞎子一般。这样瞎摸瞎撞，走了顿饭时光，前面露出一圈天光，而且隐隐听到一种奇异之声，宛似百乐迭奏，如闻仙韶，静心听去，心畅神怡，却不是笙璈丝竹之音。脚步加紧，前面一圈天光也渐渐放大，入耳乐声，也听出是溪声、树声、百鸟交鸣声，组织成一种奇异的乐奏。

“我们在洞里闷走了半天，好容易走近出口，自然心神一振。我们以为出口所在和前洞一样，不假思索地迈步而出，这一迈步，两人几乎粉骨碎身，幸而没有飞身纵跃！刚向洞外一伸腿，突然从洞外两边伸出金刚般两条毛臂，当洞一横，把我拦住。我们吃了一惊，慌不及缩回腿来。洞口忽嗖一声，掷进一盘光滑如油的长藤，那一头似乎挂在洞外。我们立时明白，出洞非用长藤不可。我们两人合用一藤，挽住长藤向洞外探身，才明白两猿伸臂遮拦的意思。

“原来洞外绝无余地可以托足，竟是斧削一般的石壁，下临深渊，碧波涟漪。从百丈峭壁挂下百道细泉，琤琮交响，其声清越。溪面颇宽，十丈以外，古木成林，环抱溪面，森森一碧。这种异木，高可参天，树身大得骇人，大约十个人也围抱不过来，却从水中挺然长出。无数异鸟，毛羽五彩斑驳，飞舞交鸣于水木之间，如奏异乐。再一看洞口左右两只巨猿，分蹲在岩壁横生、夭矫如龙的古松上，猿臂上都挽住一条长藤，连我们手上的一条共是三条长藤。藤的另一头，挂在对面一二十丈以上的大树上面，每条藤上都是用无数长藤结连起来的。

“我们挽着长藤，目光被洞外奇景所夺，一时目不暇接，还未十分看清四周景象，左右两猿猛地一声长啸，一边一个各自伸出一条长臂，挽住我们身子，向洞外一送，呼地连藤带人飞出洞外。左右两巨猿夹着我们两人，竟凭一条长藤，连臂腾空，目不及瞬，已飞渡到对面一株大树上。去势太急，我怕飞入树内枝干碰伤身面，正想施展轻功，舍藤上树，哪知两只巨猿轻车熟路一般，左右两臂一分，夹着我们已轻飘飘地钻入碧油油的万叶丛中，停身在一支挺出的巨干上了。

“这支巨干粗逾牛腰，两猿两人立在上面，和立在平地上一样。这时看清这种硕大无朋的异木，皮色青白，木纹细致，离水十几丈以上，才一层层分干布条，平直四出，叶大盈尺，绿油油的又厚又坚，好像整块翠玉琢就一般。这类稀见古木，大约《淮南子》所说沙棠琅玕之类了。这种原始古木，远看蔚然成林，逼近一看，行列非常疏远，每树距离总在十余丈以外，仅四面挺生的牛腰巨枝互相交搭。有许多大大小小的各色猿猴，此逃彼逐，嬉戏其间。有几只像身边一类的金毛巨猿，利用林内垂空藤萝，秋千一般悠来悠去，一悠便是十几丈远，随着悠荡之势，双爪一松，一个悬空筋斗，又挂在另一树上的长藤上，随势悠入树林深处，活像飞鸟游鱼一般。最奇林内飞的、跳的各种禽兽，自在游行，绝不避人，有时一只异鸟飞来，便停在我们肩上，把罗素素喜得合不拢嘴。我们异境当前，好像这个身子已经到了另一世界，也许这就是仙境了。

“我们在树干上面停留了一忽儿，两头巨猿领着我们绕着树身，越过几条巨干，转到树身那一面。这一面景象不同，这类树林分成南北两面，相距虽只十丈远近，却是很整齐地排列成一条长长的树胡同。下面一条湍流，急驶如箭，淙淙有声，望西滚滚而逝，看不到头。

“最奇向对面林上望去，一株半枯秃顶的大树上，一层层地开着窗户，支着窗帘，窗内人影闪动，好像那株大枯树内住有人家。向阳的窗外，还支着一竿小孩衣服，枯树后面，冒起一缕炊烟，袅袅而升。这种因树成屋，别出心裁，真是见所未见，闻所未闻了。我们手上长藤便是从对面大枯树顶上挂下来的。

“罗素素笑道：‘这种房子上不在天，下不在田，真特别！大约我义父便在那株树内，看情形我们还得荡一回秋千。’一语未毕，两头巨猿身子一起，已先悠了过去，停在对面枯树的横干上，举爪相招，我们看准落脚处所，双足一点，便也凌空飞渡。两猿伸臂一接，便已停住，弃掉手上长藤，跟着两猿向树身走去，径自步入一重门户。

“原来这株大枯树半腰以上树心挖空，只剩一二尺厚的外壳，人入树心，宛似走进一个极大的圆形亭子。四面挖出窗户，亭内堆着许多家用什物，一具笨重的长木梯子通着上一层的屋内。我们又从梯子走上一层，这一层房子更挖得巧妙，把树心挖成两个半月形，留着中心厚厚的一层木壁，把两面分开，变成里外两间。

“木壁上开着里外相通的一重门户，当门挂着一重草帘。我们一上去，草帘一掀，钻出一头巨猿，背上背着一个三四岁的女孩子，红衫垂髫，眉目如画，一对点漆双瞳，骨碌碌地向我们直瞪，伸出小手向帘内一指，笑道：‘我娘天天惦记着的远客来了，还不快进去和我娘相见？我可不管你们，我和奶娘玩去了。’带孩子的巨猿也掀着阔唇，一阵磔磔怪笑，径自走下梯去。

“我们猜想小孩子口中的娘，定是罗刹夫人了，怎的没有现身迎客？念头刚起，帘内有人说道：‘佳客远来，恕我病体缠身，难以行动，只好请屈驾赐见吧。’

“我们掀帘而入，顿觉异香扑鼻，心神一爽！室内竟布置得雅洁宜人，地下壁上铺着辉煌悦目的兽皮，桌椅都用树根雕成；沿窗挖成花槽，垫着净土，种着许多不知名的芬芳香郁的花草。靠窗书案和靠壁两张床榻，大约预画图样，利用本身树心，雕挖而成。书案上笔砚书籍位置楚楚，床榻上厚厚地叠着兽皮，右边一榻空着，左边一榻半卧半坐地躺着一个面黄如蜡、骨瘦如柴的妇人，自腰以下盖着一床薄被，两只枯柴一般的手臂搁在外面，面孔虽然黄而且枯，两条斜飞入鬓的秀眉，一对熠熠发光的细长眼，配着一头漆黑长发，可以看出这妇人年龄不过三十几岁。

“她一见我们进屋，欠了欠身子，伸手把披在肩上的长发望后拢了拢，同时两道锐利的眼光向我们两人来回扫了几下，面上现出苦笑，向罗素素点点头说：‘我便是和你通信的罗刹夫人，你定是我师父常提起的师妹了。’又向我看了一眼，说：‘这一位既然伴着师妹到此，定然不是外人。’

“罗素素慌走近榻边，说是同门师兄，但是我的官阶姓名，我已预先嘱咐，当然没有说出来，只说同门做伴，一路偕行。可是从罗刹夫人注意我的神色和口角的笑意，定以为我们虽属同门，孤男寡女长路同行，当然和一般同门有不同之处了。

“我们和病榻上的罗刹夫人见面寒暄以后，依照来信的话，掏出那具人皮面具，交还了罗刹夫人，便坐在近榻的两张树根雕成的椅子上，椅上垫着细草编织的厚垫，坐着非常舒适。

“罗素素一坐下，便问义父下落，罗刹夫人却说：‘两位远来不易，且请安坐，让我慢慢地告诉。’说毕，拿起一支小木棍，向榻边排着一块玉磬‘当’地敲了一下，外屋一只巨猿垂着两条长爪蹒跚而入。

“罗刹夫人向它一阵比画，巨猿立时出去，一忽儿，草帘飘起，跳进两只雪白的小猴子，每只猴子脑袋上顶着一只木盘，两只小爪子扶着盘沿，蹲在我们两人面前。罗刹夫人笑道：‘日已过午，两位一定饿得可以，这儿没得可口东西供客，胡乱配点山野粗品，权以充饥吧！’我们一看木盘内有烤炙的兽肉、煨熟的黄精，外带着苹婆、果仁、茯苓、山药之类，还有一竹筒热气腾腾新烹的山泉。

“我们这时实在又饥又饿，也无所用其客气，居然吃得适口充肠，芬芳满颊。两只小白猴蹲在地上，一直等我们吃喝已毕，才顶着木盘退出。我们不免向主人道谢，罗素素一心想着见义父，饭后又不免探询义父行踪，罗刹夫人偏自慢腾腾地先讲她夫妇到此隐居的经过，我们只好沉住气听她讲。”

第二章　罗刹峪

“她说：‘这儿是人迹不到的秘径，四五年前被我夫妇无意中发现。我们厌倦江湖，正苦没有相当偕隐处所，我又怀着身孕，快到分娩时候，才把此地做了夫妇遁迹之所。此地各种猿猴都有，初来时非常淘气，幸而我们原是白莲教徒，懂得一点驱役兽类的门道，把它们一齐收服。可是各种猿猴中，也只有大的几头猩猿和小的雪猿最聪慧，懂得人性，可以当仆役般使唤，其余也只有慑服它们不敢胡来罢了。我们又把此地瞎起了一个地名，叫作“罗刹峪”，罗刹二字原是当年我夫妇在江湖上的匪号。当年我夫妇虽然身为教徒，却看清白莲教渐渐鱼龙混杂，背离教旨，我们毅然脱离，夫妇二人凭一点微末武术，在江湖上独往独来，博得一点微名。江湖败类却把我们夫妇恨如切骨，白莲教的党徒，也百计图谋，想笼络我夫妇重返教门出力，否则便要用毒辣手段对待。我夫妇一想，瓦罐不离井上破，江湖上有几个好收场？幸喜天从人愿，有这样隐秘处所，足够我们夫妇隐迹埋名，逍遥晚境，所以在近处购办了一点应用物品，运到此地，便安心隐居下来。

“‘隐居的头一年，我生了一个女孩子，大约两位已经见过，偏我乳水不足，幸有一头母的猩猿非常忠心，代为乳哺，可以说我这女孩子是在母猩猿手上养大的。这种猩猿举动和人一般，只横骨未化，不能人言，收服不得法，时发野性罢了。有一年我夫妇静极思动，想到外面看一看情形，顺便置办点应用东西，还有当年在江湖混迹，在云贵边境埋藏的一点珍宝，也想运回罗刹峪来。不料为了这点珍宝，我夫妇几乎送命在这上头。

“‘我们藏宝之地，在云贵边境二龙关相近处所。二龙关原是苗匪出没之区，我们到二龙关时，偏和苗匪首领女魔王“九子鬼母”朝了相。早年在江湖上和九子鬼母原有点过节，她深知我夫妇并非易与，大家按兵不斗，万不料在她匪窝所在和她狭路相逢。强龙难斗地头蛇，我们又已心灰意懒，不愿再争无谓的闲气，原想暗暗取出珍宝便悄悄溜走。不料九子鬼母不动声色，早已调兵遣将暗设埋伏，一面又派了不少匪徒逐步跟踪，居然在我们取出宝藏以后，沿途邀截。我们夫妻只好同他们周旋，一口气被我们冲破了几层埋伏关口，除掉了几名恶匪，最后冲到一个险恶之处，两面危岩，中间羊肠一线。万恶的九子鬼母竟在这两面危岩上，预伏了不少匪徒。等我们抢入岩下，岩上梆子一响，先滚下许多磨盘大石，塞断两头路口，又从岩上抛下干柴火种，竟想活活烧死我夫妻二人。我们身处绝地，只可死中求生，拼出死命向陡峭的岩头攻了上去，无奈岩上匪徒，早已埋伏了弓箭手，毒箭劲弩，立时攒射下来。岩下火势已旺，烟雾迷漫，照说那时我夫妻便有天大的本领，也难逃毒手。

“‘万不料凭空来了救星，正在危急当口，岩上一阵大乱，穷凶极恶的苗匪一个个抛球似的抛下岩来。我们夫妻乘机飞身抢上岩顶，一看岩上苗匪抱头乱窜，被一位大袖翩翩的老英雄，赶得晕头转向。那一位老英雄大袖展处，近身的苗匪便像草人一般地纷纷跌下岩去。九子鬼母在远处看见情形不对，恶狠狠飞身赶到。我们夫妻恨极了她，双双齐上，预备和她拼命。不料那位老英雄身法奇快，只一旋身，活似飞起一只大灰鹤，从我们头上掠过，一落身拦住九子鬼母去路。那时九子鬼母年纪未老，已得峨眉派武术秘奥，鬼怪般怒吼连声，向老英雄挺剑直刺。老英雄哈哈一笑，只一塌身，竟施展他老人家独门功夫“混元一气功”，飘飘大袖只贴地一展，嘴上喝一句“去你的”，九子鬼母身子活似断线风筝，抛出去两丈开外。

“‘那女魔王真也可以，向地上跌落时，竟在空中风车般一个细胸巧翻云落下来，依然头上脚下挺立远处，可是头帕已落，发如飞蓬，咬牙切齿，活似厉鬼一般，大喝一声：“老儿通名！”

“‘老英雄笑喝道：“呸！你也配！”回头又向我们道：“随我来，快离是非之地。”

“‘我们本想和她一决雌雄，做个了断，老人家这样吩咐不敢不遵，才跟着老人家飞步下山，脱离了匪窟。我们拜谢老人家救命之恩，叩问姓名，才知是四海驰名武当尊宿张松溪老前辈。张老前辈问起我们行踪，我们自报来历和近年偕隐罗刹峪经过，不料我们洗手江湖，隐迹秘境的举动，深得老人家赞许，老人家还愿意到罗刹峪一游。我们能蒙这位老前辈光降，自然求之不得，于是一路侍奉到此，蒙老人家慈悲，把我们夫妻收列门墙。因为老人家非常喜爱这罗刹峪，把全境踏勘了一遍，对我夫妻说：“武当内家功夫，原是修道基础，自己四海一身，脱然无累，这几年游遍名山，原想寻觅一修道隐身之所。修道人最注重‘缘法地侣’四个字，想不到机缘凑巧，碰见了你们夫妇，来到这样秘奥之境，最适合我修道遁迹之用。最妙我祖师爷遗留仙迹的仙影崖近在咫尺，似乎冥冥之中自有主宰一般，我从此要在罗刹峪内证仙了道，步武祖师爷后尘，不再步履尘世了。”

“‘我们对于恩师长期同居罗刹峪，自然求之不得，从此可以朝夕侍奉，多少讨求一点武功秘奥，于是我们请恩师自己指定相近处，替他搭盖了一所房子，拨了一头驯良的猩猿，随时供应使唤。我们每天到恩师住所去问安，几个月以后，恩师在家时候渐渐减少，十天中只能见着一次面，也不知恩师到何处去，问他他也不说，只说过这样几句话：“蒙祖师爷慈悲，无意中得到了一支千万年难逢的灵芝草，吃在肚里，从此可以辟谷，不必再吃人间烟火了。”说过这样话以后，见面机会更少了，送去吃的东西，原样搁着不动。最后一次，我们夫妻走进恩师住所，只见壁上钉着一张恩师留谕，从此便见不着恩师的面了。现在这张谕言依然钉在壁上，那所房子依然和恩师在时一样。我们遵照恩师留谕，请师妹到此。师妹只要到恩师住所，一读那张谕言，便可彻底明白，那所房子从今天起，也归师妹主持。师妹看完了恩师留谕以后，应该怎样遵办，也凭师妹吩咐了。’说罢，胸口起伏，喘息不止，似乎气力非常衰弱。

“罗素素对她说：‘师姊贵恙在身，且请安心静养，我们先到我义父住的所在，看清了义父留谕，再向师姊讨教便了。’

“罗刹夫人面上现出苦笑，惨然说道：‘我已病入膏肓，恐怕不易好了，只天天盼着师妹到来，完成我恩师的心愿，我才能安心死去。我这病完全起因于我那女孩子身上，因为罗刹峪一切都好，无异世外桃源。只有春初的桃花瘴毒气太重。平时武功在身还抵挡得住，偏是那年桃花瘴起时，生下那孩子，分娩时节体弱气虚，中了瘴毒。起初不觉得，渐渐下身肿胀瘫痪。到了现在，又延到腰上。我恩师医理通神，偏又不在，只留下一个治瘴毒的方子，其中一味主药最是难得。我丈夫因此到各处寻找，从四明送信回来，见我病体日重，又马上动身，到四川深山中找寻去了。’

说罢，举起枯柴般手臂，颤抖抖又敲了玉磬几下，外屋一头猩猿掀帘而入。

“罗刹夫人嘴皮乱动，向猩猿说了几句听不懂的话，又举手一阵比画，猩猿举爪向我们一招，便先退出。我们明白是领到义父住的所在去的，我们便向罗刹夫人告辞。

“这种古代有巢氏因树成屋的传说，想不到我们在这罗刹峪中，能够亲身经历。罗刹夫妇创造这样树屋，比古代的有巢氏当然要高明得多。最有趣四面都是窗户，哪一面窗外，都拴着远处大树上结长的藤索，不论你往哪一方飞渡，都可以从窗户飞身而出。

“我们跟着巨猿到了外屋，并没有走下来时的梯子，便从外屋一扇窗户口挽住长藤，两足向窗口一点，便飞一般悠了过去。这一次却是穿林飞越，距离较远，半路里在几株大树上停身了几次，手上的长藤也换了几条，最后悠到一处邻近高岩的大枯树上。树顶平伸出数丈的五条粗干，好像一个金刚巨神，独臂擎天，巨掌平舒，伸着五个大指一般。掌心盖着一座八角亭式的木屋，也有两丈多高，却只一层，屋顶很整齐地铺着一层层的又坚又厚的树叶子，再用厚竹片一层层压住。西面窗户紧闭，窗槛上也和罗刹夫人住的房子一样，花槽内种着芬芳扑鼻非常好看的鲜花，沿着花槽又种着碧绿的书带草，长长地向下垂着，随风飘拂，好像替这屋子束了一道五彩锦带。靠岩壁一面开着一个穹门，一扇厚厚的木皮门关着，门外恰正对着平伸出一丈多远的巨干，直落到岩腰上，巨干朝上一面，削成两尺宽的平面，宛似一座桥直通岩壁。

“领路那头猩猿当先推开那扇木皮穹门走了进去，先把屋内窗户开了，让我们走进屋内。我们只觉这所木屋，比罗刹夫人住的还要宽大雅洁。无心细看屋内布置，一进门便已瞧见左壁上用竹钉钉着厚厚的一张纸，纸的颜色已变成焦黄，上面写着不少字，慌走近细瞧，上面写着：

> 中国武术，健身卫身以至强种强国，原属信而有征，然世有由武术而进求仙道，如我武当祖师之仙迹流传，迹近神话，迄今尚无明确之征验。余忝为武当传人，齿已衰暮，愿为后人试证仙道之真妄，否则以此世外桃源为余埋骨佳域，亦属佳事。罗刹夫妇，江湖健者，列予门墙，愧无所授，见此留字，试向四明访寻

余义女罗素素或一二门弟子来此一游，告以始末。俟五载后，由此登岩，左行百步许，奇松古柏之间，即余蜕骨证仙之窟，试启窟一验余仙道之成否，希志之勿谖。

武当掌门人张松溪留字

年 月 日

“罗素素读了壁上留谕，早已珠泪直挂，泣不成声。我也暗暗陪泪，两人悲泣了一阵。罗素素含泪说：‘我千里迢迢好容易来到此地，仍然见不了我义父的面。我义父也奇怪，虽然年登高寿，可是一个生龙活虎的身子，普通年轻小伙子还赶不上呢，何必定要学仙证道，弄得死不死活不活的，教我们心里多难过。再说不早不晚，偏要算准五年后，再叫我们去寻他，这又是什么道理呢?’

“我说：‘世上学仙学佛，本来是一个虚无缥缈的幻境，也是一种慰情胜无的精神寄托，说有便有，说无便无，根本不必寻根究底认起真来。便是他老人家留谕的语气，也是疑信参半。不过他老人家生平意志坚卓，刚毅过人，说到哪儿定要做到哪儿，不惜以身殉道，替后辈留下一番实验功夫，传流他老人家身后一桩佳话。他老人家定下五年后才教我们去勘验，没有什么用意，无非人事无常，你远在浙东，一班门下弟子散处四方，招集不易。再说五年以后，如难成仙的话，肉飞骨散，也容易勘验出来罢了。’

“罗素素听了我这番话，又哭了起来，呜咽着说：‘照你这么一说，修仙学道根本不可靠，我义父死定的了。’

“我说：‘这种事谁也不敢证明真假，不过我此刻一算日子，我老师留字日起到现在已过了两年半，如果已经成仙的话，我们两人在此想念他，他老人家灵感相通，不必再过两年半依言勘验，早已在我们面前显示仙迹了。’

“罗素素听着暗暗点头，但是她已决定了主意，以为千里跋涉好容易到了此地，在未遵谕查验明白以前，不愿再离开罗刹峪，好歹要等到两年半的日子到来，进窟验看究竟成仙了没有，才肯离开此地。一面却催促我早点回平越城去，免得闹出钦差失踪的笑话来。我明白她故意这样说，想试探我的心迹，其实我如果真个一人回去，让她一人在这兽多人少的荒谷中，她也无法久处的。

“我立时坚决地说道：‘你这是多想，我的心曲昨晚已向师妹剖白过了，从此我们两人再也不能分离。管他钦差失踪不失踪，便闹得天翻地覆，终究也无非是一桩疑案，绝对闹不到罗刹峪来。我本来无家无室，弃官如遗，如果出去办起卸职退隐，手续麻烦已极，不知何年何日，才得自由，趁此一了百了，倒来得爽快决绝。不过我心里有句话，此刻不能不说了。我们从今天起，便是两心相印、白头相守的夫妻，照师妹意思，要在此地等候勘验的日期到来，我当然一同守候。这屋子便是我们花烛洞房，今夕便是我们良辰吉日了。我明知这样直说出来，唐突师妹，但是我们不是世俗儿女，这种地方也没法悬灯结彩，大办喜筵，只有通权达变，请师妹原谅的了。’

“罗素素听了我这番话，红潮泛颊，俯首无语，暗地却偷看了蹲在门口的巨猿一眼，悄悄向我说：‘这东西灵不过，你瞧它在笑我们哩。’我回头一看那头猩猿，撕着阔嘴，骨碌碌一对火眼金睛，正注视着我们，瞧见我回过头去，磔磔一阵怪笑，蹿起身来，翻身一个悬空筋斗，便跳出门去了。

“从那天起，我和罗素素便成了夫妇，罗刹峪中除出奄卧病榻的罗刹夫人和她的女儿小罗刹以外，便只我们夫妇二人，吃的、用的都由罗刹夫人指挥几头巨猿常时供应。日久天长，我们和大大小小的猿猴也弄得厮熟。从罗刹夫人口里也讨教了一点驱役兽类的门道，自由自在，无拘无束，遗忘了罗刹峪外的世界，竟有点乐不思蜀了。

“这样过了几个月，罗刹夫人病体日重一日，她丈夫始终消息全无，没有回来。罗刹夫人又加上一层记挂丈夫的忧虑，她料到她丈夫多半狭路碰到仇人，孤掌难鸣，定遭暗算，不在人世了。我和罗素素暗地计划一下，由我到罗刹峪外探听一下，罗刹大王是否遭了仇家毒手。再说两人身上衣服也应该添换一下，顺便也置办一点吃的食物、用的物件。好在做了几个月野人，须发连结，满脸于思，谁也认不出我是个钦命大臣了。只是罗素素也有了受孕的景象，好在约定只在本省暗地打探一下，不敢走远，算计最多十几天光景，定可回罗刹峪来。

“当下决定，便去告知罗刹夫人。她自然感激非常，于是我悄悄出了罗刹峪，重见了熙熙攘攘的人类世界。可是这世界上已没有了我这个人，我也不敢再用我从前的姓名，短短的几个月过程，我已换了个人，不是从前的我了。

“我到了贵州省城和川贵交界处走了一转，探不出罗刹大王的消息，却探到平越钦差行辕失踪了钦差大臣以后，传为奇闻，本省抚按没奈何奏报上去，暗通关节，捏报了一桩事由，得了点不痛不痒的处分，径自渐渐消沉了。我不敢在外多耽搁，置办了一点应用东西，悄悄回到罗刹峪。哪知这几天工夫，罗刹夫人竟已病重死去，死的时候罗素素不在跟前。最奇等到罗素素看到罗刹夫人尸首时，找寻罗刹夫人女儿小罗刹，竟也踪迹不见，同小罗刹在一起的那头母猿和平时供应的几头猩猿，也同时踪影全无。罗素素想得奇怪，罗刹峪中懂得人意的只剩两只雪白的小猴子，可是人兽语言不通，比画了好几次，也问不出所以然来，幸而我回去得快，草草地把罗刹夫人尸首埋在近处的岩上，从此罗刹峪中只我们夫妻二人了。

“到了第二年，罗素素在罗刹峪中生了个玉雪可爱的女孩子，替孩子取个名字叫作幽兰。苦于几头可供使唤的巨猿早已跑掉，添了孩子，所有应用的东西，我不能不常到峪外去购办，隔两月便要出峪一次。

“这样在罗刹峪过了两年半，一算已到我老师留谕启封进窟的时期了。我们拣了一个风日清和的日子，罗素素背上绷着孩子，提着犹龙剑，我也带着掘土的家伙，一同走上屋前的高岩。

“我老师修仙之所我们早已来过几次，平时原已勘查明白，原是个天然石窟，洞口自内挡着整块巨石，大约老师进窟时运用神力自行封闭的。经过五年光阴，窟外长着藤萝榛棘之类，不经仔细搜寻，是看不出中有石窟的。

“我们早已留有标志，去掉藤萝，削平榛棘，铲除泥草，露出石窟，两人合力把封洞巨石推过一边。不料堵窟巨石一开，一股腥浊难闻的气味往外直冲，其味难闻已极。我们急慌跃过一边，不敢贸然进窟。一忽儿石窟内沙沙乱响，一条粗逾儿臂，长约丈许的锦鳞毒蛇，箭一般射出洞来，一霎时又有无数小蛇跟踪射出，跟着那条大蛇飞一般蹿下岩谷去了。

“我们一看石窟内竟是个长虫窝，便知不妙，也无心去寻长虫窝的晦气，一心想进石窟去见个真章。等得大小长虫走尽，窟内难闻气味发泄尽净，把带来的两支松燎燃起，一手执燎，一手提着兵刃，钻进石窟去，用松燎四面一照。想不到窟内竟有一人多高、两三丈见方的面积，形似口外的蒙古包。顶上钟乳倒垂，晶莹似玉，靠里一块大玉石平地涌起，形如莲蓬，上面倒着一具骷髅，两条枯骨落在地上，一半已埋在泥土内。

“罗素素早已泪如雨下，哭喊着：‘义父，好端端地坐在家里，何苦到这儿来修什么仙，学什么道？教女儿怎不痛心！’我们悲哭了一阵，不管地上污秽，把松燎插在浮土里，跪下去拜了几拜，立起身来，商量办法。照罗素素意思，想把骨骸捡起来，运回四明安葬。我说：‘老师学仙一层且不提他，不过照老师遗言，原说此地是他埋骨之所，不便违背他老人家的遗言。此地是个蛇穴，不便入土，不如另择妥当处所，安置他老人家的遗体。’罗素素一想也对，第二天我们钉了一个木匣子再进窟去，把整具骷髅放进木匣子去。

“不料我们把一具枯骨放进匣子以后，形似莲蓬的大石上，依稀露出四个字来，细看才认出是‘仙道无凭’四个字。我们一看这四个字，起初猛吃一惊，后来恍然大悟，定是老人家封闭石窟以后，在这块大石上打坐，不知过了多少时候，渐渐觉得空气窒塞，身体起了变化，知道生机将尽，最后奋起神力，运用金刚指的功夫，利刃一般在石上画出四个字来，以示后人。他老人家后悔不迭的情状，也在这四个字内透露无遗了。

“我们择地安葬好遗骨以后，到罗刹峪来的目的已经达到，觉得罗刹峪内已无可留恋，为女儿幽兰着想，也不能在此久住。天下有的是名山胜境，何必深闭在穷山鬼谷呢？当年罗刹夫妇因为避仇隐迹，出于不得已，我们没有仇人，何苦如此？

“这样一想，恨不得马上飞出罗刹峪去。无奈两人一商量，一时却想不起适宜的地点来。偏偏罗素素在启封进窟的那天，闻着一股秽气，也许受了点蛇毒，老觉着头晕心恶，一时也不便跋涉长途，只好在罗刹峪再盘桓几天。

“有一天，我清早离开罗刹峪，到市上替罗素素买一点清毒解秽的药，不敢多耽搁，在市上吃了午饭，顺手买点熟食，急忙忙赶回罗刹峪来。哪知道一到进峪的洞口，两只白毛小猿已在洞口，朝我吱吱乱叫，牵着我衣服往洞内直奔。

“我虽然觉得诧异，还猜不透发生祸事。在长藤飞渡，经过罗刹夫人住所时，猛见树杈丫内鲜血淋漓，一个身着道装、满脸虬髯的尸首倒在里面。停身细看，好像罗刹夫人活时所说她的丈夫形状。赶到自己屋内，推门进去，顿时吓得我急痛攻心，怒发直指！

“只见罗素素仰面跌倒在地板上，面皮铁青，两眼突出，胸口钉着一枚喂毒飞蝗镖，犹龙剑并未出鞘，依然挂在壁上。我慌伏下身去，向胸口一听，才知早已死去多时。猛然想起女孩子不在屋内，四处一找，踪影全无。这一下，又几乎急疯了心，而且疑窦重重。那一面被人刺死的虬髯汉子，如果确是罗刹大王，何以两年多没有回来，刚回来马上被人刺死？但是我夫妻并没有仇人，何以罗素素也遭了毒手，连我女儿也被劫走，这是什么缘故？

“那时节我弃官偕隐，对于江湖上一切茫然，飞蝗镖的来历也摸不清，弄得如痴如呆，每天提着犹龙剑搜遍罗刹峪，依然影像全无。后来我深入江湖道中，游遍云贵川湘等省，暗地寻访了许多年，四下印证，才明白罗刹大王替自己妻子到处寻药的时候，九子鬼母的党羽已经盯上。罗刹大王自知行踪已露，本领又敌不过九子鬼母，而且和仇人几次交手身已受伤，侥幸逃出命来，在远处避祸，暗地养伤，不敢回罗刹峪去。过了两年多伤已痊愈，心里惦着病妇，忍不住冒险回来，偏又被九子鬼母暗地跟踪到此，刚到家门便被刺死。九子鬼母仇恨切骨，搜到后面屋内，瞧见罗素素，当作罗刹夫人，又暗地放了一镖。罗素素祸从天来，暗箭难防，中的又是见血封喉的致命伤，当然毒发身死。万恶贼妇，又把我女儿当作罗刹骨肉，又下绝户计，顺手牵羊抢去。阴差阳错，冤业缠身！一日之间妻死女散，做人到此地步，还有什么依恋？从此我意懒心灰，心里只存着两桩事：誓报妻子血仇，寻找女儿下落。只要这两桩心愿一了，世界上便没有我的事了。

“为了誓报妻仇，我独处深山，不问寒暑锻炼我师门传授混元一气功。那时滇南大侠葛乾荪已成知友，他送了我一柄凹脊飞龙剑，和我妻子遗下的犹龙剑恰好雌雄配对，双剑合鞘，我从两柄剑上发明风雷剑术，专破各种歹毒独门暗器。这样卧薪尝胆地用了不少年苦功以后，九子鬼母还不知道我是她对头冤家。可是那时我不知道我女儿尚在人世，一直被九子鬼母当作罗刹女儿，欺我女儿年幼无知，死无对证，竟是收养在万恶贼妇身边传授武功，当作寄女。

“直到群侠大破秘魔崖，我亲见九子鬼母锉骨扬灰，报了妻仇（事见

《蛮窟风云》)，完了第一桩心愿时，才见到我女儿在贼巢内业已长成，面貌和她的母亲一般无二。但是我女儿从小生长贼巢，非但自己生身来历莫名其妙，自己还以为生长苗族，不是汉人哩。事经多年，当时我也无法和她相认，而且我还要考察她秉性如何，在贼巢多年，难免染上苗匪恶习，也要暗地监察一下。

“可是在剿灭贼巢以后，我女儿忽然率领一部分匪党销声匿迹，无处寻踪，我暗探阿迷一带，竟没查出她的藏身处所。直到最近沐公爷被九子鬼母余党所害，轰动全省，我听得消息赶到昆明，夜进沐府，暗探何人所害，忽见我女儿在沐府出现，似乎已经改邪归正，和二公子结识，倒闹得我莫名其妙，我才决计要探个明白。

“过了几天，恰巧你们二人并辔出府，向滇南一路赶来，我特地暗地跟踪。知道你们错过宿头，此处荒凉，只有这所破庙尚堪寄足，特地先一步在此相候，了结我多少年未完的一桩心愿。

“这便是我亲身经历的一段奇事，这段奇事在我心里足足隐藏了二十多年，经我这样说明，你们大约也明白老夫是何如人了。”（暗结第一集第九章桑苧翁自白的故事）

第三章　玉狮子

桑苧翁滔滔不绝，讲完了自己经历的故事，沐天澜、女罗刹两人才恍然大悟。女罗刹早已粉面失色，珠泪簌簌而下，跪在桑苧翁面前，抱着自己父亲双腿痛哭起来。一面哭一面诉说道："父亲，你不孝女儿，做梦一般认贼作母过了二十几年。天可怜，今天拨云见日，才见我生身老父。父亲呀！你不孝女儿痛死、悔死了！"

女罗刹急痛攻心，竟晕厥过去。楼下一班家将原是一个个把马鞍当坐具，抱头打盹，被楼上哭声惊起，一齐抬头愕视，摸不清怎么回事。

沐天澜顾不了许多，急伸手抱住女罗刹，轻声急喊："罗姊醒来，罗姊醒醒。"

桑苧翁也是老泪纷披，长须乱颤。

女罗刹被沐天澜在她胸口抚摩了一阵，悠悠哭醒，一见自己偎在沐天澜怀内，突又跳起身来，扑到桑苧翁身前，哭喊道："父亲，你把我可怜的母亲葬在何处？马上领女儿去，可怜的女儿见不着我可怜的娘，也让我拜一拜娘的坟墓。"

桑苧翁说："傻孩子，你且定一定心，你娘的坟墓自然要让你去拜奠，使你娘在九泉之下也可瞑目，但路途尚远，不必急在一时。倒是你怎么样进了沐府，和沐贤契怎样结识？在你老父面前不要隐瞒一字，为父的自然替你们做主。"

桑苧翁这话一出口，两人心里勃腾一跳，面上立时彻耳通红，同时心里明白，两人举动已落在老父眼内，尤其女罗刹急痛之际，万料不到刚认识的生身老父会问到这上面去，教自己如何回答？只羞得一个头低在胸前直不起来。

这其间沐天澜心口相商，明知图穷匕见，当前局势除去坦白直陈以外，已无别策，也顾不得楼下众目仰视，事实碍口，只好硬着头皮，自己跪在桑苧翁面前，悄悄喊声："岳父，小婿有罪，求岳父宽宥，才敢面陈。"

哪知桑苧翁洞察若观火，并不惊奇，而且笑容可掬，一伸手拉起沐天澜，低声说："你们都替我照旧坐着，免得楼下随从他们大惊小奇，你们只把经过的实情，实话实说好了。"

沐天澜立起身时，偷眼一瞧这位老丈人眉开颜笑，毫无愠意，胆气立壮，竟把自己得到父亲噩耗，如何路过椒山，偷听苗匪说话，如何杀死普明胜，碰着戴人皮面具的黑牡丹，如何女罗刹从中救护巧得父头，如何同回庙儿山，即夕成为夫妻，次日如何同黑牡丹交手，如何回沐府拜见哥嫂，先后经过，一五一十都说了出来。

桑苧翁听他说完以后，微一思索，摇着头叹了口气说："好险，好险！造化弄人，真是不可思议！万一黑牡丹不先下手，我这女儿做梦一般，便要变成大逆不道的罪人。果真这样，我也无法宽恕我自己的女儿了。虽然如是，我女儿从前寄身匪窟，所作所为都带贼气，也是一个罪人，但是贤婿……你……我此刻竟认你是我娇婿了，如果被念子曰、读死书的村学究听去，定必要骂我一声'昏庸背礼'，一个热孝在身，一个身担匪逆，一无媒妁之言，二无父母之命，这是野合，老糊涂竟口称贤婿，也是乱命，都是名教罪人，该死该死……"桑苧翁说到这儿，顿了一顿，突然哈哈一笑，伸手把胸前长髯一拂，向两人看了一眼，微微自语道，"珠联璧合，无怪其然，什么叫野合？太史公说孔老夫子还是野合的产品哩，老夫当年便是过来人。"

他这么喃喃自语，沐天澜却听得逼真，几乎笑出声来，肚内暗暗大赞，这位泰山真是圣之时者也，但愿我老师滇南大侠也这样通权达变才好。

正在得意忘形，猛听得桑苧翁一字一吐，很庄严地问道："贤婿，你们一往情深，一厢情愿的当口，难道把外屋桌上供着的人头，真个心里忘得干干净净了么？这一层在情、理、礼、法各方面，老夫实在无法回护了。"

这一问，无异当头棒喝！而且一语破的，直抉病源。

沐天澜顿时燥汗如雨，恨不得面前有个洞钻下身去，半晌开不了口。

正在大僵特僵之际，身旁女罗刹已发出银铃般声音：“父亲，你老人家不要责备他一个人，大半还是女儿的不是。可怜你女儿寄身贼窝许多年，守身如玉，没有辱没了见不着的父母，自从碰到了他，女儿像做梦一般醒了过来，以前种种悔恨欲死！恨不得马上脱去贼皮，得成正果，只知道把这个身子、这条性命马上交付他，其余的事也顾不得细推细想了。”

桑苧翁一声长叹，喃喃自语道：“世上本来只有人欲，千年礼防，一决即溃。此中消长之机，很是微妙哩。”他沉默了一忽儿，向沐天澜道，“贤婿，你不要怪我对于自己女儿并不责备。贤婿，要知道我已没法责备她。让她混迹在贼窝许多年，没有机会受良善家庭的教育，非但对不起你死去的岳母，也对不起我女儿，教我还说什么？现在过去的不必再提了，你们已成夫妇，以后不必再藏头露尾。你想我一见便瞧出八九，你们哥嫂和别人定已肚内雪亮，何必自己骗自己呢？好在贤婿的师尊滇南大侠生平玩世不恭，比老夫还要通达，老夫和他见面时代为说明便了。”

桑苧翁这样一开解，沐天澜、女罗刹总算过了明路，双双跪在桑苧翁面前，重新正式叩见了一次。其实桑苧翁心里乐得了不得，面前非但得了丰姿绝世的娇女，同时得了英挺秀伟的东床，平生心愿霎时俱了，其乐可知。等她们拜罢起来，把自己背上犹龙、飞龙雌雄合股剑解了来，递在女罗刹手内，笑着说：“我从此用不着兵刃，背着这两柄剑云游各处，原为的寻到你时交付与你。你背上双剑，虽非凡品，定不及这双剑的珍贵，其中一柄犹龙剑是你母亲遗物，你背在身上如同见着你母亲。”说罢，又从怀中掏出一本书来，交与沐天澜说，“这是我亲笔著述的《风雷剑诀》，你们两人可以共同研究，将来我有暇时再亲身指点传授。”两人拜领了书、剑，窗外天光已现鱼肚白色，不知不觉度过了一宵。

沐天澜、女罗刹要求桑苧翁同赴金驼寨。桑苧翁说：“我已立志，两桩心愿一了，不再预问世事。不过你们口上所说挟制独角龙王的罗刹夫人，事颇奇特，我虽然推测了八九，但也不敢十分确定，我想去暗地探明一下，证明我推想的对不对。探明以后，定必到金驼寨通知你们，算是老夫帮你们一次忙，但绝不伸手管你们后一辈的事，这要预先声明的。当真，女儿，你从此不能自称女罗刹的匪号了。”

女罗刹说：“听父亲说过，女儿小时原名幽兰，从此改用这两字了，但是父亲真姓真名还没有向女儿说明，父亲，你真姓桑么？女儿从此称桑幽兰好了。”

桑苧翁摇头道：“这是我道号，你父亲的原姓名，连我自己都不愿提起。你母亲姓罗，你丈夫姓沐，你愿意用哪一个姓，随你自己意思好了。”

女罗刹看了沐天澜一眼，向他笑着说：“天下真有这样凑巧的事！到你家里去，被你剪头去尾，胡替我起个姓，称我罗小姐，现在我用母亲的姓，真个是罗小姐了。”

沐天澜悄悄说：“不，你是沐门罗氏。”

桑苧翁面对着这一对鹣鹣鲽鲽，回想自己二十年以前的旧梦，不禁黯然出神。

天光大亮，东方高岩上晓雾散净，吐出一轮红日，桑苧翁独自先走，约定两三天在金驼寨会面。桑苧翁走后，沐天澜、罗幽兰（从此女罗刹改称罗幽兰）便率领家将们离开破庙，向滇南赶路。当天起更时分到了金驼寨，在映红夫人盛筵招待之间，讲起半路碰着一位老前辈事情，便把破庙内一夜深谈，删繁摘要地略述所以。（紧接第一集第九章线索）

映红夫人听明白了其中经过，心里暗暗称奇，不免朝罗幽兰多看了两眼。可笑罗幽兰正嫌沐天澜心直口快，虽然删繁扼要，仍不免透露了几分难言之隐，一双剪水双瞳，正变作百步穿杨的羽箭，直注沐天澜。他中了这支冷箭，心里一阵哆嗦，顿时哑口无言，可是这一番情景，却被同席的映红夫人、璇姑等看在眼里了。

映红夫人慌替沐天澜解围，向罗幽兰说：“恭喜姑娘！难得父母重逢，姑娘已经有一身了不得的本领，又得到世外高人的慈父，这样福分真是常人得不到的。为了我们的事，又蒙老前辈亲身前往，连我们都沾姑娘的光，我这里先向姑娘道谢了。”说罢便起身向罗幽兰深深致谢，龙璇姑也离座替罗幽兰斟酒。

大家一阵谦逊，话题转到独角龙王深谷遇险的事情上去，谈谈说说，宾主尽欢，席散时已到了鱼更三跃时分。饭后，映红夫人胞兄婆兮寨土司禄洪，陪着沐天澜到后寨相近偏院内看望金翅鹏的伤势。这时金翅鹏虽经本地外科医生敷药救治，依然昏昏沉沉，神志未复，无从慰问，只好退出，仍然回到内寨正院。

滇南苗寨房屋，大小不一，大概倚山筑寨，树木为栅。像龙家金驼寨土司府却是半苗半汉的建筑，体制较崇，占地颇广，围墙峻厚，望楼四角，前寨后寨，屋宇深沉，而且警卫森严，颇为威武，无异一座小城池。

映红夫人对于沐二公子沐天澜视同恩主，特地把后寨居中正屋的几间楼房，铺设得锦绣辉煌，而且体贴得无微不至，特地指定中楼两间有门相通的房屋，作为沐天澜、罗幽兰分居憩息之所。自己和女儿璇姑、儿子龙飞豹子退居到偏楼去，又把沐天澜带来二十名家将安置在楼下侧屋内，以便两人随时差遣，又下令寨内，选就勇干精细的头目，率领干练苗卒，全身武装，前寨、后寨分班巡逻，昼夜不绝。

次晨，沐天澜从罗幽兰房内回到自己卧室，猛见临窗书案上，搁着一件晶莹夺目，光彩非常的东西，东西底下，镇着几张褪红薛涛笺，笺上写着一笔类似瘦金体而又羼杂章草的书法，飞舞娟逸，波磔通神。沐天澜吃了一惊，先不看笺上镇物，慌拿起几张薛涛笺，仔细一瞧，上面写着：

妾阅人多矣，世间不乏美男子，然秀于外者未必慧于中，大抵气浊神昏、禀赋脆弱之流。造物吝啬，全材难得如此。近年伏处滇南，时于黑牡丹、飞天狐辈口中，道及沐二公子盛名，此辈多皮相，耳食而已。及得谍报，趋从南来，预伏道左，得睹光彩，始惊毓秀钟灵，近在咫尺，果一秀外慧中，翩翩浊世之佳公子也。复奇造化小儿，故施妙腕，于千万人中，独使草莽尤物，拔帜先登，且复连辔并驾，使滇南苗疆儿女启踵延颈，看煞卫玠，妒煞夷光。然而金屋阿娇，已成祸水，红颜命薄，预伏杀机，盖阿迷猓族，敌忾同仇，誓欲焚香捣麝，死君床头人而泄愤，祸不旋踵，行且危及公子矣。妾不忍坐视，不速而来，思欲晋接梁孟，贡其心腹，不意锦帐半垂，巫山云断，卿卿我我，鸳梦方酣。在床头罗刹欲仙欲死之时，正门外罗刹匿笑却步之际，幸妾解人，未惊好梦。使仇者阑入，情何以堪，慎之慎之。案头笔楮精雅，烛未见跋，聊书数行。辟邪剑暂乞赐玩，留质身佩玉狮子一具，其人如玉，其勇如狮，敬以玉狮子雅号奉赠何如？日落邀君于异龙湖畔。龙家细事，得公子一言事立解。公子信人，毋劳延伫，倘伉俪偕临，使草野蒲柳，得亲炙绝代佳人，尤所企幸。罗刹夫人写于龙窟云雨之夕。

沐天澜把这几张信笺，反复细瞧了好几遍，面上红一阵，白一阵，惊奇、钦佩、惭愧、忧虑种种情绪，同时在他心上翻腾，弄得他如痴如呆，半晌回过头去，一瞧自己锦榻上挂着的辟邪剑，连鞘带剑果然失踪，慌拿起镇纸的玉狮子仔细鉴赏，通体晶莹透彻，色逾羊脂，雕琢精致，细于毫发。最奇通体雪白无瑕，唯独一对玉狮眼，赤如火齐，光芒远射，确是稀世之宝，却猜不透罗刹夫人肯用这样宝物留下做押，把自己辟邪剑拿去，是何用意？笺内语气，似乎暂时拿取鉴赏一下，并非玉狮换剑，举动一发难以捉摸，最怪笔法秀逸，才情渊雅，而且风流放诞，情见乎词。天下竟有这样多才的女子，又是这样的奇特人物。猛想起她在这间屋内，从容自若地写下这许多字，我们睡在隔室竟像死的一般，全未觉察，内外又通宵巡逻不断，竟被她来去自如，这种飞行绝迹的功夫，也实在太可怕了，忍不住又拿起几张信笺，仔细推敲，想从文字中推测罗刹夫人究系何种人物，飞身入室，是善意还是恶意。

他读到“床头罗刹欲仙欲死，门外罗刹匿笑却步”和下面“其人如玉，其勇如狮，敬以玉狮子雅号奉赠”几句雅谑，连着一想，情知昨夜春光泄露，尽被罗刹夫人听在耳内，或竟看在眼里，不禁心头怦怦乱跳，万一进来的不是罗刹夫人，是黑牡丹、飞天狐一类的仇家，非但要像罗刹夫人告诫的“仇者阑入，情何以堪”，而且要危险得不堪设想了。

沐天澜想到这儿，通身冒汗，不禁对信笺内“慎之慎之”几个字，暗暗点头，暗暗感激。沐天澜立在窗口书案前，拿着这几张薛涛笺，逐字逐句，来回琢磨，全副精神都贯注在这上面，不料蓦地里从身后伸过一只雪白手来，唰地把手上几张信笺夺去。沐天澜慌一回身，才知罗幽兰悄悄从卧室出来，掩在身后，面上娇慵未褪，秀发拂肩，罗襟半掩，酥胸微露，一阵阵香泽似箭一般扑上身来。沐天澜痴痴地鉴赏秀色，新上雅号的玉狮子，几乎变成向火的雪狮子了。

罗幽兰哧地一笑，娇嗔道：“你又发的什么痴，一早起来立在窗前看这几张劳什子，嘴上自言自语的，不知叨念什么。我立在你背后半天，你通没觉察，这几张劳什子，谁写的？引得你这样发痴。”

罗幽兰嘴上说着话，一对妙目早已贯注在几张字笺上。无奈罗幽兰从小生长盗窟，识字无多，像笺上写的一笔行草和这样文字，苦于无法通释。不过她是聪明极顶的人，笺上的“美男子、佳公子”和具名的“罗刹夫人”等字迹，虽然半行半草，也可以意会而得，尤其一看到罗刹夫人的具名，立时妙目大张，口上“噫”了一声，急问道：“澜弟，这是怎么一回事？这几张字怎样来的，说的怎样话？澜弟，你快说与我听。”

沐天澜当然唯命是从，罗幽兰静静地听他解释完毕，回头向榻上挂剑的地方瞧了一眼，一伸手从沐天澜手上把玉狮子抢了过去，看也不看，塞在怀里，一对湛若秋水的妙目，一瞬不瞬，向沐天澜注视了许久，鼻管里微微地哼了一声，突然问道：“还有什么话没有？”

沐天澜嗫嚅着说：“大概便是这样，没有旁的意思了。”

罗幽兰冷笑道：“未必吧！笺上写着美男子哩，佳公子哩，你怎的一字不提呢，这里边定有蹊跷。你不说，我拿去请教别人去，听说龙璇姑从小请汉儒教授，文字很有根底，我问她去。”说罢，拿着几张信笺，便要走去。

这一下，沐天澜真急了，慌把罗幽兰拦住，笑说道：“这几张字笺，如果让外人看去，真闹大笑话了。”

罗幽兰瞪了他一眼说：“你不要捣鬼，这里边有什么笑话，你说！”

沐天澜无奈，只好把不便详解的字眼，也细细讲解了一遍。罗幽兰一听，顿时彻耳通红，粉颈低垂，羞得把一个头躲在沐天澜肋下悄悄说：“都是你闹的，你这害人精，这怎么办呢？”

半晌，罗幽兰忽然哧地一笑，抬起头来，笑着说：“我们忒大意了，信笺上劝我们谨慎一点，倒是真的，可是荒山古洞，与猛兽为伍的罗刹夫人，居然有这样大才情，写得出这一笔好字，我真有点不信。”说到这儿，猛地想起一桩事来，慌把信笺向沐天澜手上一塞，急急跑回自己卧室，一忽儿走了出来，头上发已拢好，身上也结束整齐，立时向两间屋内前后窗户仔细勘查了一遍，然后推开一扇后窗，一耸身，跃出窗外翻上屋去。沉了一盏茶时，从前窗跳进室内，向沐天澜说：“这人一身轻功，与众不同，确在我辈之上。怪不得来去自如，我们茫然无知了。”

沐天澜道：“岳父去探她行踪，还没有到来，万不料她已到此，反而把我们情形，被她悄悄地摸去，而且今天约着我们在异龙湖畔会面，是善意，是恶意，一时真还捉摸不定。虽然她笺上说得冠冕，说是龙家的事，小事一段，一言可决。我推想其中定有文章，我们一毫大意不得。”

罗幽兰看了他一眼，柳眉微蹙，沉思了半晌，才开口道：“这几张字笺，经你两次解释，我才大体明白了。她笺上的话并没有假话，也没有什么用意。她定是个目空一切，本领才智样样过人的奇女子，而且是个放诞不羁、性情怪僻的女魔王，我先说在这儿，将来你可证明我推测准确的。她夤夜到此，换去辟邪剑和约你会面，不言而喻是冲你来的。谁教你是秀外慧中、唯一无二的美男子呢……”

沐天澜被她说得不好意思，摇着手说：“休得取笑，我们商量正经的。”

罗幽兰叹了口气说：“澜弟，你本是一位深居简出的贵公子，虽然在哀牢山中住了几年，可是滇南大侠庇护之下，一心精研武技，江湖上一切奇奇怪怪的事，也无非由师尊耳提面命，听了一点皮毛。现在可不一样，业已亲身历险江湖，又来到世仇潜伏的滇南，如说黑牡丹、飞天狐这班人，无论用怎样毒计对待我们，我深知他们根底，毫不可怕。我所忧虑的，便在那美男子三个字上。偏偏冷门里爆出一个罗刹夫人的怪物来，看情形黑牡丹、飞天狐和当年九子鬼母部下，大概已与罗刹夫人暗有结合，只要一个处理不当，定又发生牵缠不清、节外生枝的祸事。不是我胆小怕事，如果没有龙家的事，我真不愿你去和罗刹夫人会面，我现在只盼我父亲快来，求他老人家替我们做主了。”

两人悄悄商量了一阵，决定把罗刹夫人暗进后寨的事，向众人绝口不提。异龙湖畔约会的事，辟邪剑既被她取走，难以装聋作哑，决计到了日落时分，两人一同前去，见机行事。商量停当，唤进随从伺候梳洗已毕，便下楼和映红夫人等欢聚。表面上照常讨论挽救独角龙王的事，暗地里只盼桑苧翁早早到来。

午后，夕阳西下，沐天澜、罗幽兰推说要到跳月出事的地方，异龙湖畔游览一番。映红夫人和她兄弟禄洪便要陪同前往，沐天澜极力推辞，只要一名头目领路，却暗地吩咐自己带来二十名家将配好马匹，每名带着一柄腰刀、一张匣弩，远远跟在身后，以防不测。

罗幽兰把罗刹夫人留下的玉狮子拿出来教沐天澜藏在身边，见着罗刹夫人时送还她，以便把辟邪剑换回来。两人打算停当，便和领路头目三人三匹马出了土司府向异龙湖走来。

土司府距离异龙湖原没多远，片时到了地头。沐天澜、罗幽兰一看异龙湖风静波平，山峡倒映，两岸岚光树影，葱郁静穆，别具胜概。细问领路头目时，他口讲指画，指点着对岸东至北一片大森林后面，巉巉岩影，壁立百仞的便是插枪岩。由西至南，环绕一条峻险高岭，如屏如障，横亘天空，便是象鼻冲。象鼻冲下湖面较窄，有一座竹桥平铺水面，可以通行两岸，我家土司率领人马出猎遇险，便从这座竹桥过湖，再翻过象鼻冲高岭，向阿迷边境云龙山一条路上走的。

沐天澜、罗幽兰立在湖边依着头目指点的方向，静静打量了半晌，对岸寂无人影，大约罗刹夫人还没有来，回头向来路上一瞧，自己二十名家将，背弩插箭，骑着马缓缓地向树林里转了出来。这队家将后面矛光隐隐，似乎有一队苗兵隐身林内，双龙出水式，分向左右两面散开。

沐天澜立时明白，这队苗兵定是奉了映红夫人之命，来保护自己的。罗幽兰也看出来了，悄悄向沐天澜耳边说："我们虽然不能不防着一点，但也不能被罗刹夫人轻视我们，让人家笑我们没有胆识，轻举妄动。"

沐天澜想了个主意，招手叫那头目过来，对他说："我们随便出来游玩一下，这儿是贵寨辖境，大约不至有什么风险，再说我们带着防身兵刃，也不怕有人行刺。你去吩咐他们，和我们家将一齐隐在树林里，不必出来。你自己也不必跟着我们，我们过桥去随便看一下，便回去了。"

那名头目不敢违拗，撤身进林依言知会去了。

沐天澜阻止了那队苗卒和领路头目，便和罗幽兰缓缓向那座竹桥走来。过桥一片森林，穿林一条黄泥路直通到象鼻冲的岭脚。两人信步向这条路走去，不知不觉走到了岭脚，抬头一看，此处岭巅并不十分高，岭上松风谡谡，颇为清幽，岭脚也有一条山道，曲曲地通到岭上。两人一想既然到此，不妨走上岭去，瞧一瞧岭那面是何景象。据说通到罗刹夫人隐迹的荒谷，便须过岭去，也许她从岭那边过来。她是否一人赴约或者带着羽党同来，先在岭上等候，一望而知，也可预作打算。

这样一计算，两人便加紧脚步向岭上走。到了岭腰，回头一看，自己带来的家将，把马留在林内三三五五已踅过桥来，两岸桥头上，也有几个背标枪、跨苗刀的寨卒守望着了。

罗幽兰道：“只要不到跟前来，随他们去吧。”

两人仍然向岭上走去，走到离岭巅没有多远时，蓦地听到岭上不远处所，突然起了一种婉转轻飏的歌声。

这种歌声，一听是撮口作声而出，却不是信口长啸，居然抑扬顿挫，自成宫商，比发自丝竹还要悦耳赏心，有时曼声低度，余韵摇曳，听之回肠荡气，神魂飞越。两人凝神细听，不忍举步，不料一曲度罢，截然中止，两人急欲探明是谁，飞步上岭。

第四章 祸　　土

沐天澜、罗幽兰两人到了岭上，一瞧当面密层层一片松林，西面斜阳穿入林内，满地尽是树影子，哪有半个人影？两人走进林去，这片松林足有一箭路长，不知歌声从何而来？正想得奇怪，忽听得歌声又起，这一次却听不出是撮口作声，轻圆娇脆，发自喉舌，而且字正腔圆，动人心魄，明明是个女郎珠喉，可是歌声摇曳高空，好像从云端里唱出来一般。

两人侧耳细听，只听她唱道：

没来由，撞着你。
害得我——魂惹梦牵，想入非非。
往常心似铁——今番着了迷。
从今后——万缕情丝何处系，从哪儿说起？
恨起来——咒得你魂儿片片飞。
咳——你——你——你！

歌声如莺啼燕语，字字入耳，两人都听得呆了。

这段歌声刚歇，微听得起了一阵娇笑的声音，一忽儿又听得唱道：

一个是魂飘飘——只图着心坎儿温存，眼皮上供养，
一个是情绵绵——一味乔装着莺娇模样，
怎的不思量——虎穴龙潭，当作了风流销金帐，
哪知道——恶狠狠的狭路冤家，要血溅鸳鸯，
这其间——偏碰着杀人如草的奴家，热棘棘地软了心肠，
没奈何——管一管这篇风流账！

歌声一止，笑声又起，这一次笑声有点异样，咯咯地笑得那么花枝招展，风骚入骨，可是沐天澜、罗幽兰已无心理会笑声，听得几句歌词，不禁心头乱跳，惊疑万分，明明特意编成对景的歌儿，特意唱给两人听的，唱的是谁，不用说，没有第二个人，定是昨夜留字的罗刹夫人了。两人一想到唱的是她，朝着笑声发处，飞一般向前穿出林去，不管有无危险，好歹要瞧一瞧罗刹夫人是怎样的一个人物。

两人一先一后蹿出这片松林，露出十几丈开阔的一片黄土坪。坪上矗立着一株十余丈高的参天古柏，树身两人抱不过来，轮囷郁茂，形状奇古，独有一枝铁干飞龙般倒垂下来，贴地而游。数丈以上，夭矫盘屈的枝条，龙蟠凤翥，飞舞高空，黛色如云，垂荫全坪，一股清香，沁脾醒脑。

这种千年古柏很是少见，两人不免仰头观看。猛听得最高层柏树巅上，银铃般一阵娇笑，似乎向下面娇喊一声“两位才来”，娇音未绝，从叶帽子飞起一条俏影，两臂分张，头下脚上，燕子一般从十几丈以上的高空飞泻而下。

飞下的地方，正是贴地横行的枝梢上，离枝梢还有七八尺光景，看她并不翻胸拳腿，只身形微微一缩，看不出用什么身法，业已变为头上脚下，身形一落，仅在叶帽子上轻轻一沾，唰地又腾身而起，人已飘飘地立在沐天澜面前了。

定睛瞧时，只见她穿着一身苗妇装束，自己的辟邪剑斜在身后，绣花的包头布帕，绣边的蓝布衣裤，下面圆肤六寸，净袜布鞋，一身普通的苗装穿在她身上，便觉得异常的熨帖，异常的甜俏。头帕下面，一副容彩照人的略长鹅蛋脸，蛾眉却扫，脂粉不施，五官位置活似龙家璇姑，不过她凤眼含威，斜眉带煞，樱唇菱角，瑶鼻通梁，便觉得宜嗔宜喜之中隐含肃杀之气，和龙璇姑春风俏面，犹带稚气，便不同了。

这时，苗装女子觉得沐天澜一对俊目，一瞬不瞬地打量她，不禁眼波流转，嘴角微翘，不由得对他嫣然一笑，露出编贝似的一口细牙。这一笑不要紧，沐天澜顿时心头怦怦乱跳，而且吃了一惊。

原来他知道她定是罗刹夫人了，不免仔细打量，起初觉得丰韵虽好，微嫌英气逼人，怎及我罗幽兰艳丽如花。不料对面的罗刹夫人朝他嫣然一笑，这一笑，好像她面上平添出无穷媚态，而且其媚入骨，难以形容。平时罗幽兰未尝不笑，笑亦未尝不媚，此刻和罗刹夫人笑容一比，便觉幽兰笑时姣而非媚，罗刹夫人才够得上古人说的“一笑百媚生，六宫无颜色”了。

他这样心里暗暗翻腾，无非在俄顷之间，可是罗刹夫人秋波如电，早把初出茅庐的美男子，从头到脚，从外到内，鉴赏得一览无遗。她心里似乎起了微波，面上不断地露出笑容，耳朵上垂了一对龙抢珠的环子，随着身子荡漾，也增加了满身笑意。

沐天澜领略她笑的姿态，似乎种种不同，从笑里表现的媚态也刻刻变样，真有“侧看成岭，横看成峰”之妙，未免暗暗惊奇，才知女人的笑，有这样大的变化和奥妙。也许一个丑女子，只要笑得神秘，笑得到家，也许可以变丑为俊。虽然世上有不少女子，笑起来比哭还难看，那只有怨天公不作美，无法改造了。

这当口，两人和罗刹夫人对了面。沐天澜看她朝自己笑得这样神秘，连带想起了昨夜留下风流放诞的文字和“美男子”“玉狮子”的雅号，以及刚才听到的回肠荡气的歌声，未免神态有异，猛地警觉身边罗幽兰默不出声，眈眈监视，慌不及收摄心神，先开口道：“昨夜尊驾光临，有失迎迓。此刻同内子罗幽兰遵约前来，未知有何赐教?”

罗刹夫人含笑点头，伸手把背上辟邪剑褪下，双手送了过来，笑着说：“尊剑尚非凡品，却也不是神品，昨夜顺手牵羊，不告而取，无非借剑引人罢了。倒是我留下的玉狮子，是个人世罕见之物。但是两位不要多疑，这不是鼓儿词上，才子佳人互换表记的行为，两位如故要从这面上着想，那是大错特错，而且是笑话了。”说罢，笑得风摆荷叶一般，一面笑，一面把剑递了过来说，“现在原物奉璧。”

沐天澜接过了辟邪剑，没做理会处，身旁罗幽兰两只眼盯住了罗刹夫人，看她笑得这样风骚，心里有气，向沐天澜瞪了一眼，发话道：“人家东西，还不掏出来还人家?”

沐天澜慌不及把剑系在身上，伸手向怀里去掏玉狮子，还没有掏出来，罗刹夫人突然笑容尽敛，面色一沉，倏地往后一退，凤目似电向两人一扫，盯在沐天澜面上，朗声说：“玉狮子是你们家里的东西，理应物归原主，二公子难道不认识自己宝物么?”

此话一出，罗幽兰初进沐府，当然不知沐家的东西，可是沐天澜也莫名其妙，暗想这玉狮子自己没有见过，就算是自己家中宝物，何以会落在她手上呢？

罗刹夫人又开口了："看情形二公子没有见过此物，话不说不明。前几天阿迷黑牡丹拿着这件东西孝敬我，问她何处得来，她说夜进沐府割取人头时，从你尊大人项上取下来的。她既然一番诚意送来，我只好勉强笑纳。其实我不像九子鬼母，喜欢收集珍宝。事情凑巧，昨夜进了你们洞房，恰好此物佩在身边，顺手留下镇纸，借此物归原主，也免得我身上沾着不愿意沾的血腥气味。经我这样说明，你就不必往外掏那劳什子了。"

两人听了都吃了一惊，想不到这件东西还是自己父亲贴身的佩物，大约自己哥哥沐天波也没有留意，所以没有提起过。沐天澜碰到这位神秘的罗刹夫人，一举一动都出人意料之外，竟分不清是敌是友，应对之间未免有点不大自然，但是人家一番好意，把父亲遗物送还，不由得拱手称谢，称谢以后，又觉无话可说了。

这当口，罗幽兰忍不住了，冲着罗刹夫人侃侃地说："我们从昆明到此，谁也知道是为了金驼寨龙土司的事。事情凑巧，我们到此头一晚便蒙你亲身光降，又约我们到此聚会，我们能够会着你这样女中豪杰，我们可算得不虚此行了。好在我们素昧平生，谈不到恩仇两字，我们既然有缘相逢，尊驾本身对于金驼寨也没有什么过节，人生何处不相逢，得了便了。我们求你放宽一步，彼此交个朋友，把龙土司的事就此做个了断好吗？"

照说罗幽兰这番话说得非常得体，非常委婉，哪知道罗刹夫人听了这番话，朝罗幽兰看了一眼，面上微微一笑。

说也奇怪，罗刹夫人面上的笑容，虽然同是一笑，却有许多变化，朝沐天澜笑时，笑一次，增添一次的媚态，而且笑时，两边嘴角总是往上微翘时居多。这一次对罗幽兰笑时，便变了花样，两面嘴角不往上翘，却往下撇，眉梢眼角反而添了几分煞气，皮笑肉不笑的，笑得那么冷峭，而且一笑即逝，面现秋霜，立时发出铃铛般嗓音，劈面便说了一句："你错了！泥菩萨渡江，自身难保，你们还有工夫管龙家的事？不错，我和龙家没有过节，我也犯不着替黑牡丹、飞天狐冤冤相报，龙家的事其中另有别情，请你们暂时闷一忽儿。昨晚我暗进龙家内寨，此刻约你们相会，和龙家的事一点不相干，可以说一半为了你们，一半我想见识见识你们这一位——"她说到这儿，眼珠滴溜溜一转，转到了沐天澜面上，不由得瓠犀微露，嘴角又慢慢向上微翘，立时变成一种神秘的媚笑。

罗幽兰对她并没有什么恶意，只恨她面上阴晴不定，恨她笑得这样神秘、这样狐媚！她这样笑法，准可使男子丢了魂。自己这一位便被她笑得有点着了魔，恨不得在她笑时，嗖地拔出宝剑来，在她面上划个血淋淋的十字，看她还媚不媚！

在罗幽兰咬牙暗恨当口，罗刹夫人又接着说道："现在把事情搁在一边，沐二公子是哀牢山滇南大侠葛乾荪的高足，你是峨眉派嫡传名震六诏山秘魔崖的女罗刹，尤其是你身边带着江湖丧胆的透骨子午钉，我们总算有缘，我想见识见识你们两位武功。不过话要说明，两位不要起疑，我和黑牡丹、飞天狐虽然有点交往，没有什么大交情，我和你们两位却有点渊源，将来你们自会明白。我学的功夫，和两位大不相同，以武会友，我们不妨彼此印证一下。两位尽管使用随身利器，两位最好一起上，免得耽误工夫。千万不要手下留情，瞧我接得住接不住，随便比画几下，我还有许多话和你们说呢。"

这一来，两人真有点瞧不透了。你要猜她居心不善，她明明说得牙清口白，和黑牡丹等没有多大交情，还说和我们倒有点渊源；如说是善意，为什么定要较量一下，再和我们谈话？而且口气这么大，仿佛把两人当作小孩子，叫他们一起上，还指明要见识见识两人剑术和暗器，暗地打量她一身粗布苗装，不带寸铁，年纪也不过比两人大了四五岁的样子。

平时没有听到过罗刹夫人的名头，也不知她是何宗派、何人传授，刚才见她从树上飞下来，轻功确系与众不同，即使得过高人传授，凭我们两人还能被她较量下去吗？瞧她谈笑自若，目无余子的神气，简直不把两人放在心上。罗幽兰第一个心头火发，沐天澜也有点嫌她过于狂妄，两人眼神一打照会，沐天澜自问是贵胄公子、大侠门徒，怎能夫妻同战一个女子，被人说笑，一步上前，拱手说道："在下虽从名师，苦无心得，女英雄定要叫我献丑，只好奉陪。不过敝恩师时时告诫，红莲白藕，武术同源，同门同派，尤忌轻意出手，我们和女英雄初次相会，平日毫无仇隙。女英雄师门宗派，务必赐示一二，以免冒昧。"

罗刹夫人听得不住点头，微笑道："二公子谦恭温雅，的是不凡，而且不亢不卑，语语得体，凭你这一番话，我真有点不好意思和你比画了。不过公子所虑的恐怕违背师训，这一层可以不必顾虑。因为我身上一点粗功夫，半由禀赋，半由师传，连我自己也不知道出于哪一派、哪一门，我这话任何人不会相信，既有师传，定有宗派。哪知道当年我老师传授我武功时，我也问过我老师的门户，她说：‘我传授的武术，与众不同，没有门户宗派，却包含着各派各门的精华。’这话骤听去似乎夸大一点，其实天下武术本来同源，后人互争雄长，互相标榜，闹得分宗立派，门户之见越来越深，遂使武术真传一代不如一代。假使泯除门户之见，把各派武术舍短取长，融会贯通，岂不集武术之大成？可是功夫到了这种境界，谈何容易，我老师也许有这造诣，我从师十余年，自问得不到师传的一半，自然谈不到融会贯通上去。不过没有门户宗派，而且我老师只传我一人，更没有同门师兄弟。我这样一说明，公子就不必顾虑了。”

沐天澜、罗幽兰听她越说口气越大，她老师究系何人，愣敢说集各派武术之大成，要想再问她师父是谁，一时不便掘根究底，沐天澜只好说一句：“女英雄高论，佩服之至，请赐招吧。”说罢，表示谦恭，趋向下风，摆出少林门户，等候罗刹夫人进招。

罗刹夫人看他文绉绉的越来越谦虚，抿嘴一笑，伸出白玉般指头，点着沐天澜笑道：“公子怎不亮剑？我是诚心讨教你师父剑术的。”

这一句话，惹得沐天澜剑眉一竖，俊目射光，暗想：这是成心看不起人，也许她腰内盘着得意的软兵刃，外面衣服盖着瞧不出来。你自己叫我亮剑，我倒要较量较量你没门没派的武术，怎样的厉害法。主意拿定，翻手一按崩簧，唰的一道寒光，抽出背上辟邪剑来，当胸一横，左指剑诀虚按剑脊，微一躬身，低声说：“在下候教。”

罗刹夫人满面媚笑，并没亮出门户，也没拿出什么软兵刃，径自袅袅婷婷地缓步走近身来。沐天澜还以为尚有话说，不料她离身三尺，突然身形一矮，左臂一圈，立掌当胸，右臂一吐，骈立中食二指，竟向他左胁软骨下点来。

沐天澜大惊，识得这手功夫，是本门少林最厉害的“点穴金刚指”，如果被她点上，气穴立闭，哪敢怠慢，慌一错身，剑随身走，“白鹤亮翅”挥剑截腕。

罗刹夫人右臂一撤，左掌下沉，竟把沐天澜手上辟邪剑视同顽铁，左掌虚向剑脊一拂，沐天澜便觉有一股潜力把剑势逼住，她却身如飘风，一转身，右腕扬处，忽变为辰州“言门鸡心拳”，向他脑后枕骨啄来。

沐天澜一甩肩头，陀螺般一转身，“玉女投梭”，举剑直刺。对面哪有敌人？同时身后有人在他耳边悄悄说了句：“稳实有余，轻灵不足。”

沐天澜猛地斜着一塌身，挥剑横斫，苍龙入海，猛又剑光贴地如流，身法屡变，疾展开师门“达摩剑法”，顿时剑光如匹练舞空，疾逾风雨。

说也奇怪，他无论用何种厉害招术，连罗刹夫人一点衣角都沾不着，只觉她若即若离的一个俏影，老是如影随形贴在身后。有时候乘虚而入，开玩笑似的，肩头上轻轻地拍一下，面颊上悄不声地摸一下。

最可笑，有一次他觑准罗刹夫人身影从身边飘过，他知道她故意戏逗，毫无敌意，这一闪身，定又贴在脑后，索性弃剑不用，倒提长剑，一个怪蟒翻身，健臂一圈，想拦腰一抱，略示报复，果然这一次无法躲闪，明明软玉温香，已经入抱，不料一阵幽香，自己嘴唇上唧的一声，不由得一阵迷惘，两臂无力，怀中娇滴滴的俏影，哧地凌空直上。沐天澜大窘之下，后悔自己也不应这样轻薄，虽然兔起鹘落疾逾电闪，难免不被罗幽兰看在眼里，恨在心头，以后如何解释？心里一急，一顿足，一鹤冲天，差不多和罗刹夫人同时飞身凌空。

沐天澜蹿起身时，原是恶狠狠劲贯右臂举剑向她身影刺去，本是一个急劲，不料剑近敌身，猛觉剑势一荡，右腕被人握住，两人竟是揽臂贴身而下，耳边还听得对方悄悄地说：“不睹沐二公子之美者，是无目也。”

她这一掉文，落下地来，沐天澜雪白的面上，已变成大红布一般，罗刹夫人虽然松了手，依然轻飘飘地俏立在身前，面上一发笑得销魂蚀骨了。沐天澜又羞又急，简直不敢看她，而且怕极了她，怕她又贴近身来，一落地来，疾展一招“撒花盖顶”，倏又转身变为“玉带围腰”，随着一塌身，剑光铺地化为“枯树盘根”，唰唰唰接连三招，势如狂风骤雨。满以为这几下，对方不易近身。

哪知他施展第三招“枯树盘根”时，微觉眼神一暗，一阵香风拂面而过，自己胸前似乎被人轻轻一按，同时听得身后远远有人娇唤道：“二公子好俊的本领，我们就此停手，不必再分雌雄了。”

沐天澜急回身看时，罗刹夫人春风满面地俏立在一丈开外，胸前玉掌平舒，托着一件晶莹夺目的东西，正是自己深藏怀中的玉狮子，竟被她神出鬼没地拿取了。沐天澜明白像她这样本领，如果存心要伤害自己性命，真是易如反掌。看起来，武功一道没有止境，自己十余年师门秘传，到了她手上混同儿戏，便是自己师父来也未必定占胜算，难怪她大言不惭了。这一来，闹得他又钦佩，又羞愧，讪讪地竟说不出话来。

这当口，旁观者清，罗幽兰已看出罗刹夫人实有特殊的功夫，非常人所能及，自己上去也未必有把握，可是心有未甘，不如用自己独门暗器“透骨子午钉”试她一试。她在沐天澜交手时，预防罗刹夫人心怀不善，早已手抚镖袋，远远监视着，这时沐天澜一停手，忍不住娇喊一声：“仔细，我也献丑了。”语音未绝，右臂一扬，一枚透骨子午钉已到罗刹夫人胸前。

这种暗器才三寸多长，笔杆儿粗细，完全用的是腕力指劲，和用机括箭筒发出来的袖箭等类，是两种门道。这种暗器练到家时，随心所欲，疾逾闪电，比旁的暗器霸道，铁布衫、金钟罩一类功夫也搪不住。偏逢到大行家的罗刹夫人，只听她喝一声：“好家伙！”玉手一扬，一枚透骨子午钉已夹在中食二指之间，还朝着罗幽兰点头笑道，“发一支两支，没有多大意思。你镖袋里有的是，通通施展出来，让我瞻仰一下。”

其实她这话是多余，在她张嘴时，罗幽兰早已手不停挥，用最厉害手法，连珠般发出五枚透骨钉了。五钉所向，专向罗刹夫人两目咽喉心口等要害，而且手法迅速，差不多同时袭到。

好厉害的罗刹夫人！一手拿着玉狮子，一手拈着一支透骨钉，身子不离方寸，只身形往后一倒，脚似铁桩，整个身子和地面相差不过几寸，比平常铁板桥功夫又高得多。五支透骨钉哧哧哧，早已支支落空，飞向身后。

罗刹夫人身子一起，尚未站稳，不料站在一丈开外的罗幽兰，又是一声娇喝：“这是最后一支了。”狡猾的罗幽兰，暗器出手之后才故意娇喊一声，这边声刚出口，那边暗器已到罗刹夫人跟前。

这一下罗刹夫人也够险的，却看她微一侧身，樱嘴一张，巧不过正把一支透骨子午钉，用香口噙住。罗幽兰吃了一惊，不等罗刹夫人开口，慌自找台阶，一耸身飞跃过来，没口地大赞：“好本领，好功夫！罗刹姊姊，我们真钦佩得难以形容了。”

罗刹夫人朝她看了一眼，从嘴上拿下子午钉，两支子午钉一齐托在手上，看了一看，向罗幽兰点头道：“好聪明，好厉害的小姐，我算认识你了。我一大意，错一点，上了你的大当。可是你为什么不用喂毒的子午钉出手呢？据黑牡丹告诉我，你镖袋里藏着两种子午钉的。英雄怕掉个，说实话，我要在你地位，未必有这样大量。这一层，我要存在心里的。”

说罢，她向罗幽兰哧地一笑，却把手上的玉狮子朝沐天澜一晃，笑着说：“喂，以后咱们相逢，我就叫你这雅号‘玉狮子’了，满嘴公子公子的多俗气。”说了这话，才把玉狮子和两支子午钉，一齐向罗幽兰手上一塞，笑说，“这玉狮子真是难得宝贝，你好好地收藏着，不要再落在人家手上了。”

罗幽兰听得心里一动，似乎这句话别有用意，一语双关似的，但也不便再说什么，收起了玉狮子和子午钉，趁势走过去，向地上捡起另外五支透骨子午钉，一齐藏入镖袋，回身一瞧，罗刹夫人已向那株古柏走去，到了树下，翻身向沐天澜、罗幽兰举手乱招，娇唤着：“两位快来，我们坐在这树根上，谈一谈。”

两人知道她必有话讲，一齐走去。恰好四面树根，地龙一般，此伏彼起，透出土面，略一拂拭，大家品字式坐了下来。这时太阳已没入地平线下，除出西面峰背尚余一抹残霞，其余方向的林麓岩腰，雾气沉沉，晚色苍茫，异龙湖对面碉寨之间，炊烟四起，灯火隐没，转瞬便要星月在天了。

罗刹夫人说道：“我们略微游戏了一阵，便已入夜，真是光阴如流了。”刚说到这儿，对面松林内步声杂沓，跑出七八名沐府家将和两名土司府的头目，步趋如飞，奔过来向沐天澜、罗幽兰俯身行礼，嘴上说道：“府内到了一位道爷和一位老禅师，土司夫人已经好几次派人请公子回府，下弁们知有贵客在此，不敢上来禀报。刚才土司夫人又派人飞马催请，说是府内摆设盛筵，替新到道爷和那位禅师接风，专等公子和罗小姐回去入席。下弁们一看天色已晚，只好上来请公子回府了。”

沐天澜明白新到道爷，定是自己丈人桑苧翁到了，同来的老禅师，却不知何人，照理应该马上回去才对，无奈龙土司性命在这位女魔王手上，好歹要探个着落，心里一阵犹豫。

罗幽兰却接口道：“我想请这位罗刹姊姊同到金驼寨去盘桓一下，龙家的事且放在一边。罗刹姊姊的功夫，我实在佩服得了不得，我妄想高攀一下。”

她这番话意思是朝沐天澜说的，其实想探一探罗刹夫人口气，而且用意非常深妙，真想把她拉去和自己父亲见面，借此探明她的来历，一面想法拉拢她，解开龙家的钮结，而且还可从她口上设法探出黑牡丹等仇家，对待自己怎样下手，她这样说时，沐天澜立时领悟，很至诚地请求罗刹夫人一同驾临金驼寨。

罗刹夫人向两人一使眼色，沐天澜会意，一挥手叫家将们先行退去。家将一退，罗刹夫人开口道："两位盛意我非常感激，我本来有许多话和两位细谈，现在两位急欲回去，只好另日再谈了。两位要我回去，我和诸位毫无怨仇，本无不可，不过龙家的事其中略有纠葛；如果同两位到了金驼寨土司府内，我虽不怕龙家对我发生意外举动，可是万一发动，两位处境便为难了。再说，我和龙家本来没有什么过节。我把龙土司和几十名苗卒扣住和通函禄映红有所要挟，说穿了，并非替九子鬼母旧部挡横，借此报复。这种趁人于危的举动，我是不屑干的。我所以这样做，其中另有文章，而且是合乎天理人情的。这里边的巧妙我很想向两位说明，却不便在金驼寨内向大众宣布。如果我一宣布，于我无益，于龙家的威风便要扫地了。有这几层原因，所以我暂时不便同两位前去。现在这样办，两位只管回去，到了三更时分，我再做一次不速之客，和两位促膝谈心，但是两位不嫌我惊扰好梦吗？"说罢，电光一般的眼神，向两人面上一扫，面上又露出神秘的媚笑来。

沐天澜、罗幽兰只好报之以微笑，当下和她约定三更再见，立起身来告别。两人已经并肩走开了一段路，忽听身后娇唤："玉狮子回来。"沐天澜转身一瞧，罗刹夫人在柏树下向自己直招手，只好再走近前去。喊的是"玉狮子"，其势罗幽兰不便同往，只好停步等他。

沐天澜到了树下，罗刹夫人眼波欲流，向他看了又看，缓缓地说："我刚才说的龙土司一档事另有文章，在我没有对你们说明内情以前，千万不要随便乱说，你明白我的意思吗？"沐天澜点点头，表示领会。罗刹夫人又笑道，"刚才我们交手时，我有点游戏举动，你不恨我吗？"沐天澜对于这位女魔王，心里真有点发慌，红着脸嗫嚅半晌，才说了两个字"不恨"。

罗刹夫人死命盯了他几眼，不知为什么，忽然又叹了口气，低声说："好，记住我的话，你回去吧。"

罗幽兰远远立着，虽然听不清他们说的什么，一对秋波却刻刻留神罗刹夫人的举动，等得沐天澜回到身边，两人向岭下走去，罗幽兰问道："她叫你回去说什么？"

沐天澜把嘱咐的话说了，罗幽兰又问："还有旁的话吗？"沐天澜一跺脚，摇着头说："咳！这女魔头！"

罗幽兰叹口气说："女子长得太好了，古人称为'祸水'；男子长得太好了，叫什么呢？我想叫作'祸土'好了。"说罢，扑哧笑出声来。

第五章　猿国之王

沐天澜、罗幽兰走下象鼻冲，渡过竹桥，领着家将们回到金驼寨内寨。灯烛辉煌，华筵盛设，上面高坐着桑苧翁，映红夫人、禄洪、璇姑、龙飞豹子都在下首陪着。桑苧翁左右空着三席，头目们高声一报："沐公子、罗小姐回来了。"映红夫人等慌离席相迎。

两人进门先向桑苧翁行礼请安，然后在桑苧翁左首并肩坐下。

罗幽兰问道："父亲，听说有一位老禅师一同驾临，怎的不见呢？"

桑苧翁笑道："这位老禅师不是外人，便是川汉交界黄牛峡大觉寺方丈无住禅师。遇蟒重伤的金翅鹏便是老禅师的俗家徒孙。他不知从何处得知金翅鹏九死一生，特地赶来。因为老禅师深通医道，善治百毒，真有起死回生之妙，被我无意相逢，而且从这位老禅师口中，探出罗刹夫人来历，免我跋涉山林，所以我们一同到此。此刻无住禅师正在前面用自己秘药，替金翅鹏消毒治伤，已有不少工夫，想必便要回来入席了。"

沐天澜道："这位老禅师还是我的师伯呢。当年六诏九鬼大闹昆明，师伯和家师光降寒舍。那时我年纪还小，曾经拜见过一次。那时师伯年寿已逾花甲，现在怕不古稀开外了。我应该前去叩见，顺便迎我师伯进来入席。"说罢，向众人告了罪，离席而去。

片时，沐天澜陪着一个须发如银、满面红光的老和尚缓步而入，众人起立相迎。

老和尚嘴上连说："好险，好险！我迟到一天，我这徒孙这条命便算交代，现在大约命可保全，可是半个面孔业已腐烂，好起来也要变成怪相了。"

映红夫人不绝口地道谢，请他在桑苧翁右首一席落座，亲自敬酒。头目们把特备的素肴一碗碗地端上来，原来无住禅师虽然净素，却不戒酒，合掌当胸，不住念佛。罗幽兰在当年群侠大破秘魔崖时，也和他有一面之缘，此刻却以晚辈之礼叩见了。大家让了一阵，各自归座。

无住禅师仔细打量了罗幽兰几眼，念了几声“阿弥陀佛”，向她说：“姑娘，你是有造化的人。你们尊大人把姑娘经过已对我说过了，菩萨保佑！姑娘，你从此磨难退净，福运齐来。老僧听得痛快极了。”说罢，面前一大杯酒，咽咽几声便喝下去了。

罗幽兰慌抢起一把酒壶，春风俏步地走下席来，替老和尚满满斟了一杯，竟也叫了一声：“师伯，小辈借花献佛。”

老和尚呵呵大笑，冲着沐天澜点点头，好像说：“这声师伯，是跟着你辈分叫的。”

酒过数巡，大家吃得差不多时，映红夫人向沐天澜、罗幽兰问道：“两位刚才到异龙湖畔游览，有人来报，说是两位和一苗妇装束的美貌女子，在象鼻冲岭上交手。我听得奇怪，我们金驼寨哪有这样人物？慌派可靠的头目，前去探个实在，恰好派去人内有一个头目，便是背着鹏叔拼命逃出险地，半路碰到罗刹夫人，叫他捎回那封信来的人。他赶到岭上偷瞧你们在一起谈话，他远远认出苗装女子便是罗刹夫人，立时骑马赶来通报。我一发猜不透是怎么一回事，正想自己赶去，恰巧尊大人和老禅师一同驾临，立时把这档事向两位老前辈请教。尊大人推测两位和她谈话，定与拙夫有关，去人惊动反而不妙。后来天色渐晚，我不放心，才接连派人迎接。两位怎样会碰上她呢？”

沐天澜、罗幽兰早知她有这一问，在路上已经商量好，在未明真相以前，还是说得含糊一点的好，免得三更时分罗刹夫人到来，别生枝节，反而贻误大局。此刻映红夫人一问，沐天澜便说：“我们两人渡过异龙湖，走上象鼻冲，在一株大柏树下突然碰见了她。起初不知她是罗刹夫人，她却认识我们，而且自报名号。这人真是一个怪物，一见面便要和我们比画比画。我和她一交手，对拆了几招以后，她又突然停手，态度变得非常和平，说是‘和两位一点没有过节，两位为龙土司的事从昆明赶来，我看在两位面上，咱们不妨先商量商量，商量不妥我们再用武力解决不迟’。我们不晓得她葫芦里卖什么药，一想先探一探她的意思也好，这样我们便和她谈龙世叔的事。还没有谈出眉目来，头目们便来报两位老前辈到来。她便说龙家的事，明天约地再谈不迟。”

沐天澜说完，不等映红夫人再问，立向桑苧翁问道："罗刹夫人举动奇特，武功也与众不同。岳父刚才说无住师伯知她出身，究竟怎样的来历，可否请师伯说一说？对于想法解救龙世叔和怎样对待罗刹夫人，也容易着手。"

沐天澜这样一问，话风立时移转方向，合席的人都愿意听一听罗刹夫人的来历，都向上面两位老前辈讨下落。

桑苧翁道："你们知道现在出现的罗刹夫人是谁？说起来和我还有渊源哩。当年我在罗刹峪的一段经过，大约在座的都已明白。当年罗刹峪隐居的老罗刹夫人一病不起。她女儿小罗刹只三四岁光景，从小吃的是猿奶，平时总是那头母猿抱着玩，背着走。那头母猿虽然能解人意，总是兽类，早已把小罗刹认作自己亲生儿女，一半也是老罗刹夫人几年病得不能起床，惯得那头母猿和小罗刹顷刻不离。老罗刹夫人一死，平日供给驱使的几头巨猿没有管头，我和内子在罗刹峪内，在几头巨猿心中，当作客人一般。在老罗刹夫人死的一晚，那头母猿背着小罗刹，和另外几头公的巨猿竟是兽性发作，悄悄地走得不知去向。四五岁的小罗刹也无法反抗，竟被几头巨猿带着翻山越岭，跑到不知何处去了。那几头巨猿为什么要这样跑掉？那时我当然无法推测。直到昨天无意中碰着这位无住禅师，讲起现在出现的罗刹夫人的来历，才明白了。"

这时无住禅师喝了不少酒，兴致勃勃地笑道："以后的事我来讲吧。"

老和尚一面喝酒一面说："罗刹峪我没有到过，但是我知道离罗刹峪不远，有一处极险恶的山谷，因为从前人迹未到，无路可走，也没有地名，却有无数猩猿生长其间，那地方称为'猿国'恰当不过。罗刹峪跑走的几头巨猿，原是猿国生长，偶然跑到罗刹峪去，被罗刹夫妇用白莲教驱役兽类的法子，把跑去的几头巨猿驯服得不敢跑回猿国，愿供驱使。老罗刹夫人一死，罗刹大王又没有回去，那几头巨猿算脱离了樊笼，带着小罗刹跑回猿国去了。小罗刹跟着一群猩猿，在猿国住了四五年，已长到八九岁，人却变成猿猴差不多了。精赤着身子，遍身也长了一层茸茸的细毛，终年跟着猴子飞跃于林巅岩壁之间，平常人学不到的轻身功夫，她却在天然环境之中，很快地练到出神入化，而且一身铁筋钢骨，力大无穷，比一般猩猿还厉害，变成了猿国之王。那时她已通晓猿语，对于父母的印象已模糊不清，脑子里只记着'罗刹夫人'四个字。她在猿国里唯一人言，便是‘罗刹夫人’四个字。一般猩猿学她的样，怪声怪气地都朝她喊作‘罗刹夫人’，她自己也把‘罗刹夫人’四个字作为猿国之王的名号了。

“世上的事真是不可思议，只有我佛才能算出前因后果。假使这位猿国之王长此下去，忘记自己是人，无忧无虑地老死猿国，也就没有现在的罗刹夫人了。老天爷偏要把她造成一个世上奇特的女子，而且是一个武功异众、智慧无比、举世无双的女子。她偏有这样巧遇，在她终古人迹不到的地方，竟被一位奇人发现，使她脱却一身兽毛，把自己绝顶的武功、满腹的才学，通通倾囊传授，还带着她云游各处，历遍奇山名川，造成了现在的罗刹夫人。这只可说是老天安排，我佛慈悲了。”

老和尚说到这儿，停了一停，把映红夫人斟上满满的一杯酒，又慢慢地喝了下去。席上的人被老和尚讲得心痒难搔，急于想听下文，头一个罗幽兰先忍不住，问道：“师伯，那位奇人，究竟是谁呢？”

老和尚慢吞吞地笑道：“说起这位奇人，现在已经作古。从前我和她会过一面，可是到现在，我对于这位奇人是恶人还是好人，尚无法断定。说起我和她会面的故事，到现在想起来，我还心悸，好像做梦一般。”

老和尚这么一说，引逗得席上的人格外注意了，龙璇姑和龙飞豹子姊弟，更是急得瞪圆了小眼，几乎想说：“你快说出来吧，我的佛爷。”

老和尚还是忘不了面前的美酒，一仰脖子又是一杯下肚，嘴上还咂了咂味儿才缓缓开口说：“老僧的大觉寺在宜昌、秭归之间，小地名叫作黄牛峡，是湖北和四川交界处所，也是一个长江要口。大觉寺又在黄牛峡地势较高之处，坐在山门口，天天可以看到从上流瞿塘、巫山下来或者从下江入川的货船、客船。黄牛峡既然是个入川要口，沿江也有一点买卖，也备有过往行商息宿的酒店、宿店，有时风紧流急，许多过往船只，也常在黄牛峡停泊，热闹得像大市镇一般。

“有一年上流山洪暴发，又加上连日风雨连绵，船老大不敢冒险，江面上船只特别稀少。不料这天突然从上流急流旋洑之中，箭一般漂下一只大号客船来。这样顺水急流，居然快上加快，船头上还张着一片布帆，可是船头船尾掌篙掌舵的船老大，人影全无。两岸人声鼓噪，人头攒动，大家齐喊：‘看呀，看呀！’原来大家惊喊的是，这只船头风帆上，叠叠地挂着几个血淋淋的人头，布帆上还血淋淋地写着几个字。可惜江流湍急，船如奔马，等得众人惊喊‘看呀看呀’时，那只怪船已飞一般过去，看不清帆上写的什么字，直漂到黄牛峡下站三斗坪地方，才被沿江船户截住，由地方官相验缉凶，才沸沸扬扬传遍了沿江人们的耳朵内。

“原来那只怪船满载着金珠财宝，船上七个壮汉全数杀死，满舱血污，尸身像宰翻猪羊一般叠在舱内。尸身大腿上，个个都刺着一个八卦，而且有许多兵刃散落在舱板上，似乎经过一次剧战才被凶手杀死。最奇的都是项上一刀割下头来，身上别无伤痕。好像这七个壮汉虽然力图抵抗，却被凶手一齐制住，挨个儿砍下头来，挂在帆上，蘸着血在布帆上写着‘先杀凶党，后除巨憝。舱中不义之财，应由公正绅士充作善举，妄动者死’几行血书。当这件血淋淋的惨案传到老僧耳内，便知这是江湖仇杀的举动，不过做得太惨、太辣了！而且死者腿上八卦记号，是白莲教匿迹销声以后的一种秘密组织。这班党徒本来无恶不作，却也死有余辜，可是杀死七个人的又是何种人呢?”

老和尚说到这儿，酒杯内早有人替他斟满，又把酒杯搁在唇边上了，一杯下肚，才摇着头说：“事情真怪！一船珠宝、七个壮汉性命，非但没有人领尸领船，官面上忙碌了一阵，始终追究不出下落来。因为那只船被三斗坪的船户截住，由三斗坪首户募捐充善举，买棺盛殓七个壮士尸身，珠宝财物暂由官厅存库，查明案情以后，再行处分。三斗坪首户收殓七个无名壮士以后，又分邀高僧、高道，分批做水陆道场，超度冤魂。三斗坪本来非常冷落，这一来轰动四方，也热闹了一时。我们大觉寺的僧众，也被三斗坪首户请去礼忏，而且指名要老僧亲自出马。

“老僧主持大觉寺多年，平时和左近地方士绅，也有点来往，指名要我亲去，也没有在意。可是三斗坪的首户是谁，却记不起姓名。向来人打听，才知三斗坪绅富门第，也有好几家，这一次却是个姓左的大户为首，对于这件事，出人出财，还非常认真。当下答应来人，规定第二天率领寺僧，到三斗坪拜一天梁王忏。

“三斗坪离黄牛峡本没多远，第二天清早领着本寺僧人二十余人，带着经担法器，向三斗坪走去。走到一半路上，因为四月天气，大家走得有点口渴，便在路旁茶棚内坐下来，预备大家喝碗茶，解解渴再走路。

“我走进茶棚，一看棚内坐着一个骨瘦如柴的老尼姑，身上披一件茶褐色道袍，下面净袜草履，非常整洁，闭着眼，垂着头，膝上横着一柄拂尘，似乎在那儿打盹。我一想一班和尚里面，偏夹着一个尼姑，虽然是个龙钟老尼，也觉有点不大合适，正想催僧众们早喝早走，忽见茶棚外面闪进一个十七八岁的小姑娘来，虽然穿着一身平常的粗布衣服，天生的容光照人，而且眉目间英气逼人，步履之间也看出与众不同。

“我正觉得诧异，却见那小姑娘进棚来，便到了老尼姑身边，似乎在老尼耳边，低低地说了几句。老尼依然闭着眼，垂着头，嘴里却说了一句：‘你只记住我这话，事不干已，少管闲事。’老尼说时，旁边的小姑娘朝我看了一眼，微微笑道：‘活了这么大，也得看清了事，才敢伸手呀！’老尼又喝了声：‘多嘴！’慢慢地立起身来，由小姑娘付了茶钱。老尼一手扶在小姑娘肩上，一手提着尘拂，颤巍巍地走出茶棚，向三斗坪那面走去，始终没有睁开眼来。究竟是不是瞎子，也难断定，但是一老一小对答的话和那小姑娘的神情，我总觉得有点异样。

“我们随后付了茶钱，走到三斗坪，有人领我们到了那左姓富户家中。果然是个大户模样，可是房子造得特别，很像样的一片瓦房，却建筑在靠江边一座危岩的背后。虽然藏风聚气，可是孤零零的只有这所房子，四近并无邻居，没有领路一时真还找寻不到。屋外围着一道虎皮石墙，沿墙尽是竹林，显得那么阴沉沉的。进了围墙，走了一段两面竹林的甬道，才看见了厚厚的石库台门。进门是一块铺沙空地，走过空地，才进了一排厅屋，后面接连着许多房子。我们在厅上展开了拜忏工作，后面怎样局面便不得而知了。

“这位左富翁没有露面，招待奔走的下人们真还不少，个个是精壮汉子。厅上陈设的古玩字画，也应有尽有，不过位置摆得格格不入，显得主人绝非风雅中人。这是富户与书香世家不同之处，原是无可惊异的，但是有一点引起了我的注意：大厅中间一轴进官加爵的大堂人物画上面，又高高挂着一面刻着八卦的铜镜。江南小户人家，门口挂着避邪压煞的八卦，这是极普通的，如果大户人家大厅中间也挂起这种八卦来，便觉俗不可耐。但是我注意的不是俗不俗的问题，我看厅上的八卦，不由我不想起惨死七名壮士腿上的八卦了。

“当时无非心头一瞥而过，一心礼佛拜起忏来。照例功课已毕，天色将晚，收拾经具便要告辞。不料在告辞当口，下人们说：‘主人刚从别处回来，听说老方丈法驾亲临，感激得了不得。难得有此机会，务请方丈暂留贵步，主人马上出来陪话。’我觉得施主这样谦下，未便再坚决告退，好在这点路程，自己一人夜行反而爽利，便叫随来僧众们先行回寺。他们一走，主人又打发下人们请我到内院相见，我没法，只好跟着进去。

“转过厅屋，现出一座整齐的院子。一个五十多岁、浓眉深目、秃顶方颔的高个儿，拱着双手，降阶相迎，后面还跟着几个锋芒外露，一身精悍的年轻小伙子，也是衣冠楚楚的，含笑抱拳。我一见这几位施主，心里蓦地一动，不用问，这几位施主定是身有武功。

“大家一阵谦让，走进屋内，便在中堂落座。左施主这番谦恭真是少有，谈不了几句话，立时摆起一桌整齐的素筵，好像预先置备停当似的，让我高踞首座，也不知从何处打听明白，知我不忌杯中物，把整坛佳酿当面打开，流水般斟上杯来。我受宠若惊，被这位左施主左一杯，右一杯，灌得有点驾了云。

“我们虽然吃十方，但是平白无故地受人厚爱，心里也有点不安，虽然有点不安，还不知道这几杯酒是不易消受的。等到内外掌灯，席上也明晃晃点起几支巨烛，照得我面上也有点热烘烘的。哪知道就在这当口，左施主朝我连连抱拳，嘴上说：‘老方丈是世外高人，真人面前不说假话，兄弟从前在江湖上也混过不少年头，多少也闯出一点万儿。说起来，老前辈大约有点耳闻，“追魂太岁”秃老左便是在下。’

“他这样一报字号不要紧，我几乎把手上酒杯掉在地下。倒不是怕他名望大，武功好，我是后悔自己太糊涂，怎么喝酒喝到这魔头家里来。追魂太岁的酒，岂是随便可以喝下去的？表面上还不能不敷衍他，慌说：‘幸会，幸会！当年三湘七泽提起追魂太岁，哪一个不竖大拇指。’

“秃老左被我一恭维，面上透光，立时提起酒壶替我斟上一杯。可怜他没有报字号时，我喝得挺香，此刻他替我斟上，挺香的酒马上变成砒霜，我真不敢喝了。”

他讲到这儿，桑苧翁呵呵大笑，提起席上酒壶，替他斟满，笑说：“这杯也是砒霜，喝不喝？”

老和尚大笑道：“你请我喝的，便是真真砒霜，我也直着脖子灌下去。不信，你瞧！”说罢，举起杯来，咽的一声喝下去了。众人都笑了起来。

老和尚又说道：“笑话归笑话，那时节我真有点坐不住了。因为这位秃老左犯过江湖大忌，两手尽是血腥气，万想不到他销声匿迹了好几年，会在三斗坪出现，表面上假充富户，暗地里不知做什么勾当。想起怪船上惨死的七个壮汉，他居然邀僧聘道，超度亡魂，又住在这样江边隐僻处所，以及厅上挂的八卦，一连串疑问，都是他暗地行为的注脚，而且想起来时半路碰到老尼姑和小姑娘说的几句话来，似乎与他也有关联。

“这一心血来潮，喝下去的酒都变成冷汗，从背脊上冒出去了。最可怕的，他这样殷勤待我，定有用意。喝了人家，便像短了人家似的，所以我真难过极了。在我难过当口，那位追魂太岁秃老左，对我说：‘当年我混迹江湖，手下弟兄们难免胡来，弄得我骑虎难下，因此结了不少仇家，我后悔得了不得！因此在前几年立誓金盆洗手，住到此地，安分守己，忏悔我过去的错误。我听念书人常说，人孰无过，过而能改，便是圣贤。念佛的人也说放下屠刀，立地成佛。我听得这样的名言，高兴极了。所以我极力从这条路走。’

“他说得神乎其神，我肚里暗暗大骂，好一个‘放下屠刀，立地成佛’！满船的金珠财物，不是用屠刀屠来的是什么呢？

“他见我没有恭维他，又叹口气道：‘谁知道想做好人，也是不易。我躲在这样地方，还有人找上门来，我难过已极！从此我愿意皈依三宝，削发出家。久仰老前辈是得道高僧，拣日不如撞日，我从此刻起便拜列老前辈门下，务请老前辈慈悲，收留我没出息的门徒，我从此隐迹佛门，一心念佛了。’说罢，真个想起来行礼。

“我吓了一大跳，连说：‘慢来慢来，像施主这样锦团花簇的家当，后福无穷，别人羡慕还来不及，施主却说出投入空门的话来。便是仇家找上门来，像施主一身武功，子弟们也不是碌碌之辈，强龙难压地头蛇，怕他何来？’我这番话，连激带损，实在也动了一点无明。哪知他老奸巨猾，安排好步骤，想叫我自投圈套。

“他听了我这番话，故意用脚狠狠一跺，叹着气说：‘仇人找上门来，我怕什么？但是我金盆洗过手，祖师爷面前立过誓，从此封刀，连子孙们也不许在江湖走动。万一仇人找上门来，我怎能违背血誓，和来人动刀动杖？如果我束手受戮，天下也没有此理。事情偏凑巧，前几天发生一船七命的事，偏被三斗坪船户截住。我这几年到处行善事，起初也以为江湖上仇杀，等我舍棺行善，僧道超度，亲到江边看视装殓，一看七颗人头，竟是我当年旧部弟兄。一船珠宝被官面收去，没有瞧见，大约这七位旧弟兄仍做没本买卖，被我仇人狭路相逢，把这篇账划在我身上，居然还探出我隐迹在此，下书恫吓，说是杀尽我全家老幼，才出心头之恨。我既痛七位旧弟兄误遭惨杀，仇人还扬言要杀尽我全家老幼，真是逼得我无路可走了，刚才我同我子侄辈分头到江边察看，有无仇人隐伏，究竟仇人是谁，沿江走了几遍，却查不出踪迹来。回来之后，我女人也暗暗查访去了，到现在连仇人的姓名面目都不知道，叫人真无法着手。因此我觉悟江湖这条路万万走不得，既然从前走错，只有痛改前非，身入空门，求老前辈佛门慈悲，替我解脱这场冤孽了。'

"他说到这儿，我才有点明白了，大约他从前结仇过多，弄得仇人是谁都弄不清楚了。他又明白惨死的七个弟兄，并非平凡之辈，却死得这样干脆，仇人的厉害可想而知。特地留我在家中，死活和我套交情，表示悔悟，无非想叫我替他做挡箭牌罢了。但是在那时我真为了难，既不愿替他做挡箭牌，便该拂袖而去，可是他表面上满口仁义道德，一方面总算是施主，太做得决绝了，也不是办法。正在为难之际，我的救星到了，他的难星也到了。

"猛听得堂屋外面吧嗒一声闷响，对面屋上娇滴滴地喝道：'秃老左，你千娇百媚的太太——玉面狸回来了！你血海深仇的好朋友也来了！三湘七泽的大英雄——追魂太岁，好朋友在这里恭候了。'"

第六章　三斗坪的血债

无住禅师讲罗刹夫人出身的故事，讲到此处已到了节骨眼儿，一席的人都听得出了神，忘记替他斟酒了。老和尚笑眯眯地自己斟了一杯，润了润喉咙，又接着说：“当时堂屋外面一阵娇喊，屋内几个年轻小伙子慌了神，一个个跳起身来，藏入堂屋后面。秃老左却不惊慌，朝屋外哈哈大笑道：‘这一位娇滴滴的好朋友，我们记不起来了。好！我就来奉陪。’说罢，立时翻身向我说道，‘老前辈，你圣明不过。事情逼到这儿，有什么法子？我先向老前辈告罪，请老前辈多慈悲吧。’说罢，站起身来，一个箭步蹿进了堂屋侧面的一间屋内。

“我知道他们不是逃避，这是各人去拿兵刃，也许预备着对付仇人的计划。可是堂屋里连下人们都走净了，一桌灯烛辉煌的酒筵，只剩我一人高坐在上面，弄得不巧，追魂太岁的仇人还以为我替他们挡横呢！

“果然，对面屋上娇滴滴的嫩嗓子，又喊了起来：‘喂！屋里那位是大觉寺的老方丈吗？我不知道你和他们是什么交情，看情形你想伸手管这档事了。那就请出来吧，大马金刀地坐着，当不了什么事。喂！我说老方丈，你听明白没有？’

“我一听，心里这份难受就不用提哩。活了这么大还没有受这样奚落过，心里一阵火发，先不管他们怎样一回事，先要教训来人一顿再说。

“猛地心里一动，一想不好！我和来人一争口舌，正好合了追魂太岁心意。他们走得一人不剩，焉知不是故意如此，叫我替他们挡头阵？但是纹风不动地坐着也是笑话，好歹和来人亮一亮盘，见机行事，说明自己地位，才是道理。主意打定，我离席缓步走出堂屋。抬头一看对面大厅屋脊上，影绰绰立着一个女子，阶下仰面躺着一个身背双刀，腰悬镖袋的妇人，仔细一瞧，敢情胸口汩汩冒血，早已死去。

“我正想和屋上人答话，蓦地对面厅背后人影一晃，有人大喊：‘老前辈，不必和这小辈计较，我们一齐到门前空地上去，教训教训这狂妄后辈，还怕她飞上天去吗？’

“这说话声音却不是秃老左本人，而且说完便隐身退去。他说时嗓音特高，屋脊上女子哈哈笑道：‘好！有一个，算一个。老方丈，咱们前面空地见。’说罢，身影一晃，便已不见。

“这一来，真个把我扣在里面了。好厉害的追魂太岁，步步为营，硬生生把我拖入浑水。这一面做成圈套，叫我自己往里钻。那一面目中无人，把我老和尚当作废物，我真有点冒火了。我不问你们什么事，我却要见识见识你们这班后辈英雄，究有多大神通？哪知道我这样一冒火，几乎吓得我魂魄齐飞，回不了大觉寺！

“我离开内院，走过厅屋，人影全无。霎时灯火全灭，内外漆黑。只厅前一块空地上，水银似的一片月光铺在地上。空地上兵刃耀光，四面展开了七八条人影，却没有见着敌人身影。我一走出厅门，追魂太岁秃老左倒提着一柄厚背阔刃九环大砍刀，踅过来向我说：‘老前辈，事情真怪！来的只一个乳毛未干的女孩子，我从来不认识她，可是我女人已经毁在她手内了，不由我不动手了。我见她在厅脊上已经转身，却没有跳下来。也许知道老前辈在此，把她吓跑了。’

“我一声不响，肚里暗骂，你还做梦哩！一看他手上大砍刀，又想起刚才他说在祖师爷神位前金盆洗手、立誓封刀的话来，一发瞧不起他。

“他见我面寒似水，哑口无声，面上立现出阴险狠鸷的神色来。却在这时，从我身后厅门内唰地射出一条黑影，疾逾飘风，已在两丈开外空地中心，立定一个玄色劲装、眉目英秀的青年女子，赤手空拳，从容俏立。我仔细一瞧，便认出半路茶棚碰见的小姑娘就是她，虽然服装改了，面目身形一望而知。明知善者不来，来者不善，同小姑娘一起的老尼姑，真人不露相，更是个难以猜测的人物，也许此刻隐身暗处，别有作用，横竖今晚够秃老左搪的。

“小姑娘飞落空场，四面七八条人影，便向中心一圈。追魂太岁秃老左当先一个箭步蹿了过去，左臂抱刀，右手指着小姑娘大喝道：‘我与你素不相识，凭空到此行凶，是何道理？凭你这点年纪，也敢发横，定必受人指使无疑！趁早实话实说，还可商量。否则杀人偿命，立时还你个

公道。’

“那小姑娘冷笑了一声，朝他点点头道：‘秃老左，你说得太对了！杀人偿命，姑娘我便是还你公道来的。片时便教你死得公公道道，决不教你做糊涂鬼！’

秃老左大怒，刀环哗啦啦一响，便要动手，猛听得秃老左身旁两个小伙子厉声大喊：‘我娘毁在她手里，还容她多说什么？拿下活口，不怕她不揍出实话来。’

“一听这两个愣小子的口气，定是秃老左的儿子，一个手使双刀，一个手上合着三节棍，大约秃老左暗地看出来人虽然空拳赤手，只凭杀死玉面狸这一手，便知不是易与。他们父子们已暗地计划好，不管江湖耻笑，想以多胜寡，免遭毒手，所以这时两个儿子先搪头阵，使双刀的一个箭步蹿到小姑娘左侧，刀光一闪，力沉势猛，向她瘦削的玉肩斜劈下去，同时那个使三节棍的，一上步，呼地抖开了棍环，使得笔直，向右面柳腰上横扫过去。如果被双刀一棍带着一点，怕不玉殒香消！

“哪知这位小姑娘，把这两个愣小子视为废物，而且心狠手辣，立见真章。她待两小子招数发出，只微一耸身，向前出去几步，倏地一转身，已到两人背后。两小子刀棍齐施，又是一个猛劲，不意都砸了空，使空了劲。两人脚步留不住，向中间一挤，双刀正砸在棍头上，臂上一麻，心神一惊，正想翻身当儿，两人又猛觉腰眼里都被人截了一下，立时吓的一声，撒棍扔刀，一齐瘫在地上了。

“两个愣小子一跌倒，秃老左哗啦啦大砍刀一举，大喊一声：‘上！’

“四五个雄赳赳的凶汉，呼啦一围，把小姑娘围在中心，各人手上长短家伙，雨点一般，向她身上招呼。好厉害的小姑娘！只看她玉臂一分，竟展开空手入白刃的功夫，外带着点穴擒拿法，花蝴蝶一般，在长枪短刀之中穿来穿去。一忽儿工夫，地上躺了一大片，空场上只剩秃老左和我两人了。

“秃老左急得两眼如灯，凶光四射，油汗满脸，形如恶煞，回头向我恶狠狠瞪了一眼，啪地一跺脚，似乎要奔向前去和小姑娘拼命，忽又停住，反而身子后退。那位小姑娘若无其事，移步向他走来。小姑娘向他走近一步，秃老左便望后退一步。我暗想原来追魂太岁徒有虚名，这样的不济事。

“不料追魂太岁忽地转身，一顿足，飞身而起，接连几跃，直退到厅门口，嘴上急喊一声：‘暗青子揍她！’我才明白，原来他在厅屋排窗内埋伏了人，特地退回来，好叫埋伏的人向外发暗器向小姑娘攒射。

“可是他一声喊后，两面排窗内过了半晌，声响全无。把追魂太岁急得连连跺脚，冷汗直流，发疯般大吼一声：‘不是你，便是我！’提刀向小姑娘奔去。

“不料黑洞洞的厅门里面，一个沉着的声音喝道：‘徒儿，这人替我留下。’喝音未绝，从门内缓步走出一个老尼姑来，身上还是茶棚所见的褐色僧袍，左手上横着一柄尘拂，见我立在门外，右掌当胸向我打个问讯，嘴上说：‘老禅师雅兴不浅。’

“她这样文绉绉的一句话，在我听着，简直是骂人，我只好说：‘事有凑巧，幸会高人。’老尼姑微微一笑，朝我看了一眼。这一眼，到现在我还忘不了！白天在茶棚里，她老闭着眼，我还以为是瞎子。哪知道此刻两人一对眼神，在她瘦削的面上，却生着威棱四射，异乎平常的一对神目，眼皮一张，月光底下，好像从她眼珠内射出两道闪电。普通人碰着这种眼光，定要吓一跳。

“那时老尼姑像朋友似的，举手向秃老左一招，缓缓说道：‘追魂太岁，你还认识老尼吗？请过来，我们谈一谈。’这几句极平常的话，钻在秃老左耳内，宛如沉雷轰顶，当的一声响，手上一柄九环大砍刀，径自从手上跌落，斗败公鸡似的走了过来。那个小姑娘在他身后跟着，解差般押了过来。

“秃老左走到离老尼七八步外便立定了，凶威尽敛，垂头丧气地说：‘早知是你，用不了费这么大事，我这条命拿去便了，但是……我子侄辈，你能放他们一条生路吗……’秃老左这几句话，挣命似的断断续续说了出来，情形非常凄惨，老尼简直是他克星。

“可是老尼非常和气，一听他说完，立时接口道：‘好商量，你带路。我们借你宝宅谈一谈。’说完，又向我笑道，‘老禅师，我们也是有缘。老禅师既然凑巧碰上我们这档事，何妨暂留佛驾，看个水落石出。老禅师，里请！’我已看出这位老尼面善手辣，这事结果定然不祥。佛门中人怎能参与此事？可是老尼和小姑娘，究系何等人物？他们究系怎样冤仇？既然看了一半，不能不看个究竟。也许从旁说句话，可以救人一命，胜造七级浮屠。谁知我这一想，又想左了。总之那天晚上，我是一步错，步步错了！

“秃老左在先，我和老尼小姑娘跟着走进厅门。这时月光透进排窗来，窗下横七竖八躺着一排人，秃老左像没有看见一般，直着眼一直领到内院堂屋内，小姑娘抢先一步，不知哪里找来火种，点起灯烛，一桌素斋依然整整齐齐地摆在桌上。秃老左如醉如痴，一言不发地立在桌边，老尼却请我坐在堂屋后身太师椅子，离着那桌素斋有一丈多远。老尼自己坐在屋门口的杌子上，和我遥遥相对，小姑娘侍立在老尼身旁。

“老尼并不和我说话，却向秃老左说：‘你请坐。’

“秃老左真还听话，就在近身素席座上坐了下去。

“老尼又向他问道：‘今天你府上共有几位，请你实说，免得误事。’

“秃老左说：‘连我自己一共是十个。’

“老尼问小姑娘道：‘数目对吗？’

“小姑娘向上面看了我一眼，笑道：‘除去这位老禅师，是对的。’

“老尼说：‘你把空场上几位都请进来，不要忘记了玉面狸。’

“小姑娘领命出去，一忽儿，一手提着一个软郎当的汉子，走了进来，却把手上的人都放在中间素席的座位上，把两只手臂搁在席上，虽然一个头软当当地抵在胸口，凭着两臂搁在席上，也勉强支住身体了。小姑娘这样进进出出大搬活人，一个个照样都支在素席上，最后把秃老左女人玉面狸的尸身也提了进来，搁在秃老左身边的座上。

“这样，席面上秃老左一个活人，玉面狸一个死人，其余八个半死不活的人，是秃老左的子侄门徒，一共十人，团团地坐在一桌整齐的素席上。这种奇怪举动，谁也猜不透是何用意，只有秃老左肚里明白，面色变成纸灰一般，比他身旁太太的死人面皮还要难看。不过他这时自己狠命地咬着下唇皮，咬得嘴上流下血来，显得他内心痛苦已极！

“猛然他恶鬼般跳起身来，直着嗓子一声狂吼，一伸手，想拔出玉面狸背上的刀来。不料那位小姑娘早已监视着，一点足，已到了秃老左身后。大约因为小姑娘身体矮小，只见她一纵身，双臂一起，拇指和中食二指照秃老左两肩胛骨、锁骨之间一插，娇喝一声：‘静静地坐下！’

“在这娇喝声中，只听秃老左肩上咔嚓一声微响，两条手臂立时软软地吊了下去，一个身子也噗噜直挫下去，面上变成活鬼一般，额上冒出黄豆大的汗珠，一颗颗直掉下来。

“小姑娘笑嘻嘻地在他肩上一按，说了句：‘好戏在后面，你闭上眼吧。’袅袅地回到老尼身边去了。

“我偷眼看那小姑娘在秃老左身上施展卸骨法，完全是我少林的秘传。像她这样又准又快、不动声色的手法，不要说这点年纪的小姑娘，便是我少林门户内几位老前辈里去找，也没有几位。只是刚才她在空场上施展空手入白刃和用擒拿点穴的门道，治倒了八个小伙子，却是武当内家手法，竟看不透这一师一徒、一老一小是何门派？而且这一徒一师谈笑自若地把三湘七泽的追魂太岁，整治得活鬼一般，又故意摆成这种局面。为了什么？竟弄得我莫名其妙！问既不便问，走亦不便走，这一次我这老和尚算栽到家了。

“当时追魂太岁秃老左想拔出玉面狸尸身上刀来，大约是想一刎了事，免受活罪，不料被人卸了双臂，弄得求死不能，求活不得，一桌上坐着已死和半死的人，都是他生死相共的亲骨肉和门徒，他不敢再睁开眼来看他们一眼，这份活罪真是无法形容。偏我是个事外的人，还高坐在上面，眼看着这样凄惨局面，我实在忍不住了，心里正想着和老尼说话，谁知对面的老尼竟先开口了，她说：‘老禅师，我们都是佛门中人，如果我是事外人，不明其中因果，和老禅师一样的话，看到这种境界，谁也得触目惊心，暗念弥陀。老禅师，你想我这话对不对？’

“我心想，我想说的你已替我说了，我还说什么呢？我只好不住点头，不住念佛。

“哪知老尼姑对我说了以后，倏地站起身来，威棱四射的双目一张，瘦骨崚嶒的脸上，满布青霜，眼神闪电一般射到秃老左面上，厉声喝道：‘十年光阴，箭一般地过去，你还记得十年前你在洞庭湖畔亲手做出一幕天人共愤的惨剧吗？现在我把那幕惨剧，照样做给你看……’

“秃老左双臂虽卸，其余部分并没受伤，老尼说话当然句句入耳。他猛然双目一张，浑身发抖，眼珠突得鸡卵一般，鬼一般惨叫道：‘老鬼，求你快替我来个干脆吧，我受不住了！’

“老尼面现狞笑，向我扫了一眼，喝道：‘徒儿，动手！’

“小姑娘应声‘遵命’，细细的长眉一挑，英气逼人，身如飘风，已到玉面狸尸身背后，拔下尸背上双刀，映着烛光看了看锋刃，拣了一把挟在左臂上，随手把另一把刀，向席上一插，直插下去半尺深。烂银似的刀光，映着烛光，来回直晃。她又向席上酒杯数了数，只有四五个酒杯，随手拿了一支烛台，向堂屋后转了个身，拿来整套的五彩细窑酒杯，把烛台放在原处，在席上各人身后转了一圈，每人面前放了一个酒杯。除去秃老左一人以外，她又伸出白玉般两个指头，在每人颈骨后面捏了一把。这班人的脑袋本来一个个向下垂着，经她捏了一把以后，马上变成有皮无骨一般，一个个的脑袋像折叠似的紧贴在胸口了。

“她倏地刀交右手，却反手倒提，刀锋朝下，刀背贴臂，玉臂微弯，有尺许长的锋刃，露在肘外，向我瞅了一眼，面上还是笑嘻嘻的。身子越过秃老左座位，到了玉面狸背后，玉臂横肱一挥，玉面狸的脑袋骨碌碌从胸前滚到桌子底下去了。她左手立时拿起面前酒杯，向腔子窟窿里一塞，颈腔四圈皮肉往里一收，立时紧紧地把酒杯嵌在里面，一点血花都没有冒出来。

“她这样从玉面狸起，一刀一个，一个腔子塞一个酒杯，疾逾飞电，浑如切菜一般，只听得吧嗒、吧嗒脑袋掉地的声音，一霎时九个脑袋都滚入桌底。席面上九个脑袋一掉，只有秃老左依然活着，依然戴着脑袋，却显得出人头地，与众不同，可是他已经急痛攻心，直挺挺仰在椅背上晕厥如死。我坐在上面也几乎吓昏了心，慌不及把袖子遮了面，一个劲儿念佛。

“却听得小姑娘嘴上赞了一句‘好刀’，咔嚓一声，手上这柄刀又插在席上了。她把刀一插，桌上碗碟一震动，把晕死的秃老左，又悠悠忽忽地惊醒过来了。

“那老尼厉声喝道：‘秃老左，十年前你和你党羽唱的一幕拿手好戏，你当然还记得。此刻我照样做给你瞧，大致不差什么吧？你当年居然做出这样惨绝人寰的毒辣手段，无非为了你妻子玉面狸两个兄弟身落法网，被一位朝廷命官依法处决。其间毫无私仇私恨，你却听信玉面狸的床头哭诉，不计利害，暗排毒计。在那位朝廷命官归隐洞庭之后，正在中秋赏月一门家宴的晚上，你却仗着手下飞贼暗伏那位命官家中，暗在酒内下了蒙汗药，把一门三代蒙昏过去。然后你率死党跳进院内，一门三代连带几个下人，都被你刀刀斩绝，还把酒杯一个个嵌在腔子里。你又搜劫金珠满载而归，最后一把火，把这一门三代都葬身火窟之中。

“‘在你以为做得干净异常，哪知天网恢恢！他家偏有一个忠诚老仆，躲在庭前桂花树上，没有被你搜出，亲眼看你们下此毒手。等你们一班恶徒走后，连夜逃出洞庭，拼死爬上衡山，寻到我隐迹之处，向我哭诉。我知道天下罪孽深重的恶徒太多，我隐迹深山，也不愿多管人家是非，可是那一门惨死的人家不是别人，那位命官就是我同胞手足，我岂能不管！立时下山，云游三湘七泽，踪迹恶徒，凭你们这点微末武功，岂是我对手？你这万恶匪徒，消息倒还灵通，居然被你打听得我与这家关系，吓得你率领几个死党，带着妻子离开湖南，投入白莲教中，隐求庇护。你又没有料到白莲教被官军剿散，弄得你无家可归，又投入河南山寨盗窟之中，被我得着踪迹，独身拜山，指名索取。你却胆小如鼠，不顾山寨义气，带着妻子从后山落荒逃走，害得山寨盗魁死我掌下。一晃多年，居然被你漏网。

“‘想不到日前带着我徒儿在巫山脚下，雨后看山。机缘凑巧，在山腰一所破庙里，巧逢七个匪徒劫掠富家以后，聚在庙里大吃大喝，醉后漏言，讲起你从前所作所为和现在隐迹处所，仍和白莲教藕断丝连，假充好人，暗地分遣党徒沿江截劫，被我师徒暗地听到，喜得确信，立时授计我徒儿，先杀死你手下七个党徒，送个信与你。其实我自己早已暗伏此地，细查踪迹。此次落在我手中，不怕你再逃上天去。我却不能叫你立死，要瞧瞧你心肝，是不是和人类一般？我特地要布成十年前你下毒手时的景象，教你自己经历经历，教你亲身尝一尝这样滋味。原来你心肝也和别人一样，也知道这样局面，太惨太毒，只求闭目速死。我算一算当年一门三代连同下人，一共被你杀死十六口人命，现在连你全家和七个匪党一起算来，也只二十六口。事隔十年，连本搭利，还算是你便宜！你要知道，像你这种臭贼，死一万个也抵不了人家一命。现在你还有话说没有？’

“其实秃老左此时心胆俱裂，魂魄齐飞，已成半死状态，哪还有话说。这当口那位小姑娘开了口：‘师父，死人腔口的酒杯，最多只嵌得半个时辰，一忽儿便要连血冲出。秃老左已剩一口气，师父，徒儿代师了此夙愿吧。’

“老尼把头一点，小姑娘伸手在席上拔起一柄刀来。这时秃老左仰躺椅上，形同半死，小姑娘迎面一挥，秃老左一颗脑袋向椅背后飞了出去。小姑娘这次没有塞酒杯，一腿飞去，无头尸身连椅跌倒，腔子里一收一放，哧地冲出血来，立时血腥味布满了一屋子。

“老尼姑向我说道：‘老禅师，多多得罪。贫尼积愤在胸，也是出于不得已。此地我们事了，同到外面一谈吧。’

“呵呀！我活了这么大，在江湖上也见过世面，却没碰见这样凶辣凄惨的局面。我虽然袖子遮着面，我耳朵却听得清清楚楚。我不是怕，也不是惊，我只觉那一晚我到了十八层地狱！我不愿见许多无头尸首，我也不愿见那老尼姑，更不愿见那小姑娘，这样小小年纪的姑娘，一身好本领不去管她，我只问她片刻之间杀了这许多人，怎样忍心下的手？

“当时老尼姑叫我到外面一谈，我趁此机会，把袖子遮着脸，嘴上一个劲儿念着：‘罪过罪过！’假装着吓疯了一般，飞一般逃出屋外。走过前厅，心里一动，记得窗口躺着许多人，我俯身一摸，个个了账，原来都点了死穴，哪还有命，好狠的老尼姑，好狠的小姑娘！我头也不回，发疯一般赶回大觉寺，在我佛面前不住地礼拜念佛，忏悔我这一晚的劫数。

“第二天，沿江一带三三两两地讲着三斗坪左家无故起火，而且火起得非常怪道，前后左右一齐起火，一家大小一个都没有逃出来。他家又是孤零零的独家村，又住在高岩背后，等得大家望见火光，聚众救火，已不济事，烧得片瓦无存了！我一听心里又是一哆嗦，这是老尼姑照方抓药，算是一报还一报，做得淋漓尽致，才算罢手。可是我想，秃老左一家被难二十余口，难道都是参加十年前惨案的凶手吗？阿弥陀佛！只可说和气致祥，怪气致戾，戾气所聚，也无所谓首从不分，池鱼殃及了。

“现在我把这故事算结束了，但是那一晚我匆匆一走，没有细问老尼和小姑娘姓名来历，我也不便把那晚的事随便向人出口，在我肚里藏了半年，碰着了我师弟滇南大侠，才和他谈起那晚的事，连我师弟都吃了一惊。

“他说：‘师兄，你还算不幸中之幸，没有和老尼当场起了冲突。你知道那老尼是谁？她就是传说的江湖怪杰铁面观音石师太呀！（石师太故事拟另编专书问世）她一身武功与人不同，谁也不知她出自哪一门、哪一派，她也轻易不和人交手，到了万不得已和人动手时，顶多一两招，这一两招便没法破她。我和她倒有几面之雅，承蒙她对我还加青眼，说得上来。她生平只收一个徒弟，这个徒弟便是你那晚见到的小姑娘。这位小姑娘的出身更是奇特，最好笑是她从小便自称“罗刹夫人”。我问过石师太为什么有这样怪名称，真是有其徒必有其师。她倒反问我：“你为什么叫葛乾荪，人家又为什么叫你作滇南大侠?”我几乎被她噎得透不过气来，但是我涎着脸还得问个明白。她这才讲出罗刹夫人在猩猿窝里生长的经过来。

“‘石师太当年和大罗刹夫妇在江湖上也会过几次面，而且罗刹大王到川边替他夫人采药时候，狭路逢仇，被九子鬼母暗器击伤，还是石师太救他出险。从罗刹大王口中，得知平越州有那么隐秘的罗刹峪。过了几年石师太云游黔省，想起罗刹峪这个处所，到平越州去寻找秘境，罗刹峪没有找到，却在猿国左近碰见了毛女一般的小罗刹，听她口中自称“罗刹夫人”，很以为奇，又见她小小年纪，一身轻功已到极顶，便把她带到衡山，传授自己独门功夫，发生师徒关系。一晃多年，便造成了现在的罗刹夫人。现在这位罗刹夫人为什么在滇南出现，那只有她自己明白，谁也说不出所以然来了。’”

无住禅师滔滔不绝地把罗刹夫人从前一段故事讲完，大家才明白她的来历，竟是这样奇特。罗幽兰暗想自己出身已够离奇，想不到罗刹夫人的出身还要古怪。这种人物，不用说还是女子，便在男子中也是少有的。将来这人不知要做出怎样奇怪的事来，真得留神她一点才好。但是映红夫人一班人心里又不同了，听得老和尚说完故事，愁上加愁！自己丈夫落在这样女魔王手内，能否平安回来，实在不敢再想下去了。

这时老和尚已喝得醉眼迷糊，才停酒用饭。片时席散，老和尚惦着他徒孙，酒气熏熏地看视金翅鹏去了。这里撤去酒席，随便散坐，品茗闲谈。映红夫人一心惦着自己丈夫，便向桑苧翁、沐天澜、罗幽兰等讨教挽救之策。桑苧翁向沐天澜夫妻看了一眼，向映红夫人说：“夫人休急，我看罗刹夫人既然出面和他们见面，其中定有文章。他们二次会面以后便有着落。依老朽看来，谅不至有什么风险。”

第七章　用在美人身上的美人计

映红夫人虽然心里焦急，却蒙沐二公子、罗幽兰马不停蹄地赶到金驼寨，尤其意想不到地来了两位老前辈，声势顿壮，全寨人心也为之一振。正想点起全寨苗兵，邀同两位老前辈和沐天澜、罗幽兰浩浩荡荡兴师救夫，忽然罗刹夫人在本寨境内出现，似乎另有解决途径。

其实映红夫人不明了内中情形，无住禅师是专为救治自己徒孙来的，桑苧翁闲云野鹤一般，没有自己女儿的事，绝对不会到金驼寨来。岂肯参与其间？沐、罗两人倒是专来救应，不料一到金驼寨，被罗刹夫人现身一搅，情形立变。要看今晚三更和罗刹周旋以后，再定决策了。映红夫人当局者迷，没有听出沐二公子答话的含糊，桑苧翁却是旁观者清，在沐天澜说出和罗刹夫人在岭上见面时情形，便听出话有含蓄。

当晚，映红夫人指挥头目们布置好客人休息之所，无住禅师便在金翅鹏隔壁屋内休息，以便随时照看，桑苧翁在内寨楼下另一间精室内息宿。沐天澜、罗幽兰陪着桑苧翁到了安息之所，一看没有外人，便把会见罗刹夫人实情和今晚三更约会情形说了出来，不过把不便说的种种游戏举动略去罢了。

桑苧翁沉思了半晌，才开口道："刚才贤婿向映红夫人说时，我早已料到另有文章。这档事，最好化干戈为玉帛。罗刹夫人这个人，我虽然没有会过面，只听无住禅师讲的和你们两人所见的，便知道这人武功、才智和性情怪僻无不加人一等。这种人只宜智取，不宜力敌，何况投鼠忌器，龙土司命悬其手。尤其你们两人千万记住我的话，不要轻举妄动，树此强敌。你们要知道天下乱象已萌，盗匪遍地，云贵等省，不比中原，苗匪充斥，星星之火，便可燎原。从前老沐公爷忠心体国，屏藩荒服，还可震慑一时，现在老公爷已经身故，且遭惨祸，本省文武官吏，又是板冗贪酷之辈，据我所知，从前暂时隐伏的几股悍匪，又想蠢蠢思动，滇南更是苗匪盘踞之地，龙土司便算平安回来，今昔异势，他已失掉了老沐公爷的靠山，以后能否保持以往的威风，实在难测。今晚罗刹夫人如果真来赴约，千万见机行事，设法拉拢，如果这人和一股苗匪联在一起，立时可以闯出滔天大祸。当年九子鬼母闹得这么凶，无非是一个泼辣狡凶的苗婆而已，如果罗刹夫人处在九子鬼母地位，便不易制服了。远的且不谈，要想独角龙王和几十名苗卒平安回来，便须照我的话去做。我所顾虑的还在你们两人身上，龙土司的事早点了结，你们早点可以回昆明去，尤其是我女儿，九子鬼母部下定必对你恨如切齿，在这危机四伏的滇南，你们实在不宜久留。你们父骨未寒，热孝在身，你们哥哥虽袭世爵，声望未孚，万一再出点意外的事，你们心悬两地，更是不安。所以今晚你们和罗刹夫人见面，关系匪浅。罗刹夫人今天的举动，我料她中有别情，你们真得看事行事，好好地对付她。你们不要轻看了今晚的约会，关系着龙土司的性命，关系着你们两人的安危，而且关系着难以预料的匪祸。我本来心愿已了，明天一早可以飘然远行，不了尘缘牵缠，关心着你们两人的安危，不能不听你们今晚会面的结果了。还有一层道理，你们也要明白，父仇不共戴天，凶手尚未授首，这也是你们到滇南来的本意，但必须谋定而动，计策万全，决不可逞一时意气，轻身入险。须知一身安危关系非轻，万一身蹈不测，何以瞑九泉之目？你们处境，和江湖上只凭血气之勇的完全不同。你们把我这话仔细地想一下，便明白其中利害轻重了。”

两人回到楼上，屏退了侍从，预备剪烛谈心，喁喁情话。罗幽兰心细如发，在两间屋内前后窗户和隐蔽处所，都察看了一下，深怕那位神秘的罗刹夫人提前时间，预匿屋内，像昨晚一般偷听他们的秘密。四周察看了一下，才算放心。

两人在自己公府里，表面上有许多顾忌，无形中有许多监视，形迹上时时刻刻要留意。到了金驼寨，映红夫人又恭维又凑趣，卧室并列，有门可通，两屋等于一室，其乐甚于画眉，真有点乐不思蜀了。不料桑苧翁一席话，两个仔细一研究，觉得句句金玉良言；可见这位老丈人对于娇婿、娇女何等爱护情殷，用心周密了。

罗幽兰笑道：“我父亲千嘱咐，万嘱咐，叫我们拉拢罗刹夫人，我明白父亲的意思，这叫作‘釜底抽薪’。主意是好主意，其实这计划，在别人要行起来怕不容易，在我们手上……太容易了。我可以说一句，手到擒来!”

沐天澜道：“你不要把事情看得太容易了。我看罗刹夫人这人机警异常，未必容易对付。”

罗幽兰扑哧一笑，伸出一个指头抵住沐天澜心窝，笑着说：“你呀……你是装傻！只要我一眼开、一眼闭，让我们的美男子和她一亲近，怕她不手递降表，乖乖地攒在我们手心里吗?”

沐天澜把她伸过来的玉手把住，笑喝道：“说着说着又来了，看我饶你。”猛地把她推倒，一翻身压在她身上，上下乱闻，外带胳支窝。罗幽兰最怕痒，在下面笑得四肢酥融，床榻乱响，笑喝道：“不要闹，再闹我不理你了。”

沐天澜跳下身来，把她捧起，罗幽兰一面理着云鬓，一面向他说：“说正经的，我绝不是故意玩笑。刚才我父亲对我们说出这篇大道理来，我就想到这上面去了。我们夫妻相亲相爱，我当然不愿意有别个女子搅在里面，但是事情有轻重，罗刹夫人这个怪物，实在关系着我们祸福。要凭我们两人武功来降服她，不是我泄气，实在不是她的对手，不用说我们两人，便是我父亲出马，也未必把她怎样。刚才父亲的话，便可听得出来。我左思右想，除去我这条计策，没有第二条道。这也是一条美人计呀……”

沐天澜不等她再说下去，笑骂道：“你越说越好听了。我堂堂丈夫，变成连环计里面的貂蝉了。”

罗幽兰一扭身倒在沐天澜怀里，仰面笑说：“澜弟，你不要胡搅，我话还没有完哩。什么计不去管它，我还有极大的用意在里面。我虽然是个女子，我虽没有多念书，没有像罗刹夫人那样才情，可是我也有你们男子的胸襟。我一进你家的门，有了你这样丈夫，似乎应该心满意足。可是我看出老大人故去以后，你哥哥是个好好先生，一切全仗你替他撑腰，才能支持门庭，克承先业。你虽然比你哥哥强胜十倍，只是年纪太轻，阅历不足。你府上养着这许多家将，无非摆摆样子，哪有出色的？在这样天高皇帝远的地方，一旦发生变故，只凭我夫妻一身功夫，怕有点不好应付了，所以我们应该扩充羽毛，物色人才，然后广结外援，互为犄角，非但要克承老大人当年的威信，还要自己闯出一点局面来，使一班悍匪不敢轻视沐公府一草一木。这样我夫妻才能安富尊荣，雄视一切，才能不负老公爷在天之灵。现在我们面前出了一个武功异众、才智超人的罗刹夫人，怎能不想法收罗过来，作为我们的膀臂？好在她对你有点一见钟情，我自己是女子，当然明白女子的性情，尤其是有本领的女子，平时对于普通男子连正眼都不愿看一眼，一旦对上了眼光，春蚕作茧，情丝牢缚。万一不遂所愿，由妒成恨，便成仇敌，除死方休！我们羽毛未丰，父仇未报，何苦凭空树此大敌？你把我这番意思和刚才我父亲说的话，互相印证一下，便明白我不是和你逗笑了。”

沐天澜静静地听她说完，朝她面上瞧了半天，然后叹口气说：“兰姊，你的苦心我全明白，而且佩服，但是，你还没有看清罗刹夫人是怎样的一个人。不错，我自己也觉她对我有点钟情，同时我也觉察她是个异乎寻常的奇女子，绝不是你所想象得到的。不瞒你说，我对她的武功未尝不钦佩，对于她的行为性情却有点害怕。现在定法不是法，等她到来，听她对我们说什么，我们再见机行事好了。”

两人在楼上秘密商量了半天，听得前寨刚敲二更，罗幽兰想起一事，悄悄下楼。不便惊动旁人，暗地指使带来家将们，安排了一点精致的消夜酒肴，预备接待罗刹夫人。

沐天澜在罗幽兰下楼时，推开前窗窗户，随意闲眺。这晚刚下过一阵蒙蒙细雨，这时雨止月出，寒光似水。这所楼房地势较高，从窗口可以望到前寨第一重门楼，苗族称为“聚堂”，内设长鼓。这种长鼓是一段大木，空心镂花，为苗寨传讯报警之用，左右围墙两角。另有望楼，守夜苗兵身佩腰刀螺角，背插匣弩飞镖，轮班守望，前后都是一样。每一个望楼都高挑着一盏红灯，有时用这盏红灯作为灯号，四角望楼中的苗卒，利用它互相联络。

沐天澜凭窗闲眺，看得这座苗寨，内外静寂无声，只偶然听得一队巡夜苗卒，远远在围墙根和换班的一队互呼口号巡逻过去，颇有点刁斗森严的景象，心想龙土司不在，映红夫人统率全寨，居然有条不紊，也是不易。

不料在两队苗卒换班以后，一东一西分头过去当口，猛然见从围墙外面唰地蹿上一条黑影，在墙上一伏身，翻身滚落墙内，倏又身形腾起，形如飞鸟，落在前寨一重屋脊上，绝不停留，好像熟路一般，几个起落已到内寨相近。

沐天澜起初距离较远，以为罗刹夫人赴约来了。等到来人直进内寨，看出来人身形体态虽然似个女子，却与罗刹夫人身段不同，背上兵刃耀光，身法极快，金驼寨并无此人，定是外来奸细，说不定冲自己来的，慌转身取下辟邪剑，来不及知会罗幽兰，提剑跃出窗外，一提气，左臂挟剑，右掌一穿，“龙形一式”，唰地平飞出一丈开外，落在右边侧屋上，一耸身，又跃上前院一株梧桐树上，借着桐叶蔽身，细看来人意欲何为。

却见来人到了前寨和后寨衔接的一重穿堂屋上，身形一塌，贴在瓦上慢慢移动，似乎贴耳细听下面房内有无动静，似乎从瓦上捡起一块小土来，一抖手，向下面院心掷去，微微听得卜托一响。恰巧巡逻内寨的一对苗卒，由一个头目率领着七八个人，从前寨夹道穿入这所院子，大约奉命不得惊动贵客，所以手上灯火全无，轻着脚步，悄不声地走进内寨，巧不过领队头目穿出一重门户刚到院心，突然迎面一块土，卜托落在他的脚前。那头目似乎懂得一点江湖门道，转身举手一挥，后面七八个苗卒马上身形散开，从背上拔下飞镖，大家悄悄地抬头向屋上注目。

哪知来人身法奇快，在下面头目转身一举手之际，早知投下那块土出了毛病，一道轻烟似的，从屋上飞起，越过他们头上，藏身在他们进来的一重屋脊后面了。这举动，瞒过了下面，瞒不过梧桐树上的沐天澜。下面这队苗卒，看不出屋上有人，以为空中飞鸟爪上掉了来的，沉了一忽儿，没有其他响动，去了疑心，依然成队进了穿堂，向后寨巡视去了。树上沐天澜在未瞧清来人面目之先，不愿惊动寨内众人，一看近身梧桐树上长着不少梧桐子，暗自摘了几颗，扣在手内，留神伏在屋脊后的女子，听得一队苗卒走向后寨，身形一起，从后坡又跃过前坡来。

沐天澜看她胆大包身，想到寨内窥探之心，已明明表示出来，不再等她近身，一抖手，两粒梧桐子已从手上飞射出来。这种梧桐子形如黄豆，分量也差不多，那女子真还不防有这种暗器袭来。刚想飞越院心，重进后寨，不料面颊上和眉头都中了一下梧桐子。虽然分量轻，毫未受伤，面颊上也觉得微微一痛，不禁吃了一惊！嘴上不由得噫了一声，身形一转，唰地飞起，竟退出两丈开外，落在较远的几间侧屋上，脚底下依然声息毫无。

沐天澜看出此人，轻功身法有点像黑牡丹，怕她就此退去，不再耽误工夫，唰地从树上飞出。在穿堂上一接脚，越过一重院落，向那女子立身所在逼近前去。

这时那女子也看见了，嘴上低低地娇喝一声："好，原来是你！"人却向外蹿了过去，接连几个飞腾，已俏生生地立在墙头上。沐天澜剑隐左肘，业已跟踵追到。那女子向沐天澜一招手，倏地翻落墙外。沐天澜跃上围墙向外瞧时，那女子并没逃走，立在离墙五六丈远的山坡上，后面是一片竹林。

沐天澜这时看清那女子一身黑衣，背插鸳鸯钩，腰挂镖囊，面上罩着人皮面具，不是黑牡丹还有哪个？立时怒气直冲，飞落墙外，再一耸身蹿上小坡，一上步，剑换右手，"玉女纫针"疾逾风雨，唰唰唰便是三剑！

那女子料不到见面便拼命，几个滑步，才拔下背上双钩，连封带锁，才把这急急风三剑挡住，接着她来了一招"凤凰展翅"，左钩向外一扫，右钩随着身形一转，呼地带着风声向沐天澜腰后横截过去。

沐天澜不得不微一退身，随势破解。她却趁这空当，忽地斜刺里退出五六步去，左钩一指，喝一声："且慢！你这人怎的一见面就下毒手，知道我是谁呀？"

沐天澜被她这一问，倒有点疑惑不定，暗想难道这人不是黑牡丹吗？心里一疑，便按剑立定，喝问："你是谁？"

那女子不慌不忙，右手钩往左肋下一夹，伸手扒下一层面皮，向怀里一塞，豁然露出黑里俏的鹅蛋脸，长长的丹凤眼，一道火炽的眼光，直射到沐天澜面上，谁说不是黑牡丹。

沐天澜中了她缓兵计，气得眼里出火，大喝道："你这泼贱妇，化了灰我也认得你！"

黑牡丹说："瞧你这么凶干吗呢？我明白上了女罗刹的当，教我做了恶人，她倒心满意足地享福了。我恨的便是那丫头！你恨我，也不怪，谁教我杀死你老子呢？可是我丈夫也被你杀死，一命抵一命，也就罢了……"

沐天澜不等她再说，大骂道："杀死你一千一万个丈夫，也抵不了我父亲一命。泼贱妇，拿命来！"骂音未绝，一个箭步，挺剑直刺。

黑牡丹也奇怪，被沐天澜一顿臭骂并不动怒，一剑刺来，只用双钩一锁一挡，一个身子又轻飘飘地避了开去，好像不愿和沐天澜交手一般，两柄钩都交在左手上，嘴上却说："你等一等，我有话和你说。我并不是怕你，你也不用发狠。我如果发出喂毒飞蝗镖，我知道你无法抵挡的；但是我自知做错了事，无法求你谅解，我决不能对你再下毒手。那一天，你们在破庙里过夜，飞天狐两筒喂毒袖箭左右齐发，另外还有一个人替他巡风，我如果在场，定要想法阻止。不料你命大福大，听说有一个会使劈空掌的老道，替你们保驾，飞天狐还受点伤。听说这老道也到了金驼寨，还同来一个老和尚，这一道一僧是你什么人？你能对我说么？"

沐天澜心想：原来今晚她暗地来探一道一僧的，我不妨把两位老前辈名头抬出来，多少和金驼寨有益无损。这泼贱妇暗器确是厉害，不妨把她绊住。罗幽兰看我不在房内，定会赶来，那时再和泼贱妇算账。

他主意想定，故作迟疑之态，半晌才开口道："我本来和你有什么冤仇，谁叫你杀我父亲？不用说我本身父仇不共戴天，便是你刚才问的两位老前辈，一位是武当派尊宿桑苧翁，一位是黄牛峡大觉寺无住禅师。这两位的名头，你大约也知道，这两位老前辈也恨透你们了。当年九子鬼母怎么样，你们还逃得了两位老前辈手心吗？"

黑牡丹冷笑了一声，开口说："原来就是这两个老不死的。老和尚那点功夫，有限得很，那位桑苧翁来历我有点摸不清，凭他一手劈空掌，也不足为奇。你是个初涉江湖的贵公子，你哪知道人外有人，天外有天！你将来碰着罗刹夫人，便知道我的话不假了。不过……我不希望你碰见她……"

沐天澜听得心里一动，故意说道："她一定不是我的对手，所以你这样说。连我都敌不过，何况两位老前辈呢！"

黑牡丹听他这样说，笑得身子乱扭，连说："对……对……我也怕碰见你。"一面笑，一面忘其所以地一步一步凑了过来，笑得一对长丹凤眼细细的成了一道缝。

沐天澜四面留神，不知怎的，罗幽兰依然没有到来，黑牡丹却骚形骚气地闹得不堪入目。暗想何不攻其无备，趁此报了父仇，替百姓也可以除此一害。暗地咬牙，面上仍然装着笑嘻嘻的样子，向黑牡丹笑道："你笑什么？我看不惯你这种笑样子，恨起来，我狠狠地刺你一剑。"

黑牡丹听得又是咯咯地一阵娇笑，柳腰微摆，一个手指几乎点到沐天澜面上来，嘴上还拖长了嗓音："你呀……"

不料语言未绝，沐天澜唰的一剑，分心就刺，劲足势疾，距离又近，照说极难闪避。好厉害的黑牡丹，在这千钧一发当口，身法依然一丝不乱，剑到胸口，只差几寸光景，猛然身子望后一倒，左腿飞起正踢在沐天澜右肘上，右臂一麻，辟邪剑几乎出手。

黑牡丹却趁势肩头着地，贴地几个翻身，已闪开七八尺去，一个“鲤鱼打挺”跳起身来，煞气满面，右钩一举，恶狠狠指着沐天澜喝道：“好小子！你竟铁了心，老娘几乎上了你的当！既然如此，怨不得老娘手辣。这也好，杀了你小子，先叫那贱人哭得死去活来，折腾个够，再取她命！不识抬举的小子，叫你识得老娘厉害。”说罢，双钩像狂风暴雨一般，杀了过来。

沐天澜一击不中，右肘反被她踢了一脚，本已怒发欲狂，这一来施展全副本领和她拼上了。这一交手，谁也不留情，招招都是煞手。钩影纵横，剑花飞舞，打得难解难分。

论双方武功，一时尚难分出强弱，可是在这静夜中一场恶战，钩剑相击，未免叮当有声，腾踔吆喝，更是传声远处。交手的围墙外，虽然与外寨相近，墙角更楼上的苗卒已经听到，红灯晃动，螺角一吹，已有一队苗卒举着松燎闻声奔来。

黑牡丹早已留神，双钩一紧，向前拼命一攻，倏又撤身一退，跃进了竹林，恶狠狠还要施展毒手，双钩一并，正想手探镖囊，取沐天澜性命。蓦地头上哗啦啦一阵怪响，竟在这时无缘无故地折断了一竿竹顶，一大蓬连枝带叶的竹帽子，向她头上砸了下来。她心里一惊，顾不得再取飞蝗镖，举手向上一挡，霍地向竹林里一钻，便逃得无影无踪。沐天澜眼看她头上竹帽子无故地折断下来，也觉得奇怪。等得一队苗卒赶到，分向竹林内搜查，黑牡丹早已逃远了。

这时内寨业已得报，罗幽兰头一个飞身赶来，见着了沐天澜，心里一块石头才落了地，一看他汗流满面，怒冲斗牛，慌拉着他手问道：“你和谁交手，打得这么凶？”

沐天澜说是黑牡丹暗探内寨，独自追踪，一场恶战。罗幽兰吃了一惊，恨得咬着牙，小剑靴跺着地说：“好险！好险！我几乎误了大事，真该死，我想错了。”

沐天澜诧异道：“你又是怎么一回事？”

罗幽兰在他耳边悄悄地说：“我上楼看见你不在，前窗开着，我以为你和罗刹夫人拣一僻静处所谈话去了。我故意不去打搅你们，安心地候着。哪知我想得满拧了。”

沐天澜朝她看了一眼，刚说了一个“你”字慌又缩住，改口问道：“岳父惊动了没有?”

罗幽兰说：“我在窗口听得消息，几乎急死，从屋上飞一般赶来，哪有工夫惊动父亲?”

刚说着，映红夫人和禄洪领着许多头目从土司府大门外飞绕过来。大家匆匆一说，头目们分队散开，点起松燎向寨前寨后仔细搜查，恐防尚有奸细暗伏。映红夫人和洪禄陪着沐天澜罗幽兰回到寨内，沐天澜又问两位老前辈没有惊动么？侍立的头目们报说：“没有惊动。道爷住的屋子近一点，大约听得一点动静。刚才在屋内问我们，奸细跑掉了没有？我们回答已赶跑了，便又安睡了。那位老禅师屋子远一点，根本听不到动静的。”

沐天澜愕然半晌，向罗幽兰说：“这事又奇怪了。”

罗幽兰不解，一问所以，才明白沐天澜惦记着黑牡丹探手取镖，竹帽子无故折断，砸在她头上，才把她惊跑。起初以为两位老前辈暗助一臂，现在又觉不对。似乎暗中维护另有其人。

罗幽兰却暗地肘了他一下，故意用话岔开，讲到黑牡丹心有未甘，应该谨慎防备才是。映红夫人更是暗暗焦急，深愁本寨从此多事，虽有几位武功出众的贵客在此，岂能长期坐守？本寨得力臂膀金翅鹏偏受蟒毒，一时难以复原，从此真难安枕了。

大家谈了片刻，已到三更时分，映红夫人便请沐、罗二人上楼安息。两人上楼进了外间沐天澜卧室，前窗兀自开着，天上起了风，吹得桌上两支烛台火苗乱晃。

罗幽兰过去把窗门关上，回头向沐天澜说：“刚才我阻止你说话，怕你漏出马脚来。你想，黑牡丹飞蝗镖出名的歹毒，在她掏镖时，突然竹帽子砸在她头上，当然是有人帮你的忙。我真感激这个人。你的功夫未尝敌不住她，我替你担心的便是她的断命镖。这人砸得恰到好处，这人非但救了你，也救了我。”

沐天澜笑道：“你说了半天，这个人究竟是谁呢?”

罗幽兰原立在窗口，暗地向自己屋内一指，嘴上却说：“我想这个人定是罗刹夫人。因为两位老前辈没有出屋子，还有谁有这样神出鬼没的功夫呢？”

沐天澜却吃了一惊，不由得向里屋看了一眼，只是里屋黑漆一般，什么也瞧不见。嘴上故意说道：“当真，此刻已是三更，罗刹夫人快来了。兰姊，你把窗开着，让她好进来，免得惊动别人。里屋烛火还没有点，她来时我们到里屋谈话，似乎比这儿机密一点。”

罗幽兰明白他意思，暗地向他一努嘴，嘴上说：“好，依你。”说着又推开了前窗，一转身，随手拿起一支烛台，移步向屋里走去。沐天澜跟在后面，进了里屋。烛光照处，哪有人影？两人不禁“噫”了一声，慌把屋里桌上几支烛台点了起来，一室通明，哪有罗刹夫人的影子？

沐天澜朝罗幽兰一笑，罗幽兰面上一红，暗想：我今晚怎的这样颠侧，刚才想错了一档事，几乎出了大错，此刻又不对了。我离屋时，明明记得此屋几支烛台一支未灭，窗又关着，便是像外屋一般开着窗，也没有被风吹灭。此刻我们上楼来，独有里屋烛火全灭，明明是有人进屋故意吹灭，藏在屋内，怎的没有人的踪影？真奇怪了。

罗幽兰一时想得出神，猛听得屋外扑哧笑了一声，悄悄地说：“只顾两口子说体己话，把客人冷落在一边，装瞧不见。太难了！”说罢，又是低低地一阵娇笑。

两人惊得一齐转过身去，罗刹夫人已笑吟吟立在两室相通的门口了，而且春风俏步地走进屋来。

沐天澜骤然见她出现，一时怔了神，说不出话。还是罗幽兰机警，慌赶过去满面笑容地拉着手说：“罗刹姊姊，你真是神出鬼没的奇人。我明知你本来藏在这屋里的，不料你却在外屋出现。大约你故意灭了里屋烛火，引得我们到屋里来，你却藏在窗外，悄不声地从外屋开着的窗口进来了。”

罗刹夫人今晚换了装束，不是白天的苗妇装束了。一身暗蓝软绸紧身密扣夜行衣靠，腰束绣巾，脚套剑靴，头上锦帕，齐眉勒额，中缀一粒极大明珠，光华远射，左鬓垂着半尺长的琵琶结，衬着明眸皓齿、媚中带煞的鹅蛋脸，似乎脸上薄薄地敷了一层香粉，淡淡地罩了一层胭脂，烛光底下，格外显得蛾眉曼绿，玉润珠莹。耳上压着一对大猫儿眼，宝光闪动，耀人双目，配着她眉梢口角漾起的丝丝笑意，不断一闪一闪地晃动着。身上寸铁全无，背上斜系着软软的一个包袱，大约是外罩的风氅，也许是换下的苗装。

她听得罗幽兰说出她原在屋里，继藏窗外，再从外屋窗口进来几句话，微微媚笑，微微摇头，似乎说罗幽兰猜得不对，一对精光炯炯的凤眼，却觑着沐天澜，似乎说："你猜一猜呢?"

沐天澜背着烛光，正在暗暗地打量她，被她眼神一逼，不禁面上一红，慌说："大约我们上楼时，楼梯一响，已闪到外屋，藏身在床顶，或者是帐后，我们没有留神所在了。"

罗刹夫人摇着头说："你想得更不对了！我还没有见着你们，为什么要鬼鬼祟祟地隐藏起来？我又不是小孩子，想藏起来吓你们一跳吗!"

两人一听更惊奇了，一时想不出她用什么门道，由里屋转到外屋去。

罗刹夫人朝他们两人面上看了一看，笑说："我一发使你们惊奇一下。在你们一先一后从这重门外进屋来，我也在这时从这重门内出屋去，你们信不信?"

两人都表示不信的神气。沐天澜抢着说："这是不可能的，除非你有隐身法了。"

罗刹夫人几乎大笑起来，慌掩住嘴悄悄说："你们都是聪明人，一时被我绕住了。说穿了，一点儿不稀罕。我在将近三更时分赶来赴约，听得竹林外面有人说话，一忽儿又狠打起来。掩入林内一瞧，才知你和黑牡丹交上手了。我到这儿来，不便叫黑牡丹知道，暗地看他还搪得住，后来苗卒们闻声赶来，黑牡丹退到林口，恶狠狠要下毒手，我才纵上林梢，折断了一支竹帽子把她惊走。自己也从林外绕到内寨，飞身进来。远远看见她，从楼窗跃出，一阵风地赶向外面去了。我还奇怪，焦不离孟，孟不离焦，他在外面打了半天，你这时才知道。那时我趁机跃进楼内，一看两间屋子里灯烛辉煌，料定你们上楼必先进外屋，特意把里屋两支烛台灭了，试一试你们的警觉性。我却暂借宝榻高卧了。你们上楼在外屋谈话时，我依然躺着。后来你们两口子一吹一唱，我便听出你们已知我在里屋了。我马上想了个主意，逗你们一逗，偏不叫你们料着，悄悄下床来从门侧施展少林壁虎功，带点武当缩骨法，横贴在这重门楣上。如果你们进门时，回头向上一瞧，我便无法闪避，但是我料定你们一心以为我在里屋安坐而待，不至回头。果然！你们一进门，掩着手上烛光，一个劲儿往两面搜查，我却乘机从你们身后，翻出门外去了。这种游戏举动，说破了，你们两位一样办得到。最要紧的是身子起落要迅捷如电，却不准带一点风声。”

两人听得面面相看，弄了半天心机，仍然栽在她手上了。

这间房内布置精雅，一点没有苗寨气味。主客三人一阵让座，中间一张紫檀雕花桌，罗刹夫人上座，两人左右相陪，下面点着明晃晃的两支巨烛，窗口焚着一盒篆字香，幽芬满室。

罗幽兰打叠起精神，竭诚张罗，亲自献上香茗，又搬出美酒佳肴，殷殷招待。这一来，罗刹夫人和罗幽兰似乎比先亲近了。可是罗幽兰身上的兵刃和暗器，始终没有解下，只有沐天澜的辟邪剑早已放在一边。

罗刹夫人笑说：“主人情重，这样厚待大约预备做长夜之谈了。其实我想说的，也没有多大的话，不过我们这样长谈，难免不惊动本寨主人吧!”

沐天澜说：“不妨，这一面楼下全是我带来的人。本寨主人的卧室，隔开了好几间屋子；巡夜的苗卒们根本不敢上楼，我们可以放怀畅谈。”

罗刹夫人说：“我在寨外听得街上苗民们传说，土司府内又到了两位贵客，一个是道爷，一个是老和尚，这两位是谁呢?”

罗幽兰便把破庙父女相认情形，大略一说。

罗刹夫人说：“真是难得，说起来尊大人我小时候定然见过，可惜年纪太小，罗刹峪内的印象，非常模糊了。可是我听先师说过，罗妹妹被九子鬼母掳去，在秘魔崖混了许多年，完全是代我受过。九子鬼母把罗妹妹当作我，所以替罗妹妹取了女罗刹的诨号。我听到了这一段事，一直存在心里。现在好了，父女重逢，罗妹妹又得到这位如意郎君……”说到这儿，眼射精光，面露媚笑，笑眯眯地瞅着沐天澜，半晌，才向他问道，“还有那位老和尚的来历呢?”

沐天澜便把无住禅师的来历说出，罗刹夫人立时嘴角一撇，冷笑道：“我道是谁，原来是当年三斗坪会面的那位方丈，想不到还是你师伯，和这儿金翅鹏也有渊源。这两位老前辈，说起来都见过面的，真是人生何处不相逢了。”

两人明白她说三斗坪见过无住禅师，便是今晚席面上老和尚讲的故事，看她神色很有鄙薄无住禅师的意思，可见当年她们师徒对于这位老和尚始终没有谅解。细想起来，当年老和尚尴尬情形，确也可笑，难怪她有点瞧不起了。

沐天澜说："今晚黑牡丹暗探内寨，定是从外面听得到了一道一僧，也许对我们两人想暗箭伤人，想不到闹得虎头蛇尾。她定不死心，还要来薅恼。这倒好，省得我们再去找她。我定欲手刃杀父之仇！罗刹姊姊——你能助我一臂吗？"

沐天澜脱口而出地叫了一声"姊姊"，面上不禁一红。原来他谨受阃教，想笼络罗刹夫人了。

罗刹夫人猛听他叫姊姊，咯咯一阵娇笑，眉飞色舞地笑说："玉狮子——不对，我的好弟弟！姊姊一定叫你如愿，但是你得先帮姊姊我一点忙，你愿意么？"罗刹夫人说时还向罗幽兰扫了一眼。

沐天澜吃了一惊，暗想好厉害，倒打一耙，我这声姊姊白叫了。罗幽兰看他怔了神，慌接过去道："像姊姊这样本领，还要我们帮助吗？"

罗刹夫人目光如电，微微笑道："天下事不是仗着武功好，全能成功的。当年楚霸王七十二战，战无不胜，忽闻楚歌，一败涂地。吃亏在有勇无谋，非但无谋，而且鲁莽得可笑。不说当年楚霸王，今晚玉狮子也是鲁莽万分，居然逞匹夫之勇和黑牡丹这种人拼起命来。万一你吃了点亏，便是我立时把黑牡丹处死，也是得不偿失的。所以古人说：'事预则立，谋定而动。'武功高超的，没有不讲究'静以制动'，你却轻举妄动，和她打得面红气粗。不是我交浅言深，你记住我的话，以后便不至轻身冒险了。"

沐天澜被她说得讪讪的有点不好意思，心里却暗暗佩服，罗幽兰却暗想：话是对的，可是从这几句话里，也可看出她对于我们这一位如何的关切了。

第八章　黄金祟

罗刹夫人笑说："刚才我把话说远了，你们哪知道今晚黑牡丹来此暗探，不像你们想得简单哩。她是奉命而来，原预备不动声色，探得一点动静便走，不想被玉狮子一挡一搅，闹得一无结果。"

两人听得诧异，沐天澜便问："黑牡丹奉谁的命？暗探以后，预备怎样？"

罗刹夫人朝他们看了一眼，笑了一笑，笑得有点蹊跷，沉了片刻才说："你们真是……这也难怪，连龙家还在做梦，何况两位远客呢？"

两人听得一发惊疑了。两对眼光直注罗刹夫人，渴盼细说内情。罗刹夫人忽地站起，走到窗口，推开半扇窗户，一纵身穿出窗外。半晌，飞身进窗，随手关窗，向两人点点头说："时逾午夜，隔墙无耳，现在我们可以畅谈了。"

她坐下来说："现在我要说明我的来意了，你们两位让我说完了，咱们再商量，这事要从我本身说起。天下不论哪一门、哪一道的武术，祖师爷传下来，一定有几条戒条教后人遵守，免得依仗武术，妄作妄为。独有我先师石师太既无门派，也无戒条，可以说毫无束缚，照说我是自由极了，但是我先师除传授独门武术以外，又逼着我读书，而且我读的书和秀才们应考的子曰诗云不一样，儒释道三教都有。我装了一肚皮书，把我害苦了。江湖道上号称侠义行为的劫富济贫、除强扶弱，我认为治一经，损一经，闹得牵丝扳藤，结果惹火烧身，无聊已极。这种事我都不屑为，那下流的奸淫劫掠更不必说了。但是天生我材必有用，既然世上有了我这怪物，又生在乱世之际，我自然要做一点我愿意做的事。我又是海阔天空、独行其是的怪脾气，我做的事不必问是非，不必管别人的赞许或笑骂。因为世上的是非黑白，都是吠声吠影，随时而迁。别人的赞许或笑骂，浅薄得像纸一样，根本是隔靴搔痒。我只行我心之所安，我便是这样的怪物。

“自从先师石师太示寂以后，我便离开了衡山，云游四海，时时变貌易容，时时改装换姓。虽然在江湖上也伸手管了不少事，做了许多我愿意做的事，绝不露出我的真相，让江湖上疑神疑鬼，自去猜疑。有时无意中有人在我面前讲出我的故事，说我是剑仙，添枝带叶，讲得口沫四射，神乎其神，我只听得笑断了肚肠。这样我游戏三昧地过了一个时期，忽然我对于这样行为厌倦了。从镜子里看到自己真面目，觉得面上起了风尘之色，和从前的面孔有点不一样了，慢慢地要老起来了。我又忽发奇想，我要在长江上下流山明水秀之区和云贵人迹鲜至之境，布置几所美轮美奂、公侯门第一般的房子，作为我倦游休憩之所。但是这种事，第一需钱，第二需人。我究竟不是剑仙，凭空一指，平地涌起楼台，又不愿现迹江湖，招罗党羽，强取豪夺，更不愿低首事人，因人成事。我这种奇想，要马上实现却非容易。我本来一片静无尘滓的心境，起了这样一点欲念，便有点自讨苦吃了。因此我先要择定一个建筑房屋的处所，猛地想起小时生长的猿国，真是人迹罕至的地方，风景也不错。想到便做，马上动身，到了贵州平越州境内的猿国。

“不料猿国也有变迁，我在猿国时，原是一大群猩猿，雌多雄少。在我离开猿国以后，一群母猿依仗猿多势众，竟到谷外深山密箐中，掳来不少土犵狫族的野苗子，一阵乱交合，竟产生了不少苗猿合种的巨人。这种犵狫族是贵州深山中最凶猛的生苗，体伟力巨，披草为衣，每日用滚热桐油浇身擦脚，遍身乌油黑亮，浑如熟铜，纵跃如飞，伏处土窟，性烈善斗，不知合群，种类日少，却被母猩猿看中，弄到猿国，传下苗猿混合的似人非人、似猿非猿的一种。我到猿国时，看到这种人猿，离生下时不过十年光景，却已长得开路神一般。大约这种人猿略具人性，倚仗着体伟力猛，自视甚高，不屑与群猿为伍，把一班猩猿欺侮了个够。猩猿吓得伤了心，一见我到，环跪哭诉。说也奇怪，这种人猿不待我施展武力，竟摇尾贴耳，俯伏足前，非常驯伏，一半也因我懂得猿语，易通易解，说起这种猿语，有音无义，完全是猿类生活习惯的自然规律。我见了那群人猿，又发奇想，我想世上能够使这班人猿驯服的，大约只有我一人，别人虽有驯服它们的武力，不通猿语也是枉然！我如果驱使得法，这班人猿倒是不二之臣。

“我在猿国只留了一宿，勘察猿国里面被猩猿弄得乌烟瘴气，不适于建筑我理想的行馆。第二天把一群人猿召集，一点数目共二十二个，我对一班人猿说：‘你们体大力猛，在这猿国里不够你们吃和玩的。我有好地方带着你们去，快替我做一个坚固的竹兜子来。’

“这班人猿听得有好吃好玩的地方，欢跃踊舞，一窝蜂抢着去造竹兜子。这种竹兜子，便是古人说的笥舆，也就是江南山行，用两支竹竿穿个形似竹椅的东西，两人抬着走的竹轿子。我做猿国之王时，自己做了一具竹兜子，常叫猩猿们抬着游行。猿类性喜模仿，每个猩猿都能做竹兜子。这班人猿性比猿灵，当然一点就通，一忽儿做了两具竹兜子来。一班猩猿听得我要带着一班人猿远离猿国，虽然对我依恋，可是把大力士的人猿带走，又高兴得跳起来了。可笑人猿的父亲土犵狫金刚般身子，只几年工夫，被一群母猩猿折腾得瘦骨峻嶒，现在躲在猿窟里，只剩得翻白眼儿了。

“我坐着竹兜子，带着二十二个金刚力士般人猿，离开猿国，专找断绝人烟的深山密林走去。不管有路无路，山高崖断，这班人猿攀缘飞跃，如履平地，而且天生猛力，能手搏虎豹。这样，渴饮清泉，饥餐兽肉，用不着我费一点心力。另外两个人猿扛着猿国里捎来的黄精、山药之类，足够我随路果腹。有时我拣块新鲜兽肉，生火烤炙，挂在竹兜子上，随意撕吃，一路游赏山水之胜；有时掏出指南针来，指挥人猿前进的方向。这样随意穿行于人迹罕至之境，不知走了多少日子，已由黔境走入滇边。有时难免碰着苗寨乡镇，我必跃下竹兜，把一群人猿安置僻静山谷，独自走进市镇，问明路境，待到深夜，再率人猿们绕道而过。这样又走了几天，竟到了滇南阿迷云龙山。

“我一看云龙山水木清华，群山耸秀，和一路行来穷山恶水截然不同，便在山内逗留下来，每天率领人猿攀岭越涧，选择适宜处所。我们走的地方，已是云龙山幽险之境，连日并无人影。不料有一天，人猿从一条天然仄径里面，挟出两个全身武装的苗族壮士，送到面前。我以为是深山猎人，原想问明路境放掉。不意两个苗壮骤然见到鬼怪似的人猿，吓得灵魂出窍，自供实情，说是仄境里面，通着一险秘的山谷，谷内地方极大，四时如春，风景无边。当年九子鬼母发现此地，派人在内建筑起一座竹楼，引水灌泉，拔茅平土，很有几处游赏之地，而且在此处设了不少炉灶，掳来不少铁匠，打造军火器械。九子鬼母死后，只剩得四个苗族壮丁在此看守。这几年内，只有黑牡丹来过一次，不久即去，以后一直没有人来过。我一想九子鬼母是我父母的仇人，这处秘谷也不是私有之物，正苦没有适宜之地，这样现成东西，天与不取，便是傻子了。立时命两人引路，率领一班人猿到了那所秘谷之内，一看风景果然甚佳，当年九子鬼母建筑的竹楼依然完好，而且楼内应用东西大致尚备。不过苗人思想究嫌简单，如要此地作为我憩息之所，还得一番经营。我便暂时在竹楼内寄住下来。正在用人之际，便把看守的四个苗人降服，命他们折箭为誓，听我驱使，一面查勘谷内全境，把二十二个人猿教导一番，分布扼要处所，严密防守。

“有一天，当年九子鬼母心腹勇将飞天狐吾必魁，领着十几名羽党贸然入谷。大约他们不知地已换主，大踏步昂头直入。万不料我一群人猿暗伏树上，飞将军从天而降。飞天狐虽然袖箭齐发，无奈人猿捷逾飞鸟，猛过疯狮，而且皮坚如铁，满体松油，刀箭不入，‘金钟罩’‘铁布衫’等功夫，还不及它们的坚实。飞天狐这班人岂是对手？立时个个生擒。我另有用意，并不难为他们，立时释放，好言相待。飞天狐倒也光棍，居然低头服输，愿把带来的几个羽党，留在谷内供我驱策，自己出谷去要邀集滇南许多好汉前来拜见，意思之间，想把我当作第二个九子鬼母了。我一看飞天狐面带狡凶，断不可靠，我表面上不动声色，我却要趁机一见滇南苗族的人物。果然，飞天狐在半个月后带了不少人来，而且扛的、抬的送来了许多礼物。

“那时我一身苗装，并没有说明自己来历。他们又看我能役使金刚般的怪物，他们自己说，当年秘魔崖养着几头狒狒，也没有这样高大猛烈。也许他们把我看作苗族，时时探询我的出身，我却故意说得非常神秘，故意把苗族的习惯和语言，偶然表演一点出来。他们真把我恭维得像苗族的神圣一般了。我暗暗注意来的人物，其中有几个特殊的，除飞天狐外，便是黑牡丹普明胜夫妇（那时普明胜尚未死）。还有一个说是新平飞马寨土司岑猛，面目凶狞，词色桀骜，他背后有两个凶伟苗汉，一步不离地跟着他。飞天狐、黑牡丹这班人，对于岑猛，口口声声称他为岑将军，词色之间非常恭维，似乎这姓岑的势力雄厚，左右一切。

“那时我在竹楼外面几株大树底下，陈列酒肉招待他们，好在这种酒肉，原是他们扛来的礼物，只算得自己吃自己。可笑在席间，姓岑的耀武扬威，忽地从腰里拔下一柄飞刀，手臂一抬，向树上横枝上栖息的一只白鹦鹉掷去。这只白鹦鹉是我路上捉来，一路调熟，不必羁绊，不会飞去，我非常爱惜。不料那姓岑的无端逞能，不问皂白便向白鹦鹉下手。恰巧我嘴上正含着一块鸡骨，我一张嘴，把口里鸡骨吐向半空，当的一声，正把出手飞刀击落地上。我笑说这鹦鹉是我好玩养着的，姓岑的面上立时变色，立时向我道歉。飞天狐老奸巨猾，立时一阵拉拢，把我高抬到三十三天。

“他们便对我说：苗族被汉人历年欺侮，弄得难以安生，官吏怎样剥削凌弱，当年九子鬼母是苗族救星，怎样被沐公府派人杀害。尤其苗族中几个献媚汉官、忘本负义的土司，像金驼寨龙在田，婆兮寨禄洪，三乡寨何天衢、桑窈娘夫妇。最可恨是金驼寨依仗沐府，独霸滇南。而且金驼寨内还有一件极秘密的事情，连沐府都被龙家瞒过。在金驼寨后插枪岩背面，是金驼寨禁地，要路口筑着坚固硐栅，严密防守，不准出入。因为岩后地方很大，四面围着高峰。从插枪岩背面挂下一条大瀑布，终年喷琼曳玉，趋壑奔涧，弯弯曲曲分布成岩脚下二十八道溪涧。然后汇聚一处，泄注于异龙湖中，从前谁也不知道那座插枪岩是个宝藏，直到现在由龙家苗族中一个醉汉口内泄露出来，才明白那岩后圈为禁地的缘故，原来插枪岩竟是座金山！

“起初由那条大瀑布当时冲上无量金沙，冲入二十八道溪内，太阳一照，溪底金光闪烁，随处可见。龙家苗只晓得图现成，把溪水分段闸住，在溪内淘沙拣金。后来独角龙王龙在田从别处暗地带来两个汉人，指点矿穴，暗掘地道，挑选苗卒每日在深夜开掘，由地道入后寨，密设炼金炉，熔化成块，深藏秘窖。可是两个指点矿穴的汉人，却被他们杀死灭口，从此不见了。这样独角龙王坐守金矿，直到现在，积存金块岂在少数？说他富堪敌国，似乎尚差，可是云南全省，不论汉苗，谁也没有他富厚了。独角龙王夫妇却做得非常秘密，一面利用沐公府做护身符，把自己的秘密，绝不使沐府知道，一面训练本寨苗卒，加紧防守，使别个苗寨不敢染指。慢慢地预备独霸滇南，扩展土地，乘机而动。万不料弄得这样机密，依然有人泄露出来。我们这位岑将军，也替沐家出过力，却不像独角龙王般有己无人，一心想替我们苗族扬眉吐气，召集滇南苗族好汉暗暗布置。一听这儿有一位本领非常的罗刹夫人，急忙带着厚礼同我们赶来结纳。大约我们气运已转，将来有了夫人臂助，便不怕龙、沐两家依势欺人了。

“飞天狐这样一说，我表面上当然虚与委蛇，心里暗笑：你们想兴风作浪，与我何关？不过他们所说金驼寨密藏黄金一层，引起了我注意，暗暗存在心里。等这班苗匪走后，就地略略布置了一下，便单身出谷，到了石屏，夜探金驼后寨。果然被我探出后寨设有地道和炼金炉，可是密藏黄金处所，一时却不易探出。我接连探了两次，明知大量黄金一定有地窖，多半在独角龙王夫妇卧室相近之处，却也无法指定准处。既然知道飞天狐等所说，大半可靠，不妨留作后图。我便回转云龙山秘谷。

“过了不少天，忽然在秘谷另一面的峰脚下，被一群人猿听出一大群虎吼之声，好像在峰脚地下发出来一般，飞一般来报告。我自己过去一听，果然听出峰脚内有虎吼的声音，而且不止一二只，其音沉闷，宛在地下。细看峰脚，矮木成林，别无岩穴，略一走远，其音便弱。想得奇怪，立时指挥全体人猿，拿着铁锹铁镐，把这处峰脚开掘进去。开辟了三丈多深，猛然从土内冲出一道急流，流急土崩，已经现出一个深洞。人猿们再用力一开辟，显出一丈多高、两丈多宽的天然山洞，洞内一股溪流，箭一般流了出来。一群大虫紧紧地挤在一堆，半身浸在溪流内，似已饿得不能动弹，只剩了哑声惨吼，形状非常可怜，被金刚般人猿进洞去，像狸猫般一人一只抱了出来。一共八只大虫，饿得一点虎威都没有了。

“我想这真奇怪了！这么一大堆老虎，全饿得这样，是何缘故？这条深洞既然有虎躲入，那面当然有路可通，必须探它一个着落才好。我立时吩咐几个人猿把八只饿虎好好牵去喂养，不准伤害，一面吩咐人猿燃起松燎，抬来竹兜。我坐在上面，带着几个人猿、两个苗汉进洞查勘。这洞真长，天然的山腹中空，自成秘径，而且弯弯曲曲，脚下是一条浅溪。幸而人猿健步如飞，到了出口所在，已经月影横斜。出口外面一湾清流，两岸密林，尽是合抱不交的古树，四面都是层岩壁立，形若铁瓮。后来我替那长洞起了地名，叫作‘饿虎洞’，洞外叫作‘铁瓮谷’。走出谷外一看，冈峦起伏，形势荒凉，已非云龙山境。跟来的苗汉却依稀认得此处接近石屏境界，乱山堆里有一条荒路可通金驼寨的象鼻冲。我看了看四面的形势，回进铁瓮谷，猛地想起一事。谷内谷外怎的沉寂如死，听不见一点飞鸟走兽的声息？竟然是鸟兽绝迹的地方，怪不得八只老虎饿得那样。但是这样穷山荒谷，猎人难到的处所，正是鸟兽栖息的安乐窝，何以反而绝迹呢？

再说八只猛虎，何求不得，何以又躲在深洞，情愿挨饿呢？这里面当然有缘故了，一时却想不出所以然来，预备日后再来探个明白。

“正在指挥人猿们回洞之际，猛然壁立的高岩上呼呼怪响，腥风下扑，两道蓝莹莹的电光，已从岩顶向下射来。我坐在竹轿上，已经看出岩上昂起一个斗大的蟒头，亮晶晶的一支独角，映月生光，两道眼光更是厉害，嘴喷白雾，一条火苗般歧舌，在白雾内闪动。我知道这种巨蟒遍体铁鳞，嘴里喷出来的毒雾沾身即溃，金刚般的人猿也克制不住。当年石师太在衡山顶峰，也碰见过一条毒蟒，比这条还小得多，后来预备好克制的东西，师徒二人还费了不少精力才把它除掉。我有以前经验，暂时不去理会，慌命人猿们飞速进洞。

“回来时走得飞快，不到天亮，已回秘谷。立时在洞口用巨石砌成一个穹门，又利用九子鬼母遗留下的许多粗铁条，造成铁栅，在洞口埋桩树栅，严密封闭，并派两个人猿看守。第二天我派苗汉走到云龙山外，购办香油燕雀等应用东西，又在九子鬼母留下军火仓内，拣出许多精铁打就的长柄飞叉、飞镖，外带一口大铁锅，堆在洞口备用。不时派一两个人猿到铁瓮谷四面岩上，察看毒蟒来去踪迹。这时捉来的一群饿虎，每天喂饱了兽肉，在我竹楼面前欢蹦跳跃，驯服得像犬马一般，连铁索都用不着。有时偶然有一只老虎不听话时，人猿抓住虎项，随手一掼，掼得半死，远远地趴伏着，怕得要死，再也不敢倔强了。

“有一夜，人猿飞奔来报，毒蟒远远地已向铁瓮谷岩上过来。我立时分派两拨人猿，第一拨带着八只猛虎先去，第二拨带着应用物件跟踪前往，我自已坐着竹兜子殿后。想不到就在那一晚，在铁瓮谷树林上救下独角龙王和许多苗卒。其实我并不认识独角龙王，救他们完全一番好意。把这班半死不活的人运回秘谷以后，经我手下一班苗汉认了出来。用我独门解毒秘药慢慢救活过来，向独角龙王好言慰问，顺便用话探听他藏金所在。可笑独角龙王刚得性命，马上变脸，把我当作九子鬼母部下，情愿认命，剐杀听便，至死不说藏金所在。我看他看金子比命还重，实在可笑。不过我既在这上面打了主意，我是决不半途歇手，何况金驼寨祸在旦夕，藏金迟早落在他人手内。与其落在苗匪手上，还不如送个人情，用藏金赎取独角龙王和几十条龙家苗性命。这里边轻重利害，用不着多说，两位也了然于胸了。”

罗刹夫人口似悬河滔滔不绝地说到这儿，哈哈一笑，向沐天澜说，“兄弟，你能从中帮点忙，叫映红夫人献出藏金，赎取她丈夫性命吗？”

沐天澜、罗幽兰听她这样一讲，才明白她到滇南的经过和挟制金驼寨的原因。写给映红夫人的信上故意说得这么凶，原来是预备要价还价，文章还在藏金上，特地找我们来，意思想叫我们夫妻做和事佬，暗地从中说合，她可以不动声色满载而归，好周密的计划！但是她要这许多藏金何用？大约她一心想建筑仙山楼阁般的房子，享受王侯一般的起居了。

当时沐天澜对她说：“这事小弟应该效劳，为独角龙王着想，这样办最妥当不过，化干戈为玉帛，何乐不为，要这许多藏金何用呢？但是他们掘金密藏，原干法纪，盗匪遍地也是祸胎，所以连我们沐家这样交情，尚且讳莫如深。独角龙王甚至愿舍性命，不舍藏金，大约也有他的苦衷，或因一经宣扬，多年雄名便要一落千丈。在这样情形之下，我是沐家的人，向映红夫人如何说得出口呢？再说，小弟还有一事不解。罗刹姊姊起初说过今晚黑牡丹到此暗探系奉命而来，此刻又说金驼寨祸在旦夕，黑牡丹究竟奉谁的命？金驼寨怎样祸在旦夕？罗刹姊姊，你索性对我们说明了吧。”

沐天澜这样一说，对面的罗幽兰不住点头，罗刹夫人朝他们看了一眼，笑嘻嘻地说：“兄弟，你的嘴太甜了！一口一个姊姊，叫得我真有点……”说时，秋波发涩，梨窝起晕，大约讲话时罗幽兰不断地劝酒，吃了几杯微有醉意。

沐天澜被她说得心里一荡，面上也起了红潮，罗幽兰却不肯放松这机会，慌又问道：“我也奇怪，黑牡丹跋扈异常，现在又变成小寡妇，独霸碧风寨，谁能支使她呢？”

罗刹夫人咯咯地一阵媚笑，没有理会罗幽兰，却向沐天澜笑说：“聪明的小伙子，我说的话已经多了，这档事你们且闷一忽儿，并不是我故意卖关子，黄金没有下文，事不干己，我何苦做损人不利己的事？我坐在一边，看她们窝里翻多好。”

这几句话明明是说，你们不替我从中说合，我是不说的。这层意思，两人当然明白。沐天澜这时对于罗刹夫人，似乎比前厮熟了，也能随机应变，随口答话了，慌接着说：“罗刹姊姊不要多心，小弟一定照办。不过总得想个开口的法子罢了。”

罗刹夫人突然笑容一敛，缓缓说道：“其实不必费这许多口舌，只要去向禄映红说，黄金和独角龙王，要的是哪一样？如果想要丈夫，乖乖地把地下藏着黄金如数缴纳，不准偷漏一点，否则不必提了。这几句话，明晚起更时分，我在象鼻冲岭上恭候回音，到此为止。时候不早，我搅扰了半天，耽误两位一刻千金了。”说罢，目光闪电般向两人一扫，人已飘然离席，立在外屋门口，向沐天澜点头媚笑道，“玉狮子，我劝你在这三天内，带着她赶快回昆明去，比什么都强。千万记住我这话，明晚我们再见。”身形一晃，便已不见。

罗幽兰嘴上还说：“罗刹姊姊稍待，我有话说。”外屋已寂无声响。两人赶出外屋，哪还有罗刹夫人的踪影？想已穿出窗户走了。两人面面相看，作声不得。半晌，罗幽兰说：“你只晓得把姊姊叫得震天响，要紧的还是没有探出来。”

沐天澜恨着声说：“你还说呢，你不会想个法子使她开口吗？”

罗幽兰笑道：“我早已传授锦囊妙计，你不肯照计行事有什么办法？话说回来，我也一时蒙住了。我应该托词避开才对，这样你才能发挥你的天才呀！”说罢，笑得娇躯乱颤。

沐天澜皱着眉说：“又来了，我愁着明天怎样对映红夫人开口，怎样向她交这本卷子，独角龙王和几十个苗卒性命，都在这本卷子上了。”

罗幽兰向窗外一看，惊讶地说：“不得了，你瞧什么时候了？一忽儿便要天亮了，有事明天再说吧。”说罢，拉着他的手进里屋去了。后文如何，续集发表。

注：本集 1948 年 8 月雕龙出版社初版。

第三集

第一章　铁瓮谷

上集沐天澜、罗幽兰和罗刹夫人在金驼寨后寨夜深人静，秘密谈心，才明白罗刹夫人挟制龙土司的目的，并非要夺取金驼寨基业，志在龙家藏金，要他们暗地说合，人财两交，但是沐天澜感觉突然说破龙家秘密藏金，颇费踌躇。

第二天，沐天澜因为昨夜睡得太晚，醒来略迟，一睁眼，房内不见了罗幽兰，轻轻叫了一声，外屋也不见她答应，却进来了每日贴身伺候的两个家将，手上拿着盥洗之具，伺候沐天澜下床，说是“罗小姐吩咐过，公子起来以后，暂时在房内等候，罗小姐一忽儿便回来”。

沐天澜以为她偶然出去，没有在意。等得盥洗结束以后，又沉了半晌，才见罗幽兰姗姗而来，一进屋内，挥手令家将们退去。

沐天澜便说：“我怎么睡得这样沉？兰姊出去了半天，我一点没有觉察。”

罗幽兰笑说：“你倒睡得挺香，我可一夜没有交睫。幸而这样，否则连我父亲怎样走的，我还不知道哩。”说罢，眼圈一红，盈盈欲泪。

沐天澜吃了一惊，慌说：“岳父真走了吗？怎的不通知我一声？”

罗幽兰说：“可得让人通知呀！昨夜我们送走了罗刹夫人，我把她的话仔细一琢磨，心里便起了疙瘩。等你睡熟以后，一看天上已有点鱼肚白色，料得离天亮不远，我心里想和父亲先商量一下，请他老人家指教我们。我存了这个主意，再也等不及天亮，便没有上床，悄悄从外屋跃出窗外，到了父亲住所飘身而下。微一推门，门原是虚掩的，走进屋内，我父亲在榻上盘膝静坐，并没睡下，见我进屋，向我点头说：‘你来得好，昨晚谈得怎样？’我便把罗刹夫人所说的事，统统说了出来，请他老人家代我拿个主意。

“我父亲思索了半天，很郑重地说：‘罗刹夫人所说一切本身经过，当然毫无虚言，不过她请你们从中说合，叫龙家献金赎人，恐怕其中还有文章。我虽然没有和她会面，照你们两次和她谈话和她的举动看来，这人武功出众，机智百出，真未可轻视。现在不管她怎样，只要龙家牺牲点金子，暗暗把龙土司等赎了出来，这是天大的幸事。只是你们两人从中说合，依我看来，还是你一人出面，和映红夫人暗地接洽的好，如果有天澜在场，反而使映红夫人有所顾忌了。这事总算有了眉目，要紧的是罗刹夫人说出黑牡丹奉命暗探，金驼寨祸在旦夕的几句话。你们却没有细探明白，未免太疏忽了。

“‘现在我再嘱咐你们几句话，你们两人自问能用智谋拉拢罗刹夫人，作为膀臂，免去将来无穷隐患，这是上策。否则龙土司一档事有了交代，你们赶速回转昆明，沉机观变，看清滇南局势，再图除仇之策。我言尽于此，你来得正好，我马上要离开滇南，云游他处，不再自寻烦恼了。’

“我一听父亲要走，急得哭了起来，父亲说：‘天下无不散的筵席，假如没有那晚破庙相逢，又将如何？再说天下乱象已起，断非一人之力所能济事。我心愿已了，乐得做个闲散的人。不用说我心如槁木，便是滇南大侠也是如此。无住禅师倒可勾留几天，金翅鹏没有痊愈，他是无法脱身的。’

“我看父亲意志坚决，便要打发人来通知你，父亲拦住我说：‘不必，我并非不再和你们见面，将来我到昆明定要去找你们的，只要你们让我自由自在，也许我到沐公府，还可盘桓一时哩。现在希望你们记住我刚才的话，比什么都强。’说完这话，竟不容我多说，飘然出屋，从屋上出寨走了。”

沐天澜叹口气道：“岳父怎的这样决绝，不让我们尽一点孝道。再说，他老人家说过，要指点我们风雷剑诀哩，怎的说走就走，以后到哪里去找他老人家去？”说罢，连连叹气。

罗幽兰道：“我暗地留神，父亲对我们并非毫无情意，尤其对于你是非常器重的，我想也许他老人家别有用意。如其决绝的话，昨晚对于罗刹夫人的约会就不会非常注意，直到今天听到我说明约会的结果，才安心走了。也许我们回到昆明，父亲会找我们去的。现在且不提父亲的事，我听了父亲临走嘱咐的话，心里越想越对。送走了父亲以后，天色渐明，人们都起来了，我又悄悄去见映红夫人，屏退了侍从的人们，连璇姑姊弟都不在跟前，把罗刹夫人挟制的本意，婉转说出。

“她起初面色立变，又惊又愧，低头琢磨了半天，才妹妹长、妹妹短地说了许多感激的话，然后说：‘插枪岩发现金矿是有的，无奈有名无实。一经开掘，费了许多精力，只积存了二千多两金子。再掘便断了矿苗。因为有名无实，便不敢张扬出去。现在救命要紧，只好把所有金子送那女魔王去。只要我丈夫和四十几名苗卒平安回家，也顾不得历年白耗的心血了。这事还得仗妹妹和二公子暗暗地办一下，看情形那位女魔王也不愿明做。这倒好，免得坏了我丈夫名头。’说罢，又千恩万谢地送我出来。

“我不管她所说几分真，几分假，事情总算有了着落，今晚可以向罗刹夫人回话了。”

沐天澜大喜，笑说：“昨夜我正愁着这档事难以开口，想不到你一早已替我办妥了。不过有一层可虑，映红夫人自己说出愿将所藏二千多两金子拿出来赎人。照说黄金二千两，在一个普通人眼内，是一个了不得的数目，但在罗刹夫人眼内就难说了。再说龙家藏金是不是只有这一点？罗刹夫人能否信得及？都是难以预料的，看起来这档事还没有十分把握哩。”

罗幽兰笑道：“你想得不错，我也早已料到了，事在人为，今晚和罗刹夫人会面，怎样把事办得圆满，全在你一人肩上了。”

沐天澜看了她一眼，诧异道：“我们两人几时分开过？”

罗幽兰点头笑道：“今晚我暂时失陪，劳驾你一个人辛苦一趟吧！”

沐天澜似乎已明白她的用意，面上一阵迟疑，半晌没有开声。

罗幽兰过来，贴身坐下，紧紧地拉着他的手，悄悄地说：“澜弟，你不用为难。这是我愿意叫你这样做，有我在场反而坏事。龙家的事，在我看来还是小事一段，将来尚有比这档事重大得多的。我昨晚怎样对你说，今早我父亲又再三嘱咐，我越想越对，但是凭我两人想收服这个女魔头，只有智取，不能力敌。想来想去，没有第二条道可走，只有你用一个‘情’字，可以收服她。你一定奇怪，天下没有一个女人，再三再四地劝丈夫向别个女人用情的，但是我自己觉得不是普通女子，我不能不从远处、大处着想。

“而且我另外还有一种奇想，假使我和你没有结识在先，你和罗刹夫人何尝不是珠联璧合的一对呢？不幸她落后了一步，大家不见面也罢了，偏又见着了！冷眼看她，对你又这样关切，她自恨落后了一步，空存了一肚皮说不出的怨恨。这种怨恨，将来对我们，尤其是我，一步步变成了冤家对头。

“有了她这样神出鬼没的对头，我们夫妻休想安生！与其这样，不如现在我先退让一步，消散她心头的怨恨，使我们三人联成一体。她有了归宿，也和我一般，做不出什么泼天的大事来了。你难道不懂得‘儿女情长，英雄气短’一句老话吗？”

沐天澜静静地听她说完，眉头微皱，摇头不语。

罗幽兰笑道：“你看你确不是普通男子，自己妻子一心一意劝你一箭双雕，教你享现成便宜，你倒有点不乐意了。”说罢，咯咯地娇笑不已。

沐天澜叹口气道：“你自以为女子懂得女子的性情，但是那位女魔头不能用常情测度的。你想一想，她从小到现在，过的都是稀奇古怪的境遇，当然养成了古怪刁钻的脾气，又加上姿色、武功、才识，都是一等一的……”

沐天澜话风未绝，罗幽兰笑得柳腰乱扭，一面笑，一面抢着说：“不用说了，我双手奉送一等一的货色，你就笑纳吧！”

沐天澜笑道：“你又胡搅，我话还没有完呢。你的用意我早已明白，不是没有道理，但像罗刹夫人这种女子，恐怕不是一个‘情’字束缚得住的。何况我们预备虚情假意地牢笼她，万一被她猜透机关，反而不妙了。”

罗幽兰似乎有点误会了，娇嗔道：“谁叫你虚情假意？连半真半假都用不着，你就全副精神向她去吧！”说罢，一摔手，走了开去。

沐天澜慌了，急忙凑了过去，轻轻叫着：“兰姊，兰姊！恕我多说。你怎样吩咐，我怎样去办，还不行吗？”

罗幽兰禁不住他一阵低首小心，轻怜蜜爱，也就回嗔作喜。当下两人又密密地商量了一阵，决定了晚上沐天澜单身赴约的计划。

当日无话。将近起更时分，罗幽兰在映红夫人心照不宣之下，暗地打发沐天澜悄悄出寨去会罗刹夫人，只派四个家将骑马暗地跟踪保护。

沐天澜走后，罗幽兰不知什么缘故，心里老觉着不安，而且暗暗地有点后悔，屡次想自己骑马赶去，终觉有点自相矛盾，只可咬咬牙，用极大的忍耐力忍住了。在她订下这种计划，原把当前利害轻重，心里暗暗盘算过几次才决定的。一半是她聪明过人，一半也出于不得已，料定自己丈夫情重如山，不致别生花样。即使弄假成真，深知自己丈夫绝不至得新忘旧，总比放虎归山、贻留后患的略强一点。在她以为算无遗策，哪知道男女之情宛如一杯醇酒，兑一点水进去味便薄一点，水兑得多时，便质味俱变了。情人眼里不能揉杂一粒沙子，这是名言。何况对手是个神鬼不测的女魔王，一举一动都出人意外呢！

沐天澜谨受阃教，一匹马一把剑出了土司府，泼剌剌向异龙湖跑去。这时正是初夏天气，一钩纤月已挂树梢，一片静夜的天空，拥挤着无数明星，好像闪动着千万只怪眼，监视着他的行动。异龙湖心的水汽和湖畔的野草花香，一阵阵扑上身来。

微风飘起，淡淡的月光照在湖面上，绉起闪闪有光的鳞波。他渡过竹桥，牵着马穿进竹林内一条小道，踏上那条上岭的路。到了岭上，把马拴在近身一株歪脖冬青树上，按了按背上的辟邪剑，缓缓地向那面初会罗刹夫人的地方，那株参天古柏所在走去。

走了一段路，蓦地听得远远有人说话，立时把脚步放慢，施展轻功，鹭伏鹤行，悄没声地向说话所在掩了过去。走了一箭路，过了那株参天古柏，寻到了说话所在，悄悄掩在一株长松后面定睛细看，原来岭背一丛短树，遮住了一个突出的土坡，坡上露出一男一女两半截身影。

借着稀微的月光，略辨出男的一个，是个虬髯绕颊，身体魁梧的大汉，女的身形和背上兵刃，好像是黑牡丹。坡下马嘶人语，似乎还有几个党羽，却被土坡和矮树挡住，一时看不出来。留神听他们讲话时，却是嘁嘁喳喳的密谈，听不出什么来。暗想这汉子是谁，据说飞天狐是个谢顶的大老秃，这人虽是绢帕包头，面貌轮廓绝不是飞天狐。

正在猜疑，忽听得虬髯汉子犷声犷气地哈哈一笑，突然地提高了声音说：“你放心，龙家的藏金，我替他细算，少说也在万两以上，又打成笨重的金砖，谁也没法偷盗，稳稳地是我们囊中之物。现在我们不要打草惊蛇，我在五郎沟已按了桩，吾大哥（飞天狐姓吾名必魁）已到嘉峪卧象山一带暗暗召集旧部。这一次，我们要瓮中捉鳖，手到擒来，可是性急不得。”

那女的低低地又说了几句，似乎和男的有点争执，男的忽又压低了声音，说了几句以后，一齐飞身下坡。一忽儿蹄声起处，两匹马驮着一男一女，马屁股后面跟着四五个苗汉，飞一般向象鼻冲岭后山道上跑去，没入黑沉沉一片松林以内便看不见了。

沐天澜虽然只听得半言半语，已暗暗吃惊，知道窥觑龙家藏金的人，不止罗刹夫人一人了。想起昨夜她口中吐露出一点消息，果然非虚！看情形，金驼寨从此便要多事，现在只有先把龙土司赶快赎回来，再把这种消息通知他们，让他们好暗地防范。

沐天澜正在心口相商，暗暗出神，猛听得身后扑哧一笑。

这一声突然而来的笑声，近在耳边，而且一股中人欲醉的温香，也和这笑声冲到自己鼻管，不由得吃了一惊，猛一回身，几乎和一个人撞个满怀，定睛一瞧，原来不是别人，正是罗刹夫人面对面地立着，身上又换了那身苗妇装束，像异龙湖水一般澄澈的眼神，射出异样的光辉，一瞬不瞬，盯在他面上，脸色却显得有点庄严。

刚才的笑声，好像不是从她嘴上发出的，此刻丝毫不带笑意，可也没有怒意。沐天澜一见她，不知什么缘故，心头微微跳动，一时竟怔了神，说不出话来。罗刹夫人也奇怪，紧闭樱唇，一声不响。这样眼光交射，痴立相对，足有半盏茶时，沐天澜面孔一红，才茫无头绪地说了句："你才来，我真被你吓了一跳！"

罗刹夫人眼珠滴溜溜一转，鼻管里冷笑了一声，斩钉截铁地说："你们那位罗刹为什么不来？为什么让你一个人来？是不是让你发挥你的天才来了？"

这一句话真把沐天澜吓得心头蹦蹦乱跳！暗想这句话，昨晚她走过以后，幽兰对我说的玩笑话，她怎会知道？而且口锋锐利，问得这么凶，看情形今晚要闹得灰头土脸，难见江东父老为止。心里风车似一转，嘴上慌说："内人因她父亲桑苧翁要离开滇南，父女不免依依惜别，因此一时分不开身，所以我独自一人来赴约了。"

在沐天澜自以为这几句谎话，说得非常圆滑，万不料这位罗刹夫人好像神仙一般，金驼寨一举一动，都逃不过她的耳目。

沐天澜刚说完这话，她一声冷笑，立时箭一般发出话来："嘿！真奇怪，清早偷偷跑掉的桑苧翁又回来了，这且不去管他。我问你，你口口声声内人、内人，这位内人，几时从外人变成为内人的呢？可否让我这样外人明白一点呢？"

沐天澜心里又惊奇，又难受，心想：放着正事不说，一个劲儿抬杠干吗呢？问不上的话，也问出来了。你问我这个，我真还没法对答，连谎都没法编。沐天澜心里气苦，嘴上又僵住说不出话来了。

罗刹夫人突然扑哧一笑，绷得紧紧的脸蛋，立时变了花娇柳媚的春色，玉掌一舒，拉着沐天澜的手，笑说："傻子，我和你闹着玩的。现在我们到老地方去，谈一谈正事吧。"说罢，拉着他往回走。

沐天澜被她闹得哭不得，笑不得，只好乖乖地跟着她走了。

两人往回走了几步，到了那株参天古柏底下。罗刹夫人拉着他贴身坐在柏树根上，向他说："昨晚我托你们办的事，办得怎样呢？"

沐天澜说："据映红夫人说，金矿是有的，可惜费了许多精力，没有掘出多少金子来。只要龙土司等平安回来，情愿把藏金全部奉送，藏金总数大约两千多两。现在我和你商量，你是一位智勇绝世的女英雄，和龙家又没有什么过节，何苦被那班苗匪利用，就此人财交换，大家交个朋友吧。"

罗刹夫人微微一笑说："别人和我交朋友我不稀罕，我只问你，你愿意和我交朋友吗？"

沐天澜心里一动，暗想机会来了，慌说："我岂但愿意交朋友，我很幸运会到你这样的女英雄。我真佩服得五体投地，我拜你做老师都甘心。"

罗刹夫人笑道："瞧你这张嘴多甜，铁石人也被你说动了心。现在我冲着你就这样办吧，龙家既然情愿把所有藏金交换独角龙王，不管他数目多少，冲着你我也不计较了。我好人做到底，玉狮子，你有胆量没有，马上跟我走，我把独角龙王和四十个苗卒，交你亲手带回。你放心，一路有我保护你，谁也不敢动你一根汗毛。"

沐天澜吃了一惊，来时却没预备这一手，如推辞不去，未免显得我堂堂丈夫胆小如鼠，而且事情也怕夜长梦多。难得她这样豪爽，趁此机会把龙土司一班人救了回来，岂不大妙？心气一壮，立时拱手答道："我这里先谢谢你的美意，可是路途不近吧，今晚来得及吗？"

罗刹夫人说："你既然跟我去，不用管路途远近，我自有办法。现在你到那面松林内，把鬼鬼祟祟躲着的四个人叫来，我有话说。"

沐天澜明白暗地跟来的四个家将，她早已瞧在眼内了。这样也好，可以叫他们回去通知一声，免得罗幽兰着急不安。当时站起来，向那面去唤四个家将。等得四个家将跟着主人回到大柏树下，罗刹夫人面上已罩着血红的人皮面具，丰姿绰约的美人，立时变成了可怕的鬼怪。四个家将骤然看到，未免老大吃惊。

却听得这可怕的女子发话道："我便是罗刹夫人，此刻你们公子和我到一个地方，去接龙土司和一班苗卒。本来我想带你们四个去伺候公子，无奈你们脚程万跟不上，便是骑着马也不行，有几处地方马用不上的，反而累赘。现在你们回去向罗小姐说，公子和我同去，万无一失，请她放心。明晚五更时分请她同龙土司夫人率领部下，备着马匹，从这条岭脊下向西南走出三十多里，看到一座草木不生的石壁，挂着一条银线似的飞泉，你们便在那处等候，迎接你们公子和龙土司一班人回来。你们记住我的话，现在你们可以回去禀报了。"

四个家将听了这话，向自己主人请示。沐天澜以为接着龙土司立时可以回来，此刻一听，要到明晚五更才能了结此事，这一夜光阴，罗幽兰面前似乎无法交代，但是已经答应人家，事实上也无法变更，只好点头示可，吩咐家将们回去，照言行事。猛然想起此刻罗刹夫人绝口不提藏金，我们居间人却不能话不应数，但是事关秘密，和家将们又不便直说，只可吩咐他们回去通知罗小姐，请她不要忘记了应带的东西。四个家将迟迟疑疑地走向岭下去了。

家将走后，罗刹夫人向沐天澜说："你跟我来。"说罢，手拉手地向象鼻冲岭后走去。

沐天澜跟着她走下岭脊，在一条羊肠小道上走了没多远，罗刹夫人忽地撒开手，一顿足，飞身跃上路旁一个突出的岩角，撮口长啸。其声尖锐悠远，远处的山谷起了回音，啸音未绝。西南角上远远地起了一种怪声，既非狼嚎，也非虎吼，宏壮中带点凄厉，余音袅袅，历久不绝，好像同罗刹夫人口啸遥遥相应一般。

在荒山静夜之中，听到这种声音，谁也得毛骨森然。那面怪声一起，罗刹夫人立时飞身下岩，和沐天澜并肩立着，遥指前面远处说道："你看，我们的代步来了。"

沐天澜定睛向指处远眺，只见那面一片丛莽之间，隐隐地有几条怪样的黑影一起一落，其快如风，飞一般向这边奔来，转瞬之间，这几条怪影已到眼前。

沐天澜一看，面前矗立着金刚般四个怪物，每个怪物都有八九尺高，几乎比自己长出一半去。个个长得圆睛阔唇，掀鼻拗腮，金毛遍体，映月生光，腰后却拖着二尺多长的一条黄尾巴。沐天澜明白这几个怪物，便是罗刹夫人从猿国带来的人猿。眼前一共四头人猿，每两头人猿肩上扛着用竹做就的竹兜子，在人猿肩上抬着，离地太高，看得便成怪样。

那四头人猿一见罗刹夫人，马上蹲身，把肩上竹兜子放在地上，一齐过来伏在罗刹夫人脚边，身后那条尾巴乱摇乱摆，拂拂有声。

罗刹夫人嘴上忽发怪音，朝沐天澜肩上拍了几下，不知向那人猿说了什么猿语，四头人猿倏地跳起身来，低着头，翻着一对大怪眼，向他直瞪。他的头刚齐人猿的胸口，立得近一点，要仰着脖子看它们，觉得自己昂藏之躯和人猿一比，简直瞠乎其小。真奇怪，这种巨无霸似的怪物，竟被一个红粉佳人制服得服服帖帖，随意指使，不是亲眼目睹，谁能相信？

罗刹夫人说："这种人猿看着身躯非常笨重，其实它们脚程和纵跃本领，远非人类所及。你一忽儿便可看到，现在我们坐上竹兜子走吧。"

说罢，她已坐上竹兜子去，沐天澜也坐在另一具竹兜上。

只听得罗刹夫人一声呼喝，四头人猿抬起竹兜子，立时迈步如飞，越走越快，两边树林像风推云涌一般，望后倒去。遇着阔涧深渊，前后两头人猿，比着脚步，轻轻一纵便飞渡而过，无论怎样蹿高渡矮，肩上纹风不动。高坐在竹兜子上，虽然快得腾云驾雾一般，却喜平稳异常。如果用这种人猿抬着竹兜子游览名山胜境，什么险峻之所，也能如履平地，倒是一桩妙事。

沐天澜正在非非涉想，猛地一事兜上心头，心想："这四头人猿和这竹兜子，当然罗刹夫人预先埋伏停当，奇怪的是竹兜子不多不少，恰好预先安置了两具，明明预先算定了我和她一同来铁瓮谷饿虎洞了。"这样一推想，连带想起今晚见面时的情形，"好像她早已算定了罗幽兰怎样计划，映红夫人怎样心意，必定是我一人和她会面，一切事她竟了如指掌。

"啊呀！这人真了不得，在她面前还施展什么诡计？真是班门弄斧了。最奇怪是最初给映红夫人一封信内，想把金驼寨占为己有，和我们会面以后，一变为索取藏金，到此刻竟叫我同来接取龙土司等人，连映红夫人奉送二千两黄金，也像可有可无不在心上了。这样一看，真被罗幽兰看透她心意了，真个全冲在我身上了，我怎么办呢？"

他坐在竹兜子上心潮起落，似忧似喜，越想越远，迷糊糊的不知身在何处，连面前飞跑的人猿，一路经过的境界，都似不闻不见。忽被前面银铃般声音唤醒，只听得前面竹兜子上罗刹夫人连声娇唤：“玉狮子，玉狮子！你瞧前面就是铁瓮谷了。我们人猿脚程多快，七八十里路用不了多大工夫，千里马也比不上呀！”说话之间，已进谷口。

沐天澜知是龙土司遇蟒之处，抬头四瞧，岩壁如城，怪石林立，加上阴沉沉的树影，格外显得凄幽险恶。一忽儿眼前一黑，抬入深奥莫测的山洞，一路只听得人猿足踏溪水，哗哗乱响，四头人猿，大约走惯的熟路，漆黑不辨五指的长洞，竟跑得飞一般快。

这样走了一程，前面一个人猿突然怪声长啸。这种怪啸，在这山洞里发出来，更是动人心魄。啸声起处，没多工夫，前面火光闪动，隐有人声，人猿脚步加劲，转眼已蹿过出口。

眼前松燎高举，境界立变。几个劲装苗卒，分列出口，一齐俯身向罗刹夫人行礼。看见后面竹兜子上沐天澜，似乎面现诧异之色。四头人猿并没息肩，向一条长长的铺沙甬道上飞驰。几个苗卒举着松燎抢到前面引路，夹道尽是成围的树林。

沐天澜一眼看到林内伏着一头水牯牛般老虎，瞧见火光人声，立时一声大吼，蹿出林来。罗刹夫人一声娇叱，顿时摇头摆尾，像猫犬看见主人一般，跟着罗刹夫人竹兜子走。一路行去，两面林内陆续蹿出四五只大虫来，都乖乖地跟在轿后，沐天澜看得暗暗惊奇。

树林尽处，面前危崖壁立，中通一径，径口矗立着一丈多高、粗逾儿臂的铁栅。栅内屹立着天魔般两头人猿，都握着丈许长精铁倒钩长矛，尺许长的矛尖子，闪闪发光。一看到罗刹夫人到来，一爪拄矛，一爪开栅。两头人猿把铁栅推开，慌不及分立栅旁俯身行礼。

沐天澜越瞧越奇，暗想这种人猿，难得她教训得和人一般，说不定它手上长矛子，也会施展几手招术的。有这种大力金刚把住这重关口，外人想偷偷进栅，真是不易，念头起落之间，又走过了几重曲折的岩壁。

突然地形一展，嘉木环立，溪水潺潺。沿溪盖着一排房子，足有四五十间。渡过溪桥，显出一片广场，场上尽是两人抱不过来的大树，树荫浓郁，遮满广场。树下设着石桌石礅，中间一条细沙甬道，直达一所巍峨的竹楼，楼内灯火通明。两乘竹兜子便在竹楼面前停了下来。

四个持火燎的苗卒一到此地，身子倒退了一段路，便转身自去了。沐天澜刚跳下竹兜子，猛听得楼下石阶上，轰的一声大吼，一只锦毛巨虎两道蓝汪汪的目光，逼射到他脸上，周身的毛根根猬立，似乎作势要向他扑来。幸而楼门口也立着两头持矛人猿，一声怪吼，那只巨虎才慢慢地倒下毛去，伏在地上了。

罗刹夫人似乎最爱这只巨虎，并不叱喝，走上阶去，指着沐天澜拍着虎项说："阿弥，这人是我好朋友，不是坏人。乖乖地自去玩吧。"

那虎真像懂得人意一般，抬起虎头朝沐天澜看了一眼，懒龙似的虎尾摇摆了一下，一伸懒腰，缓缓地走下阶来，自向林内走去了。

罗刹夫人笑了一笑，向他招手道："我这儿都是家养的大虫，经我吩咐过，便不害人。"

沐天澜走上阶去，罗刹夫人立在楼前，不知和身边持矛的人猿，说了一句什么猿语，那人猿提着长矛，一跃数丈，没入树影之中。片刻工夫，人猿回来，后面跟着两个装束不同的壮健苗汉，似乎是两个头目，立在阶下，一齐向罗刹夫人行礼。

她向俩人吩咐道："从此刻起，在这三天以内，前后几重铁栅一律上锁。没有我的话，不准出入，外客一律不见。如有违我禁令，不论是谁，立即处死！"说时威棱四射，神色俨然，连旁立的沐天澜也有点凛凛然，那两个头目只吓得诺诺连声，俯身倒退。

第二章　伏虎驯狮的佳人

沐天澜跟着罗刹夫人进了竹楼，楼内宛似富家的大厅，屋宇闳畅，陈列辉煌，中间隔着一座紫檀雕花嵌镶大理石的落地大屏风，四角挂着四盏红纱大宫灯，光照一室。厅旁两面竹帘静下，尚有耳室，桌椅等家具，都是坚木镶竹，颇有古趣。一进楼内，屏后趋出四个年轻苗女，一齐俯身行礼，罗刹夫人吩咐了几句话，便各自退去。

罗刹夫人没有在厅内让客，当先引路，转过屏后，踏上一步楼梯，梯口早有两个苗女分拿着一对烛台照路。楼梯尽处，转过一个穿廊，竹帘启处，走进一间精致玲珑的屋子。

屋内并不富丽，只疏疏的几式精致小巧的桌椅，但是一进屋内只觉满屋子都是绿茵茵的，好像沉浸在一片湖光溪影之间。原来四壁糊着浅碧的花绫，点着几盏宫灯也是用绿纱绷的，连四角流苏也是淡湖色的。地下铺着细草编成的地衣，窗口一排青竹花架上，又陈列着几盆翠叶扶疏的花草，格外觉得雅淡宜人，沉沉一碧。

沐天澜不禁脱口喊出“好”来，猛地想起庙儿山下，和罗幽兰定情的小楼，也是绿绫糊壁，记忆尚新，不想又到了这种境界，人事变幻，实非意料所及了。

罗刹夫人听他喊好，微微一笑，拉着他手，笑说：“你跟我来。”

她走到左边靠窗处，忽地呀的一声，推开一重门户，显出一个圆洞。洞门上向外一边也糊着浅绿花绫，和墙壁一色，所以一时瞧不出来，向里一面糊着紫绫，当洞垂着一幅紫色软幔，一掀软幔，立时冲出一种醉人的芬芳。

进了幔内，眼界立变，满眼紫巍巍的绀碧色，细看时，屋内也没有什么华丽的布置，和外屋差不多。只多了一张紫檀雕花的大床，一张龙须席的矮榻和几个锦墩，不过壁绫、纱帐、窗纱、灯纱，一色都是暗紫的，连四角陈列的盆花，也是深红浅紫一类。

罗刹夫人笑道："这两间屋子，听说是九子鬼母住过一时。我来时，只见屋内珠光宝气，陈列得像古董铺一般，地下壁上尽是腥烘烘的兽皮，看得头脑欲胀，一股脑儿被我收拾起来。恰好楼后堆存着许多绫罗锦缎，拣了几匹出来，指挥他们因陋就简地装糊了一下，勉强安身。你是贵公子，府上有的是崇楼锦室，到了这种野房子，怎的还赞好呢？"

沐天澜坐在一个锦墩上笑说："我不是称赞屋子好，我赞的是光彩非常，慧心别具，一间浅绿，一间暗紫。在这初夏时节，一到这种所在，不由得令人意恬心畅了。"正说着话，床后忽然闪出灯光，一个青年苗女从床后一重门内，捧着一个青玉盘闪了出来，把盘内两杯香茗，放在沐天澜身旁的小几上，转身向罗刹夫人低低说了几句。

罗刹夫人说："玉狮子，今晚累得你一路风沙，你先到床后屋内盥沐一下，回头我也要去更衣。"

沐天澜说："不必！一路脚不沾地，宛如驾云一纵，凉爽极了，胡乱擦把就得，你自便吧。"

罗刹夫人笑说："我去去就来，你到我床上休息一忽儿。"说罢，飘然进了床后门内去了。

那个青年苗女，却在床后门内进进出出忙了起来。一忽儿搬出果子食品，一忽儿送上擦面香巾，面面俱到以后才悄悄走去。

沐天澜独坐无聊在屋中随意闲踱，瞧见当楼两扇落地竹窗可以开动，想看一看楼外情形，便把两扇竹窗开了。原来窗外围着楼窗的走廊，四面可通。踏上走廊，脚下咯吱咯吱微响，所有扶栏廊板都用坚厚巨竹做的，凭栏四眺，月色皎然，清风徐引，不过三更时分。

天澜心想，人猿脚程真像飞一般，七八十里路程，不到两个更次便到地头，低头一看阶前两个人猿，兀自翁仲一般持矛挺立。那头巨虎却在阶下打着破锣般的鼾声，其余地方沉寂无声，只沿溪一排屋内，疏落落地透出几线灯光。对面森森林影以外，危崖耸峙，直上青冥，山形如城，绕楼环抱。想不到这样奇幽绝险的所在，住着这样一位伏虎驯狮的绝世佳人。猛然想到驯狮二字，犯着自己"玉狮子"的新号，不禁暗暗直乐。

他凭栏闲眺了一忽儿，信步向左走去。到了楼角边一看，这座走马式的围廊可从侧面通到楼背。想瞧一瞧后面景象，缓缓走去，走过了两三丈路，蓦见身旁一扇纱窗内，烛火通明，窗内水声汤汤，窗纱上映出一个销魂蚀骨的裸影，丰肌柔骨，玉润珠圆，隐约可见。

沐天澜吃了一惊，慌向后一退，可是也只退了半步，两只眼始终没有离开纱窗，两条腿也生了根，休想再迈一步，要细细鉴赏这幅活动的“太真出浴”图了，不！是“罗刹入浴”图。

沐天澜在窗外直着眼，弯着腰，从入浴鉴赏到出浴，才咽了口气。轻轻地蹑着脚步，一步一步望后倒退，直退到转角处，才长长地吁了口气，转过身来。不料一转身，那青年苗女正悄悄地立在扶栏旁，笑嘻嘻地直瞪着他，情知自己偷窥罗刹夫人入浴，都被苗女看在眼内，立时觉得自己面上，烘得直烧到脖子后面，羞得几乎想跳下楼去逃走了。

那苗女却向屋内一指，笑着说：“请公子进内用几杯薄酒粗肴，我们主人更衣完毕，便来奉陪。”

沐天澜只好低着头，三脚两步闯进屋内。不料走得慌忙，没有留神，被挡窗热烘烘、毛茸茸的东西绊了一下，几乎整个身子直跌过去，忙腰眼一挺，迈出去的右腿一拳，左足一起，身子站稳。那东西轰的一声怒吼，满屋震动，从地上站了起来。原来是头锦毛白额的大虎，在屋子里格外显得庞然巨物。

这一下，沐天澜吓得真是不轻。逼近虎身，急不暇择，一点足，倏地一个“旱地拔葱”。他也没有看清楼顶是什么样子，等到飞身而上，才瞥见屋顶天花板上，一平如镜地糊着一色紫绫，毫无着手之处，如果落下身去，依然是大虫身上。心里一急，两臂一分，施展轻功“大鹏展翅”，在空中愣把身子平起，背贴天花板，脚心在天花板上微一借劲，燕子一般唰地向前横飞出去，身子正落在紫檀雕花大床的侧面。

罗刹夫人不知何时已浴罢出来，悄立床后，看他这阵折腾，咯咯地笑得直不起腰来。沐天澜大窘之下，兀自不放心，面红脖子粗地回过头去看那虎时，那名青年苗女手抚虎头，轻轻唤“阿弥，阿弥”。阿弥依然静静地横卧窗前，只昂着虎头，睁着虎目，兀自瞅着沐天澜。

沐天澜这阵折腾真够瞧的，心里又慌又愧，痴立半晌，不知说什么才好了。

罗刹夫人忍住笑，风摆荷柳般走近身旁，拍着他肩膀说：“不必担惊，我们阿弥忠心耿耿，每逢这时候，便纵上楼来，睡在我窗口的。我们阿弥大有灵性，和寻常猛虎不同。经我吩咐过，你便是真个踹他一脚，它也不会和你计较的。你瞧，被你这一闹，害得我身上没有擦干，便奔出来了。”

沐天澜不禁抬眼一瞧，她身上苗装早已换去，头上青丝如云，慵慵绾了个高髻，身上披好一件薄如蝉翼的淡青细丝宽袖长裙的宫衫，隐隐透出里面妃色亵衣，而且酥胸半露，芗泽袭人，一副仪态万方，俏脸盈盈媚笑，脉脉含情，宛如出水芙蓉，含露芍药，沐天澜竟看呆了。

罗刹夫人哧地一笑，说道：“傻子，今天才知道你也是不老诚的。天天有一位千娇百媚的美人儿伴着你，足够你瞧一辈子的了，还瞧我老太婆怎的？来吧，咱们喝酒去。”

罗刹夫人把沐天澜推在龙须席的矮榻上坐下，自己在侧首锦墩上相陪。榻前早已布置好精巧的玉杯牙箸，几色肴馔果品也非常鲜美可口。那名苗女便侍立一边，替两人斟酒。那头猛虎已不在屋内，听得呼呼的鼾声，似乎在窗外走廊上睡觉了。

罗刹夫人朝沐天澜看了一眼，转身向苗女吩咐：“你们自去休息吧。”苗女退出以后，罗刹夫人笑道，“你刚才一阵折腾，是天罚你的。你知道不知道，谁叫你不老诚，偷看人家洗澡呢？我早已知道你在窗外，我怕人猿误把你当作奸细下手伤害，特地派侍女来叫你的。你要知道，我这所竹楼表面看去，门户洞开，毫无防备，其实无异铜墙铁壁，除去人猿、阿弥和几个苗女以外，谁也不敢踏进楼门一步。

“外客到我这几间屋内的，只有你玉狮子一人。刚才你在窗外鬼鬼祟祟地偷瞧，幸而我有事调出去了一批人猿，楼前林内守卫的人猿比往常少得多。万一被它们瞧见你这种举动，它们不懂男女调情的勾当，误把你当作匪人，这班人猿两臂如钢，力逾千斤，而又忠心为主，不顾生死。我怕你受委屈，慌匆匆出浴，叫侍女去叫你。想不到你命里注定要受一点虚惊，在我屋子里大展轻功，害得我笑得肚子痛，你呀！现在我认识你了……”

沐天澜这时心神一定，面皮也老了一点。虽然被罗刹夫人调笑，并不害羞，很俏皮地说了句：“不睹罗刹夫人之美者，是无目也。”

罗刹夫人大笑道：“好！算你聪明。我记得对你说过这样的话，用我的话堵我的嘴，遮你的羞。好，现在我问你一句话，你到这儿来，是来瞧罗刹夫人之美呢？还是受人之托，救取独角龙王的性命呢？”

她说时两道眼神逼定了他，嘴角上却不断地露出媚笑。

沐天澜却被她问住了，面皮上又觉着有点热烘烘了，忽地一抖机灵，不假思索地说道：“美人不能不亲，英雄不能不救。英雄落于美人之手，亲美人即所以救英雄。所谓一而二，二而一者也。”说罢，抚掌大笑。

罗刹夫人忽地面色一沉，咬着牙向他点点头说：“玉狮子，现在你把你心里的计谋都直供出来了。亲美人是假意，救英雄是本心。但是这儿没有美人，美人在金驼寨，我这儿也没有英雄，只有一只狗熊和一窝耗子。我既然出了口，决不后悔！你就把那只狗熊和一窝耗子快去领走，你不必枉用心机，亲什么美人了。”说罢，拂袖而起，一阵风地抢到床前，倒在床上了。

沐天澜正在张嘴大笑，万不料落到这等地步，越听越出错儿，自己的笑声几乎变成哭声，最后张着嘴，哭笑两难，整个儿僵在那里，屋子里鸦雀无声的足有半盏茶时。

沐天澜难过已极，暗暗思索自己话里怎样的得罪她了？想了半天，才猛地醒悟，像独角龙王这种人，在她眼里根本不是英雄，和她相提并论已够不乐意了，自己又得意又忘形地信口开河，说了句“亲美人即所以救英雄”，好像明说亲近美人是手段，如果不为救人，便不必亲近这种美人了，在她一听，难免要误会上去。何况她本来算定今晚我一人会面，完全是罗幽兰的计谋，处处防着我这一手，两下一凑，火上加油！

“啊呀！我的天，我本心何尝是这样的呢！”他这一句话，本是心里的话，慌神之际竟从嘴里喊了出来。

不料他嘴上喊出这句话以后，床上的罗刹夫人突然一跃而起，坐在床沿，眼圈红红地指着他喝道：“你本心预备怎样呢？预备把我和黑牡丹等一网打尽吗？你不说实话，休想出这屋子！”

沐天澜心想：“你叫我走，我也不走！不过这一问又是难题，今晚我这张嘴太难了。一个不留神，心里的话也会走了嘴，这叫我怎样解释才好呢？机会难得，再一迟疑，越闹越僵，便误了大事了。”

心里风车般一转，倏地站起身来，壮着胆走到床前，一歪身，贴着罗刹夫人坐下，低声说道：“我心里的事，没法出口。千言万语，只一句话‘士为知己者死，女为悦己者容’。俗语说得好，‘惺惺惜惺惺’，什么叫计谋，那是白费！一万条计谋，抵不住一个‘情’字。”说罢，一声长叹，自己感觉眼内有点潮润，慌别过头去。

半晌两人都没作声，可是沐天澜的头渐渐地转了过来，不是他自己转过来的，是一只滑腻温润的玉手，伸过去把他拨过来的。两人一对脸，屋子里真个寂寂无声了。虽然未必真个寂寂无声，但已两情融洽，不必再用口舌解释了。

经过一夜光阴，沐天澜对于罗刹夫人一切一切，依然是个不解之谜，只觉她情热时宛如一盆火，转眼却又变成一块冰；有春水一般的温柔，也有钢铁一般的坚冷；温柔时令人陶醉，坚冷时令人战栗。闹得沐天澜莫测高深，心里暗暗盘算好的一个主意，一时竟不敢直说出来。只好绕着弯子，探着脚步对她说：“你在这样深山穷谷之中，住长了毕竟乏味。你和一班苗匪又是气味不投，一个人独往独来，毕竟不妥。何妨……”

罗刹夫人不待他说下去，摇着手说：“你心里的主意我完全明白。我和罗幽兰性情不同，你想把我像画眉一般关在鸟笼里，根本办不到！此处也非我久处之地，我自己别有安排，将来你自会明白。我们虽然短短的一夜恩情，我那夫人的名号，现在总算有了着落，不致像从前做了许多年无夫的夫人。

“这所秘谷，从此也有了谷名，可以称为‘玉狮谷’，纪念你到此的一段姻缘。你和罗幽兰趁此龙家事了，听我的话，赶快回昆明去。滇南苗匪不久定有一番大骚动。你们沐府和龙家虽有一点渊源，可是两地相隔，鞭长莫及，何况你们势孤力弱，帮助不了人家，反而惹火烧身，这是何苦？昨晚你在岭上躲在一株松树后面，大约也听得一言半语，也可略窥一斑了。”

沐天澜道：“我只听得一个虬髯汉子略露口风，也想夺去龙家藏金。他却算定藏金在万两以上，不知是真是假？”

罗刹夫人笑道：“照我神机妙算，岂止万两？古人说‘谩藏诲盗’一点不错，可是我也是盗中之一。你回到金驼寨暗暗体察，便知分晓。你站了半天，只偷听得这一点事，未免可惜！”

沐天澜听得似解非解，便问：“那个虬髯汉子，究系何人呢？”

罗刹夫人说：“这人便是新平寨土司岑猛，明面上守着本分，骨子里窝藏着许多悍匪头目，最近和黑牡丹打得火热。飞天狐、黑牡丹一班九子鬼母部下，都和他秘密联络。岑猛野心不小，将来定必做出事来。

“据我所知，还有你那位罗小姐，在九子鬼母死后，她暗地袭取秘魔崖的宝库，又收罗了许多九子鬼母的部下，在婆罗岩、燕子坡自成部落。自从你们两人结合以后，黑牡丹赶到燕子坡宣布她的罪状，她收罗的部下，立时被黑牡丹鼓动闹翻了窝，歃血为盟，誓欲取她项上人头。这种事也许不在罗幽兰心上，不过她袭取的珍宝定然不少，是否被黑牡丹囊括而去，便不得而知了。”

这种事沐天澜第一次听到，暗想她在滇南有这多仇人，真难在此久留，黑牡丹又与许多苗匪结合，自己的父仇一时未必如愿。罗刹夫人劝我们早回昆明，和岳父所见相同，看情形只可依言行事。但是罗刹夫人性情这样怪僻，一时说她不动，一夜绸缪便要分手，此后的相思够我受的，心里郁郁不乐，未免长叹一声。

罗刹夫人察言辨色，早知就里，向他笑说：“你小心眼儿里，定是恨我无情，不能如你左抱右拥的心愿。我猜得对不对？”

沐天澜说：“我不但舍不得分离，我另外还有一层心愿。我自从碰着你，我自愧武功太浅薄了。说实话，我真想求你同回昆明，朝夕相依，多传授我一点真实功夫，想不到你这样决绝！”说罢，眼含泪光，几乎一颗颗掉下泪珠来。

罗刹夫人偎在他怀里，笑着说：“你这样儿女情长，怎能再学真实功夫？你和罗幽兰朝夕相依，于本身功夫已大有妨碍，再加上一个我，不出半年，滇南大侠传授你一点少林功夫，便要大大减色。我留神你和黑牡丹交手时，气劲显得不足。不论哪一门功夫，全凭精、气、神修养凝固，尤其是我所学的武术，更是与众不同，最忌一个色字。

“昨晚我已后悔，你不知道我的身子与别个女人不同。我练武功从道家调息内视着手，一呼一吸便能克敌，习惯成自然，全身都是功候。你我接近日子一久，于你却有大碍。你反以为得未曾有，难舍难离，其实……唉……这也不必细说了，只要你明白，我无情之处正是有情之处。你不妨把我此刻说的话，仔细想想，和罗幽兰也说一说，叫她明白明白这种道理。等到身体一弱，再想补救便来不及了。”

沐天澜听得毛骨森然，作声不得。罗刹夫人柔情蜜意地安慰了一番，立起身下楼而去，片时又进屋来，向他说：“照说此刻便应叫你和龙土司见面，但是其中有点关碍。我手下一班苗卒，我老怀疑他们替黑牡丹等在此卧底暗探，到了相当时期，我自有法子料理他们，但是你不能在他们面前亮相。如果暗地把龙在田提上楼来，我们两人情形，也不愿落在他眼内。再说，我也不愿意让他进我屋子来。到了今晚约会时分，我自有法子送他们出去。你晚走一步，我派人猿仍用竹兜子送你到约会地方好了。不过到了日落时分，我有事要先走一步。我一切都替你安排好，你放心好了。”

沐天澜不明白她为什么要先走一步，知道她不愿意出口的事，问也白问，索性一切不问，寸阴宝贵，只和她依依厮守，喁喁谈情。罗刹夫人看他痴得可怜，不忍过拂其意，也相偎相倚，让他尽情领略。

情场光阴格外过得飞快，到了日落岩背，罗刹夫人陪他吃过夜餐，换上苗装戴上面具，便自别去。楼上只几个青年苗女小心伺候。沐天澜黯然伤神，几乎想哭，满腹藏着凤去楼空之感。好容易等到星月在天，起更时分，苗女报称竹兜子已在楼下等候，请公子下楼。

沐天澜无可奈何跟着苗女走下楼去，穿过大厅，阶下两头人猿守着一具竹兜子，已在等候。沐天澜坐上竹兜子，一声不响，抬着便走，依然往饿虎洞这条路出去。沐天澜觉察从竹楼一路行来，除出抬自己两个人猿以外，没有看到一个人猿、一只猛虎，几重要口守铁栅的人猿，暂时也改用苗汉看守，心里觉着奇怪，又想起日落时分，罗刹夫人带着人皮面具匆匆别去，其中定然有事。为什么这样匆忙，还带了许多人猿出去，便非自己所能猜想了。

思想之间，人猿抬得飞快如风，片刻已出了铁瓮谷。在层峦起伏之间，一路急驰，跑了一阵，听得不远溪流潺潺之声。竹兜子转过一处山角，穿出一片树林，便在一个岩坳里面停了下来。

沐天澜跳下竹兜子，一瞧面前插屏似的一座高岩，大约是座石岩。上下寸草不生，从岩顶上挂下一线瀑布，月色笼罩之下，宛如一条银线，把石岩划成两片。飞泉所注，汇成一个半月形深潭，约有一丈多开阔，沿着深潭都是参天古松，竹兜子便停在潭边。

沐天澜猛然想起昨天在象鼻冲岭上，罗刹夫人吩咐家将们约定迎接龙土司地点，大约便是此处了。正想着，抬竹兜子的一个人猿突然一声怪啸，霎时从岩后现出火光，步声杂沓，从那面岩角转出一队人来。

当先一头人猿举着一把松燎，领着那队人远远走来，沿着潭边越走越近。沐天澜也看出人猿背后一个衣冠不整，须发联结的大汉，便是独角龙王，后面一队人，当然是同时遭难的四十八个苗卒了，慌赶过去相见，嘴上喊着："龙叔受惊，小侄在此。"

几日不见，龙骧虎步的独角龙王变成猫头鹰一般，只惊喊一声："二公子，龙某今天得见公子之面，可算两世为人。"说罢，抱住沐天澜大哭，身后四十八个苗卒，其中尚有七八个蟒毒未尽，奄奄一息，背在别人身上的。

沐天澜吩咐他们在潭边干燥处所席地而坐，静候金驼寨来人迎接。在这一阵乱哄哄当口，沐天澜留神几个人猿时，径自一个不见，连竹兜子也抬走了，只留下那把松燎，插在林口一块石缝上。火头蹿起老高，发出毕毕剥剥的爆音。

沐天澜和独角龙王并肩坐在一块大磐石上，仔细打量独角龙王龙土司，面上青虚虚的，两颧高插，双眼无神，宛如害了一场大病。地上东倒西歪的一队苗卒，更是蓬头垢面，衣服破碎，活像一群叫花子，而且身上奇臭，连龙土司也是一样。一问细情，才知道当时龙土司等被人猿挟进饿虎洞时，原已全受蟒毒，虽然轻重不等，可是连惊带吓，都已昏死。等他们醒过来时，已被人关在一所很大的石屋内，只有龙土司囚在另一处所。每天在铁栅门外，有几个异样装束的苗汉送点茶水饭食，谁也不知道身落何处，怎为囚在石屋内。问那送饭苗汉时，始终一言不发，龙土司囚的所在，也是一般情形。

只有一次，龙土司碰见一个带人皮面具的苗妇，问龙土司藏金所在。龙土司抵死不说，苗妇便即走去。直到今晚，龙土司忽见一个人猿开栅进去，递过一纸条，上面写着："看在沐二公子面上，一律释放！"纸条刚看清楚，进栅人猿蓦地拿出一条布帕，把他两眼蒙住，拦腰一把，挟起便走，直到铁瓮谷外，放下地来，解下眼上蒙帕，一瞧自己带来一队苗卒也在谷外，被那大力神般怪物，赶猪羊一般赶到此地，想起前事，宛如做了一场噩梦，而且个个身软无力，勇气全无。

龙土司一问沐天澜到此情形，经沐天澜约略告知设法解救经过，龙土司才明白了一点大概。可是怎样和罗刹夫人几次会面和自己冒险到玉狮谷中种种情形，沐天澜一时不能对他细说。

沐天澜和龙土司等在岩坳坐待许久，看看天色，五更将尽，径自不见金驼寨的人们到来。沐天澜肚里明白，罗刹夫人既然冲着自己释放他们，绝不致再生翻悔，龙土司不知内情，却暗暗焦急起来。两人站起身，立在高处向远处眺望，又候了许久工夫，才听得远处隐隐起了人马喊嘶之声。

沐天澜回头一看插在石缝内松燎业已烧尽，只剩了一点余火，慌俯身捡了一束枯枝，就那点余火燃着枯枝。龙土司明了他的主意，慌也照样拾了一束，撕下树上一条细藤绑紧，便成了一个火把，将火点着了，跳在高处向人喊马嘶的来路上，来回晃动。

果然那面望见火光，蹄声急骤，似向这边奔来。不大工夫，一箭路外忽然火光如龙，现出长长的一队人马，似乎这队人以前黑夜趋行，并不举火，望见了这面火光，才点起灯火来的。

那队人马旋风一般奔来，越走越近，当先两匹马坐着两个女子，离队急驰，先行驰进岩坳，一忽儿到了跟前，却是映红夫人和罗幽兰。

映红夫人一看自己丈夫，弄得这般模样，一阵心酸，掩面大哭。罗幽兰却不管这些，一跃下马，到了沐天澜面前，一声不响，只向他脸上直瞪，偏是沐天澜手上举着一把枯枝束成的火把，火苗老高，把他脸上照得逼清。

罗幽兰满脸怨愤之色，在他耳边低声说："你回头自己照照镜子，一夜工夫，把眼眶都抠进去了，这是怎么闹的？"说了这句，又跺跺小剑靴，叹了口气，咬着牙说，"我真后悔，悔不该叫你一人和那女魔王打交道，可是一半你也乐意跟她走呀！"

沐天澜面孔一红，无话可答，勉强说了句："你们怎的这时才到，把我们真等急了。"

罗幽兰面寒似水，并不理他，向一班囚犯似的苗卒看了几眼，便问："罗刹夫人怎的不见？"

沐天澜说："根本没有同来。在日落时分，早已离开秘谷，不知她到什么地方去了。"说话之间，后面大队人马已到。

映红夫人立时发令，把带来的十几匹空鞍马匹牵来，让沐天澜、龙土司和遭难的几个头目乘坐，其余尚能走的跟着队伍走，有病不能走的，轮流背着走。分派已毕，向罗幽兰附耳说："妹妹，这种地方不能久留。罗刹夫人方面的人，一个不露面，我们带来的话儿，怎样交代呢？"

罗幽兰私下和沐天澜一商量，沐天澜才知二千多两黄金已经带来，黄金打成金砖，每块二百多两重。虽然只有八九块金砖，却非常压肩，需要多人轮流分挑着赶路。好容易挑到地头，却没有人交付，这倒是一件为难的事。

正在商量办法，突然一支羽箭咻地插在映红夫人面前的土地上，箭杆上绑着一个纸条。大家吓了一跳，急抬头探视飞箭来路，似乎从松林内树上射下来的，可是月色稀微，松林漆黑，只一片簌簌松声，无从探查迹象。

罗幽兰俯身拔起箭来，取下纸条，映着火燎一看，只见上面写着："谨赠玉狮子贤伉俪程仪黄金二千两，希即哂纳。罗刹夫人"这几个字。

映红夫人当然也看到了，笑道："这位女魔王真奇怪，闹了半天，又这样慷慨了。这倒好，我们正愁没有交代法子，两位不必客气，原担挑回好了。"

罗幽兰却向沐天澜说："这事大约她早和你说过了。"

沐天澜摇头说："没有，如她早已说过，我何必同你们商量交代的办法呢?"

罗幽兰说："这是她表示一尘不染，天大交情都搁在你一人身上了。但是……"

沐天澜在她耳边抢着说："但是这批黄金我们怎能收下？先挑回去再说好了。依我看，字条上程仪两个字倒有关系，表示劝我们早回昆明的意思。我有许多话，回家去再向你细说吧。"

第三章 玫瑰与海棠

沐天澜、罗幽兰、龙土司、映红夫人一行人等回到金驼寨时，已是第二天的上午。一路回寨，轰动了金驼寨全寨苗民，人人传说沐二公子救回了龙土司和四十八名勇士。龙家苗男女老幼，把沐二公子当作天人一般，沿路都站着许多苗民，拍手欢呼。

龙土司一回到寨内，土司府门外挤满了人。照例独角龙王龙土司应该亲身出来，安慰众人一下，可是龙土司这一次死里逃生，认为丧失了以往的英名，有点羞见父老，而且身子也实在疲乏得可以，蟒毒未净，也许还在体内作怪，只好映红夫人出来，对众人说明："龙土司应该好好地静养，才能复原，过几天再和大家见面。"苗民们听了这话，才各自散去。

大家一夜奔波，需要休息，龙土司脱难回家，夫妻子女自然也有一番悲喜。罗幽兰、沐天澜夫妇一天两夜的隔离，也起了微妙复杂的小纠纷，两人在楼上并没有休息，却展开了谈判。

罗幽兰坐在沐天澜身边，一对妙目只在沐天澜面上用功夫，好像要从他的五官上，搜查出他一天两夜的经过详情。无奈他面上，除去一对俊目略微显得眼眶有点青晕以外，其余地方依然照旧，毫无缺陷。

这时沐天澜像个病人，罗幽兰像个瞧病的大夫。望字诀原是瞧病第一步必经的程序，紧急着便用了问字诀，这位大夫关心病人太深切了。

她自己先长长地叹了口气："嗳——我现在还说什么呢？龙土司和四十八名苗卒，救是救出来了，大约此刻他们夫妻子女眉开眼笑地在那儿快乐了。你呢？自然两面风光，既博得救人的英名，又多了一个红粉知己！只苦了我，作法自毙，哑巴吃黄连，只落得伤心落泪，有苦难说。

"自从那天你走后，家将回来禀报，得知你跟着她走了，直到昨夜五更以后，见着你面为止，一颗心老像堵在腔子口，魂灵也似不在我身上。

这两间屋子的地板，大约快被我走穿了。一天两夜工夫，何曾睡过一忽儿。如果今天你再不回来，我也没有脸到罗刹夫人那儿找你去，还不如自己偷偷儿一死，索性让你们美满去吧!”说罢，珠泪滚滚，立时，一颗接一颗簌簌而下。

沐天澜大惊，把罗幽兰紧紧地拥在怀里，没口地说：“兰姊，兰姊!你不要气苦，我们是拆不开的鸳鸯。我这点心，唯天可表！我和罗刹夫人同走了一趟，为大局着想，完全是一时权宜之计。如果兰姊事先不同意，小弟斗胆也不敢这样做。我们夫妻与人不同，兰姊也是女中丈夫，难道还不知小弟的心么?”

沐天澜还要说下去，罗幽兰已从他怀里跳起来，玉掌一舒，把沐天澜嘴堵住，小剑靴轻轻一跺，恨着声说：“好了好了！不用说了，我早知道你要这样说的，算你能说，绕着弯儿说得多婉转，什么为大局着想哩，一时权宜哩，干脆便说，‘这档事，是你叫我这样做的呀!’好了，我也知道你的心，对我变心是不至于的，只是见着那个姊姊，便忘了这个姊姊罢了。你们男人的心呀!”

她说到这儿，堵着嘴的玉掌，本来当作盾牌用的，此刻玉掌一拳，单独伸出春葱似的中指，好像当作矛尖子，狠狠地抵着沐天澜心窝，恨不得把这个矛尖子，刺进心窝去，把他心窝里的心挑出来，瞧一瞧才能解恨似的。

如说罗幽兰的武功，这一个玉指真要当作矛尖子用，也够沐天澜受的。无奈这时她浑身无力，一片柔情，柔能克刚，却比武力厉害得多，而且这时她实行孙子兵法“攻心为上，攻坚次之”，她一切都照这样的兵法进行，而且兵法中掺和着医道，上面一番举动，是医生问字诀的旁敲侧击功夫。她要从这个问字诀上，问出沐天澜的心，然后还要对症下药，比大夫略问几句病家浮光掠影的话，相去不可以道里计。

不过大夫瞧病是“望、问、诊、切”四字相连的，现在罗幽兰先“望”后“问”，也许还要实行“诊、切”，不过这种“诊”“切”，大约和医生在寸关尺上下功夫的，大不相同。究竟在什么地方“诊”“切”，大是疑问，也就不便仔细推详了。

罗幽兰掏出一条丝巾，揾了揾泪珠，又微微地叹了口气，侧身坐在沐天澜身旁，用手一推沐天澜身子，说：“喂！怎的又不说话？昨晚见着你时，你不是说有许多话回来说么？不过我得问问你，我们两人什么事，都被你罗刹姊姊听去瞧去，我真不甘心。你既然知道我们是拆不开的鸳鸯，你得凭良心，把一天两夜的经过，有一句说一句，不准隐瞒一些儿。便是碍口的事，也得实话实说。这样，我才心气略平一点。倘若你藏一点私，我也听得出来。你不必顾忌，我不是早已说过一眼开，一眼闭，这是我的作法自毙，不能怪你。只要你对我始终如一，把经过的事和盘托出，我便心满意足了。”

这一问，沐天澜早在意料之中，但是措辞非常困难，暗想我们这样恩爱夫妻，实在不能隐瞒一字，可是女人家总是心窄，直奏天庭，也感未便。为难之际，猛然想起罗刹夫人告诫保重身体的话，这一层说不说呢？说就说吧，与其藏头露尾，暗室亏心，还不如剖腹推心，可质天日。不过大错已成，自己总觉对不起爱妻，无怪她柔肠百折了。

当下真个把他在玉狮谷的情形，一五一十统统说了出来。

罗幽兰暗地咬着牙，一声不哼，静静地听他报告。两人正说着，猛听得楼梯噔噔急响，龙飞豹子在门外哭喊：“沐二叔，沐二叔快来！我母亲不见了。”

屋内二人吃了一惊，一齐走了出去，一见龙飞豹子立在门外眼泪汪汪，拉着沐天澜往楼下便跑。

罗幽兰也跟了下去，一到楼下，龙璇姑如飞地赶来，向龙飞豹子娇叱道：“小孩子不知轻重，惊动了二叔、二婶。”

罗幽兰头一次听她叫“二婶”，倒呆了一呆，龙璇姑心里有急事，没有理会到，一看几个头目都奔了进来，齐问什么事。

龙璇姑忙向他们摇手道：“没有事，都是龙飞豹子闹的。前面我舅父和那位老方丈，千万不要惊动，你们先出去，回头有事再招呼你们吧。”

这几个头目都是龙土司心腹，明知龙璇姑故作镇静，因为有沐二公子在侧，不便多问，只好俯身退去。

头目一退，罗幽兰拉着龙璇姑的手问道：“龙小姐，究竟怎么一回事，龙土司和夫人到什么地方去了？”

龙璇姑这时也是泪光莹莹，粉面失色，嘤的一声，倒在罗幽兰怀里，呜咽着说：“我父亲回来以后，我们做子女的当然心里快乐，父亲因为身体没有复原，没有和众人见面，也尚可说。但是鹏叔为了父亲九死一生，我父亲平日又和鹏叔像亲兄弟一般，照说我父亲应该急于见一面，但是我父亲好像忘记了鹏叔似的，连那位无住禅师也没有会面，便一言不发地，在我母亲房内似睡非睡地躺着，不住地长吁短叹。我舅父（禄洪）和他说话，也似爱理不理，平时对我们姊弟何等爱惜，今天回来对我们姊弟似乎也变了样，我舅父悄悄地对我说，我父亲气色不对，神志似乎还没有恢复过来，叫我们留意一点。

“我本觉得奇怪，经我舅父一说，我们格外惊惶。我和母亲私下一说，母亲也暗暗下泪，我母亲说：‘也许蟒毒未净，也许被罗刹夫人囚了这多天，心身都吃了亏，身体太虚弱的缘故。’因此我们不敢在母亲房里逗留，我拉着我兄弟退了出来。隔了没有多久，我兄弟跑到我屋里对我说，他瞧见母亲从房内出来，面色非常难看，大白天手上提着一只灯笼，独个儿悄悄地进了通地道的一间黑屋子。他在后面喊了一声‘母亲’，不料被母亲骂了回来，不准他跟着，眼看她独自进了黑屋子，砰地把门关上了。

“我听了飞豹子的话也是惊疑，我知道那所黑屋子是我们寨里的密室，除出我父母以外，谁也不许进去。我知道这间密室内，有很长的地道可以通到远处，自己却没有进去过，这时不知道母亲为什么进这密室去，而且进去以后，隔了这老半天，还没有回来。飞豹子不懂事，先急得了不得，以为母亲遭了意外，他不问事情轻重，一溜烟似的向二叔、二婶去求救了。我急急赶来，他已把二叔惊动下楼来了。”

沐天澜、罗幽兰一听龙璇姑这番话，肚里有点明白，映红夫人定是到秘密藏金处所，检点金窟去了。龙璇姑未始不知道，有点难言之隐，偏被不懂事的龙飞豹子一闹，只可半吞半吐地一说，但是隔了许久，还没有开出门来，也有点可疑，自己却不便进密室去查勘，正在为难，忽见龙土司像猱头狮子一般，拄着一支拐杖踉踉跄跄走来。一见沐天澜，直着眼，摇着头说：“二公子，在田跟着老公爷南征北剿，一世英雄……现在完了……完了！”嘴上把这句话，颠倒价念不去口，一手紧拉着沐天澜，腿上画着之字，一溜歪斜地向楼下一条长廊走去，言语举动之间，大有疯癫之意。

沐天澜慌把他搀扶着，跟着他走去。龙璇姑和龙飞豹子含着两泡眼泪，一齐赶过去，一边一个扶着龙土司想叫他回房去。

龙土司回头叱道：“你娘这半天不见，你们难道随她去了？”说了这话，依然一手攥紧了沐天澜腕子向前走。

罗幽兰也觉龙土司和从前龙骧虎步的气概，大不相同。

留神内寨几个头目都不在跟前，自己带来的家将，有几个远远立着伺候，便暗使眼色叫他们不要跟来。自己悄悄跟在后面，且看龙土司走向何处。长廊走尽是块空地，上面铺着细沙，大约是龙璇姑、龙飞豹子姊弟练武的场子。空地对面盖着几间矮屋，龙土司和沐天澜在前面并肩而行。刚踏上空地，对面中间屋内的一重木门，突然从内推开，飞一般从黑屋子内奔出一个披头散发的妇人。

众人看出是映红夫人，见她面皮铁青，眼光散漫，挂着两行眼泪，而且满身灰土，高伸着两只手臂，形如疯狂般，远远冲着龙土司奔来，嘴上狂喊着："天啊！我们铁桶般金驼寨，一下子毁在罗刹夫人手上了。"

她一路哭喊着飞跑过来，大约神经错乱，两眼直视，只瞧见自己丈夫龙土司，没有留神别人，等得跌入龙土司怀内，才看清沐天澜、罗幽兰和自己儿女都在面前，顿时一声惊叫，悲愤、愧悔，百感攻心，竟是两眼上插，晕厥过去。

龙土司两手一抄，把自己夫人抱起来，一语不发，回身便走。龙璇姑、龙飞豹子急得哭喊着娘，也飞步跟去。只剩了沐天澜、罗幽兰立在空地上，沐天澜肚里有点瞧料，罗幽兰还有点莫名其妙，慌问："这是怎么一回事？"

沐天澜摇着头叹口气说："人为财死，鸟为食亡，黄金能够救人，也能杀人。"

两人回到楼上，罗幽兰满腹狐疑，向沐天澜追问刚才在楼下说的"人为财死"那句话的内容。沐天澜正想把自己见到的话说出来，忽又听楼梯微响，龙璇姑在门外低低喊着"二婶"，罗幽兰跑出屋去，门外两人嘁嘁喳喳说了一阵，脚步声响，龙璇姑似已下楼。

罗幽兰回进房来，柳眉倒竖，粉面含嗔，跺着脚说："好厉害的女魔王，世上的便宜都被她一人占尽了。"说了这句，骨嘟着嘴坐在床上。

沐天澜凑了过去，慌问："究竟怎样一回事？"

罗幽兰玉掌一舒，掌心叠着一个方胜，嘴上说："你瞧！"

沐天澜把方胜拿在手中，展开折叠，是一张字条，上面写着寥寥十几个字："黄金万两，如约笑纳，财去祸减，慎守基业。罗刹夫人寄语。"

沐天澜诧异道："这字条怎样发现的，难道罗刹夫人又跟着我们来了?"

罗幽兰瞧了他一眼，鼻子里"哼"了一声，说："来了，你的心上人来了，快去亲热吧!"

沐天澜涎着脸说："好姐姐，你真冤屈死人，我因为这张字条来得奇怪，才问了一声，你心里存着这口气，怎的还没有消呢?"

罗幽兰抢着说："我这口气一辈子也消不了。老实对你说，事情确是我愿意教你这样做的，在你还可以说我逼着你做的，正唯这样，我现在越想越后悔，我为什么这样傻呢?假使我们两人掉了个儿，假使罗刹夫人是个男子，你愿意自己亲爱妻子和一个野男子打交道，放她出去一天两夜吗?你这一趟溜了缰，便像挖了我一块心头肉似的，你这一趟得着甜头，难保没有第二次，我以后这日子怎么过呢?"说罢，泪光溶溶，柳眉紧蹙，一种缠绵悱恻之态，铁石人也动了心。

温柔多情的沐天澜，怎禁得住这套情丝织成的巨网兜头一罩，而且网口越收越紧，似乎一个身子虚飘飘的失掉了主宰，又甜蜜，又酸辛，意醉神痴，不知怎样才好，心里却又暗暗自警，暗暗打鼓："啊哟!好险，幸而那一位神奇怪僻，天马行空，不受羁勒，万一昨夜被我说动，遂我一箭双雕、左右逢源之愿，定是两妻之间难为夫。不用说别的，仅是左右调处，也够我形神俱敝的了，看起来二者不可得兼。那一位是有刺儿的玫瑰花，还要难伺候，我不要得福不知足，我还是一心一意，守定我这朵醉人的海棠花吧。"他这样低头痴想，半天没有开声。

罗幽兰以为他被自己发作了一阵，心里难过，虽然还有点酸溜溜的，到底心里不忍，伸手向沐天澜肩上微微一推，娇啐道："你半天不则声，心里定然恨上我了。"

沐天澜和罗幽兰原是并肩坐在锦榻上，回身把她揽在怀里，叹口气说："我怎能恨你，只恨我自己没有主见，一心想救龙土司，竟跟着罗刹夫人走了。你说得好，假使我是个女子，她是个男子，我也跟他走吗?"

罗幽兰哧地一笑，在他怀里仰着脸说："所以世间上最不公平的是男女的事，好像天生男子是欺侮女子的，世间多少薄命红颜的凄惨故事，都被薄幸男子一手造成的。我这话并不是说你是薄幸男子，只怪老天爷既生了你和我，怎的又多生出这个罗刹夫人怪物来?不用说别的，只说她花样百出的笑样儿，不用说你们男子被她笑得掉了魂，连我见她笑，又恨她，又爱她。

“她虽然长得不错，也未见得十全十美，只是她面上一露笑意，不知什么缘故，便是我也爱看她的一笑，你说奇怪不奇怪？此刻我也想开了，世间上没有十全十美的事，我自己觉得太美满了，怕我没有福消受，这样带点缺陷也好，天上的月亮还不能天天圆满哩。”

沐天澜一听，暗暗转愁为喜，暗想她这样自譬自解，从酸气冲天忽然一转而变为乐天知命，无异把她刚才自己越收越紧的情丝网，突然又自动地网开一面。这面网一开口不要紧，沐天澜心里一动，魂灵儿便嗞地飞出网去，又到罗刹夫人那儿打了个来回。这便是普天下男子们的心！

罗幽兰一抬身，从他怀里，跳起身来娇嗔道：“我看你有点魂不守舍，我说了半天，大约对牛弹琴，满没入耳。”

沐天澜说道：“对，我是牛！可是我这笨牛，是罗幽兰小姐的心头肉，别人的话听不到耳朵去，罗幽兰小姐心里的话，不用张嘴，她的心头肉哪会不知道的！”

罗幽兰想起自己刚才说过“挖了心头肉”的话，忍不住咯咯地娇笑不止，伸手打了他一下，笑着说：“谁和你油嘴薄舌地打趣，你明白我这句话的苦心便好了。”

沐天澜说：“咱们闹了半天，放着正事不说，到底罗刹夫人这张字条怎么来的呢？”

罗幽兰说道：“这张字条，刚才龙璇姑奉着她父亲龙土司的命送来的。据她说，她的父亲回来以后，母亲张罗着她父亲沐浴更衣，在她父亲解下头巾时，却在头巾上发现了这张字条，两老夫妻一瞧这张字条，立时神情大变，面目改色。她母亲一声惊喊，点起一只灯笼，便独自奔向后面密室去。

“密室内有通地道的门，这地道非常曲折，重门叠户，暗设机关，有藏金的暗窖、熔金的巨炉，还有密藏军器火药的暗库，建筑得非常坚固巧密。

“虽说这地道可以通到插枪岩藏金处所，但是藏金、藏军火的地方，却是另有机关，外人断难闯入。便是寨内，也只有龙土司、映红夫人二人知道启开方法能够入内。别人便是进了地道，也无法到了藏金密窖之处，连龙璇姑、龙飞豹子都不准下去，别人更难擅入了。

“万不料今天她母亲心慌意乱地走下地道，到了藏金所在，机关失效，秘密尽露。坚固的几重铁门统统敞开，门上巨锁统统折断，全部藏金一万余两统统不翼而飞，竟不知这样沉重的万两黄金，用什么法子搬走的，而且搬走得点滴无余，只地道内，留着一堆堆的兽骨，一支支的燃尽的松燎尾巴。

“她母亲一看历年秘密存下来的全部精华，一扫而光，在她父母原把这黄金看作金驼寨命脉，突然遭此打击，惊痛惶急之下，把手上灯笼一丢，径自晕死过去。她在地窖内晕死了半天，自己悠悠醒转，业已神志失常，回身奔了出来，便被我们在空地上撞见了。

“映红夫人在龙土司怀里第二次又急晕过去，被龙土司抱进卧室，叫他们姊弟找来映红夫人兄弟禄洪。大家把映红夫人弄醒过来，竟成半疯状态，却对自己儿女璇姑和飞豹子说，罗刹夫人是她父母最大的仇人，也是金驼寨龙家苗全族的仇人。叫她们姊弟记住这话，长大起来务必要想法把罗刹夫人置之死地，她两老才能死后瞑目！

“那龙土司虽然身体衰弱，精神也失状态，但比映红夫人还好一点，和禄洪一商量，把这档事还是严守秘密的妥当，不过在我们两人面前，怎能再守秘密？而且觉得事态不祥，后来不知是否还有祸事。禄洪立时要自己上楼来和我们商量，可是他妹妹、妹夫言语举动都失状态，不敢离开，才命璇姑拿着罗刹夫人字条，上楼来通报我们。这便是刚才璇姑对我说的话，但是我前后一想，罗刹夫人这位女魔王，真是神通广大，这样秘密的地窖，这样大量的黄金，用什么法子探明藏金机关，再用什么法子，搬得这样干净呢？”

沐天澜突然跳起身来，吃惊地拍着手说：“啊呀！好一位神出鬼没的女魔头，现在我都明白了。”

罗幽兰问道：“究竟怎么一回事，你明白什么？快说！”

沐天澜说：“我和罗刹夫人到她住的所在，和她对我所说的话，我已经细细地对你说了，你只要把我们两人会到罗刹夫人以后的一切经过，仔细一琢磨，便可推测她夺去龙家全部黄金的计划了。罗刹夫人不是对我们说过，她两次夜探金驼寨，探出后寨地道和炼金炉，明知密藏黄金定有地窖，一时不易探出准处的话吗？正唯她不易探出藏金准处，才想法叫我们替她传话，从中做和事佬，最后还把天大人情，落在我一人身上。其实她何尝要我们做和事佬，何尝卖人情？无非巧使唤我们，把我们当作投石问路的工具罢了。她料定我们替她一传话，映红夫人善财难舍，定然不甘心将全部黄金送与别人，定必偷偷到地窖去，拿出一点黄金来骗人。

“罗刹夫人却利用映红夫人到地窖去的当口，她定必早已藏在地道内，亲眼看到映红夫人出入处所。这一来，她本来不易探寻的地窖，无异映红夫人自己指点她藏金所在了，那地道不是通到插枪岩吗，罗刹夫人出入地道，更不必从后寨进出，地道内原没人看守，她从插枪岩地道口进去便得，她在地道内藏几天，也不会被人发现的。

“我不是随意推测，我还有证明。而且现在我还知道她那晚在这屋里向我们告别，故意突然退到外屋，一晃无踪，我们总以为跳出窗外去了，其实她根本没有离开，仗着她轻身功夫与众不同，不知又藏在哪儿了。”

罗幽兰诧异道：“你怎知她没有走呢?”

沐天澜说：“当时被她蒙住了，现在想起来，事情很明显。她来过第二天，起更时分，你叫我一人到象鼻冲赴约，她一见我面，便说：‘为什么让你一个人来，是不是让你发挥天才来了?’你总记得头一天晚上她走过以后，你和我打趣，说是‘应该托词避开，你才能发挥天才’的话。罗刹夫人不是神仙，她不听到这样的话，怎能说出那样的话来?”

罗幽兰点点头道：“嗯，这样说来，我们两人所说关于她的私话，大约她都偷听得去了。”

沐天澜说：“不但如此，那天晚上她在象鼻冲不远地方，早已埋伏的几头人猿，两乘竹兜子，明明是知道我一人和她会面，预定和我同走，才这样布置的。那时她故意问我为什么一人去的当口，我不知她怎样用意，我还用话掩饰，说是因为岳父要走，父女惜别，你有事才让我一人来的。她却冷笑着说：‘清早偷偷跑掉的桑苧翁，又回来了。’

“你想，她连岳父怎样走的，都瞧得清清楚楚，可以断定那天她连大白天都没有离开这儿。她为什么不肯离开这儿，她定必算定映红夫人不放心密藏的黄金，或者算定已应许的二千两定必要进地道去的。还有那晚我同她到了那秘谷，现在她把那地方叫作玉狮谷了，她对我说许多人猿派出去办事去了。

“第二天下午她又带了不少人猿出谷而去，一面又约定你们在五更时分到中途指定地点迎接我们。你们走路，当然比不上人猿飞一般快，说是五更，有这许多路程，还怕一起更不出发么？她却算定时间，在你们出发，寨内空虚当口，她早已率领人猿从插枪岩进身，埋伏在地道内了。到时打开密藏黄金地窖，指挥人猿尽量搬运，黄金分量虽重，在两臂千钧之力的一群人猿身上，便轻而易举了。

"不过她把这许多黄金是否运回玉狮谷，或者另有秘藏处所，便不得而知了。可是最后存心把映红夫人掩耳盗铃的二千两黄金，送与咱们作程仪，简直是开玩笑。在映红夫人、龙土司碰着这位神出鬼没的女魔王，把他们多年心血视同命脉的东西，席卷而光，还要处处摆布得人哭笑不得，无怪他们两夫妻要急疯了！便是我们两人，何尝不被她攥在手心里玩弄呢!"

罗幽兰听他这样详细地一解释，前后一想，果然是这么一回事，微笑道："罗刹夫人虽然刁钻古怪，玩弄我们，但是我们还是胜利的。第一，她对你钟情是千真万确的，无论如何，她不会帮助黑牡丹和我们敌对了；第二，龙土司四十八名苗卒，到底被我们救回来了。我们总算不虚此行，不过便宜的是你，吃哑巴亏的是我罢了。"

沐天澜一听到她吃哑巴亏的话，便觉心里勃腾一震，总觉有点愧对娇妻，慌不及用话岔开，抢着说："今天龙土司夫妻俩为了全部藏金失去，几乎变成失心疯，可见一个人逃不了名利二字。可是名和利，又像犯斗似的。龙土司夫妻平时也是雄视一切，赫赫威名，想不到为了万两黄金，弄成这样局面。非但辱没了英雄两字，简直和便便大腹的守财奴一样了。可见一个人要做到'名利双收'实在不易，其实照我想来，龙家失了这许多黄金，焉知非福。我在象鼻冲岭上，无意中听到黑牡丹和飞马寨土司岑猛谈话，她们也是窥觑这批藏金的人。现在祸胎已去，大可安心了。罗刹夫人字条上说的'财去祸减'倒是实话。"

沐天澜自不小心，说溜了嘴，又漏了这一句。

罗幽兰立时一声冷笑："你那位罗刹姊姊的话还会错？当然句句是金玉良言啰！但是你应该替龙家想一想，她们历年守口如瓶，绝对不认家有藏金，现在怎能说全部藏金都丢了？便是不顾一切，为免祸起见，故意张扬出去，试问在这样神秘的局面之下，除去我们两人知道内幕以外，旁的人谁能相信了？龙土司夫妇也和我一般，哑巴吃黄连，有苦说不出罢了。"

沐天澜一听话里话外，老带酸溜溜的味儿，吓得不敢搭腔。

罗幽兰看他半天不则声，心里暗笑，故意逗着他说："你这几晚太累了，躺着养养神吧。"

沐天澜一伸手把她揽在怀里，笑着说："旁的事不必再说，现在我们总算把人救出来了，我们还是听从岳父的话，不必在此地逗留了，咱们早点回昆明吧。"

罗幽兰笑道："你说了半天，这一句才是我愿意听的。"

第四章 欢喜冤家

独角龙王夫妇失掉了全部密藏黄金，宛如失掉了自己性命，尤其是映红夫人，毕竟女人心窄，到了第二天，犹自失神落魄，举动失常。她兄弟禄洪，暗地劝解，也没有法子把失去的万两黄金完璧而归，比较上还是龙土司经过一夜安息，似乎精神略振，召集金驼寨头目分派了几档事，便到金翅鹏养病屋内慰问，和老和尚无住禅师周旋了一下。

这时，金翅鹏经无住禅师用独门秘药，内服外敷，居然把蟒毒提净，神志已经回复，不过气弱体软，头上满包药布，躺在床上不能张目张嘴。听出龙土司口音，便知安然生还，心里也是快慰。可是龙土司怎样能安然生还和各节细情，无住禅师不过略知大概，病中的金翅鹏，当然是不明细节。

龙土司一看到金翅鹏受伤得这样惨重，心里难过万分，也不敢对他细说经过，安慰了一番，回到内寨正屋来，和沐天澜、罗幽兰、禄洪谈论罗刹夫人的来历。龙土司谈虎色变，他口口声声地说："滇南有了这位女魔王，恐怕早晚还要闹出花样来。"

沐天澜夫妇心里有数，在龙土司、禄洪面前，却未便把罗刹夫人的细情说出，两人只心里盘算，怎样托词赶回昆明去。因为龙土司虽然救回，自己不共戴天之仇近在咫尺，尚未伸手报仇，这样告辞实在难于措辞，其中难言之隐，又未便向龙土司等细说。

事有凑巧，在沐天澜、罗幽兰归心似箭，难以启齿当口，前寨头目飞步进来禀报，说是："石屏知州吴度中、守备岑刚，得知土司脱险归来，专诚前来慰问。又知沐天澜公子到此，顺便拜会，已在寨前下马。"

原来这一文一武，算是石屏州的朝廷命官，说起来金驼寨离石屏州城只二三十里地，还是石屏州的辖境。不过吴知州出名的糊涂虫，终日在醉乡，把守备岑刚当作瞎子的明杖，因为岑刚是苗族，和新平飞马寨土司岑猛是一族。早年从征有功，派在石屏州充任守备，手下也有一百几十名士兵。

从金驼寨到石屏城去，中间大路上有一处关隘，地名五郎沟，是岑刚的汛地，常川派兵驻守。因为吴知州软弱无能，事事都由岑守备摆布，岑刚又是苗族，周旋各苗族之间非岑刚不可，因此岑刚算是石屏州的一个人物了。岑刚虽然自命不凡，对于雄踞金驼寨的龙土司，平时却异常恭顺，不敢轻捋虎须。

龙土司心目中只有一位沐公爷，对于石屏的一个小小知州和一个微末前程的守备，原没摆在心上。这时听得吴知州、岑守备同来拜会，只淡淡地吩咐一声："前寨待茶。"是否出去相见，似乎意思之间还未决定。

沐天澜一问吴、岑两人来历，龙土司略说所以，话里面提到岑守备是飞马寨岑猛同族，驻守五郎沟的话。沐天澜听得心里一动，猛地想起象鼻冲岭上偷听黑牡丹、岑猛两人的话，便提到五郎沟的地名。又想到罗刹夫人嘴上透露的消息，似乎此刻两人突来拜会，吴知州既然出名的糊涂虫，又是汉人，毋庸注意，倒是这位小小的石屏守备，却有留神的必要。

自己心里的意思，一时不便向龙土司说明，便说："吴知州、岑守备既然专诚拜会，也是一番好意，不便冷落他们，我陪龙叔出去周旋一下好了。"

于是龙土司、沐天澜在几个头目护侍之下，走向外寨待客之所，和吴知州、岑守备相见。

一见吴知州是个猥琐人物，岑守备却长得凶眉怒目，满脸桀骜不驯之态，处处却又假充斯文，伪作恭顺，两只贼眼不住地向沐天澜偷偷打量。宾主寒暄一阵之后，岑守备招手唤进一名精悍苗汉，向沐天澜说："这人是新平飞马寨头目，今天骑着快马赶到五郎沟，说是奉岑土司所差，有急事求见二公子。特地把他带来，请二公子一问便知。"

岑守备说毕，飞马寨头目进来单膝点地，向沐天澜报告道："前晚我家岑土司带着几名头目，从别处打猎回寨，路经老鲁关相近官道，救回一名受伤的军爷，从这人口中探出是昆明沐公府家将。奉世袭少公爷所差，赶赴金驼寨请二公子火速回府，商议要事。身上少公爷亲笔书信和衣服、银两、马匹，统被强人劫去，双拳难敌四手，身上受了重伤，昏倒路旁，这位军爷说了几句以后，又昏迷过去。吾家岑土司一看此人伤势过重，性命难保，派俺飞马到此禀报，又命俺探明二公子动身准期，立刻飞马回报。二公子回昆明定必经过老鲁关，新平离那边不远，吾家土司还要亲自迎接二公子到飞马寨款待，再护送二公子出境哩。”

沐天澜听了这番话，暗暗惊疑，面上却不露出来，点头道：“我久仰岑土司英名，来的时候贪赶路程，没有顺路拜望你家土司，难得他这番盛意，太使我感激了！你先到外面候信，我决定了动身日期，定必差人知会，使你可以回去销差。不过岑土司美意迎送，不敢当，替我道谢好了。”

说毕，飞马寨头目退出门外。沐天澜暗暗留神岑守备时，看他面上似有喜色，故意向他说：“先父在世时，常常谈到岑土司英勇出众，这次回去倘然能够会面，足慰平生仰慕之愿。”

岑守备立时指手画脚地说道：“沐二公子回昆明去，原是顺路，顺便到岑土司那儿盘桓一下，使飞马寨的人们借此得瞻仰二公子的英姿，岑土司面上也有光荣。大约尊府也没有什么急事，二公子不必三心二意，准定先到飞马寨歇马，然后由飞马寨回昆明好了。”

岑守备极力怂恿到飞马寨观光，沐天澜微笑点头，好像对于岑守备的话，大为嘉许，大家又谈了一阵。吴知州、岑守备看出龙土司淡淡的不大说话，知他身遭大险，身体尚未复原，便起身告辞。龙土司、沐天澜送走了吴知州、岑守备，回到内寨，龙土司摇着头说：“二公子休把飞马寨岑胡子当作好人（岑猛满脸虬髯，绰号‘岑胡子’），滇南没有我龙某，他早已领头造反了。”

沐天澜笑道：“小侄何尝不知道，不过刚才在岑守备面前，不得不这样说便了。但是家兄派人叫我回去，虽然没有见着信件，也许家兄方面发生要事，不由我不暂先赶回去一趟。不过小侄心里存着几句话，此时不由我不说了。”

龙土司诧异道：“二公子肺腑之言，务请直言无隐。龙某身受老公爷天地之恩，最近又蒙二公子救命之德，凡是二公子的话，没有不遵从的。”

沐天澜微一沉思，缓缓地说道：“龙叔既知飞马寨岑胡子不是好人，飞马寨离此不远，五郎沟岑守备又是岑胡子同族，黑牡丹、飞天狐这股余孽，又是切齿于龙、沐两家的对头人。先父去世以后，今昔情形已是不同，龙叔遭险回来，身体精神远不如前，得力臂膀金翅鹏一时又未能复原，不瞒龙叔说，小侄对于贵寨，实在有点挂虑。

“小侄回昆明去，何时再来滇南尚难预定，在龙叔和金翅鹏体力未复当口，金驼寨各要口和寨前寨后，千万多派得力头目，多备防守之具，以备万一。还有那位老方丈无住禅师，虽然年迈，武功不弱，而且经多识广，务请龙叔留住他，暂时做个帮手。”

龙土司听沐天澜说出这番言重心长的话，青虚虚的面上立时罩上一层凄怆之色，跺着脚说：“这班人一时反不上天去，可怕的还是那位女魔王罗刹夫人才是滇南心腹之患哩。此次叨公子之福，侥幸生还，定当统率金驼寨全体寨民，保守基业，请公子放心好了。”

沐天澜听他口气老把罗刹夫人当作唯一仇人，心里暗暗焦急，却又不便说明罗刹夫人和自己有交情，虽然夺了你们黄金，却不会夺你基业的。话难出口，一时无法点醒他，一看罗幽兰不在面前，向自己家将探问，才知罗幽兰被龙璇姑姊弟请去，在后面指点峨眉剑法去了。

这天晚上沐天澜在楼上卧室和罗幽兰说起：“今天岑守备带来飞马寨派来头目，报告昆明派来家将中途被劫的事，偏落在岑猛手中，受伤家将大概性命不保，身边那封信，是否真个失掉，很有可疑。万一其中有秘密事，落在岑猛眼中，却是不妙！”

罗幽兰说：“照罗刹夫人所说，和你在象鼻冲偷听的话，岑土司和黑牡丹、飞天狐等勾结在一起，当然千真万确。既然如此，今天岑猛派人来邀你路过新平时，到他寨中盘桓，说得虽然好听，其中定然有诈，说不定还是黑牡丹的毒招儿。我们既然知道他们底细，只要不上他们圈套，不到他们巢穴去，谅他们也没有法奈何我们。”

沐天澜说：“我也是这样想，刚才飞马寨来人在外候信，我已吩咐家将出去对来人说，‘我们这儿还有点事未了，两天以后决定动身回昆明，经过老鲁关定必顺道拜会岑土司。’我故意叫家将这样说，又犒赏了一点银两，使其深信不疑。其实我们明天便动身，出其不意地悄悄地过了老鲁关，让他们无法可想，你看这主意好吗？”

罗幽兰道：“你自以为聪明极了，依我看，你这主意并没大用，江湖上的勾当你差得远。”

沐天澜剑眉一挑，双肩一耸，表示有点不服。

罗幽兰娇笑道：“我的公子，你不用不服气，他们如敢真个想动我们，当然要安排好诡计，刻刻注意我们行动。说不定沿途都放着眼线，埋着暗桩，不管我们何时动身，只要我们一离金驼寨，他们定有飞报的人。你只要想到飞马寨派来头目，为什么不直接到金驼寨来，偏要从五郎沟一转，而且不早不晚石屏守备岑刚也来拜会了，可见五郎沟岑刚便是他们安排的奸细。岑刚到此，也无非暗察动静，瞧一瞧龙土司脱险以后是怎样情形。那位糊涂虫的吴知州无非拉来做个幌子罢了。”

沐天澜被她一点破，不住点头，猛地跳起身来，惊喊道：“不好！我听说五郎沟距离金驼寨只十几里路程，刚才龙土司精神恍惚的样子又被岑刚瞧去，我们走后金驼寨一发空虚，万一出事如何是好？”

罗幽兰微笑道：“瞧你这风急火急的样子，我知道你老惦记着你那位罗刹姊姊的话，以为祸事就在眼前了。其实金驼寨现在的情形之下，虽然有点危险，但也不至像你所想的快法。龙土司平时训练的本寨苗兵，素来能征惯战，防守本寨总还可以，所怕的将来苗匪蜂起，四面楚歌，那时便有点危险了。

“刚才龙璇姑姊弟，死活要我传授几手剑术，我被他们缠得无法，在后面练武场上教练几手峨眉剑。他们姊弟在我面前练了几趟拳剑，真还瞧不出龙璇姑很有几层功候，便是龙飞豹子这孩子，也是天生练武的骨骼，问起何人传授，才知他们姊弟跟着金翅鹏练的。

“龙璇姑真还肯用苦功，人也聪明，这几天你不在跟前时，便缠住我，要拜我做老师，今天尤其苦求不已，跪在我面前，眼泪汪汪地说：‘金驼寨自从沐公爷去世，家父从昆明回来以后，接连出事，兆头很是不祥。兄弟年纪又小，自己立志要苦练功夫，也许可以替父母分点忧。’

“我看这位姑娘很有志气，人又长得好，但是我如何能留在此地做她老师呢？想起这儿近处有一个早年姊妹，这人剑术在我之上，非但堪做璇姑的老师，万一金驼寨有点风吹草动，或者这人还可助你一臂之力哩。但是我急于和你回去，没法替她引见，我已说明了这人地址，叫璇姑想法自己去求她，只说女罗刹叫她去的。这人看在我的面上，我现在处境和她又有点不谋而合，在这一点上，或者能收她做个徒弟的。”

沐天澜急问道：“这人是谁？怎的我没有听你说起过这位女英雄，滇南除出罗刹夫人，还有谁有这样本领呢？”

罗幽兰指着他冷笑道：“哼！谁敢比你心上的罗刹姊姊呢？我看你念

念不忘她，一刻不提便难过，明天回昆明去，将来你这场相思病怎么得了。”

不料罗幽兰说了这话，忽听得前窗外有人扑哧一笑，悄悄道：“骂得好，可是你们明天回去，路上千万当心！我有事安排，没工夫和你们相见了。”

两人听得不由一愣，沐天澜明知是罗刹夫人，情不自禁地扑奔窗口，推窗向外一瞧，夜色沉沉，芳踪已杳，有心想跳出窗去，追着她说几句话，回头一看，罗幽兰粉面含嗔，秋水如神的一对妙目正盯在他身后，心里一发慌，讪讪地又把窗户掩上了。

沐天澜掩窗之际，偶一抬头，看见上面窗户花格子的窟窿内插着一个纸卷儿。伸手把纸卷拿下来，是张信笺，上面有字，凑到烛台底下一看，认得是罗刹夫人笔迹，只见上面写着：

> 滇南群匪近将会盟飞马寨中，妾得请柬，坚请主盟，其辞卑巽，而其心实叵测。盖道路争传沐二公子救回独角龙王，逆料彼等定必群疑于妾，志趣既殊，薰莸异器，而犹邀请主盟者，惧妾为敌而梗其事，思欲借此探虚实，以盟相要耳。或竟妾逞狡谋，合力去妾而后快！情势如此，灼然可见。然妾何如人？生平蹈险如夷，定必直临匪窟，一睹鼠辈伎俩。世事无常，妾亦不期而陷入君辈旋涡中矣。妾玩世不恭，而此心常如止水，不意秘谷一会，顿起微澜，时时以君等安危为念，殆所谓不见可欲，其心不乱；既见可欲，情不自已耶？乱象已萌，匪势日炽，速返昆明，勿再流连，切嘱切嘱！

玉狮谷主人沐天澜刚才闻声不见人，以为罗刹夫人听到了罗幽兰的妒话才走得踪影全无，现在一瞧这张信笺，才明白她存心不与自己会面，也许她为了飞马寨的事，别有安排，真个无暇相会。倘然飞马寨群匪真要不利于她，她单身投入虎穴，虽然本领惊人，究竟好汉打不过人多，连一个救应都没有，事情真够危险的。他替罗刹夫人担忧，双眉深锁，想得出神。

罗幽兰看得奇怪，走到沐天澜身边，问道：“我看你愁眉苦脸的又想出了神，这封断命信里，又不知写了什么稀奇古怪的话在上面了。”

沐天澜知道她误会到上一次泄露春光的那封趣函上去了，慌把这张信笺上的话，逐字逐句替她解释，又把自己替罗刹夫人担忧的意思，也实说出来。

罗幽兰听得半晌不作声，柳眉微蹙似在深思，眼神却一直盯在沐天澜的脸上。沐天澜心里打鼓，以为又不知要惹她说出什么话来，把手上的信笺软软地往桌上一放，身子便向桌边一把太师椅子坐了下去。

不料罗幽兰突然向他一扑，纵体入怀，玉手钩住他脖子，而且泪珠盈盈，娇啼婉转。

沐天澜大惊，一把紧紧抱住，连声唤着：“兰姊！兰姊！你不要气苦，你要我怎样，我便怎样。”

罗幽兰挂着两行珠泪一声长叹，她看得沐天澜惊急之态，慌掏出罗巾，揾了揾眼泪，昵声说道：“澜弟，没有你的事，我自己心里乱得厉害！一阵难过，只想哭，自己也不知道为什么要哭，但是竟哭出来了。”

沐天澜说：“没有的话，你太爱我了，故意这么说，定是因我替罗刹夫人担忧，你以为我心里向着罗刹夫人了。”

罗幽兰惨然说道：“照我平日常说嫉妒的话，你难免有此一想，其实你还没有深知我的心。说实话，我只要一听到你提起罗刹夫人，不由得妒火中烧，说出气愤的话来。但是话一出口，我又立时后悔，不应该对你说气愤的话。你和罗刹夫人结识，一半时势所逼，一半是我自己一手造成的，怎能怪你呢？好笑我也不知怎么一回事，后悔的时候后悔，嫉妒的时候还是嫉妒，大约一个女子爱丈夫越爱得紧，越妒得厉害！丈夫没有外遇，还得刻刻提防，因为一有外遇，难免厌旧喜新，夫妇之间从此便起了无穷风波了。

“我曾经听人说过一个可笑的譬喻：一个孩子得了一块美食，也许一时舍不得吃，也许慢慢咀嚼滋味；如果有两个孩子抢这块美食，便要你争我夺，便是吃在肚里也是狼吞虎咽，食不知味了。话虽说得粗鲁，道理是对的。”

沐天澜听她说得好笑，忍不住哧哧笑出声来，心里想说一句话，话到嘴边，怕臊了她，又咽下肚去了。

罗幽兰娇嗔道：“你笑什么？我知道你又想到哪里去了。本来么，谁不羡慕我们两人珠联璧合、天生的一对，老天爷既然撮合了我们一对，我们怎能自暴自弃，辜负老天爷一番美意呢？可是也得怨老天爷，为什么横堵里又钻出一个罗刹夫人，鬼使神差地偏叫我们和她发生了纠葛，换了别个女子，让她一等狐媚，大约也动不了你的心。

“说也奇怪，罗刹夫人这个怪物，不但是你，连我也深深地爱上了她。平时我免不了向你说嫉妒的话，可是说了又悔，既不是恨你薄情，也不是恨她夺人丈夫，我自己也觉得莫名其妙。我还存过这个心，我们三人联成一体，劝她同赴昆明。后来听你说她性情古怪，好像转眼无情一般，但是此刻信笺上后面几句话，何尝无情？而且时时刻刻放不下你，眼巴巴地亲自送这封信来。虽然没工夫进来说几句话，大约在窗外看到了你，心里也熨帖的了。你想她用意何等深刻？照这情形，我们三人真变成了欢喜冤家了……”

沐天澜被她这样一说，心绪潮涌，想起几句话来，张嘴想说，不料罗幽兰抢着说：“你莫响，我话还没完呢，你知道刚才我为什么心里乱，乱得我没了主意，只想哭。你想罗刹夫人放了龙土司和四十八名苗卒，表面上为了黄金，依我看，凭她能耐，盗取藏金并非难事，因为其中有你，明知释放龙土司，难免结怨群匪，为了你也顾不得了。

“可是现在她要单枪匹马，深入盗窟，虽然她手下有一群凶猛无匹的人猿，但是远在新平，怎能带着一群怪物去？你刚才替她担忧，确有道理。万一飞马寨真个暗排毒计，合力对付她，她便是铜筋铁臂，也是孤掌难鸣。她虽然眼空一切，信里说着‘蹈险如夷’，但是刚才匆匆便走，连进来见一面的工夫都没有，可见她黑夜奔波，定是各处暗探匪情，想探出对她用何种手段对待，以便提防。

“万一她落入群匪圈套，除去我们夫妇二人，还有谁去救应她呢？我们为江湖侠义，为敌忾同仇和未来利害关系，也义不容辞啊！而且其中还有一层大关系，假使她有我们两人暗中护卫，仗着她惊人的本领，说不定把蠢蠢欲动的群匪，一下子给镇住了。果真这样，头一个金驼寨龙家一门先受其福了。”

这一番话，沐天澜听得俊目放光，英气勃勃，连连点头道：“兰姊，你义气侠胆，不愧巾帼英雄，俺堂堂丈夫，岂敢落后！好，我们暂时抛却儿女之私，明天回去就顺路暗探飞马寨，且看一看岑猛之辈做何勾结。说不定我们三人合力，在飞马寨中追取黑牡丹性命，报我不共戴天之仇。”

罗幽兰从沐天澜怀内跳起身来，看了沐天澜一眼，叹口气道：“我们儿女私情是另一档事，大义所在，当然应该这样做，同时也叫罗刹夫人知道我们是怎样的人。而且我预料罗刹夫人走得这样匆忙，也许明天她也到了飞马寨，从此我们三位欢喜冤家，真不知到了什么地步，才有结局。将来我能容让她，她能不能容让我呢？想起来，我心里乱得要命，烦得要死！”

沐天澜昂然说道：“我们夫妻，在天比翼，在地连理。上天下地，我沐天澜如口不应心，定遭……”

罗幽兰听他要起誓，一伸手把他嘴掩住，急得跺着小蛮靴，娇喝道：“你敢……我知道你心罢了，正唯我深知你心，才敢造成鼎足之势。虽然如此，有时我妒天妒地，还是免不了的，只要你们知道我的真心便好了。”说罢，咯咯地娇笑起来。

沐天澜笑道：“为了罗刹夫人一封信，我们闹了半天，起头你说替龙璇姑介绍一位女英雄做老师，这人究竟是谁，我还得问个明白。”

罗幽兰笑道：“你是打破砂锅问到底，我的公子，天可不早了，明天我们还得赶路呢。”罗幽兰故意不说，急得沐天澜涎着脸求道：“好姊姊，这也值得卖关子吗？”

罗幽兰故意磨蹭了一忽儿，然后叹口气说：“你真是我命里注定的魔星，说起这人，你不会不知道，当年九子鬼母有三个养女，除我和黑牡丹以外，还有一个桑么凤，又叫窈娘。在九子鬼母没有死以前，便倒反阿迷，和三乡寨小土司何天衢成为夫妇，听说何天衢是汉人苗裔，也是滇南大侠葛老师的门徒呀！”（窈娘、何天衢结合事，详见拙著《龙冈豹隐记》）

沐天澜一听她提到何天衢，恍如梦醒，拍着手说：“该死，该死！我到滇南来怎的把这位师兄忘记了，这位师兄离开哀牢山以后我才拜师，一晃多年，从未会过面，只听师父说过。

“三乡寨经何师兄夫妇极力经营以后，颇有威名，虽然邻近阿迷，黑牡丹辈却不敢撩恼。可惜我们明天便要回去，又无法会见这位师兄了。龙璇姑能够拜在桑窈娘门下，武功可望大成，金驼、三乡两寨可以互相联络，作唇齿之依，真是一举两全了。我修封书信，用我夫妇名义问候我师兄夫妇，顺便替龙璇姑说合，也是一举两得的事，你瞧怎样？”

罗幽兰道："好是好，可是我们还没成礼，下笔可得留点神。"

沐天澜皱眉道："世俗虚伪的礼法真讨厌，偏又热孝在身，否则我们一回昆明，马上便举行婚礼，省得遮遮掩掩的，别扭人心。"

罗幽兰在他耳边悄声说道："这几天惯得你逍遥化外，回家去可得收点心……"

沐天澜笑着说："今晚可是我们逍遥化外的最后一夜了，总得细细咀嚼，不要狼吞虎咽才好。"

罗幽兰猛想起自己刚说过孩子抢美食的比喻，立时羞得娇脸飞红，指着他啐道："呸！不识羞的，狗嘴会吐象牙才怪哩。你把你罗刹姊姊告诫你的金玉良言，也当作秋风过耳了。"

次日，沐天澜、罗幽兰原想一早起程，经不住龙土司夫妇和龙璇姑姊弟死活拉住，在后寨设筵送行。沐天澜在筵席上，再三向老方丈无住禅师请求多留几天，总得让金翅鹏痊愈以后再走。席散以后，龙土司夫妇提起那两千两黄金，定要装在沐二公子行装里面。

沐天澜正色说道："这是罗刹夫人的游戏举动，何得认真？再说我们非泛泛之交，区区黄金，何足挂齿，此事千万休提。倒是龙叔身体千万保重，阿迷相近三乡寨，土司何天衢是我师兄，希望龙叔多与亲近，缓急或可相助。"

大家说了一番惜别的话，沐天澜、罗幽兰带着二十名家将，攀鞍登程时，日色已经过午了。龙土司带着许多头目，一直送出金驼寨五里以外，才各自分手。

沐天澜本想一路飞驰当天赶到老鲁关，找个妥当歇宿之处，安置好家将们，再和罗幽兰返回来，暗探飞马寨。不想在金驼寨被龙土司们一阵惜别，耽误了大半天，到了石屏新平交界之处，业已日落西山，离老鲁关还有几十里路，离新平飞马寨倒没有多远了。一看天色不正，阵云奔驰，山道上树木被风吹得东摇西摆，大有山雨欲来之势。两人一商量，风雨之夜难以赶路，只好就近找一宿处，胡乱度过一宵再说。

这时一行人马正走上一条长长的山冈的冈脊上，两面都是重峦深潭，并无人烟。二十几匹坐骑在冈脊上一程奔驰，蹄声急骤，震动山谷，跑出一二里路才把这条山冈走尽。

罗幽兰在马上扬鞭一指，前面不远一丛竹林里面冒出一缕炊烟，向沐天澜说："那面定有人家，也许我们可以借宿。"

沐天澜立派两员家将先下冈去探看一下，再作定夺。两个家将领命去后，沐天澜、罗幽兰领着其余家将，也缓缓向下冈的斜坡走下去。

走没多远，那两名家将已骤马赶回，报说："那面竹林内只是一间临时搭成的草棚，有两个打猎的苗汉在那儿煮野食吃。据那两个猎户指点，再过去两里多路，一个山湾里面住着一家富苗，酿得上好的松花咂酒，制得一手块鬼芋豆腐（苗人酒食名，咂酒用几支通节小竹，插入酒囊内，数人围坐，用竹管吸酒而饮），汉人路过多到那家借宿。这家苗人都能说一口汉语，接待汉人，特别欢迎。"

沐天澜说："既然有这地方，且到那儿看情形再说。"

于是两名家将圈转马头当先领路，经过那处竹林时，罗幽兰飞马而过，似乎听到竹林后面一股小道上，有人骑着马向前急驰。当时赶路心急，天色已渐渐入夜，风刮得又紧，一时忽略过去，没有在意。一霎时急赶了两三里路，已到了山湾子所在，马头一转离开了官道，拐过一个山嘴，便远远瞧见山坳里高高地挑出一个红灯笼。大家便向红灯笼奔去，瞧着很近，走起来却也有里把路。

大家到了红灯笼所在，一瞧是一座很像样的苗寨子，寨门上也有望楼，一只红灯笼便挑在望楼角上，后面还有几层瓦房，屋后紧背着一座山峰。这座苗寨建筑得很有形势，可是寨门紧闭，寂无人声。

沐天澜吩咐身边家将道："叩门借宿时，只说过路的官员带着家眷随从回昆明去便了。"

家将叩了几下寨门，望楼上钻出一个年老的苗汉来，瞧见寨外这一大堆人马，倒并不吃惊，只略问了几句，便下楼来把寨门开了。

沐天澜、罗幽兰和家将们一齐下马，沐天澜不敢领着这一大堆人望里直闯，意思之间，想和罗幽兰先进去，和寨主人说明了再行安排。不意开门的老苗子竟能做主，很欢迎地把家将们连人和马一齐请进寨门，好在寨门内有块空地还容纳得下。老苗子关好了寨门，嘱咐他们少待，他得进内通报一声。沐天澜、罗幽兰打量寨内近面一座三间开的楼房，黑默默地通没灯火，似乎并没住人。那老苗子进内通报，也从楼屋外面侧道上绕到后面去。

一忽儿，楼屋下面燎火通明，中间一重门户打开，从门内迎出一群高高低低的雄壮苗妇来。两个苗妇举着两只灯笼，引着一个擦粉抹脂，满身锦绣的苗女，头上包的也是一块五彩绣帕，帕边还戴着一朵红花，却长得面目奇丑，不堪入目，一对母猪眼，不住地向沐天澜、罗幽兰两人打量。面目虽然粗鲁，却说得一口流利的汉语，说是“家中男人本是不多，今天偏都有事远出，只留下一个看门的老汉，贵官们不嫌简待，快请到内寨坐地。这楼下几间屋子，便请贵官的随从们随意安息好了”。

这苗女居然很有礼貌，而且苗女、苗妇们似乎经多识广，瞧见来人上上下下个个都带剑背弩，并不惊奇，立时邀请沐天澜、罗幽兰进内，一面又分派几个雄壮苗妇和那老苗子，招待一班家将，态度殷勤，色色周到。

沐、罗两人叩门借宿时，计算路程和方向，知道已入新平边界，大约离飞马寨不远，不免处处留神。不料一进寨门，这家除出一个看门老汉，全家只有妇人，而且招待殷勤，果然和路上猎户所说相符，心里便坦然不疑，还暗暗盘算，想问明路径，就近乘机夜探飞马寨去。

这时两人跟着这个盛装苗女，穿过前楼，走入后院堂屋内。苗女指挥几个苗妇安排酒饭待客，自己陪着两人谈话，问起两人来踪去迹，沐、罗两人虽然心感苗女礼数周到，却不敢说出真名实姓，胡乱捏造一番话，搪塞一时。谈话之际，酒香扑鼻，瞧见几个苗妇从后面抬出两大瓮酒和肴果饭食之类，送到前楼去了，堂屋内另有几个苗妇调桌抹椅，摆好一桌酒筵，便请入席。

两人无法客气，也只好道声叨扰，安然就席，苗女主位相陪，亲自执壶劝酒，还说：“这是我家自酿松花酒，凡是在俺家借宿过的汉人们没有不说好的，两位一尝便知。”

沐天澜禁不住苗女殷殷劝酒，吃了几口，果真香冽异常。苗女一见罗幽兰未沾唇，立时笑脸相劝。

罗幽兰笑道：“实在生平没有喝过一滴酒，但是主人自己大约也是不喜喝酒的，所以杯中空空，我便陪着主人吧。”

罗幽兰不喜饮酒原是实话，苗女听得，却是面色一变！突又笑容可掬地说道：“我们这儿祖上传下来有个规矩，客人光降必要奉敬几杯酒的，客人喝了我们的酒，我们认为客人看得起我们，诸事才能大吉大利。先请客人吃过几杯以后，主人才敢举杯，否则便不恭敬了。”

罗幽兰听她这样说，有点情不可却，不好意思再坚拒不喝，预备小小地呷一口，敷衍敷衍面子。正在举杯当口，猛听得豁啷啷一声怪响。抬头一瞧，原来一个壮健苗妇从后面端着热气腾腾的一盆菜进堂屋来，还没有端到席上，不知怎么一来，竟失手掉在地上，把一盆菜跌得粉碎。那苗妇走的方向，正在罗幽兰对面，罗幽兰再一眼瞧去，看出这苗妇面貌厮熟，忽地醒悟，这人是从前庙儿山自己落脚处所用过的苗妇。

这当口，这位主人跳起身来，满脸凶恶之色，指着那苗妇厉声斥责，其中还夹杂着几句凶恶苗语。那苗妇吓得全身抖颤，慌蹲下去捡地上的碎瓷片。这一下，罗幽兰顿时起了疑心，面上却不动声色，从旁劝道："怪可怜的，请你饶恕她吧，我们还是喝酒要紧。"

苗女一听罗幽兰自愿喝酒，立时反嗔为喜，坐下来便来劝酒，罗幽兰却立起身来，在她耳边悄悄说道："我一路奔来，同行的都是男人家，没有方便处，此刻内急得紧，我去方便一下，再来奉陪，咱们有缘，我得多亲多近哩。"

罗幽兰巧语如簧，苗女立时向那苗妇喝道："笨手笨脚的还待在这里干什么，快伺候这位贵客更衣去。"这一指使，正中罗幽兰心意，另外一个苗妇便来替这苗妇打扫地下。

罗幽兰离席时，向沐天澜一使眼色，见他两颊红馥馥地罩上了一层酒晕，并没有理会。罗幽兰从容不迫地向女主人又递了一句客气话，然后跟着打碎盆子的苗妇走向厅后，走过两层房屋，才是方便之处。罗幽兰一看四面无人，正要打听她为何在此，这家苗人是干什么的？不意那苗妇同时张嘴，满脸惊急之色，一手拉着罗幽兰，哆哆嗦嗦地说："你……你们……怎的投奔到鬼门关里来？这……这如何是好……"她说时，拉着罗幽兰的手瑟瑟乱抖，四面环顾，怕有人撞见，性命难保。

罗幽兰吃了一惊，慌问："这是什么地方，苗女是谁，怎的是鬼门关？快说！"

那苗妇这时急得话都说不出来，罗幽兰一阵催问，才拼命似的挣出几句话来。她说："这是飞马寨的老寨，苗女是岑土司岑猛的妹子，出名的凶淫，背后都称她'胭脂虎'。这几天胭脂虎在她哥哥面前称能，安排毒计，沿途派人探听，要把你们引上门来。我是派在后面厨房打杂的，本来不知道你们到来，刚才端出菜去，万想不到来客便是你们，而且你正端着杯要喝那断命松花酒，吓得我连菜盆子都跌碎了。你哪知道这酒内下了蒙汗药，酒性一发，便要昏倒，万吃不得的呀！”

罗幽兰一听，宛如头上打下一个焦雷，心里一急，顾不得再问别的，推开苗妇，一反腕从背上双剑中拔下犹龙剑来，一跺脚便上了屋，蹿房越脊，飞一般赶到吃酒的堂房上，顾不得什么叫危险，立时涌身跳下，翻身一看，堂屋内灯火全无，人声俱寂。罗幽兰明知不妙，一颗心几乎跳出腔子来，忍不住喊声：“澜弟……”寂无回音，不顾一切，用剑护住头面，一跃进屋，目光一拢，隐约辨出酒席尚在，吃酒的沐天澜、胭脂虎和伺候的几个苗妇，踪影全无，向两边屋内排搜，也无人影。

罗幽兰急得五内如焚，眼泪直挂，慌镇定心神，略一思索，明知沐天澜着了道儿，也许自己推说方便时，胭脂虎派人暗地跟随，和苗妇说话时，有人偷听，知事败露，把沐天澜劫走了。猛地想起前楼家将们，急急跃出堂屋，赶赴前楼。

一进前楼，倒是灯烛光辉，残肴俱在，可是二十名家将，一个个软绵绵地倒在地上，横七竖八地躺了一地。胭脂虎手下的人一个不见。

这时罗幽兰哪有工夫救家将们，挺剑直奔寨门上的望楼。寨门紧闭，望楼空空，连那个老苗子也不见了。一翻身，又奔后院，刚回到吃酒的堂屋内，蓦地听得后面鬼也似的一声惨叫！

罗幽兰急急穿过堂屋，循声而往，一看后面天井里躺着一个壮年苗汉，胸口上插着一柄短刀，业已死去。墙角上如牛喘气，两个人扭成一堆，正在拼命。赶近一瞧，原来那个老苗人骑在熟识苗妇的身上，两手抱住苗妇脖子想捏死她，苗妇两脚乱蹬，已剩了翻白眼儿。罗幽兰一腿起去，老苗子皮球似的滚得老远，这一脚大约踢在致命处，痛得他满地乱滚。

那苗妇得了性命，一阵干呕，跳起身来，哭喊道：“这老东西把我男人害死了，我得报仇！”喊罢，还要赶去。

罗幽兰伸手拉住，过去一剑，老苗子立时了账，罗幽兰问她：“你男人怎会死在他手上？”

苗妇说：“我们夫妇原是新平人，自从庙儿山你们走后，房子被人烧光，我们逃回家来，便都在胭脂虎底下做点粗事。刚才他们都跑掉了，这老鬼奉了胭脂虎之命，想把我弄死，凑巧我男人赶来，不防老鬼手上有刀，我男人又不明就里，竟糊里糊涂被他刺死了。我和老鬼拼命，敌不过他，几乎也死在他手上。”

罗幽兰不待她再说下去，急问道：“沐公子被他们劫走了，生死不明，你知道胭脂虎这班人逃往何处，快告诉我！”

苗妇说：“胭脂虎力大逾虎，而且奇淫无比，常常引诱汉人到此借宿，十九死在她手上。她碰着沐二公子这样人物，定然先弄到她私窝里去，想法子折磨去了。”

罗幽兰一听更急了，慌问：“她私窝在哪儿？快领我去！”忽一转念，又说道，“事已紧急，你跟不上我，带着你反嫌累赘，你另把方向路径对我说明好了。”

苗妇说：“胭脂虎平日无法无天，连她哥哥都管不了。这儿老寨基本不是她的住所，在这屋后峰脚下有一条溪涧，沿着这条溪向左拐过去，可以绕到山峰的那一面，外人不知道，好像是无路可通，其实溪流尽处，再翻过一座岩头，一片大竹林，竹林内有条小径直通到一处山坞，坞内有孤零零的一座小碉寨，便是胭脂虎住所，不过胭脂虎住所不远便是飞马寨大寨，听说今晚岑土司大会滇南英雄，飞马寨有头有脸的都到大寨去了。姑娘，你要去可得当心！”

罗幽兰道：“好，今晚我幸而碰着你，但是你从此不能待在这里了。现在我拜托你一桩事，前楼有我们带来的二十名沐府家将，也上了他们圈套，好在蒙汗药有法可救，你赶快提桶冷水，把他们冲醒过来，对他们说，我拼命救公子去，叫他们带着你连夜赶往老鲁关。如果我同公子到明晚尚未回去，你和他们先回沐府去。千万记住我的话，我们二次相逢，我定要补报你的一番好意，快去、快去！”

第五章　活　宝

不提苗妇依言去救前楼的二十名家将。且说罗幽兰提着犹龙剑，纵身上屋，越过围墙，直到寨后峰。走没多远，果然瞧见峰脚银光闪闪，潺潺水响，一条曲折的浅溪，绕着峰脚流去，溪身极窄。

罗幽兰越溪而过，照着苗妇指点的方向，向左沿溪奔去。虽然星月无光，脚上这条银蛇般的溪流，便是极妙的向导。溪流尽处，已到峰背，乱石嵯峨，荒草没径，几疑无路，仔细辨认，才见高高低低的石缝里面，却有一条曲折小径。走尽曲径，地势渐高，步上一座岩巅。

忽听这面岩腰里有人说话，慌缩住脚，看准方向，鹭行鹤伏，掩了过去，隐身一株高松背后，暗地窥探。依稀看出两个高大苗人，各人手上拿着长竿梭镖，立在二十步开外的一片断崖下面，正挡着自己下岩的要道。心想杀死这两个人容易，万一惊动别人，反而误事。一阵盘算，未免耗了些时候。

忽听得其中一人说道："二姑真也任性乱来，既然捉住了沐家小子，便该送往大寨。岂不是人前显辉，教到来的各位英雄瞧瞧，我们飞马寨岂不大大增光！我还听说逃走了一个女的，据说便是当年秘魔崖的女罗刹。逃走了这位女魔头，更应该报与大寨知道。她偏不这样做，放着正事不办，把沐家小子放在自己楼上，干那见不了人的事，却教我们守在此地，你瞧天色已变，说不定雨要来了，真是晦气！"

另一个说道："事有轻重，这一次我顾不了许多，我得报告土司去。"

罗幽兰听出他们的话因，心想如让这小子往岑猛面前一报告，自己孤掌难鸣，丈夫性命更危险了。转念之间，怕这人跑远，慌剑交左手，一开镖囊，掏出两支见血封喉子午透骨钉，唰的一个箭步，蹿到断崖侧面，一抬腕，两枚子午钉连珠出手，人也跟着暗器纵了过去。

那两个笨汉，连“啊哟”一声都没有完全喊出，一中咽喉，一穿太阳穴，立时倒地，连敌人影子都没有看见，便糊里糊涂地死了。

罗幽兰在尸身上起了子午钉，藏入镖袋，又把两具尸首提向隐僻处所。一看对面山形环抱，中间一片黑沉沉的竹林，占地颇广，知是苗妇所说的山坞了。急忙飞步走下岩坡，钻入竹林。黑夜之间，不管脚下有路无路，向竹林缝里直穿过去。但是竹林既密且广，脚底踏着林下厚厚一层枯竹叶，难免簌簌作响，不得不运用轻功，提着气蹑足而行，还得时时提防有无敌人，暗地袭击。这一来，未免费了劲，而且也费了一点时间。

因为这片竹林直穿过去，竟有不少路，这样又耗了不少工夫。好容易快要走尽竹林时，蓦见林外火光乱晃，人声龙杂，慌缩住身形。向林外细看时，只见沿着竹林一条小道上，约有十几名苗汉，松燎高举，向前飞奔。中间两名苗汉抬着一块木板，木板上面绑着一个人。火光照处，木板上绑着的人，似乎用红绸子周身密裹，连头带脚密密裹紧，另用绳束捆在木板上。

罗幽兰大惊，她料到木板上的人，定是沐天澜无疑。难道已遭毒手？她一看到这种情形，几乎急晕过去。一咬牙，今晚誓不生还！凭两口剑、一袋子午钉，血洗飞马寨，杀尽岑猛一家老幼，然后身殉丈夫。她定了定心，改变主意，已不用先找胭脂虎，且看他们抬往何处。却又听到这队苗人里面，一个头目装束的人，高声呼喝着：“快走，快走！今晚岑二姑顾大体，鳌里夺尊，竟把这小子交了出来。到了大寨，准有好戏看了。”

一队苗卒嘻嘻哈哈地附和着，如飞地向前抬去。罗幽兰一听，更认定抬的是沐天澜了。

这时罗幽兰认定沐天澜已遭毒手，万念俱灰，立志殉夫。杀死几个苗卒也无济于事，想杀的是岑猛一家老幼。既然听出这队苗卒要抬到大寨去，正可借他们引路，不怕见不着岑猛。

她等到这队苗卒走远一点，立时跃出林外，瞄着前面火光，一路跟踪而进。她存着必死之心，绝不预备自已退路，两只眼只盯着前面一队苗卒，经过的是什么地势、什么方向，不再留神其他。

这样走了一段路，忽见前面苗卒向一处岩角拐了过去。罗幽兰慌脚步加紧，赶到岩角拐弯之处，隐身一瞧。这条山道，通到地形较高之处，有一座背岩建筑的大碉寨，围着一圈短短的虎皮石墙，墙外尽是参天古木，遮住了碉寨内的房屋。只见寨内火光烛天，人声隐隐。那队苗卒抬着沐天澜从围墙外面绕到前面寨门去了。

罗幽兰更不停留，展开身法，从道旁树林里，藏着身子，直奔围墙。一想前面寨门必定人多眼多，不如在此进身。忽听得围墙内，人语喧哗，步履杂沓。不知墙内是何光景，不要还没有看到为首的人，便和不相干的人混战起来。再说飞马寨为首岑猛没会过面，只听沐天澜讲过，是个身形魁梧虬髯绕颊的人，不如先暗地窥探明白，再行下手。

主意打定，抬头四顾，只见靠前一段墙外，贴墙长着一排合抱的大古柏，枝老叶稠，挺立高空，倒是极妙的隐身窥探之所。她一个箭步蹿了过去，拣了一株枝叶最密的柏树，足有七八丈高下。两面一看，并无人来，把手上犹龙剑还入鞘内，紧了紧镖袋，立时腾身而起，施展"狸猫上树"功夫，从柏树阴面游身而上，捷逾猿猱，移枝渡干，存身离地三四丈以上，全身隐在枝叶丛中，微微拨开一点树叶子，向下面墙内窥探。

这一探，把墙内情形一览无余，而且惊奇不止。只见墙内处处火燎烛天，明如白昼。首先入眼的，墙内中间四围，用山石垒起几尺高的一座平台，约有四五亩地大小。这座平台后面接着几层房子，平台前几级台阶下，一条甬道直接寨门，甬道上左右排着手捧梭镖的苗卒，一直排出寨门去。从平台到寨门约有半箭路，隔几步甬道两旁矗立着碗口粗的木杆，杆头上铁环内插着松燎，火苗旺炽，照彻全场。

却好罗幽兰存身所在，和墙内平台成一斜角，墙内地形狭长，平台离围墙颇近，相距也只几十步路远近。因此平台上的景象，瞧得非常清楚，连说话声音都可以听出一点来。仔细瞧那平台上，朝外坐着半圈人，高高低低，有男有女，约有十几个人。每人面前放着一张高几，几上设着酒肴杯箸。有几名苗卒捧着酒壶，伺候众人吃喝。似乎今晚飞马寨盛筵款客，在座的男女，大半面上都绷着各式各样的人皮面具，也有把面具卷起一半，以便狼吞虎咽的，也有从面具开口处进食的。

罗幽兰从小久处蛮寨，深知凶蛮苗族逢着盛大聚会，或争锋交战，都喜戴着面具，而且以戴人皮面具为荣。竟有专门制造人皮面具的商人，兜售各苗寨之间，而且在面具上髹漆奇奇怪怪的花纹。

据说苗蛮的祖先，本来在自己面上或手脚上，用各种颜色画出奇奇怪怪花纹的，所以古人称为"雕题文身之族"。后来苗族渐渐汉化，却用面具来代替，以示不忘祖先之意。其实悍顽苗蛮，时常凶杀劫掠，借着面具逃避侦缉和仇人报复罢了。

这时罗幽兰首先注意平台上几个女的，仔细一辨认，暗暗惊奇。只见居中，右首面上绷着红面具、身披玄色风氅的苗妇，细看身样衣着，宛然是罗刹夫人。这人肩下坐着一个，戴着五颜六色的面具，一身锦绣苗装，头上五彩锦帕，旁边还插着一朵红花，便知是胭脂虎。因为她这身装束，和先头在老寨喝酒时一模一样，她坐的方向，正斜对着这面。可异的是，她坐在那儿，抬着头，老望着这面树上瞧，好像知道自己藏在树上似的。

再看居中左首一个魁梧大汉，未戴面具，长得浓眉连心，虬髯满颊，形态非常凶猛，似是飞马寨土司岑猛。岑猛肩下一个，虽然绷着人皮面具，只要看她身材装束和背上两柄吴钩剑，便知是黑牡丹。仔细留神其余的人中，却没有飞天狐在座。

在罗幽兰打量众人之际，一名雄壮头目奔上平台，趋到岑猛身边，附耳说了几句话。

岑猛哈哈一笑，不知吩咐了一句什么，一名头目翻身奔下平台。席上岑猛站起身来，露出腰上围着一圈飞刀。这种飞刀只有四五寸长，用毒药淬过，中人必死！每柄都有皮套串在一起，围在腰间。

当下岑猛立起身，向两面席上一抱拳，哈哈大笑，高声说道："今晚我们英雄聚会，凑巧不过，我妹子得到一件活宝，也是我们在座诸英雄，平时闻名的一件东西。现在我向舍妹要了来，想了个找乐的法子。

"我们寡酒无趣，一忽儿这件活宝到来，各位英雄都可以在这活宝身上，显点功夫。可是这件活宝究竟是什么？暂时我要瞒诸位一忽儿，等到各位尽兴以后，我再把这件活宝当众抖搂出来。大家一见活宝本来面目，定必大乐特乐！还要恭贺我舍妹几杯，贺她得到那活宝的大功哩……"

话还未完，他隔座的黑牡丹笑道："究竟什么活宝？何妨先说出来，让我们先乐一乐呢？"

岑猛笑道："慢来慢来！戏法一说就漏，便没法尽兴了。其实活宝一抖搂，你比别人还要乐十倍哩！再说，在座的众英雄，平时听我们说，罗刹夫人本领怎样出奇，怎样胜过当年九子鬼母，诸位心里痒痒的，没法亲眼目睹。今晚诸位眼福不浅，这位惊奇出众的女英雄，赏我岑某一个全面，竟已光降在座了。回头我替诸位请求她，再赏我们一个面子，在那活宝身上，显一点惊人功夫。因为这样，活宝绝不能马上抖搂出来的。”岑猛这样一说，大家眼光都向罗刹夫人身上交射。

罗刹夫人坐得纹风不动，她身旁的胭脂虎却侧着身向罗刹夫人交头接耳，说了一阵，同时有意无意地又抬头向这面树上看了一看。罗刹夫人回过头去，向她附耳说了几句以后，突然转身，发出清脆爽利的词锋，她向岑猛说：“岑将军，诸位要我献丑，又是岑将军一番盛意，我是决不推辞的。可是此刻你们令妹对我说，她从家传飞刀手法上，悟出许多巧妙招儿。她已经允许我见识见识了，我得先瞧一瞧令妹的飞刀。”说罢，不待岑猛答话，立时回过头去，向胭脂虎说：“你不用客气了，飞刀不在身边，快去拿来吧!”

胭脂虎立起来向众人点点头，一扭一扭地迈着俏步，转过席后一座挡风的木屏风，走向后寨去了。席上黑牡丹面具内的两道眼神，却盯在进去胭脂虎的身后，直到胭脂虎身影消失。

墙外树上窥探的罗幽兰，虽然墙内平台不算十分远，却嫌这株古柏长得太高了。刚才平台岑猛大声说话，还能听出大概来，不过有时一阵山风卷过，树叶飒飒乱响，便听不真了。只有一半听音，一半从各人举动上揣摩。

这时她已确定了上坐的确是罗刹夫人，右面的确是飞马寨土司岑猛。岑猛的口气，好像把沐天澜当作活宝，还要向众人捣鬼，可是只听得一点话头，断断续续地听了几句，猜不出是什么意思。既然称作活宝，似乎沐天澜尚未遭毒手，还有一线希望。希望在座的罗刹夫人，一见沐天澜遭擒，立时想法救他，否则她也必定帮助自己，把飞马寨剑剑斩平，活着救了出来，死了替他报仇。

在她心里历乱不安当口，猛见甬道上两个苗卒已抬着沐天澜向平台上跑去，在夹道火燎底下抬过。罗幽兰却看清了，原来木板上的人，周身用整匹红绸缠绕，头上也缠着红绸，只是面上却绷着血红的人皮面具，口鼻一样可以透气。起初竹林内突然一看，好像连头都缠得密不通风，定是死人无疑，此刻一瞧仿佛还有希望似的。不过为何要用红绸缠裹，实在想不出道理来。

她又看到沐天澜身子被人在火光底下抬过时，直挺挺的一动不动，好像已经死了似的，一阵心酸，眼泪直挂，银牙一咬，一抹眼泪，不再看木板上的红人，两眼只盯住席上的罗刹夫人，看她发现木板上红人是沐天澜时，如何举动。暗想：你和他一夜深情，万般爱护，此刻是我们三人生死冤家的最后结局了。

两名苗卒，连木板带人抬上平台以后，另一个苗卒，扛来一个木架子，离上面酒席二丈多远，把木板带人，在平台中心直竖起来，后面用木架子支住，这样平台上突然支着一个红人。席上的人立时交头接耳，纷纷猜测这个人是谁，大约这个红人，便是岑土司所说的活宝了。

岑猛呵呵大笑，跳起来兴高采烈地说：“活宝来了！现在我来定个吃酒助兴的法子，我们把这个活宝当作我们平时练暗器的鹄子。诸位身上带什么便用什么，随意用什么手法。可得嘴上先说明打什么部位，说到哪儿，打到哪儿，我们便公贺一杯。题目原不难，借此助兴，劝酒罢了。”

说着，一阵狞笑，向罗刹夫人看了一眼，又向众人说道：“今晚罗刹夫人是我们贵客，诸位英雄又想瞻仰瞻仰女英雄的本领，现在我替众位请求女英雄头一位出手，诸位预备端杯公贺吧！”

说罢，转身向罗刹夫人双拳一抱，狞笑道：“女英雄刚才已经口头应允，便请赏脸吧！”

罗刹夫人盈盈起立，却向身旁胭脂虎的空座上看了一看，缓缓地把自己面具摘下，立时所有在座的眼光都射到她面上去了。她这时芙蓉如面柳如眉的娇靥上，却罩着一层肃杀之气，尤其两道电闪似的眼神，贯彻全场。

在座的人凡是被她眼神扫到的，都觉有点凛凛然。她却从容不迫地向岑猛说道：“我本想先瞻仰令妹飞刀的，不料岑将军和令妹串通一气，故意教她慢慢地出来，好挤定我先献丑。不信，诸位瞧我一出手，岑将军令妹便蹦出来了。”

众人大笑，岑猛慌分辩道：“女英雄不必多疑。舍妹进去，诸位都瞧见，我又没离座，怎能串通一气呢？”

罗刹夫人道：“好，我准定献丑好了。但是我身上一件暗器都不带，叫我怎样献丑呢？也罢，我来一下圣人面前卖百家姓。岑将军，你身上的飞刀权且借我一用，可以么？”

在这局面之下，岑猛当然不能不借，暗想：“我这飞刀，是我岑家世传的独门功夫，你未必能得心应手，倒要瞧瞧你怎样地使用它。”

岑猛总是一个莽夫，哪识得其中巧妙，便把腰上一串飞刀连皮套子解了下来，递了过去。

罗刹夫人一数飞刀，竟有二十四把。这种飞刀打得特别，通体精钢铸就，没有木柄子，只是刃片儿，刀片下面是个小铁球。在刀背两面，铸就两指相撮的凹槽，尖锋刃口蓝汪汪的，一瞧是用毒药淬炼过的。

罗刹夫人把飞刀一柄柄地从皮套内退了出来，依次排在席上，只退出二十三把飞刀来，留了一柄在皮套内，把留下一柄飞刀，连一连串皮套子还了岑猛，却向岑猛问道："这木板上的红人，究竟是真人还是假人？是活的还是死的？如果是活人，一下子被我穿死了，回头要我偿命，我可上了你大当了。诸位在此，可得替我做个见证。"

众人听她说得有趣，又齐声笑了起来。岑猛也笑道："哪有此理？是我和在座诸位千求万求，请你下手的，怎能说出偿命的话来？回头我把那红绸子揭开，女英雄便明白这活宝是不会有人叫你偿命的。除非你……"

岑猛突然把话缩住，正想催她动手，不料就在这当口，罗刹夫人玉手频挥，从她手上飞出去的刀片儿，一片接一片，不见刀片，只见一道白光。那边木板上嚓嚓连响，众人目不暇接。转瞬之间，二十三柄飞刀，一刀都没有留下。

众人眼光齐向木板上红人看时，红人身上一柄飞刀都没有中上，却是从头到脚，从左到右，每隔半尺，便有一柄飞刀贴着红人身子，深深地插在木板上。刀尖已透出木板背面，好像用这二十三柄飞刀，照着红人身形，周身画了一道线，把这红人很密切地嵌在刀阵里。

照说这功夫不算稀罕，江湖上会这套功夫的，不是没有，最难得是发出的时候，身不离座，手不停挥，刀成一线。更难是中在板上，刀刀透板，距离又这样匀整。在座的人，不论是谁，自问便没有这手功夫。

岑猛自称世传飞刀，百发百中，也是瞠目咋舌，半晌没有开声。听得大家拍掌如雷，齐噪公贺一杯，慌不及举起自己酒杯，连声赞扬。他肩下黑牡丹这时便问："二姑怎的还没有来？这样好功夫，她偏没福瞻仰。"

岑猛说："不必等她。哪一位出手，都是一样。"

在座的人都存了有罗刹夫人绝技在前，再出手定讨不了好处的心思，都有点迟迟疑疑的，不敢争先出手——倒不是心肠软，不敢向红人下刀。

但是岑猛却误会了。他弄出这套戏法，特地叫他妹子胭脂虎把沐天澜罩上面具，蒙上红绸，使人瞧不出是谁来，故意请罗刹夫人先下手，然后揭开面具，看一看罗刹夫人是何光景，作为试验罗刹夫人的妙计，自以为这条计妙不可言。

胭脂虎迟迟没有回座，他暗暗赞美自己妹子机警，免得罗刹夫人黝着她，要先看她施展飞刀。

不料罗刹夫人出手是出手了，绝技也施展了，一样博得大家喝彩，却一刀没有中在红人身上，好像知道这红人是沐二公子似的。罗刹夫人这一来，连别人都缩手不前了。岑猛的妙计走了样，心头怒发，再向众人连催出手，人家却说："且等一等二姑。"

这句是人家推脱的话，岑猛却动了牛性，大喊道："你们不出手，瞧我的！"他面前罗刹夫人还他的皮套子，还剩下一柄飞刀。他拔出这柄飞刀，凶眼一瞪，一声猛喝："瞧我取他的心眼儿。"喝声未绝，刀已出手。

果然刀不虚发，哧地正刺入红人的心窝，红绸子上立时沁开一大片血来。因为裹着红绸子，血沁出来，与绸子同色，倒减了色彩，这时众人也拍起手来，罗刹夫人更是连连娇声喝彩。

岑猛朝罗刹夫人一声狞笑，不等众人贺杯，大步向木板上红人走去，一伸手，便把红人面具揭下。

这一揭不要紧，岑猛一声狂喊，如逢魔鬼，吓得望后倒退，呆若木鸡。两面席上的人，也都看出红人面貌，也是齐声惊叫，魂飞天外。一忽儿，又一窝蜂赶到红人跟前，拔刀的拔刀，解索的解索。

黑牡丹更比别人关心，急慌把红人身上缠裹的红绸去掉，把木板放平，让红人平躺在地上。

红人身上只着一身贴身短衣，胸口兀自插着一柄飞刀。一刀致命，人已死掉。

黑牡丹把地上红人周身细细察看一下，明白先被人点了穴道，动弹不得，才让人随意处置。可是没有胸口一飞刀是死不了的。黑牡丹拍手跳脚地哭喊道："二姑死得太冤枉了。"

原来木板上红人不是沐天澜，却是胭脂虎！这一下是出乎意料的。

在平台上的人，除岑猛以外，还不知红绸裹的是沐天澜。因为岑猛要施展妙计，一鸣惊人，只说活宝，没说出是谁来。但是大家亲眼看见胭脂虎和众人点点头走向后寨，在她进后寨时，木板上活宝，已在甬道上抬来，人人瞧见。怎会活宝变了胭脂虎？这是不可能的，除非飞马寨出了妖怪了。

不但是众人，连岑猛也觉得太奇怪了，仔细再向地上尸首看时，不是他妹子是谁呢？岑猛跳脚大哭，举着双手，大跳大喊："我杀死了妹子了！"形如发疯一般。

黑牡丹忽地跳起来，跺着脚说："我想起来了，二姑离席时，我看她扭扭捏捏，走得怪样，心里还暗暗好笑。因为往常二姑风流爱俏，也许在人面前，卖几步俏步，并不多疑。此刻想起来，其中大有可疑。偏是我们爱戴面具，也许毛病便出在面具上了。我说岑胡子，你说的活宝究竟是谁？二姑已经死在你这活宝上，你还要卖关子么？"

岑猛跳着脚，把地皮跺得山响，叹口气说："我们妹子往常的行为，别人也许不知道，你是明白的。我做哥子的，不好意思十分管束她。前天我们捉住了沐府报信的人，把这人杀了。我想个计较，派了我们的人，到金驼寨去送口信，捏造了一番话，请沐二公子速回昆明，预备在这条路上，想法做掉他。一面派人，一面通知诸位到此聚齐。人多势众，连女罗刹一起做掉。二人一去，金驼寨的老龙独木不成林，我们便可下手了。

"我妹子便自告奋勇，设计擒人。我明知她经常听得沐二公子怎样出色，又犯了老病，我表面上应允，暗地派人监视她。不料果然被她用计擒了沐二公子和二十名家将，却逃走了女罗刹。我一得消息，便自己前往索取，又教了她一条妙计，预备用这条计，试验……"

岑猛说到此处，猛地醒悟，本人在此，怎能出口？慌转身找寻罗刹夫人。不意这一阵大乱，人人惊慌失措，没有留神到罗刹夫人身上。这时岑猛四面一瞧，罗刹夫人踪影全无。

忽然有人走近罗刹夫人席上，指点着几上，大喊："你们快来瞧！"

黑牡丹头一个跳过去，一瞧罗刹夫人席上，用酒在几面上写着三个字，字迹业已半干，白木几上留着明显的酒痕。众人看时，却是"自作孽"三个大字。酒痕快干，可见罗刹夫人走了有一忽儿了。

黑牡丹跺脚道："坏了，她一走，事情明显地摆着，她和女罗刹走上一条路了，所以金驼寨的人们，乱嚷着沐二公子救回了独角龙王。我早就疑心到罗刹夫人是汉人，密藏着独角龙王不少日子，如果秘谷内没有我们的人在那儿卧底，我们连影儿都还不知道哩。现在事情满拧，飞马寨的假面具也被人揭开了。有罗刹夫人从中作梗，不是我说泄气的话，我们真得留神，一切的事不能操之过急，还得仔细商量一下。可恨岑胡子，不先和我们商量商量，死活要献什么活宝。倘然我早知二姑捉住了沐小子，决不让她乱来。现在弄得一团糟，真是一着错，满盘输了!”

黑牡丹大放其马后炮，振振有词，把岑猛数说得哑口无言。

在墙内平台上乱得一团糟当口，在墙外树上也演出了一出惊人活剧，几乎也糟成一团。原来木板上红人抬上平台，用木架支在平台中心时，树上窥探的罗幽兰，方向是斜对着平台，可以瞧见木板背面，却瞧不见正面红人。她一心想着以为红人到了平台上，定然首先取掉面具，面具一去掉，露出沐天澜容貌来，罗刹夫人一见是沐天澜，当然要施展本领，救他出险。自己也预备在这当口，跳进墙去，和罗刹夫人并力镇住群寇。不管沐天澜是活的还是死的，总得把他抢夺过来。

她想得满好，偏在此时山风疾卷，树声如潮，台上说话声音，一句都听不真。只见岑猛解下腰间飞刀交与罗刹夫人，罗幽兰看得正暗暗诧异。不料没有几句话工夫，罗刹夫人竟把飞刀出手。一连串刀光，齐向红人飞去。事出意外，把罗幽兰吓得灵魂出窍，惊得急痛攻心。

她本想从墙上飞身而下，在墙头一垫脚，再蹿到平台，向罗刹夫人说明红人是沐天澜，再和岑猛等人拼命。可是惊痛过甚，神志已经昏迷。一声惊喊，心里一迷糊，腿上立时拿不住劲，一个身子哧溜地从树上直溜下去。

照说她在树上先出神地一声惊喊，虽然风刮得紧，树声如涛，平台上的人们，似乎应该听出一点来。凑巧平台上的人正在拍手狂呼，大赞罗刹夫人绝技当口，连平台下面的苗卒个个目注平台，其中也许有隐约听到的，被台上一阵狂呼混了过去，竟没有人理会到这声惊喊。但是罗幽兰从三四丈高的树上失足跌下，不死也得带伤。

却不料在她未跌下时，原有一人向这株古柏飞奔而来，到了树下，不便出声呼唤，正想纵上树去，不料罗幽兰已直溜下来。这人看出情形不对，急在下面双手一接，趁势往身后地上一坐，松了几成猛劲，紧紧把罗幽兰抱住，一声不响从地上站了起来，抱着罗幽兰，转身飞步奔上一条小道，往那边一座岩角跑去。转过岩角，又走了一程，离开飞马寨略远，进了靠山脚的一片树林，才把罗幽兰放在地上。把她两脚盘起，一手仍然揽着她身子，一手轻轻地抚摩着她的胸口。在她身边，又低低地唤着："兰姊，兰姊!"

罗幽兰在树上原是急痛失神，等到失足跌下，才真个惊晕过去。这时被人抱着一程奔驰，已渐渐清醒过来。猛觉自己坐在地上，被人轻轻抚摩，轻轻低唤。天黑风紧，对面瞧不见人。神志初复，兀自有点迷惘，喝问一声："你是谁?"便想挣扎跳起身来。却被人拦腰紧紧抱住，在她耳边唤着："兰姊！是我，你先定一定神。"

这声音是她平日听惯，而且最爱听的声音。不料她这时声一入耳，又是一惊，这一惊比刚才看见罗刹夫人飞刀刺红人还要吃惊。她哭喊一声："冤家!"便翻身把这人紧紧抱住，哭喊着说："我太没有用了，还没有替你报仇，便自己跌死了。想不到死了倒能见着你，这太好了！做鬼也不能离开你。"

原来她一听声音，便知身边的人是沐天澜。这时沐天澜听她这样哭喊，被她感动得泪流满面，慌用手把她嘴捂住，低喊道："莫响，我们还没有离开险地。你定一定神，谁也没有死，我们好好地都在这儿，只可怜几乎把你跌坏了。"

罗幽兰迷惘如梦，摸摸沐天澜，又捏捏自己，果然都是活跳跳的人，出了半天神，突然拉住沐天澜，急问道："澜弟！究竟怎么一回事？可把我糊涂死了。"

沐天澜说："这儿不是说话之处。你现在怎么样，还是我抱着你走吧。趁这时贼子们乱得一团糟时，我们急速离开此地才好。"

这时罗幽兰精神一振，娇嗔道："冤家！只要你好好的，我还怕什么?"说罢，霍地跳起身来。

在罗幽兰跳起身时，忽听得不远一株树下，有人扑哧一笑，悄悄说道："你们两位真可以！有什么话回去不好说？昏天黑地地缠作一团。我的公子！我的小姐！快跟我来吧，替你们代步都预备好了。"

两人一听，是罗刹夫人。

罗幽兰奔了过去，拉住罗刹夫人悄说道："姊姊！你可把我吓坏了，你摸摸我的心，到此刻还在勃腾勃腾地跳哩。"

罗刹夫人在她耳边说了一句："小姐！回头再撒娇吧。"把她拉着便跑。三人一阵紧赶，居然又走到起先借宿碰着胭脂虎的那座老寨了，望楼上的红灯，已不见了。

沐天澜说：“我们家将也许还在里面，我得进去搜索一下。”

罗幽兰说：“我已托一个认识苗妇，救醒他们。这许多工夫，定然都先走了。”

罗刹夫人笑道：“不必猜疑，我已替你们进去过了。三匹马便在这寨内牵出来的，里面鬼也没有一个，还进去什么？”

沐天澜一瞧寨门大开，门外果然拴着三匹马，鞍辔俱备。

罗幽兰说：“我恨起来，一把火，把这断命寨烧个精光。”

罗刹夫人大笑道：“一把火定把飞马寨人们引了来，何必再费手脚？”连声催着两人上马，还说，“趁天亮还有不少时光，照着官道，直奔老鲁关。过了老鲁关已近省境，放心大胆回家好了。”

罗幽兰却不肯上马，拉住罗刹夫人问道：“姊姊！你怎的不上马？今晚妹子可不放你走了，我有许多肺腑要和你说。无论如何，要请姊姊同我们一块儿回昆明的了。”

罗刹夫人默然半晌，忽然笑道：“我的好妹妹，你肚里的话，我都明白。同你们回昆明，那是笑话。我那万两黄金，还没有分散到穷人手上，玉狮谷一群猿虎，还没有安排妥帖，我暂时是不能远离滇南的。现在这么办，我送你们进老鲁关，明天和你们盘桓一下，有什么话也都可说了。好！准定这样，大家上马吧。”

说毕，她已拣了一匹，解下缰绳，飞身上马。沐天澜、罗幽兰也跳上马背，罗幽兰心里却暗暗打主意，明天要破釜沉舟，向她说明自己的心意。

第六章 胭脂虎

罗刹夫人、罗幽兰、沐天澜，三人三匹马黑夜赶路。虽然是官道，有时也要上山过岭。一路紧赶，罗幽兰憋着一肚子疑问，无奈在路上，实在无法细问。一夜奔波，受尽了恐怖、惊险、悲喜，外带着三人微妙复杂的儿女私情。

罗刹夫人还瞧不出来，沐天澜、罗幽兰虽然武功在身，究非铁打铜铸，未免觉得精神有点不济，尤其肚子里告了消乏。自从金驼寨午后起程，一路没有打尖。误入胭脂虎虎口，胭脂虎倒是酒菜款待，无奈吃酒中间出了事，几乎送命，何曾治过肚腹？这时未免饥肠辘辘，偏是随身干粮，都在家将身上。黑夜之间，无法可想，忍着饥乏又赶了一程。

东方已渐渐发晓，两面山峰上蓬蓬勃勃的云雾，遮没了山尖，偶然露出一角来，好像云海孤帆，被乱云推着跑一般。其实山峰怎会生脚？因为脚下马跑得快，山上云卷得疾，像左右群山跟着云雾飞奔一般。

天公不作美，马头上风沙飞舞，竟淅淅沥沥下起雨来。离着老鲁关还有一段路程，沐天澜猛想起两人会见桑苧翁的那座破庙来，便想在前面山峡里面，暂时避避雨再说。身上都没带雨具，淋着雨赶路，也不是事，慌向罗刹夫人、罗幽兰两人说了。三人一紧辔头，便奔向前面山峡。

进了山峡，沐天澜远远便见岩腰上真武庙门口台基上，立着自己几名家将，正在抬头观望天色，听得蹄声进峡，看出三匹马上有自己二公子和罗姑娘，立时向庙内大喊："好了！公子和罗姑娘都回来了。"一蜂窝都跑下岩来，仿佛小孩子见了亲娘似的，拥着三匹马奔到庙前，三人跳下马来。

沐天澜知道大殿上没法憩足，领着罗刹夫人、罗幽兰便奔后面平台上的一所破楼。

罗幽兰一看家将只剩了十名，那苗妇也不在其内。一问所以，才知道那苗妇果真照自己吩咐，提着一桶冷水，先把一个家将连灌带泼，救醒以后，再分头救治其余家将。好在胭脂虎手下都已跑光，没有人阻挠。二十名家将醒过来，手脚活动，军器、马匹、行李都没有动。人多胆壮，把那座苗寨，前后搜索一遍，除去后面地上那名老苗子和苗妇丈夫两具尸首以外，人影俱无。却发现胭脂虎待客喝酒堂屋侧面一间屋内，有一扇厚木做的地门，上面钉着大铁环。

苗妇说是："下面有地道，直通屋后峰脚的溪口。胭脂虎和她手下一群苗婆，定是把二公子从这地道抬到她住所去了。"

家将们想把地道门掀开，无奈这扇地门坚固异常，下面似有机关拴住，休想弄它开来。家将们身居虎口，也没有多大勇气敢杀进飞马寨去救公子。苗妇向他们一说罗幽兰吩咐的话，家将们只好遵话办理，带着苗妇直奔老鲁关。其中有几名家将略有头脑，一想二公子安危莫卜，罗姑娘单身救人，也是悬虚。这样如何回府交代？路上大家一商量，想出主意，分一半人带着苗妇，火速奔回昆明报告，多派兵弁赶来，接应罗姑娘，也许能把公子救出来。留下一半人，在这真武庙候信，想不到公子和罗姑娘竟安然回来了。

三人听了家将们说出经过，便吩咐他们赶快汲取山泉，用随带家具煮水候用，又叫取出金驼寨带来的干粮食品等可吃的东西，又用老法子，摘下三具马鞍，送上楼去当坐具。三人走上有楼无板、上下相通的破楼上，利用马鞍，叠股促膝，坐在仅存一丈见方的楼板上。先用煮好的泉水，盥漱一下，洗涤一路风尘，然后烹泉当酒，干脯为粮。

这一顿荒山风雨之餐，比什么山珍海错的盛筵，还来得芬芳齿颊，食有余味，而且心安腹饱，精神大振。尤其是沐天澜，暗想来到金驼寨，先在此处意外相逢老岳丈，不意金驼寨回来，又到了此处。这短短的几天光阴，奇妙的遇合，光怪的见闻和昨晚的出死入生，短短的几天，好像过了几十年，好像做了一场怪梦。但是现在我面前的，一位是娇艳如花的罗幽兰，一位是秀逸似仙的罗刹夫人，而且都是英雄女杰，绝世无俦的天仙化人。我沐天澜娥英兼美，何修得此。

他正在左右逢源，心意飘举当口，罗刹夫人咯咯一笑，指着他说道："我的公子，我看你这时眉飞色舞，一定又想入非非，大得其乐了。你也不想，昨晚小命儿多么玄虚，我此刻想起来，又悔又怕。照说我一生经历，比昨晚危险十倍的事都经历过，确是视险履夷，没有什么可悔可怕的。

“可是昨晚因为有了你，还有一个她，而且有几档事，出我意料之外的，闹得我也七上八下，几乎应付不过来。幸而机会凑巧，诸事顺手。一半是飞马寨一班人都是凶悍有余、机智不足的草莽。万一事情不顺手，昨晚我们三人中，有一个遭了挫折，我们三人此刻便不能聚在这儿，安然吃喝了。

“昨晚的事，你们休当作我的本领，可以说完全是我们三人的幸运。所以我觉悟到一个人在世上鬼混，三分是本领，三分是机智，四分却是幸运。一个人的本领，不论怎样高明，有时而穷。有时让你一等一的本领，也没法施展出来，所以只占三分。有了本领，必须胸有机智，才能随机应变，趋吉避凶。但是智者千虑，必有一失。所以天下有本领又有机智的人很多，但未必事事尽如人意，和没本领、没机智的人，一样的潦倒穷途、郁郁一生的有的是！

“话说回来，没本领、没机智的人，未必个个潦倒穷途，一样可以事业成功，扬扬得意。这里面的道理，便是有幸运和没幸运的分别了。故而机智只占三分，幸运应占四分。所谓幸运，便是机会凑巧，昨晚我们全仗着机会凑巧了。”

罗幽兰满腹狐疑，憋了一夜，慌问道：“昨晚你们究竟闹的什么把戏？吓也把我吓死，糊涂也把我糊涂死了。”

罗刹夫人笑道：“小姐休急，听我慢慢说呀！”接着叹口气道，“你们知道我来历，生长猿国，人气毫无。后来跟了铁面观音的老师，她老人家又是一个孤僻离群的人，所以我也养成了怪僻脾气，独往独来，心似铁铸。可是也有好处，因为心里毫无牵缠，心地异常清明，出入江湖，什么诡计，也逃不过我两眼去。我又仗着机智，故弄玄虚，江湖上把我当作飞行绝迹的神怪一流。万不料到了滇南不久，碰到了你们。”

罗刹夫人说到此处，两眼向罗幽兰注视着，然后说道：“我今天坦白地说，我爱他，也爱你！自从我心上有了你们，又知道苗匪里面的情形，时时惦记着你们的安危，也不知什么缘故，心上总占着你们两人的影子。自从你们接回龙土司以后，我暗取了龙家藏金，回到玉狮谷时，便接到飞马寨的请柬。

“我一问请柬怎样送进来的？人猿说是从箭头上射进来的。我立时醒悟，请柬既然可用箭射进来，难免不用箭射出消息去。因为飞天狐等留下的几名苗人，我本来注意他们暗地和飞天狐、黑牡丹等通消息。玉狮谷两头出口，一面是饿虎洞，一面是山谷秘道，两面都有铁栅和人猿看守，想进谷来是不易的，但从秘道一面，射进箭去是办得到的。

“我立时召集飞天狐留下的几名苗人，挨个拷问，受不住刑罚，果然吐出实情，把擒住龙土司和几十名苗卒的消息，像请帖一样绑在箭上，射了出去。搜查身上，还有报告玉狮子进谷和释放龙土司的一张消息，还来不及绑在箭杆上射出去。人猿到底不及人的诡计多，便是人猿看到他们射箭，他们也可以假作猎射禽鸟取乐，哪识得箭上有奸细呢？

“我问出情由以后，这几名卧底奸细，情不可恕，只好喂了群虎和人猿了。我处决了奸细，便推测这班苗匪既已知道我释放了龙土司，却不知我为什么释放。他们还在一心一意地想夺去金驼寨的黄金，听到我释放了龙某，当然要疑心我和金驼寨有联络。尤其龙某回家以后，金驼寨人们争传沐二公子救回龙某的事，苗匪们更要疑到我和你们也有关系了。飞马寨路程不远，请柬偏在这时到来，这便可以想到请柬上越说得好听，其中越有文章。真所谓筵无好筵，会无好会了。

“我岂能惧怕他们？当然‘单刀赴会’！其实我身上一片铁都没有带，但是我惦记着你们，便写了那封信，亲身送与你们。本想和你们见面，因为那晚我要暗探五郎沟岑刚一下，我早知道五郎沟是岑猛、黑牡丹等人的落脚处所，未赴会以前，也许可以探出一点诡计来。不过我临时又转念，想暗地探听一下你们决定走的日子。他推开窗门瞧我时，其实我在屋上没走，他窗户一关，我便翻下屋檐来。

不料听出你们两口子商量了半天，第二天走是决定了，却不放心我，要夜探飞马寨，暗地保护。我本想阻止你们，转念这样也好。飞马寨岑猛除去会要几口飞刀以外，也没有不得了的人物，教你们看看苗匪举动也好，我可以暗地跟着你们。我听得你们决定了计划以后，说到旁的事上去，我才离开到五郎沟去了。”

罗幽兰面上一红，忸怩着说：“姊姊，你老这样偷听，怪难为情的。我和他私下交涉，有真有假，你听得不要误会才好。”

罗刹夫人一伸手把她揽在怀里，一面向沐天澜微微媚笑，拍着她香肩说："我的好小姐，你放心！姊姊定然教你喜欢，不会成冤家的。"

罗幽兰记起那晚说过"欢喜冤家"的话，一发不好意思了，却向沐天澜娇嗔着说："今天你不把姊姊拉回家去，看我依你？"

罗刹夫人把怀里罗幽兰扶正了，笑着说："我的小姐，你拉我去怎的？一个罗姑娘还没有定局，再添一个罗姑娘？还是剪头去尾叫我刹姑娘呢？我还是夫人哩！不用费心，我们且说正经的。第二天我以为照你们夜里的口气，定是一早动身的。我在要道上左等不来、右等不来，以为你们不走了。等到日色过午，气得我什么似的，翻身往回里走，走不了几步，才见你们大队人马来了。

"我因为要暗暗地跟缀你们，连代步都不预备。你们在山冈上走，我便在冈下走；你们在有路的地方奔跑，我便在没有路的地方纵跃。两条腿跟着四条腿的跑，真够受的。太阳下了山，天气忽然变了。你们派两个家将探问宿处，偏问在飞马寨预先埋伏的探卒口中。我藏在树林内，亲眼瞧见一个假扮猎户的苗人，蹑手蹑脚地在林后一条小道上，牵出一匹马来，飞一般跑向飞马寨去了。

"我知道你们要上当，一直跟你们到胭脂虎的寨内。我在屋上，暗地瞧出胭脂虎行动之间没有什么了不得的武功，寨内尽是一群蛮婆。我心里放了心，料想你们两人对付她们绰绰有余，何况还有二十名家将哩。我既然到此，飞马寨近在咫尺，不如先探一探岑猛再说。

"万不料我把事情看得太轻，略一大意，几乎误了大事。万想不到江湖下三门使用的蒙汗药，胭脂虎这苗婆也有这一套。所以什么事免不了疏忽，免不了发生意外，一有意外，本领便没有什么用处了。我又仗着从小纵跃崎岖的山道，不论黑夜白天，眼神充足，一样纵跃自如。因此我又大意，离开了你们，向屋后山峰便跑。路径不熟，峰后又天生的乱石丛莽，不易找出路迹来，跑了许多冤枉路，耽误了一点工夫，才找到岑猛的大寨。

"那时黑牡丹还没有现身，平台上只有四近的几个苗匪头目，岑猛也不在场。我在平台后面几层屋上搜寻，才搜到岑猛所在。正有一个苗婆，向岑猛报告，说是：'二姑用蒙汗药擒住了沐二公子和二十名家将，二姑已把沐公子弄到竹坞里去，可是另外有一名女的，却被她识破机关，没有

上钩，大约已溜走了。’

“可笑岑猛到底是蠢货，一听他妹子擒住沐二公子，高兴得跳起来，只嘱咐苗婆切勿声张，他自有主意，却没有听他理会到溜走的人，也没通知别人，只管仰着头打他的歹主意。可是我一听到沐二公子被胭脂虎擒赴竹坞的话，顿时吓了一跳，知道自己做错了事，赶快救人要紧。急急离开飞马寨，找寻竹坞所在。既名竹坞当然有竹，一大片竹林，原是来路经过的，记得便在飞马寨后面。

“我赶到竹坞，寻着胭脂虎住所，原来用岩石垒成的一所阁楼，带着两旁几间小屋。楼上灯光通明，四面都有竹栏。下面小屋外面，一群苗婆交头接耳地在那儿悄悄说话。我从黑暗处所，跃上楼房。正面楼下人多，不便窥探，好在前后都有窗户，我从后窗往里窥探。这一窥探，我几乎笑出声来。

“用不着我去救他，胭脂虎已把他救醒过来了。这里面的情形，他是身受的，当然比我还清楚，你叫他自己说好了。”说罢，指着沐天澜大笑。

沐天澜听到罗刹夫人要他说出这一幕情形，面孔一红，有点挂不住了。

罗幽兰顿时起疑，向沐天澜盯了一眼，慌向罗刹夫人问道：“姊姊！难道他和胭脂虎也搭上了？”

罗刹夫人捂着嘴，笑得娇躯乱颤，沐天澜却急得面红脖子粗，高声地说：“你把我骂苦了！你们不提还好，一提起来，我直犯恶心。”

他调门一高，罗刹夫人急向下面一指。本来上下相通，毫无阻隔，楼下家将们，虽然不敢抬头直瞧，平日对于二公子的风流韵事，早已关心。现在又多出一个罗刹夫人来，个个假装不理会，其实个个耳朵都竖得笔直，在那儿偷听。沐天澜急得高声一嚷，家将们暗暗直乐。罗幽兰却不顾忌这些了，急于想听内情，催着罗刹夫人说道：“姊姊，你告诉我吧。”

罗刹夫人瞧着沐天澜面上，笑了一笑，悄悄向罗幽兰说：“那时我在后窗望里一瞧，只见胭脂虎满脸横肉的一张面上，紫里透红，红里透光，好像吃醉了酒似的，眯着一对母猪眼，向他脸上左瞧右瞧，瞧个不定。突然伸出红烧猪蹄的两只肥手，捧着他面孔，噘着她满唇胭脂的血盆大口，向他面上老母鸡啄米似的啄了下去。又亲嘴，又闻香，闹了一阵，他的面上印上了横七竖八的红唇印。他被她这一阵乱闹，居然醒转来了。大约未闹以前，胭脂虎已喂他解药了。”

罗幽兰听得柳眉倒竖，拼命向楼板上啐了一口，恨着声说：“该死的！姊姊，也亏你耐着心瞧下去。如果是我，立时用喂毒子午钉，穿她个透心凉。”

罗刹夫人微微笑道：“你不要打岔，热闹在后面呢……”

沐天澜皱眉道：“我已经吃足苦头，你就少说几句吧，被你穷形极相地一描述，更难受了。”

罗刹夫人笑道：“我妹妹为你吓得死去活来，几乎跌死在柏树下。你吃的风流罪过，也够瞧的，也得让她知道呀！”说罢，又向罗幽兰说道，“我在后窗瞧见他们时，他被胭脂虎绑在一块木板上，两手两脚绑了好几道，大约预备他醒过来，免得一言不合被他逃走。他背上的辟邪剑连着剑匣，也到了胭脂虎腰下了。他一醒转，瞧见自己被人捆住手脚，动弹不得，前面立着胭脂虎。他当然还不知道胭脂虎是岑猛的妹妹，开口喝问：‘为什么捆住我，意欲何为？’

“胭脂虎那时，大约生平没有见过出色的男子，瞧着我们这位公子，大有失魂落魄之意，怪样百出。一个身子软洋洋地偎在他身上，竟说明她是谁，这是什么所在，还极力安慰他不要害怕。只要他折箭为誓，和她一双俩好，立时替他松绑，便叫她倒反飞马寨，跟他一块远走高飞，她也乐意。在她痰迷心窍，死命纠缠当口，不料楼下苗婆们高叫：‘二姑，土司爷来了。’

“胭脂虎向他说：‘我哥哥来没关系，有我保护你不妨事。万一我哥哥上楼来，你只装没醒来的样子便得。’说毕，向他脸上啧地亲了一口，便噔噔地跑下楼去了。我在这时便乘机跳进窗去，他见了我便像迷路的孩子见了亲……”

罗刹夫人突觉说话说漏了嘴，沐天澜、罗幽兰同时咯地一笑。罗刹夫人笑道：“你们笑什么，可不是这样？他浑同见了亲人一般。”

罗幽兰笑得花枝招展地说：“可不是亲人么，但是我以为你说的是亲娘哩！”

罗刹夫人笑骂道：“偏你耳尖，小油嘴，我不说了。”

罗幽兰不依道：“好姐姐，快说吧，还要赶路呢。”

罗刹夫人继续说道：“他一见是我，心里踏实了，慌问我见着兰姐没有。你想，他小命儿刚从鬼门关探出头来，便问兰姐，也不枉你柏树上的一跌了。”

罗幽兰向沐天澜看了一眼，眼圈一红，却不言语。

罗刹夫人又说道：“我正想替他解开绳索，不想楼梯噔噔乱响，没有几句话的工夫，胭脂虎便跑上楼来了。我一纵身，抓住屋顶横梁，贴在横楣子上，且看胭脂虎做何举动。只见她一人上楼来，岑猛竟没同来，手上却多了一匹红绸子，气吽吽地向床上一掷，自言自语地说：‘谁管他妙计不妙计哩。’

“这时他手足虽然还捆着，心里有了把握了，竟开口向胭脂虎问道：‘你说什么？你哥哥怎的不上来？要杀便杀，这样多难受。’

“他一开口不要紧，胭脂虎几乎乐疯了。大约那时叫她去杀岑猛，她也下得去手的。因为刚才胭脂虎百般缠绕，万种风情，想他点头应允好事，他全然不睬，闭口无声，这时突然向她说话，胭脂虎认为他回心转意，好事快成，怎的不乐疯了呢！

“她马上对他说：‘不知哪一个杀胚，向我哥哥讨好，偷偷地去说你在我这儿。我哥哥这几天正邀集各寨有头有脸的好汉，商量称雄滇南的大事，还请了一位女英雄叫什么罗刹夫人的。不过大家疑心罗刹夫人不是好相识，这几天风闻罗刹夫人和你们有了联手，前天发出的请帖，也许今晚罗刹夫人要来。’

“她又阴笑道：‘我哥哥暗暗想了个计策，想等罗刹夫人到时，教我把你用红绸周身捆紧，面上绷着面具，再绑在木板上，抬到聚会之所，叫人看不出是谁来，却在酒席筵前，把你当作箭鹄子，大家用随身暗器取乐儿。设法叫罗刹夫人先出手杀死你，然后揭开面具，试一试罗刹夫人见你真容，是何态度，便可试出她的真心来了。如果她和你们真联手，大家便要合力除掉她，才能放开手做事。我哥哥因为前寨到了几位英雄，没有工夫上楼来，叫我照他的主意绑好，一忽儿便有人来把你抬走了。但是我要听你一句真心话，否则我只好让人抬走了。’

“她这样一说，我在梁上听了个满耳，心里也随机变动，定了一个将计就计的绝招儿。时机不容耽误，一飘身落在胭脂虎身后，一起手，便把她点了晕厥穴，胭脂虎身子立倒。

“我伸手托住轻轻把她放在楼板上，先把他捆身的绳束解下，又把胭脂虎从头到脚穿的、戴的统统脱下，从胭脂虎身上找出一件花花绿绿的人皮面具来，和那柄辟邪剑，都放在一边。

“他受捆多时，血脉不和，我替他四肢推拿了一下，已可行动自如，立时叫他穿戴上从胭脂虎身上剥下的全副行头，又把辟邪剑系在腰下。他自己的衣服找了一个包袱包起，我替他拿着，凑巧他和胭脂虎身量高矮相等。

“我深知苗匪集合常戴面具，便用胭脂虎身上花花绿绿的面具，替他绷在面上，只要不开口，足可混蒙一时。但是他不明我的意思。在这当口愣教他男扮女装，自然要发愣，可是我没有工夫和他细说，硬逼他这样改装起来。他是聪明绝顶的人，不用我解释，一忽儿便会领悟出来。把他改扮以后，我掏出自己红皮面具，绷在胭脂虎面上，又用那匹红绸，把她周身缠绕起来，然后直挺挺的，又捆在那块木板上。我又在屋内搜寻出另一副面皮，我自己也戴上面具。诸事停当，细瞧还没有什么破绽，便和他略说自己的步骤，指点他怎样地演戏。

“但是他惦记着你和二十名家将，我料定你没有上当，溜了出来，定然要暗探飞马寨舍命打救，回头到了会场，注意两面隐蔽处所，定可看出你的踪迹来，所以在平台上，我和他低低说话，人家以为我们坐得近，女人对女人未免多说几句。其实我已瞧见你上了柏树，我们时时抬头留神你，可惜你理会不到。

“因为怕你奋身涉险，乱了章法，而且料定你认定了平台上的红人是他，不论是谁向红人用暗器，你必吓得灵魂出窍，所以我教他快去找你，故意向岑猛胡诌了几句要看飞刀的话，使他假充的胭脂虎，好乘机离开众人眼目，好去知会你，免得你做出事来。

“不料我在这一着棋上，还是疏忽了。而且也没有料到他急于把一身胭脂虎的装束换掉，还他本来面目，他也没有想到岑猛的飞刀，要在我手上先飞出去。他离开了平台，掩到没有人处飞身上屋，急急在寨后寻到预先隐藏的那个包袱，换好了自己衣服，未免耽延一点工夫。再从寨后圈过来，到了你藏身的树下。还算好，正赶上你惊喊着跌下树来被他接住，没有真个跌在地上。

“最侥幸的你在树上那声惊喊，声音虽不甚高，我却听到的，巧不过平台上这班人拍手欢呼，便把你那声惊喊掩了过去。其余你在树上亲眼目睹的事，便不必再细说了。这档事大致算是成功了，细想起来，实在是行险侥幸，不足为训。

“最危险的是我在楼上替他改扮以后，我先走一步，假充应帖而至，从寨门直入，和岑猛、黑牡丹等极力周旋。绊住他们身子，使他在胭脂虎楼上，容易做手脚。他照我指点的步骤，等得岑猛派去抬人的苗卒一到，他大大方方先下楼去，一言不发，只向苗卒、苗婆们举手向楼上一挥，表示赌气似的，好像是拗不过她哥哥，你们上楼抬去吧！举手一挥以后，更不停留，一人飞步往大寨奔去。这一步，他表演得很好。可是他一到平台上，大约有点沉不住气了，举动不大自然。我慌抢先把他拉在一起，不让他和岑猛、黑牡丹等人有接近机会。人家远远瞧见，以为我和胭脂虎特别有缘，哪知道我们这位西贝胭脂虎岂但有缘，是三位欢喜冤家里面的主体呀！小姐，你现在可以彻底明白了么！”

罗幽兰摇着头说：“我的姊姊，这主意亏你怎样想出来的。大约你在后窗窥探时，也恨极了胭脂虎，利用胭脂虎惩戒她哥哥岑猛。即以其人之道，还治其人之身。最妙的二十四把飞刀，偏留下一把，教他用自己这把飞刀，杀他自己妹子。

“啊呀！我的姊姊，你这颗心，真是窍窍玲珑，面面俱到。”

罗刹夫人笑道：“小姐，你不必替我戴高帽子了。你要知道我坐在平台上，刻刻防着你在树上沉不住气，特地把岑猛的飞刀用去二十三柄。因为岑猛没有飞刀，猢狲没有了棒弄，便成了废物。万一你从树上飞下来，我只要防着黑牡丹，其余你们两人便可从容应付了。但是我不希望弄到这样地步，因为这样一来，大煞风景，没有趣味。杀人不在多，杀一儆百便可，而且杀得要没有血腥气。这便是我玩世不恭，游戏三昧的怪脾气了。”

罗幽兰点头道：“话是不错，可是姊姊你从前三斗坪的故事，血腥气太重了。”

罗刹夫人笑道：“利嘴的小姐，那是我师父的血海怨仇，我是师命难违。我师行事，一点没有我本身的关系，便是有怨魂的话，也缠绕不到我身上来。小姐，这不是我强词夺理吧？”

罗幽兰扑哧一笑，瞟了她一眼说：“还有呢！还有喂虎口的几名苗卒，总带点血腥气味呀！”

罗刹夫人朝她看了一眼，笑着说：“啊哟！我一个人的小姐，你是苦尽甘来，乐大发了，存心和我抬杠呀！小姐，你想昨夜的事吧。假使那时岑猛伸手一揭红人面具，是道道地地、货真价实的沐二公子，而且是满脸红唇印的沐二公子，又怎么样呢？当真有一桩事我不明白，我得问问。”说罢，指着沐天澜，向他问道，“昨晚黑夜赶路，没有留神，天亮时我瞧你脸上光致致的。昨夜死鬼用嘴印在你面上的许多印子，什么时候洗净的呢？难道路上一阵小雨，便冲掉了？大家到了此地，才烧水盥洗的呀！”

罗幽兰一听这档事，便堵心，向沐天澜白了好几眼。

沐天澜皱着眉说：“你还问这个干吗呢？昨晚离开平台，偷偷地到寨后换上自己衣服，在一道小溪涧里便洗掉了。非但洗了脸，还漱了口。你们哪知道混账的胭脂虎，一张臭嘴秽气多重呀！”

罗幽兰听得，便捂着嘴直打恶心。罗刹夫人笑着点头：“噢！原来如此。”

三人正谈得兴致勃勃，楼外的雨点，却越下越紧，而且天上阵云如墨，窗外近峡远岩，都被蓬蓬勃勃的云气包没了山形。一忽儿雨声哗哗直响，破楼屋檐上像瀑布一般直泻下来。

楼顶本来七穿八洞，雨水往楼内直灌，连楼下也漏满了雨水。

楼下的家将们手忙脚乱，移湿就干，拿出随带的油衣雨具。楼外拴着的马匹没法想，只好淋在雨里了。所幸沐天澜三人坐的一块地方，上面屋瓦比较完整，还没有漏下水来。

罗刹夫人抬头望了望窗外天色，知道这阵大雨，一时不会停止，向两人说：“天有不测风云，这场雨非但你们此刻动不了身，把我也困住了。今天你们能赶回昆明不能，还没有把握呢！”

沐天澜说：“姊姊，听你口气，还是不愿和我们在一块儿。我想你孤孤单单地在玉狮谷和猿虎为伍，又处在滇南苗匪出没之间。你又不想争城夺地、称王道霸，这是何苦来呢？你这一身本领，埋没草莽之间，多么可惜。我们三人情形，好像是注定的缘分，为什么要生生拆开呢？”

罗幽兰也抢着说：“我本有许多心腹话，愿和姐姐开诚布公地说一说。此刻他说的话，也是我心里的话，但是我还有许多话要说。我和他的结合，真是鬼使神差，其中细情，也许他还没有对姐姐细说过。和他同到沐府以后，他的哥嫂和下人们，待我真是仁至义尽，我还有什么不满意？但是我心里暗暗惭愧，生长匪窟，本来是和他敌对的，现在却变了同命的人。实在我还是个戴罪的人，连带他也受了我的累，对不住死去的父母。这层意思，姐姐大约有点明白。

“因此我立志要帮他斩黑牡丹之头，报他不共戴天之仇，稍减我痛心的罪孽。这次到滇南去，明是救龙土司，暗想遇机报仇。无奈事不由人，经姊姊和家父劝告，里面连带许多的事，有许多顾虑之处，还得稍待时机。但是此愿一天不了，我心里一天不安。难得姊姊看得起他，我们三人志同道合，事便容易得多。他有姊姊在他身边保护，我便放心，我便腾得出身子来去找黑牡丹算账。我替他去报仇和他自己去是一样的，这是一。

“现在我要说到姊姊身上了。姊姊本领无敌，机智过人，当然不把苗匪摆在心上。昨晚的事，便把飞马寨的人，吓个半死。说不定从此一来，滇南苗匪蠢蠢思动的心气，也镇下去了。但是从此一来，岑猛、飞天狐、黑牡丹之辈，把姊姊也恨得切齿了。苗匪的冥顽凶悍的性情，我是深知的。姊姊说得好，智者千虑，必有一失！何况姊姊根本没有和他们纠缠之心。昨晚的事，完全为了他。何苦把金枝玉叶般身体，周旋于狼虎之群？第一个是他，想起姊姊的恩情，还不日夜思量，身在昆明，心驰秘谷么？再说，天下乱象已萌，盗匪蜂起，云南更是苗匪充斥之区，他仗着父兄余荫，也应该有一番作为，做一番卫国保民的事业。姊姊既然爱他，姊姊这身本领不帮他帮谁呢？这是二。

“再说到我们三人的儿女私情，天日在上，我此刻在姊姊面前这样说，在姊姊背后也这样说。说实话，女子没有不妒的，除非她根本不爱丈夫。我起初对于姊姊，虽然敬佩，还带点妒意。自从他救了龙土司回来，告诉我姊姊告诫我们，不要恩爱得伤了身体，我听了这话，把姊姊当作天神一般，连带心地也开朗了许多。觉察我们两人有许多事，得仗姊姊帮忙，他能够得到姊姊青睐，非但是他的福气，也是我的福气！

“我只千求万求不离开姊姊，我们三人夫妻而兼手足。姊姊比我略大几岁，万事有姊姊指点着，连我们身上功夫，也可得点进益。姊姊请想，在这样局面之下，我们还能放姊姊一人远走高飞么？”

罗幽兰说到此处，眼波莹莹，似含珠泪，却又低低地说：“还有一桩事。我老发愁，老愁着自己肚子不争气，怕发生变化。有姊姊在一块儿，可以监督着他少淘气一点。”

罗刹夫人静静地听她说，一对晶莹澄澈的妙目，深深地注在罗幽兰面上。听她说了一大套以后，又添上几句，忍不住要笑，忽又面色一整，叹口气道："人非草木，孰能无情？其实草木也是有情之物，不然，怎会'野火烧不尽，春风吹又生'呢？上至日月星辰、风云雨露，下至山河海岳、动植鳞介，莫不有情。不过由人之观察体念得来，因人之情而情罢了。

"照这样说来，世界是有情的世界了？但又不然！有从无起，无尽有生，有情之极，便成无情。有情与无情，都从人类的喜、怒、哀、乐、恶、欲表演出来。世界上一切兴衰盛亡，生老病死，都是这六个字在那儿作祟。简言之，也是'有'与'无'两个字，在那儿翻腾。此中循环消长之理，很是微妙。男女爱悦之情，只占得极小的一部分。

"用眼前的事作譬喻，这场雨把我们三人困在这破楼上，动不了身。我们谁不怨天公无情呢？但是没有这场雨，我头一个急于赶路回至玉狮谷去，没有这许多闲工夫，谈情说爱，互诉衷肠。便是依依惜别，难舍难离，也绝不能这样平心静气，促膝谈心。这样一看，这场雨对于我们三人是有情的，但是究竟是有情还是无情呢？"

沐天澜俊目放光，盯住了罗刹夫人这句话，慌抢着说道："这很容易解释，因为天雨留人，我们两人能够剖心置腹，说得姊姊应允我们一同回昆明，便是有情的；否则，这场雨还是无情的。依我看，有情与无情，不在雨身上，却在姊姊心上了。"

罗刹夫人点点头道："聪明的孩子，说得好！你要问我的心，我再说个譬喻，来表明我的心，证明我是有情还是无情。

"玉狮子！我们两人在玉狮谷一夜流连，无话不说。你说我是个怪人，对你忽而像一盆火，忽而像一块冰，你哪知道我心里天天交战，多么痛苦呀！你觉得一盆火时，正是我热情奔放，自己不能遏止当口；你觉得一块冰时，也是我热情奔放到极处，爱你爱到极处。你却没有领会我的苦心。现在横竖走不了，我痛快都和你说了吧。

"玉狮子！别人不知道，你当然知道，我这身子是白璧无瑕的。我自己称夫人，和你们开玩笑，还写着'阅人多矣'这种放诞不羁的话。你现在大约明白，我是无的放矢，想什么便说什么，毫无顾忌。这是我的身世造成了我的怪脾气，也是我把世上男子看得一文不值，没有我用情之处。万不料在金驼寨没来由撞着你，也可以说千挑万选地选中了你。我多少年蕴蓄着的热情，怎不会一盆火地扑向着你呢?

“我这样的热情，只图了一夜恩爱么？不用说我，飞马寨的胭脂虎也不干这傻事呢！因为我想到金驼寨中有个罗幽兰，和你真是珠玉相称的一对，我不幸落后了一步，变成夺人之夫了。如果我利用玉狮谷的险僻，猿虎的把守，将你留在谷内，占为己有，这位妹妹定必冒险寻来，不顾生死，和我拼命。表面上我对你有情到极处，才这样做，果真这样，你可想得到这事结果？极有情的事，顿时可以变到极无情的地步，我岂能做这样笨事?

“那时你已提到娥英并事，左右逢源，和现在你们两位，同心合意地劝我同回昆明，是一样的局面。不过现在加上了她，指天盟地地细劝细说罢了。如果我们三人为了眼前的欢娱，这样办未始不可。但是我心里早已决定了自己应走的路。这条路也许是我们三人同走的路，不过这条路，还得我自己想法建筑起来。今天我们三人这样一谈，这条路更得快快地把它筑成了。

“那时我心里已经存了这计划，故意在一盆火上，又加上一块冰。哪知道这块冰里面，仍然包着一团火呀！那时这块冰，把他冰得透心凉，哭丧着脸坐在一边，定是暗地恨我翻脸无情。哪知道我心里比他还难过，慌又编出一套话来，劝诫他节欲保身。虽然是故意编出来的，也是实情。而且急急地先离开他，让他一人坐在楼上。再不离开他，我自己定也遏制不住，要撕毁我这计划了。”

罗幽兰急问道：“姊姊既然并不是无情，这个计划定然和我们有关。请姊姊快说出来，让我们明白明白。”

罗刹夫人向窗外看了看，雨还是下得哗哗怪响，摇着头说：“今天被你们磨缠得我什么话都说出来了。说便说吧，可是要把我这计划说明，还得费许多口舌。碰着你们两位魔星，真没有法子。”

这当口，正值下面家将，又煮好一壶香茗，送了上来。

沐天澜接过来，亲自先斟了一杯，递在罗刹夫人手中，又在罗幽兰面前也斟了一杯。罗刹夫人朝他微微媚笑地说：“瞧你这殷勤劲儿，女人碰着你这多情公子，还有个不死心塌地地上钩么？将来再有第二个罗幽兰和第二个罗刹夫人出来，大约你是多多益善的。”

沐天澜正想分辩，罗幽兰已抢过去说道：“这事真难说，瞧他那水淋淋的一副桃花眼，便靠不住。姊姊，你得帮助我留神他一点，再来一位，可扰了局了。”

罗刹夫人正啜着香茗，听她说得有趣，几乎把茶喷了出来，抿了抿朱唇，笑道：“你放心，大约他还不至于这样薄情。”

沐天澜原是对着窗坐着的，这时忽然说：“阿弥陀佛，太阳可出来了。”

两女以为雨止放晴，一齐侧身向窗外看去，雨更下得欢了，猛然醒悟他话的意思。

罗幽兰俏骂道：“油嘴滑舌的，谁和你耍贫嘴？姊姊这样人物，这样爱护你，你真得至至诚诚地报答才好哩。”

沐天澜这时左顾右盼，其乐融融，而且飘飘欲仙。虽然凄风苦雨地困在一座破楼中，他却视为金庭玉宇的仙府一般。

罗刹夫人瞟了他一眼，扑哧一笑，指着他说：“瞧你痴痴的，又不知想到哪儿去了。且慢得意，你只想到我们三人的小天地中，是个良辰美眷的有情天地，你又哪知我们周围的世界，是个冷酷无情的世界呀……”

罗刹夫人刚想说下去，说出心里的一番主意，忽听得雨声里一阵马蹄奔驰之声，跑进山峡来。一忽儿，前面破殿里有人高声呼唤，楼下几个家将，已冒雨奔了出去。片刻，带进两个身披油布雨衣的军弁来，身上已淋得落汤鸡一般。下面家将便向上禀报，说是这两人是驻扎安宁标讯的把总，求见公子，有事面禀。

沐天澜走下楼去，从来人口中，得悉昨晚十名家将驰回昆明求救，路过安宁，知道安宁守备是老沐公爷提拔的人，奔赴标营求救。守备得知消息，马上率领全营标兵出发，先遣两名把总飞马赶到真武庙探听事情。不料沐二公子已安然回来，心头立放。

沐天澜吩咐家将们款待两名把总，另派两名得力家将，骑马迎上前去，通知标营守备早早回营，免得空劳跋涉。回府以后，再行道劳，并请标营派人急报自己府中安心，不必再劳师动众了。因为听说先回的十名家将，通知了安宁标营以后，仍然赶回府去通报营救，所以先派人去安慰家中一声。

沐天澜分派以后，却从到来的两名把总口中，探出蒙化榴花寨土司沙定筹联合就近各股苗匪，袭了蒙化，四出劫掠，烧杀惨重。大姚、滇南、楚雄一带已戒严，省城震动。还传说沙定筹和滇南各苗寨匪首，都有联络，情形很是不稳。

目前自己哥哥曾派一名得力家将，携带亲笔书信，写明此事，嘱咐沐天澜火速赶回昆明，襄助军机。因为这名家将路过安宁标营，歇马打尖，所以这两名把总知道此事。

沐天澜一听，吃了一惊。算计时日，便料定这名家将定被飞马寨苗匪半途拦截。人已死掉，信也抢去，却安排毒计，另派一人编了一套谎话，想赚自己和罗幽兰落入他们圈套。前后一想，事真危险万分，没有罗刹夫人奇计出险，真不堪设想了。沐天澜回到楼上，罗刹夫人和罗幽兰都已听出情由。

罗刹夫人说："现在事情紧急，你哥哥新袭世爵，万一剿匪防患的责任落在他身上，关系可大了。你们此刻不能管下雨不下雨了，马上赶回去才好。我们有话，将来再说好了。"

沐天澜、罗幽兰同声说道："姊姊，这样情形，你更得帮助我们呀！你真忍心丢开我们么?"

罗刹夫人微一思索，叹息道："随时都有意外发生。你们先走一步，我回到玉狮谷安排一下，再找你们去。"两人没法，只得由她了。罗刹夫人又说，"你们替我留下一身雨衣、一点干粮和一匹马便得，你们快走吧。"后事如何，请看四集。

注：本集据雕龙出版社初版誊录校对，唯版权页无，出版时间不详。

第四集

第一章　肚内的秘密

榴花寨土司沙定筹揭竿作乱之地，属于云南西南部分，在哀牢山、大雪山两大山脉交接所在。两大山脉分支的点苍山、鸡足山、梁王山等雄伟幽奇的高山峻岭，分布在榴花寨四境相近之处，所以榴花寨位居重峰叠岭之间，地势险恶，原有强悍苗匪窟穴之区。

土司沙定筹在平时，已隐为就近苗匪所拥戴，和滇南碧风寨的黑牡丹、飞马寨的岑猛、嘉峨的飞天狐吾必魁，早已互有联络，包藏祸心。早年老沐公爷沐启元在世时，沙定筹当有顾忌，不敢明目张胆地大干。自从老沐公爷被黑牡丹刺死，沐府威望大减。沙定筹立时野心勃发，和岑猛、黑牡丹、飞天狐等暗地联络，秘密定计，预备滇西滇南同时崛起，分霸西南。

不料在榴花寨沙定筹首先发动，袭取蒙化县之后，飞马寨岑猛正想大会党羽，响应沙定筹当口，被他妹子胭脂虎从中一扰乱，罗刹夫人神出鬼没地一镇，不但没有捉住沐二公子，反而糊里糊涂地亲手杀死了自己的妹子，章法大乱，群匪气馁，不敢马上动手，响应榴花寨了。

苗匪内部情形如此，但在昆明省城，负全省绥靖责任的一班抚按大员，自从接得滇西探报，得知榴花寨土司沙定筹率领悍匪，突然作乱，袭了蒙化，立时吓得手足无措，唯一办法，只有飞请沐府世袭公爵的沐天波密商机宜。

因为沐府是开国功臣的世裔，朝廷特受沐府调遣军民、屏藩云南之权。历年苗蛮之乱，均仗老沐公爷讨平，各处苗寨军民，也只有沐府尚能震慑。现在老沐公爷虽然身遭惨死，各处关隘军讯，大半是沐府旧部。调遣各处苗兵的兵符，也仍在沐府。所以唯一办法，只有向新袭世爵的沐天波讨主意。

无奈沐天波平时依仗父荫，道地是个锦衣玉食的公子，深居府第，何尝懂得兵机苗情？从抚按口中，得悉这样惊人消息，一样的吓得麻了脉。可笑省城几位大员，别的本领没有，却把沐天波一阵乱捧，把讨贼平乱的责任，整个地套在沐天波头上，好像这样一推，不管沐天波办得了办不了，从此便可风平浪静了。

可怜的沐天波头上套了这样重大责任的“金钟罩”，急得一佛出世，二佛涅槃，唯一办法，马上写了一封机密信件，派一可靠家将，连夜飞马投奔金驼寨，请他兄弟沐天澜火速回府，商量军机。哪知这名送信家将，半路被飞马寨岑猛截住，信落人手，家将也送了命。沐天波还在府内做梦，以为兄弟接到这封信，定然和罗姑娘立时赶回。

不料福无双至，祸不单行！突然几名家将从飞马寨逃出性命，急急赶回府中，还带着一名健硕苗妇报称：“二公子身陷飞马寨，罗姑娘单人只剑，拼命去营救我家二公子。她虽然本领非常，毕竟孤掌难鸣，好汉敌不过人多，恐怕也是凶多吉少。现在只望安宁标营，已经全营出动，兼程驰救，也许还有指望。”

这一报，钻在沐天波耳内，宛似半空打下一个焦雷，比听到榴花寨沙定筹作乱的消息，还要厉害，几乎急晕了过去，连他夫人以及全府上下人等，个个都吓得魂飞魄散，谁也觉得二公子身落虎口，已经绝望，从此堂堂沐府，怕要瓦解冰消。万幸隔了一夜，第二报到来。这一报，是安宁标营派来的快马飞报，说是“二公子逢凶化吉，已脱险地，和罗姑娘兼程回省，不久便到”。这一报，才把沐天波惊魂归窍，全府上下齐声念佛。

沐天澜、罗幽兰率领同回的几名家将，马不停蹄地赶回府中。

全府上下一见二公子安然回府，立时欢声动天。两人进了内宅，哥嫂相见之下，更是惊喜交集，一面替自己兄弟和罗姑娘开宴洗尘，一面细问飞马寨遇险经过和金驼寨救回龙土司情形。

沐天澜、罗幽兰明知头一档赶回求救的家将们定已报告，好在这班家将未明白内中细情，两人在路上早已商量好，其中细情未便向哥嫂直说，只拣着可以说的，讲出一个大概罢了。只这一点大概，已把两位哥嫂吓得目瞪口呆，惊得头摇舌吐。万想不到自己兄弟这次到滇南去，日子没有多久，经历了这许多石破天惊的奇事。

更奇的罗姑娘竟会巧逢生身之父，而且罗刹夫人这样神出鬼没的女魔王、金驼寨这样滔天祸事，竟会被他们二人三言两语，弄得风平浪静。最奇罗刹夫人在飞马寨中，还救了自己兄弟的性命，听兄弟口气，罗刹夫人还要到此相会。

沐天波心里暗暗称奇，暗暗猜疑自己兄弟肚里，定还藏着不少秘密。沐天澜的嫂子，却一个劲儿向罗幽兰探听罗刹夫人多大年纪，品貌长得怎样。

罗幽兰明知她问得有用意，不禁向沐天澜嫣然一笑，故意把罗刹夫人形容得天上少有，地下无双。又故意露骨地说道："这一次龙土司和四十几个苗卒能够生还，连我们两人能够脱离飞马寨虎口，总而言之，都是罗刹夫人一人之力。罗刹夫人能够这样出力帮忙，完全看在我们澜弟面上了。"

这样一说，两位哥嫂一发惊讶了。因为金驼寨藏金赎人一事，跟去的家将们果然不知细情。沐天澜、罗幽兰在哥嫂面前，也不便泄露，免得沸沸扬扬传说开去，如果落在省城一班官员耳内，难免别生枝节，所以这一段内情，两位哥嫂尚在鼓中，现在罗幽兰这样一说，事情更显得中有玄奥。

两位哥嫂的眼光，立时集中在沐天澜面上。暗想：我们这位兄弟，绝对不是用本领收服了罗刹夫人，其中定然另有说处。不过这位罗姑娘和我们兄弟的事，已经里外通明，上下全知。脱了孝，拜过堂，便是我们名正言顺的弟妇。这位未来弟妇，也不是省油灯，和我兄弟左右不离，她又说得这样心平气和，又像其中没有多大玄奥似的，但是那位罗刹夫人和我们兄弟素不相识，怎的她说出"全看在我们兄弟面上"呢？这倒令人莫名其妙了。

沐天澜一看两位哥嫂被罗幽兰一句话，引入云雾之中，满脸迷惘之色，心里却暗笑，慌把话头引到别处，细问榴花寨沙定筹袭了蒙化，省城有无调兵防堵，做何准备？

沐天波便把省城情形告诉他说："省城抚按援例把剿抚责任，推诿在我们姓沐的身上，我们又世握兵符，实在也无法推卸。但是现在情形，与父亲在世时，大不相同，算起来哪有可调的得力劲旅？我对于这桩事，真愁死了。"

沐天澜皱着眉说："这事确实不易对付，当年我们父亲用的是'以苗制苗'的策略，现在情形不同。当年最得力的金驼寨龙家一支苗兵，现在金驼寨自顾不暇，龙土司锐气丧尽，身未复原。他得力臂膀金翅鹏又蟒毒未净，大病未痊。这一支兵，已无指望。飞马寨岑猛野心已露，目前不出毛病便是万幸。三乡寨何师兄那儿，基业初立未稳，婆兮寨禄土司又是个不中用的。其余苗寨，不和沙定筹、岑猛等联合一起，便是好的，如果勉强调来，反而变成肘腋之患。'以苗制苗'的老调，现在万不能用。

"如若调集父亲旧部，几个能征惯战的也已老弱不堪，何况分守关隘，各有责司。至于邻近省境的标营，属于巡抚统辖。我们沐家的兵符，无非仗祖宗余荫。能够使几家强悍苗寨，感德怀畏，听命于我们沐府罢了。现在情形一变，我们虽然世传兵符，没有可调的兵，便等于没有兵符一般。照说身负全省之责的抚按大员，应该体察情势，以地方人民为重。岂可视为儿戏，随意推诿？最不济也得和衷共济，密谋稳妥之策。万一星火燎原，全省糜烂，他们难道也是几句推诿话，可以脱卸责任么？"

沐天波跺脚说道："我何尝不是这样说，而且已婉转向抚按说明就里，请他们仔细考虑。无奈这班人物毫无心肝，文的爱钱，武的怕死。缩着头向别人身上推，是他们一等本领，而且还有人说，省城几个大僚当中，竟有受苗匪贿赂、暗通声气的，你想可恨不可恨？"

罗幽兰在旁边听了半天，忍不住说道："大哥，现在火烧到我们自己身上。别的事情且不去管他，最要紧我们得明白榴花寨苗匪袭了蒙化，究有多大势力，大姚、楚雄一带关隘，守兵靠得住靠不住？总要先想法子守住关隘，才能缓得开手来。

依我看，榴花寨沙定筹和飞马寨岑猛等约定互相虚张声势，分散省中兵力，然后乘虚再进。现在榴花寨苗匪虽然袭了蒙化，可是飞马寨被我们一搅，加上罗刹夫人先声夺人，岑猛定然有点心寒，不敢立时发动。榴花寨苗匪一看滇南同党没有响应，沙定筹定也不敢孤军直进。何况这班苗匪志在劫掠，未必真有大志。只要近蒙化几处要隘严守不懈，我们虽然没有可调之兵，总还可以腾出时间来，想个计策把沙定筹这股悍匪压服下去。"

罗幽兰这样侃侃而谈，这位无计可施的大哥——沐天波，好像黑暗里得着一线光明，立时拱手大赞道："罗姑娘真是个巾帼英雄，语语洞烛机要。据各路探报，榴花寨苗匪把蒙化洗劫以后，并没有窥伺别处的举动。

近蒙化几重关隘的守将，都是先严旧部，已经会同当地绅董，招募乡勇，严密防守，一时也许不致出事。但是我们调不出劲旅来直捣匪巢，只防不剿，蒙化如何收得回来？公事也交代不过去。除出调兵声讨以外，又没有第二条路可走……”

沐天澜接过去说道：“兰姊熟悉苗情，也许她有妙计。这时只要保持我们父亲在世的威望，苗匪不致蔓延，便是唯一上策。”

罗幽兰看了他一眼，抿嘴笑道：“我不是诸葛亮，有什么妙计呢？但是我相信有一位，也许有妙计把榴花寨沙定筹压服下去。只要时间来得及，等候这一位到来，定有法想。这一位是谁，还用我明说吗？”

沐天波还茫然不解，慌问：“这人是谁，有这样大本领？”

沐天澜笑道：“她说的便是罗刹夫人，但是她回玉狮谷去，虽说安排一下，到此相会，无奈远在滇南，她性情又测摸不定，究竟准来不准来，还不敢一定呢！”

罗幽兰笑道：“她既然亲口答应了我们，绝不会失信的，何况……”说着微微一笑，向天波、天澜兄弟俩瞟了一眼，立时改口道，“来是一定来的，不过哪一天才来，便无法断定了。”

沐天波在焦心愁思之际，既然罗幽兰相信罗刹夫人到来定有办法，总比一筹莫展强一点，也只好盼望罗刹夫人早早到来的了。

第二天沐天澜、罗幽兰和他哥哥沐天波又秘密计议了一下，分派干练家将带着密函，分赴金驼寨、婆兮寨、三乡寨互相联合，严密防范飞马寨岑猛及黑牡丹、飞天狐等举动，也不必打草惊蛇，只要使滇南这班悍匪无机可乘，响应不了榴花寨沙定筹便得。一面又派几名得力家将，驰赴滇西，暗暗知会几处防守关隘的守将，务必谨慎严守，只要堵住苗匪蔓延之路，自有破匪之策。

分派家将暗暗出发以后，沐天波遵照他兄弟的主意，会同本省抚按，调集几营官军，每日加紧操练。沐府的家将们，也个个顶盔披甲，威风凛凛，显出一派整军经武，不日要誓师讨贼的气象。省城百官，也觉新袭世爵的沐天波，毕竟将门勋裔，还有点当年老沐公爷的威风。沐天澜在官场中虽然没有出面，大小官员却有个耳闻，知道这位有本领的二公子，现已回家，是沐天波的大臂膀，还隐约听得二公子身边，还有一位美貌的女英雄。虽然不得其详，总觉沐府还有点发皇气象，还值得令人推崇的。

哪知道沐府已变成纸老虎，新袭世爵的沐天波，在家中每日愁眉不展，全凭沐天澜、罗幽兰两人的调度，说一句听一句，只日夜盼星星、盼月亮地盼望神出鬼没的罗刹夫人早早到来。明知这希望，也非常悬虚，罗刹夫人不论有多大本领，也只是一个人，想凭一个人的力量，剿灭榴花寨一股悍匪，这是不能想象的，但是自己兄弟和这位未来弟妇，一致推崇罗刹夫人有这样大本领的，不由自己不盼望她飞一般从天而降，总比没有盼望的强得多。但是早盼望、夜盼望，盼望之中过去了十几天，那位不可思议的罗刹夫人，还是音信杳然。沐天澜和罗幽兰也盼望得有点焦急起来了。

这当口，沐天澜、罗幽兰推测昆明人烟稠密，难免没有苗匪奸细混迹其中，自己沐府，当然是苗匪集中目标之处。

当年父亲在世，屡次闹刺客，六诏九鬼大闹沐府的经过，尤其惊心。现在对于榴花寨，也不能不防，而且自己从飞马寨脱险回来，岑猛未必甘心，黑牡丹、飞天狐对于自己府中，轻车熟路，格外得随时留意。

因此沐天澜挑选府中几十名家将，老弱不堪的，招募壮勇之人补充，在后花园内亲自训练，警卫府第。一到晚上，铃柝之声不绝，颇有刁斗森严之象。沐天澜、罗幽兰两人，到了起更以后，定必飞身上屋，把全府前后巡查一遍，纠察家将们的勤惰，以防万一。

这时罗幽兰已成为沐府主体之一，不用说大哥大嫂对她的表示，明明地已当自己作弟妇看待，便是全府上下人们，也没有一个不默认为二少夫人的。即罗幽兰自己也坦然不疑地指挥一切，很像一位二少夫人了。难受的是身上的孝，阻碍了公开的婚礼，这身孝，照例要过三年才能除服。

要过三个整年，这是多长的光阴！非但沐天澜有点急不及待，连他的哥嫂也暗暗愁急。他哥嫂何以也这样愁急呢？因为他嫂子平时留神，已看出罗幽兰最近饭后微微作呕，时时爱吃酸味，明明是受孕的景象。别样事或可慢慢等待，唯独肚子大起来，没法叫它等待的，何况要等待三年孝满呢！

这一桩事，那位嫂子暗地想得奇怪。自己结婚了好几年，吃了多少宜男种子的方药，迄今影响毫无，不料他们立见真章。无奈来得太快了！如果等待三年孝满再成亲，也许肚里的孩子，那时蹦蹦跳跳赶着叫娘了。我们这样门第，岂不闹成大笑话！

这位嫂子想得又惊又乐，忍不住暗地和丈夫一说。沐天波也暗暗愁急，而且毫无法想，也无法和他兄弟或未来弟妇商量一下。两位哥嫂对于这桩事愁急得要命，冷眼看沐天澜、罗幽兰两人，行若无事，处之坦然，好像他们自己还未觉察一般，未免暗暗称奇。

其实罗幽兰自己肚子里的事，怎会不明白，何尝不发愁？早已和沐天澜秘密商量了许多次。不过他们在无法之中，想出了一个办法。认为这桩事，只要请教罗刹夫人，她必定也有办法的。这桩事在别人面前难以启齿，罗刹夫人是三位一体的，请教她是唯一办法。

因此大家盼望罗刹夫人到来，非但要她解决榴花寨的苗匪，还要她解决肚内的秘密。沐天澜、罗幽兰认定一切问题，到了罗刹夫人手上总有解决方法。她们二人有了指望解决办法的人，表面上仿佛愁而不愁、急而不急了。

有一天，沐天波夫妇和沐天澜、罗幽兰正在内室谈论罗刹夫人何以迟迟未到，忽见一个家将进来，报称辕门外有一青年苗女，骑马而至，口称求见二公子。恐怕苗匪奸细，不便放入，特来请示。大家一听以为罗刹夫人到了。

沐天澜便问："来的苗女多大年纪，怎么体态？"

家将说："来的苗女，大约十七八岁光景，口齿伶俐，说得一口汉话。她说有极紧要事面见二公子，二公子一见，定然认得她的。"

沐天澜一听，言语举动，不似罗刹夫人，这又是谁呢？

罗幽兰便从旁说道："既然是一个单身苗女，便是苗匪奸细，也不怕她逃出手去，叫她进来便了。"

沐天波有沐天澜、罗幽兰在身边，胆也大了，挥手命家将把那苗女带进来，可得一路留神她。家将领命而出。一忽儿，四员家将怀抱雪亮的大砍刀，把那苗女夹在中间，押解大盗似的押进内宅，到了阶下，喝令停住。

这时沐天澜、罗幽兰并肩而出，立在阶上。阶下苗女一见沐天澜，便喊道："公子，婢子奉玉狮谷主人所差，有要事面禀公子。老远地跑了来，怎的把我当作强盗了呢？"

沐天澜也认出这苗女，是罗刹夫人贴身伺候的苗婢，自己在玉狮谷楼廊外暗地窥浴，回身所见的苗女，便是此人，慌命四员家将退出，把这苗女带进屋内。

一进内堂，苗女便向沐天澜跪了下去，嘴上说道：“我家主人知道婢子善骑，识得进省路程，特命婢子不分昼夜赶到此地，求见公子和公子身边的一位罗小姐，面呈主人书信。请公子看了书信，赏下回信，婢子还得马上赶回去销差。”苗女一面说，一面一对眼珠只向罗幽兰瞅个不定。

沐天澜指着罗幽兰笑道：“这位便是罗小姐。”

苗女站起来，慌向罗幽兰也跪了一跪。

罗幽兰又叫她见了沐天波夫妇，才向她笑道：“你一路辛苦，真难为你了。你主人叫你带来的书信呢?”

苗女拜见了沐天波夫妇以后，背过身去，从贴肉胸兜内，取出一封密函来，献与沐天澜。

沐天澜且不看信，向她说道：“你一个单身女子，走这远道，路上没有碰到匪人吗?”

苗女笑道：“来的时候，我家主人亲自护送到老鲁关的。”

罗幽兰笑道：“今天你无论如何回去不了的，在这儿好好地休息一晚。等二公子看完了信，我们再计议一下，明天送你动身吧。”说罢指挥几个使女，带了苗女下去，好好看待。

苗女跟着使女们下去以后，沐天澜慌把罗刹夫人来信拆看，只见信内写道：

别后复探匪窟，岑胡辈犹复疑神疑鬼，惶惶不知所措。并于此辈口中，得悉滇西悍匪，既袭蒙化，复掠弥渡。袭蒙化以图联合滇南匪党，掠弥渡以窥老虎关，其志不在晋薄省垣，而在固其老巢，攫取大理也。大理为五代段氏割据称国地，山川雄丽，城郭坚固，东枕鸡足，西倚点苍，洱海一碧，烟火万家，为滇西首镇，亦窃据必争之地。

不意幺魔小丑，具此雄谋。沙定筹一凶悍苗匪，志在劫掠耳。今狡谋如此，其间必有操纵策划之人。大理若失，滇西非我有矣。为虺不摧，将成大痈。如能以计去其心膂，缚彼如缚豕耳。尊府世握兵符，责肩难卸，而今昔异势，征调大兵，即或勉集有众，劳师袭远，势必捉襟见肘，顾彼失此。君等扼腕咨嗟之状，灼然可见，鸳帏同梦，当亦为之灭却几声卿卿我我矣。

然妾以为不足虑也，量敌而动，贵在用奇。擒贼擒王，奚必劳众？妾以肩舆一乘、人猿二三，从哀牢万山丛中，由南而西；君偕兰妹率勇弁数辈，乔装商旅，由昆明趋双柏，渡礼社河，期会于南涧，然后出其不意，乘虚探穴，先明敌势，后除元憝。鼎足之欢喜冤家，或竟胜于千骑浴血矣。此非妾诡谲好奇，局势如此，不得不以奇补正、以少击众，免征调之繁，利时机之速耳！

然此行与飞马寨中，行险侥幸于一时者不同。省中仍须剑拔弩张，佯示鸣鼓出征之象，一面由君暗藏符信，以便飞檄关隘守将，授以方略，待机出击，扫穴犁庭，此则奇中寓正，进退不致竭蹶。

妾本拟赴省把晤，以往返濡滞，机贵立决，谷中安排，亦需亲理。爰命苗婢小鹃，赍函密至。鹃婢聪慧有胆略，善骑，能暗器，当不偾事。妾拟重入飞马寨，于岑胡枕畔，留刀示警，戢其野心，稍免西行后顾之忧，兼报金驼寨赠金之惠，并护鹃婢度新平匪境也。

丈夫贵明决，如获同心，略示行期即可。省中多匪耳目，食肉者不足与谋，稍一疏漏，全盘成画饼矣。慎之，慎之！入夏西行多蛊瘴，龙涎香、雄黄精为祛毒妙品，多备毋忽。

玉狮谷主人拜具

沐天澜把这封信，细细地看了好几遍，昂着头默默思索，肚里盘算罗刹夫人信内的计划，一时竟出了神。坐在一边的沐天波夫妇和罗幽兰，急得了不得。

罗幽兰头一个忍不住：“喂！瞧你这样失神落魄的，大约魂灵儿又跟着这封信飞走了。我果然看不大懂，你可得让大哥瞧瞧，让大家也知道知道信里是什么意思呀！”

罗幽兰这一嚷，那位大嫂暗暗一乐，沐天澜面孔不由得一红，猛地一想，这封信事关重要，当然要让大哥看，何况当着众人面前拆看的。无奈那罗刹夫人处处都带一点放诞不羁的态度，这样重要的机密信内，偏写上了“鸳帷同梦”“鼎足之欢喜冤家”，连金驼寨赠金，也带上了一笔，这样让大哥瞧见，哪会瞧不出其中秘密来的？真要命，其势没法掩藏起来，经罗幽兰一嚷，更没主意了，只好硬着头皮把信送与沐天波，嘴上说道：“大哥，你仔细瞧瞧。可得千万守秘密，任何人面前不能泄露半点的。”

沐天澜这几句话，是一语双关，连自己儿女私情也包括在内了。其实他哥哥哪里会得到语有深意，慌接过信来，凝神壹志地仔细拜读，看完以后，满脸惊奇之色，暗想这位罗刹夫人真是一个奇女子，文才、武技、智谋，竟是样样高人一等，怪不得他们两位赞不绝口了。最奇这信内春光微泄，原来他们三位，是这样的一个局面，竟是鼎足之势。他想到鼎足之势，不禁两道眼神，又专注在信内“欢喜冤家”四个字上，看到这四个字的含义无穷，忍不住扑哧一声，笑出口来。

这一笑坏了，笑得沐天澜心头腾腾乱跳，罗幽兰满腹狐疑，那位大嫂却莫名其妙，向她丈夫啐道：“你笑什么？兄弟说过，这封信何等重要，你却满不在意，反而痴笑，为什么自得其乐地发笑？究竟写着什么？你也得念出来，让我和弟妹……”

这位大嫂话说得急了些，一不留神，竟把尚未公开的“弟妹”叫出口来了，急慌把话闸住，竟来不及了。这一声“弟妹”，闹得大家都不好意思，大家都愣了神。沐天波一机灵，慌把手上的信，向沐天澜手上一塞，悄悄说道：“这儿使女们进进出出，不便商量机密大事，我们上楼去。”

上楼时，罗幽兰悄悄拉住沐天澜落后一步，悄悄问沐天澜道：“信内有什么话，让大哥发笑？”

沐天澜低低地向她说明就里。

罗幽兰哧地一笑，悄声说道：“刚才你不听到大嫂连‘弟妹’都喊出来了。哪知道写这封信的人，也是一位‘弟妹’哩。”

大家进了楼上一间辉煌锦绣的密室，屏退了侍候的使女们，沐天澜便把罗刹夫人信内的计划，详细讲解了一遍，加上自己意见，说是“照现在这样情形，只有照这计划办理。倘然仗着罗刹夫人本领机智，悄不声地便把沙定筹制伏下去，岂不大妙？如果迁延时日，让沙定筹占据了大理，非但滇西局面不堪设想，便是滇南一班匪首，也必群起效尤。那时云南全省都要糜烂，我们沐家更无立足之地了”。

沐天波听了他兄弟一番话，背着手，在屋内来回大踱，突然一转身，向沐天澜、罗幽兰扫了一眼，叹口气说道：“前几天我听到你们俩在飞马寨中出事的消息，几乎把全家上下吓得走投无路。现在又要跟着罗刹夫人到滇西去冒险，榴花寨比飞马寨路远得多，你们单枪匹马地闯入虎穴，实在太危险了……”

沐天波话还未完，他这位夫人倏地站起身来，抢着说道：“你们兄弟俩且等一忽儿，让我们姊妹俩密谈一下。”说罢，拉着罗幽兰手走进左面一间房内，原来这间正是罗幽兰的卧室。

一进室内，这位大嫂拉着手说：“妹妹，恕我放肆。此地没有外人，事到如此，我也顾不得许多了。妹妹，你知道我们夫妻到现在还没有生下一男半女。现在妹妹明摆着有了喜讯，怎能再跟我家兄弟去跑远道，拿刀动剑呢？虽然刚动喜讯，谁知道这样凶险的事，何日了结？再说这样兵荒马乱的年头，家里又常闹刺客，我们夫妇又是个毫无本领的人，好容易盼得你们俩回家来，有了主心骨儿。怎的见了女魔头的一封信，又要抛开了自己的家，跑到不亚如龙潭虎穴的苗子窝里去呢？

“妹妹，你也得保重自己的身体，顾全我们自己的家呀！只要妹妹一句话，我们小叔子便不敢乱走了。妹妹，滇西一条路，多么难走，苗匪多么凶悍。妹妹虽然有本领，无奈肚里有了……万一……万一……”

这位大嫂唧唧吧吧地说到这儿，眼圈一红，有点说不下去了。罗幽兰听得这番话，并没有十分感动，只觉得这位大嫂一心只要自己府内太平无事，便是万年有道之基，对于周围的局势，未来的祸福，好像惘然无知，暗想这样安处高堂大厦的女人，也是难怪，而且没法和她细说，一时倒感觉得无言可对了。

罗幽兰对于这位垂涕而道的大嫂，正感觉无法应付，忽觉外屋的兄弟俩，也是鸦雀无声，掀开绣帘，向门外一瞧，敢情兄弟俩人影全无，不知何时下楼去了。一忽儿一个使女跑进来，说道：“二公子请罗小姐下楼谈话。”

罗幽兰正苦无法脱身，便跟着使女下楼，走入中堂。沐天波、沐天澜兄弟俩正在看几封信，一问细情，原来派到滇南去的几名家将，都已任务终了，先后回府来了。金驼寨龙土司和三乡寨土司何天衢夫妇两处，都有回信捎来。

从这两封信里，得知龙土司夫妇身体渐渐复原，金翅鹏亦日有起色，可以勉强行动了。无住禅师仍在金驼寨看护金翅鹏，地方也甚安静。只有龙璇姑立志要投名师，学惊人本领，果然遵照罗幽兰指示，拿着沐天澜一封信，由她舅舅禄洪护送到三乡寨，拜在桑窈娘门下了。三乡寨何天衢信里，也说起龙璇姑苦志学艺，窈娘非常爱惜，对于慎防黑牡丹、飞天狐等举动，当然随时注意。天衢夫妇如有机会，还要上省拜会先后同门的师弟和从小相处的女罗刹（即罗幽兰），并说现在滇南苗匪，还不敢轻举妄动，暂可放心等话。

沐天澜向罗幽兰说道："照这几封信内意思，滇南一时还不致出乱子。趁这机会，我们秘密到滇西去一趟，最好不过。"

罗幽兰笑道："这样，你便明白罗刹姊姊特意又到飞马寨留刀示警的用意了。但是我们到滇西去，你和大哥商量好了吗？"

沐天波皱着眉头说："我再三阻止他不要冒险，他却说出许多大道理来，我又没法驳他，闹得我一点主意没有了。"

沐天澜四面一瞧，没有下人在面前，笑道："大哥，事情明摆着这里。我们姓沐的既然没法推卸这种责任，目前又没有靠得住的节制之师，罗刹夫人也明白我们为难情形，才想出这办法来。这种办法，不能不说是冒险，但是我知道罗刹夫人定有几分自信把握，才这样做的。除出她这条计，我们想不出另外道儿，其势不能坐在家中，听其自然。为我沐家历祖历宗的英名和未来的切身利害，不由我不一探虎穴了。

"最要紧的，我秘密改装前往，对外面绝对不要走漏一点消息。我又想到蒙化一带关隘守将，虽然大半是父亲旧部，我未必个个认识。大哥务必今晚秘密备好公文，盖用我家世传符印，以便带在身边，随时应用。大哥照旧督率家将们，加紧操练兵卒，会同本省抚按，征集粮草军器甲胄等件。故使匪人奸细认为出征在即，而且使奸细知道出征兵马不过如此，疏而不防。我和兰姊即在明晚挑选几名干练家将，扮作客商，悄悄从府后离开家，连夜出城。到了滇西，会着了罗刹夫人以后，不论事情顺手与否，随时派人回报。如果苗匪巢穴，无隙可乘，我们决不轻身冒险，马上回来，另想计策，也还不迟。"

沐天波等他说完，朝沐天澜、罗幽兰看了一眼，嘴上嗫嚅了一阵，终于挣出一句话来道："你们扮作客商前往，兰妹是个女子，似乎不大合适。你们嫂子，在你们从滇南回来，便说以后不要叫兰妹往外跑了，家里也得留个有本领的守护才好，我看兰妹不必同去了。”

罗幽兰一听，便知这位大哥不好说自己身上怀孕，一半也想把自己留在家里保镖，一看沐天澜有点为难，慌说道：“大哥，你不明白江湖上的事，我们两人老在家中，也许有高来高去的匪人找来。我们不在家，倒绝不会发生事的。再说让他一人出门，没有我跟在身边，大哥、大嫂格外地不放心了。至于路上不便，我早已想好了，我扮作男人，谁也看不出来。”

沐天波一想：焦不离孟，孟不离焦，看情形说破嘴唇皮，也是无用，还有那位罗刹夫人和这两位，其中还不知藏着许多刁钻古怪的花样儿哩，不行也得行呀！算我白说，便不再说挽留的话了。

这天晚上，沐天澜、罗幽兰两人在楼上密室内，秘密安排动身时应用物品和回复罗刹夫人的密信。

罗幽兰说：“从省城到南涧这条道上，我相信没有什么可虑的，不过我们对于南涧这地方，非常生疏。南涧虽然是个小地方，罗刹姊姊来信，没有写明相会地点，大约她也没有到过。我们到了南涧以后，从哪儿去找她呢？”

沐天澜说：“南涧是个猕山小市镇，在哀牢山西面山脉和点苍山山脉交接之处。从前我在哀牢山学艺时，听到我师父说起过。南涧是个小小的市镇，却是滇西、滇南的交通要道。

“我们不妨在信内写明，用江湖上访人的法子，彼此定下暗记。

“在经过所在，容易注目的地方，画个小雀儿、小人儿之类。只要看小雀儿的嘴、小人儿的手，朝哪一方，便向那一方探访便了。”

罗幽兰道：“这样也好，你就信内写明，叫罗刹姊姊画小雀儿，我们画小人儿。一到便留暗记，便容易寻找了。不过信内写得含混一点，不要具名，预防寄信人半途出事。”

沐天澜依言办理，又在信内写明动身日期，暗地把罗刹夫人差来的小鹃叫上楼来，吩咐了一番话，赏了不少银两，叫她把这封信贴身藏好，休息一夜，明天回玉狮谷去，路上千万谨慎。小鹃领命下楼，自去准备不提。

这里罗幽兰又把改扮男子的行头，置备齐全，当夜试验了一下。好在罗幽兰并非窄窄金莲，改扮起来，还混得过去。

沐天澜看她把前胸紧紧地扎缚起来（因为时已入夏，衣衫单薄，胸前双峰只好用抹胸紧束了），不禁笑道：“天生的雪肤花貌，世间哪有这样美男子？此去如果再碰到飞马寨胭脂虎一类的苗女，也叫你尝尝风流罪过。”

罗幽兰闻言心里一动，拉着沐天澜并肩立在一架大镜子面前，八目相对，宛然是并蒂莲花，连理玉树。罗幽兰越看越得意，对着镜子笑道：“喂！我这样一改装，如果夹在一班臭男子当中，还看得出一点痕迹，和你在一起，人家定然以为我们是兄弟俩。不过你倒像哥哥，我是小弟弟了。”

沐天澜笑道：“是呀！从此你得可记住，不论白天晚上，有人没人，你都得叫我哥哥了。”

罗幽兰笑得风摆荷叶一般，赶着沐天澜要撕他的嘴。沐天澜趁势把她拥在怀里，笑着道：“说真的，刚才大嫂和你密谈，定然为了你肚内的事。非但大嫂，连大哥也把这桩事，看得非常郑重。因为他们自己好久盼望儿子，没有消息，把这希望移在我们身上了。这桩事，我全不在行，假使这趟滇西之行，真要妨碍受孕的话，你不去也罢。家里也得……”

罗幽兰不待他说下去，立时柳眉微挑，满脸娇嗔地啐道：“你这话真是心口如一吗？你这小心眼儿，休想在我面前使巧着儿。大约人还没到滇西，魂灵儿已飞到罗刹姊姊身上去了，有点嫌我碍事了。”

沐天澜心里一惊，喊起屈来。

罗幽兰笑骂道：“你不用喊冤，我是故意逗着你玩的。我不会这样不识相，你应该和罗刹姊姊多亲热亲热的。我们三人的把戏，谁也不用偷偷摸摸，我同去也碍不了你们什么事。如果把我孤儿似的搁在家里，我真要急疯了。至于我肚里这块肉，刚有点信儿，是不是还不敢一定呢！到滇西去也不过十天半月的事，我又不是闺阁千金，身体还不至这样娇嫩。大哥大嫂当然是一番好意，但是他们还不明白自己这位兄弟，是一位找灾惹祸的美男子，没有我在身边，将来他们的弟妹，要多得数不清的。”说罢，在他怀里笑得柳腰乱扭。

沐天澜明知她半真半假的开玩笑，也故意笑道：“你说得太对了！滇西有成千成万千娇百媚的罗幽兰小姐，等着我哩。”

两人打趣了一阵，商量定了明天晚上悄悄出发，只带四名家将，一律扮作商旅，其中一名还是女的。这名女家将，便是从飞马寨带回来的健硕苗妇，也叫她穿着青衣小帽，改扮成男仆模样，可以贴身伺候罗幽兰。诸事停当，专待到时上路。

第二章　罗刹神话

滇西的中心是大理，明季称大理府。平常日子，从省城昆明到大理的驿道，是由昆明经逸龙甸、炼象关、石涧、楚雄、镇南、老虎关、凤仪，直达大理城外十公里的下关。自从榴花寨苗匪，袭了蒙化，占了弥渡，昆明到大理的一条驿道，只能走到老虎关了。因为弥渡在老虎关、凤仪之间，占了弥渡，便把通大理一条驿道截断了。至于蒙化，和弥渡接境，是大理下关直趋哀牢山，通达滇南的要道。蒙化一失，由大理通滇南的咽喉，也被苗匪扼住了。苗匪这样下手，便是罗刹夫人信内所说，扼住省城及滇南的要道，使官军无法救护大理，然后可以夺取滇西中心的大理了。

沐天澜、罗幽兰率领四个亲随，改装离省，目的地在哀牢山下的南涧镇。

头几天路程，仍照通大理的驿道走，不过到了楚雄便要岔路，从小路小道往南走，越过紫溪山，渡过礼社河，然后到达南涧。沐天澜一行人等，一路晓行夜宿，居然平安无事。不过经过楚雄以后，步步逼近苗匪作乱之区了。

从蒙化、弥渡逃出来的汉人，拖男带女地往昆明避难的，路上每天可碰到几批。从这班人口里，可以探出一点匪情，说是"榴花寨苗匪袭了蒙化、弥渡两处要口以后，没有动静，官兵也没有进剿。听说老虎关总兵尤大纲，调集就近辖下标讯，凑上乡练民兵，一共不足千人。只能扼守这座关隘，等待省里发兵，才能和苗匪打仗。驻扎南涧的守将，也是尤总兵派去的一名参将，带着二三百名官军，兢兢索索的只辨得个'守'字。假使蒙化的苗匪倾巢而出，直冲滇南的话，这支驻守滇南的官军，怕是挡不住的。"

沐天澜听到这样消息，想起老虎关总兵尤大纲，原是父亲提拔的旧部，在本省武官当中，还算有点胆略的。但是这样单薄杂凑的官军，怎能抵挡方张之寇？幸而苗匪别有狡谋，志在大理，否则，省中救兵未到，尤大纲这支官军先落虎口了。虽然如是，苗匪凶狡难测，得赶快会着罗刹夫人，想个万全办法才好。

沐天澜、罗幽兰一行等到达南涧相近时，走上一座峭拔的山峰。满山尽是参天拔地的杉松，峰脚下一条曲折的阔涧，奔流潺潺有声，涧的那一面便是南涧镇，从高望下，一览无余。看清这座小镇，夹在两面山峰之下，一条高高低低的山道，横贯镇心，山道两旁，依着山势盖着参差不齐的几排土墙茅舍，零零落落的约有里把路长，可是静荡荡的鸡犬不闻，家家闭户。有几家门内进进出出的，都是扛枪披甲的官军，大约因为距离蒙化太近，镇内商民，大半逃入哀牢山去了。

罗幽兰指着西面镇道尽处，说道："那面山势紧缩，当路筑着碉堡，堡上插着旗子，大约便是通蒙化的要隘。尤总兵派来的那位参将，定然守在此处了。可是这样可怜的土堡，这点可怜的士卒，挡得了什么？官军也太儿戏了。"

沐天澜叹口气道："正恨如此，平时一班苗匪把官军看得不在心上，才胆大妄为了。照说我们既到此地，应该先和此地守将会面，在镇内找个息宿之处。可是事关机密，一露面难免走漏风声。好在此刻刚刚过午，我们要紧的先会着罗刹姊姊。她信内写明带着人猿，坐着竹轿子，路又比我们近一点，定然先到。我们不如派个人去，先到镇内察看有无留下暗记，再做道理。"

刚说着，罗幽兰背后站的那名健硕苗妇，突然咦了一声，两眼发直，盯在不远的一株大杉树上。大家转身瞧时，原来那树上横插着一支两尺多长的竹箭，箭上穿着一只五彩斑的锦雉。走近细瞧，这支竹箭，并不是弯弓而发的真正羽箭，也没有箭镞，无非随意用一支竖直的细竹枝，把锦雉从脊上穿腹而过，再深深插入树内。为什么要这样插在杉树上，倒有点奇特。

罗幽兰向锦雉再仔细瞧了瞧，恍若有悟，又向两面山势看了看，随手把树上竹箭拔下，连锦雉掷在远处，嘴上说着："先不必派人到镇上去，都跟我来。"

沐天澜莫名其妙，姑且跟她走。向西走了一箭路，翻上了另一座乱石冈，尽是奇形怪状的石林，好像无路可通。当先领路的罗幽兰也呆住了，四面乱瞧，忽地咯咯一笑，指着那面屏风似的一块镜面石壁，笑道："在这里了。"

沐天澜慌纵过去细瞧时，原来石头上用红土画着一个鸟头，鸟嘴是向右的。他一瞧这鸟头，立时也明白了，笑道："想不到她暗记下在这儿。"原来杉树上的锦雉和石壁上鸟头，本是回信上和罗刹夫人约定的暗记。刚才罗幽兰瞧见杉树上箭穿的锦雉，还没领会到，随后瞧出锦雉的项颈，并不像死鸟般软垂下，像活的一般昂着脖子，侧着鸟头往西瞧似的。逼近一看，才明白另用细竹，把鸟头也钉在树上，才有点明白了。一时还不敢断定，姑照鸟头所指方向走去，果然寻着了石壁上暗记，才断定罗刹夫人已先到了。

不在涧南镇上留暗记，特地在这山峰上留记，当然别有用意，而且算定从昆明到南涧，必定是翻过这座山峰，树林内不便画暗记，便用锦雉来代替了。两人毫不费事地找到了罗刹夫人的暗记，精神陡长，立时照着石壁上暗记指示的方向走去。

果然，每逢方向不辨，鸟道分歧之处，便有暗记指示前进方向。不过走的尽是荒岩峻岭，深箐阴壑。沐天澜、罗幽兰武功精纯，当然履险如常，只苦了跟来的三个家将、一名苗妇，提心吊胆地拼命跟着主人，爬山越岭，走得晕头转向。不知经过了多少幽险的溪谷，不记路程，不辨方向，只觉顶上日影已经西沉，四面乱山层叠，荒草没胫。林内怪鸟咻咻，境界森森可怖。

沐天澜、罗幽兰走到此处，觉得这段路内断了暗记，难道错了方向，岔了路了？看看天色已晚，深山内日光被群山遮住，太阳一下山，便容易黑下来。沐天澜掏出身边指南针来一瞧，觉得方向并没走错，但是这儿有好几处山口，究竟应该进那个山口？没暗记如何走法？一时倒有点为难了。

忽见一缕白烟，从左面山嘴里一片松林上面，袅袅而起。罗幽兰喜道："一路过来，并无人烟，那面定有人家，我们且去探明地名和路境再说。"

大家向白烟起处奔去，进了山湾子，穿过一片松林，是一处深奥的小谷。谷内一泓碧清的溪潭，有十几亩地的面积。

潭边搭着不大不小的一所茅棚，胡乱用粗竹松干搭就，顶上盖着青松毛，一定是新盖成的，可是静静的没有人影走动。

茅棚侧面却用山石叠成一个火灶，中间插着一人高的粗竹管，从上面冒出白烟来，走近茅棚，便见茅棚的穹门上，用细竹竿签着一只长尾巴的彩鸟，门框的青竹皮上，用刀画着“且住为佳”四个字。茅棚内地上乱铺着一层松毛和树叶之类，一边叠着两具竹兜子，一边角上堆着一头死的梅花鹿和吃剩的几只兽腿，其余空无一物。

罗幽兰说：“这情形当然是罗刹姊姊替我们预备下的，但是人上哪儿去了呢？”

沐天澜说：“外面石礅上兀自冒着烟，未必走远，我们也走乏了，先进茅棚去休息一忽儿再说。”

两人进了茅棚，命随从们卸下背上的行装，取出随带轻便铜锅，舀点潭水，就那火灶上煮水解渴，随意吃点干粮充饥解渴。跟来的健硕苗妇便拿了铜锅，同了一个家将，走到潭边舀水去了。茅棚内沐天澜、罗幽兰正和两名家将整理行装等件，正说着今晚大约要在这茅棚内坐守天明……

话刚出口，猛听茅棚外面潭水哗哗一阵奇响，同时鬼也似的一声惊喊，听出是去舀水苗妇的喊声。沐天澜、罗幽兰先后一跃而出，在茅棚内整理行装的两名家将，也奔了出去，一看潭中并无异状，那苗妇四脚八叉地倒在潭边，手上铜锅，掷在草地上，她身旁一名家将，也变脸变色的呆若木鸡。

沐天澜喝问：“什么事？”

那家将直着眼，指着溪潭的那一面，半晌，才哆哆嗦嗦地惊喊：“大水怪！大水怪！”

大家向他指的所在望去，并无可怪之处。只潭边草地湿淋淋的一路水迹。罗幽兰把吓得跌倒的苗妇，提了起来，问她细情。

苗妇翻着白眼，哑声儿说：“我同这位将爷到了潭边，我正蹲身想洗净铜锅，舀点水去，猛见潭心哗啦啦一响，凭空涌起一座水塔来。从水塔里现出一个金刚似的大水怪，咧着血盆大嘴，向我们龇牙一笑，一转身，蹿到对岸，只一纵，飞入松林，便没了影儿。啊呀！我的小姐，太可怕了。你不信，问这位将爷，把这位将爷也吓傻了。这地方人烟全无，天又慢慢地已黑下来。我们求平安，还是趁早离开凶地吧！”

沐天澜、罗幽兰都有点不信，可是两人吓得这般模样，那面潭边又明明有一汪水迹留在那儿，正在疑神疑鬼当儿，忽听得对面高冈上，传来一种又宏又壮又惨厉的啸声，连罗幽兰听得也有点毛骨悚然，身边几名家将和那苗妇，一发吓得手脚发抖。沐天澜猛地记起自己在金驼寨异龙湖畔岭上，第二次单独去和罗刹夫人会面时，也听过这种啸声——是玉狮谷人猿的啸声！罗刹夫人既然一路暗记引我们到此，此刻冈上起了啸声，定然罗刹夫人带人猿们来迎接我们了。

正待向罗幽兰说明就里，身后黑沉沉一片松林内，突然发出一阵洪钟似的笑声。大家急转过身去看时，只见树林内现出一个发眉皓然的老道士，步趋如风，飘然而出。罗幽兰老远已看清来人是谁，只喜得她啊呀一声，娇喊着："父亲！怎的你老人家会在此地？"便在这一声娇喊中，一顿足，飞一般纵了过去，到了老道士身边，小孩子撒娇般，抱着老道士大腿跪了下去，高兴得泪珠儿直迸，话都说不出来。而且她一路乔装男子，说话时大着舌头，想改变娇音，此刻真相毕露，情形非常可笑。

原来这位老道便是桑苧翁，罗幽兰、沐天澜二人，万想不到在这种地方会碰到自己父亲和丈人。沐天澜也喜出望外，慌赶过来拜见这位通权达变的泰山。在桑苧翁虽然想断绝俗缘，无拘无束地逍遥于名山胜境，无奈一见到这对可爱的娇女娇婿，不由他不银须飘拂，笑得闭不拢嘴。这次会面，在沐天澜、罗幽兰二人，出于意料之外，在桑苧翁却在意料之中。

桑苧翁说："时已不早，此处非谈话之地。这儿茅棚，是罗刹夫人暂时安置人猿之地。你们快跟我走吧！"

沐天澜忍不住问道："听岳父口气，似乎已知道罗刹夫人的行踪。我们刚才还听到人猿的啸声，怎的她不露面呢？"

罗幽兰一听他惦记罗刹夫人，便向他盯了一眼，哧地一笑。

桑苧翁笑道："你问她吗？这位奇特的姑娘，大约世间上，再也找不出第二位来。连我也被她闹得莫测高深了。说来话长，我引你们到一个地方去，便是这个地方，也是她替你们安排下的。我们到了那儿，再细谈吧。"

于是沐天澜、罗幽兰指挥三个家将和那苗妇，依然背上行旅，跟着桑苧翁走入谷底一片松林。走没多远，从一座插天峭壁下面的仄径上，转入窄窄的一条天然磴道，曲曲折折盘过一处险怪的岩壁。上下岩壁，翠叶飘空，朱藤匝地，尽是龙蛇飞舞的盘藤，挡路碍足的，似乎新近才用法扫除，开辟出一条鸟道来。

桑苧翁当先领路，走尽这段磴道，从岩壁间几个拐弯，忽地眼前一亮，岩脚下露出银光闪闪的一道宽阔的溪涧，流水潺潺，如鸣琤琮，而且溪涧两岸，奇岩怪壑，犬牙相错。这条山涧，也随着山势，变成一转一折的之字形。两面溪岸，杂花怒放，嘉树成林，许多整齐幽静的竹篱茅舍，背山面水，静静地画图一般排列在那儿。纸窗竹牖之间，已隐隐透出几点灯光，茅舍顶上，也飘起一缕缕的白烟。似乎村民正在晚炊，景象幽静极了。只有那面靠山脚的溪涧中，时时发出一群清脆圆滑的欢笑声和拍水推波的嬉水声。隐绰绰似乎有几个青年女子，在那儿游泳为乐。因为两岸高岩夹峙，日已西沉，远望去雾影沉沉的已瞧不清楚了。

桑苧翁领着他们走下岩脚，沿溪走近村子，立时从各家茅舍竹篱内，涌出不少男女老幼的苗人，俯伏于地。这种苗人，和其他苗族不同，男的头缠白布，身披葛巾，女的绣巾网发，红花插鬓，身上花花绿绿，短衫花裙，细腰白足。年轻的女子，洁白莹润，亦有几分丰韵，等着桑苧翁领着一班人含笑点头过去，才站起来悄悄退入屋内。

桑苧翁走到一房最大的干净茅屋，门内两个青年苗女，笑嘻嘻地飞舞而下。原来这种茅屋，都是临空搭就，下面打着木桩，桩上再铺厚板。上下分作两层，下层也有三四尺高下，拦作豕圈鸡栅，上层才是住室。门前还留出余地，有扶栏长廊，中设几级台阶，可以上下。两个苗女蝴蝶般从台阶上抢下来，分立两旁，伏下身去，似有肃客之意。

沐天澜等跟着桑苧翁走上台阶，进了屋内。一瞧这所屋子，用木板隔成好几间住室，室内非常清洁，脚下一律铺着细草编织的草席，并无桌椅。桑苧翁吩咐随从的家将们，在进门一间屋内卸下行装，随意坐地休息。自己领着沐天澜、罗幽兰进第一间室内。这间室内，居然在草席上放着一张白木矮桌，桌上搁着一具油灯。围着矮桌设着几个厚厚的蒲墩，三人便在蒲墩上坐了下来。

门外迎客的两个青年苗女，一个提着热气腾腾的一木桶滚水，把一桶水放在桌边，一个捧着木盘，盘内盛着米饭、盐粑和椰瓢、木杯、竹箸等吃用家伙，从盘内拿出来，分配在各人面前。一对滚圆灵活的黑眼珠，瞅瞅沐天澜，又瞅瞅罗幽兰，嘴上叽叽呱呱说个不停，笑个不停，一派天真无邪的神气。

罗幽兰细看这两个苗女，一般的圆圆的面庞、白白的皮肤、弯弯的细眉，笑起来露出一排莹洁的牙齿，非常可爱，却听不懂她们的话。心想：我生长苗窟，却从来没有听到过她们这种苗语，看她们体态衣服，好像是“水摆夷”的一种苗族，细看却又不是。

一忽儿又进来一个白巾葛衫的老苗子，头上顶着一大盘热气腾腾的兽肉，上面插着三柄小叉子，是用坚竹削成的，先在门口跪了下去。屋内一个苗女赶过去，把他头顶一大盘肉，双手端了过来，放在矮桌上。

那跪在门口的老苗子，突然张嘴说出一口流利的汉语来，他说：“老神仙，这是我们新猎来的香麂肉，是这儿最有名的美味，请老神仙和贵客们随意点饥吧。”

桑苧翁笑说：“我们这样打扰，太过意不去，只有日后一并酬谢了。”

老苗子哈哈笑道：“老神仙这样一说，我们格外惭愧死了。不提那位女菩萨，是我们救命恩人，一辈子报答不尽，便是老神仙和贵客们，肯到我们这样小村子里盘桓，我们全村老幼谁不说是福星下降，高兴得没法形容。老神仙和贵客们缺用什么只管吩咐，老儿暂先告退。”说罢，诚惶诚恐地俯身而退。两个年轻苗女，也跟老苗子走了。

这老苗子说得一口流利汉语，沐天澜、罗幽兰却不明白他说女菩萨是救命恩人，不知怎么一回事。

桑苧翁笑道：“我们现在来到深山密箐里面一个小小苗村，无异世外桃源。你们更是耳目一新，还不知罗刹夫人葫芦里卖的什么药，还得我和你们详细说明。现在我们且饱餐一顿，尝一尝不易吃到的香麂肉，吃饱了，再对你们说明就里。”

罗幽兰道：“父亲，我得先明白明白，这是哪一种苗族？女孩子倒长得秀气。女儿生长苗窟，见过了许多奇怪的苗族，却没有见过这一种苗人。”

桑苧翁笑道：“你们不要轻视他们，这是各种苗蛮里面最优秀的苗人。他们的祖宗，在千百年前，还建设一个赫赫有名的王国。大约因为生殖不繁，不肯和别个苗族结婚，子孙逐渐稀少。到现在这种苗族，散处滇西深山之内的，更是越来越少了。他们天生的好洁好幽闲，没有清泉碧溪的地方不住，邻近人烟和别种苗族的地方又不住，倒像是个厌世独立的隐士。

男的渔猎，女的编织，偶然由懂得汉语的年老人，拿着兽皮、草席等物，到远远的镇上换点盐米等类，过的是与世无争的日子。你们瞧，我们用的椰瓢、木杯，都雕着精细的花纹，可以证明他们非常聪明，和吃食用手的苗族比，高出了万倍，不过质而未学罢了。”

吃饭之间，跟来的男装苗妇在门外探头，向罗幽兰说：“外屋家将们，老苗子招待得很周到，饭已吃过，特来请示，公子和小姐的行装，是否拿进里屋来？大家是否在这里过夜？”

桑苧翁笑道：“你们用的东西，叫他们拿进来。跟来的人，便教他们在外屋随意睡觉好了。”

罗幽兰依言吩咐，又叫苗妇到里屋来睡觉。

苗妇走后，桑苧翁道：“这黑油墩似的随从，怎的单叫她进里屋来？”

沐天澜笑道：“原来兰姊的女仆，改扮成这般怪模样，倒瞒过岳父了。”

桑苧翁笑道：“有其主，必有其仆。不过主人易钗而弁，尚有破绽，这大脚蛮婆，一时倒瞧不出来。”

饭毕，两个青年苗女又笑嘻嘻地进来，清理桌面，搬出食具，在各人面前，献上一杯碧绿的筠心松子茶——据说是用嫩竹抽芽的竹心和松子煎的，别具清香。老苗子又掇进一具小小的石鼎，搁在屋角上，鼎内香烟袅袅，满室幽馨，好像焚着沉速一类的异香。据说这种香末，可以驱除蚊蝇一类的小虫，诸事周备，才躬身而退。

罗幽兰伸手把矮桌上油灯里的灯草拨了一拨，火苗燃高了一点，向沐天澜笑道：“今天我们会巧遇父亲，又会在这种地方做客，也不知这儿是什么所在，罗刹姊姊又不知安排着什么惊人诡计，一切一切我觉得仿佛在家里做梦一般。”

沐天澜笑道：“谁说不是？但是我觉得此刻这种境界非常有趣，更难得是出乎意外地见着岳父。现在我们且听岳父说明其中情由。”

桑苧翁叹了口气道：“人生本来是梦境，能够明白一切都是梦幻，才能由悟证慧，怡情物外。我从前听到你们说起罗刹夫人种种奇特诡秘的举动，无非以为一个身世古怪、性情怪僻的女子罢了。不意在此巧遇，和她面谈以后，冷眼看她一举一动，谲不失正，智不悖理，依然是个性情中人，不过她智慧绝人，事事抱着玩世不恭的态度，处处以游戏手段，却又办得严丝密缝，无懈可击，确是个绝世无双的奇女子！如果照人生梦境一句话来讲，她倒是个勘破梦境，而又善于制造趣梦的人。”

罗幽兰忍不住笑道：“父亲，且不谈梦。父亲和她怎会巧遇？她又上哪儿去了？把我们搁在此地，是什么主意？还有……”

桑苧翁一捋胸前银髯，呵呵笑道：“用不着再来个还有，且听我说。我先得向你们讲一段苗族的神话，而且是一件确实有据的神话……”

两人一听发愣，正事不说，先来一段苗族神话，这是什么意思？

桑苧翁一看两人神色，便明白他们意思，微笑道：“从前罗刹大王两夫妻，没有归隐罗刹峪以前，纵横江湖。为什么要用罗刹大王的绰号？人已死去，无从查考。后来他们女儿，便是现在的罗刹夫人，她这个绰号无非是袭用她母亲名号而已，这是我们知道的。”

说到这儿，他又向罗幽兰一指道：“便是你，从前也称女罗刹，这是当年九子鬼母误把你当作罗刹大王夫妻的女儿，才有此绰号，这也是我们知道的。但是罗刹夫人和你有这‘罗刹’两字的绰号，无非张冠李戴，阴错阳差，并无多大意义存乎其间。哪知道现在滇西真个有货真价实的罗刹出现了，而且也是一个古怪的女子。这位罗刹是这次榴花寨苗匪作乱的中心人物，也是蒙化、弥渡两处失陷的主动人物，而且这人关系着整个滇西的安危。你们和罗刹夫人这次滇西之行，整个枢纽也便在这位罗刹身上。因此你们的罗刹姊姊兴趣勃发，仗着她本领才智，要在那位罗刹身上施展奇谋，一决雌雄了。”

桑苧翁这一番话，沐天澜、罗幽兰两人听得目瞪口呆，作声不得，暗想世间真无奇不有，滇南一个罗刹夫人，费了多大精神，才弄到一起，不想滇西又出现了一位罗刹，而且掌握着整个滇西的安危。

罗幽兰一听这位罗刹也是个女子，更多了一层疑虑。她想起罗刹夫人曾对沐天澜说过：“将来再有个罗刹夫人出来，大约你是多多益善的。”

万想不到一句戏言，似乎变成预兆。现在只希望这位罗刹，是飞马寨胭脂虎一类的蛮婆，免得我们这位美男子，又生出无穷风波。

桑苧翁在面上看他们两人惊疑不定，罗幽兰更是柳眉紧蹙，神色迷惘，低着头不知盘算什么，不禁哈哈笑道：“你们且慢猜疑，刚才我不是要对你们讲一段苗族神话么？这段神话，便和这个罗刹有关，你们且听我从头说来。”

桑苧翁喝了口�心松子茶，缓缓说道：“我在金驼寨离开你们，便想一游点苍山洱海之胜。遂从哀牢山这条路到滇西去，顺便在哀牢山中，去看望滇南大侠葛乾荪。不想老葛远游未归，从人们口中，又得知榴花寨沙定筹作乱消息，蒙化、弥渡已经失陷，想从蒙化到大理要穿过苗匪蠢动的境内。

“我不愿自找麻烦，经人指点，从便道绕过蒙化，进了大理城，在城内耽搁了一天，凑巧碰着方外老友云溪上人。立谈之下，才知这位老友近年卓锡龙溪，做了摩诃寺的方丈。这龙溪正是点苍山名胜十九峰十八溪之一，便和他出了大理西城，步入逶迤七十余里的点苍山。从此我便做了龙溪摩诃寺的上客，云溪上人终日陪着我畅游点苍山内各处胜境。

“有一天，我们去玩十九峰之一的莲花峰。看到峰腰一片苍翠之中，露出长长的一段红墙，墙内飞碧流丹，鸱吻高耸。我问云溪上人墙内是何古刹，他说：‘这是很有来历的罗刹阁。’（罗刹阁现在尚存，为名胜之一。）我一听罗刹阁的名字，便想起了罗刹夫人和幽兰从前的匪号，想不到此处建着罗刹阁。好奇之心引着我到了罗刹阁内，阁上塑的是观音大士像。我早知云溪上人博学强记，深通内典，便向他问道：‘罗刹二字，究做什么解释？这儿明明是观音阁，怎又称作罗刹阁呢？’

“他说：‘罗刹二字是梵语，其义为食人暴恶之邪龙。但是我游过身毒，罗刹又是印度古民族的名称，这罗刹阁的罗刹，却是一条邪龙。因为这条邪龙就是经观音大士收服的，而且禁闭邪龙之处，便是罗刹阁地基的大石下面，所以阁上建立一尊观音大像以镇之。这段收服邪龙的故事很有趣味，载入大理府志。你要明白这段故事的详情，我们多走五六里路到圣源寺去，向寺内借本《白国因由》一看，便知道了。’

“我问：‘《白国因由》是什么书，书名多古怪。’

“云溪上人笑道：‘不必多问，看到《白国因由》会对你说的。你看过这本书以后，我还要对你讲一段最近罗刹二次出世的奇闻哩。’

“于是我们专程赶到圣源寺，云溪上人说明来意，由寺内方丈十分郑重地拿出薄薄一本黄缎锦装、朱丝拦格的手写本来。金笺签条上，写着《白国因由》，旁边还有细字注着梵音汉译，一名《白古记》。翻开一瞧，里面写着的大意，我还记得，大概是这样的：

“大理古时是泽国，洪水浸到山腰，后来洪水下落，显出一片坝子。

在隋末唐初的时候，为罗刹所据，罗刹译言邪龙，喜食人肉，百姓受害不堪。贞观三年，观音大士西来，化一梵僧，故意向罗刹募化一块地方结茅静修。这块地方，只要袈裟一展、犬跳四步那么大就够了。罗刹许之，不料梵僧的袈裟一铺，覆满苍洱之境，白犬四跳，占尽两关之地。罗刹后悔，一看云端里天龙八部，拥护鉴证，无可奈何，乃向梵僧说：'我土地人民都属你管了，我眷属子孙没地方住，怎么好呢？'梵僧说好办，于是在上阳溪涧洞内，幻化出金楼宝殿种种具备。罗刹大喜，尽室迁移进洞。梵僧即显神通，以大石、铁汁封塞洞门，于是罗刹之患始绝。观音化梵僧降罗刹之后，授记'细筝罗'为大理国王，后人传说细筝罗为白国始祖。(这段神话，直到现在还刻在圣源寺大殿内二十张屏门上。)

"我看了这段罗刹的故事，才明白'罗刹'二字的出处。我想起从前罗刹大王夫妇的名头，大约江湖上，把他们夫妇当作邪龙恶煞一般，才得这样的绰号。在罗刹夫妇本身，也和你们一般，未必知道这个绰号的出处罢了。

"那时我和云溪上人同到龙溪摩诃寺，他说：'你游了罗刹阁，看了圣源寺的《白国因由》，知道了大理的地面，最初还是属于罗刹统治的。因为古时有这一段神话，现在竟有聪明的人利用这段神话，在大理城内故意放谣言，说是罗刹阁下面，被观音大士禁闭的罗刹修行圆满，二次出世，而且观音大士慧眼看出大理百姓要受瘟疫刀兵之灾，只有二次出世的罗刹，才能挽救这场浩劫。'

"这篇鬼话，沸沸扬扬，越传越广，越信越真。不久便传说二次出世的罗刹，化身一个美貌的女尼，智慧绝世，武功惊人，已被石母山榴花寨土司沙定筹迎入寨内，百般供养，四近苗族，奉若神明。这个消息传出没多久，榴花寨土司沙定筹，果然率领悍匪，袭了蒙化、弥渡，不日便要攻取大理。现在大理城内人心惶惶，四门紧闭。官府虽然极力布置防守之策，但是人心摇动，省城救兵，一时难以飞越，也许那段鬼话，真个要应验了。

"我一听到榴花寨作乱的真相，大理危在旦夕，不由我不惦记着你们两人，是否已回沐府？省城如出兵剿匪，沐府定然难以置身事外。同时那个假托罗刹再世的女尼，究竟是何人物？想探她一个明白，再赴昆明去会你们，我便辞了云溪上人，扮作走江湖、卖野药的游方老道，离了大理，向石母山榴花寨这条路上走去。因为这条大路上，苗匪充斥，行旅裹足，我也想避免无谓的纠纷，拣着小路僻境，踽踽独行。不想走迷了路，绕过了榴花寨，走进了这儿的龙咩图山。这座山占地甚广，群峰起伏，人烟稀少，无法探明路径，只在高处远远看到了南涧镇，姑且走下山来，寻到镇上，再作道理。

“到了南涧镇口，一看有官兵驻扎要口，不准百姓出入，未进镇去，翻着山头，抄出军营把守之处，走近了峰脚，一条曲折溪涧的边上，溪涧那面便是南涧镇。正想渡涧进镇，忽听得对冈一阵鼓噪，从镇内一排矮屋后面，闪出一个年老的苗人和一个年轻苗女，身上背着竹筐，没命似的跳入溪内。

“溪身七八丈开阔，水又流得急；老苗子和青年苗女水性很好，头上还顶着竹筐子，半踹半泅地乱流而渡。刚到溪心，镇上追出二三十个扬刀舞枪的官兵，嘴上喊着捉奸细，赶到溪岸，便一个个跳入溪内，来捉一老一小。老苗子和年轻苗女吓得丢掉了头顶上竹筐，手脚用力，箭一般泅到对岸，跳上岸拔脚便跑。那时我不明白是怎么一回事，隐身远处，且看这事如何结果。

“一看一老一小已经逃上岸来，可是溪内追的二三十个官兵，依然不舍，已有十几个官兵追踪上岸，分作三面，飞一般向一老一小包围上去。一老一小飞逃了一程路，快要逃进一片密层层的松林，老苗子后面的苗女，不知怎样一失神，一声惊叫跌在地上。老苗子一回头，慌不及回身来扶苗女，略微一停步，几个官兵，已抢入松林，挡住去路。后面追的人，也一齐赶到，刀枪乱晃，把一老一小围在核心了。

“一老一小正在性命危急当口，猛听得松林深处，起了动人心魄的厉吼，实大声宏，音带凄厉！吼声起处，松林内蹿出两个遍身金毛、体似巨灵的大怪物，舞着四条长臂向一群官兵冲去。官兵一见这两个怪物，吓得发声喊，拔脚便逃，枪刀丢了一地。那老苗子和青年苗女，惊上加惊，已吓得跌倒地上，腿软如泥。可怪这两个大怪物，望着一班官兵后影，咧着巨嘴磔磔怪笑，并不追赶，却把跌倒地上的一老一小捞起来，一人一个夹在肋下，转身便走。

“我看得这两个怪物举动奇怪，好像存心来救一老一小似的。蓦地想起金驼寨讲说罗刹夫人养着的人猿，便是这般模样，这儿怎的也有这般怪物？倒要探他一探，看这两个怪物把一老一小救到什么地方去。那时一班官军已没命地逃过溪去，我便瞄着两个怪物影子追踪。说也惭愧，那两个怪物的脚程太快了，一纵身，便十几丈出去，连蹦带跳，简直像飞一般，多好的轻功，也要望尘莫及。因为人类绝没有这样的长力，怪物更不必择路而行，走的尽是荒岩怪壑。我追了几程，便失了怪物踪影，连自己的路径都迷失了。

“我正在停步辨别方向，忽听得身后娇滴滴地喊道：‘老前辈游兴不浅。’我吃了一惊！瞧见一个异样英秀女子，一身雅洁的普通苗妇装束，赤手空拳，婷婷玉立，我竟会不觉得她怎样到了我身后，这手轻功，实非常人所及，而且不等我张嘴，立时躬身施礼，自报角色，对我说道：‘晚辈已和沐二公子、罗家妹子结为同心之友。在金驼寨，暗中也曾拜识前辈道范，故而一见认识，不想此地巧遇，实在欣幸之至。’

“她这样一说，我立时明白是罗刹夫人了。我说：‘姑娘武功才识，小女、小婿一再谈及，不想在此幸会。刚才人猿救了两个苗人，定是姑娘指使的了。’

“罗刹夫人点着头笑道：‘此地非谈话之所，晚辈斗胆，想请老前辈同往不远一个地方，以便求教。’

“我笑道：‘老朽飘然一身，毫无牵挂，而且也想和姑娘一谈，我们就此同行好了。’

“于是罗刹夫人领我到刚才你们休息的山谷内，这是昨天下午的事。那时谷内潭边的茅棚，尚未搭就，我和罗刹夫人到了潭边，人猿已把老苗子同年轻苗女，放在潭边的草地上。可是这一老一小，认为身落怪物之手，吓得魂灵出窍，父女紧抱，缩成一堆，旁边兀自站着巨灵神一般的人猿，而且不止两个，还有两个肩上抬着一乘竹兜子，也远远立着。

“罗刹夫人一到，向人猿们呼喝了几句，大约是猿语，四个人猿，便远远退入松林隐藏起来。

“人猿退去，我们两人便向老苗子和年轻苗女抚慰，问他们家在何处？怎会到南涧镇去被官军追赶，认作奸细？苗人原多迷信，他们亲眼看见罗刹夫人呼叱怪物，如驱牛羊，当作活菩萨看待，一老一小朝我们不住地礼拜起来。罗刹夫人止住他们礼拜，好言慰问。

“老苗子说得很好的汉语，他说他们村子离此不远，因为地僻径险，外人轻易不到，村民也不愿和外人来往，只有老苗子是个村长，又懂得汉语，凡是村内需要与外交易的东西，均由村长带着一个副手到南涧镇去交换应用东西。因为不常赴镇交易，不知近日镇上商民停市，驻扎了官军，老苗子照常拿着两筐本村编织的物件，还带了他长女，跋山涉水，贸贸然进了南涧镇。不料一班官军瞧见他女儿长得俏丽甜净，以为一老一小两个苗人可以欺侮，便带着兵刃蜂拥而上。老苗子一看情形不对，领着女儿没命地逃出村来。

“他说完原因以后，跪求我们到他村里去，口口声声说：‘倘蒙女菩萨和老神仙降临村中，便是降福全村，百世蒙庥。’

“罗刹夫人微一思索，对我说道：‘有这个去处，我们正用得着。老前辈大约还不知道，沐二公子和令爱已与晚辈约定南涧相会，不久便到。现在南涧商民逃避一空，市店全无，我们没法存身，不如把他们也引到村内，倒是极妙藏身之处。这事还得晚辈布置一下，现在请老前辈暂在这儿伴着这一老一小，晚辈去去便来。’说罢，撮口长啸。

“四个人猿立时从林内飞跃而出，罗刹夫人坐上竹兜子，两个人猿抬着竹兜子，两个人猿跟在轿后，飞一般向来路驰去，眨眨眼便走出老远。

“我亲眼见着这位罗刹夫人的举动，也不禁暗暗称奇，而且从她口中，得知你们也要到此。虽然她没有说明你们前来的情由，我也可以推测个大概来了。不到顿饭时光，两个人猿抬着罗刹夫人回来，后面两头人猿，还扛着许多竹竿松枝。据她说，你们已和她定下相会暗记，只要在你们必经之路留下暗记，便可引入谷来。她又命四头人猿搭盖一座茅棚，聚起山石堆个烟墩。人猿奉命唯谨，立时分头工作起来，手脚并用，灵活得和人一般。一老一小的苗人，一旁瞧得惊奇不止，一发把罗刹夫人当作活菩萨了。

“我问罗刹夫人：‘既有苗村这个去处，这谷内茅棚烟墩，作何用处？’

“她说茅棚是四头人猿的宿处，免得带到村内吓死人，烟墩也是引领你们到此用的。诸事停当，她又向四头人猿吩咐了一阵，才命老苗子父女领路，到了这小桃源般的苗村。罗刹夫人看得这所苗村，幽僻洁净，苗民温良，非常乐意，便在这村长老苗子家中，暂时受他们仙佛一般供养。

“这是昨天的事，和你们到此，只差了一天。昨天晚上，我们长谈之下，她说出你们和她约会此地的内情，我也向她说明，我在点苍山看到

《白国因由》一段罗刹神话和榴花寨内供养的女尼，以罗刹二次出世的鬼话，淆惑人心，占据大理，称霸滇西。本想暗探榴花寨的女尼是何人物，不料走迷了路，遂将错就错，想到南涧镇，再作道理，不意倒彼此巧遇了。

“她听了我这段话，神采飞扬，兴趣勃发。看她默默盘算了一回，对我笑道：‘这一来，晚辈和令爱的罗刹名号，万要不得了，让榴花寨那位雄心勃勃的尼姑，独家专有好了。刚才老前辈讲的一段罗刹神话，非常有趣。那女尼以二次出世的罗刹自居，晚辈却要以观音大士化身标榜，和那女尼开个玩笑。最有趣是令爱一到，三位罗刹会滇西，后人如果把这段故事加以神化，定比《白国因由》一段故事还热闹。今晚我们休息一夜，明天请老前辈在此，等候令爱、令婿到来。晚辈先到榴花寨去，暗地探个明白，等晚辈回来，大家再作计议。’

“第二天起来，便不见她的踪影，也不知她什么时候走的。她有飞行绝迹的人猿抬着走，当然履险如夷。我们现在只有等她回来，看事论事，再定办法的了。”

桑苧翁这样讲明了先后经过，沐天澜、罗幽兰才明白了一切情形。三人又谈了一阵，才分头安息，静候明天罗刹夫人到来，再作道理。

第三章　山色溪光别有村

第二天，日色过午，罗刹夫人还未到来。罗幽兰等得有点不耐烦起来，让翁婿俩在屋里谈心，自己悄悄地走出屋外来，宝剑、暗器都没有带。外屋几名家将站起来，预备跟随伺候，罗幽兰止住了，自个儿缓步出门，斜倚着门外走廊扶栏上，观赏山景。

只见峰峦合抱，山翠欲滴，门口淙淙有声的溪水，倒映着峰影，碧油油的清澈可鉴。两边溪岸杂树成林，林下浅草平铺之中，一丛丛芬芳馥郁、五彩缤纷的香花，到处都是。微风阵起，便觉得山川清淑之气夹着各种花香，扑人眉宇，沁脑醒脾。全村却又静荡荡的，显得那么悠闲，只远远芦苇浅水间，两三老渔，驾着小小的独木舟，赶鱼入网，一群黄毛乳鸭，在溪边泛泛而游，树上的小鸟儿，啾啾唧唧地唱着歌。对面山坳的杉树林内，斑鸠和布谷鸟的啼声，也一递一声地唱和着。

罗幽兰赏心悦目之下，觉得这个小小苗村，不用说在苗族里边寻不到，便是汉人的山村也少有这样整洁雅致的村落。

她转脸看到左面的溪流，拐过一个山脚去，遮住了视线。这个山脚是左面一片赭黄色冈上伸下来的一条冈脚，冈脚上面疏疏地矗立几株长松，龙蟠凤翥的松荫下面，建着一个小巧的茅亭。她被这个小巧茅亭吸引住了，走下门前的木阶，沿着溪岸，顺着冈脚斜坡，走了上去。

她一进茅亭，向冈脚那一面举目纵眺，顿觉景色一变。原来这一面逶迤的山冈，卧龙似的环抱着一个半月形的湖面，有十几丈宽阔。日光照在涟漪清澈的湖面上，粼粼的波纹闪闪地发出耀目的金辉。张着雪白翅膀的长脚水鹭，贴着湖面掠波飞舞，有时长长的利喙一个猛子扎下去，静静的湖面上，起了一圈圈的小晕，它却从别处冲波而起，嘴上衔着银光细鳞的小鱼，飞入对湖绿蒲红蓼的深处，悠然自得地享受它的胜利品去了。

罗幽兰乐而忘返，正在看得出神，忽听得一阵轻盈的欢笑声。一群青年苗女花蝴蝶一般，从这面冈脚下林内飞舞而出，头上并没用布缠着，一个个散发披肩，耳鬓上缀着花朵。

上身短短的葛布衫，长长的花布裙，紧紧地束在细腰上，下面露出洁白的赤足，一蹦一跳地赶到溪边。毫不踌躇，一个个争先脱下上身短衫，贴身并无抹胸之类，赤裸着光致致的上身，把脱下衣衫堆在岸上，却不解裙，两手拧起左右裙角走下水去，缓缓地蹲下水去，花布裙也跟着提高起来，忽地一松腰扣，解下花布裙往岸上一抛，很迅速地全身浸入水内，向湖心泅去。十几个苗女几乎动作一致的，碧清的湖心多了十几个赤裸的青年苗女，虽然全身浸入水内，但是碧绿的湖水、雪白的皮肤，在飞波溅沫间浮沉隐现，宛似一群水仙，裸舞于翠绿的水晶宫中。

罗幽兰眼看着这一群活泼天真的苗女，游鱼一般在湖中，自在游行，几乎也想脱光了跃入清波，参加游泳，情不自禁地走出茅亭，一瞧这面不是斜坡，是陡峭的山壁，上下有七八丈高。她一撩衣襟，正要施展轻功，飞身而下，忽听得身后茅亭上扑哧地一笑，悄喝道："哪儿闯来的野男子，敢在这儿偷看人家沐浴！"

罗幽兰一转身，瞧见了亭内说话的人，顿时心花怒放，一耸身，跃进亭内，拉住那人的手，笑道："姊姊，怎的这时才来？教我们等苦了。"嘴上说着，两眼却打量罗刹夫人一身装束。

原来罗刹夫人这时装束，与前不同。头上用淡青绢帕拢发，身上穿着月白色对襟纻丝衫，长仅及膝，腰束罗带，下面露出月白色中衣，套着一双鹿皮薄底尖尖的剑靴，身后斜背着一个包袱，脸上两个酒窝，依然不断地透出媚笑。

她向罗幽兰笑道："我远远瞧见以为是他，到了你身后，才知是你。"

罗幽兰笑问道："他是谁呀？"

罗刹夫人秋波一转，笑道："我不知道他是谁，我记得在金驼寨楼上，听到你喘吁吁地叫着的那个，便是他呀！"

罗幽兰想起她听隔壁戏的一幕，娇羞不胜，笑骂道："刁钻的姊姊！我问你，你在玉狮谷是怎样叫他的呢？"

两人逗趣了一阵，罗幽兰又拉着她的手，叫她瞧自己一身男装，笑说："姊姊，我穿着他的衣服，一路行来，和他兄弟相称。人家一点瞧不出来，还以为我们是一母同胞哩！”

罗刹夫人道：“刚才你自以为女子，想纵下冈去和一群白夷姑娘厮混，可是在她们眼里，你却是个举世无双的美男子。

“白夷又是女多男少，虽然不和其他苗族结婚，如果是汉人，她们一样欢迎，这班姑娘又个个是痴情女子，你不和她们兜搭没有关系，只要她们认为你爱上了她，她们便把祖传神秘的蛊药，下在你吃喝的东西里面了。她在你身上种了蛊，便不怕你离开她们，而且对你说明，非和她终身厮守不可。你如不信，偷偷地跑掉，两月以内，定然蛊毒发作，无药可救。如果跑回来得快，她们自有灵妙解药，立见功效。

“据说她们所放蛊毒有几十种，一种有一种的解药，所以一沾上她们，休想脱身。但是她们对于丈夫的温柔体贴，真是世间少有，汉人甘心做她们不二之臣的，也未尝没有。凡是养蛊放蛊之家，她们的屋宇器具，必定不染纤尘，内行的也看得出来。你瞧这小小苗村，不论哪一家，门内门外多么整洁，这便是养蛊的标志了。你看得这班活泼雅秀的苗女，非常可爱，哪知道她们俘虏情人的手段，异常可怕哩。”

罗幽兰道：“从前我听说水摆夷的女子，常有放蛊的事。水摆夷原是白夷后裔，这样说来，这儿也是水摆夷了。”

罗刹夫人道：“白夷分好几种，这村中女子近于水摆夷，却比水摆夷还优秀。水摆夷的男子，好吃懒做，事事都女子操劳。这村里的白夷，男子和女子一样操作，不过女多男少，这也是白夷逐渐衰微的缘故。你不要轻视她们，这种优秀的白夷，较其他苗族开化略早，而且的确是白国始祖‘细孥罗’之后，所以称为白夷。”

罗幽兰忽然皱眉道：“我们住在她们家里，我和他吃过她们不少东西。万一她们看上了他或者她们也把我当作男子，暗暗下了蛊，我们可受了害了。”

罗刹夫人大笑道：“我的小姐，你又多虑了。她们非常迷信，蛊神是她们最崇敬的神道，她们个个都在神前发过重誓，绝不敢随意下蛊，而且我救了一老一小的性命，把我们敬如神明，怎敢胡来呢？”说罢，两人手拉手地走下冈脚的斜坡，向老苗子茅屋走回。

路上罗幽兰忽然想起一事，问罗刹夫人道：“家父说，姊姊单身匹马去探榴花寨。那个妖言惑众、号称‘罗刹二次出世’的怪女尼，见到没有？究竟是怎样的人物呢？”

罗刹夫人明白她问的用意，暗暗一乐，故意逗她道：“想不到二次出世的罗刹，长得真像天仙一般，我见犹怜。我们这位公子，大约劫数难逃，我正为此事暗暗发愁呢！”

罗幽兰一听，急得了不得，慌说：“姊姊，你得思患预防，不必叫他上榴花寨了。”

罗刹夫人忍着笑道：“留他一人在这儿也不是事，你忘记了这儿也有一班善于下蛊的姑娘呢？”

罗幽兰跺着脚说：“这怎么办呢？”

罗刹夫人忍不住了，撇着嘴，扭着腰，笑得风摆荷叶一般。

罗幽兰立时醒悟，娇嗔道：“你不用笑，你也不用使坏。不管你是真是假，横竖不是妹子一个人的事，大约姊姊比妹妹还当心哩。”

两人一路说笑着，到了老苗子门前。沐天澜已在门外走廊上笑脸相迎，向罗刹夫人轻轻叫了声“姊姊”，两人相视一笑，好像隔开了好几年似的。

罗刹夫人进屋和桑苧翁相见以后，大家便在里屋坐下。

老苗子和他两个女儿，真把罗刹夫人当作活菩萨一般，凡是村中认为名贵的东西，不论吃的、用的，尽其所有来供奉她。

罗刹夫人过意不去，只拣了几样解饥解渴的果品食物，其余的好言谢却，又对他们说：“你们需要的盐粑、面米等粮食，我替你们搜罗得几口袋来，大约够你全村吃用一时的，现在都搁在左面土冈上。不必惊疑，你们自己去拿来，按户分发了吧！”

老苗子和他二女，惊喜之下，千恩万谢地一步一拜退了出去。把老苗子父女敷衍走了以后，四人开始密谈起来。

罗幽兰笑道：“姊姊，你送他们的东西，从哪儿寻来的呢？”

罗刹夫人笑道：“也可以说是偷来的。昨晚进了榴花寨，不意寨内空空，只剩了有限几个苗匪看守寨基。前后搜罗了一阵，确是空巢而出。人虽搬走，存的东西倒不少，想起这儿老苗子父女，本想到南涧镇以有易无，不意受了一场惊吓，反而把自己两筐子东西都丢在溪里了，所以我贼不空过，顺手牵羊拿点粮食，叫跟去的人猿捎了回来，送与他们，也是礼尚往来，算我们在此打扰的谢礼了。”

沐天澜道："榴花寨是沙定筹的巢穴，怎会迁移一空？大约沙定筹和他部下这次倾巢而出，预备孤注一掷，有进无退了。"

罗刹夫人点点头道："苗匪们当然以为可以横行无忌，才敢倾巢而出。其实沙定筹联合的几股苗匪，毕竟粗鲁无谋，处处都受人愚弄，将来不管成败，无非替别人卖命罢了。我对于滇西苗情，素来隔膜，幸而一到此地，便会见了老前辈，从老前辈口中，得知苗匪里面，还有个女尼妖言惑众，利用古时一段罗刹神话，又是本地风光，便以罗刹二次出世淆惑人心，又用诡计笼络沙定筹一股苗匪，供其驱使。我一听到这消息，不但是滇西又出了一位罗刹，引起我好奇心，同时我算定我们三人这次滇西之行，有否成就，关键全在这个女尼身上了。

"昨晚决计先探一下榴花寨，暗地瞧一瞧那个女尼，究竟是何路道。从这儿龙咩图山到石母山榴花寨，也有四五十里的山道，我坐着人猿抬的竹兜子，却用不了多大工夫。路径是预先打听了一个大概，幸而石母山只有这个大苗寨，石母山面积并不大，居然被我寻到了地头。大约不过三更，我吩咐人猿在僻静的山头候着，自己暗暗跃进榴花寨内，察看寨内情形。寨内冷冷清清的没有多人，只前后碉寨上，有一小队苗卒在那儿守夜。从前寨探到后寨，一般的静静的没有人声。

"我想得奇怪，正想捉住一个守夜苗匪，逼问实情，忽听得后寨一间屋内发出铁索摩擦的声音。我从屋上跃下，侧耳细听对面屋内，有人长吁短叹。一看四面寂无人影，走近那间屋子，门却开着，影影绰绰似乎有个人锁在屋内一根石柱上，不断地发出铁链和石柱的摩擦声。我进屋去才瞧出石柱上用铁链反锁着一个披发头陀，长得非常雄壮。那头陀也看得我突如其来，大为惊诧。

"我便问：'你是谁？怎的被锁在苗匪窟内？'

"那头陀倒是个硬汉，冷笑道：'此地绝对没有江湖好汉到此，我知道你是妖尼一党。要杀便杀，誓不皱眉。'

"我一听口音是汉人，只说了一句：'不必多嘴，我救你出去。'说罢把他手上铁链、铁锁一齐毁断，喝声'随我来'，便飞身上房，跃出寨外，回头瞧见那头陀追踪而至，武功似乎有相当造诣。到了离寨的一处山脚下，我立停身。那头陀先不向我叩谢，却问我为何救他，是否妖尼指使？

"我明白他这样疑心，其中定有别情。昨晚我又一身苗装，戴着面具，我微一冷笑，喝道：‘路见不平，江湖常事，何况你是汉人。既然被我无心撞见，理应援手。现在我问你一句话，你如果知道妖尼所在和苗匪举动，请你赶快说出实情，否则各奔前程，不必啰唆了。’

“头陀一听我语气，便明白不是匪党，慌不及向我合十礼谢，说明他被匪绑缚关禁的经过。

“原来这头陀是嵩山少林门弟子，法号大化。他对我说：‘立愿打包行脚，募化十方，朝参各大丛林。从河南一路行来，由川入藏，由藏入滇，参拜了鸡足、点苍各大名刹，到了蒙化南门外阿育王寺，适值苗匪蜂起，占据蒙化，一时不便启程，暂在阿育王寺挂单。不料一夜更静时分，无数苗匪突然包围了阿育王寺，明火执仗，打入寺内。全寺僧众软弱无能，从方丈起到打杂烧火，共一百多个和尚，都被苗匪捆得像猪羊一般，只逃出了我一个挂单头陀。最伤心的是穷凶极恶的苗匪，竟把一百多个和尚，拉到后山，尽数推下万丈深渊，死于非命。

“‘我仗着身上一点武功，虽然逃得性命，苦于孤掌难鸣，而且失了安身之处。幸而那阿育王寺原是一所敕建古寺，殿宇层层，地方极大。我昼伏夜出，寻点粮食，藏匿僻静处所，一时还不致败露。其实那时我要逃离匪窝，尚非难事，我所以不肯离开阿育王寺，存心要窥探匪情，乘机杀死几个苗匪首领，替全寺和尚报仇，稍泄胸头之恨。不意我在暗中窥探了几夜，觉察盘踞寺内许多匪人，装束诡异，语带川楚口音，并非榴花寨苗匪。他们把寺内几层大殿也改头换面，布置得五光十色，非僧非道，我才明白是川藏边界白莲教余孽，潜入滇西，和苗匪混合在一处了。又探出其中首领，便是苗匪敬如神明、号称罗刹再世的女尼，苗匪尊为罗刹圣母。

“‘罗刹圣母手下的匪徒，男女均有，苗汉混杂。有一夜起更时分，我偷偷地扒在屋角暗处，瞧出这夜情形不同。大殿门口月台上火燎烛天，装束怪异的匪徒，布满了月台上下，山门口苗匪像潮水一般涌了进来，后面还跟着蒙化城内老少住民，苗汉均有，人人手上都举着一股信香，鸦雀无声地跪满了大殿月台下面一大片空地。

“‘最奇怪的是，当初我瞧见大殿口卷廊的左右两条红漆柱上，各盘着一条似龙非龙，乌油油泛着金光的东西，我以为是彩扎的装饰之物。不料月台下挤满了人们以后，殿门口升起极大的一盏红灯，门内垂下五色琉璃珠帘，帘内华灯璀璨，宝光四射，才瞧出帘外两边柱上盘着的东西，竟是活的，斗大的怪头、碗大的怪眼、火苗似的舌芯子，以及乌光闪闪的鳞甲，在内外灯光交射之下，不断地在那儿低昂摆动。

"'这一下，倒把我吓得流汗，再定睛细瞧帘内，当帘似乎设着一个宝座，却是空的，宝座两旁，有两个彩丽女子分执长柄孔雀宝扇，屏息肃立。一忽儿帘内细乐悠扬，帘外殿门口，凭空从地上冒起骨嘟嘟的白烟，霎时烟雾迷漫，异香四彻，瞧不见帘内景象。月台下面的人们，个个俯伏于地，喃喃不绝。半晌，帘外香烟渐渐稀薄，渐渐看出帘内宝座上已经端坐着一位璎珞披体、宝相庄严的女子。那时我惊疑之下，一不做，二不休，正想换个地方，看得清切一些，忽见帘外白烟又起，一阵烟过，帘内宝座上的女子，倏已不见。珠帘一卷，殿内走出两个异样装束的匪徒，手上拿着一卷不知什么东西，走向月台口。

"'正在这当口，我在屋角上偶一抬头，猛见我四围屋上、墙上，从暗处都显出人影来，手上都有家伙。我便知不好，抽出身边戒刀，预备逃路，不料对面殿脊上弓弦响处，弹丸已迎面飞来。我用戒刀护面一挡，正迎着飞弹，卜托一声，弹丸竟会爆裂如粉，鼻子闻着一股异常的香味，立时头目昏昏，失了知觉。等得神志清醒，身已被擒，当夜押解到榴花寨关禁起来。每天有一个奸猾匪徒，向我盘问来历，劝我投降，而且每天酒食相待。这样过了好几天，苗匪看出我誓不投降，预备再过三天，如再没有悔意，便要把我处死了。不料绝处逢生，不到三天限期，便蒙女英雄搭救出险了。'

"大化头陀这样一说，我又明白了苗匪一点内幕，可以断定榴花寨的沙定筹定在蒙化城内，罗刹再世的尼姑，定把阿育王寺做了巢穴了。那时我对大化说：'你如尚有勇气，我有法子让你报仇。否则，你从此地向哀牢山走，可以远离匪窟，从滇南转昆明去。'

"大化愤然说道：'这条命是女英雄赐我的，倘然追随女英雄得泄全寺僧众惨死之恨，赴汤蹈火，誓不皱眉。'

"我又问他：'从榴花寨到阿育王寺有多远?'

"他说他被匪徒押解到此，记得并没多远，大约二十几里山路。

"我说：'好！现在你可以重进榴花寨，拣一匪徒不易找到之处，暂时藏身。因为寨中留下看守的苗匪，人数不多，反而容易隐身。明天发现你已逃走，更料不到你这样大胆，仍在寨中隐迹。不过你在寨中偷点喝的、

吃的可得当心，不要露出马脚来。一两天内在此相会，自有计较。’

“我送他重进榴花寨，指定逃藏地点以后，我也顺手牵羊，替这儿村长找了点应用粮食，命人猿捎了回来。一路又辨明了进出路径，做了标记。这样，我也耽搁很久的工夫，人猿们又沿路寻找自己的粮食，捉了几只野兽，足够它们饱餐几天。诸事粗备，才动身回来，不知不觉也花费了一夜工夫。回来时，从高处看出一条捷径，到此可以近不少路，所以我走的时候从右面小谷出去，回来时却从左面山冈翻过来的。现在话已说明，我们得想进身方法，和那女尼一决雌雄了。”

桑苧翁坐在上面，很沉默地听着罗刹夫人说话，右手不断地捋着胸前的长须。此刻听完了话，紧接着罗刹夫人语气，缓缓说道：“照这样情形看来，愚蠢的沙定筹，已经堕入白莲教匪的圈套之中。不用说，榴花寨的苗匪，敬畏再世罗刹已在自己土司之上。那女尼为什么要这样做？当然为的是苗匪迷信愚蠢，容易利用。巧使苗匪做挡箭牌，白莲教的匪徒们，可以隐在背后，扩充基业。等得白莲教的党羽聚集，占据了大理以后，像沙定筹这种东西，当然可以随意摆布，也许弃之如敝履了。这样说来，滇西的祸乱，不能当作苗匪之乱，实在还是白莲教的死灰复燃。这种情形，省城的阘冗官吏，做梦也不会想到的。可是天下事真不可思议，老朽当年为了剿抚白莲教匪，才由湘入黔，弃官偕隐，发生罗刹峪一段奇事。不料数十年以后，现在和你们又碰上白莲教匪了。前因后果，哪堪回首呢？”

罗刹夫人笑道：“老前辈饱经世故，不免感慨系之，便是晚辈当年和先师在三斗坪，手除追魂太岁秃老左一班白莲余孽，前尘如梦，现在又要和此辈周旋，可是先师导育之恩不可复得，细想起来，人生真是如露如霜，一场春梦而已。”说罢，微微叹息。

沐天澜坐在罗刹夫人肩下，面有愁容，忍不住说道：“莫谈往事，且顾眼前。现在我们总算探出匪情，敌人首要现在不是榴花寨的沙定筹，却是阿育王寺的罗刹女尼；不是凶悍的苗匪，却是诡异的白莲教匪。对付苗匪似尚易图，对付狡诈的教匪，怕不容易。只凭眼前我们几个人之力，想把教匪、苗匪，一齐压服下去，实在觉得不易措手……”

罗刹夫人眼波一转，朝他脸上瞅了又瞅，怡然媚笑，并不则声。

沐天澜面孔一红，疑惑罗刹夫人笑他胆怯，胸脯一挺，朗声说道：“我并非胆怯，因为大理危在旦夕，省城又少节制之师。我们身入虎穴，必须施用奇计，一举而制其命脉，还不能耽延时日。论眼前情势，真是难上加难了。”

罗刹夫人仍然微笑不答，却向罗幽兰问道：“兰妹定有高见？”

罗幽兰细眉微蹙，似乎正在深思远虑，突然听得罗刹夫人问她，脱口说道：“妹子正在思索大化头陀见到的殿柱盘龙，被擒的迷魂粉弹，不知道匪徒们什么鬼画符，我们也得预筹防御之策。”

罗刹夫人哑然笑道：“这点鬼画符，毫不足奇。深山大泽的怪兽毒虫，我见过很多，却没有见过神奇变化的龙。龙是什么样子的怪物，大约老前辈也未必亲眼见过……”

桑苧翁只微微一笑，并不羼言。

罗刹夫人又说道：“白莲教鬼画符，我有点明白。世人传说白莲教的种种怪诞异行，都是受了白莲教匪人愚弄，故意渲染得神乎其神。其实他们这点鬼画符，无非是江湖上一套把戏，改头换面，装神作鬼，哄弄愚民罢了。就算盘在殿柱上两条东西，真是活的，也许是两条驯良无害的巨蛇而已，我可断定。匪徒们究为什么要装点这种东西呢？无非使愚蠢的苗匪，格外敬畏，一半借这两条东西，使人们不敢近前窥视。大化头陀不是看到帘外地上冒起白烟以后，帘内才现出罗刹圣母来，白烟再起，圣母无踪？这种都是同一手法的鬼画符，故意装得隐现莫测，使人们信为神通广大罢了。其实明眼人一看即穿，何足为奇。

“至于迷魂弹，也是白莲教的家传衣钵，近于拐匪拍花用的迷药，无非药性较为灵速罢了。先师在日，也曾指教破法，临时微一提气，堵住鼻窍，趋向上风，便可无害。最好预先搽点龙涎香，再用湿棉塞住鼻窍，便万无一失。这种下流诡计，只要预先提防，毫无可奇，要紧的刚才澜弟所虑，必须一举制其命脉。这话很对，我们对于这层，真得大费心机。我一路回来，坐在竹兜子上，已想了半天了。”

桑苧翁一面听，一面不住点头，向沐天澜、罗幽兰呵呵大笑道：“你们不用发愁，我察言观色，你们罗刹姊姊定已智珠在握，成竹在胸了。”

罗刹夫人笑道：“老前辈休使激将法。回来时路上虽然想了个主意，未必有十分把握，还得向老前辈求教。这次我们能够碰着老前辈，真是幸运，也许是成功的先兆。兰妹，你说是不是？”

罗幽兰道：“姊姊处处都要用惊人之笔。这一次，可不比飞马寨，你把妹子蒙在鼓里，令人吓个半死。姊姊如果已有主意，就说出来大家听听吧。”

罗刹夫人摇头道：“知己知彼，才能百战百胜。我们到此不过一两天，只从陌不相识一个大化头陀口内，探得一点匪情的大概，哪能鲁莽从事。蒙化城内和阿育王寺中，非得亲自探个实在，才能看事做事哩！”罗刹夫人说到这儿，忽向沐天澜问道，“你们行囊中带着笔墨没有？”

沐天澜说：“我带着我家军符空白札子，预备临时调用就地官兵，所以带着笔墨，以便随时填写空白符札。”

罗刹夫人道：“很好，军符空札，也有用处。现在你去吩咐家将们浓浓地研一大碗墨水备用，再向老苗子讨两匹布来。这村子家家编草织布，讨取两匹布，大约拿得出来。不论什么布都可以，只要写得上字，看得分明便得。”

大家听得摸不着头脑，不知她葫芦里卖什么药。沐天澜站起来，依言到外屋吩咐家将研墨，又寻着了老苗子，把罗刹夫人索布的话说了。老苗子奉命唯谨，一阵风似的跑到别家去，抱来苗人纺织的两匹白纱布，沐天澜抱着这匹布，回到屋里，便问有何用处。

罗刹夫人道：“回头墨磨浓时，你替我在每匹布上，写十个大字，便是‘观音大士捉拿逃妖罗刹’几个字。字须写得大大的，黑黑的，要使人远远便瞧得出来。没有大笔，胡乱用破布、破帚便可。”

桑苎翁大赞道：“妙极，妙极！此举好像治病的大夫，先扶病源，然后对症下药。”

罗幽兰道：“我也有点明白了。这是以毒攻毒，以鬼画符对付鬼画符。现在我们两人是观音大士身边的金童玉女，要恭聆降妖的敕令了。”说罢，咯咯地娇笑不止。

罗刹夫人也笑道：“不用笑！你自己瞧瞧，还像玉女么？像个顽皮的野小子了。”她说了这句，突然笑容一敛，转脸向沐天澜说，“你再替我填写两张调兵的密札，分送老虎关和大理的守将。不必细写，只要说明苗匪在这几天内，内部定有变动，非但攻不了大理，也绝不会窜扰老虎关，老虎关上只要多插旗帜，作为疑兵，便可无事。符札一到，迅速拨调大批精壮军弁，移驻南涧，以壮声势。如果望见蒙化城内火起，务必大张旗鼓，佯作攻城之势。如探得苗匪出城逃窜，不必拦截，乘势克复蒙化。蒙化一经克复，弥渡便可唾手而得。这是对老虎关尤总兵说的话。

“至于大理方面，只要通知守将，多派谍报，探取军情。如果瞭望蒙化起火，立时率兵出城，做出和南涧官军取腹背夹攻之势，不必真个远离城关，以免有失。这大理的符札，也找尤总兵设法投递。老虎关通大理的官路，虽然弥渡已失，苗匪究竟乌合之众，志在劫掠，不谙军机，定有捷径可以绕道到大理去。这两封公事，明天午前你得亲自带着，到南涧一趟，和该镇领兵的官儿秘谈一下，叫他立时派干弁驰送老虎关，可是不能泄露我们的内情，而且你得想好应说的话，回来时不要把来去方向，落在官军眼中。今天你只要替我写几个字，旁的事你不用管了，可是那两匹布，今晚便要用它，你就替我大笔一挥吧！”

沐天澜深知她性情，绝不寻根究底，拿着两匹布到外屋写字去了。

罗刹夫人向桑苧翁说道：“晚辈昨夜到了榴花寨，虽然苗匪首脑已经离去，可是寨前寨后一点形势和平日布置，也看得出一点大概来。像榴花寨这点基业，还比不上金驼寨龙家的规模，沙定筹凭这点小小基业，居然敢犯上作乱，真是丧心病狂。传到省城，不知怎样的渲染怅惶，认为火已燎原。其实照大处观察，沙定筹没有白莲余孽鼓动迷惑，未必敢占据城池，一半也是平日地方有司，软弱无能，养痈遗患。大约只要把几个白莲教余孽压服下去，沙定筹便无能为。所以晚辈预先布置了一着闲棋，叫老虎关、大理两处官军，虚张声势。万一我们成功，他们也可不劳而获，铺张扬厉地表一下克复失地的功劳，骨子里却是叫官军们明白是沐府的力量，而且使他们惊奇一下，猜不透沐府用什么法子，能够不动声色剿住了方张之寇，以后对于沐府，总可保全一点威信，我们也不致白费精神。

“话虽如是，我们究有几分把握，晚辈此刻也未敢自信。今晚老前辈替我们镇守大营，晚辈和兰妹还得亲到阿育王寺侦察一下，顺便把写好字的两匹布带去，分别挂在城中寺内的高处，先叫匪党们惊骇一下。这样，好比秀才们做文章，白布上写的十个字，好像是一篇文章的题目，紧接着照这题目做下去。文章的好坏，还得看我们文思灵活不灵活，还得触景生情，随笔润饰哩。”

桑苧翁大笑道：“一定是篇好文章，我得从头至尾细细拜读。可是笑话归笑话，你们两人今晚能够不露面才好。兵不厌诈，不要一下子开门见山，被匪徒们摸着门路。再说，匪徒突然发现了两匹布上的惊人大字，定有一番骚动，尤其是那个妖尼，定要想法查究来源，却叫匪徒们捕风捉影，无迹可寻，然后我们出奇制胜，突然一下子制住他们。不过怎样才能够一下子制住他们，还得今晚你们暗中查勘明白了，才能对症下药哩。”

罗刹夫人两只洁白的玉手轻轻一拍，点着头说：“老前辈一语中的，这便是今晚我们暗探阿育王寺的本意。”

大家商量停当，日已下山。西面山角一抹晚霞，艳艳的金紫光辉，映得窗外花畦和茸茸草色，也浮着一片异彩。桑苧翁飘然而出，大约也被窗外溪山清幽之景，吸引而出，去到门外舒散筋骨去了。

沐天澜正在外屋，凝神壹志地在那儿写布上大字。两人不去惊动他，自顾自在里屋喁喁密谈。罗幽兰把自己怀孕一档事悄悄地告诉她，请她想个办法。

罗刹夫人笑道：“我的小姐，我和你一般都是外行呀！这种事，便是请教诸葛亮，也是一筹莫展。你不是愁肚内有喜，你是愁没有开张，没法出货。其实你是多虑，你们这样恩爱，早晚胶在一块儿，大约沐府上下谁也瞒不过，顺理成章地让他出来，谁敢说不是沐二公子的孩子呢？我们这种人，只讲天理人情，不讲虚伪的礼法，只要我们自问是情理上应有的事，一毫都不用顾忌。不过女人偏有这档麻烦的事，实在做女人的太吃亏了。”说罢，一想自己也是女人，难免也有这麻烦的事，不禁笑了起来。

罗幽兰娇嗔道：“人家求教你，你不替我想法子，反而取笑起来了。”

一语未毕，沐天澜写好了字，刚一步迈进屋来，问道：“你们笑什么，我也乐一乐。”

罗刹夫人朝他瞟了一眼，笑道：“喂！你懂得‘乐极生悲’这句话吗？我们正在说你乐出来的祸，你倒还想乐一乐哩！”说罢，抿着嘴，笑得百媚横生。

罗幽兰却又笑又羞，飞红着脸笑骂道：“呸！做姊姊的，亏你说得出口。”

沐天澜也觉悟了说的是那桩事，却痴痴地望着两人，饱餐秀色。

罗刹夫人向他抬着手说：“你来！我对你说……”沐天澜过去坐在她身边的蒲墩上，罗刹夫人说：“今晚我和兰妹去探阿育王寺，你们翁婿在此看守寨基……”

沐天澜拦着说道：“不行，我得同去。”

罗刹夫人笑道："我好意叫你在家里养养精神，你倒不乐意了，傻子，你知道我带来只有四头人猿，三个人两个竹兜子，没法抬呢！再说，叫老前辈一人在此，也应该让你陪着他呀！"

罗刹夫人这样一说，沐天澜才没有话说，却又问道："今晚你们回得来么，你昨晚定然一夜没睡，你自己也得养养精神呀！"

罗刹夫人脸上不断地媚笑，一对秋波盯在他脸上，半晌，才说道："你放心，我不碍。今晚不和匪徒见起落，也许不到天亮就回来了，事情完了，回家去再睡舒服觉吧。"说罢，眼向罗幽兰瞟去，恰好罗幽兰一对妙目，露着神秘的笑意正对着她，两人眼光一碰，不禁都笑了起来。两人一笑，沐天澜神魂飘飘然，不断地玩味着罗刹夫人最后说的那句话。

第四章　九尾天狐

蒙化小小的一座山城，原是山脉交错之间的一块盆地，地势非常扼要，为滇西、滇南的交通枢纽，城内商民，苗多于汉，不过这种苗族归化较早，风俗习惯大半汉化，平日希望安居乐业，过太平日子。自从榴花寨沙定筹率领凶悍的苗匪占据了蒙化，城内商民不论苗汉，个个都怕在脸上，恨在心头，紧闭门户，藏匿财宝，提心吊胆地盼望官军早早赶走苗匪，重见太平。可是对于罗刹二次出世的神话，以及阿育王寺内白莲教匪徒的鬼把戏，大半信以为真，每逢寺内罗刹圣母开坛降福之时，城内城外一班商民，这时胆子忽然大了起来。一个个捧着一股信香，耗子出洞般，成群结队奔出南门，挤进阿育王寺的山门，嘴上喃喃祝祷，跪求活灵活现的罗刹圣母，早点大施法力，挽救这场刀兵之劫。

可笑这班可怜的人们，也不瞧瞧大殿月台上进进出出的圣母门徒，一个个挎刀背剑，杀气腾腾，扛着白森森梭镖的苗匪们也一样地跪在月台下面喃喃求福。求免灾祸的人和发动刀兵的人，混在一块儿同样地喃喃求福，这种滑稽的矛盾，这班商民便无法解释了。

阿育王寺罗刹圣母开坛降福，总在晚上起更以后。这一天晚上，无风无雨，一轮初夏的凉月，挂在大殿上面的挑角上。月台下面的甬道两边空地上，排列着十几株合抱的参天古柏，柏树下面空地上已经鸦雀无声地跪了一片求福的人们，月光被柏树枝叶挡住，瞧不清树下面人们的面目。月台上和大殿门口，这时也阴惨惨的，尚未点起油松火把，只几个装束诡异看守殿门的，捧着长矛，翁仲似的对立在月台上。

从山门到大殿口，整个鬼气森森，令人头皮发炸，尤其是柏树下面，黑压压一片，人们手上信香尖上的火光，跟着颤抖的手，不住地在那儿闪动，好像无数鬼眼，在那儿眨眼睛。

几层殿宇后面，一座十三层宝塔高矗云霄，大约年深日久，塔尖顶上，长着一丛矮树，也许还有鸟巢。月光之下，这座塔影好像一个蓬头鬼王，高高地监视着大殿树影下的小鬼们。

据这班跪在月台下面的善男信女平日口头宣传，这位二次降世的罗刹圣母，神通广大，不可思议，别的不说，只说大殿门外盘在两面粗柱上的两条乌龙，平时是没有的，只要圣母开坛，山门一开，那两条乌龙便会盘在廊柱上，伺候圣母降坛了。天上的神龙都是伺候圣母，别的还用多说吗？

所以一班善男信女们，跪在月台下，都不免偷偷地向殿柱上瞧。虽然殿门紧闭，烛光全无，只要瞧出廊柱上面影绰绰盘着两条乌龙，无疑的圣母今晚必定降坛，便是跪得脚麻骨痛，也得咬着牙忍着，显得十二分至诚。这样足足跪了一个更次，才听见大殿内钟鼓齐鸣，灯火通明，当中殿门也慢慢地推开了，从大殿外面左右走廊，二龙出水式，涌出许多捧着油松火燎的人们，从殿门到月台口雁翅般排列起来。

这样殿内殿外，已经照耀得如同白昼，也格外显得庄严神圣，只可怜大殿内泥塑木雕的如来佛和许多神祇，被这罗刹圣母鹊巢鸠占，一齐打入冷宫。月台下面一班善男信女，这时似乎也把这几尊冷佛暂时搁诸脑后了。

这当口，月台下善男信女，个个抬起头来，预备殿口神烟起处，圣母现身。不料大家一抬头，个个从喉咙冲出一声惊喊，人多声齐，这声惊喊，可以震撼全殿！最奇的，非但台下齐声惊喊，连月台上一切值班执事的人们，也直着嗓子怪喊起来，而且个个直着眼望那两条廊柱上的乌龙。原来伺候圣母降坛的两条乌龙，身子照样盘在柱上，龙头却齐颈斩断，两颗龙头，并挂在殿门横楣子上面。龙头上的血，兀自滴滴答答地滴下来，柱上血淋淋的头腔内，也是血污狼藉流了一地，而且腥秽难闻。

这一来，殿内殿外乱成一团糟，月台下的善男信女，更是吓得魂灵出窍，忘记了十二分的虔诚，不由得都从地上站了起来，只有年老的，跪得发麻的，想立起却立不起，在地上挣命。这样，只见月台上人影乱窜，人声哗杂，乌乱了多时，才渐渐地镇静下去，殿口挂的龙头，柱上盘着的龙身，被人摘下来，扛抬着送到殿后去了。

珠帘一动，从殿内大步走出一个非僧非道，浓眉大鼻的凶面汉子来，走到月台上，向下面大声喊道：“圣母有谕，两条孽龙，偷偷地变化人类到民间去作恶，罪犯斩条，所以圣母当众用法力处死。不过今晚法坛被龙血所污，改期开坛，你们不必惊怕，且各安心回去。”

这凶面汉子话刚说完，正想反身，忽见台下人们各仰头望着殿顶，又是一声怪叫，说话的汉子一耸身，跳下平台，转身一瞧，只见殿后近塔的左角上，红光冲天，火鸦乱飞，无疑的寺内失火。凶脸汉子心里一动，喊声“不好”，蹿上平台，顾不得再装斯文，一跺足，旱地拔葱，好俊的轻功，两丈多高的殿宇，竟跺脚而上。

刚蹿上檐口，站定身躯，蓦见塔上“哗啦”一声响，匹练似的一道白光，从塔顶第二层塔窗口直挂下来。这时火光烛天，全塔纤微毕露，定睛细瞧，塔上挂下来的，是整匹的白布，布上写着斗大的字，这几个字，非但飞上了屋的汉子瞧得明明白白，便是月台下一班善男信女，也瞧得清清楚楚。一个个都瞧清了布上写着“观音大士捉拿逃妖罗刹”十个惊心触目的大字。

这一下，比双龙斩首还来得神奇莫测。一班善男信女们，个个吓得瑟瑟乱抖，如醉如痴。只见月台上的人们，乱哄哄齐喊救火，涌向寺后，殿顶屋脊却有几个怪异的人，手上挥着雪亮的刀剑，蹿房越脊，飞一般望寺后宝塔奔去。第一个上屋的凶脸汉子，已不见踪影，大约也从殿屋上赶向宝塔去了。善男信女们中也有乖觉的，觉得兆头不祥，圣母手下，不料尽是飞檐走壁的人们，布上写的字多怪，这几个字明明是对付圣母的，圣母何以始终不见？许多疑问凑在一起，虽然说不出所以然来，却觉得其中定有说处，不如三十六计走为上计。几个开头往外一溜，立时大家照方抓药，一窝蜂地拔腿便逃，连许多求福的苗匪，也跟着挤出山门。眨眼之间，山门内的善男信女，走得一个不剩。

万不料这班善男信女回到城内，第二天一早起来，又齐吃一惊，只见城内最高的一株大树上，也挂着和寺塔一样的整匹白布，布上十个大字，和寺塔上写的一般无二。虽然这匹布不久被苗匪移去，已十有八九瞧见的了，城内城外，谁不交头接耳，纷纷谈论这件怪事。

在这桩怪事发现的第二天清早，东方将现鱼肚白当口，龙咩图山内那个小桃源似的苗村，村民还未起身的时分，左面冈脚上面茅亭内，村中的四位宾客已在亭内促膝密谈了。

沐天澜笑道："昨夜你们两位，敲山震虎，斩龙降妖，定然把阿育王寺一班匪徒，闹得倒山搅海。我却在此安然高卧，今天你们得好好休息一天，送信搬兵，是我的事，但是我得听听昨夜你们怎样的经过，才能安心回到南涧去哩。"

罗幽兰笑道："你不问，我们也得说，回想起来，非常有趣。"

罗刹夫人道："你觉得有趣，我却认为我们还是大意了。"

沐天澜道："你们休打哑谜，直接痛快地说出来多好，我还得动身赶路哩。"

年高有德的老丈人桑苧翁，坐在一边，微微含笑地瞧着他们，心里默默地远想到二十年前，自己在罗刹峪的旧梦。觉得世事变化异常，罗刹大王的女儿和自己的女儿都会钟情于一人，而且经过了离奇变幻遇合，才凑在一处。现在只希望他们月圆花好，英娥偕老，不要像我满腹酸辛，不堪回首才好。原来罗刹夫人和沐天澜结合经过，罗幽兰已暗暗和她父亲说过了，在桑苧翁回味旧梦当口，罗刹夫人和罗幽兰两人把一夜经过说出来了。

原来昨夜四人在老苗子家用过晚餐以后，斜阳尚留余影。罗刹夫人和罗幽兰略一结束，都戴上人皮面具。罗刹夫人换上苗装，腰上束了一条花巾，依然赤手空拳。罗幽兰仍然男装，背上犹龙、飞龙两口雌雄合股剑，佩了透骨子午钉镖囊；又把写好的两匹白布，带在身上，便自动身，到了人猿安身的山谷，罗刹夫人向四头人猿吩咐了几句话，抬出茅棚里预备好的两乘竹兜子，两人坐了上去，风驰电掣地先到了榴花寨。把四头人猿和两乘竹兜子安置在一处幽静的所在，由罗刹夫人暗入榴花寨内，唤出隐匿寨内的大化头陀，叫他领路同往阿育王寺。

大化头陀对于这位罗刹夫人的姓名来历，尚茫然不知，罗刹夫人出门老戴着人皮面具，连真面目都没有见过，现在又多了一个面具的男子，他以为对于这个男子，可以多问几句，哪知道这位男子沉默寡言，他一开口，罗刹夫人便斩钉截铁地说："不必多问，只要你明白，我们是替百姓除害的便够了。"

大化心里暗暗奇怪，这女的举动和本领，都是平生所未见，而且瞧不出是何宗派，这男子大约也不是常人，现在我是领路的，我这两条腿，自问在江湖上算得一等一的，功夫比不上人家，这双腿可得争口气。他存了这心思，一塌腰，当先拔步飞奔，腿上还有真功夫，箭头似的头也不回，急走了一程，离阿育王寺还有一半路，一停步，喘了口气，回头一瞧，人影全无，自己一乐，这一下，他们最少也得落后两三里路。

不料树林里有人发话道："你累了，我们再等你一忽儿，没有关系。"

大化吃了一惊，转过头来，瞧见不远林下站着一男一女，大化惊得背上冒汗，慌地反应道："不累……不累……走！"沙、沙，沙！赶下去了。

到了阿育王寺近处，先看到殿内的高塔，巍然耸立于月光之下。

罗刹夫人唤住大化，把自己背上一匹白布解下来，对大化说："现在我们得分头办事，蒙化城内，你是到过的，路径比我们熟。请你把这匹布带进城内，拣一个妥当藏身之所，隐起身来，便是睡他一觉也可以。到了五更过后，你得在城内拣一处最高所在，把这匹布挂在上面，布上有字，不要挂反了，只要人们早上起来，大家能够瞧见了布上的字，便是你的一件功德。至于这匹布，能够悬挂多久，那就不必管它了。"

大化接过布来，忍不住问道："两位大约上阿育王寺，但是俺在城内做了这桩事以后，已在明天早晨，大白天怕不便露面出城了。"

罗刹夫人道："我早已替你想到，而且我们还要请你在城内隐藏处所忍耐个一天半夜，替我们在暗中窥探榴花寨匪徒的举动。大约今晚没有事，到了后天晚上起更时分，你得想法子偷出城来，仍然到此候着我们。到了那时候，我们要对你说明我们来历，而且承你臂助，我们还有重要的话和你说。少林门下，我们很有渊源，彼此同道，你辛苦吧。"

这几句话，大化听得很乐意，把手上那匹布紧紧扣在背上，很踊跃地先走下去了。

罗刹夫人和罗幽兰两人仗着一身轻功，潜入阿育王寺当口，正值城内善男信女手捧信香，涌进山门当口。两人在寺前寺后，暗暗踏勘了一遍，才知道阿育王寺规模还真不小，寺内大小房屋好几百间，黑沉沉的大半没有灯火。两人意思，想先偷窥一下，罗刹圣母毕竟是何人物，仔细留神各层殿宇上面，并无巡风瞭高的人，便向漏出灯光所在扑去，偷听了几处，都是一班喽啰小卒，并无首脑，又向别处巡察。

忽见下面一条游廊内，一个提灯笼的人匆匆走来，进了一所小院落，喊着一个人的名字，大声地说道："上面有话，龙喂了没有？彩装好了没有？不要像上次，把龙须挂在龙角上去，上面几位的火暴性，你们是知道的，当真，今晚‘上烟帘子’是谁的班呢？”

这人堵着院门一吆喝，便见院内屋子里，悠悠忽忽晃出一人，似乎喝醉了酒，腿上画着之字，到了院门口，大着舌头说：“烟帘子没有我的事，休问我……”

那提灯笼的喝道：“瞧你德行，黄汤又不知灌了几斤下去，烟帘子没有你的事，恕我多问，龙呢？”

那人答道：“龙，对！是两条挂须带角的龙……天晓得，山门没有开，替蛇画头描脚的便捆在柱上了。这样再捆一次，保证变成两条死龙，喂它仙丹也没有用。”

提灯笼的冷笑道：“你懂得什么，没有几天便上大理，到了大理，也用不着这套把戏了。”说罢，转身回去。

屋上罗刹夫人在罗幽兰耳边说：“不出我所料，龙是假的，现在跟他走。”说着向下面游廊上提灯笼的人一指。

两人在屋上瞄着下面提灯笼的身影，跟了一程，见他从一重侧门走进正中第三层殿宇去了。两人向这重殿屋先打量一下，然后跃上殿屋后坡。罗刹夫人叫罗幽兰隐身暗处，替自己巡风，又从身边摸出一瓶丹药来，自己在鼻子里闻了一点，又叫罗幽兰也抹了一点。揣好瓶子，一塌身，便奔檐口，只见她在檐口缩身向下一卷，便不见了身影。

这层殿屋比前两层稍低，也有两丈高，檐底下一层游廊，罗刹夫人狸猫似的卷入廊顶，横身于廊顶彩画的横匾上，真是声息全无。她在上面略一打量，便瞧清了四面情形。廊下殿门两旁立着两个带刀的匪徒，距离她存身之处有几十步远；她毫不在意，四肢并用，蛇一般贴近落地屏门上面一层花格子。

从花格子内望进殿内，便见殿内佛像都已搬空，中间悬挂琉璃灯，加上一大捆灯草，点得明晃晃的。对面左墙角上还矗着一人高的铜烛台，点着臂膊粗的巨烛，靠着烛台一张大圆桌，围坐着三个大汉，一色白灰道袍，却用红绢包头。当中缀着一个八卦，弄得非僧非道。圆桌上杯盘狼藉，似乎刚吃过酒饭，旁边有三个人，在那儿沏茶抹桌，跑进跑出，靠墙挂着各色兵刃。

桌上一个紫棠面皮、吊眉钩鼻的汉子，指着对面五短身材、满脸黑麻的人说道：“你从滇南回来，南涧的官军没有盘诘吗？”

黑麻汉大笑道："几百官军无非摆个模样儿，小道上一样可走，碍得什么事？不过这次头儿罚我去跑一趟飞马寨，可以说劳而无功。岑胡子、黑牡丹老是举棋不定，推三诿四地不说痛快话，细一打听，才知他们最近被一个女魔头唬住了。"

背着身子坐的一个瘦汉，慌问道："女魔是谁？"

黑麻汉子道："说也奇怪，我们这儿的罗刹圣母，原是一套戏法儿，他们滇南却真有一个号称罗刹夫人的女魔王。据他们说，那个女魔王确是个了不得的人物，飞马寨新近便吃了罗刹夫人的哑巴亏。问他们怎样吃的亏，他们又不肯细说。照我看来，他们嘴上的罗刹夫人，是真是假，不去管他，岑胡子、黑牡丹之辈很是奸猾，没有像老沙（沙定筹）容易对付。我们不打进老虎关，岑胡子们是不敢大做的。"

吊眉钩鼻的汉子冷笑道："总而言之，彼此都想取巧罢了。昨晚省城坐探派人来报，沐府虽然有点动静，会同抚按每日下校场操练兵马，无非是四近原有的几营标兵。老沐公爷离世，几处得力的苗兵已无法调动，何况新袭世爵的沐天波，是个不中用的。听说他兄弟沐天澜武功不错，也无非是个小孩子，毫没可虑。我们不用仰仗岑胡子那班人，马上先进大理，先把滇西占了再说。无奈我们头儿顾前顾后，以为我们白莲教成败在此一举，一毫大意不得。我们许多教友还没有到齐，人手不够，暂时利用老沙的一股苗子，日久终不可靠，还得等几天哩。"

黑麻汉点头道："我们头儿话是对的，占据一座像大理般的大城池，不像蒙化一点点地方。现在我们连头儿算上，顶事的只有我们四个人，手上明白一点的教友，不过百把人。不是说大理的兵力雄厚，是说我们占据了大理，不能像蒙化般再让榴花寨的苗子们糟蹋了，所以总得我们川藏一带教友，到齐了再说。我从飞马寨动身时，岑胡子对我说，黑牡丹对于我们头儿仰慕得不得了，想到这儿会会我们头儿，说不定马上就赶过来拜访。黑牡丹在滇南也是响当当的角色，她如果到来，我们不要被她轻视了去才好，因为黑牡丹的来意，无非也要瞧瞧我们有多大力量罢了。"

正说着，殿门口帘子高高掀起，两个披发童子提着一对红纱宫灯，冉冉而进。殿内桌上三个汉子，一见这对红灯，立时都站了起来，离桌而立。殿门口跟着红灯，进来一个异样女子，长眉通鼻，细挑身材，面上似乎盖着淡淡的一层脂粉，似乎也有几分姿色，不过眉目之间，带着泼辣妖淫之气。头上也是红绢包巾，一身暗蓝窄袖密扣夜行衣，腰佩宝剑，背扣弹弓。一进门，一对黑白分明颇具煞气的大眼，向三人看了一眼，走过去，便向桌边一把太师椅上坐了下来。

那女子向三人说道："此刻我从城内回来，可笑老沙毕竟是个苗子，一冲性地把蒙化、弥渡抢到手中，乐得好像得了万里江山，连老家榴花寨也不要了。他能够收罗的一班苗人，大约都搁在身边了。其实也不过四五百人，全是乌合之众，成得了什么大事？好在我们也不指望他成事，我早已派人分途出发，邀集我们自己人，不久可到。滇南岑胡子似乎比老沙强一点，但是苗汉一道界限，根深蒂固，想通力合作原是不易的，我们只有赶快扩充自己势力。前几天捉住的头陀，手底下倒有点功夫，确是少林嫡传，我所以没有杀他，原想收服他归入我们教下，不意被他扭断铁锁逃去，看他不出，竟会把这样锁链弄断，还是我们疏忽了。"

吊眉通鼻的汉子开口道："现在我们知道，省城兵力薄弱，一时不会发兵，大理守兵也没有多大实力。我们只要派拨人混进城去，内外夹攻，大理唾手可得。大理不比这儿，我们可以威胁许多人民，扩展我们声势。如若迁延时日，失掉机会，万一夜长梦多，出了别的枝节，等得教友齐集，怕要多费手脚了。"

那女子说道："他进了大理，百姓受灾，不去说他，他必盘踞大理城内，最少要和我们平分天下。像老沙这种蠢货，去掉甚易，可是我们基业未稳，却不相宜。现在让老沙啃住了蒙化、弥渡，替我们挡住官军，没有几天工夫，我们教友大集，教中几位有能耐的老前辈也到了，我们便可放手做去，没有多大顾忌了。"

女子侃侃一说，三人似乎不敢和她辩论，默然无言。那女子向门口两个提红灯的童子喝道："到后面密室去，瞧瞧圣母预备好没有，快到开坛时候了。"说罢，站起身来出了殿门，提红灯的两童子也跟了出去。

罗刹夫人暗地瞧出那女子口气态度，当然是白莲教匪的首领，也就是二次出世的罗刹，但是那女子又叫人到密室去瞧圣母，好像罗刹圣母另有其人。本想跟踪女子去探个究竟，转念开坛时间快到，今晚已从匪党口中听出内情，还有正事要办，且办了正事再说。主意一定，向下面门口两个带刀守卫一瞧，只剩了背立着一个，那一个已进殿去。乘机一飘身，像四两棉花般飘落地上，再一点足，飞燕一般向走廊尽头蹿了过去，更不停留，身形一起，已跃上一堵高墙，向殿角上微一弹指，上面巡风的罗幽兰一探身，罗刹夫人在墙上一垫足，钻天鹞子般飞上殿顶，两人凑在一处。罗刹夫人在罗幽兰耳边秘授方略，叫她如此如此行事，并向罗幽兰借了一柄犹龙剑，斜系在背后。

两人计议停当，罗幽兰带了一匹白布，施展轻功，翻墙越脊，捷逾飞鸟，向殿后宝塔赶去。罗刹夫人看她去远并无阻挡，才转身向头层大殿飞驰，四面留神，自己在寺内随意纵横游行，并未发现瞭高看守的匪党，定是轻视蒙化一带，地小人稀，可以放胆妄为，也许开坛以后才有守望之人。

罗刹夫人伏在大殿檐口，一瞧下面柏树下黑压压的尽是等候开坛的人们，大殿口灯火全无。她依然从檐口施展小巧之技，从殿上翻进檐下，好在她下去的檐口，被一排参天古柏遮住月光，功夫异众，捷逾电闪，连一点身影都瞧不出来。

她毫不迟疑，撮着殿廊顶上雕花的椽子，微一接脚，人已飞渡到左面龙柱的顶上。壁虎似的贴在和龙柱相连的横楣子上，仔细向下面龙柱上一瞧，眼神如电，立时瞧清了两条乌龙的把戏。

原来这两条乌龙，无非是两条乌鳞的巨蛇，确有碗口面粗，一丈多长，硬把它盘在柱上，用细索紧紧绑缚，再用彩布盖住。最可笑把一个蛇头，另用细索络住，高高地吊在殿门中间的横梁上，蛇头顶上假饰了一只亮晶晶的双角，项下挂着一撮假须。两条巨蛇两头相对，相距只一二尺远近，形式非常整齐。大约蛇身绑得太紧，头顶拉得远远的，又高高吊起，蛇也感觉痛苦，身子动不了，只可吐着血红的蛇芯子，把头乱晃。

远看两条柱上一对乌龙形式如一，好像假的，再一看，龙头明明在上面乱晃，却是真的，可是不到柱上细看，却瞧不出把戏来。愚蠢的苗匪和一班求福的人们，谁敢逼近龙身呢？何况殿门外尚有平台隔着，平台上有人守着，是圣母降福之地，谁敢亵渎呢？哪知道罗刹圣母引来了罗刹夫人——假罗刹碰着了真罗刹！

欲知后事，请看五集。

注：本集1949年12月广艺书店版，雕龙出版社初版时间不详。

第五集

第一章　火　狱

那时罗刹夫人一看两条蛇常受活罪，业已神气毫无，便存了玩笑主意，便隐着身子从横梁上游身过去。到了横梁正中，正值大殿内钟声一响，殿内脚步声响，将要大开殿门当口。罗刹夫人拔下犹龙剑，向下探臂一挥，两颗蛇头便一齐脱离蛇项，却不掉下，因为上面原有细索吊着，蛇身却萎了下去，喷出血来。

罗刹夫人不管这些，不等殿门敞开，一缩身，贴着廊顶，燕子一般飞渡到一丈开外的短柁上，不再停留，贴着一条廊柱从阴面溜下身来，一着地，一点足，斜着出去了两丈多，便隐入大殿左面廊角黑暗处。身法奇快，真像一道轻烟，再一耸身，已经飞上侧面偏殿顶上了，一塌身，留神四面上下。

蓦见第二层殿瓦上，背着身静静地站着一个匪党，面对宝塔，好像对于宝塔有点注意。罗刹夫人心里一动，翻过偏殿后坡，沿着一条殿顶泥鳅脊，隐着身度过一重殿宇，到了二层殿屋近处暗地向那人细瞧，头包红巾，身穿夜行衣靠，背插兵刃仍然对塔远望，似乎这人便是后殿见到的三人之一。大约开坛时，匪党也上屋戒备，也许罗幽兰上塔时略露身影，被这人瞧见一点痕迹来了。

罗刹夫人怕这人阻碍了自己计划，不再迟延，一看这面房屋略疏，下面露出一片草堆点缀了几座假山。毫不犹豫，扑下草地，蹑足潜踪穿过几层僧寮，竟是寂无人影，却有一排矮屋堆着草谷之类。抬头一瞧，宝塔即在一排矮屋后面相近处。

罗刹夫人忽地想起还缺一件东西，四面一看，灯影全无，总得找有人处才能想法。一顿足蹿上一堵隔墙，蓦见墙这面一人提着一个油纸灯笼，信口哼着小曲儿，沿着墙角走来。

罗刹夫人待他走过这段墙下，一飘身，落在他背后。这人毫没觉察，罗刹夫人一伸手便把他点了哑穴，拿过灯笼，却又一掌把他拍醒。这人好像做梦一般，眼见自己手上灯笼，一阵风似的飘过了墙；吓得失了魂，两条腿抖得弹琵琶，却又喊不出来。等他神魂归窍，口嘴活动，隔墙一排草房，已经火焰老高，满天通红了。原来罗刹夫人借他手上灯笼，存心在一排矮屋内放火的。

矮屋一起火，火光把宝塔照得逼清，塔顶上也在这时挂下“观音大士捉拿逃妖罗刹”的一匹布来了。布上的字写得虽大，天上虽有月光，到底不易看清，这把火一放，上下通明，远近都可以瞧得清清楚楚了，当然这把火是和罗幽兰约定好的信号了。

罗幽兰盘上宝塔的塔岭，却费了点手脚。因为这座十三层宝塔，年深日久，塔心并没扶梯，完全要仗着轻功一层层盘旋而上，还要当心落脚处是否牢稳。幸而罗幽兰不比等闲，功夫略差一点便难达顶。可是她达到第十二层时，在塔口略一停身，吁了口气，虽然立时隐入塔内，凑巧被第二层塔脊上匪徒远远瞧见一点身影。匪徒疑惑眼花，以为这座年深日久的高塔，要爬到最高几层实在不易。他对着宝塔疑惑之间，大殿开坛之际，已发现双龙被斩首，齐声惊喊。同党中已有几个飞身上殿，搜索奸细。不料后面一排矮屋起火，塔上突然挂下布来，这才明白有人捣乱，而且布上惊心触目的十个字，明明白白地说明了有了对头了。

对头是谁，没有现身，谁也摸不清，只要一想这样惊人不测的举动，非常恶毒，准是个厉害角色。偏逢着开坛日子，大殿空地上无数善男信女个个瞧见，罗刹圣母的把戏，定然大大地打了折扣。匪徒们遭受这种厉害打击，如何不急？自问有几下子，都把这座宝塔做了目标，都上了屋顶。飞檐越脊赶向宝塔，想把捣乱的对头人搜查出来，分个强弱。

罗幽兰艺高胆大，挂好了一匹布，已瞧见前面几层殿宇上，有匪徒出现，向塔下赶来。她并不在意，从容不迫地从塔后阴面施展壁虎游墙的功夫，一层层盘旋而下。到了第七层当口，听得下面有了声息，把身子贴卧在七层塔檐上，瞧出两个劲装匪徒赶到塔下，纵上了下面头一层塔檐，另一个绕向塔后。

她立时明白，这两个匪徒自恃轻功，想从两面夹攻上来。匪徒起落的功夫，行家眼中一看便知。罗幽兰并没有放在心上，倒要试一试这两个匪徒能把自己怎样。其实这两个匪徒，虽然知道今晚寺内出了毛病，大殿斩龙、塔上挂字、矮屋起火，似乎来了不少对头。全寺匪徒立时出动，救火的救火、搜索的搜索，却不见敌人半个影子，只有起初二层殿屋上瞭高的人，瞥见塔顶似乎有个人影。等到塔上挂下布来，才断定塔上有人。这样高的塔，四面凌空，下来不易。这两个匪徒仗着身上本领，奋勇当先，飞身上塔，分头向塔上一层层搜索上去，不怕敌人逃出手去。

还有几个匪党，没有多大轻功的，便赶到塔下，拔出兵刃四面把住。存身在第七层塔檐的罗幽兰，因为有塔檐挡住身子，又在塔的背面，火光照不到处所，下面的人一时瞧不出来。她在上面不必用眼瞧，只用耳来分辨，便可听出两个匪徒已经盘到第四层。

但是罗幽兰知道盘到四层尚易，再上来，一层比一层难。因为塔身一层比一层收束，上面几层，没有绝顶轻身功夫，休想存得住身子，不用说递兵刃交手了。细听已有一个匪徒盘上了第五层，她暗想一排矮屋的火，当然是罗刹姊姊放的，她放完了火，必然要来接应，却没法知她存身何处，现在我先把上塔的两贼打发了再说。照说两贼到了下面一层，只要用我两枚透骨子午钉便可了事，不过今晚我们不预备露面，暗器一发，难免被人识破是谁来了。

她这样一想，忽地一缩身进了塔窗口，回头瞧塔内黑沉沉的，只露出亮处窗口的光线，两个匪徒只在外层挣命。立时中气一提，蝎子倒爬，两脚钩住窗口，游身而下，用手在塔内下层砖缝里长出来的一株短树上试了一试，居然根深树固，便在这短树上微一借动，翻身而下。眨眼之间，便到了第六层塔窗内，刚一探头，万不料呼的一声，一柄飞抓，从第五层反抡上来。

罗幽兰吃了一惊，慌一闪身。嗒的一声，一柄飞抓上三个纯钢倒刺钩，已把塔窗口的砖缝抓住，而且在下面试了试扣住没有，把飞抓上软索弓弦一般绷在塔檐上。罗幽兰在上面立时醒悟，这笨贼勉强翻到第五层已无能为力，只好利用飞抓上来了。她暗暗一乐，一反腕，把背上飞龙剑拔在手内，身子向窗口暗处一贴。却听得下层贼人开了口，向下面大喊道：“你们瞧见上面有动静没有？”

塔下四面把守的几个人大喊：“没有，没有，一点动静没有，八成是跑掉了!”

上面罗幽兰听着暗暗点头，这匪徒未始没有心计，他自己瞧不见上层情形，恐怕有失，才问一问下面的人。无奈下面的人和瞎子差不多，这当口，还有一个在四层的匪徒，似乎也从另一面翻上五层来了，嘴上喘气的声音都听得出来，大约已闹得筋疲力尽。

罗幽兰不管另一面上来的人，眼光只注在飞抓的软索上。软索越绷越紧，而三只钢爪扣住的砖缝上，簌簌作响，便知到了分际上了。飞龙剑轻轻朝绷紧的软索上一划，软索哧地立断，立时听得下层匪徒“啊呀”一声惊喊，塔下把守的人，也齐声怪叫起来，便知下层的匪徒，滚跌而下，准死无疑。

在匪徒跌下之际，罗幽兰宝剑还鞘，不再顾忌，从塔檐翻身而下，已到了下面第五层，已瞧见下面的人围着匪徒的死尸乱得一团糟。她一转身，闪开了这一面，转到了那一个匪徒身后。这个匪徒听得使飞抓的跌了下去，吓得胆战心惊，从右面转过来，想一瞧同党跌下去还有命没有，哪知勾魂使者已从左面到了背后。罗幽兰并不贴近身去，一俯身，在身边塔窗口，抽了半块断砖，一抬腕，砖块出手。前面匪徒大约听得脑后风声，一转脸，这块断砖去势太急，脚下又迈不开步，简直无法躲闪，准准地砸在脑门上，卜托一声响，匪徒身子一晃两晃，一个倒栽葱，便直跌下塔去了。

罗幽兰料理完了两个匪徒以后，距离下面约有五六丈距离，近处却有一堵花墙，靠近塔身，便想飞身而下。一抬头，忽见对面屋脊上，唰地蹿过一条黑影，身法似像罗刹夫人。后面另一重屋脊上追来一人，身影似个女子，立停身卸下身上弹弓，朝着前面逃的身影，接连发了几弹。逃的人并不闪避，只回身双臂微挥，似乎飞弹都被接去。

罗幽兰看得清接弹手法，准是罗刹夫人无疑，急慌一顿足，双臂一分，鱼鹰掠波，飞泻而下。耳边似乎听得塔下的人们，瞧见了她的身影，鼓噪起来。她哪把这班人放在心上，在花墙上一垫脚，唰地又飞上近处屋顶，瞄着前面罗刹夫人身影，翻房越脊，直追过去。

罗刹夫人身法太快，眨眼之间，已经跃出寺外围墙，不见踪影。那个打弹弓的女子，身手也不弱，在屋上纵跃如飞，兀自紧追不舍。

罗幽兰一想，今晚目的已达，不必太露痕迹，如再往前赶去，势必和前面背弹弓的女子碰上。心里一转，便改了方向，从斜刺里奔了靠近塔后的一段围墙，几个起落，越过了围墙，落在寺后围墙根的草地上。四面一瞧，景颇荒凉，尽是高高低低的土冈子，半箭路外，是一片茂密的树林。罗刹夫人在前面越墙而出，怎会不见？定然进了树林了。慌一伏身，不管有路无路，从乱土冈堆里奔去。

蓦地听得林内起了轻扬的口啸，脚步一紧，抢入林内。果然罗刹夫人从树上飞身而下，向她说："我远远瞧见塔上掉下两个匪徒，便知你出了手，如果你用的是子午透骨钉，他们便能摸着我们来路了。"

罗幽兰道；"不是。"便将塔上的情形说了。

罗刹夫人点头道："好！"刚说着，罗刹夫人一拉罗幽兰，向林外一指；两人一闪身，各人闪在一株树后。

向林外看时，因为这片树林是在乱土冈尽头的一座山脚，地势略高，可以看清阿育王寺后一带围墙。这时围墙上不断地出人影，有不少人舞着兵刃，跳出围墙来，又听得寺前尖锐的角声，呜呜直吹。这种角声，是苗兵集队打仗用的，两人一听便知城内榴花寨的苗兵也出发了。寺内起火所在，红光渐落，白雾似的小烟，冒起老高，定已用水救熄了。

罗刹夫人把犹龙剑还入罗幽兰背后合股剑鞘内，拉着她手说："这时三更已过，让他们捕风捉影地闹去，我们回去吧。"

两人回到榴花寨近处的山腰上，找着了四头人猿落脚处所，两人在山腰舀点山泉，吃了点随身干粮，略微休息了一下。罗刹夫人把大殿斩龙、矮屋放火，以及用弹弓的女子追赶自己的情形说了出来。

原来罗刹夫人把一排矮屋放火以后，看着起了火，塔上挂下布来，便想和罗幽兰会合一起，立时回去。忽然想起在后殿偷瞧那个背上带剑的女子，明明是个首领，明明是个罗刹出世的主角，可是她又叫人到密室去瞧圣母，其中还有鬼戏。罗刹夫人对于这层，心里一转，还得探个水落石出，她想到便做，不管就近火光冲天，两臂一振，唰地又飞身上了近处屋顶，翻过几层屋脊，从寺的右面又翻到左面层层院落之处。这时寺内匪徒，齐向宝塔奔去，能在屋上游行的匪徒也是专心在塔上，万不料敌人好整以暇，翻身复入重地。

罗刹夫人在左面各层院落，忽上忽下地盘旋了一阵，忽见一道短短花墙，中有一重月洞门，隔开了另一座精致的小楼，花木扶疏，很是雅静。

她越过花墙，便听得楼上有人笑语。

她一瞧楼并不高，楼窗敞着，近窗一株梧桐，树帽子比楼还高。心里立时得计，一瞧楼下静静无人，便飘身而下，走近梧桐，一耸身便上了梧桐树，借枝叶隐身，移身到楼窗口，向内瞧时，只见楼内装饰得锦绣辉煌，中间一张锦榻上坐着一个不男不女的怪物：头上长发披肩，齐眉束着一根金色带子，面上擦着很厚的宫粉，而且画眉点脂，身上披着一件八卦彩绣织金道袍，膝上却搂着一个十七八岁的女孩子。

这女孩装束，好像是个丫头，那怪物搂着女孩子，丑态百出，女孩一面挣扎，一面笑骂道："瞧你这怪模样，你还是罗刹圣母呢，我问你，你这样啰唣，你究竟是圣母还是圣公呢？"

那怪物哀求道："小宝贝，你依了我，公的母的你便明白了。"

那女孩笑骂道："你是不要命了，我们首领哪一夜也少不了你。如果知道沾了我，我还有命么？你以为此刻出了事，首领一时到不了这儿，你便放我不过去了，万一……"刚说着，楼梯一响，哧地从门外蹿进一人，是个年轻的匪徒。

这当口，怪物膝上的女孩子已经跳在一边，面上却吓得变了色。进门的年轻匪徒朝两人一阵冷笑，向坐在床上的怪物喝道："首领命你快把身上一套圣母行头，立时脱下，免得被敌人瞧出我们把戏来。今晚突然来了对头，非常厉害，还摸不清是何路道，来了多少人，事情很是难说，听清了没有？……快脱下来，面上也洗干净……我们碰着了厉害对头，你还有心思背着首领找便宜……你惦着你自己的小命儿吧。"说罢，翻身下楼去了。

屋里女孩子掩着脸哭了起来，那怪物也慌了神，手忙脚乱地把身上八卦袍脱下来，嘴上兀自骂道："谁不知道你和首领也有一手，我不信你这小杂毛，盖过了我去。"

楼内这幕活剧，在梧桐树上罗刹夫人眼内，立时看出所谓罗刹圣母，原来是这样的把戏，随手在树上摘了两颗梧桐子，自己暗暗笑着说："现在我替这位圣母做个记号。"

转念之间，隐在梧桐树后微一撮口，发出极轻微的啸声，楼内满脸脂粉的圣母，听着一点啸声，不禁朝着窗口抬起头来。他一抬头，这边罗刹夫人手上两颗梧桐子哧地射入楼内，只听得那人"啊呀"一声，两颗梧桐子已经嵌入双眼，捂着眼往后便倒。

罗刹夫人一个“黄莺织柳”，一耸身子，差不多跟着两颗梧桐子飞进窗内，一伸手，便把掩面惊啼的女孩子拉到身边，好言抚慰道：“不必害怕，我是观音大士化身，捉拿这班妖孽来的。现在我问你一句话，你们首领外号叫什么？这人假扮罗刹圣母，大约是他们一党，在这寺内有几个为首的，好好儿实说出来，我不难为你。”

那女孩瞧见罗刹夫人脸上可怕的血红人皮面具，魂都冒掉了，被罗刹夫人很温和地哄了一阵，才惊魂归窍，跪在地上，哆哆嗦嗦地说：“装圣母的青年男子和我，都是被匪人掳劫来的，根本摸不清这班匪人是怎么一回事。只听得匪党们私下称首领叫作‘九尾天狐’，首领下面还有三个有能耐的匪人，管着全寺的人。听说明后天，还有能人到来，其余便不知道了。”

罗刹夫人看了地上躺着的瞎眼圣母一眼，对女孩子说：“好，回头九尾天狐到来，你只说‘观音大士化身到此捉妖来了’。你记住这话，将来你还可以回自己家去。”说罢，穿窗而出，一转身，燕子一般掠过一层侧屋，向寺后飞驰。越过了几层屋脊，距寺后围墙还有一段路，忽听后面有人喝道：“站住，暗地捣乱，算哪门子好汉！”

罗刹夫人并不转身停步，只脚下微一放缓，微一转脸，瞧见身后几丈开外，追来一个长身女子，便是后殿瞧见的女首领。大约这人便是九尾天狐了，见她一面追，一面把背上弹弓褪下来。罗刹夫人故意脚步放缓，仍然向围墙奔去，猛听得身后弓弦连响，一转身，并不躲开，玉臂挥去，两手各撮住一枚弹丸。弹丸入手，一掂分量，便知不是五金一类的弹丸，随手向怀里一揣。

九尾天狐的弹丸连珠般飞来，有时故意不打人，向罗刹夫人身前身后瓦上打去。罗刹夫人施展身法手法，接了七八枚弹丸，有几颗掉在屋下，有几颗落在身边屋瓦上，弹丸立时爆裂如粉，散开一种刺脑的腥香。罗刹夫人鼻子里早已放了解药，并没觉得怎样，明知这就是匪人看家法宝迷魂弹了。一面往前走，一面暗地留神，身后九尾天狐已停身不追，弹弓也没有发，似乎对着罗刹夫人身影万分惊疑。罗刹夫人不去管她，脚下一紧，飞一般越出围墙，辨明了方向，进了一片树林，等候罗幽兰了。

罗刹夫人和罗幽兰两人会面后，赶到榴花寨，仍然坐上竹兜子，由四头人猿抬回龙咩图山的苗村。到时天色已有点发晓，沐天澜放心不下，早已在高高的茅亭上迎候了。片时，桑苧翁起来，也到了茅亭。四人见面一谈，明白她们两人在阿育王寺的一夜经过之后，沐天澜不敢耽误时候，带着隔夜写好的沐府密札和两个家将，按照原定计划赶赴南涧镇去了。

沐天澜走后，罗刹夫人和罗幽兰便在老苗子家中暂时休息，静候回音；桑苧翁却叫老苗子做向导，逍遥自在地尽情畅游四近溪山。这一天，差不多便在这样的悠闲的境界中过去。

等得沐天澜从南涧赶回来时，已是第二天午后，大家一问沐天澜到南涧细情，他说："南涧带兵的参将，正愁着兵力单薄，坐立不安，一见到沐府调兵密札，又知道我是谁以后，高兴异常，宛如绝处逢生。立时照我吩咐，派了两名干弁带着密札，骑着快马飞奔老虎关。据说南涧到老虎关，密设兵站，快马传递，当天可等回音。果然，不到日落回音已到，说是尤总兵得到密札，立时亲率劲旅立奔南涧，当晚可到。坚嘱南涧守将留住我，等他赶到南涧，面商机宜。大理方面，也由他立派妥员绕道知会，照札行事，因此我一时不便回来。

"等到起更时分，尤总兵果然率领一彪人马赶到南涧。和我见面之下，我便把匪情内容告诉他，嘱他照计行事。尤总兵喜出望外，和他在南涧兵营内谈了一夜，他屡次探问我的住所，和我们下手的细情，我只推事关机密，另有高人臂助，不便预告。今天我告别回来，尤总兵和南涧守将送我过溪，眼见我走入绝无人烟的荒山密林，定是惊疑万分，弄得莫名其妙了。"

罗刹夫人道："官军方面，我们已有相当联络，现在我们要和九尾天狐见个真章了，解决了白莲余孽，再对付蒙化城内的苗匪。"

桑苧翁道："九尾天狐一去，沙定筹兔死狐悲，自己便要担惊害怕，存不住身。不过我在点苍山似乎听人说起过，九尾天狐是川藏交界出名的女匪，狐群狗党定然不少。你们昨晚在阿育王寺内，已从匪人口中听出尚有匪党到来，兵贵神速，你们还是赶快下手，免得夜长梦多。"

罗刹夫人笑道："老前辈说得好，兵贵神速，咱们确定今晚下手。"她说到这儿，从怀里掏出几颗弹丸来，搁在矮桌上，笑道，"这是九尾天狐的法宝，昨晚她白费了不少迷魂弹，被我接住的，当然没法爆裂。便是她故意打在我前后左右的弹丸，落在瓦上碎裂，爆开迷魂药粉，也半点没有发生效力。一则我预先闻了解药，二则我蹿房越脊，并未停步，所以她这法宝算白费了。”

大家细看这迷魂弹制法精巧，外面是薄薄一层胶泥，再涂一层银衣，上面还印出九尾天狐四个小字。这种丸药似的弹丸，当然坚脆易碎，外壳一碎，里面药粉便随风飞扬，敌人如无预防解药，一吸即晕。

罗幽兰看得有趣，随手揣了两颗，放在镖袋内，向沐天澜笑道：“这种迷魂弹，不知虎豹一类的野兽受得住受不住？否则利用这种弹丸，捉几头活的玩玩倒有趣。”

罗刹夫人道：“被你一提，我想起今晚预备带着人猿堂而皇之和匪徒见个高下，人猿虽长得钢筋铁骨，也得抹上一点解药，免得中了匪徒们的道儿。”

罗幽兰笑道：“你预备叫人猿把我们抬进寺去么？但是两乘竹兜子抬不了四个人呀！难道叫四头人猿，背着我们走吗？”

沐天澜也道：“阿育王寺被你们搅了一下，岂肯干休？今晚定必预防。白莲教匪出名的诡计多端，无恶不作，我们还是谨慎一点的好。再说，和这班匪徒讲什么江湖过节，到时我们随机应变，管什么暗进明进呢。”

罗刹夫人向他媚笑道：“你放心，到时我自有办法。”又向罗幽兰道，“你以为两乘竹兜子，抬不了四个人，这层我早已想定主意。而且我们四个轿夫，我还要替他们改扮一下，像个人样才合适哩。”说罢，飘身出屋，找着老苗子，又搜罗了几匹红绢，匆匆走向人猿栖息的山谷去了。她回来时，夕阳下山，老苗子两个女儿已在张罗几位贵客的晚餐了。

饭罢，罗刹夫人换下身上苗装，换了茅亭上罗幽兰初见她的一身雅洁的装束，罗幽兰也把男装换了，还她本来面目，改穿一套俏丽飘逸的夜行衣。两人都戴了人皮面具，另又拿出一具，硬逼着沐天澜也戴上了，这是罗幽兰的主意，似乎沐天澜戴上了面具，回头和九尾天狐接触，放心一点。沐天澜面具以外，仍然一套通身玄色武士装，只有鹤发童颜的老泰山，依然道袍云履，大袖飘飘，未带寸铁。在桑苧翁心里，认为眼前的娇女、娇婿有罗刹夫人主持其间，万无一失，自己跟去无非凑个热闹，站在一边，看他们各展身手，扫荡群魔，也是一乐。

时值仲夏月圆之夜，天上万里无云，捧出一轮冰盘似的皓月，高挂层峦之上。溪山草木，罩上了烂银似的一层月光，另有一种缥缈清幽之境。

桑苧翁、罗刹夫人、罗幽兰、沐天澜四人把随从留在苗村，先到人猿栖息之处。只见巨灵似的四头人猿，围住了一潭泉水，站在潭边，向水里照自己的影子。个个咧着阔嘴，不断地磔磔怪笑，笑得毛臂乱舞，声动山谷，一见罗刹夫人等到来，立时奔过来，爬在罗刹夫人脚边，显出亲昵的样子。

桑苧翁等一瞧今晚四头人猿，金发披拂的毛头上缠着大红生绢，脑后拖着几尺余绢，腰上也紧紧地束着几匝红绢，前面打个结，垂下余绢来，正把私处盖住，后面一条短尾，也束在红绢里面了。这样一装扮，遍体发光的金毛，配上缠头束腰的红绢，益显得山魈海怪一般，格外狰狞可怖。

最有意思的，潭边搁着两乘奇异的竹兜子，抬肩的两支轿杠特别加长，中间一先一后，绑着两具竹椅子似的东西。大家一看便明白，这是罗刹夫人的新花样，这样，每乘竹兜子可以坐两个人，四个人都可以叫人猿抬着走了。

像巨灵似的人猿，再多抬几个人，原是不成问题的。于是，桑苧翁和沐天澜一先一后合坐一乘，罗刹夫人和罗幽兰合坐一乘，立时出发，趁着一片皎洁的月色，任四头人猿轻车熟路的，驰骋于万山丛中。片时，到了榴花寨上面一条高岭上，忽听得一株松树上，有人急喊："女英雄止步，俺有机密报告。"

这人喊时，树下人猿脚步如飞，已抬出老远，罗刹夫人慌喝住人猿，回头看时，那人飞身下树，脚不点地地跑了过来。到了跟前，原来是那个大化头陀。大化头陀没有见过人猿，刚才一阵风过去，他已瞧得疑神疑鬼，此刻逼近一看，这四个怪物几乎比他高出半个身子。连竹兜子上坐的人，也觉高高在上，显得他格外渺小了，未免胆战惊心，骇得望后倒退。

罗刹夫人笑道："莫怕，这是我家养的人猿，不碍事，你有话快说吧。"

大化头陀说道："前晚俺照女英雄吩咐，进了蒙化城。先在僻静处所养点精神，不等天亮，便把带进城去的那匹写字的布，挂在一株最高的树上。趁着天尚没亮，悄悄越城而去。路过阿育王寺，暗地瞧见寺后人影乱窜，松油亮子在寺后乱山冈上到处乱晃，寺内兀自冒着白烟，大约遭了火。俺蹑足潜踪，飞奔至榴花寨，远远便瞧见寨前碉寨上，苗匪多了几倍，要路口也有持枪带弓的苗匪把住了。

“我又从荒僻小路乱窜，想绕道避过苗匪耳目，翻到这面岭上。一不小心，被一个伏在暗处的匪徒瞧出行踪，追了过来。我一闪身，等那匪徒近前，出其不意地把他擒住，拖到僻静之处，一看不是苗匪，是阿育王寺罗刹圣母手下的小头目，这人被我制住，禁不住俺拷打恐吓，便说出前晚女英雄斩龙、烧寺、杀匪的情形。

“他说他们首领暗地跟踪，已经探出两位女英雄是从龙咩图山这方面出来的。不过女英雄脚程太快，过了榴花寨，连脚印都找不出，摸不清是哪路英雄，连夜知会苗匪首领沙定筹增派苗匪，保住老巢榴花寨。从榴花寨到阿育王寺一条路上沿途要口，由阿育王寺匪徒们，率领苗匪沿途埋伏，等候女英雄再去时，便用乱箭截杀。

“又说阿育王寺内又出了几个厉害匪党，暗地设计，用全力对付女英雄们。我得了这样消息，先把那小头目杀了灭口，翻过了几处险峻山头，绕过了榴花寨，才在这条岭上静候女英雄们到来。俺在这岭上蹲了一天一夜，幸而在蒙化城内，顺手牵羊，摸着可吃的带在身边，岭腰有泉水，倒不愁饥渴，躲在岭上，可以望到下面榴花寨的动静。午后瞧见榴花寨进进出出的苗匪络绎不绝，通阿育王寺这条路上，时常听到马蹄奔驰之声，想必在那儿布置沿途埋伏的诡计了。我怕误了事，太阳一下山，便爬上高树眺望女英雄的来踪，想不到竟被俺迎候着了。”

罗刹夫人听了大化头陀一番报告，和头陀客气了几句，便止住人猿，和大家跳下竹兜子，走入岭巅深密的一片松林，吩咐四头人猿把竹兜子藏在岭背隐秘处所，待命再进。

大家在松林内席地而坐，罗刹夫人替大化头陀引见了罗幽兰、桑苧翁、沐天澜。罗幽兰是昨夜见过的，不过今晚改了装束，不是男装，除出桑苧翁，都戴着面具。不过罗刹夫人今晚却对他说明了众人的来历，大化头陀格外起敬，其中沐天澜是少林外家掌门人滇南大侠葛乾荪的得意门徒，和他还是同源嫡派，又是对付匪徒的负责人物。大化头陀这才明白了一点眼前情势，暗自庆幸自己没有白费气力，阿育王寺百余僧人的怨仇，也许在几位身上稳稳地可以报复了。

这时罗刹夫人向大家说道：“匪徒在这条路上便是十面埋伏，大约也挡不住我们，不过我们得多费一点手脚。现在我们不如将计就计，袭用围魏救赵之策，把匪徒首脑引到这儿来。我们却双管齐下，乘机分人暗入蒙化，直捣匪巢，在蒙化城内四处纵火，引官军乘虚克复了蒙化。如果事情顺手，今夜便可一举成功。匪徒们既然在这条道上设了埋伏，把几个匪首引到此地很是容易。我们只要在这岭上安坐片时，不用我们自己出手，命四头人猿下去，把这苗匪老巢搅个稀烂，放把野火，定把沙定筹和九尾天狐等匪首引了来了。”

罗幽兰道：“我知道滇西苗匪，善用一种伏弩，名叫‘偏架’，原是诸葛武侯传下来的军器，箭头上多用毒药淬过。人猿长得高大，目标显著，不要教它们吃亏才好。”

罗刹夫人笑道：“你不知道，人猿遍身毛厚皮坚，刀枪不入，只两眼和胸前一块小地方，是柔嫩之处。可是它们眼能夜视，空手接箭更是天生的本领。不用说是伏箭，便是我们用十分厉害暗器，也不易制服它们的。”说罢，转身向四头人猿咕里呱啦说了一阵猿语，大约是面授方略，只见四头人猿一面听着，一面咧着大嘴，好像乐得了不得，一对血红的怪眼，滴溜溜乱转，听完了话，乐得乱蹦乱跳，好像叫它们去吃美食一般，突然齐声怪叫，转身一跳丈把路，立时分头向岭下奔去。

罗刹夫人向罗幽兰笑道：“今晚叫你瞧个新鲜景儿。”

人猿一走，大家走向林口，齐向岭下注目，这条岭脚下便是榴花寨，山岭虽高，从上望下，却可看清全寨形势。只见人猿纵跃如飞，手足并用，眨眼之间，已奔到岭下榴花寨碉墙之下。奔下去时却没挤在一块，分头散开，向榴花寨四面进身，四肢并用，捷如飞鸟，霎时失了四头人猿的踪影。

一忽儿，榴花寨碉楼上人影乱窜，弓弦乱响，寨内也急嚷怪叫，闹成一片。月光之下，看出寨前寨后的碉寨角楼上，镖箭纷飞，却向寨内乱射。片时，寨内红光上涌，四面起火，越烧越旺，烈焰飞腾，上冲霄汉，逼得全寨通红。

一片火海之中，四个天魔般大怪物，飞舞上下，连声怪啸，震动山谷。最奇四个怪物，长臂挥处，便从它手臂上抛起一团人影，抛球一般直上高空，然后这团人影，扎手舞脚而下，直钻入血红的飞焰火舌之中。从四个大怪物手上，不断地抛起人球，此起彼落，连绵不断，不管远近，凡是抛起的人球，没有一个不滚落于火焰之中的。

在岭上远望的人，看到榴花寨变成一座火焰地狱，随风而卷的狂焰，好像几条张牙舞爪的火龙，恶狠狠地争先抢夺四个天魔抛进去的鬼影。火舌乱卷，好像一呼一吸，吞吐着抛去的鬼影。最惨烈的碉寨上人影滚滚，大约吓得魂飞胆落，不顾死活，挤着向寨外跳下，活像落叶似的纷纷掉了下去。

不料天魔飞来，长臂抓去，随意一抛，只听得鬼也似的一声惨叫，跟着这声惨叫，又抛入火海里去了。场面虽然奇凶绝惨，远看去却似蜃楼海市般，一幕光怪陆离的幻影。

在榴花寨烈焰飞腾当口，寨外通阿育王寺一条路上，近寨一段密林丛箐之间，鬼影似的纷纷跳出许多人来，飞一般向榴花寨赶去，似乎赶去救火的。赶到寨前，猛见一片红光映出碉寨上飞舞着天魔般几个怪物，在那儿乱抛人球，吓得弃弓丢箭，齐声惊喊，乖觉一点的，便转身没命地飞逃。不料这声惊喊，偏被怪物听到，瞧见了寨外还有许多可抛的人，怪啸起处，每个怪物随手拆下一头着火的竹窗木柱之类，向寨外惊喊的人们掷去。这些短椽长柱，到了怪物手中，又变成了飞空的火箭。

在岭上旁观的眼中，却不像火箭，又似大大小小的许多火龙火鸦，带着半身烈焰，曳着奇怪的啸声，向惊喊飞逃的人们追去。四个怪物，八条毛臂，抛厌了人球，目标移到寨外。着火的东西俯拾即是，劲足势急，一溜溜的火箭火球，呼呼乱飞，射出老远。逃走的人们，跌跌滚滚，只要挨着一下，立时送命，而且火星飞爆，火舌乱卷，寨外一段路上，又毕毕剥剥的，从林木榛棘之间，燃烧起来。随着风势，火蛇乱窜，又几乎变成野烧。幸是夏季，草木滋润，不比秋冬草枯木秃，还不致延烧到不可收拾。

这当口，岭上的罗刹夫人眼看榴花寨已经烧得只剩四面的碉楼，连四头人猿都站不住了，跳出寨外，还要追逐奔逃的苗匪，便从她樱唇上发出清扬悠远的啸声。这边啸声一发，榴花寨外四头天魔似的人猿立时停步，转身向岭上奔回。

同时那面阿育王寺来路上，蹄声急骤，火燎如龙，一队人马呼啸而来，约有二三百人，风驰电掣地赶到一片焦土的榴花寨，从一片松油亮子的火光中，看出这队人马里边，并非全是苗匪，有不少装束诡异的人物，骑在马上东西乱指，嚷成一片，似乎看得寨内火光未熄，已经烧光，无法可想。有几个施展本领，在马鞍上腾身而起，蹿上尚未倒塌的碉楼，向寨内查看，也有抬头向岭上探望，无奈岭高林密，从下望上，如何瞧得出来。

罗刹夫人一班人立身所在，原是一座陡峭的山岭，从岭上到下面榴花寨，少说也有二三十丈的高下，便是在岭上看下去，只能借着下面一片松燎的火光，看出一点匪徒的动作，却辨不清匪人的面貌。唯独罗刹夫人目光锐利，约略瞧出骑马的匪徒当中，非但有九尾天狐在内，似乎还有几个异样的人物。暗想：果然不出我所料，这把火把匪徒们引了来了，九尾天狐定然料到榴花寨出事，与前晚寺内捣乱的人有关，几个首要匪徒所以纠合大队人马前来察看了。她心里暗暗得意，悄悄和众人一计议，大家马上向后撤出一段路去。到了适宜地点，再分头潜踪隐身，并请桑苧翁领着罗幽兰、大化头陀分头照计行事。

她只把沐天澜留在身边，独挡群寇，又向四头人猿吩咐了几句，然后悄立岭巅，静看下面匪徒们的举动。

岭下大队匪徒，非但其中有白莲匪首九尾天狐和榴花寨土司沙定筹，而且还有几个当天赶到阿育王寺的厉害匪党。因为得到老巢起火的飞报，明知是对头的毒计，更恨的是还没有摸清对头路道，好在帮手已到，人多气壮，才率领大队悍匪，一阵风赶来。不料赶到以后，火光未熄，敌影全无。

几个首脑正在商量搜查敌踪之策，猛听得这面岭腰内发出奇特的长啸，非人非兽，其音凄厉，听在耳内，不由得令人心悸，而且这种怪啸一发，远处的也有同样的怪啸相和，倏近倏远，忽高忽低，历久不绝。加上四面山谷的回音，好像远近林谷之内，藏着无数凶魔厉鬼，向这队匪徒示威，一忽儿便要飞舞而出，择人而噬一般。饶是一等泼胆，也不由得胆战心惊，加上匪徒们来时，原听到从榴花寨逃出来的匪徒，报称有四个巨灵神似的怪物，纵火烧寨，抛人如球，此刻亲耳听到这种怪声，岂止四个，似乎前后左右一忽儿便有无数怪物出现一般。

头一个苗匪首领沙定筹，性虽凶悍，人却迷信，早已面上失色，几乎要传令退兵，无奈当着九尾天狐一班人面前，只好硬着头皮充硬汉，且看他们怎样对付。可笑九尾天狐这班白莲教余孽，从教祖徐鸿儒传下来，原是装神装鬼，惯弄鬼把戏的匪教，不想从那夜起，被别人做了手脚，破了鬼把戏不算，今晚似乎又落入敌人把戏之中；竟猜不透这种怪声后面，藏着什么诡计，把一个凶淫奸猾的九尾天狐，也闹得有点虎头蛇尾了。

其中有几个跟来的厉害角色，向九尾天狐道："休管它是鬼是怪，无非是敌人一种诡计，我们有这许多人在此，难道凭这怪声便把我们吓退不成？今晚好歹先摸清了敌人的来踪去迹再说。"

这几个匪党一壮胆，九尾天狐冷笑道："当然是敌人诡计，照眼前地势，前面岭上我们必须上去搜查一下。"

她说完了这话，首先跳下马鞍，拔下一柄长剑，叫沙定筹指挥大队苗匪分头杀上岭去，尚未分派停当，岭腰上怪啸忽绝，却有人在岭腰上顺风大喊："请白莲教首领九尾天狐上岭谈话。"接连喊了几遍，最后却喊出了，"有胆量的上岭来，有位过路朋友在此候教。"

夜静声高，喊出老远，岭下匪徒们听得逼真。这一喊，又出于一班匪徒意料之外。

九尾天狐举剑一挥，高喝一声"跟我上岭"！一伏身便向岭脚奔去，马上的匪党，一个个都拔出兵刃，跳下马跟踪上岭。

苗匪首领沙定筹这时岂能落后，立时率领苗匪，分头寻路上岭，留下一小队苗匪把守岭下，于是苗匪手上的松油亮子和长杆梭镖上的雪亮钢锋，渐渐地闪上陡峭的岭腰。

可是这班匪徒好容易爬上岭腰时，却又听得头上岭巅有人喊着："嘿！早知道他们上岭费事，还不如我们下岭去好了。"

九尾天狐一班匪首听在耳内，恨在心里，一声不吭，一个个施展本领，轻登巧纵，扑奔岭巅。苗匪首领沙定筹也只好指挥自己部下，奋勇而上。九尾天狐带了几名有能耐的匪党和十几名勇敢的教匪，首先蹿上岭峰，只见岭上地势较坦，一片密层层的松林，随着山岭蜿蜒之势，向左右两面扩展开去。月光之下，只有怒涛一般的松声，不见敌人身影，回头向岭下看时，沙定筹率领的苗匪还盘旋于怪石矮树之间。

九尾天狐和一班党徒，拿不住敌人在左在右，未免停步私下计议，忽听得松林深处，有人说话，似乎便在对面没有多远，只听得一点语音，早被狂吼的松涛混乱了。九尾天狐明知碰着了不可测度的厉害人物，若明若昧地布置着步步诱敌的诡计，但是率着大队人马上岭，已成了有进无退之势，好歹要认清了敌人面目，做个了断，才是办法。心里略一盘算，且不理会敌人，等得沙定筹率领的大队苗匪上了山头，便又派了几十名带弓箭的苗匪，守住这处上岭的要口，这样和岭下的苗匪，可以上下呼应，免得进退失据。

在九尾天狐以为步步谨慎，算无遗策，其实她这样一布置，正坠入罗刹夫人的算计了，故意一步步诱他们上山头，使匪徒们不得不分兵把守退步，然后可以用少击众，稳操胜算了。九尾天狐布置好了退步，自己率领党羽，居中穿林而进，却教沙定筹指挥苗匪，撑着松油亮子，分作两翼，同时进入松林。

进林以后，搜索了一段路，业已穿过松林，才看出林外是这一面下岭的斜坡，却没有上岭一面的陡峭高拔。斜坡下面尽是寸草不生的乱石冈子，对面几十步开外地势又隆然高起五六丈，形若驼峰，峰头是块平整的草坪，密层层的松林，屏障一般，排列在草坪后面。从黑沉沉的林下，闪出一个黑影来，缓缓地走到草坪空阔之处，月光照体，显出是个身背长剑，一身劲装的少年壮士。

这人在草坪上很自在地抬头望月，似乎把这面岭头一班匪徒，毫不在意一般。九尾天狐等这时一心要与敌人会面，弄个水落石出，不再留神敌人什么阵式，一个个施展轻身功夫，从斜坡飞身而下，猿猴一般，纵跃如飞，渡过下面一片乱石冈子，再向那座峰头飞跃而上。

好在这座驼峰，并不高峻，一涌上峰。踏上峰头那块平整的草坪，却见那劲装少年竟戴着面具，在坪心挺然卓立，见了这许多人涌上草坪，毫不惊奇，而且连背上长剑都没有拔在手中，只双拳微抱，朗声说道："哪一位是九尾天狐，请过来，俺有话说。"

这当口，九尾天狐一班党羽和沙定筹手下的苗匪，陆续抢上峰头，雁翅般在草坪的一头排开，苗匪手上的松油亮子，把这块草坪中心照得雪亮。在九尾天狐眼内，把对面的人当作昨晚进寺捣乱的二人之一，仇人相见，当然眼红，何况指名叫阵，她身边的健将，个个想争先会敌，她说："且慢，让我先问个明白。"

她说了这句话，一个箭步离队而出，蹿到坪心，和那蒙面壮士相距六七尺远近，对面立停，横着宝剑喝道："我与尊驾，大约素未相识，当然谈不到怨仇，为什么昨夜在我寺内暗地捣乱，今晚你又在榴花寨放火？这种行为算不了英雄，现在既然你有意和我们觌面谈话，我便是九尾天狐。我先听一听你的万儿和来意，你既然有意和我见面，你面上的人皮面具大可去掉，不必再弄玄虚。"

她嘴上侃侃而谈，一对勾魂摄魄的眼珠，不断地打量对面的人，只觉这人猿臂蜂腰，一身青的夜行劲装，从头到脚，处处透着英挺不群，不用去掉面皮，便知是个与众不同的人物。在九尾天狐说话时，这人面具上一对眼窟窿内，两道炯炯放光的眼神，也向对方上下打量，觉得九尾天狐虽没有罗幽兰的娇艳如花，罗刹夫人的秀媚绝俗，却也面目楚楚，身材婷婷，有几分姿色。尤其眉目之间，风骚入骨，不过带着一种泼辣狡凶之态。

原来和九尾天狐觌面谈话的蒙面壮士便是沐天澜，他是按照罗刹夫人面授方略，逐步实施。他等九尾天狐说了几句话以后，微一冷笑，突然右臂一抬，把自己脸上面具揭掉。他把面具一揭，九尾天狐立时觉得眼前一亮，心里一惊！两只眼直勾勾地盯在他脸上，再也舍不得离开。沐天澜故意又向前迈了一步，可笑九尾天狐情不自禁地也向前走了两步，而且手上横着的宝剑软软地垂了下来，这样两人距离只有三四步的远近了。

沐天澜肚里暗笑，故意低声说道："我久仰九尾天狐的大名，今晚偶然路过此地，和你无意相逢，才想和你谈一谈。刚才你向我说的话，我摸不着头脑，大约你看错了人，怪不得你们带着这许多人，气势汹汹的似乎要和我拼命一般。我和你们素不相识，无怨无仇，几曾到你们寺里捣乱过？也许是我朋友干的事，倒没有准儿。现在你们摆成这样阵势，是不是依仗人多，想欺侮我单身的过路客人？哼！不是我小看你们，我还没有把你们放在眼里哩。"

这一套迷离恍惚、难以捉摸的话，九尾天狐听得摸不着头脑。这位骚狐，生平又没有见过这样英俊不群的美男子，色令智昏，身子早已酥麻了半边，把右手一柄宝剑拄在地上，左手指着沐天澜笑道："说了半天，我还不知道你是谁？你说的话，我也不能全信，喂！难道你想见我，便是这几句话吗？"

沐天澜眼神注定了她手上宝剑，还随时注意她背后远远站着的一班匪徒，听她这样一说，微微笑道："当然有重要的事，才想和你一谈。现在我先叫你知道我是谁，我便是江湖上传说的玉狮子，我知道你们这班人在川藏一带出没，也许没有听过我的名头。"沐天澜不说姓名，故意把这风流绰号蒙她。

九尾天狐嘴上低低地不断地念着"玉狮子，玉狮子"，似乎满肚皮搜索，兀自想不起江湖上有玉狮子这么一个人。

沐天澜却又朗声说道："你在川藏一带称雄，倒也罢了。偏又跑到滇西来，和最没出息的苗匪合起伙来，苗匪是仇视汉人的，你们难道忘记自己是汉人了？这且不去管他，你们也许另有用意。但是你们自己太不量力了，凭你们这点微末的残余根基，居然想占据大理，雄霸滇西，造起反来。你们定以为沐启元老公爷去世，省城调不出雄兵猛将，可以为所欲为了。其实你们想左了，而且你们到此刻还在梦里。据我所知，沐府早已暗暗调派精兵，把你们四面咽喉要路扼住了。一面又密派能人深入你们巢穴，把你们虚实动静，调查得清清楚楚，一举手，便能把你们和苗匪一鼓成擒，面面张着网罗，谁也逃脱不了。你们偏又晦气星照命，偏又旧事重提，把点苍山罗刹阁一段神话，当作护身的鬼画符，编出罗刹二次出世的鬼话，闹出罗刹圣母降坛的鬼把戏。你们一闹这种鬼把戏不要紧，无意之中却得罪了两位厉害人物……"

沐天澜话风略停，暗地留神九尾天狐的神色，见她听得秋波乱转，脸色屡变，忽然她顺着话风，问道："你说的两位厉害人物是谁？快说。"

沐天澜朝蒙化城和阿育王寺所在的方向，看了几眼，尚无动静，知道时机未到，再说下去，图穷匕见，便要见真章。故意把话引了开去，好像关切似的，盯了她几眼，叹口气说："我早知道川藏有你这样的一个人，也是一位难得的女英雄，何苦飞蛾扑火，身投罗网？不过我有点交浅言深，但是既然被我碰上，我还得好言相劝。现在危机就在眼前，为你着想……"

沐天澜说到此处，故意轻轻地说道："最好你幡然悔悟，马上领着你心腹党羽，远离是非之地，否则你把苗匪的首领杀了，也是将功折罪的一策。这是我闲人闲语，听不听在你。好，现在我把想说的话说尽了，我不打扰你们，后会有期，我要上路了。"

九尾天狐突然把剑一横，向沐天澜面上看了又看，两道秋波，射出异样的神采，咬着牙，点着头，似笑非笑地向他说道："你这番好意，如果句句真个从你肺腑里出来的，我当然得领你的情。不过你刚才所说两个厉害人物，究竟是谁？我得问个清楚，也许凭你一番好意和这两位厉害人物，我只好偃旗息鼓，顺从金玉良言了。"说罢手上剑光一闪，脚下微动，身子又逼近了一步，嘴上却笑着说："玉狮子，你说的两个厉害人物，毕竟是谁?”

沐天澜见她神色有异，霍地向后微一滑步，便退出六七尺去，九尾天狐冷笑了一声，忽又叹了口气，向沐天澜说：“你既然多心，为什么不亮剑呢?”

沐天澜不理会这话，向她说道：“滇南有位罗刹夫人，你知道不知道?”

九尾天狐点头道：“最近听人说起过这个人。”

沐天澜又说：“从前滇南秘魔崖九子鬼母手下有位女罗刹，知道不知道?”

九尾天狐一听这话，忽地一跺脚，指着沐天澜恨声说道：“谢谢你，现在我都明白了。”说了这句，忽地死命盯了沐天澜几眼，失惊似的指着他喊道：“咦！你们的鬼把戏真不少，你也不是什么过路客人，你定然是人们传说的沐二公子。好呀！你们三人在飞马寨闹得不够，现在又闹到滇西来了。”

沐天澜大笑道：“这得怨你自己，为什么编出罗刹出世的鬼话，犯了她们的名讳呢?至于我刚才对你说的话，并没半句虚言，确是一番好意呀。”

九尾天狐苦笑道：“对，你这好意我心领。现在不用多说，我得会一会你的两位罗刹，是什么千娇百媚的美人儿。至于你……”

沐天澜剑眉一挑，厉声喝道：“怎么样?”右臂一翻，身形一挫，剑光一闪，背上辟邪剑已拔在手内。

九尾天狐看他拔出剑来，毫不在意地笑道：“今晚我斗的是你的两位罗刹，我找的是到阿育王寺捣乱的人，而且我可以料到她们两人，定是跟着你影儿走的。此刻故意叫你一人出面，又不知闹着什么坏主意，这样鬼鬼祟祟算什么人物，有本领的出来当面比画……”

九尾天狐嘴上滔滔不绝当口，猛听得远远起了惊人的怪啸，一忽儿啸声越来越近，到了玉狮子身后一排深林的后面，啸声忽止。九尾天狐和身后一班匪党，听到这种非人非兽的怪啸，都有点耸然动色，各人都暗自戒备，举目齐向对面瞧时，只见林内走出一位秀逸绝俗的美人来，见她从容不迫地走到沐天澜身边，对于近立的九尾天狐和远立的许多匪党，连正眼都没有看一眼。却向沐天澜娇嗔道：“怪道等了你老半天没有影儿，原来有人把你拴住了。”

沐天澜听得几乎笑出声来，暗想罗刹夫人真会逗人，她这样一做作，这位骚狐狸饶是精灵，也被她闹得晕头转向。心里一乐，慌转脸向九尾天狐笑道：“你不是要会一会滇南的罗刹夫人吗？凑巧得很，这位便是。”

九尾天狐早已全神贯注，一听这人便是罗刹夫人，更是上下打量。罗刹夫人这时没有戴面具，露出本来面目。九尾天狐一见罗刹夫人，心里暗暗打鼓，觉得这人秀美绝伦，却又气定神闲，隐隐地蕴藏着一种难以抗衡的气魄，而且寸铁不带，谈笑从容，更是难以窥测高深。她心里打鼓，嘴上却厉声喝道：“我和你井水不犯河水，平时无怨无仇，为什么夜入阿育王寺，放火杀人，暗下毒手……”

罗刹夫人不等她再说下去，微微一笑，毫不经意地笑道：“阿育王寺一百多个和尚，和你井水不犯河水，平时和你们无怨无仇，为什么都把他们害死？”

这几句话宛似一柄利刃，已够锋芒，她又冷笑着说道：“照你们这样昏天黑地地蛮干，杀死百把个无拳无勇的出家人，原没放在心上，但是我替你们有点惶恐，你们把滇西当作川藏边界，以为可以任意横行，你们这主意便大错而特错了。起初我还以为你们这样胡来，总有几分把握；这几天我暗地一瞧，暗暗好笑，凭你们这一堆人和一群蠢如豕鹿的苗匪，也想雄霸滇西，称孤道寡么？那真是天大的笑话，你们还不如飞马寨岑胡子知机识趣呢！”

这一番话，连骂带损，几乎把九尾天狐噎得透不过气来。

她气得宝剑一挥，丁字步一站，破口大骂道：“利嘴贱人，谁和你斗口？快亮兵刃，立时叫你识得九尾天狐的厉害。”

罗刹夫人仍然谈笑自若，长眉微挑，冷笑道：“和你们这班人比画，如果要用兵刃，便不是罗刹夫人了。我还通知你，你看家本领几颗迷魂弹我已领教过，做得很精巧。我希望你尽量施展，我好慷他人之慨，带回去送人。”

在双方交口之际，那面站着的一班匪徒，看得对面敌人只有一男一女，满不在意。九尾天狐手下几个心腹健将，各持兵刃，跃跃欲试。其中有两个新从川藏老巢赶到的凶匪，一个绰号花面雕，一个绰号二郎神，这两个匪徒，都是好色如命，和九尾天狐是老交情。起初九尾天狐单独和沐天澜说话时，瞧出九尾天狐对于这位美男子，语气神情显出异样，明知她又犯了老毛病，两人心里酸溜溜的，不约而同地越众而出，踅到九尾天狐身后，恨不得立时置沐天澜于死地。后来罗刹夫人一现身，两人四只色眼，又直勾勾地瞧个不定，暗想这女子太美了，站在九尾天狐面前，那女子好像从月宫下来的仙子，九尾天狐好像从地洞里钻出来的妖魔。

两人同一心思，又同一存着癞蛤蟆想吃天鹅肉的念头，也没细想这位美人寸铁不带，气度何等从容！语言何等锋芒！岂是平常人物？可笑这两个色鬼，依仗平日横行川藏边区很有名头，以为这样娇滴滴的美人儿，强煞总是女人家。一看九尾天狐被美人儿挖苦得气破胸脯，立时要下毒手，两人心里一急，居然还起了怜香惜玉之心，怕美人儿命丧剑下，而且都想占个先筹，不约而同地齐声大喊："割鸡焉用牛刀？"

一面喊，一面从九尾天狐后面跳了出来。二郎神在左，手上扬着把三尖两刃刀，花面雕在右，双手拽着一根镶铁齐眉棍。这条棍分量不轻，有鸭蛋那么粗细，怕不有三四十斤重，凭这条铁棍，可知花面雕两臂臂力，着实可观。

两人一现身，沐天澜便要仗剑迎敌，罗刹夫人低喝道："退后！"

在这声低喝之中，二郎神先到了罗刹夫人跟前，大约二郎神脚步比花面雕轻快，一半花面雕被手上沉重的齐眉棍受了累。二郎神抢到罗刹夫人面前，三尖两刃刀一晃，似乎还想嘴上交代几句。不料嘴未张开，猛觉对面美人儿身形微晃，自己腰眼上一酸，身子一软，像一堆土似的瘫在地上，三尖两刃刀早已脱手，死一般晕过去了。

后面赶来的花面雕吃了一惊，才明白这位美人儿，不是等闲之辈，镔铁棍一顺，想一力降十会，大喝一声，一个横扫，棍带风声，向罗刹夫人拦腰扫去。

罗刹夫人并不闪避，向前一迈步，疾逾电闪，左臂一沉，正把扫过来的铁棍接住，同时右臂一抬，毕剥一声脆响，花面雕左颊上实劈劈地吃了一下耳光。这一记耳光，非但花面雕面上真个开了花，而且把他扫出去一丈开外，跌得发了昏，一时爬不起来，一条镔铁棍却在罗刹夫人手上了。

罗刹夫人两臂暗运功劲，把手上鸭蛋粗的一条镔铁棍，当胸一横，两手捏住左右棍头，漫不经意地两臂往胸前一拢，这样粗的铁棍，变成面条一般，见她很快地把铁棍扭过来，像绳子一般，绾了一个同心结，绾结以后，又两头一抽，结子缩小了许多，随手向九尾天狐面前一掷，毫不在意地微笑道：“我懒得和你们动手，古人说得好，‘冤家宜解不宜结’！你们不论是谁，只要能够把这铁结解开，铁棍还原我便丢开手，不干涉你们的事。你们如果连这样结子都解不开，这滇西镇上藏龙卧虎，有的是能人，便是我罗刹夫人不干涉你们，你们迟早也得性命难保，休想在这儿称王道寡了。”

罗刹夫人这一手，非但把对面九尾天狐以下一班羽党，震得一时鸦雀无声，连她背后的玉狮子沐天澜也惊得吐了舌。心想这样粗铁棍，要像她手上面条似的绾起结子来，非有千斤以上的膂力不可，平时总以为罗刹夫人内功独得真传，轻功也高人一等，想不到还有这样惊人的实力。

在九尾天狐一班羽党，做梦也想不到会碰见这样硬对头，讲单打独斗已不济事，唯有依仗人多势众，立下毒手，谅她一等钢筋铁骨，也挡不住硬弓毒箭。

奸猾的九尾天狐，这当口，业已撤身后退，向一班匪党一递暗号。匪党和苗匪，纷纷向左右散开，成了扇面形的阵势，带着飞镖飞叉和弓箭的居先，从左右两面包抄过来，显而易见的，要把罗刹夫人、沐天澜两人攒射成刺猬了。

第二章　一箭了恩仇

罗刹夫人一见对面教匪和苗匪的阵势，已到了最后的地步，可是蒙化方面的信号，还没有发现，霍地一退身，拉着沐天澜的手，娇喝一声："跟我来!"

两人同时转身，双足一点，飞身而起，蹿入身后密林之内，霎时身影全无。

罗刹夫人和沐天澜退得太快，九尾天狐一班手下来不及拉弓放箭，只步步向那面松林逼近，却又不敢入林，猜不透林内有无埋伏，因为林外月光普照，而林内深处，怪啸又起，忽远忽近，如鬼如魔，令人心悸。

九尾天狐一看这片松林，密层层的究有多深，没法测度，只看从两边展开，随着冈峦起伏之势，已有好几里路长。手下二三百人，无法把这片松林包围起来，而且大敌当前，兵力不便分散。包围既不可能，纵火烧林，也办不到。何况这片山林，坐东向西，时值东南风季节，自己人马在下风头，纵火更不可能。九尾天狐面对着这座松林，一时委决不下，连敌人是否尚在林内，也无从测度。这一来，九尾天狐这班人，被弄得进退两难，未免耽延了不少工夫，其实九尾天狐已经坠入罗刹夫人算计之中。

罗刹夫人和沐天澜退入深林之时，他们并没藏身林内；只留下两头人猿，在林内时发怪啸，逗着林外一班匪徒，拴住了九尾天狐，磨蹭时候。他们两人从林内坐上竹兜子，由两头人猿抬着，从远处绕出林外，越过一重乱冈脊，又回到榴花寨上面的高岭上，却在九尾天狐一班人的背后了。

在岭口上九尾天狐、沙定筹等，原留下一小队苗匪，约有三四十名，看守下面的要道。罗刹夫人胸有成竹，一到岭上，远远停住，命两头人猿，悄悄地掩了过去。两头金刚般的人猿，只一耸身，便凭空蹿入看守岭上的苗匪队内，铁爪挥去，人似草束一般被掷向岭下。三四十名苗匪，碰着这样的怪物，魂都吓傻，宛如滚汤泼鼠，一个个滚下岭去。这样陡峭的山岭，十九都弄得身死骨折，命丧人猿之爪。这一阵折腾，虽然兔起鹘落，时间极短，但是人猿口中的怪啸和苗匪们的惊喊，在岭这面松坪上围守着的九尾天狐一班大队人马，当然业已警觉。

偏在这当口，九尾天狐远远望见蒙化城内红光骤现，烟火烛天，顺风吹来，隐隐还听得金鼓喊杀之声。这一惊非同小可！猛又想起，刚才沐二公子说过，沐府早已暗调精兵，扼住四面要路的话，看来并非虚言。这火光、这战鼓的声音，定是官军乘虚而入蒙化了。啊呀！不好！苗匪们失败不足惜，自己费尽心血得来的一点根基，又要化为泡影了。

这时九尾天狐和她一班党羽，又惊又怒，不知怎样才好。尤其苗匪首领沙定筹眼看榴花寨老巢已成飞灰，视为根据的蒙化城，今晚也怕难保，急得他大叹大叫，要九尾天狐率领匪党，火速赶回蒙化，探个实在。九尾天狐这时心乱如麻，除出火速回去救援，也别无办法。

在九尾天狐率领匪党，沙定筹指挥苗匪，预备赶回蒙化当口，不料身前的松林内，厉啸突起，音洪而近，似乎怪物就要出现。这边林内怪啸一起，九尾天狐来路上的岭巅，同样起了怪啸。只凭这前后不可捉摸的怪啸，已先声夺人，使九尾天狐等明白，落入人家前后夹攻之中了。最难受的，现身的敌人，仅只罗刹夫人和沐二公子两人，而敌人虚实莫测的疑阵，究不知埋伏着多少人？加上这种惊心动魄的怪啸，究不知是何种怪物？不用说一班混混沌沌的苗匪，被这种怪啸吓得亡魂丧胆，便是自己的党羽也有点胆寒心虚。事到临头，不论前途怎么凶险，也只可往前硬拼，杀出重围，赶到阿育王寺，探个虚实，再作道理。

她和沙定筹心神历乱，指挥党羽们撤围回身之际，猛听得松林上面几声磔磔怪笑。在这一阵怪笑声中，九尾天狐一班人，不由得毛骨悚然地回过头去，向林内张望。万不料松林上叶帽子哗哗一阵怪响，月光底下，突见林上飞起两个遍体金毛、头缠红巾的大怪物，其快如风，半空里向这一大堆人里面扑下来，吓得匪党们丢弓弃箭，四散奔逃。

九尾天狐和几个有能耐的党羽，虽然事出非常，还能强镇心神，闪开了身形，各自掏出厉害暗器，纷纷攒射。无奈两个大怪物，捷如飞鸟，一耸身，便十几丈出去，连九尾天狐的迷魂弹，也是白费，而且在一起一落之间，长臂挥去，晦气的苗匪、教匪们，挨上身的便抛出老远。几个起落，两个大怪物已纵下松坪，隐没于乱石冈之间。一瞬眼的工夫，磔磔的怪笑，已在来路的高岭上了。

两头人猿出其不意地一闹，教匪、苗匪堆里，被两头人猿顺手牵羊、随手捞起、远远掼死的，已有十几名之多。偏偏苗匪首领沙定筹，误打误撞的，也在死的十几个人内。大家趋近看时，沙定筹头折胸穿，业已惨死。九尾天狐一班人虽然和苗匪首领沙定筹同床异梦，这时却有点兔死狐悲，益发难以措手。最可怕的，本来听得岭上和这面林内怪啸同发，遥遥相和，现在又眼见两个大怪物飞奔岭上，可见这种大怪物不止两个，定已在回去必经之路的岭脊上截住归路了。

在坪上仅仅跳出两个大怪物，便被闹得落花流水，在岭上更不知有多少怪物埋伏着。不用说回救蒙化，探听虚实，眼前高岭上这步难关，便没法过去。最可恨的沙定筹陈尸坪上，一班苗匪蛇无头不行，个个变成掐了头的苍蝇一般，没命地向坪下乱窜，各自逃命。九尾天狐和一班党徒，高声喝止，满没听命。一霎时，逃散了大半，坪上七零八落的不成队伍。

九尾天狐和手下的党羽，人数有限，一发显得凄惨孤单。九尾天狐和党羽们，弄得束手无策，刚才是不敢前进，现在是不敢后退，一个个变成热锅上的蚂蚁了。

罗刹夫人、沐天澜两人，在那面岭上居高望远，而且并没十分远，中间只隔了一段乱石冈，这面坪上的情形，当然一一入目。虽然没有看到苗匪首领沙定筹已死人猿之手，至于苗匪四散逃命，九尾天狐一班匪党走投无路的情形，一望而知。同时蒙化方面火光烛天，越来越盛，金鼓之声也隐隐入耳，便知桑苧翁、罗幽兰、大化头陀三人已经得手。

沐天澜高兴得像小孩子般跳了起来，拉着罗刹夫人玉臂，笑道：“今晚又仗着姊姊智勇兼施，一举成功。像姊姊这样天仙化人，我不知几世修来，才能够得到姊姊的同心合意，叫我怎样报答姊姊才好呢?”沐天澜嘴上连珠似的叫着姊姊，两臂一展，抱着罗刹夫人，扭股糖似的贴在她身上。

罗刹夫人伸手向他脸颊上轻轻扭了一下，媚笑道：“小嘴多甘，少灌米汤。在罗幽兰面前，也敢这般地叫我，这般的不老实，才算你本事。”

沐天澜发急道：“怎么不敢呢，连她也得心悦诚服地钦佩，何况我们三人是一心合体的呢!”

罗刹夫人让他亲热了一阵，笑道："我问你，你对待我和罗幽兰是一般地爱呢，还是有点不同呢?"

沐天澜哧地一笑，故意一字一吐地说道："当然是一般地爱，不过我对于姊姊，爱是爱极了，恨也恨极了。"

罗刹夫人秋波一转，嘴上噫了一声，急问道："既然爱极了，怎么又恨极了呢?"

沐天澜笑道："姊姊如果真个爱我，这句话用不着我解释的，姊姊怎么不关心我日夜相思的苦呢？怎么不令人恨得牙痒痒的呢?"

罗刹夫人笑啐道："小油嘴，小心眼儿成天想着左拥右抱，偿你的心愿。此刻你在我面前说得嘴滑，回头我把你这话一字不漏地对罗幽兰说，你便吃不了，兜着走了。"

她这么一说，沐天澜果然暗暗吃了一惊，嘴上嗫嚅了半晌，一时说不出话来。

罗刹夫人哧地一笑，娇嗔道："小油嘴，你还恨不恨呢?"

可笑这两位在这当口，忽然好整以暇，情致缠绵起来，忘记了身处何地，几乎把对面岭上九尾天狐一班匪徒和蒙化城内的大事，置诸脑后了。可是四头人猿不解温柔，像猫捉耗子一般，八只睒睒怪眼，远远地注定了坪上的一班匪徒，蓦地齐声怪吼，声震山谷。四头人猿，八只毛臂，一齐发动，飞一般蹿下岭去。

罗刹夫人和沐天澜突被四头人猿震天价一声怪吼，猛地警觉，齐向这面岭下看时，原来对面坪上九尾天狐一班匪党无计可施，忽然想出死中求活的计策。趁着天上风吹云涌，一块乌云遮没月华之际，悄悄把党羽四面散开，分头下坪，想避开来时岭上的一段要口，把人们分散。不管有路无路，远远地绕过怪物把守的岭口，再各自寻路上岭，翻过岭去。

万不料人猿眼光尖锐，视夜如昼，坪上匪徒们一点动作，逃不过人猿的监察。坪上众匪徒，纷纷跳下松坪，蹑足潜踪于一段乱石冈之间，正想分头绕路翻岭当口，四头人猿已纵下岭去，扑向岭下的乱石冈。一班匪党立时鬼哭神号，如逢恶煞，腿快体轻的，或者侥幸还能逃出一条性命，手脚略笨的，便死在人猿铁爪之下。

四头人猿，在一片混乱石冈上往来飞跃，活似饿鹰抓雀，猛虎攫羊。只见长臂舞处，人影腾空，跌下来便粉身碎骨。这班平日积恶造孽的匪徒，碰着四头天魔似的人猿，活该遭报，可是这种凶惨场面，也是不忍卒睹。

罗刹夫人在岭上远远瞧着，也有点不忍起来，向沐天澜笑道：“不管九尾天狐是否在劫难逃，经此一来，不论白莲教匪和榴花寨苗匪，被我们这样一搅，定必风流云散，滇西已难立足。君子不为已甚，我们就此赶往蒙化，和他们会合吧。”说罢，玉掌在樱唇上一拢，向岭下撮口长啸。在下面乱石冈上往来飞跃的四头人猿，一听到岭上罗刹夫人的啸声，奉命唯谨，立时停手，发出遥应的怪啸，一齐向岭上奔回来。

罗刹夫人不便带着四头人猿，到人烟较密的蒙化城内去，吩咐它们抬着两乘竹兜子，自回龙咩图山苗村相近的山谷，等候主人到来，不准进村去闯祸吓人，四头人猿乖乖地领命自去。

罗刹夫人、沐天澜留神岭下乱石冈间，匪尸纵横，死气沉沉，寂无人影。大约死的死，逃的逃，藏匿的藏匿，景象非常凄惨。

罗刹夫人叹口气道：“兵凶战危，都由贪婪一念而起。但是今晚我们也是行险侥幸，我们全仗着虚虚实实，步步制其机先，令匪徒们难以捉摸，其气先馁，处处进我圈套。一半也是时机凑巧，如果九尾天狐党羽大集，知我虚实，苗匪们齐心拼死，一拥而上，我们两人究系血肉之躯，人猿虽然毛厚皮坚，禁不住硬弓毒箭，四面攒射，也难持久。”

沐天澜笑道：“姊姊虚怀若谷，功成不居，见解自是高人一等。现在此地事了，他们在蒙化城内，是否大功告成还未可知，我们快去接应他们吧。”

罗刹夫人朝沐天澜面上盯了几眼，点着头说：“我明白你是一时半刻也离开不得那位姊姊，你放心，罗幽兰对付蒙化城内一班苗匪绰有余力，何况还有你那位老泰山保驾呢?”

沐天澜一看她面含薄嗔，音在言外，吓得不敢搭腔，心想女人总是女人，这一位胸襟何等阔大，一涉儿女之私，也难免打破醋罐，可见女人果真一点不含醋意，便不成为女人了。

从榴花寨到蒙化城，原只二三十里路程，一路上苗匪余党，早已闻风远飙。罗刹夫人和沐天澜赶到蒙化，坦行无阻。

到了蒙化城近处，瞧见城内火光未熄，经过阿育王寺，山门大开，人影全无，可见盘踞寺内的匪徒，也逃得一干二净。两人脚步一紧，赶到城门口，城门紧闭，城上灯球高矗，插着不少官军旗帜，似有不少官军把守。在敌楼上，还挂着累累的苗匪首级，一切都可证明，确已大功告成，蒙化已被官军克复了。

这时东方已现鱼肚白色，晨星稀疏，玉露霏微，快到天亮时分。沐天澜、罗刹夫人两人刚走到城外吊桥口，忽见两扇城门哗啦啦推开，火光照耀，泼剌剌涌出一队骑兵。当头一个披甲军官，骑在马上，已经跑上吊桥，一眼瞧见桥下立着沐天澜、罗刹夫人，立时缰绳一勒，止住马蹄，不错眼珠向两人打量。

沐天澜立时上前，向他说明自己来历。马上军官立时滚鞍下马，躬身致敬，口称："奉总兵将令，正想一路迎接公子进城，不料出城便逢公子驾到。快请公子进城，尤总兵正在盼望呢。"说罢，向后面队伍一挥手，肃立两旁，让出中间一条路来，又牵过两匹马来，请两人上马，自己当先领路，进城宜赴尤总兵驻扎的县衙。

一到县衙，尤总兵已经得报，慌不及亲自迎出衙来，见面便说："公子来得好，快请进内，一位女英雄罗姑娘受伤甚重。"

这一消息，宛如半空里打下一个焦雷，急得沐天澜顶门上轰的一声冒了魂，一手拉住尤总兵，发疯似的问道："怎……怎的受了伤，受伤的真个是她么……"

这时罗刹夫人也惊得面上失色，慌说道："人在哪儿，贵总兵快领我们去。"

尤总兵一条右臂，被沐天澜使劲拉着、摇着疼痛得发麻，几乎脱了骱，也不知那位受伤女英雄和这位沐二公子怎样的密切关系，使他急得这样，龇牙咧嘴地说："公子快放手，我领你去。"

沐天澜一放手，尤总兵甩着一条右膀，转身往内衙急走，沐天澜、罗刹夫人急匆匆跟着。

这座小小的县衙，规模原很简陋，大堂后面，过了仪门，便是县官起居之所。品字式的几间瓦房，被苗匪首领沙定筹窃居多日，到处披红挂彩，倒弄得五光十色，和新娘洞房一般。

沐天澜一踏进这所院子，便听得上面正中堂屋右面一间屋内，桑苧翁颤着声唤着："兰儿……兰儿……你定一定神，手上的首级放下来，天澜和罗刹姊姊一忽儿便到。"

沐天澜一听到声音，一声惊喊，一个箭步蹿进堂屋，转身跃入右面屋内。

屋内烛光照处，只见罗幽兰直挺挺坐在地上，半个身子却靠在桑苧翁肩上，面如金纸，满身血污。右手一柄犹龙剑丢在地上，左手一个血淋淋的脑袋，两眼直勾勾地咬着牙，盯住了屋门口。一见沐天澜跃进屋来，立时眼泪直挂，哇的一声哭了出来，而且力竭声嘶地哭喊道："冤家……你……你来了，我……我总算替你报了杀父之仇了……"哭声未绝，两眼上翻，左手一松，一颗人头，骨碌碌滚落脚边，一个身子软当当地瘫了下去。

沐天澜一纵身，两臂一抄，紧紧地抱在怀里，哭唤着："兰姊……兰姊……"痛泪像雨一般掉了下来，点点滴滴地都掉在罗幽兰面上和胸上，但是罗幽兰牙关紧闭，已难出声。一位娇艳如花的女英雄，只几个更次的小别，便变成这样凄惨局面，这是沐天澜做梦也没有想到的。

这时罗刹夫人已跟踪进屋，也觉事出非常，花容失色，一对长凤目泪光莹莹，急问伤在何处。

沐天澜急得没口地哭喊道："姊姊……姊姊……你快救救兰姊呀……"

罗刹夫人小剑靴狠命地一跺，脚下一块水磨方砖，立时粉碎，跺着脚急向桑苧翁问道："兰妹怎样受的伤？伤在什么地方？"

桑苧翁银须乱颤，老泪纷披，颤巍巍指着地上人头，叹了口气，直喊"怨孽……怨孽……"

罗刹夫人过去用脚一拨地上人头，才看清是黑牡丹的脑袋，惊喊了一声："噫！原来是你……"急问："是袖箭？是飞蝗镖？"

桑苧翁哆嗦着说："袖箭……我替她敷上了我随身秘制的八宝解毒散，又喂了不少九转夺命丹，但是……伤在左乳下期门穴，怕的是……毒气窜经归心……"

桑苧翁哆哆嗦嗦地说不下去了，罗刹夫人咬着牙在屋里四面一打量。这间屋内并没床铺，另有一道通里间的门。她飞一般向里屋一瞧，里屋点着几支灯烛，却有一张精致的大床，铺陈俱备。一转身，从沐天澜手上抱起罗幽兰的身体，进了里屋，把她平放在床上。从身上解下剑鞘、镖囊，又解开上身衣扣，一看她乳下期门穴上盖着一块油纸。揭开油纸，伤口上敷的八宝解毒丹，已被伤口流出来的紫黑色血水冲开，慌忙从自己身上掏出一个白玉小瓶，在伤口上倒了一点乌金色的药末，仍然把油纸盖好。一看沐天澜像傻子一般跟了进来，哭丧着脸立在床边，不住地流泪。桑苧翁却没有进来，只听他在外面脚步不停来回大踱，嘴上不住地长吁短叹。

罗刹夫人朝沐天澜看了一眼，叹口气说："我的痴情公子，你急死有什么用呢？快替我到外面去，向尤总兵设法弄点顶高陈酒来，越快越好。"

沐天澜应声而起，刚到门口，罗刹夫人又叮嘱道："顺便向尤总兵知会一声，榴花寨左近岭上、岭下有不少匪人尸首，赶快派人去清理一下，要注意苗匪首领沙定筹和教匪首领九尾天狐两人是否在内。这两人是罪魁祸首，关系尤总兵的论功行赏，他也乐得捡这现成便宜。但是于你们沐府的威信，也有很大的关系哩！你明白我意思么，你也不要以私废公呀！"

沐天澜嘴上没命地应"是"，罗刹夫人哧地一笑，啐道："去吧！"

尤总兵本来当先领路，同进内衙的人，不意沐二公子和一位美貌的女英雄，都像鸟儿一般飞了进去，立时屋内惊叫啼哭，乱成一团。尤总兵根本只认得沐二公子，这几位老少男女英雄的来历，根本没有摸清楚。这时一听屋内情形，才有点明白这位受伤的女英雄，和沐二公子关系不浅，自己倒有点不便进去了。片时，见沐二公子满脸泪痕地走了出来，慌问："那位受伤的女英雄，不妨事吗？"

沐天澜摇着头说："现在还不敢说，此刻需要一点顶高陈酒，是做药引用的，请贵总兵费心办一办，越快越好。"

尤总兵慌说："有……有……"立时向身边军弁传令，快去找来。沐天澜又把罗刹夫人叮嘱的话说了，尤总兵如奉纶音，而且喜上眉梢，暗想克复蒙化，已出望外，不想沙定筹、九尾天狐两个匪首的尸首，还能不劳而获，真是天大的喜事，升官进爵是稳稳的了。同时也暗暗惊异沐二公子手段通天，这样巨寇竟凭他们几个人，便容容易易地制服，看起来沐府真有能人。这位沐二公子比当年老沐公爷还强百倍哩！他惊喜之下，马上出去点兵派将去了。

沐天澜回进里屋，没有多久，军弁奉令搜罗了一瓶陈酒送进来。

罗刹夫人立时又从贴身解下一个小小的纱囊，拣出一包药来，调在一大杯陈酒里，一面运用手法，使罗幽兰牙关渐渐张开，却叫沐天澜上床去，含着药酒，嘴对嘴地一口口纳入罗幽兰喉内，并且教他运用丹田之气，催药入腹。沐天澜忍住眼泪，轻手轻脚地上床，跨在罗幽兰身上，如法炮制。如果不明白底蕴的人，骤然到这屋内，瞧见床上一男两女的情形，好像是一幕极风流的艳事，哪知道是一幕最凄惨的悲剧呢！

沐天澜把一杯药酒，小心翼翼地纳进罗幽兰嘴内，居然点滴不溢，立时听到她肚内咕噜噜响了起来。罗刹夫人慌叫沐天澜跨下床来，把罗幽兰上身扶起，坐进床去，把她上身半靠半抱地倚在沐天澜怀内，罗刹夫人自己运用内功伸手在她周身穴道上，循环推拿，半晌才见罗幽兰紧闭的双目，眼珠在里面转动起来了，樱唇微动，有声无气地唤着："澜弟……澜……弟……"

沐天澜在身后泪流满面的，把面孔贴在罗幽兰脸上，呜咽着喊着："兰姊……兰姊……我抱着你，你定一定神，将息一下。罗刹姊姊用了灵验的秘药，把你治过来了，不妨事了……"

罗幽兰闭着眼，似乎听到沐天澜贴着脸说话，脸上似乎现出一丝苦笑，身子往后一靠，似乎整个身子软绵无力，沉沉欲睡光景。

罗刹夫人仔细观察罗幽兰面上气色，抬起身来，长长地吁了口气，却又眉头紧锁，悄悄对沐天澜说："她此刻药性行开，让她安睡片刻。你下床来，守在此地，我和老前辈说几句话便来。"

罗刹夫人到了外屋，黑牡丹首级兀自留在地上，桑苧翁兀自背着手在地上来回大踱，一转身，瞧见了罗刹夫人，满脸惶急之色地悄悄说道，"姑娘，你大约也看出来了，怕不易挽救吧？"

罗刹夫人皱着眉，轻声说道："晚辈随身带着先师石师太留传的几种秘药，专治百毒，对于喂毒暗器的创伤，尤为神效。此刻药性发散，元气一扶，人是回复过来，被药力催着安然睡熟了。不过……晚辈细看剑口，怕的是下药也许晚一点，毒已散开了。"

桑苧翁一跺脚，嘴上"嗐"了一声，接着又是一声长叹。

罗刹夫人又说道："兰妹善用暗器在黑牡丹之上，怎的会中了她道儿？便是一时大意，中了暗器，兰妹内功也有相当造诣，也可运用气功，封住毒力，暂保一时。看情形老前辈也许不在跟前，还有那个大化头陀怎的不见，究竟怎样一回事呢？"

桑苧翁回头一看里屋，便迈步向堂屋跨了出去，罗刹夫人明白他意思，跟了出来。一看堂屋内并无一人，只堂屋门外的阶下站着几个带刀军弁听候使唤。桑苧翁扑地坐在堂屋内一张椅子上，向罗刹夫人一声长叹，禁不住又洒下几点老泪，颤声说道："总而言之，这是冤孽。"说了这句，沉了半天，才把罗幽兰受伤细情一五一十地说了出来，其中大半情形，还是罗幽兰受伤回来，咬牙忍痛，对自己父亲说的。

原来在榴花寨岭上，罗刹夫人和大家商量好主意以后，决定分头行事。由罗刹夫人、沐天澜带着四头人猿，尽量牵制住九尾天狐、沙定筹一班匪首；另一面由桑苧翁和罗幽兰、大化头陀乘机绕道下岭，赶往蒙化，并指定大化头陀带着沐天澜二公子的军符证记，由蒙化赶往南涧，知会尤总兵火速进兵，里应外合，以期一鼓而下，克复蒙化。

从榴花寨到蒙化县城，原只二三十里路，从蒙化到南涧，也差不多的道路；距离既近，机会凑巧，原是万无一失的事。

桑苧翁和罗幽兰、大化头陀避开沿途匪徒的耳目，赶到蒙化城外，原费不了多大工夫。一看城门虽闭，城上苗匪没有十分警备。三人翻上城墙，转了一圈，细察城内静静的并无防备，只有通南涧一面的南门城楼上，有一小队苗匪，在那儿守夜，其余都睡得死沉沉的。可见苗匪们愚蠢已极，也可见平时一味蛮干，对于官军毫没放在心上，当然做梦也没想到官军敢来夜袭城池。

三人看得暗暗心喜，立时命大化头陀跳下城墙，展开飞毛腿，奔赴南涧，教尤总兵火速起兵，必须偃旗息鼓，乘着月色，用最快行军速度赶到城下。一见城内起火，斩关落锁，马上攻进城来。

大化头陀去后，父女二人商量好，到时由桑苧翁向城内四面纵火，惹乱苗匪，一面由罗幽兰在南门杀散守城苗匪，开城放进官军。父女计议停当，在南门一段城墙上，悄悄地待了半个更次，看到天上一群乌鸦，吱吱呀呀地从南往西，掠城而过，深夜宿鸟惊飞，便知官军已到近处了。

果然，从月光之下，隐隐望出几里以外尘土卷起。因为夜深人静，也隐隐辨出驰骋之声，却没有一星灯火之光，越来越近，到了里外一片丛林后面，啼声突寂。

桑苧翁点头道："尤总兵老于军伍，这是要察看一下虚实，乘便教军士们喘口气，然后一鼓作气，直薄城垣了。"

一语未毕，城外官道上影绰绰奔来一条黑影，飞一般扑到城下，看出是大化头陀。桑苧翁在城垛口上现出身形，把宽袖道袍向下面一展，城下大化头陀一打手势，且不上城，翻身向远处伸直双臂向空乱摆。一忽儿远远现出几条黑影，一阵风似的抢了过来，个个扛着雪亮的梭镖。大化头陀和他们一打招呼，十几个勇弁中，有两个转身奔回，其余散开在城门口了。

这时，大化头陀施展本领，壁虎似的爬上城来。桑苧翁和他附耳一说，自己一提道袍，独自沿着城墙，向西疾驰而去。

大化头陀也向东面飞奔，分头跃下城内，各处纵火去了。半晌，城内东西两面霎时火起，接着北面也冲出几缕火光。

罗幽兰立在城楼边，看得逼真，觉得已到分际，一伸手拔下背上犹龙剑，一个箭步，蹿进城楼一重门内。中间挂着一张半明不灭的灯笼，七八个苗匪横七竖八，睡了一地，罗幽兰真不愿杀死这种无名小卒，但是无法不下手。这几个苗匪在睡梦呓语之中，在罗幽兰剑尖之下，倒死得轻描淡写，毫无痛苦。她解决了城楼上几个苗匪，飞身跃下城来，纵入城洞，却只见两个苗卒，抱着长标，面对面靠在城门上立着打呼噜。罗幽兰又气又乐，又暗暗恨着罗刹夫人。偏教她干这种轻描淡写的事，杀这种死猪一般的苗匪还算什么英雄，把我这柄犹龙剑都辱没了。一赌气，把剑还入鞘内，一伸手，把左面匪徒抱着的长标夺在手内。

可笑这匪徒似醒非醒的，还以为同党和他们开玩笑，闭着眼，两手乱抓，嘴上咕噜着："不要闹，让我再补他一觉。"呓语未绝，罗幽兰霍地一退身，手上长标一起，扑哧！尺许长的梭尖，穿心而过，直透后脊。左面那个苗匪，闻声惊觉，刚一睁眼，迷糊糊的还没有看清什么，罗幽兰照方抓药，连标尖都懒得拔出，连标带人，向右面匪徒的胸窝又是一下。一箭双雕似的，一支长标上穿着两具匪尸，转身一挑，连标带人飞出城洞之外，钉在土地上了。

她头也不回，把两扇城门吱喽喽向左右推开，一纵身蹿出城外，向黑暗处埋伏的官军娇喝道："城门已开，快请尤总兵进城。"喝毕，转身两臂一抖，一鹤冲霄，哧地又飞上城楼的垛口。回头向城下瞧时，十数名官军提着梭镖，已涌向城门口，却迟迟地老往城门内探头，不敢进去。

罗幽兰立在上面城垛口，暗暗好笑，暗暗骂声饭桶，忍不住高声喝道："城门内只有死的，没有活的，还怕什么呢?"

其实这十几名官军，一半胆怯，一半看得这女子突然出现，几句话一说，倏又燕子般飞上城楼，这种功夫从没有见过，摸不清怎么一回事，反而不敢进城了。经城上罗幽兰用话一催，才有几个自告奋勇，挺着梭镖跳了进去，才明白果然人影俱无。其中有一个在城外掏出信炮，点火一放，哧地一缕红光，直钻高空。立时听得城外一箭路外，灯球火把，立放光明，从几面林内齐声呐喊，跳出四五百名官军。当先几名官军，骑马扬刀，分领队伍，直奔城门。

罗幽兰在城上，眼看官军大队人马，已涌进城内，心想小小蒙化城总算已经克复，不知罗刹姊姊那面怎样结果。城内虽有几股苗匪，在这局面之下，大约也只有逃跑的一法，自己不必再夹在官军内帮忙了。转身向城心看去，又多了几处起火之处，火光冲天，照彻全城，街道上人影乱窜，遍地呐喊之声，业已乱成一团糟。她不愿下城去混在官军里面，想从城墙上往西面找寻她父亲，再定主意，转身之际，猛然一眼瞥见东面城墙上，远远现出一条人影，飞一般向自己这面跑来，后面又有一条黑影，追在身后。

罗幽兰认出前面逃的人，似乎是大化头陀，正想赶过去察看，忽见后面追的黑影右臂一招，前面逃的人“啊哟”一声，向前一栽，业已扑在地上，倏又忍痛跳起身来，向前挣扎了几步，重又倒了下去。罗幽兰惊怒之下，一声娇叱，人已弩箭离弦般纵了过去，已无暇顾及大化头陀生死，先要看清追他的人是谁？

罗幽兰飞一般向那边赶去。那一面来的人也身法奇快，一来一去，当然容易逼近，立时都认清对方是谁，双方同时张嘴：“哦！原来是你！”这一句话，两人不约而同地齐声而出，音同语同，连彼此惊诧、怒叱的态度都有点相同。这句话好像从一个嘴上喊出来一般，双方齐喊了这话以后，各自立定身躯，斗鸡似的怒目相向，中间却隔着七八尺距离。

原来罗幽兰对面立着的人是黑牡丹，她是受滇南飞马寨岑猛等所托，看一看榴花寨沙定筹和九尾天狐的局面。一半也因九尾天狐新近派人去过飞马寨，顺便算是报礼。不料事情凑巧，黑牡丹带着两个飞马寨头目，也从哀牢山这条路走来，偷渡南涧官军防地，进了蒙化城门，又是起更以后。沙定筹和九尾天狐等，正得着榴花寨出事飞报，已经率领大队人马，赶赴榴花寨，黑牡丹到得晚了一步，没有见面，由几个守城的苗匪头目，迎入县衙，殷殷厚待，黑牡丹预备安睡一宵，明天再和主人相见。

不料她在客馆高卧当口，城内各处起火，苗匪乱窜，黑牡丹从睡梦中惊醒，跳起身来跃上屋脊。四面一瞧，果然红光照彻全城，街上鬼哭神号，老百姓喊着官军已经杀进南门。

苗匪们蛇无头不行，没命地向西门逃去。黑牡丹还莫名其妙，官军何以忽然声势大盛？沙定筹和九尾天狐何以这样虎头蛇尾？她满肚皮疑惑，仗着一身本领，毫不在意，定欲看清了实在情势，再作打算。她施展轻身小巧之技，蹿房越脊，想飞奔南城，瞧一瞧官军进城，是否真有其事？

念头方起，南门信号炮钻天，喊声大震，官军确已向南门内一条大街杀奔城心来了。她站着的地方，正是官军的来路，心里一动，不由得蹿过几层屋宇，向东北角纵了过去。

蓦见前面一家屋脊上蹿起一人，手上还举着一个火把，从火光中看出是个披发头陀，见他把火种随意向近处房上一撩，立时蹿房越脊，斜刺里直奔东南角的城墙。

黑牡丹立时明白，这头陀定是官军的内应，到处放火，惑乱人心。她一声冷笑，追了过去。大化头陀的飞腾功夫，当然不及黑牡丹，一阵追逐，前面大化头陀业已觉察，回头一瞧，一个背着鸳鸯钩的异样女子，恶狠狠地追了过来。他还疑惑不是匪党，也许是自己方面的人物，心里并不着慌。这时他正纵上东城的前道，略一定步。黑牡丹已逼到跟前，怒喝道："贼头陀为什么帮助官军，到处纵火？"

大化头陀一听语气不对，才明白这人是匪党，但他也不惧。他身上挂着一柄苗刀，是从苗匪手上夺来的，拔出苗刀一指黑牡丹说道："贼婆娘，官军业已进城，还要自来送死。"

黑牡丹大怒，拔下背上鸳鸯双钩，一耸身，向下三路卷来，此处是上城的箭道，是个斜坡，大化头陀立在上面，黑牡丹一动双钩，当然向下部砍下。大化头陀一看地势老大不利，霍地向后一退，转身便向城墙上纵去。哪知黑牡丹身法极快，旱地拔葱，差不多和大化头陀并肩上城。

大化头陀在城上足刚立稳，雪亮的鸳鸯钩，已横扫过来。

他吃了一惊，苗刀一封，预备拼斗，哪知黑牡丹手上鸳鸯钩异常歹毒，带钩的兵刃，又是另有门道。她右手的鸳鸯钩，一吞一吐已把苗刀勒住，左手的钩又是一个横斩。大化头陀冷汗直流，只好把苗刀撒手，转身向西城跑，饶是这样，只略微缓了一步，后胯已被鸳鸯钩带了一下，划了一条大口子。

大化头陀忍着痛，仗着飞腿，拼命往前飞逃，想逃到南门，罗姑娘定可接应。再不南门城楼上，这时定有官军把守，也可逃出命来。不料黑牡丹心辣手黑，从身后射出一支喂毒袖箭，把他射倒。大化头陀不死于阿育王寺，也不死于榴花寨，竟死在黑牡丹手上，真是生有处，死有地了。

黑牡丹把大化头陀射倒以后，还要赶近前来，想从这头陀垂死的嘴上，问出今晚官军的实情，不意冤家狭路相逢，竟和罗幽兰对了面，这也出乎黑牡丹意料之外，不由她不暗暗惊心了。

罗幽兰与黑牡丹冤家狭路相逢，在城墙上斗鸡似的对峙了一忽儿，黑牡丹突然一声冷笑，用手上鸳鸯钩一指罗幽兰，狞笑道："嘿！真有你的，从滇南闹到滇西，怪道官军进了城，原来是你们的诡计，当然啰！你现在是沐天澜家少夫人了……"

罗幽兰柳眉倒竖，娇叱道："住口，邪不敌正，顺必胜逆，这是一定的道理。你这样倒行逆施，无异飞蛾扑火，想不到你也跑到滇西来了。你的来意我也明白，但是你来得晚了一步，榴花寨已经瓦解兵消，今晚你自投虎口了。"

黑牡丹这时也明白孤身涉险，危机四伏，但在罗幽兰面前，怒气填胸，不甘示弱，怒骂道："不识羞的丫头，还说什么邪正！什么顺逆！在老姊姊面前，用不着这一套。你是狐狸精般迷住了沐二小子，心满意足，忘记了本来面目了。且慢得意，依我猜想，诡计多端的罗刹夫人，和你们混在一起，多半也看上沐二小子了，这就够你受的……"

这一句话，罗幽兰听着有点刺心，不愿再听她说下去，一反腕，把犹龙剑拔在手内，怒叱道："贱人，死在临头，还敢多嘴！这也是沐老公爷阴灵显圣，鬼使神差，叫你自投罗网……"

黑牡丹本来有点心虚，听了这话，不禁打了寒噤，不等罗幽兰再说下去，霍地一退身，纵上近身的垛口，扭头向罗幽兰喝道："谁还怕你们！此刻先和你这忘本负恩的贱人，见个死活。有胆量的，跟我来！"喝罢，立时向城下纵了下去。

其实黑牡丹嘴上逞强，心里不免胆寒，单身在蒙化，人地生疏，不比在她滇南，党羽众多。何况眼看着官军进城，榴花寨救应全无，似乎大势已去，自己一发孤掌难鸣。面前罗幽兰如果真个翻脸，已够自己对付，沐二公子如果赶来助战，誓报杀父之仇，以一敌二，自己格外难逃公道。最可怕的，罗刹夫人也许和她们形影相随。如果这位女魔头一到，再想逃出手去便不易了。

她越想越怕，急慌抽身，临走时兀自强口，借以遮羞。一半她以为罗幽兰和从前在庙儿山一般，多少总顾念一点老姊姊的旧谊，未必真个赶尽杀绝，只要跳出城外，罗幽兰略存忠厚，自己便可立时逃离险地。眼前情势急迫，自己带来的两个飞马寨头目，也顾不得了。

第三章 幸不辱命

黑牡丹从城垛口向城外一跳，自以为盘算精明，跳出龙潭虎穴，哪知道罗幽兰早自心存替夫报杀父之仇，兼赎自己以前的罪孽。在滇南，黑牡丹党羽众多，一时难以下手，想不到她会单身到此，机会岂肯错过！黑牡丹话又刺心，一发不肯放过。黑牡丹跳下城墙，身刚立定，罗幽兰已像飞鸟一般扑下城墙，拦住黑牡丹去路。

黑牡丹又惊又怒，明知她一追下来，今晚便不易脱身，恨得咬牙切齿地大骂，一紧手上双钩，喝声："不是你，便是我！"一个箭步纵近前去，存心拼命，一对鸳鸯钩施展平生之技，恨不得把罗幽兰立置死地。

在罗幽兰却好整以暇，并没拔去双剑，仍然用手上一柄犹龙剑看关定势，从容应付。

这两人兵刃的功夫，同出一门，各人肚内雪亮。不过罗幽兰和沐天澜结合以来，又从沐天澜少林派的剑术上，互相切磋，得到不少剑术之秘。这时存心和黑牡丹游斗，守多攻少，待她气衰力弱，再下煞手。两人在城外墙根斗了不少工夫，已经对拆了二十几招，黑牡丹施尽煞手，未得便宜，心里却暗暗焦急，不把罗幽兰打退，自己极难脱身。再缠下去，沐天澜和罗刹夫人两人，有一个赶到，便要难逃公道。一面狠斗，一面预备赶快脱身，心思一分，招数上便有漏洞，厉害的罗幽兰洞如观火。

这当口，正值黑牡丹想以进为退，故意把双钩使得风雨不透，拼命直攻，预备对方一不留神时，抽身潜遁。只要罗幽兰觉得一人无法制服她，未必再死命跟踪，还有脱身希望。

她想得满好，哪知罗幽兰比她想得还周密。在她双钩纵横，猛厉无匹当口，忽地左手掣下背上飞龙剑，用双剑对付双钩，展开自己新得的招数。犹龙、飞龙两柄利剑，真像两条银龙一般上下飞舞，顿时把鸳鸯双钩裹住，使黑牡丹难以脱出身去。

这时黑牡丹感觉已临危机，怒极拼命，双钩虚实互用，展开连环绝招，不管不顾，尽是进步招术，似乎和敌人同归于尽。其实她还存着得隙即逃的主意，凑巧罗幽兰一塌身，闪开钩锋，同时左手飞龙剑，拨草寻蛇，挂腿削足，右手犹龙剑，举火烧天，刺胸挂膂，使敌人顾上难以顾下。

黑牡丹功夫真也老练，双钩一起锁住犹龙剑，借着上面双钩交叉耘锁之势，下面双足一点，离地尺许，便避开飞龙剑的剑锋，身子却旋风一般转，右腿起处，向罗幽兰左腰点去，其疾如风，好不歹毒。不意罗幽兰右手飞龙剑原是实中带虚，另藏巧招。黑牡丹身子一起一露，身如旋风当口，罗幽兰双剑一抽一撤，剑随身转，已到了黑牡丹身后。黑牡丹一腿落空，便知不好，向前一上步，一个凤凰展翅，双钩呼地带着风声，也跟着身子转了过来，正把身后双剑敌住。罗幽兰倏又斜着一塌身，剑光平铺，又卷向足下。

这时黑牡丹一连救了几次险招，鬓角业已见汗。一见双剑一齐着地卷来，以为有隙可乘，一顿足，旱地拔葱，身子拔起一丈高下。在空中双臂一分，腰里一叠劲，借着一身轻功，想横着飞出二丈开外，脱离剑势便可飞逃。她却忘了罗幽兰轻功比她只高不低，她身子一起，罗幽兰早已猜透她的主意，如影随形，毫不放松。不论她飞纵多远，她身子一落地，剑光月拦一般，已绕向自己身上来。

两人又拼斗了不少工夫，黑牡丹已觉察罗幽兰意狠心毒，存心缠住自己身子，意思之间还想活擒自己，讨好沐家，看情形今晚休想脱离虎口，能够和这贱人同归于尽，算是便宜，她一起这种绝念，心神倒稳定起来。鸳鸯双钩的招数，也增加了几分勇气，而且递出来的招数，都是尽命绝招，预备和罗幽兰两败俱伤，无奈罗幽兰不比等闲，剑术轻灵稳实，用尽煞手，无非打个平手。

这当口，罗幽兰双剑正用一招二龙戏水，一变为日月穿梭，剑锋吞吐如风。黑牡丹手上双钩，也迅捷如电，钩格遮拦之际，黑牡丹左手钩一个拨云见日，忽然叮一声怪响，巧把罗幽兰犹龙剑勒住。黑牡丹以为得着破绽，右手钩疾逾电闪，贴着罗幽兰左手飞龙剑，一荡一翻，向对方腰胯劈了下去。

这一招，罗幽兰招数略老，形势极险，几乎受伤。她劲贯双臂，右手犹龙剑依然胶着黑牡丹的左手钩，身子反而向右一上步，左手飞龙剑由下往上一挑，把黑牡丹劈向腰胯的钩锋，恰巧兜住，顺势剑锋一点，一推一送，非但隔开了钩锋，而且剑光如蛇芯子一般，直贯对方胸膛，势疾劲足。黑牡丹左钩和剑胶在一起，一时撤不回来，右钩又被剑锋挑出，一时封闭不及，只有撤身后退，才能闪开这一下险势。但是要撤身后退，左手鸳鸯钩只有撤手弃钩，奸狠的黑牡丹立时将计就计，把左手钩使劲往外一送，拼弃一钩，乘机足跟一垫劲，向后倒纵出六七尺去，一转身，右手鸳鸯钩已交到左手，右臂一抬，“铮”的一声，一支喂毒袖箭，向罗幽兰咽喉射来。

在黑牡丹撤身之际，罗幽兰犹龙剑往外一领，已把黑牡丹撤手的鸳鸯钩甩落远处，同时一塌身，又把袖箭避开。

这原是一瞬间的工夫，正想提剑赶去，黑牡丹袖箭连发，又是两支袖箭，一上一下，向身上袭到。罗幽兰全神贯注，一闪身，剑锋一抡，两支袖箭一齐击落。恐怕黑牡丹乘机逃走，生擒既然费事，又虑她放出飞蝗镖，只好立下毒手。右手犹龙剑向地上一插，一探镖囊，随手一甩，一支透骨子午钉带着一缕尖风，向黑牡丹身上袭去。

黑牡丹所怕的，便是罗幽兰独门暗器透骨子午钉，不想自己的袖箭，招出罗幽兰的暗器来了。自己另一镖袋的飞蝗镖，不比袖箭易发，罗幽兰又深知飞蝗镖的手法，未必有用。

这时霸道的子午钉已到面前，哪敢疏忽，一塌身，刚躲过第一枚子午钉，第二、第三两枚子午钉，又连珠般袭来。黑牡丹形若猿猱，右避左闪，居然都被躲过，百忙里还发出一支袖箭还敬敌人。

罗幽兰绝不容她缓过气来，微一闪身，袖箭落空，手上子午钉早已发出。这一次用了最厉害的手法，玉手连挥，五枚子午钉，迅捷如电，好像同时发出一般。而且发出的子午钉，成了梅花形的阵势，五钉一发，手上又预备好两支。

黑牡丹这时已汗流遍体，明知自己生命危急，袖箭筒里只剩了一支看家救命箭，只好提着一口气，施展平生之能，蹿高纵矮，勉强脱离五钉之厄，人已累得气喘吁吁，心慌意乱。

正想施展飞蝗镖，让敌人也忙乱一阵，自己借此可以缓过一口气来，万不料五枚子午钉刚刚闪开，人未立稳，两缕尖风又到。尽力用鸳鸯钩向外一磕，居然被她磕开一枚子午钉，还有一枚势疾劲足，“咻”地钻进了腹部气海穴，黑牡丹嘴上一声怪叫，再也支持不住，手上一柄鸳鸯钩一撒手，仰面便倒。

罗幽兰一声冷笑，双足一顿，纵到黑牡丹跟前，指着地上的黑牡丹，喝道：“刁奸的淫妇，这是你自己讨死，怨不得我心狠手辣。”一语未毕，倒在地上的黑牡丹，突然右臂一招，叮一声，最后一袖箭居然发出！这当口，两人一立一倒，距离至近，罗幽兰总以为黑牡丹已无能为，万不料她将死之际，还能发出一支致命的袖箭！

黑牡丹右臂一招，罗幽兰便喊声：“不好！”还算她功夫精劲，用手一抄，已把箭尾绰住，无奈距离太近了，箭头已刺进罗幽兰左乳下期门穴。如果没有绰住箭尾，力劲势急，怕不全箭穿腹，立时废命。

罗幽兰一声不哼，更不缓手，把绰住袖箭向外一甩，随手向下一掷，嘴上喝声：“还你袖箭。”哧地箭贯胸窝，把黑牡丹钉在地上了，黑牡丹两腿一伸，才真个死掉。

黑牡丹一死，罗幽兰也闹得香汗淋漓。她剑靴一跺，不顾身上剑伤，把左手飞龙剑还入鞘内，翻身拔起插在地上的犹龙剑，重行赶到黑牡丹尸首跟前。剑锋一下，尸首两分，左手提起黑牡丹首级，映着月光看了一看，哈哈一笑！笑声一发，她突觉自己创口一阵剧痛，猛地省悟创口虽然不深，袖箭喂毒，最怕进风，慌把衣襟束紧，遮住创口，人却已有点力尽神危。

她勉强定了定心神，忽听城墙上远远地喊着“兰儿！兰儿”，一听见是自己父亲声音，慌尽力应了声“女儿在此”，心里却暗暗叹息，父亲为什么此时才来，早来一步，自己未必受伤。抬头一瞧，城垛上大袖飘扬，她父亲桑苧翁已飞身而下，一见罗幽兰左手提着人头，右手宝剑拄在地上，神色惨厉，汗流满面。

桑苧翁大惊，慌用手扶住，急问：“怎么一回事，你定受伤了。”

罗幽兰左手人头一举，一声苦笑，说道：“女儿今天心愿才了，替我丈夫报了杀父大仇。女儿已往的罪孽，也可减轻一点了。”说罢，人已摇摇欲倒。

桑苧翁留神一瞧，罗幽兰衣服已渗出血来，一声长叹，一言不发，先把她手上犹龙剑纳入鞘内。人头依然让她提着，一矮身，把她背在身上，双足顿处，白鹤冲霄，直上城头，飞一般背到县衙。

桑苧翁在城上和他女儿离开之际，原是走向西面一带；拣着民房稀少之处，纵了几把火，再转身奔向县衙，监视盘踞衙内一群苗匪。这时正值官军已经杀进南门，黑牡丹追赶大化头陀当口。桑苧翁一看群匪心慌意乱，各顾性命，没命地向北门逃去，心想这群苗匪，真是乌合之众，官军定可不费一兵一矢，垂手而得蒙化了。

一忽儿官军已涌入衙内，搜索余匪。马上一个捧令旗的军官，分派队伍，去占东西北三面城门，顺便一路搜查匪党。最后十几骑军弁当先飞扬着一杆旗帜，旗心缀着一个大“尤”字，冲到县衙，便知尤总兵本人也到了。

桑苧翁在县衙大堂屋顶上飘身而下，拦住尤总兵马头，高声说道：“沐二公子有话，贵总兵赶快把守四门，安抚城民。沐二公子已把榴花寨苗匪老巢，彻底洗剿，马上进城来与贵总兵相会，特命老朽先来知会一声。”说罢，不待还言，大袖一扬，飞身上屋，转瞬不见。

马上的尤总兵和一班随身军弁虽然看得这位长髯如雪的老翁有点惊愕，尤总兵心里却明白，和沐二公子交往的人都是江湖上异人侠士，今晚他毫不费事地克复蒙化，全仗这班风尘奇侠的本领。

桑苧翁重又上屋以后，一看东方天色有点发晓，大化头陀也许已和兰儿会合，且回南城和他们见面以后，等候自己女婿到来，再作道理。主意打定，便向南门赶去，这是他到南门以前的事，万不料自己女儿会碰着冤家对头的黑牡丹。

自己后悔不该在县衙耽误一点工夫，如果早到南门，自己女儿也许不致受伤，事出意外，只可委之于数了。

这时，桑苧翁把罗幽兰背到县衙，尤总兵已和桑苧翁见过一面，一见他背着一位受伤女子到来，这女子满身血污，左手还紧抓着一个鲜血淋淋的人头。其实罗幽兰满身血污，是黑牡丹首级上的血，连桑苧翁身上也染了几点。桑苧翁这时毫不客气，只向尤总兵说了一句：“快派人到榴花寨一条路上，碰着沐二公子叫他火速到此会面。”说罢，背着罗幽兰直进县衙内宅。

尤总兵摸不着头脑，猜测自己虽然不费一兵一卒，这班人物定然已凶杀了一夜。他明白了这层，慌不及依言办理，一面领着桑苧翁进了上房整齐一点的屋子；还不敢细细探问，自己追出来，等候沐二公子到来再说。

桑苧翁这时哪有工夫和尤总兵敷衍，把罗幽兰背进房内，立时从身边掏出丹药，替他女儿治伤，内服外敷，叫罗幽兰在里房静卧。但是罗幽兰一心盼着沐天澜，怕自己丈夫也遭不测，说什么也不肯睡，连手上人头也不放下。正在这当口，沐天澜和罗刹夫人已经赶到，罗幽兰一见沐天澜的面，心神一松，说出了几句话以后，再也支持不住，经罗刹夫人再用秘药扶气解毒，罗幽兰才在床上安然睡去。

但是罗刹夫人看到罗幽兰乳下期门穴创口，虽只一寸多深，却是要穴，中的又是喂过毒药的暗器。细察创口，似乎毒已散开，情形很是不妙，趁着罗幽兰入睡当口，到了外屋，向桑苧翁探问受伤情形，经桑苧翁把先后经过悄悄一说，才明白是这么一回事。

罗刹夫人皱着眉，叹着气说："百密难免一疏，万料不到黑牡丹会从滇南赶到此地。偏在这当口会和兰妹狭路相逢，而且临死当口，兰妹略一大意，受了她尽命一箭。这一箭，换一个人，非和黑牡丹同时毕命不可。还算兰妹眼快手捷，居然抄住了箭尾，创口只一寸多深。照说兰妹深知黑牡丹的暗器，大约喂的哪一种毒药都明白。她偏一片痴情，一面提着气，运用功劲，不使箭毒散开；一面支持着精神，一心惦着澜弟。一见澜弟的面，不由得心神一松，勉强提着这口气不由得跟着一散，这一松一散，创口的箭毒便难免深入了。

"晚辈发愁的便是这一点，晚辈武功虽然承受先师的心传，但是先师善治伤科的秘法，一无所得，只能用随身带的一种解毒丹药敷治。不过这种先师遗留的丹药，与众不同，确有奇效。吃下这种丹药，照理要熟睡片时。兰妹又一夜未曾交睫，又和黑牡丹一番血战，这一睡也许要多睡一忽儿。是吉是凶，要看她睡醒以后的景象了。万一兰妹有了不测，第一个澜弟和她恩深情重……咳！结果真不堪设想了。"

这一天，沐天澜、罗刹夫人、桑苧翁三人个个愁眉不展，把一个机智绝人的罗刹夫人，也弄得束手无策。尤总兵虽然极力巴结，办了美酒佳肴送进屋来，也是食难下咽。唯有尤总兵一人，在三人面前时问长问短，表示关心，可是暗地里却心花怒放。因为他遵照沐天澜吩咐，派了亲信得力的部下，带了一队人马由本地向导领往榴花寨就近各山头，查勘匪人尸首，居然在众匪尸首堆内，找出罪魁祸首苗匪首领沙定筹的尸首。但是匪人尸首堆内并无女尸，白莲教九尾天狐是死是活，却无从查考了。

罗幽兰在床上居然鼻息沉沉地睡了一整天，醒来时已是掌灯时分。沐天澜和罗刹夫人、桑苧翁都守在床前，一看罗幽兰面色已略现红润，星眸微启，樱唇微动，吁了口气，向床前三人看了一眼，忽地抬起身来。沐天澜慌进床去，把她上身拥在怀里，轻轻唤道："兰姊，罗刹姊姊的药真灵，天可怜兰姊竟好过来了。"

罗幽兰一转脸，眼神盯在沐天澜面上，许久，许久，眼角含着晶莹的泪珠，突然一颗一颗地掉了下来，悠悠地叹了口气，说道："澜弟……你哪知道这种毒箭的厉害，这是药力托着，药力一散，仍然无用。"

她说了这句话，又转脸向桑苧翁和罗刹夫人说道："父亲……姊姊……趁这时候，我有许多话要说……你们不用愁急，我觉得这样结果是我的幸运。我和澜弟在庙儿山初见时，我想起陷身匪窟，想利用沐老公爷的首级笼络群匪，做九子鬼母的替身。出了这样鬼主意，痰迷心窍地隐身庙儿山，正想乘机下手，不料黑牡丹走在我先头，替我做了大逆不道的事。虽然是黑牡丹做了我替身，但是我不出这个鬼主意，黑牡丹未必起这个心，便是日后有这个心，未必下手得这样快。

"平心而论，我才是罪魁祸首。万料不到我和沐天澜一见钟情，一夜恩情使我良心发现，无异我自己杀了亲爱丈夫的父亲，也无异媳妇弑了公公。对澜弟，我格外情深，我心里格外悔恨得要死，除出在澜弟面前一死以外，已无别法，而且要澜弟亲身杀死他大逆不道的妻子，才合正理。

"我那时死志一决，虽然没有勇气在澜弟面前自白罪状，我已隐约说出一点情由，大约那时澜弟有点觉察。我拔出澜弟的辟邪剑，叫澜弟下手时，偏在这要命当口，黑牡丹赶来一搅，自报凶手。那时我忽然觉悟，我不能留这祸胎在世上，澜弟身上也非常危险。我存了保护澜弟，助他手除黑牡丹以后，才能安心死去。更未料到滇南路上又碰见了我年迈的生身之父，明白了自己的身世，澜弟的情义越来越深，黑牡丹奸险刁猾，一时又难以下手。我这百死难赎之身，居然活到现在。

"万想不到仗着罗刹姊姊的智勇，容容易易地又剿灭了榴花寨的苗匪。大功告成以后，冤家狭路相逢，居然被我手刃了黑牡丹，我也中了她的毒箭。这是天意，最公道没有。我现在落得整头整脚死在丈夫的怀里，我已邀天之福，比黑牡丹强胜万万倍了。只可怜我这个苦命的女儿，没有在我老父面前尽点女儿的孝心，连我死去的母亲坟前，还没有去哭拜一下，这是我的终身遗恨了……”说到这儿，珠泪如雨，呜咽难言。

身后的沐天澜心痛得几欲放声大哭。桑苧翁老泪纷披，想起了当年罗刹峪妻子的惨死，万不料若干年后，又亲眼看见了女儿又要走上她母亲的后尘。这种伤心惨目的事，如何受得了，急得在屋子里团团乱转，浑如热锅上的蚂蚁。

罗幽兰呜咽了一阵，突然一抬头，满眼泪光地瞧着罗刹夫人，伸手拉着罗刹夫人的玉臂，娇喘吁吁地哭喊道：“姊姊……你如果可怜妹子，你要答应我一桩事，我才能死得瞑目。你得答应我从此不离澜弟，滇南匪首还有飞天狐吾必魁、岑胡子岑猛，澜弟初出茅庐，没有姊姊在他身边，我死也不放心的，姊姊……你快答应我吧！”

罗刹夫人这时也弄得心乱如麻，珠泪直挂，突然妙目一张，并不理会罗幽兰的话，却神色紧张地急急问道：“兰妹，黑牡丹袖箭上喂的哪一种毒药，你一定知道，快对我说。”

罗幽兰叹了口气，才说道：“这种毒药，是九子鬼母遗传的一种奇怪的毒草，叫作‘勾魂草’。用这种毒草熬炼而成，喂在箭镞上，中人必死。”

罗刹夫人蓦地一惊，嘴上喊道：“咦！我明白了，不是‘勾魂草’，其实原名是‘钩吻’。晋朝张华《博物志》上，便有这‘钩吻’的记载。”罗刹夫人说到这儿，微一思索，突然喊道，“你要仔细想一想，你是万不能死的，我早已知道苗族祖先秘传下来这种毒得出奇的东西。一物必有一制，定然还传下专解这种毒草的东西。九子鬼母如果没有解药，也不会传留这种‘钩吻’毒草的，因为制炼这种毒药，难免自己染上毒汁，所以必定另有秘传的解药，而这种解药，你定然也知道的，你打了糊涂主意，存心一死，以报知己，但是你没有细想一想，你有这样高年的老父，这样深情的丈夫，你忍心自寻死路吗？

“你既然知道澜弟尚有危难，你更不应该一死了事，何况你肚子里已有沐家的后代，在你以为一死塞责，其实你这样一死，反而增加你的罪孽了。再说到我身上，我把你当作我的妹子看待，我们三人的事，也用不着隐瞒。你以为澜弟有了我，你可以闭目一死，在我却认为你还有嫉妒之心，你想借此一死，来个不闻不见。哪知道我是天生的奇僻的怪人，果然我也爱澜弟，但是我和你爱法不同。你准以为你死后我和澜弟可永远在一起吗？时光宝贵，我不愿再和你多说多道，我劝你快说出解药来，不要误人误己了……”

罗刹夫人这样斩钉截铁地一说，罗幽兰哭得抽抽抑抑，半晌没有开声。

沐天澜却忍不住大哭道：“兰姊！好！你忍心一死，但是你应该记得我说过，我们是同命鸳鸯。你如存心一死，我也立时拔剑自刎，以应前誓。”

沐天澜哭得昏天昏地地敞口一说。罗刹夫人雪光似的眼光，却在他脸上来回扫射。这时，满室乱转的桑苧翁也突然转身，惨然说道：“兰儿！你忍心让你年迈老父，又受一番惨痛吗……”

翁婿两人这样一说，罗幽兰就如万箭攒心，死命拉着罗刹夫人的手，哭道：“姊姊……我明白姊姊的话是对的，但是来不及了……”

罗刹夫人急问道：“快说！怎的来不及了？”

罗幽兰道：“当年九子鬼母死后，我把她藏在秘魔崖的财宝，暗地移藏别处，其中便有‘钩吻’的解药。现在想用它，远在滇南，如何来得及呢？”

罗刹夫人慌问道：“既然这解药和秘藏财宝在一处，当然在燕子坡了。所虑的你这秘藏财宝，已被黑牡丹发现过了……”

罗幽兰摇着头道：“不会的，妹子秘藏财宝，不在燕子坡，从前故意露出燕子坡的口风，是愚弄黑牡丹那班人的。其实是在姊姊住的玉狮谷，便是竹楼前面的阶石下面，翻起阶石下有土穴，埋着一具大铁箱的便是。”说罢，面色渐变，娇喘欲绝。

罗刹夫人看了她几眼，一跃而起，从怀里掏出一小瓶药来，仍用陈酒和着，教沐天澜仍然照老法子一口一口喂下去，一转身，向桑苧翁说道：“这药虽然不是对症下药，看情形还拖得住毒力。尽这一瓶药力，总可以支持到明天，晚辈今晚一夜工夫，凭四头人猿的脚力，要到玉狮谷去赶个来回。我相信只要解药果真在玉狮谷，尚未遗失，明晨定可赶回，老前辈千万不要离开。”说罢飘然而出。

这一夜，翁婿两人守着沉沉昏睡的罗幽兰，只盼快点天亮，罗刹夫人早早取得解药回来，无奈越急越等不到天亮，可以说度夜如年，好容易盼得窗棂上透出微微的一点曙光，罗刹夫人尚未到来，急得翁婿两人走投无路。

又过了片刻，忽听得外屋吧嗒一声响，桑苧翁赶到外屋，并无动静。回到里屋时，一眼瞥见窗口桌上，搁着金光灿烂的一个小盒子。

桑苧翁不禁惊喊了一声："咦!"

沐天澜原在床上，侧身向内，如痴如呆地偎着罗幽兰，猛听到老丈人一声惊喊，跳下床来，奔到窗口。一瞧桌上一个精致的黄金盒子，下面压着信笺，拿起信笺一瞧，笺上并没具名，只写着四个字：幸不辱命。

沐天澜一瞧这四个字，便知是谁写的。而且立时觉得这四个字内，似乎包含着无穷的缠绵幽怨，但是一时想不出字到人不到的用意，心里也没有再思索的工夫，只觉得又是一桩祸事来了，也顾不得再看金盒子内的东西，一瞧窗户是虚掩着的，慌一耸身，跳上桌子，推开窗户，飞身而出，在院子里一站脚，纵上屋檐，四面一瞧，晓色朦胧，寂无人影，急得沐天澜嘴上哭着喊"姊姊、姊姊……"身子像疯鸟一般，在四近几重屋脊上，来回乱蹦。蹦了一阵，哪有罗刹夫人的影子，明知像她这种轻功，自己无论如何追不上，也不知从哪一面追才对。

这当口，真折腾得沐天澜急疯了心，一声长叹，泪如雨下，竟直挺挺跪在一重屋脊上，泪眼望天，哭着喊道："上天在上，我沐天澜如果有一丝一毫的心肝，对不起我多情多义的罗刹姊姊……立时叫我……"一语未毕，身后一阵飘风，从他脑后伸过一只玉手，把他嘴巴掩住了。

沐天澜一转身，只喊得一声："姊姊！你急死我了……"再也说不出话来，心里一阵迷惘，身子一软似晕倒。

罗刹夫人看他这副形状，一伸手把他拦腰抱起，娇喝道："你发的什么疯？大清早，你要把尤总兵全营兵士惊起来，齐瞧我们的哈哈不成?"她嘴上虽这么说着，娇脸上两行珠泪，再也忍不住，簌簌地直挂了下来。

罗刹夫人和沐天澜存身的一重屋上，离开罗幽兰睡着的正屋，隔着几重屋子。可是被沐天澜忘其所以地一闹，屋下军弁们业已惊觉，却又不明内情，诧为奇事，恰因屋上的人，是总兵奉命唯谨的沐二公子，谁敢露面出声，但是暗地偷瞧，私下笑谈当然难免的了。

沐天澜为情所累，耳目失聪，罗刹夫人眼神如电，却已看出下面远近都有人影晃动，趁势把沐天澜拦腰扶起，一点足，向衙后飞过两重矮屋，再一耸身，飞越一道围墙，落在墙外一片荒林脚下。

沐天澜并非真个晕倒，无非连惊带急，最后一见罗刹夫人来到身边，惊喜过度，不由得一阵迷惘。这时自己身子被罗刹夫人带出围墙，野风一吹，心志略清，他唯恐罗刹夫人再走，小孩子撒娇一般，抱住了罗刹夫人不肯松手，嘴上连珠似的哭诉着："姊姊！你这'幸不辱命'四个字，几乎要了我的命！我见字不见人，别人不明姊姊的意思，我便知姊姊恨上我了，不愿和我们见面了。天日在上，我自从和姊姊结识以来，我们步步的危难，哪一桩不是姊姊成全我们的？我如果有一点对不起姊姊的心，我便是天地间忘恩负义的丈夫，姊姊如果真个不理睬我，我只有一死，以明心迹……"

罗刹夫人不等他再说下去，冷笑道："又是只有一死……我问你……你有几条命？我劝你把这条命留着做同命鸳鸯吧！"

沐天澜听得立时心里勃腾一震，这才明白"幸不辱命"四个字内，一语双关，包含着有这么大的用意，想起昨晚逼着罗幽兰说出秘藏解药的所在，自己说出"我们是同命鸳鸯，你如存心一死，我也自刎"的话，这话是在她面前说的，在她听得当然刺心，显得我心里，只有那一位，没有这一位了。所以这时责问我有几条命，那"幸不辱命"四个字，表面上好像说："取到了解药，幸不辱命。"其实骨子里是说，"你这有一条命，我赶快离开你们，免得玷辱了你的命。"啊哟！好险！幸而她到底对我有情，没有真个走远，一半也特意躲在一旁，要瞧瞧我对她究竟有几分情意。唉！一时不留神，嘴上又说出了毛病，话一出口，如何收得回来，这时教我怎样解释呢！

他心里一阵翻腾，也无非眨眼之间，终于逼出几句话来。他说："我的姊姊，小弟这条命可以说捏在两位姊姊手里。不论哪一位姊姊如果离开了我，我这条命便活不成。假使此刻姊姊不可怜我，我定必上天下地去找姊姊，便是兰姊幸而有解药，救活了她的命，她这条命也是姊姊所赐。姊姊如果真个离开我们，非但我活不成，她也难以安心活在世上了……"

罗刹夫人叹口气道："我这怪僻脾气你是知道的，不论什么事，都是游戏三昧。唯独对于情字这一关，勘不破，逃不过，还有点认真。我真后悔，明知你已有一位，我也犯了糊涂，和你沾了身。我真不愿再在你们里面，从此离开你们，眼不见，心不烦，也就罢了！被你这一闹，我又软了心。咳！这还说什么呢，我这么一说，你可以松开了手吧！”

原来沐天澜两臂还紧紧地抱着罗刹夫人，他兀自不放手，搅住了罗刹夫人玉臂，哀求似的说道：“姊姊，我们一块儿进衙门去吧！”

罗刹夫人半晌没有出声，两道秋波盯在他脸上，渐渐地现出媚笑，忽然咯的一声笑了出来，倏又柳眉一展，很郑重地问道：“你不要忙，我得问问你，刚才我瞧你急得对天发誓，你总算有良心的，但是你对我预备怎么办呢？”

沐天澜毫不犹豫地答道：“从玉狮谷内到老鲁关相近的那座破庵内，我恳求姊姊不知多少次，姊姊怎的还问我这个呢？”

罗刹夫人冷笑道：“我知道你小心眼儿，老以为你们沐府画栋雕梁，一生享用不尽。在我眼内，你们沐府和大明江山一般，已经成了残朽不堪的危厦，经不得一阵风雨，便要倒塌了，大势所趋，无法挽救。你既记得我们三人在那座破庵的事，你应该记得我和你们说过，我愿自己开辟一条应走的路，也许是我们三人同走的路那句话吗？”

沐天澜慌应道：“小弟记得，究竟怎样一条路呢？”

罗刹夫人道：“这条路只有八个字：‘不问世事，偕隐山林。’这八个字，在开创基业的英雄豪杰眼内，是一条最没出息的路。但在知机乐天的隐士逸人眼内，却是人世最不易享受到的清福。这种清福，不得其人，不得其地，便无从享受起。现在我们三人，身有武功，不论什么峻险的山林都可去得，不论凶禽猛兽、生番野苗，都可制服。

“我自己已历许多人迹不到的奇境，适宜于我们三人偕隐之处很有几处。就眼前讲，我们寄宿的龙咩图山的苗村，只要经我们略一经营，便是世外的小桃源。但是这一处不算数，我预备在我足迹所经，认为美景非常的几处秘奥之境，网罗世上志同道合的奇人逸士，群策群力，多开辟几处与世无争、与物无忤的桃源乐土，共享世间不易享得的清福。你不要小看这点志愿，依然还得费不少心机，费不少财力，才能如愿。

“我从金驼寨得来一批黄金，便预备用在这种地方。不想事有凑巧，昨晚赶回玉狮谷，依照兰妹的话，果真从竹楼阶下掘出一只硕大无比的宝箱，内藏当年九子鬼母的奇珍异宝，真是美不胜收。那个金盒子藏着起死回生的解毒秘药，也在其内。这批宝藏，价值无法估计，我那批黄金和它一比，宛如沧海一粟了。如果你和兰妹和我同心，把这批宝藏和那批黄金，用在我的计划上，还可替世上许多穷无所归的人们，多开辟几处世世安居的乐土，岂非天地间第一功德？我们三人一半为己，一半为人，把一身心力都用在这上面，似乎比扰扰一生、梦梦一世强得多了。这便是我想走的路，你们如愿同走这条路，自无话可说，不愿和我走这条路，我便独行其是，你们也不必缠绕我了。”

沐天澜长叹一声道：“姊姊真是天人，没有姊姊这样才智毅力，真还不配说这种话。古人说过‘穷则独善，达则兼善’的话。姊姊却于独善之中寓兼善，又比古人高出一筹。这条路真是乱世应走的路，小弟佩服得五体投地，如何不依着姊姊携手偕行呢？”

罗刹夫人说：“好！一言为定，你现在回去，治好了你的兰姊，把这层意思说明。我料定老前辈桑苧翁定然赞成，你们翁婿夫妻三人先回昆明，我此刻转回玉狮谷。一月后，我在那白夷裔的苗村恭候你们，那苗村便是我预备经营的第一处小桃源了。”

三位欢喜冤家，能否真个志同道合，开辟桃源乐土？世事无常，此福不易，作者未敢十分保险。但是衷心希望这三位一体，有志竟成。这点希望，大约是和诸位读者一致的。

（全书终）

注：本集1949年12月广艺书店版，雕龙出版社初版时间不详。

罗刹夫人续集

小引

本书一至五集，刊行多日，作者本意，全书于五集尾已告结束，而南北读者纷纷来函，督促续写，积书盈案，欲罢未能，归纳四方函教，大致认为如此结束，未免过于匆促，难厌人意。如罗刹夫人开辟桃源乐土，是否如愿以偿？三位一体之局，是否圆满完成？以及金驼寨黄金雁祸之独角龙王，飞马寨蠢蠢思动之岑猛，妖言惑众，仅以身免之九尾天狐等人，余波宛在，首尾未全，渴望续写，以成全璧。四方读者，督促如此，明知画蛇添足，亦只得勉力续写，以副殷殷赐教之盛意。

第一章　金驼之劫

滇西榴花寨沙定筹之乱已平，尤总兵带兵到榴花寨左近一带，踏勘苗匪、教匪死在四头人猿手内的尸首，尽是男的，没有女的，便知白莲余孽女匪首九尾天狐未遭劫数，定已远扬。虽然被她逃出命去，谅已不能兴风作浪。一夜工夫，竟被沐二公子带了两位女英雄一扫而平，做成了尤总兵一场大功劳，真是意想不到的事。在这位总兵暗暗得意非凡当口，那位沐二公子沐天澜忽惊忽急，忽哭忽笑，守着床头生死一发的罗幽兰，追着屋上隐现不测的罗刹夫人，缠绵悱恻，荡气回肠，折腾了一夜，一颗心闹得粉碎，何尝有一刻安顿。

万幸罗刹夫人凭四头人猿的脚力，飞一般取来了起死回生的独门解药，挽救了生死关头的娇妻，可是在“幸不辱命”四个字上，几乎又把痴情的沐二公子折腾得半死，好容易哭求哀告，感动得心回意转，决定了“不问世事，偕隐山林”的目标和一月后在白夷苗村相会的预约，才和罗刹分手，回转罗幽兰病榻，和老丈人桑苧翁用罗刹夫人放在桌上金盒子内独门对症解药，马上如法施为，替危机一发的罗幽兰内服外敷，细心调理。

关于抚辑地方，镇压匪党一切善后事宜，都交尤总兵去办理，既不顾问，也没心肠去顾问。镇日在蒙化县衙内守住了罗幽兰的床前。这样在蒙化城内，又勾留了几天，仗着下药对症，果然神效异常。罗幽兰期门穴创口，虽一时尚未平复，袖箭奇毒，业已消解尽净，气色业已好转，仗着罗幽兰内功素具根底，体质异众，已能离床起坐，言动如常。她自己明白，这条性命没有罗刹姊姊一夜奔驰，早已鸳鸯拆散，投入鬼门关内了。

经沐天澜暗中告诉她罗刹夫人的预约和“幸不辱命”四个字的小小风波，罗幽兰珠泪纷抛，呜咽着向沐天澜说：“我这条命是我罗刹姊姊赐给我的，她的见识又比咱们高得多。她怎么说，我们便怎么办，从此以后，我们三个欢喜冤家，谁也不能离开谁。现在我已能行动，此地难以久留，家中哥嫂又不知怎样盼望着我们，我们同我父亲快回昆明去吧。”

商议定妥，桑苧翁虽然想独行其是，飘然远行，但经不起娇女爱婿百般求恳，自己爱女伤口未复，一路长途，也得自己护送，没法子不和他们同回昆明沐府。于是翁婿爱女三人，仍然带着改扮家将的苗妇和几个家将，别了尤总兵，离开滇西，赶回昆明。

三人到了昆明沐府，沐天澜的哥嫂得知扫荡滇西苗匪的奇功，自然喜出望外，沐府的声威，也似乎为之一振。这位老丈人桑苧翁，自然是沐府唯一的贵宾，在全府尊视之下，也养尊处优地优游了许多日子。

可是他云游已惯，乐处山野，情愿和闲云野鹤一般，自在逍遥，却受不惯高楼大厦、锦衣玉食的供养，待得罗幽兰创口平复，行动如常，竟悄没声地独自溜掉了。

罗幽兰、沐天澜无可奈何，只好让这位老丈人独行其是。一算日子，夫妇回到家中，已过了一个多月，罗刹姊姊苗村相会的约期，得赶快践约，明知哥嫂面前，极难通过，想走的话，也得依照老丈人的办法，悄悄地溜掉。

但是这一去，既然要行罗刹夫人“不问世事，偕隐山林”的约言，说实了，便得不顾一切地弃家远遁。在当时罗刹夫人面前，只求和她厮守，百依百顺，毫无考虑的余地。哪知道夫妻回家以后，想突然从高堂大厦、安富尊荣的巍巍沐府中，毫不留恋地躲入深山僻径的林谷内，便觉得种种困难，都一齐兜上心来了。一面又时时想念着罗刹夫人的恩情厚爱，绝不能违背她的预约，如果违了夙约，便等于自食前言，不愿和罗刹姊姊见面了。不和罗刹姊姊见面，非但沐天澜绝无此念，罗幽兰也无时不刻不盼念着救命的罗刹姊姊。但是想见面，便得弃家践约，两夫妻心理交战，暗地不知商议了多少次，委实难以狠心决定下来。

可是时间不留人，一天天飞快地过去。一算日子，和罗刹夫人预约之期竟已过了头，再不前往践约，便有点交代不过去。这一来，弄得夫妻二人，寝食难安，过一天，便发一天愁。夫妻俩痴心妄想，最好罗刹夫人突然光降沐府，然后千方百计，磨着她留在家中，罗刹夫人开辟桃源乐土的大计划，缓议缓办，才合夫妻俩的心意。

但是夫妻俩的心意，只能暗暗存在心里，而且自己也明白，还是妄想。罗刹夫人坚决的心肠、明澈的见识，绝不会俯从两人的心意的。两夫妻暗地为难，他们哥嫂当然不为知晓，不过看出他们俩不知为了何事，有点坐立不安，却已瞧出一点痕迹来了。问他们时，他们又推得一干二净，可是经哥嫂一问，夫妻俩更难过了。夜里夫妻俩又暗地细细商议，为了此事，失神落魄的形状，连哥嫂都瞧出来了，再不决定去留，连自己都无法交代了。

沐天澜想起，那晚蒙化县衙屋上，和罗刹夫人一番恩爱缠绵，难分难舍的情状，最后罗刹夫人提出三人偕隐的话，自己一口应诺，觉得毫不为难。这时想起来，困难重重。最难受的，罗刹夫人那时说的“好！一言为定，一月后，我在苗村恭候你们”娇娇滴滴的这几句话，好像老在耳边响着。这时夫妻俩对于锦衣玉食，难割难舍，好像罗刹夫人早已窥破他们俩的心意，故意用这种要挟来难他们，好借此脱身似的。

他想到这层，嘴上不禁“啊呀”一声，喊出口来。

罗幽兰一追问，沐天澜说明自己想头。罗幽兰一跺脚，叹口气说：“澜弟！我们不能做忘情负义的人，我们也不能让罗刹姊姊独行其是。好在滇西之乱已平，哥嫂在家，也没有不得了的事，我们且找着罗刹姊姊再说，我们明天走吧！”

夫妻俩刚决定了主意，想到苗村践约，去会罗刹夫人之际，不料风波突起，滇西之乱方平，滇南之祸又起。夫妻俩决定去留的第二天，沐府突然得到滇南石屏州金驼寨龙土司苗卒飞马急报，报称：“金驼寨突被女匪罗刹夫人带领飞马寨岑猛手下苗匪，乘虚围攻，已经攻进险要。龙土司和映红夫人拼命抵挡，势已垂危，特地飞马赶到昆明求救，越快越好，迟则金驼寨难保，龙土司夫妇性命恐已死于乱军之中。”

沐天澜、罗幽兰听得大为惊异，简直是奇事，罗刹夫人怎会帮着飞马寨攻掠金驼寨？慌问飞报的苗卒，怎知攻打金驼寨是女匪罗刹夫人呢？

苗卒报说：“金驼寨的人们，都瞧见一个美貌凶勇的女匪，当先骑着一匹马，马后有人擎着一面大旗，旗上写着‘罗刹夫人’四字，绝不会错。”

苗卒这样一说，夫妻俩越发闹得莫名其妙，虽然觉察有人顶冒，罗刹夫人绝不会做出这样事来，但是滇南出名的黑牡丹已死，别无著名女匪，便是有，也没这大胆敢冒罗刹夫人的名号，冒她名头，又有什么用意呢？这真是意外的奇闻了。可是金驼寨势已垂危，沐府与龙土司的渊源，岂能坐视不救？

明知路远势危，也许救兵未到，金驼寨已落人手，也得连夜驰赴滇南，探查真相，免得势成燎原，不可收拾。当下沐天澜、罗幽兰挑选了几十名家将，一律骑着快马出发，赶奔滇南。一面由他哥哥沐天波急发兵符，知会滇南沿途官军，调动人马接应。

救兵如救火，沐天澜、罗幽兰夫妻俩率领五十名全副武装的家将，星驰电掣地赶奔滇南。从昆明到滇南石屏州，最快也得两三天工夫，等得夫妻俩赶到金驼寨，攻打金驼寨的苗匪和扯着“罗刹夫人”旗号的女匪，都已踪影全无，但是一座较有规模，夫妻俩曾经做客的龙土司府，已烧得片瓦无存，残垣断壁，一片焦土，真是触目惊心，而且血迹斑斑，遗尸遍地，纵火焚烧的遗留灰烬和龙家苗族哭夫觅子的遍地哀声，真是惨不可言。

未死的和带伤的头目和苗卒，一见沐二公子带领救兵到来，个个哭拜于地，指手画脚地哭陈这次遭劫难的经过，而且众口同声，说是罗刹夫人是罪魁祸首，要沐二公子看在以往龙土司忠心耿耿的面上，替金驼寨龙家苗做主，兴兵报仇，活擒罗刹夫人祭灵。

人多言杂，一时难以听清出事首尾，龙家苗老弱男妇，又在两人面前，众口同声地骂着罗刹夫人，心里更是难过异常，一时又无法解释。龙土司府已成瓦砾场，吩咐在适当处所，设起行帐，指挥家将，扼守出入要口。然后召集几个懂事头目和能说汉话的老年苗人，好言抚慰，细探出事经过和龙土司夫妇遭难情形，由头目们从头至尾讲出经过细情，才明白了一切。

原来金驼寨土司独角龙王龙在田，自从经沐二公子在玉狮谷把他救回以后，总是无精打采，恢复不了以往雄视一切的气概，加上映红夫人心痛秘窖黄金被罗刹夫人席卷而去，也失神落魄的提不出兴趣来。对于掌理全寨事务和操练手下苗卒，便不像以往雷厉风行。上面一松懈，下面头目们难免乘机偷懒，疏于防范。偏偏得力臂膀金翅鹏，脸上蟒毒虽经黄牛峡大觉寺无住禅师尽心调治，逐渐复原，却已成了半面人，半个面孔已经失了原形。

金驼寨的人们，称他为半面韦陀。无住禅师离开金驼寨时，半面韦陀金翅鹏蟒毒虽净，体力还未十分复原。金驼寨出乱子当口，龙飞豹子那孩子，幸亏这位半面韦陀志切存孤，奋勇救出，到现在还不知半面韦陀和龙飞豹子逃到何处去了。

还有龙飞豹子的姊姊龙璇姑，却幸亏她立志求师学剑，在沐天澜、罗幽兰首次回昆明以后，龙璇姑拿着罗幽兰的介绍信，早已辞别父母，远奔三乡寨，在那儿拜桑窈娘为师，精练剑术，躲避了这场灾难。

事先，石屏城和金驼寨之间有个关隘，叫作五郎沟，距离金驼寨只十几里路。驻守五郎沟守备岑刚，原是飞马寨岑胡子岑猛的本家兄弟。以前沐天澜夫妻首次到金驼寨，营救独角龙王时，五郎沟岑守备和石屏吴知州，曾经到金驼寨来拜访。沐天澜夫妇回昆明以后，这位岑守备又有意无意地在金驼寨四近进出，有时也到土司府拜望龙土司。独角龙王没有把守备放在心上，有时还推病不见，可是金驼寨内防备松懈，兵力薄弱的情形，已被岑守备看在眼里了。

在沐天澜夫妇从滇西蒙化回转昆明，罗幽兰深居沐府，调养伤口这一个多月光阴内，五郎沟岑守备行踪诡秘，常常到飞马寨看望他族兄岑胡子去。这期间，金驼寨异龙湖对岸，象鼻冲那条长岭上，发现了一大批过境的猎户，不下四五十人。其中还夹杂着几个汉人，以前龙土司绝不准其他苗族，在异龙湖近处逗留。这次经下面头目们报称大批猎户过境，龙土司听得是过境猎户，以为只要不在近处逗留，无关紧要，懒得多事，也没派人追踪，探个实在。

自从发现这批过境猎户以后，金驼寨四近常常发现行踪诡秘、面目凶横的其他苗族，三五成群，似盗非盗，也瞧不出从哪里来的。不过一现即隐，并没有侵入金驼寨境内，也没有什么可疑举动。金驼寨头目们素来仗着独角龙王以往赫赫威名，狂傲自大惯的，总以为没人敢到金驼寨来寻是非。

向龙土司夫妇报告时，龙土司夫妇又没在意，头目们也就忽略过去。

哪知道在这四近不断发现外路苗族当口，有一天晚上半夜时分，龙土司夫妇正在熟睡当口，前面聚堂木鼓（苗寨议事之室曰聚堂，聚众报警用木鼓），震天价急响起来，金驼寨各山头哨望的碉寨也响如贯珠。龙土司夫妇在睡梦中惊醒，一跃而起，突见楼窗上已映起一片火光，全寨呼号奔驰之声，已乱得开了锅一般。

独角龙王、映红夫人大吃一惊，慌整束身上，备好军器，赶下楼去。走到半楼梯，几个亲信头目，正气急败坏地奔来报告："说是金驼寨要口，已被突然进攻的匪盗侵入，龙土司府前后又突然无故起火，定有奸细混入，请土司火速发令，集众抵挡。"

映红夫人刚喝问了一句："哪里来的匪徒，怎么事前一点风声没得？"

话刚出口，半空里嗤嗤乱响，火光一团团地齐向楼屋飞来，竟是从府后通插枪岩的冈子上攒射下来的火箭。刹那间，内外喊杀连天，人声鼎沸。最可怕的，楼后通地窖去的一片练武场上，呼喊如雷，声声喊着："不要放走了龙在田夫妇!"

龙土司刚目如灯，面如噀血，一声大吼，扬起一柄金背大砍刀，一跃而下。

映红夫人嘴上喊着："龙飞豹子呢？快去知会半面韦陀并力杀退匪人。"一面喊着，一面左手挽起兽面护身盾牌，盾上插着十二支飞镖，右手舞着长锋薄刃翘尖刀，跟着丈夫，领着一群亲信头目，从楼下杀奔后寨。

苗寨建筑，竹木为主。后寨高冈上，火箭齐飞，一排楼窗，业已着火延烧。等得龙土司夫妇领着一群亲信头目踏上后寨练武场上时，便知大祸已临，敌人深入，金驼寨基业无法保全了。原来这当口，平时掩蔽藏金地窖的几所小屋，这时门户洞开，火燎乱飞，敌人像蚂蚁出洞般，从屋内蜂拥而出。一见这样情形，立时可以明白，大势已去，咎在自己夫妇两人太疏于防范了。里面地道原通着寨后插枪岩金穴废矿，总以为威声素著，就近苗族，不敢正视，地道内秘藏黄金，已被罗刹夫人席卷一空，更是不大注意这地道了。

哪知大祸天降，匪人竟从地道偷袭深入，看情形来势不小，布置已非一日，这时已无暇再想安全之策，除出决死一拼，已无他途。苦的是事起仓促，敌人竟从地道深入，外面要路口又已失守，内外交攻，自己苗卒散处分碉，一时难以集中。火势已旺，一座土司府立时要变成灰烬，能够杀出府去便是好的。

这当口，后寨练武场上已布满了敌人。当中跳出一个身形魁梧，虬髯绕颊，腰缠飞刀，手持长矛的大汉。大汉身后，一个身材苗条，装束诡异的女子，手横长剑，腰佩弹囊，背负弹弓，脸上却罩着血红的人皮面具。

独角龙王龙土司从火光影里，一见持矛的大汉，立时暴跳如雷，怒发上冲，大声喝骂道："好呀！我道是谁，敢偷袭我金驼寨！原来是你岑胡子领的头。凭你飞马寨一点根基也敢造反，你是活得不耐烦了！"

岑胡子岑猛长矛一拄，哈哈一声狂笑，指着龙土司夫妇喝道："你们夫妇俩，平时依仗沐府一点靠山，在滇南作威作福，欺侮同族苗人，甘心做汉人鹰犬。九子鬼母死后，你一发称孤道寡，雄霸滇南，以为你金驼寨是铁打江山。哪知道你恶贯满盈，只被我们略施小计，便长驱直入，前后包围，今晚制你死命，易如反掌。你夫妇俩如果想保全一家老小，快把历年积存的黄金全部献出，还有商量。否则，杀得你全家鸡犬不留，休怨俺岑胡子心狠手辣……还有一桩事告诉你，叫你死得不做糊涂鬼。"

说罢他一闪身，向身后蒙人皮面具的女子一指，大声说道："这位女英雄，便是饶你一命，放你回家的罗刹夫人。指望你悔过自新，和沐府断绝来往，向滇南各苗族同心合作。哪知道你依旧和乳毛未褪的沐二小子、吃里爬外的女罗刹（即罗幽兰）勾结一起，致榴花寨土司沙定筹、碧风寨土司夫人黑牡丹同遭毒手。罗刹夫人的本领，大约你们都应该知道。现在这位罗刹夫人会合俺飞马寨全体好汉，亲来问罪，金驼寨已在俺们掌握之中，插翅也难逃出俺们手心去。还不低头服输，尚有何说！"

岑胡子得意扬扬地喝骂了一阵，那位蒙着人皮面具的罗刹夫人，也用剑一指，娇声叱道："岑土司话已说明，你们死活只有两条路。想活命快把全部黄金献出来，牙缝里迸出半个不字，马上剑剑斩绝，毫不留情，把你们杀尽了，把你这土司府刨根翻地，还怕搜不出你夫妇俩秘藏的黄金？哪一条道合算，你们自己想去吧！"

龙土司夫妇俩，一听岑胡子和自称罗刹夫人的一番话，又惊又愣，闹得莫名其妙。沙定筹、黑牡丹的死讯，滇西、滇南路途远隔，沐府又没来人，是真是假，且不去管他，只凭岑胡子、罗刹夫人口中之言，明摆着今晚暗袭金驼寨，全为秘藏黄金来的。但是全部黄金早被罗刹夫人用诡计席卷而去，何以本人又引着飞马寨岑家人马，来索取黄金呢？

如果这人真是罗刹夫人，自己做的事不会不知道，这可是什么诡计呢？敌人业已深入，一个飞马寨岑胡子已经不易对付，又加上这个女魔王罗刹夫人，如何得了？

两面一瞧，自己身边依然只有十几个亲信，前寨杀得沸天翻地，并没有自己部下赶到后寨保卫，可见大势已去。再担心自己儿子龙飞豹子和半面韦陀金翅鹏，许久没露面，也许已遭毒手。

龙土司夫妇俩心如油煎，映红夫人更是急得发疯，一声大喊，指着自称罗刹夫人的蒙脸女子喝道："你这生长野兽窝，不通人性的野贱人，你把我们秘藏地窖的二万两黄金，用诡计全部偷去，一人独吞。现在仗着你偷黄金时熟悉插枪岩地道，又勾结飞马寨乘虚而入，嘴上还想索讨黄金，你是没话找话，存心欺侮人。黄金全在你手上了，哪里还有黄金？我们金驼寨没有了历年积存的黄金，便成了空寨。我们老夫妇俩怒气冲天，正想找你这野贱人拼命，今晚不是你，便是我！"

喝声未绝，映红夫人舞起刀牌，发疯般向那蒙面女子杀了过去，独角龙王也一声大吼，扬起手上那柄大砍刀，横砍竖砍，猛厉无匹地向岑胡子拼杀猛攻。身边十几个亲信头目，也顾不得彼众我寡，唯有以死相拼，真是一夫拼命，万夫莫挡。

独角龙王夫妇率领手下十几名亲信勇敢头目，在后寨练武场上和敌人一场混战，真是视死如归。岑胡子带来几十名党羽也死了不少，尤其映红夫人盾牌上插着的十二支飞镖最为厉害。

她早知罗刹夫人名头，不管敌人是真是假，并不和那女子死拼，只一味乱杀，仗着自己飞镖发无不中，只要飞镖一中上，见血封喉，不管是谁，立时废命。因为她十二支飞镖，镖镖喂毒，无奈她飞镖只有十二支，虽然镖死了不少人，却没镖死岑胡子和自称罗刹夫人的女子，自己飞镖发尽。手下十几名亲信头目，也死得差不多了。

敌人越来越多，大约前寨也被攻进，一带楼房已被大火烧得倾倒下来。她一看情形有死无生，还想和她丈夫奋勇杀出重围。舞起刀牌，向围困独角龙王所在杀了过去，一面拼杀，一面高声大喊，知会独角龙王，叫他随自己夺路逃命。

无奈人多声杂，人影乱窜，非但得不到自己丈夫回答，也杀不到丈夫跟前。突然面前一弹飞来，用手上盾牌一挡，不料这颗飞弹，与众不同，被盾牌一挡，立时爆裂。从弹内爆散一阵触鼻的香雾。映红夫人鼻子里一闻到这种香味，一阵天旋地转，立时撒手弃刀，昏然倒地。这当口，独角龙王龙土司也久战力绝，中了岑胡子一飞刀，和他夫人同死于乱刃之下。

独角龙王龙土司夫妇一死，金驼寨便算瓦解，只苦了平时托庇于龙土司的龙家苗男妇老幼，飞马寨岑胡子手下，任意劫杀，尸横遍地，闹得鬼哭神号。这其间，唯独养病初愈的半面韦陀金翅鹏和龙土司儿子龙飞豹子两人，踪影全无。

如说两人死于乱军之中，事后检查，却没搜寻着尸骨，才相信他们两人也许远走高飞，逃出性命去了。

直到以后，龙土司女儿龙璇姑剑术学成，改扮道姑，仗剑寻仇。在长江一带姊弟巧逢，才知乱起之时，半面韦陀金翅鹏明知金驼寨已无法保全，自己身体未复，争斗不得，勉强拼命，无非添一条性命上去，于事无补。在乱得一团糟当口，他立定主意，存了保全孤儿以报知己的念头，把龙飞豹子背在身上，隐着身形，乘乱越墙而出，远走高飞，居然替龙土司保全了一点骨血。

金驼寨遭了这场大劫，赫赫威名的独角龙王，固然一败涂地，夫妇双双毕命。可是飞马寨的岑胡子，为了暗袭金驼寨，倾了自己全部力量，费了许多心机，结果也是闹得一场空欢喜，而且自己带来的部下，被金驼寨龙家苗族一场拼杀，明杀暗伤，也损失了不少精锐。还有那个脸蒙红色人皮面具，自称罗刹夫人的女子，也是一无所得，大失所望。在金驼寨劫杀了一场，搜掘了一夜，几乎连土司府的地皮都翻了过来，何曾得着大批藏金？本来藏金只有二万多两，已被货真价实的罗刹夫人席卷而光，哪里还藏着第二批黄金呢？

这位西贝的罗刹夫人，只能怨自己智能薄弱，运气不佳，处处失败罢了。非但黄金之梦变成泡影，白白把金驼寨搅得稀烂，而且没法子占据了金驼寨的地盘，因为飞马寨和金驼寨距离着不少路，岑胡子还没有这样实力，把金驼寨据为己有，又担心着昆明沐府调兵出征。这次暗暗偷袭目的全在黄金，希望成空，只好收兵返回自己老巢去了。

飞马寨岑胡子痴心妄想掠夺龙土司藏金，原非一日。在沐二公子单独和罗刹夫人会面，同赴玉狮谷营救独角龙王当口，早已暗地听到岑胡子这样口风了。这次突然发动，却是这位西贝的罗刹夫人一手造成。

究竟这位西贝罗刹夫人是谁？不是别人，正是在滇西失败，侥幸逃出四头人猿眼爪之下的九尾天狐。

她和几个同党落荒逃命，不敢再回蒙化阿育王寺，便由榴花寨逃入通达滇南的哀牢山，由哀牢山再一路逃奔飞马寨。九尾天狐和飞马寨岑胡子本不相识，只因榴花寨苗匪首领沙定筹本和飞马寨信使往还，互结密约，九尾天狐在滇西笼络沙定筹，隐握大权，岑胡子早已闻名。这时九尾天狐无路可奔，权且躲入飞马寨中，仗着她一点姿色和狐媚手段，和岑胡子一见，便气味相投，一阵花言巧语，岑胡子便死心塌地地拜倒在九尾天狐裙下了。

九尾天狐投奔飞马寨不久，岑胡子得到情妇黑牡丹命丧蒙化城的消息，连首级都被沐二公子带回昆明，祭告亡父。这一个消息几乎把岑胡子惊死痛死，幸而身旁又添了一个九尾天狐，似乎比黑牡丹略胜几分，便恋着新的，忘了旧的，每天和九尾天狐胶在一起，常常谈起滇南苗族消长之势和金驼寨龙土司府内秘藏大量黄金的情形，自己垂涎多年，苦于无法可施。

九尾天狐初到滇南，当然也不知道龙家藏金早落他人之手，她一听有这许多黄金也红了眼。她权和岑胡子结合，原是一时安身之计，并非真心。而且那晚在月下和沐二公子只见了一次面，谈了几句话，不由得把沐二公子的影子，牢牢嵌入心中，一发把罗刹夫人恨如切骨。她从飞马寨探出罗刹夫人和猿虎相处的玉狮谷便在滇南，不禁有点胆寒。岑胡子窥觑龙氏藏金，迟迟不敢动手也是怕着神出鬼没的罗刹夫人。

自己手刃妹子胭脂虎的一幕怪事，想起来便害怕得不得了，滇西沙定筹闹得落花流水，黑牡丹自己赶到蒙化找死，连脑袋都搬了家。这些可怕的事，事后探出都是罗刹夫人的手段，更是提心吊胆，唯恐那位罗刹夫人寻晦气寻到自己头上。

不料事有凑巧，自从九尾天狐投奔飞马寨以后，暗地派了几个精细亲信，到玉狮谷左近去探谷内动静，密探的苗卒回来报称："玉狮谷要口铁栅业已撤去，谷内那所大竹楼和不少房子业已用火烧毁。非但罗刹夫人走得不知去向，连看守玉狮谷一群人猿和七八头猛虎，都已踪影全无。玉狮谷已成空谷，看情形罗刹夫人率领一群猿虎，已远走高飞，不在滇南了。"

岑胡子猜不透罗刹夫人何以弃掉了玉狮谷，又疑又喜，还怕罗刹夫人迁移不远，过了一时，四面打探，绝无罗刹夫人的踪迹。这才明白罗刹夫人确已远离滇南，这才胆子渐渐地大了起来，每天和九尾天狐商量，怎样下手，攫取金驼寨龙家藏金。九尾天狐一听对头人不在滇南，也放了心，而且异想天开，来个冒名顶替，自己冒称罗刹夫人，想把攫夺龙家藏金这口怨毒，一股脑儿推在罗刹夫人身上，也算报复滇西失败之仇。

费了不少心机，先由五郎沟守备岑刚时时打探龙家情况，然后探地道，扮猎户，一步步把飞马寨所有人马，暗暗埋伏金驼寨相近僻静处所。偏偏碰着龙土司夫妇心绪不宁，百事松懈，竟被岑胡子、九尾天狐成功了偷袭诡计，结束了金驼寨独角龙王多少年的赫赫威名。而岑胡子和九尾天狐也白忙了一场，结果大批藏金依然一无所得，还疑神疑鬼的，不信映红夫人拼杀时，说出藏金已被罗刹夫人拿去的话。一场白欢喜，只做成了飞马寨岑氏手下大批苗匪尽情地劫夺了一次。

不过金驼寨龙家苗族和没有遭劫的龙璇姑、龙飞豹子姊弟，真个以假为真，把九尾天狐当作罗刹夫人，切齿痛恨，认为不共戴天之仇了。

这段金驼寨独角龙王夫妇突然遭难的情形，在沐天澜、罗幽兰好言抚慰，向几个懂事头目口中探问时，那几名头目，当然只能说出本寨遭难的经过。对于飞马寨岑胡子和九尾天狐结合下手的内情，当然无法知晓，也不知自称罗刹夫人的女子，是滇西逃来的九尾天狐，所以沐天澜、罗幽兰也只能就事论事，按情度理地推测，明知罗刹夫人绝不会做这种可笑的事，当然有人冒名顶替，嫁祸于人，但是冒名的女子是谁？一时却推测不到九尾天狐头上去。

夫妻俩暗地一商量，认为龙家遭劫的事，既然有人冒了罗刹姊姊的名头，这事得先和罗刹姊姊商量一下，何况我们二人，本来和她有约在先，要赴龙畔图山苗村相会的，由滇南哀牢山奔龙畔图山，也未始不可。但是许多难处跟着就来了，自己带着几十名全副武装家将来的，难道到苗村去也带着全班人马么？

金驼寨龙家基业，经此大劫算是一败涂地，善后问题，非常困难，必须派人到三乡寨通知学剑未成的龙璇姑，一面又得四处找寻没有下落的龙飞豹子和半面韦陀金翅鹏。龙璇姑姊弟年纪虽小，毕竟是金驼寨的小主人，如果照这样办去，夫妻俩和一班家将替人看家，在金驼寨不知道要勾留到何日才能动身了。

再说，冒充罗刹姊姊的女匪，既然和飞马寨岑胡子结合，也许隐身飞马寨内。岑胡子又是罪魁祸首，龙家遭劫，沐府在私谊公谊上，便得兴师问罪，捉拿元凶。在飞马寨苗匪方面，既然做了这样不轨的事，当然也有预备，自己带来几十名家将，怕不够用，还得发军符调动人马。啊呀！事情越想越多，这一次来到滇南，救人不成，反把小两口投入浑水，变成束茧自缚的局面了。

这天夜里，沐天澜、罗幽兰两夫妻坐在行帐内，越想越烦，闹得坐立不安。

罗幽兰忽地扑哧一笑，向沐天澜脸上看了看，笑道："喂！你有没有觉察，我们俩离开了罗刹姊姊，碰上心烦的事，便觉一筹莫展。这事真怪，从前我独来独往，想到便做，哪有这毛病？你是男人，怎的老皱着眉头，想不出一个主意来？"

沐天澜笑道："主意多得很，怎会没有？因为我们两人心里，时时惦记着罗刹姊姊苗村相会之约，偏又摆脱不开一切的束缚，便觉处处掣肘，事事麻烦。百言抄一总，不论为公为私，只有先找到了罗刹姊姊再说，现在我们只要商量怎样找她去好了。"

罗幽兰立时接口道："这又何必商量？你一个人先到龙咩图山去找她，我带着家将在这儿替龙家看守大门好了。"

沐天澜看她说这话时，小脸蛋儿绷得紧紧的，一点笑影俱无，便知她又使小性儿了，不由得悠悠地叹了口气。

他这一叹气，罗幽兰猛地警觉，我这条命刚从罗刹姊姊手中救了过来，怎的又犯上一个妒字了，粉脸上不由得飞红起来，慌不及笑道："澜弟，你莫怪我，我自己明白又犯了老毛病。将来罗刹姊姊责问我们为何失约，定然要疑心我从中阻挠着你的，这可真不大好。我们什么事都顾不得了，天大的事，我们也得先见着罗刹姊姊再说。"

沐天澜一听，她口风真变得快，但是明白她这话是从肺腑中掏出来的，便顺着她口气说："我想先到玉狮谷去探一下，也许她尚在玉狮谷呢！"

罗幽兰点着头说："也好！我也想到玉狮谷瞧瞧我的宝藏，不知罗刹姊姊替我迁移别处没有？"

一语刚毕，忽听得帐后有人悄悄说道："只惦记着宝藏，不惦记着朋友。你的全部宝藏早已全部充公，抵偿失约之罪了！"

沐天澜、罗幽兰同时一声惊喊："姊姊！"飞一般跃出帐外。

第二章　失　宝

夫妻俩跃出帐外，急急风地在帐前帐后绕了个来回，哪有人影？四面一望，一场劫火剩下来的残垣颓壁和寨后高耸的岩影，涵照在一片烂银似的月光下，格外增加了几分凄凉的景色。近处山巅水涯，若断若续的苗人吹着芦管的声音，无异哀鸿泣诉，惨恻不忍卒听，静静的山野，竟瞧不出帐后说话的人藏在哪儿去了。帐外守卫的几个家将，瞧见他们俩奔出帐外，慌赶近身来护卫。

沐天澜一挥手，说声：“没有事，我们睡不着，闲溜一下，不用跟着。”

几名家将诺诺而退，罗幽兰在他耳边悄悄地说：“真怪！明明是罗刹姊姊的口音，怎又人影俱无，定又是故意逗着我们，让我们愁急了！”

话刚出口，猛见帐内烛火倏灭，帐门外守卫的一名家将也惊得咦了一声，提枪赶进帐去。夫妇俩慌也起身回帐，重新点上蜡烛，一瞧帐内，寂然无人，桌上原摆着行囊随带的笔砚，已有人用过。砚台下面，压着一张纸条，墨色未干，写着寥寥几行字，急拿起纸条细瞧，只见上面写着：“欢喜冤家，缘尽则散。会在何处，散在何处。只此一面，以符终始。”

两人看得大吃一惊，字迹明明是罗刹夫人写的，字内的含意明明是决绝分手的话。头一个沐天澜忍不住一声惊喊：“啊呀！罗刹姊姊怪我们苗村之约迟迟未赴，要和我们分手了！”

罗幽兰也急得粉面失色，便说：“我们快上异龙湖对岸象鼻冲岭上会她去，她不是写着‘会在何处，散在何处，只此一面，以符终始’的话么？我们和她第一次会面，原在那岭上呀！快走！快走！”

沐天澜、罗幽兰夫妇俩，吩咐家将们好生看守行帐，不必跟着，两人急急向异龙湖飞奔。异龙湖原是两人旧游之地，这时踏月重游，到了地头，觉得两岸岚光树影，葱郁静穆，涵照于一片淡月之下，别具胜概。可惜今昔不同，赫赫威名的金驼寨已变成瓦砾之场，龙土司一家基业，已如电光石火般消灭了。

两人感慨系系地走过平铺湖口的那座竹桥，穿过一片树林，缓缓地从岭脚向象鼻冲岭巅走了上去。走没多远，突又听到岭上不远处所，起了一种婉转轻扬的歌声，这种歌声，一听是撮口成音，自成宫商，而且这种歌声一到耳边，立时唤醒初见罗刹夫人那一天的光景。这歌声，当然又是从罗刹夫人珠喉内发出来的，沐天澜一听这歌声，情不自禁向岭上飞奔，心里却有许多说不出的滋味，分不清这滋味，在咸酸苦辣中属于哪一种。罗幽兰也跟在他背后向岭巅飞驰，心里惶惶然，觉得见着罗刹姊姊面时，不知怎样开口才合适。

两人被这歌声又引到老地方，穿出密层层一片松林，踏上十几丈开阔的一片黄土坪，不约而同地一齐抬头，向坪上矗立着那株十余丈高的参天古柏望去，以为歌声照旧，人也定在古柏的巅上了。这株轮囷郁茂、独立高古的大柏树，依然龙盘凤翥，黛色如云，和以前一模一样。可是抬头望了半天，古柏的树帽子上，歌声既寂，人影亦无。许久没见罗刹夫人现身下来。

沐天澜心里急得了不得，刚说得一句："兰姊！罗刹姊姊字条上既然约在此地会面，怎的半天没露面呢？"

蓦听古柏树后银铃般一阵娇笑，月光之下，从树后转出一身绣帕包头，绣边苗装衣衫的罗刹夫人来。脸上没有蒙着可怕的红色面具，依然是凤眼含威、蛾眉带煞的春风俏面，不过和两人一觌面，脸上原带着的媚笑和银铃般的娇音，突然隐去，一对凤眼射出利箭似的光芒，先向沐天澜面上射了几下，眼波一转，又扫到罗幽兰娇靥上，樱唇紧闭，不声不哼，只向两人点了点头。

两人不知什么缘故，一见罗刹夫人的面，便觉心里发怵。尤其是沐天澜，觉得和她在蒙化县衙屋顶上一别，只隔别了一个多月，肚子里原觉有千言万语和她说，这时两人对了面，却不知从何说起，而且心头乱跳，觉得没有早早践约赶到苗村相会，突然在金驼寨会了面，会的地方，又是从前初见之地，心里有无穷的愁急惭愧，唯恐她真个实行字条上的主意，说出决绝的话来，张了几次嘴，竟没有吐出一句话来。

在他发窘当口，罗幽兰却已奔过去，拉着罗刹夫人的手，把“姊姊”叫得震天响。

“姊姊！小妹在蒙化中了黑牡丹毒药袖箭，有死无生，全仗姊姊一夜奔波，取来解药，救了小妹一条命！等得小妹毒消能够起坐，向他问姊姊时，才知姊姊送到解药，没有进屋，径自悄悄走掉了。从他嘴上，又得知姊姊吩咐一月后苗村聚会的话。可怜小妹和他回转昆明以后，哪一天不念着姊姊？哪一时不记着姊姊救命之恩？每天和他商量，只等小妹创口平复，身体复原，便同他到苗村去会姊姊。

“不料女人家真吃亏，箭创刚平复，身上只几个月的身孕竟小产了。大约在蒙化和黑牡丹一场凶斗，身体吃了亏，小产便小产，没有什么要紧。只是小产以后，身体总觉软弱一点，又不敢被家中哥嫂知道，暗暗地调养了几日，才觉着身体复原了。正在暗地和他打算赴姊姊约会时，这儿龙家又突然出了变故。龙家事小，滇南未来之祸甚大，救兵如救火，又没法不赶来一趟。来是来了，龙家已一败涂地，倒弄得我们两人进退为难，心里又惦着姊姊的约会，今晚和他正在行帐内犯愁，万想不到姊姊会降临此地。姊姊一到，我们两人便有主心骨了。

“姊姊！你字条上写着‘缘尽则散’的话，你真把我们两人急坏了。姊姊定然恨着我们迟迟不赴苗村之约，怨我们言而无信了。小妹情愿认罪，替姊姊消气，姊姊千万不要存这种念头。从此以后，姊姊到哪儿，我们便跟到哪儿……”说罢，珠泪莹莹地跪了下去。

罗刹夫人玉臂一舒，把罗幽兰抱了起来，微笑道：“我的好妹妹！你说得满在理，可惜我说的‘缘尽则散’，根本不是为了苗村之约。我和他定约时，你原没在跟前。我和他虽然定了苗村之约，那时我便料定你们住惯了王侯府第，平时高楼大厦，一呼百诺，要突然舍弃尊荣，跟着我野人一般的，躲在深山绝壑去过一辈子，原来绝困难的。不瞒你们说，我原没指望你们真个会赴我苗村之约，既没做此望，便不至怨恨你们，所以这一层，你们不必介意……”说罢，略微一沉，两道秋波却深深地注在沐天澜面上。

沐天澜立时像触电一般，立时感觉到她眼神内，发射出无声的语言，无形的利箭直刺入自己心坎深处，刚悲切切地喊了一声“姊姊”，罗刹夫人突然向他走近几步，看了又看，悠悠地叹口气说：“玉狮子！你还记得我们在蒙化县衙分手时说的话么?”

沐天澜说:“姊姊吩咐的话，时时刻刻在我心里，怎会忘记呢?姊姊说的是‘偕隐山林，不问世事’，预备先经营龙咩图山的苗村，作为我们三人第一处偕隐的小桃源。我们别了姊姊，回到昆明以后，和我岳父说明这意思。我岳父非常高兴，临走时还说:‘让我再云游一时，游兴倦时，便到龙咩图山寻你们去。你们可得扫除无谓的虚荣，把富贵看作浮云一般，而且要明白现在明室江山气数已尽，天下已经大乱，极早抽身，享受你们夫妻三人的清福去吧!怕的是你们有没有这福气，能不能跟着你们罗刹姊姊走，我还有点替你们担心呢!’我岳父临走时说了这几句话，我和兰姊格外坚定和姊姊偕隐的志愿，没有一时不暗地商量:怎样摆脱家庭?怎样扫除俗务?悄悄地到龙咩图山去会姊姊。但是……”

罗刹夫人不待他说下去，冷笑道:“不用‘但是’了……我可以替你说，‘但是家世难舍，富贵难忘。现前的一切一切，都觉得难割难舍，都比跟着罗刹姊姊去度山林生活好得多。’是不是这个意思?所以一得金驼寨求救的消息，救兵如救火，夫妻俩马上带着家将赶到这儿来了。来是来了，我问你，你们究竟做了什么事呢?龙土司夫妇一双性命，你们救出了没有?金驼寨的基业你们保全了没有?龙家苗族的一场劫难，你们挽回了没有?你们面前只一堆瓦砾，连你们住处都没有了，只好搭几个行帐安顿人马，非但救不了人家，麻烦的事便一步步压到你们头上了。

“龙土司一死，滇南大股苗匪，像飞马寨岑猛之辈便要乘机而起了，你们能够逍遥自在地一走了事么?怎样替龙家善后?怎样替龙家做主，兴师伐罪呢?既然有这许多麻烦，缠住了你们的身子，连你们自己，大约也说不清何日才能了清当前的世务，这样，你们的心里，哪还有‘偕隐山林，不问世事’的志愿?哪还有一丝一毫惦记着我的话呢?

“玉狮子!我说这些话，并不是怨恨你薄情，也不是怨恨你迟迟不赴苗村之约。古往今来，有几个能超然世外，跳出尘网的?刚才我已和罗妹妹说明，我在蒙化县衙，取到对症解毒秘药，救活了罗妹妹。让你们一对同命鸳鸯，去享受尘世的虚荣浮华，我走我自己应走的路，不再搅在你们里边也就罢了。不料禁不起你在县衙屋上，发疯般乱蹦乱叫，对天立誓，我也硬不起这条心肠，才和你立下苗村之约。

“虽然料得你们有许多困难，可是也希望你们如约而来，这里面当然我也摆脱不了情爱二字，但是我看清了你们的虚荣浮华，绝难长久，也许怨业牵缠，闹得冰消瓦解的地步。你莫怪我口冷，眼前龙家的结果便是你们沐家的前车之鉴。我和你既然种了情根爱苗，岂肯叫你落到这般地步？你想想你老岳丈桑苧翁临别赠言，便知我不是杞人忧天。

"未来的事且不去说他，眼前龙家的事，够你们两人料理的。滇西之祸方解，滇南之患又起，层波叠起，节外生枝。这样乱世，哪有了结的时候？你们既然情愿投入火坑，我也没有办法。不过在这样局面之下，我和你们只好分道扬镳，各行其是了。玉狮子！人生如梦，从此你我把玉狮谷的前因，都当作梦一般地抛开了吧！"

罗刹夫人说到这儿，似乎秀眉微蹙，也有一种依依惜别之情。

痴情的沐二公子如何受得了，情泪早已夺眶而出，猛地一跺脚，喊道："姊姊！什么话都不用说了！从这时起，求姊姊把我们两人带走吧！不论天涯海角，姊姊到哪儿，我们便到哪儿。忍心的姊姊，怎能说出离开我们的话？天赐我们三人结合在一起，谁也不能离开谁。千言万语，只有一句话能够表明我的心，只求姊姊立时把我们带走。"他小孩似的连哭带说，双膝一屈，竟哧溜地跪在罗刹夫人面前了。

罗幽兰也珠泪满面地喊着："救命的姊姊，你如果狠得下这样心肠，决心要离开我们，请先把我们两人的性命拿了去再走。"

这三位欢喜冤家，只要一碰头，便有哀怨缠绵、微妙曲折的表演，既不是妒，也不是恨，是难以形容的一种情怀。沐天澜是三人中的中心人物，他的心里只念念于左右逢源，缺一不可。罗幽兰初见罗刹夫人时是满腔妒意，情势演变，逼得她不能不大度容让，演成鼎足之势，于是又妒又悔，暗恨暗愁，到了飞马寨脱祸，蒙化城救命以后，她对于罗刹夫人妒消恨去，而且感恩入骨，敬服在心，可是她从小生长盗窟，奔波草莽，一旦和多情公子结合，非但脱去贼皮，而且坐享锦衣玉食之荣，世爵二少夫人之尊，未免志得意满，要她抛弃现成的尊荣，偕隐于深山秘境，实在有点为难，可是她是桑苧翁、罗素素一页情史的结晶品，从娘胎里便是个多情种子，极不愿救命恩人的罗刹夫人分道扬镳，独行其是。何况碰到重要的事，没有神出鬼没的罗刹夫人，便觉没有了主心骨儿。

在罗刹夫人方面，情形又有点不同。她智慧绝人，志趣高卓，把沐府画栋雕梁视为粪土，同时钟情沐二公子，也是恩爱团结，难弃难舍。嘴上虽然斩钉截铁地说着分道扬镳，其实她别有用意，这次突然在滇南出现，并非偶然。她是先暗地潜入沐府，窥察沐天澜、罗幽兰是何动静，对于苗村之约是否意志坚决。

事有凑巧，她到沐府时，正值金驼寨求救之时。沐天澜、罗幽兰带了几十名家将星夜赶奔滇南。她在暗中明白了这档事，让两人带了大队人马先走。自己略一盘算，仗着飞行绝迹的本领，先顺手牵羊，办了一件要紧的事，然后赶到金驼寨。在帐后听出两人对于眼前局势无法措手，一面又惦记着苗村之约，一发弄得进退维谷。她暗地好笑，忍不住现出身来，却又故意写个字条吓他们一下，而且她急于要办理另外一件重要的事，特意利用眼前的局势，使沐天澜、罗幽兰两人乖乖地听她的话，跟着她走。

当下罗刹夫人瞧得沐天澜、罗幽兰两人情急之状，不由得也感动于衷，秋波内也含着莹莹的泪光，慌咬紧樱唇，把沐天澜拉了起来，故意冷笑道："你们见着我时，又不顾一切地情愿跟我走了。我问你，你们带着大队人马赶来救应，龙家遭劫在先，你们救应不及，情有可原。现在因为我的关系，忽又不顾一切，把几十名家将丢下。龙家的事不管不顾，闹得有头无尾的，突然跟我一走，这又理不可恕！世上不外情理二字，在蒙化城内和你们订下苗村之约，以一月为期，全因滇西之事已了，罗妹妹创伤需要调养，你们俩回到家中也有个安排，能够和我志同道合地赴约时，便可顺理成章地就道。现在情形可不同了，如果突然跟我一走，金驼寨的事没法交代，你们家里得知两人突然失踪，岂不急死愁死？如果日后有人知道是跟我走了，连我也得被人讥笑。这种没情没理的事，岂是我们应当做的？"

罗幽兰急喊道："姊姊！这可难死我们了！"

沐天澜也说："姊姊！从此我们再也不能离开你了。眼前纠缠的事，姊姊看应该怎么办，我们便怎么办！只要求得姊姊从此不离开我们！"

罗刹夫人说："你们带着大队人马来救金驼寨，虽然救不了龙家，也得有个了断，难道因为救援不及，便偃旗息鼓地悄悄回去吗？"

沐天澜恨着声说："姊姊说得对，可不是为了这事正在犯愁呢。来时容易去时难。照说龙家的罪魁祸首是飞马寨岑猛，金驼寨的人们已经众口同声地求我们替他们做主。为了沐府声威，当然应该带着人马到飞马寨捉拿岑胡子。我们并不怕飞马寨人强马壮，却怕事情闹大。滇南各寨苗匪，乘龙家一败涂地，一哄而起，变成燎原之势，事情便棘手了。”

罗幽兰道：“姊姊，你不知道还有一档奇怪的事哩！据金驼寨的人们说，和岑胡子一起偷袭金驼寨的，还有一个戴红面具的苗装女子。竟冒了姊姊名头，非但自称罗刹夫人，还扯着罗刹夫人的旗号。我们当然知道是冒名顶替，金驼寨的人却信以为真，众口同声地骂着姊姊，我们没法和他们细细解释，只暗暗奇怪那个冒名顶替的女子是谁呢？滇南和岑胡子一起的黑牡丹已死，这女子是谁呢？”

罗刹夫人笑道：“你们不知道，我却知道。除出滇西漏网的九尾天狐还有谁呢？只可恨那只骚狐，真个是鬼灵精，今晚又被她逃出命去。我也不愿和她一般见识，只要她知趣，远远地躲避着我，我也懒得追踪她。”

沐天澜、罗幽兰听得齐吃一惊，慌问道：“姊姊！你说的今晚被九尾天狐逃出命去，这是怎么一回事？难道九尾天狐逃到滇南，和岑胡子合在一起了？”

罗刹夫人笑道：“岂但合在一起，而且暗地跟踪，坠着你们人马，和你们同进了金驼寨，想暗地行刺，在你们俩身上下毒手了。哪知道螳螂捕蝉，黄雀在后，凑巧不过，还有我这只黄雀紧坠在他们身后了。”

两人听得，更是惊异，慌问细情。

罗刹夫人笑说：“你们跟我来，让你们瞧个稀罕物事。”说罢，转身向古柏树后走去。

两人跟着她转到柏树背后，蓦见树背后活生生地钉着一人，两手两腿，都用飞刀钉在树皮上。最厉害的当胸一刀，直中心脏，刀锋深入，只露出一点点刀柄，刀中要害，人早命尽。这人面上兀自露着咬牙切齿的一副惨厉之态，仔细一瞧，敢情这人正是飞马寨土司岑胡子岑猛，也就是劫掠金驼寨的罪魁祸首。这一下，又出乎两人意料之外。

罗刹夫人笑道：“我顺手牵羊又替你们了结一桩大事，你们只消拿了这人首级，在金驼寨高悬示众，便算替龙家报了大仇，替你们沐府上支持了门面。你们夫妻俩在行帐内商量不定的事，也不必再费心机了。明天马上可以领着大队人马，奏凯而回，卿卿我我地去享受画栋雕梁、锦衣玉食去了。”

两人一听罗刹夫人语带讥讽，话夹冰霜，而且有点直刺心病。不过事情来得出乎意外，极难措手的一档事，突然在面前很容易地解决了，闹得两人又惊又奇，又喜又愧！面面厮看，半晌作声不得。

罗刹夫人向两人迷惘的神色瞧了几瞧，扑哧一笑，指着钉在树上的岑胡子说道：“你们且莫道惊说怪，并不是我本领通天，这又是事情凑巧，适逢其会。一半也是这人该死，只便宜了冒名顶替的那只骚狐，又被她溜掉了。”

沐天澜这时恨不得贴在罗刹夫人身上千恩万谢，无奈身旁还站着一位，到底有点不便。

罗幽兰却已拉着罗刹夫人的手，撒娇般地说道：“我的天人一般的姊姊！怎么事情碰在你手上，便轻描淡写地解决了？消灭了岑胡子，非但我们老远地来，不折一兵一矢，马到成功，而且从此滇南也去了一个祸根。姊姊！你说岑胡子和九尾天狐来行刺我们，究竟怎么一回事？姊姊怎会和他们碰上的呢？”

罗刹夫人笑道：“这事简单得很，我先到昆明，得知你们带领人马赶奔滇南，黑牡丹已死，和龙家作对的除出飞马寨还有谁？你们带着大队人马比我走得慢，我便暗入飞马寨，先探一下动静。那时我还不知道九尾天狐也在其内，我一入飞马寨，便看到九尾天狐和岑胡子已结合一起，暗中听出两人正在商量尾随你们暗下毒手的计划。

“我便缀着岑胡子、九尾天狐的身影，一路跟随到此。他们两人也没带别个帮手，女的仗着迷魂弹，男的仗着飞刀，原想暗中行刺，免去后患。他们一对狗男女，行踪诡秘，计甚歹毒，先到这岭上歇足，预备到夜深时，再到你们行帐去下手。哪知道我一步没有放松他们，他们在这儿刚一停下来，我便突然现身而出。两人都认得我，吓得岑胡子手慌脚乱，把他腰上十二柄飞刀全数发出，被我接住了几柄，即以其人之道还治其人，把他钉在这树上了。

“我在对付岑胡子时，我鼻子里早已预闻解药，防的是九尾天狐的几颗护身法宝迷魂弹，自身有了防备，对于骚狐便大意了一点。不料我制住了岑胡子，再寻那只骚狐，竟已逃得无影无踪。大约她早已领教过，我是不怕她迷魂弹的，所以她三十六计，走为上计了……

“这些小事，且不谈他。我替你们消灭了岑胡子，也是凑巧的事，我也不希望你们两位承情。现在我和你们，真个到了分手的时候了，我有一桩重要的事去办。此地是我们三人初会的地方，此刻一举两得。你们把岑胡子尸首拿去，了结龙家的事，赶快回家享福去，从此不必惦记着我了。譬如没有在此地，会见我罗刹夫人这个怪物好了。”

说罢她向两人微微一笑，身形微动，似欲离去的光景。

这时，沐天澜可真急了，一跃而前，死命抱住了罗刹夫人，哀哀欲绝地叫道：“忍心的姊姊，我这颗心又要被你撕碎了！姊姊既有玉狮谷爱惜之情，便不应该说出这样绝情的话！天月在上，从此时起，我们死活都和姊姊在一起。姊姊说往东走，我们决不往西奔！我们把岑胡子人头拿去，交代金驼寨的人们，让他们知道了罪魁伏诛，平了仇愤，也就是了。一面我们备封书信，交家将们带回去，权且叫哥嫂们知道我们有事他去，不致空急，日后再作计较。姊姊！你看这样办可好？”

罗幽兰也抢着说：“姊姊如果嫌我们不肯弃家，还有点恋恋不舍，索性连这封信也不必写了！”

罗刹夫人挣脱了沐天澜的拥抱，向两人笑道：“你们还这样死命纠缠！我刚才早已说过，绝不怨恨你们迟迟不赴苗村之约，更不是要逼着你们舍弃家庭，我也被事情所挤，不得不和你们分手。刚才我故意语含讥讽，原是逗着你们玩的。一半也因为你们对我依然难弃难舍，我故意违着心，说出绝情的话。其实我本身也发生了纠缠的事，和你们分手以后，留在那苗村里，并没多少日子。我暗赴昆明去找你们，原是怕你们真个到龙咩图山寻找，去扑一个空，特地到沐府知会你们一声，而且也有一桩重要的事告诉兰妹，不想我也几乎扑个空，你们两个在挑选人马，赶路到滇南来了。”

罗幽兰慌问道：“姊姊！有什么事挤着你和我们分手？想告诉小妹的又是什么事？”

罗刹夫人叹口气说：“说也惭愧，我从小纵横江湖，还没碰着为难的事，万不料现在我碰着了极难极怪的事了。也许我已碰着一个极厉害的对头了！我不信我对付不了，我决定先和你们分手，把建设世外桃源的事也暂时放在一边。我要单枪匹马侦察那个和我作对的厉害对头，我定要和这人一决雌雄。”罗刹夫人说到这儿，一对长凤眼精光炯炯，射出慑人的煞气。

沐天澜、罗幽兰听得大吃一惊，居然罗刹夫人也碰到了厉害对头，急急问道：“这厉害对头究竟是谁，难道还胜似姊姊吗？”

罗刹夫人摇头冷笑道：“我还不知道这人是谁。因为我在蒙化和玉狮子分手以后，回到龙咩图山的那所苗村，在村中住了几天，带着四头人猿，踏勘四面地势，觉得那所苗村，还不算十分隐僻，四围山脉地势，似乎局势过小，不大合我心愿。幽蒨小巧的苗村，只适宜于我们三人，避世偕隐，独善其身。如欲广罗同道，辟草莱，兴耕织，开拓一理想的桃源世界，还得另觅佳境。

“于是我带着四头人猿，离开了苗村，深入哀牢山，一路逍遥自在地探幽访胜，返回滇南，仍旧回到我玉狮谷去。不料一进玉狮谷，景象全非，看家的八头人猿、一群猛虎和侍候我的几个苗婢都已踪影全无。我居住的那所大竹楼业已付之一炬，和这儿龙家一般，变成伤心惨目的瓦砾堆。最令我惊心的，兰妹埋藏在阶下的一箱难以估计的珍宝竟已不翼而飞，只露着地下埋藏过的一个空空土窖！”

罗刹夫人话还未完，罗幽兰心痛宝物，惊喊起来：“啊哟！姊姊！谁有这样本领，敢大胆闯进玉狮谷？非但不惧猿、虎，反把猿、虎赶尽杀绝，弄得踪影俱无。我这一箱宝物，沉重异常，也非少数人所能劫走，这事真奇怪极了。”

罗刹夫人说：“是呀！便是有这本领，能够把我一群猿、虎赶尽杀绝，也得留下一点痕迹。我离开玉狮谷，和你们在滇西逗留不少日子，雨水常降，想在土地上分辨进谷贼人的足印当然不易。可是我还带着四头人猿，它们目力和嗅觉非人所及，带着它们巡遍了玉狮谷，却找不出杀死苗婢、猿、虎的血迹和尸骨，竟不知怎样制服我一群猿虎，竟会全数失踪。而兰妹那一箱价值连城的珍宝大约是起祸的根苗。

“那晚替兰妹匆匆奔回玉狮谷，掘地取药，急于救命赶路，也许没有掩藏妥帖，露了痕迹。但是玉狮谷岂是常人能藏身潜踪、暗地窥探之地？没人潜身窥探，宝物何以会不翼而飞呢？既劫宝物，复掳侍女，又把我一所竹楼烧成灰烬，当然不是一两人能下手的事。这样大举侵犯我玉狮谷，蓄意定非一日，本领、手段都非意想所及，这样厉害对头究竟是谁呢？

“滇南一带，没有这样人物呀！这一桩疑难之事，却把我制住了。我在玉狮谷细细搜查了几天，竟想不出是谁下的手！是哪一路贼人有这样厉害手段！我慌带着四头人猿离开了玉狮谷。先到我秘藏二万两黄金之地察看，却喜这批黄金安然无恙，于是我把四头人猿先藏在妥当的隐秘处所，赶到昆明，想通知兰妹失宝的事。巧逢你们救援金驼寨，带队远行，我暗地跟踪，经过飞马寨相近，便让你们先走，我暗入飞马寨，想侦察岑胡子的一群苗匪，和玉狮谷窃宝的事有无关联。暗地一侦察，从岑胡子、九尾天狐口中，才知他们与这事无关。却因此探出他们决定缀着你们两人想下毒手，这才跟着他们身后到了此地，替你们消灭了这个祸害。

“你们龙家的事，有了岑胡子的首级可以交代过去；我玉狮谷遭劫的事，却还毫无头绪。看情形，我罗刹夫人这次要碰着克星了。不管他什么厉害角色，铁砚磨穿，也得搜查出这批贼党出来，和他们一决雌雄。我自己发生了这档事，偕隐之愿、苗村之约，暂时难以实现，事由我起，怎能为了苗村误约来责备你们呢？

“而且从这档事，我觉悟人生尘业牵缠，魔障重重，极难摆脱。正唯这样，越显得高隐世外，悠游山林的福不易得到，因为世上没有不劳而获的事。消除世障，开辟桃源，更比随俗沉浮还要劳心劳力呢！实情如此。你们坐享沐府祖荫，暂受锦衣玉食之荣，也是情理所必至。玉狮子一心想我跟着你们，三人一伴，也是他爱我的一番痴情。但是我这个怪物，宛如满天飞的野鸟，极难安处雕笼。唯一办法，只有和你们分手，让我独行其是，这便是我今晚约你们会面的本心，言尽于此。你们拿岑猛的脑袋，了结龙家的事，快回昆明去吧。”

两人一听玉狮谷出了离奇为难的事，连罗刹夫人也感觉辣手，沐天澜刚要张嘴，罗幽兰已抢着说，“姊姊！照你这么一说，我们三人格外不能分开了。姊姊既然觉到有厉害对头，姊姊强煞是一个人，好汉打不过人多。我们三人休戚相关，我和他更要帮着姊姊搜寻劫掠玉狮谷的匪徒。再说，我秘藏玉狮谷一箱宝藏得之非易，除出姊姊要利用它开辟桃源，供我们三人偕隐之用，岂能甘心让人得去？现在什么话都不用说了，我们先仔细商量，怎样搜查劫宝的对头好了。”

沐天澜也说：“兰姊的话一点不错。龙家的事有了岑猛脑袋，可以早早了结。我们带来的五十名家将，姊姊如认为用得着的话，我们便带着家将们奔玉狮谷。谷内竹楼虽毁，我们带着行帐也可栖宿，一步步做去，总可搜查出劫宝贼来。姊姊如果忍心还想离开我们，不愿我们跟去，我们也得这样做去。皇天在上，从此刻起，我们三人再也不能分开了。”

罗刹夫人一听两人志坚意决，语出至诚，半晌没开声。

沐天澜嗖地拔出宝剑，赶过去把剑一挥，把钉在树上的岑猛头颅割下，拿起头颅，大声说道：“姊姊！不必三心两意了。我们同回行帐去，召集金驼寨龙家苗族，了结这段怨仇。明天我们便到玉狮谷，再仔细查勘一下，办理我们自己的事好了。”

罗刹夫人向两人面上看了又看，叹口气说：“玉狮子！你也是我的一颗克星！我铁一般的心，只要见了你，我便不由自主地硬不起来了！也罢！你们把龙家的事赶快了结，家将们用不着，你留封家信，叫家将们带回去，免得你们哥嫂惦念。我同你们回行帐去，我也不必在金驼寨人们面前漏露，九尾天狐冒名顶替的事一时也分辨不清，没得又加上他们一层疑惑。好！就是这样。我同你们回金驼寨，仅一夜工夫了结龙家的事，明天一早可以打发家将们回昆明去。”

第三章　风魔岭

玉狮谷在石屏、阿迷之间，往南走，越蒙自、风魔岭，渡富良江便到了安南境界，非中国土地了。在明季时代，安南也算是中国藩属，尚未变成法属越南，从越南通昆明那条铁路还没有出现。这条道上僻处边陲，重山叠岭，深箐陡壑，行旅极少，瘴疠特多，汉人视为畏途，为最峻险难行之处。尤其是逶迤几百里的风魔岭，群山缭绕，羊肠曲折，绝少人烟，猛兽毒蛇，出没其间，自不必说。还有一种可怕的野苗人，族名“哈瓦”，形态凶恶，全身黑如煤炭，坚如钢铁，土人称为“黑猓猓”。没有房屋，终年栖息于山洞土穴。有时和猿猴一般飞跃于大树之上，倦时抱枝而睡，完全是原始生活。

这种黑猓猓却善于炼钢制刀，削竹造弩。他们终年赤裸，只腰下围一条短短的兽皮裙。每人身上都带着一柄变形牛角刀、一张回堂弩、一袋淬毒回堂箭，牛角刀锋利无比，是黑猓猓的第二生命。回堂箭更是厉害，这种箭镞锐扦短，并无箭羽，从弩中发出，可以贯革穿石。最奇的是箭镞上涂的一种毒药，据说是乌矢炼就的，不论什么怒狮猛虎，只要中了回堂箭，便是不中要害，也立时迷失本性，用不着伸手捆缚，中箭的猛兽迷迷糊糊地会跟着发箭人走回去，任凭宰割，所以称为回堂箭。

在黑猓猓出没的区域近处，还常常发现他们一种奇怪而惨无人道的风俗，名曰“祭刀”，每个黑猓猓每年必须“祭刀”一次，以卜一年的吉凶。祭刀没有定日，随时随地碰到了可以祭刀的生物，便用身佩刀弩猎取，祭刀的生物，不是飞禽野兽，必须是人类，只要不是他们黑猓猓一族，不论是苗人、汉人一律下手！能够得到汉人，尤可荣耀本族，举行火把跳月，以资庆贺。他们祭刀时猎取生人，也是习惯的规律，绝不三五成群地猎取，必须独力猎得，方能雄视本族。

下手猎取时，先在树上面眺望，瞧见远远有人从道上走来，立时摘下许多树叶，预先在必须经过的道上把树叶撒下，在道上两头布成两条界限，中间露出二三丈宽的空当，悄悄地躲入道旁深林内，张弩以待，待来人走入树叶布成的界限内，便发弩射死。如来人机警，或步履矫捷，一发不中，人已走出界限，便不敢再发，发之不祥，须等待第二人到来，再相机下手。如来人真被他一箭射死，立时拔出牛角刀把首级割下，并将尸首斫为数段，用泥土涂糊，运回巢穴。召集族类用火烧熟，分割而食，首级则供于洞穴前，喃喃祷祝，礼拜不已。待日久首级腐烂只剩骷髅，永远悬于洞穴之外。穴外骷髅越多，越被同类尊崇。这种惨无人道之奇俗，便是哈瓦野苗祭刀的大典。

上面所述哈瓦黑猓猓一类苗族，却与玉狮谷猿、虎失踪、宝箱被劫有关。因为沐天澜、罗幽兰当夜粗粗了结金驼寨一档事以后，打发一队家将先回昆明，自己暗暗和罗刹夫人到了玉狮谷。竹楼虽经烧毁，从前原有沿溪盖造的一排小屋子，大半也被火烧得不成模样，倒还有几间完整的，勉强可容三人住用，比较露天搭盖行帐似乎强一点。

沐天澜想起初到玉狮谷定情那一晚，风光旖旎，如入天台，和现在残毁的玉狮谷一比较，真有不胜今昔之感。可是玉人无恙，左右逢源，薄嗔浅笑，在在醉人，景物虽殊，情怀益畅。顿觉三位一体之乐趣，虽穴居野处，又有何妨？这位痴公子大得其乐，把家中锦衣玉食之荣，真有点淡忘了。但是罗刹夫人志在复仇，罗幽兰心痛失宝，她们两位每天却分头搜查玉狮谷内外要道，想侦察出贼人一点痕迹出来。

有一天清早，罗幽兰从屋内起身，走出门外，到隔屋窗外，向屋内一瞧，沐天澜、罗刹夫人在一张蒙豹皮的木榻上，兀自酣睡未醒。罗幽兰偷瞧两人睡相，不禁扑哧一笑。这一笑却惊醒了屋内的罗刹夫人，向窗外笑道：“你笑什么？我正犯着愁呢！我们在这破谷内逗留了好几天，兀自搜索不出一点痕迹出来，这样不是办法。”

罗幽兰笑着推门而进，指着榻上沉沉酣睡的沐天澜，悄悄地说：“你瞧他睡得多香！这位痴公子百事不在他心上，只要姊姊不离开他，他在这几间破屋子住一辈子也乐意。姊姊还怪他舍不得自己家里的画栋雕梁呢！”

罗刹夫人欠身而起，一面整理衣襟，一面笑骂道：“小嘴说得多甜，假使你悄悄地回了昆明，他肯陪着我在这破谷里才怪哩！不用他说，这样景象的破谷，我也住不下去。无论如何，我们得另想办法，谷内既然查不出线索来，枯守无益，从今天起，我们得到远一点地方去搜索呢……”

罗刹夫人刚说着，忽听得窗外空地大树上，发出一种异鸟的啼音，细听去，宛然喊着：“罗刹夫人！罗刹夫人！”罗刹夫人一听这阵鸟音，一跃下榻，惊喜道：“噫！这定是我那只白鹦鹉回来了。”说着话，人已飘然出屋。

罗幽兰跟踪出屋，只见大树上扑啦啦飞起一只白羽红冠的异种鹦鹉，翩然飞堕，直向罗刹夫人头上飞来，雪翅一敛，便停在罗刹夫人肩上，不住地啼着“罗刹夫人！罗刹夫人！……”

罗刹夫人点点头，叹息道：“还是你有翅膀的躲了一场灾难，可惜你只能啼着‘罗刹夫人’四个字音，如果你能说话，便可从你嘴上探出贼党们踪迹来了。”

一语未毕，肩上的白鹦鹉忽然双翅齐张，盘旋空中，嘴上却啼着：“哈瓦！哈瓦！”

罗刹夫人只觉可爱的鹦鹉竟能恋恋回谷，却听不出鸟嘴上急啼着“哈瓦！哈瓦！”是什么意思。

身旁的罗幽兰一时也没细辨，指着空中盘旋的鹦鹉说：“姊姊从前对我们讲过，飞马寨岑猛想在姊姊面前献丑，用飞刀刺死一只白鹦鹉，大约便是它了。”

罗刹夫人刚说了一句：“正是它！”忽见盘旋空中的白鹦鹉，在她头上飞鸣了一阵，忽然双翅一扇，扑啦啦又飞上树巅，在树巅一枝粗干上用嘴乱啄。罗刹夫人眼光锐利，看着白鹦鹉举动有异，一顿足，纵向树下，两臂一抖，“一鹤冲霄”，平地腾起两丈高下，人已翻上树腰一枝横干上，微一点足，倏又飞上一层。人像燕子一般移枝渡干，转瞬之间已到了树巅白鹦鹉近处。

忽听她在树巅上娇喊着：“宝贝的灵鸟儿！这可真亏你了！”

喊声未绝，人已从树枝上腾身而起，像饥鹰攫兔一般飞泻而下。一沾地皮倏又跃起，人已到了罗幽兰跟前，喜喊道：“劫宝贼的线索在这儿了！”喊罢，左手一扬，手上多了短短的一支竹箭，不到二尺长，奇形的三角形箭镞，却有三四寸长，颇为锋利，镞锋发出蓝莹莹的光芒。

罗刹夫人说：“我从没瞧见过这种没羽的短箭，这种竹箭，出在什么地方？兰妹熟悉苗情，也许知道出处？”

罗幽兰接过竹箭细瞧，惊喊道：“姊姊！这是哈瓦黑猓猓的回堂弩，镞上奇毒，中身昏迷。难道烧楼劫宝是黑猓猓做的手脚么？但是哈瓦族生苗愚昧无知，不识珍宝。刀弩虽凶，姊姊留守谷中的人猿，足能制服他们，何致被哈瓦生苗侵入谷内赶尽杀绝呢？这里面恐怕还有别情。尤其是这种未开化的野苗，绝不会识得珍宝可爱，动手劫走。不管怎样，既然发现了哈瓦族的回堂箭，总是一条线索。”

罗幽兰说出哈瓦回堂弩时，白鹦鹉又飞下树来，停在罗刹夫人肩上，急啼着：“哈瓦！哈瓦！”

罗刹夫人说：“兰妹你听，我的白鹦鹉不是啼着‘哈瓦！哈瓦！’么？刚才它也这样啼着。我没听过生苗内有哈瓦一族，经你一说，才知白鹦鹉啼着‘哈瓦！哈瓦！’是有说处的。你瞧我这只白鹦鹉多灵！定是它在树上，瞧见哈瓦族野苗闯进玉狮谷来的。你说这种野苗不识珍宝，尚非人猿之敌，也许尚有别情，但是哈瓦野苗闯进谷来，想用箭射死白鹦鹉，定是千真万确的。兰妹知道这种野苗的巢穴在什么地方呢？”

罗幽兰说：“从这儿往南走，过蒙自，上风魔岭，在外国安南边境交界近处，深山密箐之内，听说有这种哈瓦黑猓猓一族的野苗。但是小妹也是传闻，并没亲自到过。现在我们好容易得到一点线索，不管真假，总得往这条道上探它一下，总比枯守在这谷内好得多。”

两人商量当口，屋内沐天澜也闻声睡醒，结束出屋。三人再仔细一计议，决计当日一同出发。仍旧用老法子，利用硕果仅存的四头人猿的飞毛腿，扎就三具竹兜。两头人猿抬着长竿双兜，由罗刹夫人、罗幽兰前往分坐，两头人猿抬着短竿单兜，由沐天澜单人单坐。随身兵器以外，带足了干粮和避毒治瘴的药品。罗刹夫人还舍不得那只白鹦鹉，让鸟儿停在轿竿上一同启程，向蒙自、风魔岭这条路上出发。

一路走去，尽是瘴烟蛮雨之区，难免受尽风霜之苦。但是这三位和平常行旅不同，非但本身武功绝伦，足下有疾逾飞马的代步，而且三位一体，心心相印。一路探幽穷胜，轻怜蜜爱，把沿途深林岩洞当作香闺锦阁，其乐甚于画眉，并不觉得跋涉奔波之苦。

这条道上本来行旅稀少，险巇难行。这三位仗着四头人猿的脚力，走的更是非常人通行之道。四头人猿不解风情，只顾卖弄它的特赋的脚力。

肩上抬着的三位，却顾盼生情，笑语不绝。有时两位红粉怪杰涉及儿女燕婉之私，当然以沐天澜为中心，在这奇山怪壑之间无所顾忌，吹疵索斑，抵瑕蹈隙，互相斗笑为乐。只乐得这位痴公子左顾右盼，无异登仙。

风魔岭广袤数百里，三人探索敌踪，深入秘奥之境，到处留神，尚未发现哈瓦族野苗的踪迹。幸喜这种深山荒谷，野兽极多，自生自长的山果，触目皆是，野兽野果，俯拾即是，倒无枵腹之虞。

有一天，天色已晚，三人在一座峭拔的峰腰，寻着一处背风的岩洞，便在洞内栖身，用随身带来的几卷轻软兽皮铺地，预备在洞内安度一宵。四头人猿，把竹兜放在洞口，当洞而睡，守卫洞口。

这时山雨初霁，新月高悬，洞外溪流淙淙，松风谡谡，景致幽寂。一阵山风卷过，忽听得峰背一阵虎啸，摇撼山谷，音大声宏，声至威猛。细听去，好像群虎出洞，在峰背迎风啸月。

四头人猿一听虎啸，阔嘴大张，獠牙豁露，而且磔磔怪笑，认为美食自送上门，便张牙舞爪地想出洞寻找。洞内罗刹夫人在玉狮谷养过一群猛虎，略识虎性，听得虎声有异，好像碰着克星，奔腾咆哮，怒极发威的声音，便向沐天澜、罗幽兰说道："安息还早一点，洞内气闷不过，何妨趁着这样好月色，我们瞧瞧虎斗去。"

罗幽兰笑道："一路走来，碰见了不少虎豹一类的猛兽，一只只都进了人猿的腹内。虎豹碰见人猿，算是遇上克星，看惯了平淡无奇，还有什么可看的呢?"

罗刹夫人说："不然！今晚的虎音，我听出有异。我会嘱咐人猿，暂不出手猎虎，让我们瞧一瞧虎和什么东西斗上了。"

罗刹夫人这么一说，引起沐天澜、罗幽兰兴趣，三人一跃而起，携手出洞，罗刹夫人又吩咐四头人猿跟在身后，没有自己发令，不准出手捉虎。

三人四兽出了岩洞，向右侧绕到峰背。还未走近地头，便听出群虎伏地大吼，声急而厉。三人一看峰背尽是参天古木，大可合抱，一时还看不出群虎所在。罗刹夫人向树上一指，说："我们舒散舒散筋骨，从树上过去好了。凭高望下，正合了坐山看虎斗那句话了。"

她话一说完，两臂一抖，身形拔起，先自上树，沐天澜、罗幽兰跟踪而上。四头人猿不懂得什么轻功、什么身法，只凭天赋的本能，四肢齐施，早已一纵几丈，飞跃于层林树梢之上，穿林渡干，比鸟还疾。除出罗刹夫人可以同它们一般的矫捷，沐天澜、罗幽兰轻功已臻炉火纯青，和人猿一比，便觉难以并驾齐驱了。

这样三人四兽，在树上凌空飞渡，走了一段路，已经穿出这片密层层的森林。眼界一放，露出月光笼罩的一块草地来。草地上银蛇样的浅溪，曲曲而流，如鸣琤琮。溪流尽处，几条飞瀑，从几十丈高冈峭壁上，活似白龙倒卷一般，随风飞舞而下。这片草地，被当空飞瀑的水雾，滋润得亮晶晶的，又肥又嫩。如在白天，还可瞧出碧茸茸的娇绿可爱，可是草地上却有三四只牯牛般斑斓猛虎，只只尾尻高耸，伏地发威；虎喉内，音如闷雷，吽吽不绝。虎目凶光直注，都向着隔溪。

原来几十亩开阔的一片大草地，被一道曲曲折折的浅溪划分了左右两面。那一面溪岸上，小山似的矗立着一只硕大无朋、乌黑油光的怪兽，其形似牛，鼻子上，却长着亮晶晶的一只长而尖锐的独角。

罗刹夫人在树上一见这怪兽，便向身旁沐天澜、罗幽兰两人悄悄地说："对岸那只大怪兽，是不易见到的通天犀。它那只独角是全身精力所萃之处，只凭它那只独角，便可制服这几只猛虎。那只独角且是价值连城的宝物，是祛毒消瘴的无上妙品。"

沐天澜、罗幽兰什么奇兽都见过，却没见过通天犀。定睛瞧时，只见对峰溪边那只通天犀，一对远射蓝光的怪目，好像没把这边群虎放在心上，把头一低，似乎向溪水内顾影自怜。一忽儿又把头昂得高高的，向它身近一株高可十丈、三四人抱不过来的大树上面，注视不已。三人跟着它的两道蓝莹莹的眼光，向那株古木上面瞧时，顿时吃了一惊。

起初三人六道眼光，都注意了两岸的群虎和通天犀，这时向树上一瞧，敢情那株古怪的大树上，很高的一枝横出的粗干上，竟挂着鼓鼓囊囊的一只大皮袋，离地差不多有七八丈高下。这样蛮乡僻境，猛兽出没之区，竟有人上树去挂上了这样大的一个皮袋。看皮袋里面，还不知装着什么沉重的东西，惹得那只通天犀，昂头注视。能够爬上这样高大的树，去挂这只沉重的皮袋，这人本领，也非寻常。最奇是荒山静夜，人影俱无，皮袋却高高地挂在树上，这又是什么意思呢？

这只高挂的皮袋一发现，头一个罗刹夫人兴致勃勃，认为高挂的皮袋内，定有奇事，沐天澜、罗幽兰也瞧得很真，却瞧不透怎么一回事，再低头看草地上一群猛虎时，大约惧怕对岸的通天犀，空自发了一阵虎威，对岸通天犀视若无睹，毫不理会，只一心注定在树上高挂的皮袋上了。

群虎发威，原是碰上克星，发威自卫的本能。通天犀并没越溪进逼，群虎似乎有点发怵，竟趁势坐腰后退。退到林口，并没逃走，伏在林下暗处，也抬起了虎头，跟着那面通天犀注目的方向，几对灯盏似的虎目，也集中在那面大树上的皮袋了。

那只庞然可畏的通天犀，向树上皮袋瞧了半天，颔下一鼓一鼓的，也发出了擂鼓似的一阵阵的怒哮，嘴上长牙森露，不断地喷出白沫来。大约兽类特具的嗅觉，已嗅出高挂树上皮袋内的东西，是它们认为不易多得的美味，所以白沫乱喷，馋涎欲滴了。

隐身树上的三位，越看越奇。四头人猿，虽一同隐遁树上，却时时跃跃欲试，预备扑下树去，先捉群虎，再斗通天犀。经不得罗刹夫人平素训练有方，只消暗地一打手势，再用眼神震慑，四头人猿便乖乖地不敢乱动。

在这当口，怪事又出现了。两岸群虎和通天犀忽然停止咆哮，却值山风忽止，林木亦静，只剩潺潺的飞瀑和淙淙的溪流。隐身林上的三人，在这风止人静当口，忽地听出高挂树上的皮袋内，隐隐地发出酣睡呼吸之声，若断若续地传入耳内。万想不到高挂的皮袋内，竟有人在袋中高卧，这真是不可思议的事，连见多识广的罗刹夫人，也觉得事情太怪，有点莫名其妙了。

树上三人诧异之际，那面身躯庞大的通天犀，突然一转身，尾巴直竖，朝着那株上挂皮袋的大树，吽吽怒吼，全身钢针似的乌光油黑硬毛支支直立，全身好像突然涨大了许多。

猛地把头一低，四蹄腾踏，擂鼓般向大树冲去。只听得轰隆一声巨震，这株粗大的古木，竟被通天犀的头锋，撞得上头枝柯乱舞，落叶而下，挂在上面粗干上那只皮袋，也东摇西摆，簸荡起来。那只巨兽通天犀的独角，竟一下子尽根扎入树内。这一撞，怕不下有几千斤力量，如果换一株普通松树，定然一下折断。

看情形，大约通天犀垂涎树上皮袋内的东西。树长袋高，自己身躯笨重，无法上树，想把大树冲倒，皮袋掉下，便是它口中之物了。无奈这种千年梓楠，根深树大，坚逾铁石，想用猛力撞倒它，却是不易。通天犀一下子没有撞倒大树，沉雷般一声怪吼，拔出独角来，身形倒退了几丈路，突又展开四蹄，猛冲过去。这样接连冲了几下，只把那厚厚的树皮，撞得四分五裂，和上面断枝枯干纷纷掉下，依然冲不倒这株大树，高挂的皮袋也依然在上面荡秋千般荡着。通天犀尽力撞了几下，没有撞动，也累得张着大嘴，挂着白沫，喘气不已。

这时罗刹夫人忽然想起一事，立时撮口长啸。四头人猿一听到她的啸声，如奉军令，也都各自一声怪啸，从林巅飞跃而下，一顿足，便到了对岸通天犀所在。四头人猿长臂齐施，一齐扑向通天犀身上。两头人猿业已骑上犀身，一头人猿扳住头上犀角，另一头人猿挽住犀尾，想合力制服通天犀。

可是通天犀皮坚力巨，一个旋身，前腿一掀，后腿一飞，四头人猿便有点吃不住劲，却也没被它攒开。四头人猿围着通天犀在草地上团团乱转，斗得天摇地动。

罗刹夫人在树上看得清切，向罗幽兰说："这只怪兽毛硬革厚，非有利器，难以制伏。你分一口剑与我，咱们三人下去，助它们一臂之力。那只独角是个宝贝，我想我们大有用处。"

罗幽兰慌把背上双剑拔下，分了一柄犹龙剑，递给罗刹夫人说："这柄剑是我先母的师父张松溪祖传下来的，比我这柄飞龙和他身上那柄辟邪剑都强。"

罗刹夫人接过犹龙剑，身形一动，已经如鸟辞枝，翩然而下。罗幽兰把飞龙剑在肘后一隐，也跟踪而下。沐天澜不甘落后，随同下树，拔出自己辟邪剑，向身后林内一瞧，刚才躲入林内一群猛虎，此刻业已无影无踪，大约四头人猿飞身跃溪，和通天犀惊天动地的一斗，把这群猛虎吓跑了。

三人三口剑，正想越溪而过，制通天犀的死命，猛听得半空里哈哈一声大笑。三人一齐抬头，只见高挂横干上的皮口袋，忽地探出一个头来，因为树帽子枝叶甚密，月光遮蔽，只隐约看出探出一颗头来，五官面目却分辨不清。只听得皮口袋上一颗人头，哈哈一笑，头颤晃动，哈哈笑喊道："咦！原来你们也到这儿来了！天澜，你们莫动！取通天犀的角儿不能动刀剑，快把那四头人猿喊回去，瞧我的！"

沐天澜一听这人口音，立时分辨出是谁，不禁喜出望外，大喊道：

“师父，师父！您老人家怎会到此？可想煞徒弟了！”

上面那颗脑袋一声怪笑，向下面点点头，笑道：“你这孩子，连你自己的家都可有可无了，你还会想着我这背时的师父？少说好听话，师父不吃这个！”

语音一绝，只见皮口袋一阵晃动，那颗脑袋往上一长，赫然钻出一个人来。双手往上一起，人已离袋，翻上了那枝横干。那具皮口袋，人一离袋，立时瘪了下去。那人骑在横干上，解下皮袋，向背上一背，系好搭扣，倏地一个筋斗，从七八丈高空翻了下来，离地不到一丈高下时，一个“细胸巧翻云”，轻巧巧地站在草地上了。他赤手空拳，向这岸三人一挥手，便向通天犀奔去。

这时罗刹夫人已由沐天澜知会，下来的人不是别人，正是他恩师——哀牢山滇南大侠葛乾荪。罗幽兰在秘魔崖群侠大破九子鬼母飞蝗阵时见过一面，罗刹夫人也久闻其名，想不到会在风魔岭突然出现，而且听他口吻，自有制伏通天犀的法子，便依言撮口发啸，把四头人猿唤了回来，且看滇南大侠怎样下手。

滇南大侠葛乾荪依然和从前一般，秃脑门，孩儿脸，穿着一件大袖飘飘长仅及膝的葛布袍；高腰袜，衲帮洒鞋，背着一具皮袋。从大树下来，先不向沐天澜等打招呼，大袖一拂，毫不犹豫地向通天犀身侧跑去，双袖挥舞，朝通天犀眼前一阵乱拂，转身便走。那头通天犀正被四头人猿斗得凶性勃发，低头怒吼，怎禁得滇南大侠故意撩拨它，马上一声大吼，向滇南大侠身后直冲过去。

葛大侠双足一点，已到那株大树下，通天犀便向树下直冲，把头一低，亮晶晶、白森森的独角，眼看已逼近葛大侠身前。这边沐天澜三人也替葛大侠捏一把汗。

沐天澜刚喊出：“师父小心！”

只见葛大侠身形一缩，人已闪到树后，通天犀那支独角，冲了个空，又深深地穿入树内。通天犀真是力大无穷，凶猛无比，把头一昂，那支独角已裂树而出，角一拔出，便绕着树身，去追葛大侠。

葛大侠身法如风，只凭一双大袖逗着通天犀，离开了大树，倏地往后一退，转身向瀑布左边一座岩壁跑去。身后通天犀四蹄跑发了性，挟着迅速无匹之势，一对兽眼，盯着葛大侠后影直追，越追越近。葛大侠倏一蹀脚，纵出好几丈，已到了石岩脚下，一转身，在岩脚立定。脚刚立定，通天犀蓄足了全身猛劲，像一座山似的冲到。只听得轰隆一声巨震，岩石纷纷爆裂，碎石纷飞，如喷烟雾，一时看不清是何景象。急寻葛大侠身影时，只见他凭空拔起四五丈，轻飘飘地站在从岩壁缝里长出来的一株短松树上，低着头向岩脚下细看。

沐天澜、罗刹夫人、罗幽兰赶了过去仔细一瞧，才知道硕大无朋的通天犀，竟撞得脑盖崩裂，脑浆涂地，小山似的倒在岩脚下，身上压满了崩裂的大小岩石。葛大侠从岩壁上纵身而下，纵向倒毙通天犀的尸身，把它身上压着的大小岩石抛开，一俯身，拾起一支亮晶晶的犀角，业已齐根折断。

葛大侠跳下乱岩石堆，沐天澜向前拜见，复替罗刹夫人、罗幽兰二人引见。

葛大侠连说："好！好！你们的事，我碰到了桑苧翁，已略知一二。这位罗姑娘是桑苧翁的令爱，我在秘魔崖见过一面。这位是当年石师太的高足，我从黄牛峡无住禅师口中，也知道了一点情形。姑娘出身奇特，师父也和我们不同，端的令我钦佩。我徒弟仗着姑娘智慧本领，在滇南、滇西唾手成事，实在是他的造化。"

罗刹夫人听得葛大侠满嘴赞扬她，口上也谦逊了几句，跟着沐天澜称呼，也喊着葛师傅，问他为何来到风魔岭？看情形，藏身皮袋高悬树干，大约和这头通天犀有关。

葛大侠点点头道："正是！不过我并不存心要这通天犀角，我是受人指教而来，要用这难得的犀角，去救一大群人的。刚才我阻止你们用宝剑制死通天犀，一半是因为这只犀牛非普通之兽，非但犀革坚厚，不易致命，而且力大无穷，一不小心，便要出错；一半是想取下这只犀角，最好引诱它一味猛撞，自己撞下角来，使它全身精力，都汇聚在角上，一下子折断下来，这只通天犀角更为名贵，更为有用。"

沐天澜道："师父！你说要用这只通天犀角，去救一大群人，这是怎么一回事？"

葛大侠笑道："你且慢问，我得先问问你们。你们以前的事，我大概明白，这次金驼寨遭殃，你们救应的事，我也从传闻中，略知一二。可是你们来办金驼寨的事，怎会来到靠近安南边境的风魔岭，其中大约有事吧？”

沐天澜便把玉狮谷竹楼被毁，宝物被劫，猿、虎和苗婢一齐失踪，从白鹦鹉啼出“哈瓦”，寻出回堂箭，才一路搜查到此的话，述说了出来。

葛大侠一听情由，仰天哈哈大笑道：“真巧！真巧！万想不到你们和我走一条路了。你们以为玉狮谷劫宝，是哈瓦一族黑猓猓干的事？黑猓猓蠢如豕鹿，哪会干出这样事来！你们养的一群人猿，比当年九子鬼母秘魔崖的一群狒狒，还厉害得多，黑猓猓几支回堂弩，哪能制服你们一群人猿？你们以为寻出一支回堂弩，是黑猓猓进谷的铁证，哪知道到玉狮谷劫取宝物，另有其人。虽然有黑猓猓参与其间，无非被人家驱策，当作牛马一般使用。

“盗宝、毁楼的主使人，也可说是当年九子鬼母一派的余孽，你们知道的飞天狐吾必魁也在其中。玉狮谷的宝藏，也许早落在飞天狐吾必魁的眼内，他们仗着一种克制人猿的东西，又探得罗刹夫人远离玉狮谷，不在家中，才敢下手。处心积虑，定非一日。

“你们不要忙，我也要找寻那几个怪物去。有你们一路做帮手，又得着这支通天犀角，也许能够把你们失去的宝物和人猿们夺回来。但是事情很难说，定法不是法，到了地头，还得看事做事。你们还不知道，盗宝贼的巢穴已离此不远，我会领你们去的。今晚来不及，我们也得商量一下。你们在何处存身呢？当然不会像我用皮袋挂在树上的！”

沐天澜说：“我们在峰腰那面岩洞内。”

葛大侠说：“好！领我到你们岩洞去，我有话说。”

第四章　真相大白

滇南大侠葛乾荪跟着沐天澜、罗幽兰、罗刹夫人，转过峰背，进了三人寄身的岩洞内。大家席地而坐，沐天澜取出干粮和一路猎取、经过烤炙的新鲜兽肉，请自己师父解饥。大家一面吃，一面谈话。

葛乾荪说："我在大破秘魔崖，消灭九子鬼母以后，便和我师兄独杖僧、好友铁笛生离开云南，浪迹荆襄之间，又由豫楚渡河而北，看一看燕赵的山川人物。直到最近游倦归来，回到我老家哀牢山中。回山以后，碰着了桑苧翁和无住禅师，才得知你们三人结合的经过。少年出英雄，后浪推前浪！我这滇南大侠从此也只合深隐山中，看你们在滇南、滇西大献身手的了。

"不料我回山以后，哀牢山一带的商民和猎户，得知我回家，纷纷赶到我家中哭诉，说是有一批年壮猎户，每年照例要结帮成队，到风魔岭一带搜猎虎豹一类的贵重野兽，剥下来的皮张，以及可以合药的材料，每年大批收获得利甚巨。这班人都是手脚明白，祖传打猎的本领，年年如此，很少失事。不料今年大帮猎户，深入风魔岭以后，宛如石沉大海，消息全无。

"这帮猎户共有三十几名，竟一个都没回家，日子一久，便成奇闻。第二次又出发了一批猎户，去搜寻前批猎户的踪迹，其中还有几个越境到安南做外国生意的客商，也一同出发。哪知道过了一时，第二批猎户和几个客商，也一去不返。

"风魔岭虽然地面广阔、万山重叠，前后两批猎户，也不致通通迷失路径，久困深山，便是被怪蛇毒兽吞噬，入山途中，总也有遗落的尸骨或物件，可以查出一点痕迹来。几批猎户头领，也非弱者，深知趋吉避凶的门道，何致两批入山猎户，一个都逃不出来？风魔岭好像变成了无底的魔窟，人一进去，便无踪影。这是出于情理之外的，其中当然有特殊的变故了。

“他们这样一说，要求我出马搜查两批猎户的去向和生死。他们这么一哀求，我也动了好奇之心，谊关桑梓，往常又硬扣上一个侠名，不容我不出马了。但是事情很奇怪，风魔岭地近边界，我也没有到过，猜度不出两批猎户全数失踪的缘由，除出实地勘查，并无别法。于是我异想天开，制成了这具包皮袋，当作我随地过夜的行床，可以上不在天、下不在地地高挂起来，避免深山野兽的袭击。

“从哀牢到这儿蒙自境界，路可不近。石屏是必经之路，我经过石屏时，飞马寨岑猛暗袭金驼寨的事还没发生。我一路探听风魔岭内情形，才知和哀牢山猎户全数失踪的事，别处也发生了这种事。不管单身或结队走路，只要走风魔岭境界，不深入还没碍事，只要深入岭内腹地二三十里，便算落入魔窟，没法回来了。

“这种事一再发生，人们把风魔岭当作神秘的鬼怪之窟，提起来便发抖，谁也不敢走近风魔岭了。我把这些消息存在心里，本想先到三乡寨，看望我大徒弟何天衢夫妇去，和他们商量商量风魔岭这档怪事。后来我一想，三乡寨离风魔岭路途甚远，他们未必深知其详。不入虎穴，焉得虎子！不必三心两意，我老头子单枪匹马地探它一下再说。这样，我便向风魔岭这条路上奔来了。”

三人听得奇怪，不知风魔岭内，究竟藏着什么人物。罗幽兰头一个忍不住，不等葛大侠说下去，抢先问道：“刚才老前辈说出，风魔岭内也许是九子鬼母的余孽，其中还有飞天狐吾必魁。晚辈暗想黑牡丹、普明胜、岑猛之辈都先后死掉，九子鬼母余党，已无这样人物，而且事情很怪，似乎主持风魔岭的人物本领不小，这又是谁呢?”

葛乾荪笑道：“天下之大，善恶邪正，百流杂出，什么奇怪的人和什么奇怪的事都有。你们知道从前九子鬼母的师父，是十二栏杆山的碧落真人。这人原是个怪物，他的门徒不止九子鬼母一个。据我暗探所得，风魔岭内主持的首领，大约也是碧落真人一派的党羽，此人年近古稀，儒衣儒冠，道貌俨然。是否身有武功不得而知。他雄踞风魔岭内，并没什么野心，和从前九子鬼母一般想争城夺地的行为绝对不同，无非想利用风魔岭僻处边徼，造成一处化外扶余、桃源乐土罢了。”

罗刹夫人一听此人雄踞风魔岭是这般主意，竟和自己的志愿相同，不禁笑道："照老前辈这样说来，此人还是个有心人，不能以匪徒贼党看待了。"

葛乾荪大笑道："善恶原生于一念之微。这人主意不错，手段却非常毒辣。他想一手造成的桃源乐土，经他别出心裁地一施为，却变成愁云惨雾的魔窟了。现在我不必详细说明，而且我也只从暗地窥察而得，虽然一度深入其境，无非潜身暗探，还没十分明白底蕴。明天我领你们探一探他的桃源乐土，便可明白。不过最要注意的，一入其境，他们的饮食切莫随便入口，待我用通天犀角试过有毒无毒，才能食用。"

沐天澜诧异道："师父怎知他们的东西有毒？难道专用毒物对待入境的外来人么？"

葛乾荪说："不是这个意思，我也是从暗地观察出来。他们的东西不能随意入口，一时也说不出所以然来。你们身入其境，定然也会觉察到的。"

罗刹夫人说道："照老前辈的意思，明天我们便在大白天坦然入境，但他们骤然看到我们几个人，不致戒备森严，诉诸斗争吗？"

葛乾荪大笑道："风魔岭和从前九子鬼母秘魔崖绝然不同。依我猜度，非但毫无戒备，定然衣冠礼让，远接高迎。可怕的便在这地方，笑脸迎人比恶声相向厉害得多。"

三人听得都有点惘然。

罗刹夫人说："如果我玉狮谷的宝物确是在他们手里，飞天狐吾必魁又是识得我们的，一见我们，当然彼此心照。他们狡计多端，最后图穷匕见，恐怕难免一场斗争的。"

葛乾荪笑道："能够这样，倒好办得多。我们到了地头，看事办事，见机而做好了。"

第二天清早，滇南大侠葛乾荪做了向导，领着沐天澜、罗刹夫人、罗幽兰出了岩洞，吩咐四头人猿砍下一大捆紫藤和细竹，在沐天澜竹兜子上，又添扎了一个藤兜，仍然叫人猿抬着，照着葛乾荪指点的山径，穿入万山丛中。

四头人猿健步如飞，没一顿饭时光，已翻越过许多重山岭，葛乾荪便吩咐停步。

大家下了竹兜子，葛乾荪指着前面烟锁雾屯的几座高峰说：“你们瞧，那面峰脚下一片红光灿烂，遍地开着红杜鹃花的地方，便是我们要探访的入口了。”

罗刹夫人慌说：“老前辈，我们进去，四头人猿要不要叫它们跟着呢？”

葛乾荪说：“跟进去不妨事。我暗探时，把守入口处所的也是人猿，大约从你们玉狮谷掳去的。不过我们带去的人猿，同类相见，难免叫唤亲热。我料把守入口处的人猿，已和我们带去的人猿不同，大约已吃了他们一种毒药，迷失本性，恐怕连你主人都不认识了。你得约束带去的人猿，不要乱起哄才好。”

罗刹夫人一听这话，立时明白玉狮谷猿、虎一齐失踪之谜，定是贪嘴吃了人家毒物，才着了人家道儿了，便用猿语向四头人猿叽叽呱呱了一阵，告诫它们，没有自己命令，不准大惊小怪地闯祸。吩咐已毕，四人沿着一条曲折的山涧，向那面走去。刚转出高低不平的一座山脚，蓦见一人，步履踉跄像醉汉般，在溪涧中流乱而渡。忽地失足扑倒，在溪涧中一阵乱滚，水花翻滚，衣服尽湿，居然被他挣扎起来，连爬带滚地爬上了这边的溪岸，一溜歪斜地跌入山脚下一块荆棘丛生之地，伸着两手满地乱抓，抓起一丛金黄色的野草花来，连根带土，往嘴上乱送乱嚼。

葛乾荪等四人看得奇怪，悄悄地走到他身后。这人满不觉得，只顾一把把抓那野草花往嘴上送。嚼吃了几大把，忽地身子向地上一伏，“恶”的一声，大嘴一张，呕出绿绿的黑水来，边呕边吐，直吐到绿水变成黄水，四肢一松，一翻身，仰天八叉的死一般躺着不动了。这人仰天一翻，瞧见他短须如戟，一副怪脸怪相。

罗幽兰第一个认得他，不禁惊喊道：“咦！这人便是飞天狐吾必魁，怎会弄成这般怪相？”

罗刹夫人道：“一点不错！是的，大约他也受毒了。他抓着乱嚼的黄色野草花，好像郁金香这一类的东西，大约是对症解毒的东西。”

葛乾荪一声不哼，走近飞天狐身边，俯身把地上嚼不尽的金黄花拿起来细瞧，又拿出自己怀里的犀角，用角尖略微蘸了一点吐出的黑绿水。通明晶莹的犀角，立时起了一层层的暗晕，不禁吐舌道：“好厉害的毒物，这是什么毒物呢？想不到这种野草花倒能解毒，真是一物必有一物克制。

最巧是偏生在此处。但是飞天狐何以会受毒，又何以会晓得有这种解药呢？既然知道就地长着解药，也许不是受人之害，是自己误食毒物所致的。”

话刚说完，地上仰躺如死的飞天狐已怪眼翻动，悠悠醒转，骤然见他身前立着几个异样的人，从地上一骨碌跳了起来。可是脚步不稳，两腿一软，扑地又坐在地上了。他坐在地上，拼命把头乱摇，大约毒性尚未退尽，头脑发晕，眼内生花。

他把头摇了一阵，睁开眼来，瞧清了眼前站着的几个人，怪眼大张，吓得变貌变色，尤其瞧见了罗刹夫人，吓得他张着阔嘴，低喊着：“你……你……居然得着消息，寻到这儿来了。好……好……来得好……嘿……你们都来了，好极！好极！”

罗刹夫人喝道：“飞天狐！此刻你性命悬我之手，你这狼崽子趁我不在，引狼入室，毁我竹楼，盗我宝藏，还把我猿、虎、苗婢一齐劫走。这事当然是你起的祸苗，现在我已到此，还有何说？”

飞天狐坐在地上，抬起手来，在自己脑袋上击了几下，似乎发晕了一阵，头目渐醒，极力搜索他的记忆力，忽地怪眼乱翻，从地上跳起身来，向四人抱拳乱拱了一阵，指着对山，哑声儿喊道：“恶魔！你们用这种毒计害我，现在罗刹夫人到此，你们的报应到了！”他咬牙切齿地哑喊了几句，忽又面现苦笑，向罗刹夫人说道：“真人面前不说假话。你谷中宝藏被劫，确是有我在内。但是不要紧，诸位若肯信我的话，非但宝藏可以失而复得，还可以救出许多受毒的人，替世上扫除几个祸害。”

大家一听，便揣度里面另有原因，且听他说出什么来，再作计较，横竖不怕他逃上天去。

当下罗刹夫人便喝问他：“有什么话，只管说出来，可得实话实说，休想弄鬼。”

飞天狐吾必魁说道：“自从阿迷普明胜死后，黑牡丹那淫妇和飞马寨岑胡子打得火热。岑胡子这人又做不出什么大事，我一赌气，推说联络各寨好汉，离开了他们。其实我存心和他们分道扬镳，另打主意。本想到滇西找沙定筹去，走到半路，听得榴花寨烟消火灭，蒙化已被官军克复，便转身回来。忽地想起从前九子鬼母普老太有几位师弟，隐居风魔岭内，行踪诡秘，不知打的什么主意。从前原是认识的，想去拜访一下，心血来潮，便向风魔岭这条道上走去。

“我心里起这念头时，人还在哀牢山内，因为我从滇西远回滇南，是从哀牢山退回来的。有一夜在哀牢山一个避风岩洞内息腿，半夜更深当口，偶然到洞外走动，一眼瞥见几头人猿，簇拥着一顶兜子，从相近冈峦上一阵风似的飞越而过。

“人猿身法如电，瞧不清竹兜子坐的是谁。猜想能坐着人猿竹兜子的，除出你罗刹夫人，没有第二位。人猿飞行的方向，大约是往滇西去的。等我从哀牢山到石屏向蒙自走时，有一段路，和你住的秘谷相近，那时我明知你离谷远出，我也不敢进谷窥探，因为我知道守谷人猿的厉害，从前我是被人猿擒住过的。

“不料在那段路上，忽见许多背弩持刀、腰围兽皮、全身赤裸的一群哈瓦黑猓猓，蜂拥而来，有几个黑猓猓，扛着许多血淋淋的剥皮野兽，最后几个黑猓猓抬着一乘竹轿子，轿内坐着一个汉人装束，方巾直褶的老儒生。到了近处，才想出轿上的人，正是我要到风魔岭拜访的一位怪物，这人姓孟，名小孟。这人从头到脚，斯文一脉，谁也把他当作汉人里面的老学究，他自己却说是汉朝南蛮孟获的嫡裔。

“究竟这人是苗是汉，谁也分辨不清，不过他和九子鬼母同出十二栏杆山碧落真人门下，大约是开化较早的苗族，因为当年碧落真人不收汉人做徒弟的。我和他一碰头，说出拜访之意，他模仿汉人读书人迂腐腾腾的怪模样，惟妙惟肖，而且对我是以前辈自居的，因为我是九子鬼母的子侄辈，他当然长着一辈了。在道旁一见着我，端坐轿内只微一点头，把手上一柄川金折扇，摇了几摇，忽地扇子一收，指着我说：‘当年九子鬼母依仗武功，任意胡为，闹得一败涂地，跟着她的人现在也闹到风流云散，这是我早已料到有这结果的。我可和别人不同，我一不想依恃武功，争霸称雄；二不想攻掠城地，妄动杀戮，只在我风魔岭内一片净土，建设世外桃源。愿意跟我的人，不论苗汉，有耕有织，浑浑噩噩地以度天年。你只要到我亲手建设的桃源乐土一瞧，便可看出一片天台太和之象。你此番远道访我，大约奔波风尘，一无是处，有点悔悟了，才来投奔我的。好！我是来者不拒，只要你回头是岸，定可安享桃源之乐。’

“当时他道貌俨然地对我说出这番话来，我真暗暗钦佩。只要看这一群凶野的黑猓猓，并没依仗武力，却被他收服得狸猫一般的服帖，是常人

办不到的事。他说的桃源太和之象，也许不假。当时我真还相信了，便问他：‘远离风魔岭，到此做甚?’

“孟小孟并不搭理我，只昂着头思索了半晌，忽然向我问道：‘吾必魁！你知道此处一座秘谷内，有人占据着九子鬼母一生心血收集的奇珍异宝么?’

“我听得暗暗惊异，便说：‘知道！是一个本领出奇的美貌女子，而且养着一群力逾狮豹的人猿，看守秘谷，外人绝难涉足。不过听说现在此人离谷远出，还没有回来。’

“他说：‘这些我都明白，我现在存心要收服那女魔头，和收服这群黑猓猓一般，共享桃源之乐。’……”

吾必魁话还未完，罗刹夫人已气得长眉直竖，凤眼含威，一声娇叱道：“不必啰唆了！你就领我去，我倒要瞧瞧这孟获嫡裔，有什么本领，敢说这样大话!”

罗刹夫人满面煞气地一说，飞天狐却不慌不忙地摇手道：“女英雄不必动怒，我也恨透他了，巴望你们前往收拾他去。现在且请安心听我说出内情，于你们大有益处，免得像我一般，又上他的当。”

葛乾荪道：“好！你且说下去。”

飞天狐说：“当时孟小孟说出想收服罗刹夫人的话，我也吃了一惊，便说：‘这事你要仔细，罗刹夫人比当年九子鬼母高强得多，何况现在并没在家。’

“孟小孟冷笑道：‘用不着刀来剑去，本领高强有什么用？她没在家也没关系，先把她一群人猿收服过来再说，使她明白天外有天，人外有人。’他这样说得稀松平常，把一群人猿满没放在心上，真使我莫测高深了。当下一言不发，便跟着他走到秘谷入口的近处。

“孟小孟年纪虽大，外表还装着儒冠儒服，武功却也惊人。忽听他一声吆喝：‘你们跟我来!’两手一扶轿竿，唰地飞身而起，人已蹿上路侧两三丈高的一座危岩，接连一起一落，人像飞鸟一般，已从岩头蹿上近处怪石突兀的崖巅。一群黑猓猓手足并用，像猿猴一般跟踪而上。我也跟了上去，瞄着孟小孟的身影，飞跃于层崖危壁之上。

“最后到了最高一层的崖尖，松声如涛，势如建瓴。向崖背一瞧，却是几十丈壁立如削的峭壁，业已无路可通。再向下面一细瞧，敢情峭壁下面，正是罗刹夫人的秘谷中心。那座大竹楼便在下面，竹楼前面来往的人猿和群虎，从上面望下去，好像缩小了不知多少倍。孟小孟把长袖一捋，取下黑猓猓肩上扛来的剥皮兽肉，左右开弓，两臂齐施，把所有扛来的兽肉，都向峭壁下飞掷下去。把许多整只剥皮兽肉掷完，看他很悠闲地背着手在松下踱方步儿。有时探头向壁下谷内望一望，一群黑猓猓却都俯伏在地，一声不哼。

“我看得奇怪，也不时向下面探视。半晌工夫。看到下面一群人猿，已抢着掷下去血淋淋的兽肉大嚼特嚼，七八只猛虎蹲在人猿身旁，也吃着人猿分给它们的余润。待了一忽儿，孟小孟看清下面兽肉吃得所剩无几，他用指头点着下面人猿和猛虎的数目，点点头说：‘大概都吃到手了！’说了这句话，向一群黑猓猓一挥手，头也不回，便从原路走下崖去。我和一群黑猓猓，当然跟他下崖。

“这当口，我瞧出那群黑猓猓一对满布红绿的怪眼，直直的，呆呆的，只凭孟小孟指挥动作，绝没出声，也没互相交谈，或彼此争强斗胜的游戏举动，连我与他们同进同退，也好像视若无睹，没有我这人一般。我瞧得很奇怪，从前我走过风魔岭这条道，也偶然碰见哈瓦一族的黑猓猓在深林内飞跃窥探，可是和现在这群呆若木鸡的黑猓猓，似乎举动有异。

“孟小孟带领一群黑猓猓盘下层崖，到了原地方，仍然坐上竹轿子，一声威喝，一群黑猓猓便簇拥着竹轿子直向进谷入口走去。到了进谷铁栅口外，孟小孟忽然从怀里拿出一口小铜钟，丁零丁零摇了几下。谷内岑寂如死，守谷的人猿和猛虎，一只都没有赶到铁栅来守卫。孟小孟坐在轿内哈哈大笑，向一群黑猓猓一阵怪喝，用手势向铁栅一比。那群黑猓猓默不出声的，一齐赶向铁栅口，出死力地乱摇乱推。

“铁栅虽然坚固，禁不起这群野牛一般的黑猓猓合力推摇，哗啦一声大震，高大的铁栅竟被他们向内推倒，立时一涌进谷，孟小孟一乘轿子，也抬进谷内。他一进谷内，一跃下轿，先奔到竹楼阶前俯身细瞧。我跟着他眼光一瞧，看出阶前一片浮土，和其他地土有异，好像在地下翻掘过东西，匆匆没掩盖坚实的模样，孟小孟却喜形于色，立时指挥一群黑猓猓把这块松土刨开，揭开一层石板，立时现出地下埋着一只极大的黑铁箱，把这铁箱抬到平地上。

“孟小孟又指挥几个黑猓猓上楼搜查，只听到楼上几声尖叫，被黑猓猓擒下几个青年苗女来了。他吩咐几个黑猓猓看守着那只大铁箱和几个苗女，却拉着我走到竹楼对面峭壁下面。我一看一群人猿和几只猛虎，都像睡熟一般，趴在地上一动不动。我这才明白，刚才从上面掷下来的兽肉是钓鱼的香饵，里面定有机关了。在这种情形之下，你那处秘谷当然由他摆布了。”

罗幽兰恍然大悟道：“哦，我明白了！就在秘魔崖时，听九子鬼母说过，碧落真人有一种迷失本性的毒药，名字很奇怪，叫作‘押不芦’。人猿贪嘴，误吃了人家掷下去的拌毒兽肉，才迷失本性，听人摆布。不用说，那群黑猓猓这样听孟小孟驱策，当然也受了毒了，但是你怎会也受了毒了?”

飞天狐双肩一耸，叹口气说：“罢了！还是你得着九子鬼母真传，明白这些门道。我如早知他有这毒药的话，我也不会上当了。那天孟小孟把罗刹夫人谷内宝藏和人畜席卷一空，临走还放了一把火，才回到风魔岭去了。我鬼迷了头，想瞧一瞧风魔岭内什么场面，也跟着他去。哪知道人面兽心的孟小孟，诡计多端。大约怕我不是好相与，也许怕我分他劫走的宝藏，来到风魔岭之前，在路上便生毒计。

“我不疑有他，路上吃了他们一点东西，人便昏迷过去。等我悠悠醒转，四肢瘫软无力，一看孟小孟和一群黑猓猓踪影俱无，把我丢在路旁一个岩洞内。居然在我身旁搁着一袋干粮，还有一把金黄色的花草。花草上缚着一张字条，上面写着‘桃源乐土，不能容留像你这种野心勃勃的人。姑念彼此具有渊源，少施妙药，让你昏睡一场，醒来如觉力弱难走，可嚼身旁草药解毒。速回尔乡，毋再留恋。’几行字，我看得又惊又恨，慌不及把他的草药吃下肚去。草药下肚，立时呕出许多腥味的黑绿水，静静地躺了许多辰光，才能挣扎着走出洞来，心里把孟小孟恨入骨髓。不让我走进他的桃源乐土，我偏要偷偷地潜身而入。既然他没有容人之量，我也要想法报复一下，再不济也得把他自称的桃源乐土捣他个天翻地覆，才出我心头怨毒。主意打定，便仍向风魔岭走来。山路崎岖，深入风魔岭腹地，尚有百把里路程，中毒以后，腿脚未免不听使唤，走了两天才到此地。

“我不合又吃了他留下的干粮。我以为这点干粮，他是强盗发慈悲，预备我回去路上用的，不至有毒，哪知道孟小孟这老鬼，心狠计毒，非常人所及。大约他早已料我不甘心，还要登门问罪，那袋干粮也是有毒的，越吃越觉头昏身弱，勉强走到这儿溪边，人已支持不住，几乎淹死溪内。命不该死，死命爬上溪岸，一眼瞥见地上丛生着金黄花草解药，遂不顾命地乱嚼。这样一折腾，我自命一身钢筋铁骨的飞天狐，竟被那万恶的老鬼，折腾得半死不活，我做了鬼，也要寻那孟小孟算清这笔账。

“现在我话已说尽，你们都是我的敌人，我情愿死在你们手里。喂！葛乾荪、沐小子，不论哪一位，抽出剑来，把我飞天狐这颗脑袋拿去。不过，你们不要怕硬欺弱，务必闯进孟老鬼的巢穴，把那老鬼剉骨扬灰，替世上除害，替我飞天狐解恨。言尽于此，你们快动手，把我脑袋拿去吧！”

大家听飞天狐这样一说，倒有点为难了。像飞天狐这种苗匪首领，换一个地方，狭路相逢，早已拔剑动手，但在这样情形之下，谁也不愿拔剑杀一个毫无抵抗的人。

罗幽兰却厉声喝道：“飞天狐！你要明白，黑牡丹在滇西业已死于我手。最近暗袭金驼寨的岑胡子，也被我罗刹姐姐枭首示众，这便是为匪作恶的下场。你现在被孟小孟作弄得半死，依我看，还是你的便宜。大约孟小孟在你身上下的毒药，是最轻的一种，而且特地留下解药，还算手下留情。如果他用的是‘押不芦’，你早已迷失本性，和人猿、黑猓猓一般，供他牛马般鞭策了。”

罗幽兰说罢，又和葛大侠、沐天澜、罗刹夫人暗暗商量了一下，又向飞天狐喝道：“谁无天良？回头是岸！你愿求一死，我们宝剑，却不愿斩一遭殃的人。但现在我们要找孟小孟去，这儿替你留下一点干粮，免得你再受毒害。以后我们相逢，为友为敌，全在你了。”说罢，大家不理会飞天狐，一齐越溪而过，向对山走去。

四人走近对山一看，奇峰拔地，排障入云，铁壁千寻，羊肠一线。从壁立夹峙的峰脚下，一条曲折的山途，透迤深入，红花铺地，碧苔衣壁，景玉绮丽。四人盘旋于夹谷陡壑之间，忽夷忽险，忽高忽低，足足走了几个时辰，不知不觉进了一个天然的大岩穴。岩穴外面洞口上，一块镜面青石上写着“世外桃源”四个大字。

一进岩洞，黑暗无光，好像无路可通模样。可是洞底深处，却有一个小小的光圈，而且空穴来风，传来了一阵阵的鸟啼犬吠、泉韵松声，便知洞底定有奇景。大家摸着黑，往那洞底光圈所在走去，越走越近，光圈渐渐放大。原来洞底和洞口一般，也是个出入之口。四人四猿出了洞底的口外，忽地豁然开朗，耳目一新。

只见缘野平畴，阡陌交通，陌上夹道，尽是桃柳，柳绿如幄，桃花迎人。畎亩之中，有很多的农夫，赶犊的赶犊，插秧的插秧，一个个闭口无声，在田里工作。再一细瞧，敢情田中的农夫，多数是哈瓦族的黑猓猓，也有不少精壮的汉人。最奇的，里边还夹杂着几个金刚似的人猿，也哈着腰，一声不哼地在那儿操作，和人一般无异。非但罗刹夫人等四人瞧得莫名其妙，带去的四头人猿，也张着大嘴，怪叫起来。

照说同类相唤，田里工作的人猿定必欢跃奔迎，可是田里操作的人猿，好像聋子、瞎子一般，头都没有抬起来。非但人猿如此，田里许多黑猓猓和汉人，也和人猿一般，对于洞口出现四人四猿，视若无睹，只一心在田里工作。

葛乾荪、罗刹夫人、沐天澜、罗幽兰四人，率领四头人猿，怀着惊疑之心，向中间一条宽堤上走去。一条长堤走完，现出碧波艳艳的一个大湖，沿湖尽是整洁的泥墙茅舍，茅舍内一派机车纺织之声。鸡犬桑麻，景致优美。茅舍后面一片绿叶成荫的森林，林后平平的几层土石相间的平冈，冈上搭盖规模较大、形似苗寨的房子。大家沿湖走近一排茅舍，看出茅舍内有男有女，有汉有苗，低头摇车，绝不睬人。

这当口，忽听得屋后平冈上，钟声忽起，其音清越。便见冈上走下儒冠儒服的两个老头儿，步履轻健，其行至速。片刻工夫，已穿过一片枣林，来到跟前，居然向四人深深长揖，满面笑容地说："远客光临，真是难得。我们奉孟长老之命，特来迎客上冈，草堂叙话。"

葛乾荪说："我们闻名而来，原是专诚来拜访孟长老的，请两位领导拜谒吧。"跟着两个老者走上层冈，到了最上一层冈头。

一所宽阔整齐、花木扶疏的屋前，一个须发皓白，道貌俨然的儒生，早已降阶相迎。

领路的两老，指着那人说："这位便是我们世外桃源的孟长老。"

于是宾主相见，相偕登堂。孟小孟对于这四位远客和跟着的四头人猿，毫不动容，好像预知这几位远客，迟早要来的，而且笑容满面，蔼然可亲。

在草堂内宾主落座，立时有几个青年苗女，托着白木盘，送出几盏香茶，分献远客。

罗刹夫人留神送茶的几个苗女，敢情个个认识，正是在玉狮谷侍候自己的几个苗婢。这几个青年苗婢中，有一个名叫小鹃的，便是以前差到昆明沐府报信的一个，也在其内，却个个目光呆滞，明明瞧见了自己主人罗刹夫人和认识过的沐天澜、罗幽兰，竟像毫不认识一般，木头人似的，送茶完毕，便向屏后退去。

罗刹夫人气得凤眼含威，正要责问孟小孟何故潜入玉狮谷，诡计掳人劫宝？话未出口，孟小孟已呵呵笑道："诸位远道而来，跋涉不易，且请尝尝我们世外桃源的清泉松子茶，包管诸位止渴解烦。"

葛乾荪一瞧面前几上一杯松子茶，异香扑鼻，色如琥珀，色香俱足，味必异常，却不敢入口，向罗刹夫人等一使眼色，从自己怀里掏出那只通天犀角，把角尖浸入茶内，不料琥珀似的一杯茶，立时变色，犀角尖上也起了层层的暗晕。

葛乾荪细眼大张，神光远射，一声冷笑，向孟长老大声说道："我们一到贵宝地，长老便下毒手，想把我们这几个人，糊里糊涂地变作你不二之臣，未免太狠了！"

在葛乾荪冷笑时，孟小孟也瞧见了他用犀角试毒，立时脸色倏变，须眉磔张，指着四人道："咦，你们哪里得来的这样宝贝？在你们视同宝贝，在我却视为破坏我们世外桃源的仇敌。我知道你们依仗自己一点本领，想到我们这儿来捣乱。你们要知道，在我世外桃源里面，武功毫没用处，我一片好心，请你们喝不易喝到的桃源仙茶，你们却认为我下毒手。这是你们愚陋无知，积非为是，完全不明白我一片苦心罢了。"

四人一听他这番话，又笑又气，见他须眉磔张，以为话已决裂，干脆用武功，消灭这个老怪物好了。沐天澜、罗幽兰已要伸手拔剑，不料孟小孟在这转瞬之间，向四人瞧了一眼，立时又低眉垂目，笑嘻嘻地向四人拱手道："诸位一肚皮功名利禄，或者是一肚皮争恶斗胜、成王败寇，打的都是自己的如意算盘。结果，人生不过百年，只落个镜花水月，以热闹始，以凄凉终。在世上毕竟做出什么功德来呢？所以老朽静观悟道，在此收罗了未开化的一群黑猓猓，几十个自道聪明、终日杀生打猎的汉人，用我一种秘药，把这班人七情六欲的祸根，闭塞起来，遗忘了以前种种，只发挥他固有的一片赤子之心，一心在我世外桃源自耕自织。

"你们瞧我世外桃源的景象，凭你们良心说，多么的天真，多么的淳朴！你们出入的乌烟瘴气的城市，多么污秽，多么巧诈！岂不有天壤之别？刚才我请你们喝一杯桃源仙茶，正是我瞧得起诸位，引为同道，想和诸位共享桃源之乐，你们却以是为非，不受抬举，枉费我一片好心。这是没奈何的事，既然如此，诸位也不必在此滞留，赶快回你们的尘世去好了。"

罗刹夫人一声娇叱道："姓孟的不必空言狡辩！我问你，你既然有此高见，不管你这高见如何，你只要安守在这世外桃源，我们和你马牛无关，也没有心思到此拜访。可是你伪装道貌，做的事却和你说的相反。你不知在何处打听得我不在家中，暗用诡计潜入谷内，掳人劫宝，放火毁屋，这是你世外桃源的长老所该做的么？再从你这世外桃源的办法，和你似是而非的一番话，大约从无为而活、不识不知的道家话里剽窃来的。既然如此，你劫我一箱珍宝，有何用处？而且妄动无明，又把我竹楼付之一炬，这是什么道理？你说出来我听听！"

罗刹夫人煞气上脸，口齿锋芒，孟长老嘴上支支吾吾的有点答不上来。

罗幽兰倏地跳起身来，指着他喝道："姓孟的，真金不怕火！你不是完全仗着碧落真人传下来的押不芦秘药，在这儿享你桃源之乐么？常言道得好，己所不欲，勿施于人。你请我们喝的几杯仙茶，你在我们面前把它喝下去，如果你自己不敢喝，那就是你不打自招，杀不可恕的罪状了。"

这一招毒极辣极，孟小孟有点举止失措，一伸手，想从怀里掏一件东西出来。罗刹夫人眼光如电，只一声娇喝："来！"四头人猿一耸身，飞扑过去，便把孟小孟擒住。他运用劲功还想挣扎，怎知那人猿臂力岂同平常，如何逃得脱？

罗刹夫人更是歹毒，玉臂一起，一托孟小孟下巴，立时牙环脱落，嘴巴张开。罗刹夫人顺手拿起一杯茶来，强灌下去，接连灌了三杯，孟小孟两眼翻白，顿时昏迷过去了。

葛乾荪拍手道："即以其人之道，还治其人之身，妙极，妙极！"

罗幽兰赶过来向孟小孟怀里一搜，搜出一个小金钟来，说道："哦！这定是他的鬼门道。外面受毒的人兽，大约听到这钟声，便要合力来和我们对敌了。"

沐天澜说："你们守住这草堂，我和师父搜查他党羽去。"

葛乾荪说："好！走！"

片刻，葛乾荪、沐天澜师徒回来，大笑道："这位孟长老真是怪物，大约此地没有受毒的，也只他自己和刚才奉告迎客的两个老道儿了。那两个老道儿，大约已经逃走。这倒妙！这世外桃源，算属于我们的了。"

罗刹夫人一听这话，灵机触动，嫣然一笑道："晚辈原想一个避世偕隐之所，此处也颇合用，倒是不劳而获了。不过想法解救这许多人的毒，却是麻烦。"

葛乾荪说："有这通天犀角，不难一批批地消尽毒根。说实在的，孟小孟并没野心，不过他异想天开，用毒药来束缚人兽，未免太荒唐。你们夫妻三人，有了这现成偕隐之地，便不必再到别处寻找了。这地方真不错，将来我和桑苧翁也有了避乱息影之地了。"

（全书完）

注：本集 1951 年 4 月正华书店初版。

附录:朱贞木小说年表

朱贞木小说年表

武侠小说			
书　　名	出 版 商	单行本出版时间	备　　注
铁板铜琵录	天津大昌书局	1940	后改名《虎啸龙吟》并沿用至今
龙冈豹隐记	天津合作出版社	1942.11—1943.10	
蛮窟风云	京华出版社	1946	又名《边塞风云》
龙冈女侠	上海平津书店	1947	又名《玉龙冈》
罗刹夫人	天津雕龙出版社	1948.05—1949.12	
飞天神龙	上海元昌印书馆	1949.03	
炼魂谷	上海元昌印书馆	1949.03	《飞天神龙》续集
艳魔岛	上海元昌印书馆	1949.03	《炼魂谷》续集
五狮一凤	上海育才书局	1949.12—1950.01	
塔儿冈	上海正华出版社	1950	
七杀碑	上海正气书局	1950.04—1951.03	未完
庶人剑	上海广艺书局	1950.08—1951.03	未完
玉龙冈	上海民生书店	1950.10	即《龙冈女侠》
苗疆风云	上海正华书店	1951.01—1951.03	
罗刹夫人续集	上海正华书店	1951.04	疑雕龙出版社版亦有
铁汉	上海利益书店	1951.06	题“通俗小说”,仍为武侠套路
谁是英雄	不详	不详	仅见于预告,或许从未出版
酒侠鲁颠	不详	不详	仅见于预告,或许从未出版
龙飞豹子	不详	不详	仅见于预告,或许从未出版
历史小说			
闯王外传	上海元昌印书馆	1948.12—1950.06	
翼王传	上海广艺书局	1949	借名之作,朱同意
杨幺传	不详	不详	仅见于预告,或许并未出版

续表

其他小说			
郁金香	上海元昌印书馆	1949.05	社会小说,抗日题材
红与黑	上海元昌印书馆	1950.11—1951.02	社会小说,煤矿题材
附　注			
碧血青林	不详	不详	仅1944年《369画报》中提及,并未出版
千手观音	香港出版	1950—60年代	《虎啸龙吟》中部分内容
云中双凤	香港出版	1950—60年代	《虎啸龙吟》中部分内容

图书在版编目(CIP)数据

罗刹夫人·罗刹夫人续集 / 朱贞木著. －－ 北京 ：中国文史出版社，2021.2

(民国武侠小说典藏文库. 朱贞木卷)

ISBN 978－7－5205－2148－2

Ⅰ. ①罗… Ⅱ. ①朱… Ⅲ. ①侠义小说－小说集－中国－现代 Ⅳ. ①I246.5

中国版本图书馆 CIP 数据核字(2020)第 142513 号

整　　理：顾　臻
责任编辑：薛媛媛

出版发行：**中国文史出版社**
社　　址：北京市海淀区西八里庄路 69 号院　邮编：100142
电　　话：010－81136606　81136602　81136603（发行部）
传　　真：010－81136655
印　　装：北京新华印刷有限公司
经　　销：全国新华书店
开　　本：720×1020　1/16
印　　张：26　　　　字数：398 千字
版　　次：2021 年 2 月第 1 版
印　　次：2021 年 2 月第 1 次印刷
定　　价：78.00 元